Dla Sandy

CZĘŚĆ I

ROZDZIAŁ 1

Tego lata cena małego bochenka chleba osiągnęła milion rubli. Był to już trzeci kolejny rok ciągłego spadku zbiorów zboża i drugi hiperinflacji. Tego lata w zaułkach miast i miasteczek Rosji zaczęto odnajdować zwłoki ludzi, którzy umarli z głodu. Tego lata prezydent znowu zasłabł w swej limuzynie, lecz tym razem nie dało się już uratować mu życia. Tymczasem pewien sprzątacz wykradł ważny dokument. Te wypadki diametralnie odmieniły bieg wydarzeń. A stało się to w lipcu 1999 roku.

Nawet po południu było nieznośnie gorąco. Kierowca musiał kilkakrotnie nacisnąć klakson, zanim strażnik wybiegł w końcu ze swojej budki i otworzył masywne drewniane wrota blokujące wyjazd z dziedzińca pałacu prezydenckiego.

Ochroniarz wytknął głowę przez okno limuzyny i ostrym tonem skarcił starszego mężczyznę za opieszałość. Długi czarny mercedes 600 zanurkował w łukowato sklepioną bramę i wyjechał na plac Stary. Strażnik pospiesznie uniósł rękę w geście, który tylko z pozoru mógł uchodzić za salut, i odprowadził wzrokiem drugi samochód, rosyjską czajkę, w której podążała czteroosobowa obstawa prezydenta. Oba auta szybko zniknęły mu z oczu.

Prezydent Czerkasow był sam na tylnym siedzeniu mercedesa, trwał pogrążony w zadumie. Z przodu, obok kierowcy – wysokiego funkcjonariusza milicji – jechał oficer jego osobistej ochrony, oddelegowany z jednostki Alfa.

Kiedy za oknami limuzyny ostatnie zabudowania przedmieść Moskwy ustąpiły miejsca otwartej przestrzeni, prezydenta ogarnęło skrajne przygnębienie. Od trzech lat sprawował urząd, który przejął po schorowanym Borysie Jelcynie, i były to dotychczas trzy najsmutniejsze lata jego życia, ponieważ mógł jedynie bezsilnie obserwować, jak cały kraj pogrąża się w coraz większej nędzy.

Zimą roku 1995, kiedy obejmował stanowisko premiera – wylansowany przez samego Jelcyna jako „technokrata", który ma uzdrowić rosyjską gospodarkę – obywatele wybierali się do urn, żeby zagłosować na kandydatów do Dumy.

Wybory te, skądinąd ważne, nie miały jednak kluczowego znaczenia dla rosyjskiej sceny politycznej. W poprzednich latach, oczywiście z inicjatywy Borysa Jelcyna, prezydent stopniowo przejmował coraz większy zakres władzy, ograniczając uprawnienia parlamentu. Ale zimą 1995 roku ten olbrzym z Syberii, który cztery lata wcześniej, podczas nieudanego sierpniowego puczu miał odwagę stanąć przeciwko czołgom i został uznany nie tylko przez swych rodaków, lecz także przez świat zachodni, za gorącego obrońcę demokracji i najlepszego kandydata na prezydenta, stał już na straconej pozycji.

Powracając do zdrowia po drugim w ciągu trzech miesięcy ataku serca, otępiały z powodu silnych dawek leków, śledził wybory parlamentarne ze swego pokoju w klinice rządowej na Wróblowych Wzgórzach, na północno-wschodnich krańcach Moskwy – jeszcze do niedawna nazywanych Wzgórzami Lenina. Mógł się tylko bezsilnie przyglądać, jak ugrupowanie stworzone przez jego protegowanych zajmuje dopiero trzecie miejsce w nowym parlamencie. Znaczne umniejszenie pozycji rosyjskiej Dumy w porównaniu z rolą parlamentów w demokratycznych państwach Zachodu wynikało tylko i wyłącznie stąd, że Jelcyn zdołał skutecznie skupić w swoich rękach olbrzymią część władzy. Bo choć formalnie miał podobne uprawnienia, jak prezydent Stanów Zjednoczonych, to jednak w Rosji zupełnie nie funkcjonowały różnorodne mechanizmy, pozwalające amerykańskiemu Kongresowi ściśle kontrolować decyzje podejmowane w Białym Domu. W gruncie rzeczy Jelcyn mógł rządzić tylko za pomocą prezydenckich dekretów i tak też postępował.

Wybory parlamentarne wykazały przynajmniej, w którą stronę obracają się sympatie obywateli, zatem ich wyniki należało traktować jako wskaźnik nastrojów społecznych przed wyznaczonymi na czerwiec 1996 roku wyborami prezydenckimi.

Nową siłą, która po zimowych wyborach pojawiła się na rosyjskiej scenie politycznej, byli – jak na ironię – komuniści. Po pięciu latach reformatorskich rządów Gorbaczowa i pięcioletniej kadencji Jelcyna, jakie nastąpiły po obaleniu siedemdziesięcioletniej komunistycznej tyranii, obywatele Rosji zaczynali z coraz większą nostalgią wspominać dawne dobre czasy.

Komuniści, kierowani przez Giennadija Ziuganowa, podczas przedwyborczej kampanii kusili wizją powrotu do dawnego ładu i porządku:

IKONA

Powieści FREDERICKA FORSYTHA
w Wydawnictwie Amber

FREDERICK FORSYTH

IKONA

Przekład
ANDRZEJ LESZCZYŃSKI

AMBER

Tytuł oryginału
ICON

Projekt graficzny ilustracji na okładce
JACEK KUTLA

Redakcja merytoryczna
MAGDALENA MAKOWSKA

Redakcja techniczna
ANDRZEJ WITKOWSKI

Korekta
ELŻBIETA GEPNER

ISBN 83-7169-074-6

Wydawnictwo Amber Sp. z o.o.
Warszawa 1996. Wydanie I
Druk: FINIDR, s. r. o., Český Těšín

gwarantowali miejsca pracy, stałe dochody, powszechnie dostępną żywność, bezwzględną walkę z przestępczością oraz bezprawiem. Nie wspominali jednak o despotyzmie KGB, gigantycznej sieci gułagów, w których skazańcy musieli wykonywać niewolniczą pracę, o zduszeniu wszelkich swobód obywatelskich i ograniczeniu wolności słowa.

Rosyjski elektorat był już dogłębnie zawiedziony kapitalizmem i demokracją – dwiema ideami, którymi od dziesięciu lat szermowano na lewo i prawo. Zwłaszcza pojęcie demokracji w opinii przeciętnego obywatela stało się pustym słowem, skoro na każdym kroku można było znaleźć dowody nie spotykanej dotąd korupcji i rosnącej lawinowo fali przestępstw. Nic więc dziwnego, że gdy podliczono głosy, postkomuniści okazali się najliczniejszym jednopartyjnym ugrupowaniem w nowej Dumie, mającym prawo wyboru ze swego grona marszałka parlamentu.

Drugą pod względem liczebności, jak należało się spodziewać, była diametralnie przeciwstawna komunistom partia neofaszystowska kierowana przez Władimira Żyrinowskiego, nosząca ironiczną nazwę Partii Liberalnych Demokratów. Już w poprzednich wyborach prezydenckich, w roku 1991, jej lider – demagog odznaczający się gwałtownym temperamentem i mający skłonności do skandalicznych wystąpień – odniósł zaskakujący sukces, lecz jego gwiazda szybko przygasała. Niemniej w roku 1995 świeciła jeszcze na tyle jasno, by zyskać dla jego partii drugą pozycję w nowo wybranej Dumie.

Ugrupowania centrowe, skupione wokół wprowadzanego w życie programu reform ekonomicznych i socjalnych, zajęły w wyborach parlamentarnych dopiero trzecie miejsce.

Właściwym celem kampanii były jednak przygotowania do następnych wyborów prezydenckich, które odbyły się w czerwcu 1996 roku. Do parlamentu wystawiły swych kandydatów czterdzieści trzy partie polityczne, a ich przywódcy szybko zrozumieli, że na jakiekolwiek powodzenie mogą liczyć jedynie wtedy, gdy utworzą szersze koalicje programowe.

Już na wiosnę postkomuniści zjednoczyli się z drobniejszymi partiami chłopskimi i ludowymi, tworząc blok o nazwie Związek Socjalistyczny – o tyle znamiennej, że nawiązującej do upadłego imperium sowieckiego. Liderem ugrupowania pozostał Ziuganow.

Po prawej stronie sceny politycznej także podejmowano różne inicjatywy zjednoczeniowe, ale wszystkie były torpedowane przez Żyrinowskiego. „Szalony Wład" głosił wszem i wobec, że jest w stanie objąć najwyższy urząd w państwie bez jakiejkolwiek pomocy ze strony innych partii.

Rosyjska ordynacja jest wzorowana na francuskiej, wybory mają przebieg dwuetapowy. W pierwszej rundzie odbywa się głosowanie na wszystkich uprawnionych kandydatów, w drugiej zaś pozostaje tylko dwóch, którzy zdobyli największą liczbę głosów. Zajęcie trzeciego miejsca w pierwszym etapie jest już zatem równoznaczne z porażką. W wyborach

1996 roku Żyrinowski zajął właśnie trzecią pozycję, przez co ściągnął na siebie ogromną falę krytyki w całym obozie prawicy.

Kilkanaście partii centrowych stworzyło Unię Demokratyczną, dla której jedynym zasadniczym problemem było pytanie, czy Borys Jelcyn będzie się jeszcze cieszył wystarczającym poparciem, by po raz drugi zwyciężyć w walce o urząd prezydenta.

Ale już wkrótce wszyscy komentatorzy polityczni zaczęli określać przyczyny jego porażki tylko jednym słowem: Czeczenia.

Rok wcześniej zdesperowany Jelcyn podjął decyzję o rzuceniu całej potęgi rosyjskiej armii przeciwko niezbyt licznemu, lecz wojowniczemu narodowi z przedgórza Kaukazu, którego samozwańczy przywódca upierał się przy zachowaniu całkowitej niezależności od Moskwy. Nie były to pierwsze tego rodzaju kłopoty z Czeczenami, ich wystąpienia przeciwko rosyjskiej tyranii datowały się jeszcze z okresu panowania carów. Jakimś cudem Czeczeni zdołali przetrwać wszelkie pogromy zgotowane im przez absolutystycznych monarchów, nawet najgorszy z nich, wielką czystkę z czasów dyktatury Stalina. A przetrwawszy kolejne fale deportacji i ludobójstwa, wracali do zrujnowanego kraju i spalonych chat, by podjąć na nowo swą beznadziejną walkę.

Wysłanie przeciwko nim potężnej rosyjskiej armii i tym razem nie doprowadziło do szybkiego i skutecznego zażegnania konfliktu, lecz do całkowitego zniszczenia. Cały świat mógł oglądać – na żywo i w kolorze – wielką akcję zrównywania z ziemią stolicy Czeczenii, Groznego, oraz wracające do Rosji długie pociągi z zapakowanymi w plastikowe worki zwłokami żołnierzy.

Po utracie swej stolicy wciąż uzbrojeni po zęby Czeczeni – zaopatrywani w broń głównie przez skorumpowanych rosyjskich generałów – schronili się w górach, gdzie znali każdą ścieżkę, i stamtąd nękali dalej swych prześladowców. Natomiast rosyjska armia, która – podobnie jak amerykańskie wojska w Wietnamie – poniosła całkowitą klęskę podczas nieudanej próby inwazji na Afganistan, po raz kolejny znalazła się w istnym piekle, jakie jej urządzono z kolei na przedgórzu Kaukazu.

Jeśli Borys Jelcyn marzył o tym, że czeczeńska kampania przyczyni się do umocnienia jego pozycji w społeczeństwie nawykłym do rządów despotycznych, to zamiar ten przyniósł rezultaty zgoła przeciwne. Przez cały rok 1995 jedna klęska następowała po drugiej, a upragnione zwycięstwo nie nadchodziło. Nic więc dziwnego, że Rosjanie, rozgoryczeni coraz większą liczbą żołnierzy powracających do rodzinnych domów w plastikowych workach, nie tylko zaczęli darzyć Czeczenów nienawiścią, lecz także odwracać się plecami do człowieka, który nie potrafił zakończyć tej niechlubnej wojny sukcesem.

Mimo to, po oszałamiającej kampanii i wielu publicznych wystąpieniach, Jelcyn zdołał wygrać drugą rundę wyborów prezydenckich małą przewagą głosów. Ale już rok później musiał zrezygnować ze stanowiska.

Jego miejsce zajął technokrata, Josif Czerkasow, przywódca Rosyjskiej Partii Ojczyźnianej, wchodzącej już wówczas w skład koalicyjnej Unii Demokratycznej.

Czerkasow rozpoczął swoją kadencję całkiem nieźle. Nie tylko mógł liczyć na poparcie państw zachodnich, ale – co ważniejsze – nadal korzystać z olbrzymich kredytów, pozwalających utrzymać rosyjską gospodarkę w jakim takim stanie. Idąc za radą przywódców Zachodu, wynegocjował warunki zawieszenia broni w Czeczenii i chociaż złaknionym odwetu obywatelom nie podobała się idea rebelii niewielkiego kaukaskiego kraju, to jednak sprowadzenie do domów rosyjskich żołnierzy przysporzyło Czerkasowowi popularności.

Wydarzenia zaczęły przybierać niepomyślny obrót półtora roku później. Pierwszą z ważkich przyczyn stała się zachłanność rosyjskiej mafii, której osłabiona gospodarka nie była już w stanie dłużej utrzymywać, drugą natomiast kolejna niepotrzebna awantura militarna. Pod koniec 1997 roku zagroziła bowiem secesją Syberia, wytwarzająca około dziewięćdziesięciu procent rosyjskiego dochodu narodowego.

Owa najdziksza i najrzadziej zaludniona część Rosji, wiecznie skuta okowami mrozu i tylko pobieżnie zbadana, jest wszakże znacznie bardziej zasobna w ropę naftową i gaz ziemny niż Arabia Saudyjska; znajdują się tam ponadto bogate złoża diamentów, złota, boksytów, manganu, wolframu, niklu oraz platyny, śmiało można zatem nazwać tę krainę ostatnim wielkim skarbcem naszej planety.

Nic więc dziwnego, że gdy coraz częściej zaczęły napływać tajne raporty wywiadowcze, w których donoszono o wzmożonej aktywności japońskich i południowokoreańskich emisariuszy szerzących idee niepodległości Syberii, prezydent Czerkasow, kierując się sugestiami kiepskich doradców, jakby niepomny smutnych doświadczeń swego poprzednika w Czeczenii, wysłał armię na wschód. Ta decyzja znacznie przyspieszyła nadciągającą katastrofę. Po dwunastu miesiącach bezskutecznych zmagań militarnych prezydent zmuszony był podpisać rozejm, gwarantujący mieszkańcom Syberii znacznie szerszą autonomię i większe korzyści z wydobywanych bogactw, niż oni sami początkowo tego żądali. A co gorsza, ów niefortunny incydent w polityce Moskwy zapoczątkował hiperinflację.

Władze próbowały wyjść z kryzysu, dodrukowując olbrzymie ilości pieniędzy. Latem 1999 roku nikt już nie pamiętał, że jeszcze trzy lata wcześniej można było kupić jednego dolara za pięć tysięcy rubli. Zbiory zbóż w słynącym ze swych czarnoziemów najurodzajniejszym rejonie Kubania zmalały o połowę, a w latach 1997 i 1998 dostawy płodów rolnych z Syberii były opóźniane do tego stopnia, że produkty całkowicie niszczały. W dodatku partyzanci wciąż wysadzali w powietrze linie kolejowe. Ceny podstawowych artykułów w miastach zaczęły lawinowo rosnąć. Prezydent Czerkasow winą za ten stan obciążał kolejne gabinety rządowe, ale nikt już nie miał złudzeń, że sytuacja wymyka mu się z rąk.

Tymczasem na terenach rolniczych – które powinny wytwarzać co najmniej tyle żywności, aby być samowystarczalne – warunki życia stały się nie do zniesienia. Wciąż pozostające pod kontrolą państwa gospodarstwa rolne, niedoinwestowane, z zanikającą powoli infrastrukturą, z powodu złego zarządzania wiecznie odczuwające brak rąk do pracy, nie miały już innego wyjścia, jak pozwolić ziemi zarosnąć chwastami. Chłopi coraz częściej zatrzymywali pociągi w szczerym polu i oferowali podróżnym odzież, meble oraz wszelakie dobra za parę groszy, a jeszcze lepiej za trochę żywności. Rzadko jednak znajdowali nabywców.

W Moskwie – będącej nie tylko stolicą, ale i wizytówką byłego mocarstwa – dowody przerażającej nędzy można było coraz częściej spostrzec w najstarszych dzielnicach nad rzeką Moskwą oraz we wszystkich zaułkach metropolii. Milicja niemal całkowicie zrezygnowała z walki z narastającą ciągle przestępczością i skupiła się na pakowaniu żebraków do pociągów i odsyłaniu ich w rodzinne strony. Lecz biedota napływała bez przerwy, kierowana nadzieją na znalezienie jakiejkolwiek pracy, żywności, dachu nad głową. Nigdzie nie było dla niej miejsca, toteż większość przyjezdnych kończyła na ulicach, żebrząc i z wolna przymierając głodem.

Wczesną wiosną 1999 roku państwa zachodnie w końcu odmówiły dalszego topienia swych funduszy w tej bezdennej studni. Zagraniczni inwestorzy – nawet ci, którzy mieli powiązania z rosyjską mafią i czerpali ogromne zyski – zaczęli się szybko wycofywać. Rosyjska gospodarka upodobniła się do uciekiniera wojennego: tyle razy ograbiona i upodlona, w przypływie desperacji mogła się już tylko położyć w przydrożnym rowie i skonać.

Taki właśnie stan rzeczy w kraju całkowicie pochłaniał myśli prezydenta Czerkasowa, kiedy owego upalnego popołudnia opuszczał Moskwę, udając się na niedzielny wypoczynek w swojej wiejskiej rezydencji.

Kierowca doskonale znał drogę do Usowa, gdzie w cieniu potężnych drzew nad samym brzegiem rzeki Moskwy stała prezydencka dacza. Jeszcze nie tak dawno wszystkie spasione kocury z sowieckiego politbiura miały tam swoje domki letniskowe. No cóż, wiele się w Rosji zmieniło, ale przecież nie wszystko.

Ruch na drodze był niewielki, większość ludzi nie mogła sobie pozwolić na zakup niezwykle drogiej benzyny. Mijali głównie ciężarówki wypluwające gęste czarne chmury spalin. W miejscowości Archangielskoje przejechali po moście na drugi brzeg i skierowali się dalej wzdłuż rzeki, toczącej leniwie swe wody w stronę widocznego jeszcze za samochodami miasta.

Pięć minut później prezydent Czerkasow poczuł silne kłucie w klatce piersiowej. Mimo że nawiewnica pracowała z pełną mocą, opuścił szybę, chcąc dostarczyć obolałym płucom jak najwięcej tlenu. W twarz uderzyło go skwarne, ciężkie powietrze, na krótko poprawiając jego samopoczucie.

Kierowca i oficer ochrony, oddzieleni od niego pancerną szybą, nawet nie zwrócili na to uwagi. Wkrótce z prawej strony limuzyny wyłoniło się już skrzyżowanie z drogą do pobliskiego Pieredziełkina. Kiedy tylko wóz je minął, prezydent Rosji silnie pochylił się w lewo i po chwili upadł na tylne siedzenie mercedesa.

Kierowca pierwszy zauważył, że odbicie twarzy Czerkasowa zniknęło ze wstecznego lusterka. Szybko powiadomił o tym oficera, ten zaś obejrzał się pospiesznie. Kilka sekund później mercedes wyhamował i zjechał na pobocze szosy.

Czajka zatrzymała się tuż za nim. Dowódca prezydenckiej obstawy, były pułkownik Specnazu, wyskoczył z auta i podbiegł do mercedesa. Pozostali ochroniarze także wysypali się na szosę i dobywając broni, pospiesznie utworzyli krąg wokół czarnej limuzyny. Nikt jeszcze nie wiedział, co się stało.

Pułkownik doskoczył do swego podwładnego, który pochylał się w otwartych tylnych drzwiach mercedesa, odsunął go i sam zajrzał do środka. Prezydent leżał na boku, z głową odrzuconą do tyłu i zamkniętymi oczyma. Przyciskał obie dłonie do piersi, spazmatycznie łapał powietrze krótkimi haustami.

Najbliższym szpitalem, w którym znajdował się dobrze wyposażony oddział intensywnej terapii, była Pierwsza Państwowa Klinika na Wróblowych Wzgórzach, odległa o kilkadziesiąt kilometrów. Pułkownik bez namysłu wsunął się na tylne siedzenie obok prezydenta, po czym rozkazał kierowcy zawrócić i jak najszybciej dojechać do moskiewskiej obwodnicy. Pobladły oficer milicji błyskawicznie wrzucił bieg i energicznie zakręcił kierownicą mercedesa. Nie tracąc czasu, pułkownik sięgnął do prezydenckiego telefonu, połączył się z kliniką i zażądał wysłania karetki w ich kierunku.

Pół godziny później, na środku szerokiej wielopasmowej obwodnicy, nieprzytomnego prezydenta przeniesiono z limuzyny do karetki pogotowia. Składający się z trzech aut konwój ruszył z pełną szybkością w kierunku szpitala.

Mimo podjęcia natychmiastowej akcji ratunkowej, zaangażowania całego personelu dyżurującego na wydziale kardiologii i zastosowania najnowocześniejszej aparatury, pomoc przyszła za późno. Pozioma linia na ekranie monitora za nic nie chciała się odkształcić, nie można było uciszyć jednostajnego pisku sygnalizatora. Dziesięć minut po szesnastej ordynator oddziału wyprostował się w końcu i bezsilnie pokręcił głową. Asystent odwiesił na miejsce elektrody defibrylatora i wyłączył urządzenie.

Pułkownik pospiesznie sięgnął po aparat komórkowy i wybrał numer. Kiedy po trzecim sygnale ktoś odebrał telefon, rzucił krótko:

– Połączcie mnie z gabinetem premiera.

Sześć godzin później, w Indiach Zachodnich, na lekko sfalowanej powierzchni oceanu „Lisica" zawróciła w kierunku macierzystego portu. Na pokładzie rufowym Julius kończył zwijać liny i składać teleskopowe tyczki podbieraków. Mieli za sobą całodzienny rejs wędkarski, w dodatku całkiem pomyślny.

Kiedy chłopak pochował wreszcie zwoje lin i pokryte farbą luminescencyjną pływaki do skrzyń pod ławkami, para amerykańskich turystów, która wynajęła łódź, rozsiadła się na nich wygodnie i zaczęła raczyć piwem.

W zbiorniku na trofea znajdowały się dwa okazałe egzemplarze tropikalnych makreli „wahoo", każda ważąca co najmniej dwanaście kilogramów, a także kilkanaście dużych dorad, które jeszcze parę godzin temu uwijały się między kępami wodorostów dziesięć mil od brzegu.

Kapitan po raz ostatni skorygował kurs na wyspę i pchnął przepustnicę do oporu, dając całą naprzód. Cieszył się na myśl, że za godzinę będzie już z powrotem na przystani w Turtle Cove.

„Lisica" jak gdyby wyczuwała, że jej praca na dziś dobiegła końca i że czeka ją odpoczynek przy ocienionym pomoście. Zanurzyła głębiej szeroką rufę, uniosła smukły dziób, a jej opływowy kadłub zaczął szybciej rozcinać błękitne fale. Julius rzucił za burtę wiadro na linie, wyciągnął kubeł morskiej wody i spłukał nią pokład rufowy.

Kiedy przywódcą Liberalnych Demokratów był jeszcze Żyrinowski, siedzibę partii założono w obskurnej kamienicy przy alei Rybnej, niedaleko skrzyżowania z ulicą Sretienka. Odwiedzający ją goście, nieświadomi obyczajów „Szalonego Włada", zazwyczaj wkraczali do tutejszych pomieszczeń z silnie zmarszczonym czołem. Ze ścian tynk odłazil wielkimi płatami, niemal wszystkie okna, których nie tknięto mokrą ścierką chyba od kilku lat, były pozaklejane plakatami przedstawiającymi porywczego demagoga. Za masywnymi drzwiami z pomalowanych na czarno desek jeszcze większe zaskoczenie budziło stoisko, gdzie sprzedawano bawełniane koszulki z wielką podobizną lidera partii oraz nieodzowne dla jego popleczników czarne skórzane kurtki.

Klatka schodowa o nieprzyjemnych brązowych ścianach i brudnych, wydeptanych betonowych stopniach prowadziła na półpiętro przegrodzone masywną kratą, zza której ochroniarz wypytywał wszystkich przybywających o cel wizyty. Dopiero za jego aprobatą można było wkroczyć do posępnych, zaśmieconych pomieszczeń, w których Żyrinowski przyjmował gości, jeśli tylko przebywał w mieście. W całym budynku głośnym echem rozbrzmiewała dudniąca muzyka hard-rockowa. W ten właśnie sposób ekscentryczny, faszyzujący polityk wolał urządzić siedzibę swojej partii, wychodził bowiem z założenia, iż najbliższe otoczenie znacznie dobitniej świadczy o prawdziwym charakterze przywódcy, niż on sam. Ale czasy się zmieniły, Partia Liberalnych Demokratów stopiła się z innymi ultraprawicowymi i neofaszystowskimi ugrupowaniami w Unię Sił Patriotycznych.

Jej nie kwestionowanym liderem został Igor Komarow, człowiek jakże różniący się charakterem od swego słynnego poprzednika. Niemniej – hołdując tej samej zasadzie, że cierpiący nędzę i skrajnie rozczarowani wyborcy muszą mieć dowód, iż Unia Sił Patriotycznych nie trwoni niepotrzebnie funduszy – Komarow zachował siedzibę przy alei Rybnej w nie zmienionym stanie, sam jednak urzędował w innej części miasta.

Z wykształcenia inżynier, za rządów sowieckich pracownik wielkiego kombinatu przemysłowego, dopiero w połowie kadencji Jelcyna zdecydował się rozpocząć karierę polityczną. Mimo że skrycie nienawidził Żyrinowskiego za jego pijackie ekscesy i niezwykłe upodobania seksualne, wstąpił do Partii Liberalnych Demokratów, będącej faktycznie ugrupowaniem neofaszystowskim, gdzie szybko został zauważony i znalazł się w gronie biura politycznego, stanowiącego najwyższą władzę w partii. Z tej pozycji łatwo już mu było zorganizować szereg potajemnych spotkań z przywódcami innych ultraprawicowych ugrupowań i doprowadzić do utworzenia koalicji skupiającej niemal wszystkie partie konserwatywne. Żyrinowski, postawiony wobec faktu dokonanego, nie miał innego wyjścia, jak objąć zaproponowane mu przewodnictwo zjazdu założycielskiego Unii Sił Patriotycznych.

Jedną z pierwszych rezolucji owego zjazdu było wymuszenie na Żyrinowskim rezygnacji z zajmowanego stanowiska. Komarow wycofał swoją kandydaturę z walki o przewodnictwo Unii, zrobił jednak wszystko, by funkcja ta przypadła w udziale człowiekowi mało znanemu, niemal całkowicie pozbawionemu charyzmy i talentu organizacyjnego. Jak należało oczekiwać, już po roku zawiedzeni członkowie koalicji właśnie jemu powierzyli stanowisko przewodniczącego. W ten sposób zakończyła się krótka kariera „Szalonego Włada".

W ciągu następnych dwóch lat postkomuniści zaczęli napotykać coraz większe trudności. Głosowali na nich przede wszystkim ludzie w średnim wieku i starsi, jak więc można się było spodziewać, fundusze partyjne poczęły szybko topnieć. Bez wsparcia bogatych sponsorów i dotacji bankowych trzeba było sobie radzić wyłącznie ze składek członkowskich. A wraz z ograniczeniem funduszy zaczęło też maleć społeczne poparcie dla lewicy.

W roku 1998 Komarow stał się nie kwestionowanym liderem całego bloku prawicowego i zaczął sprytnie wykorzystywać coraz silniejsze, rosnące z dnia na dzień rozgoryczenie wyborców.

A jego przyczyną, oprócz zawiedzionych nadziei i pogłębiającej się nędzy, było okazywane wręcz ostentacyjnie, kłujące w oczy bogactwo niektórych osób. Ci bowiem, którzy mieli w Rosji pieniądze, mieli ich naprawdę w bród, przeważnie w twardej walucie.

Poruszali się po mieście wielkimi, ekskluzywnymi autami – najczęściej amerykańskimi lub niemieckimi, gdyż reprezentacyjne zakłady Żiła całkowicie zaprzestały produkcji – często poprzedzani przez paru motocyklistów, mających za zadanie oczyścić im drogę, a także w towarzystwie kilku osobistych ochroniarzy jadących za nimi w drugim samochodzie. Można ich było spotkać każdego wieczoru bądź to w foyer teatru „Bolszoj", bądź w salach bankietowych hoteli „Metropol" lub „Nacjonal", u boku dam spowitych w futra z soboli czy norek, roztaczających wokół siebie woń najlepszych paryskich perfum, wśród skrzenia brylantowej biżuterii. To były te prawdziwe rosyjskie spasione kocury, tłuściejsze niż kiedykolwiek przedtem.

Natomiast w Dumie deputowani toczyli zajadłe kłótnie, krzyczeli na siebie i uchwalali kolejne rezolucje. Jeden z brytyjskich dziennikarzy napisał: „Nie pamiętam tamtych czasów, lecz z tego, co mi wiadomo, obecna sytuacja w Rosji niezwykle przypomina schyłek Republiki Weimarskiej".

Jedynym politykiem, który w tych okolicznościach mógł dać swoim wyborcom chociaż cień nadziei, był przywódca Unii Sił Patriotycznych, Igor Komarow.

W ciągu dwóch lat od chwili objęcia przywództwa zjednoczonej prawicy Komarow zdążył zaskoczyć większość obserwatorów, zarówno rosyjskich jak i zagranicznych. Gdyby zadowoliło go potwierdzenie własnych, nieprzeciętnych w świecie polityki zdolności organizacyjnych, stałby się tylko jednym z wielu „aparatczyków". On jednak zmienił swoje nastawienie, tak przynajmniej ocenili komentatorzy. Najpewniej jednak wcześniej tylko ukrywał swe prawdziwe cele.

Komarow dał się przede wszystkim poznać jako porywający i charyzmatyczny trybun ludowy. Kiedy wstępował na podium, zazwyczaj cichych i skromnych obywateli ogarniało prawdziwe szaleństwo. Faktycznie dopiero wtedy następowała w nim odmiana. Komarow potrafił w pełni wykorzystać swój głęboki, dźwięczny baryton, a w celu podkreślenia treści wystąpień stosował wszelkie dostępne w języku rosyjskim środki ekspresji oraz właściwą modulację głosu. Czasami zniżał go aż do szeptu i nawet w najlepiej nagłośnionej sali zgromadzeni musieli wytężać słuch, by wyłapywać poszczególne słowa, kiedy indziej zaś wręcz histerycznie krzyczał, podrywając tłumy z miejsc, a swoich oponentów zmuszając do mimowolnych oklasków.

Bardzo szybko nauczył się manipulować opinią społeczną, osiągnął w tym prawdziwe mistrzostwo. Unikał jednak wszelkich debat telewizyjnych i wywiadów, wychodząc z założenia, że nie wszystkie formy przekazu sprawdzone na Zachodzie muszą być równie skuteczne w Rosji. Powtarzał, że skoro Rosjanie bardzo rzadko przyjmują gości w swoich mieszkaniach, to zapewne nie będą też chcieli oglądać go na ekranach telewizorów.

Dla nikogo nie było jednak tajemnicą, że przede wszystkim zależało mu na uniknięciu wszelkich kłopotliwych pytań. Jego publiczne wystąpienia były starannie zaaranżowane, toteż odnosiły pożądany skutek. Kierował przemówienia do członków i sympatyków partii, a jeżeli przebieg tych wieców był filmowany, to wszystkimi kamerami musiał sterować młody, nadzwyczaj zdolny reżyser, Litwinow. Dopiero po odpowiednim montażu owe dokumenty mogły zostać wyemitowane przez państwową telewizję, a i to na warunkach podyktowanych przez samego Komarowa – bez żadnych skrótów oraz komentarzy. W zasadzie wolał on jednak kupować czas antenowy, niż polegać na nierzetelnych jego zdaniem dziennikarzach.

Temat tych wystąpień był zawsze taki sam: Rosja, Rosja i jeszcze raz Rosja. Komarow złorzeczył obcokrajowcom, którzy w ramach międzynarodowego spisku powalili jego ojczyznę na kolana; pomstował na ekspansję ,,czarnych" – tak bowiem zwykł był nazywać czarnowłosych obywateli pochodzących z Kaukazu, a więc Ormian, Gruzinów czy Azerów – którzy bogacili się szybko na każdym nielegalnym procederze; nawoływał za to o sprawiedliwość dla biednych, uciemiężonych Rosjan, którzy pewnego dnia muszą powstać i pod jego przywództwem rozpocząć odbudowę dawnej chwały, usuwając wszelkie nieczystości, jakie nagromadziły się na ulicach ,,Mateczki Rosji".

Obiecywał wszystko i wszystkim: bezrobotnym zatrudnienie i uczciwe zarobki za uczciwą pracę, powszechnie dostępną żywność i przywrócenie poczucia ludzkiej godności; cierpiącym nędzę emerytom odtworzenie dawnej wartości pieniądza i podniesienie standardu życia; wszystkim noszącym mundur *za Rodinu* dawne poczucie dumy z pełnionej służby i bezlitosną walkę z wszelakimi poniżeniami ze strony zbirów, którzy doszli do władzy, wykorzystując obcy kapitał.

I słuchali go wszyscy. Radio i telewizja przekazywały treść jego wystąpień do najdalszych zakątków kraju. Słuchali go stłoczeni w namiotach żołnierze, którzy musieli wrócić do ojczyzny zapełnionymi szczelnie transportami, wypędzeni z Afganistanu i Wschodnich Niemiec, z Czechosłowacji, Węgier i Polski, a nawet z Litwy, Łotwy i Estonii.

Słuchali go chłopi przesiadujący w nędznych izdebkach swoich chałup, otoczonych z każdym rokiem coraz większymi połaciami nieużytków, oraz przedstawiciele wyniszczonej klasy średniej, zasiadający pośród resztek mebli, których nie zdążyli jeszcze sprzedać za kawałek chleba czy też porąbać na opał do pieca. Słuchali go nawet niedawni zarządcy wielkich obiektów przemysłowych socjalizmu i zaczynali marzyć, że z kominów ,,ich" fabryk znów się uniosą smugi dymu. A kiedy obiecywał, że już wkrótce między szalbierzy i gangsterów dokonujących gwałtu na ,,Mateczce Rosji" zstąpi anioł śmierci, tłumy zaczynały wiwatować.

Wiosną 1999 roku, za namową swego rzecznika prasowego – niezwykle sprytnego młodzieńca, który ukończył jeden ze znanych college'ów amerykańskiej Ivy League – Igor Komarow zgodził sięudzielić zagranicznym politykom i dziennikarzom całej serii wywiadów. Ten sam rzecznik, Borys Kuzniecow, starannie dobrał kandydatów o prawicowych poglądach spośród parlamentarzystów oraz reporterów z Ameryki i Europy Zachodniej. A głównym celem owych spotkań miało być wyciszenie rosnącej na Zachodzie fali niepokoju.

Podobnie jak w trakcie kampanii wyborczej, wszystko przebiegło zgodnie z planem. Większość przybyłych spodziewała się krzykliwych acz gołosłownych wystąpień ultraprawicowego demagoga o poglądach rasistowskich czy nawet neofaszystowskich. Tymczasem zasiadł przed nimi całkowicie zrównoważony polityk w eleganckim garniturze, odznaczający się nienagannymi manierami. Komarow nie znał angielskiego, toteż miejsce u jego boku zajął rzecznik prasowy, który wziął na siebie rolę prowadzącego wywiad i tłumacza w jednej osobie. Ilekroć lider USP powiedział coś, co mogło zostać źle przyjęte, Kuzniecow powtarzał po angielsku zdania o wiele łatwiej akceptowane przez przedstawicieli świata zachodniego. Nikt niczego nie spostrzegł, ponieważ przebiegły rzecznik upewnił się wcześniej, iż na sali nie będzie osób znających rosyjski.

Tylko dlatego Komarow mógł bezkarnie wyjaśniać, iż wszyscy wytrawni politycy doskonale wiedzą, że nie trzeba się ściśle trzymać uprawnień konstytucyjnych, jeśli marzy się o sukcesie wyborczym, i że przy różnych okazjach można składać ludziom obietnice, które ci bardzo by chcieli usłyszeć, choć dla wszystkich jest oczywiste, że ich spełnienie wcale nie będzie takie proste, jak się w tej chwili wydaje. Słuchając tego, zagraniczni politycy i dziennikarze aprobująco potakiwali głowami.

Tłumaczył szczegółowo, że w starych demokracjach Zachodu obywatele doskonale rozumieją, iż dyscyplina społeczna zależy w głównej mierze od nich samych, dlatego kontrola sprawowana przez instytucje państwowe może być stosunkowo niewielka. Natomiast w kraju, gdzie wszelkie przejawy inicjatyw społecznych były tłumione, nadzór państwa musi być znacznie silniejszy, niż byłoby to do przyjęcia w Europie Zachodniej. I znów politycy oraz dziennikarze zgodnie kiwali głowami.

Najbardziej dociekliwym reporterom odparł wprost, że zahamowanie inflacji jest po prostu niewykonalne bez podjęcia natychmiast pewnych drakońskich przedsięwzięć wymierzonych przeciwko szerzącej się przestępczości i korupcji. Dziennikarze napisali później, że Igor Komarow to człowiek zwracający baczną uwagę na względy ekonomiczne i polityczne, a jednym z głównych elementów jego programu jest dalsza współpraca z Zachodem. Określono go jako polityka nazbyt konserwatywnego, by mógł zostać zaakceptowany w demokratycznych państwach Ameryki i Europy, bezwzględnie posługującego się prawicową demagogią, mogącą budzić zaniepokojenie wśród przedstawicieli Zachodu, ale za to człowieka wręcz idealnie nadającego się do kierowania coraz bardziej podupadającą Rosją. Cytowano przy tym wyniki sondaży, według których Komarow był najpewniejszym zwycięzcą następnych wyborów prezydenckich, jakie miały się odbyć w czerwcu 2000 roku. W podsumowaniu nie omieszkano dodać, że najbardziej dalekowzroczni politycy powinni mu udzielić swego poparcia.

Tym razem w licznych kancelariach, ambasadach, ministerstwach i salach posiedzeń na Zachodzie, w których dym z cygar unosił się pod sufitem, liczne głowy skłoniły się w geście potakiwania.

W północnej części centralnego rejonu Moskwy, mniej więcej w połowie długości bulwaru Kisielnego wychodzącego na Sadowoje Kolco, po północnej stronie małej bocznej uliczki znajduje się niewielki park. Z trzech stron otaczają go pozbawione okien ściany sąsiednich budynków, natomiast od frontu jest on ogrodzony trzymetrowej wysokości parkanem z pomalowanych na zielono arkuszy stalowej blachy, ponad który wyłaniają się czubki młodych jodeł. Pośrodku ogrodzenia znajduje się dwuskrzydłowa brama, także ze stalowych blach.

Ów park to w rzeczywistości ogród okalający wytworny dworek jeszcze z czasów przedrewolucyjnych, starannie odrestaurowany w połowie lat osiemdziesiątych. Zdecydowano się na nowoczesne, funkcjonalne wnętrza, pozostawiając nie zmienioną, klasyczną fasadę, którą pomalowano tylko delikatną pastelową farbą, przyjemnie kontrastującą z białymi gzymsami nad drzwiami i oknami. Tu właśnie mieściła się prywatna rezydencja Igora Komarowa.

Każdy odwiedzający ten dom był najpierw obserwowany za pomocą kamery umieszczonej wysoko na słupie bramy i musiał się przedstawić przez domofon. Strażnik urzędujący w budce po drugiej stronie ogrodzenia kontaktował się następnie z dowódcą ochrony budynku.

Jeśli bramę rozsuwano, żeby przepuścić jakiś samochód, mógł on przejechać najwyżej dziesięć metrów, dalszą drogę blokował bowiem żelazny grzebień do przebijania opon. Stalowe skrzydła bramy samoczynnie zasuwały się za pojazdem. Dopiero wtedy strażnik sprawdzał dokumenty gości, a jeśli te były w porządku, wracał do swojej budki i uruchamiał mechanizm chowający w podłożu grzebień. Dalej prowadził wysypany żwirem podjazd, po którym auto docierało przed wejście budynku, gdzie czekali już następni strażnicy.

Wzdłuż obu boków ogrodu ciągnęły się wybiegi oddzielone od alejki parkanami z gęstej drucianej siatki, mocno spinającej narożniki budynku ze słupami ogrodzenia. Tym terenem niepodzielnie władały psy. Na obszarze posiadłości trzymano dwie odrębne sfory, z których każda miała swego opiekuna, ci zaś pełnili służbę na zmianę. Po zmroku otwierano furtki wybiegu i psy rozbiegały się po całym ogrodzie, zarówno od frontu, jak i na tyłach domu. W ciągu nocy strażnik nie mógł nawet wychylić nosa z budki przy bramie, a jeśli zjawiał się jakiś spóźniony gość, musiał poczekać, aż ochroniarz wezwie opiekuna psów i ten z powrotem zapędzi sforę na wybieg.

Rozwiązanie takie nie było zbyt wygodne, toteż wykopano podziemny tunel wychodzący na wąską uliczkę na tyłach posiadłości, którą można się było dostać na bulwar Kisielny. Owo sekretne przejście zabezpieczono trojgiem masywnych drzwi: w piwnicach budynku, w połowie długości korytarza oraz przy jego wylocie na ulicę. Była to droga służbowa przeznaczona dla dostawców oraz całego personelu technicznego.

Każdej nocy, po opuszczeniu dworku przez wszystkich pracowników politycznych i otwarciu wybiegów dla psów, wewnątrz budynku pełniło służbę dwóch strażników. Mieli do własnej dyspozycji oddzielny pokój wyposażony w telewizor i podręczną kuchenkę, ale pozbawiony łóżek, żeby nie mogli spać. Na zmianę, co pół godziny, musieli robić obchód wszystkich trzech kondygnacji dworku do czasu, aż w porze śniadaniowej luzowała ich dzienna zmiana. Sam Komarow zazwyczaj pojawiał się później.

Ale kurz i pajęczyny nie darzą żadnym szacunkiem rezydencji wysokich dostojników, toteż codziennie oprócz niedziel, gdy późnym wieczorem rozlegał się dzwonek u drzwi prowadzących na tylną uliczkę, strażnicy musieli też wpuścić do środka sprzątacza.

W Moskwie jest to zajęcie głównie dla kobiet, lecz Komarow ufał wyłącznie męskiemu personelowi, więc nawet do sprzątania rezydencji zatrudniono mężczyznę, starego weterana wojennego, Leonida Zajcewa. Z powodu nazwiska, zauważalnej już na pierwszy rzut oka nieporadności życiowej, noszonych ciągle, zarówno latem jak i zimą, szarych roboczych ubrań pochodzących z demobilu rosyjskiej armii, a także ze względu na trzy sztuczne siekacze w górnej szczęce połyskujące nierdzewną stalą – będące dowodem na to, że czerwonoarmiejscy dentyści wykorzystywali wszelkie materiały, jakie wpadły im w ręce – żaden ze strażników nie nazywał sprzątacza inaczej niż Zającem. Tego dnia, kiedy prezydent Rosji zmarł na serce, Zajcew zjawił się w pracy jak zawsze o dwudziestej drugiej.

Była już pierwsza w nocy, kiedy z wiadrem wody i ścierką w ręce, ciągnąc za sobą wielki odkurzacz, sprzątacz dotarł do gabinetu Akopowa, osobistego sekretarza lidera USP. Do tej pory tylko raz spotkał tego człowieka, gdy jakiś rok wcześniej postanowił dla odmiany zacząć pracę od pierwszego piętra i ku swemu zdumieniu natknął się na mężczyznę, mimo późnej pory wciąż pracującego za biurkiem. Akopow zbeształ go ostro i nie szczędząc inwektyw, kazał się wynosić do diabła. Od tamtej pory Zajcew co jakiś czas rozsiadał się w głębokim obrotowym fotelu sekretarza i w zadumie kołysał na boki.

Teraz także – wiedząc, że przez pewien czas żaden ze strażników nie powinien się zjawić na górze – pozwolił sobie na krótki odpoczynek w niezwykle wygodnym, obitym prawdziwą skórą fotelu. Zajcew nigdy nie miał takiego mebla, nie mógł nawet o tym pomarzyć. Zaraz jednak ze zdumieniem spostrzegł leżący na biurku dokument, liczący około czterdziestu stron maszynopisu, spięty na grzbiecie drucianą spiralą i zabezpieczony z obu stron okładkami z grubego czarnego kartonu. Jął się głowić nad przyczynami, dla których sekretarz zostawił ten dokument na wierzchu. Po zakończeniu pracy Akopow zawsze chował wszystkie papiery do wielkiej, wpuszczonej w ścianę kasy pancernej, a przynajmniej tak się Zającowi wydawało, ponieważ nigdy dotąd nie napotkał w gabinecie żadnych pism leżących na widoku. Z ociąganiem odchylił okładkę i zerknął na tytuł. Później otworzył maszynopis na chybił trafił i zaczął czytać.

Nigdy nie odebrał pełniejszego wykształcenia, nawet czytanie przychodziło mu z pewnym trudem, nie był jednak analfabetą. Liter uczyła go przybrana matka, później nauczycielka w początkowych klasach podstawówki, wreszcie przyjaźnie do niego nastawiony oficer podczas służby w wojsku.

Już pierwsze rozpoznane słowa wprawiły go w zdumienie. Kilkakrotnie przeczytał ten sam akapit, borykając się nieco z paroma długimi i skomplikowanymi wyrazami, w końcu jednak pojął ich znaczenie. Wykręcone artretyzmem dłonie zaczęły się trząść, kiedy przerzucał kartkę. Dlaczego Igor Komarow miałby pisać takie rzeczy? – zachodził w głowę. Czemu wyrażał się w ten sposób o jego przybranej matce i innych ludziach, których on darzył miłością? Nie umiał sobie tego wytłumaczyć, ogarnęło go przygnębienie. Przyszło mu do głowy, żeby się skontaktować ze strażnikami pełniącymi służbę w budynku. Zaraz jednak pomyślał, iż zapewne dostałby jedynie po głowie i niewybrednymi słowami nakazano by mu wrócić do przerwanej pracy.

Minęła pełna godzina. Strażnicy powinni byli dokonać rutynowego obchodu, ale siedzieli z oczyma wlepionymi w ekran telewizora. Spiker informował właśnie, że zgodnie z artykułem pięćdziesiątym dziewiątym konstytucji premier, na określone ustawą trzy miesiące, przejmuje wszelkie obowiązki zmarłego tragicznie prezydenta Rosji.

Tymczasem Zając przeglądał w kółko tych samych kilka stron, aż wreszcie dotarło do niego pełne znaczenie przeczytanego tekstu. Nadal jednak nie potrafił sobie wytłumaczyć, co się za tym kryje. W jego pojęciu Komarow był wielkim politykiem, zmierzał do objęcia urzędu prezydenckiego w następnych wyborach. Dlaczego więc wypisywał takie straszne rzeczy o ludziach, takich jak jego przybrana matka, którzy od dawna już nie żyli?

O drugiej w nocy Zając wepchnął dokument za połę szarej poplamionej panterki, szybko dokończył sprzątanie i poprosił, aby go wypuszczono. Strażnicy z wyraźnym ociąganiem oderwali się od telewizora, przeprowadzili go jednak podziemnym korytarzem i sprzątacz wyszedł na pogrążoną w ciemnościach uliczkę. Skończył pracę nieco wcześniej niż zazwyczaj, ale na szczęście tamci nie zwrócili na to uwagi.

W pierwszej chwili chciał iść prosto do domu, lecz zaraz zrezygnował z tego pomysłu. Było za wcześnie. Autobusy, tramwaje i metro jeszcze nie kursowały, ale do tego zdążył przywyknąć. Zawsze wracał na piechotę, niejednokrotnie w deszczu, lecz niezwykle potrzebna mu była ta praca. Powrót pieszo do domu zajmował godzinę. Obliczył więc szybko, że z pewnością by obudził swoją córkę i sześcioletnią wnuczkę, a wolał uniknąć ostrej wymiany zdań z córką. Dlatego zdecydował się połazić trochę po mieście i przemyśleć sobie wszystko.

O wpół do czwartej nad ranem znalazł się na Nabrzeżu Kremlowskim, pod wysokim ceglanym murem ograniczającym od południa teren Kremla. W tej części miasta nocowało wielu włóczęgów i żebraków, ale Zajcew zdołał znaleźć wolną ławkę na skwerze, usiadł na niej i zapatrzył się na zabudowania po drugiej stronie rzeki.

Fale stawały się coraz mniejsze, w miarę jak zbliżali się do wyspy. Kapitan obserwował to samo zjawisko każdego popołudnia i odnosił wrażenie, iż ocean chce tym sposobem dać znać wszystkim rybakom i marynarzom, że całodzienne zmagania dobiegają końca i do następnego ranka zostaje ogłoszone zawieszenie broni. Ze wszystkich stron nadciągały łodzie zmierzające w kierunku Wheeland Cut, północno-zachodniego przejścia w pierścieniu raf koralowych, przez które można się było dostać na wody płytkiej laguny.

Z prawej strony wyprzedził ich Arthur Dean w swojej „Srebrzystej Głębinie", wyciągającej o osiem węzłów więcej od „Lisicy". Tubylec przyjaźnie pomachał mu ręką i Amerykanin odpowiedział takim samym gestem. Na rufie łodzi Deana siedziało dwóch zadowolonych z siebie płetwonurków, a ponieważ wybierali się rano na rafy w pobliżu przylądka North-west Point, nietrudno było odgadnąć, że dziś na kolację będą się raczyć homarami.

Kapitan zmniejszył obroty silnika, gdyż przejście w rafie było wąskie i po obu jego stronach, zaledwie kilka centymetrów pod powierzchnią morza, czyhały ostre jak brzytwa krawędzie korali. Po wpłynięciu na wody laguny została im zaledwie dziesięciominutowa podróż wzdłuż wybrzeża do przystani Turtle Cove.

Kochał swą łódź, był niemal bezgranicznie oddany tej wielkiej namiętności, jaka wypełniła całe jego życie. „Lisica" miała już dziesięć lat i była dziesięciometrową łodzią typu „Bertram Moppie" – nazwaną tak od imienia żony słynnego projektanta jachtów, Dicka Bertrama. W Turtle Cove wybór był duży, turyści mieli do dyspozycji zarówno większe, jak i bardziej luksusowe jednostki, lecz mimo to „Lisica" stanowiła silną konkurencję, gdyż jej kapitan oraz jego pomocnik nie bali się wychodzić na otwarte morze nawet w złych warunkach atmosferycznych i gotowi byli podjąć walkę z każdą, nawet największą schwytaną na haczyk rybą.

Kupił łódź od poprzedniego właściciela pięć lat wcześniej, kiedy tylko przeprowadził się na wyspę. Nie zniechęciła go nawet konieczność zaciągnięcia kredytu i opłacenia chciwego pośrednika z południowej Florydy. W pierwszym okresie pracował nad nią dniami i nocami, dopóki w jego oczach nie stała się najpiękniejszą damą całego archipelagu. Nie żałował ani jednego wydanego na nią dolara, chociaż wciąż musiał spłacać wysokie raty kredytu bankowego.

Znalazłszy się na terenie przystani, zwolnił jeszcze bardziej i ostrożnie wprowadził „Lisicę" na stanowisko przy pomoście. Spojrzał przelotnie na zacumowaną nieco dalej „Sakitumi" jego przyjaciela, także Amerykanina, Boba Collinsa, po czym wyłączył silnik i zbiegł po drabince na pokład, żeby zapytać swoich dwóch klientów, czy są zadowoleni. Tak, byli zachwyceni, zapewnili go o tym kilkakrotnie, odliczając ustaloną zapłatę dla niego oraz Juliusa. Kiedy w końcu zeszli na ląd, kapitan porozumiewawczo mrugnął do swego pomocnika, przekazał mu część pieniędzy i pozwolił zabrać złowione ryby, po czym zdjął czapeczkę i przeciągnął dłonią po zmierzwionych przez wiatr blond włosach.

Rozradowany tubylec ochoczo przystąpił do dalszych porządków i zaczął obficie zlewać morską wodą pokład i ławki oraz przecierać szmatą relingi. Kapitan doskonale wiedział, że gdy przyjdzie po zmierzchu, aby zamknąć kajutę i sprawdzić cumy, zastanie „Lisicę" błyszczącą czystością. Tymczasem zamarzyła mu się lampka daiquiri z plasterkiem limony, wskoczył więc na pomost i ruszył w kierunku „Banana Boat", witając się po drodze z wszystkimi znajomymi.

ROZDZIAŁ 2

Dwie godziny spędzone na parkowej ławce nad rzeką ani trochę nie przybliżyły Leonida Zajcewa do rozwiązania jego problemu. Coraz bardziej żałował, że zabrał z biurka ten dokument. Nie umiał nawet powiedzieć, dlaczego to zrobił. Gdyby został przyłapany, spotkałaby go surowa kara. Zresztą przez całe dotychczasowe życie los zdawał się go ustawicznie karać, czego on także nie potrafił zrozumieć.

Urodził się w 1936 roku w niewielkiej, ubogiej wiosce niedaleko Smoleńska, jak dwie krople wody podobnej do setek tysięcy innych, rozsianych po całej Rosji. Wzdłuż jedynej uliczki – rzecz jasna, niebrukowanej, straszliwie pylistej każdego lata, zmieniającej się w rzekę błocka na wiosnę oraz jesienią i w twardą jak skała zmarzlinę podczas zimy – stało około trzydziestu chałup i kilka zrujnowanych stodół. Ojciec Zajcewa, podobnie jak reszta mieszkańców wioski, pracował w pobliskim kołchozie. Rodzina gnieździła się w starej ruderze na skraju wsi.

Mniej więcej pośrodku tej gromadki zabudowań stał maleńki sklepik z mieszkalną nadbudówką, należący do wioskowego piekarza. Ojciec bez przerwy powtarzał małemu Zajcewowi, że nie wolno mu się bawić z dziećmi piekarza, gdyż jest on *Jewriejem*. Zając nie wiedział, co to może znaczyć, domyślał się tylko, że chodzi o coś złego. Nie umiał tego jednak pogodzić z faktem, że matka kupowała w tymże sklepiku chleb i że bardzo mu on smakował.

Ale nie odważał się rozmawiać z piekarzem, choć był to pogodny, zawsze uśmiechnięty mężczyzna, który często wystawał w otwartych drzwiach sklepu, niejednokrotnie witał serdecznie przechodzącego chłopaka, a zdarzało się i tak, że częstował go rumianą *bułoczką*, gorącą, wyjętą prosto z pieca. Obawiając się gniewu ojca, Leonid najczęściej uciekał z *bułoczką* za pobliski chlewik i dopiero tam ją zjadał. Piekarz mieszkał z żoną i dwiema córeczkami. Zając widywał je czasami, kiedy wyglądały z okien domu, ale ponieważ w ogóle z niego nie wychodziły, nie musiał specjalnie pamiętać o przestrogach ojca.

Pewnego dnia, pod koniec czerwca 1941 roku, na wioskę spadło nieszczęście. Leonid jeszcze wtedy nie zdawał sobie sprawy, cóż to za nieszczęście. W pewnej chwili usłyszał narastający warkot oraz metaliczne hałasy i wybiegł zza stodoły. Ujrzał ogromne żelazne potwory wtaczające się do wioski od strony smoleńskiej szosy. Jadąca przodem maszyna zatrzymała się pośrodku grupy zabudowań. Zaciekawiony Leonid podszedł nieco bliżej, żeby dokładnie się jej przyjrzeć.

Pojazd wydał mu się niezwykły, olbrzymi jak jego rodzinny dom; toczył się na stalowych gąsienicach, a z przodu sterczała gigantyczna lufa. Na samym szczycie, ponad armatą, stał wychylony do połowy na zewnątrz mężczyzna. Zdjął z głowy ciężki hełm i położył go obok na korpusie potwora, gdyż tego dnia było nadzwyczaj gorąco. Powoli odwrócił się i spojrzał na Leonida.

Chłopak zachłannym spojrzeniem obrzucił bardzo jasne, niemal białe włosy przybysza oraz niezwykłe oczy, jasnobłękitne, wręcz przezroczyste, jakby przeświecało przez nie pogodne letnie niebo. Ale te oczy były pozbawione jakiegokolwiek wyrazu, nie emanowała z nich ani miłość, ani nienawiść, a jedynie wyraz bezgranicznego znudzenia. Bardzo powolnym ruchem mężczyzna sięgnął do swego boku i po chwili uniósł ciężki pistolet.

Jakiś szósty zmysł podpowiedział Leonidowi, że święci się coś złego. Kiedy nagle rozbrzmiały eksplozje granatów wrzucanych przez okna do chat, pomieszane z krzykami ludzi, ogarnęło go przerażenie. Odwrócił się na pięcie i rzucił do ucieczki. Za jego plecami padł wystrzał, coś gwałtownie szarpnęło go za włosy. Zdołał jednak dopaść rogu stodoły, dał za nią nura i z głośnym wrzaskiem popędził przez pola. Nie zważał na coraz głośniejsze okrzyki, buchające w niebo kłęby dymu i swąd płonącego drewna dolatujący od strony wioski. Widział jedynie las przed sobą i gnał do niego, ile tchu w piersi.

Zatrzymał się dopiero między drzewami. Nie wiedział co robić. Łzy pociekły mu po twarzy, zaczął nawoływać matkę i ojca. Ale ich nigdzie nie było. Nigdy już miał ich nie zobaczyć.

Spotkał kobietę, która tak samo płakała, nawołując swego męża i córeczki. Rozpoznał w niej żonę piekarza, Dawidową. Ujrzawszy Leonida, pospiesznie objęła go, zaczęła tulić do siebie, ściskać i obcałowywać, choć on za nic nie mógł zrozumieć przyczyny takiego zachowania. Obleciał go strach przed gniewem ojca, bo przecież mimowolnie znalazł się w objęciach *Jewrejki*.

Wioska spłonęła doszczętnie, a pancerna kompania SS odjechała. Przy życiu pozostało zaledwie kilku mieszkańców rozproszonych po lesie. Wkrótce natknęli się na oddział partyzantów – brudnych, zarośniętych i uzbrojonych ludzi – którzy, jak się okazało, mieszkali w ziemiankach. Ci zaś utworzyli z wieśniaków kolumnę i poprowadzili ją lasami na wschód, ciągle na wschód.

Kiedy Leonid opadał z sił w czasie tego przemarszu, Dawidowa sadzała go sobie na ramionach. Wreszcie, po wielotygodniowej tułaczce, dotarli do Moskwy, gdzie kobieta miała jakichś krewnych, którzy udzielili im schronienia, nakarmili i odziali. Byli dla niego bardzo mili, choć wszyscy mężczyźni przypominali wioskowego piekarza – nosili kudłate bokobrody zbiegające nisko na szczękę i paradowali w czarnych prostych kapeluszach o bardzo szerokich rondach. Mimo że Leonid nie był *Jewriejem*, Dawidowa postanowiła go adoptować i roztoczyć nad nim opiekę aż do końca życia.

Ale zaraz po wojnie urzędnicy odkryli, że nie jest jej prawdziwym synem, odebrali więc kobiecie chłopaka i umieścili go w sierocińcu. Przed rozstaniem Leonid płakał tak samo jak jego przybrana matka, której już nigdy więcej nie pozwolono mu zobaczyć. Dopiero w sierocińcu dowiedział się, że *Jewriej* znaczy Żyd.

Siedząc na ławce nad rzeką, Zając bez przerwy rozmyślał o wykradzionym dokumencie, tkwiącym za pazuchą jego kurtki. Nie rozumiał w pełni znaczenia takich zwrotów jak „ostateczna eksterminacja" czy też „całkowite unicestwienie". Były to dla niego słowa zbyt długie, zanadto złożone, domyślał się jednak, że nie oznaczają niczego dobrego. Tym bardziej nie mógł pojąć, z jakiego powodu Igor Komarow chce zgotować coś takiego ludziom podobnym do jego przybranej matki, Dawidowej.

Wreszcie na wschodnim horyzoncie niebo z lekka pojaśniało. W wielkiej rezydencji na przeciwległym brzegu rzeki Moskwy, dokładnie na wprost Nabrzeża Kremlowskiego, oficer Royal Marines zdjął z półki sztandar i ruszył w kierunku schodów prowadzących na dach budynku.

Kapitan dopił resztkę daiquiri, wstał od stolika i podszedł do relingu. Popatrzył na spokojne wody laguny i pogrążoną w ciemnościach przystań.

– Czterdzieści dziewięć lat... – mruknął do siebie. – Niedługo stuknie ci pięćdziesiątka, a ty nadal chodzisz w tym zaprzęgu. Starzejesz się, Jasonie Monk, pora z tym skończyć.

Z żalem pokiwał głową nad swoim losem, czując zarazem, jak mocny tutejszy rum z sokiem limony rozleniwia go coraz bardziej.

– A niech to! – syknął. – Jedno możesz powiedzieć na pewno: miałeś bardzo ciekawe życie, pełne przygód.

Owo życie pełne przygód zaczęło się daleko stąd, w przestronnym domu zbudowanym z grubych drewnianych bali, w niewielkim miasteczku Crozet na południu Wirginii, niedaleko Shenandoah, osiem kilometrów od autostrady łączącej Waynesboro z Charlottesville.

Cały okręg Albemarle to rejon rolniczy, usiany miejscami pamięci narodowej z okresu wojny secesyjnej, jako że osiemdziesiąt procent walk toczyło się na terenie Wirginii i żaden z mieszkańców stanu nigdy o tym nie zapomina. W skromnej szkole podstawowej uczyły się przede wszystkim dzieci farmerów, których rodzice zajmowali się uprawą tytoniu, soi, bądź hodowlą świń.

Ojciec Jasona Monka był w tym gronie wyjątkiem, pracował bowiem jako strażnik leśny w parku narodowym Shenandoah. Wiadomo, że nie sposób się wzbogacić na takiej posadzie, ale Jason miał szczęśliwe dzieciństwo, nawet jeżeli w domu brakowało czasami pieniędzy. Tyle tylko, że w czasie wakacji nie mógł się oddawać błogiemu lenistwu, musiał podejmować jakąś pracę zarobkową, aby choć trochę podreperować budżet rodziny.

Z wczesnej młodości najbardziej utkwiły mu w pamięci wyprawy do parku narodowego, obejmującego kompleks starych lasów porastających zbocza malowniczego pasma Blue Ridge, kiedy to ojciec uczył go rozróżniać świerki, brzozy, jodły, modrzewie, dęby i strzeliste sosny. Czasami podczas tych spacerów spotykali grupy myśliwych, toteż Jason miewał także okazje wysłuchać z otwartymi ustami opowieści o polowaniach na niedźwiedzie, jelenie, bażanty czy głuszce.

Dość szybko nauczył się zdumiewająco celnie strzelać z broni palnej, tropić i osaczać zwierzynę, jak również obozować w lesie tak, by o świcie nie zostawiać po sobie żadnych śladów. Kiedy zaś wyrósł na krzepkiego młodzieńca, zaczął w wakacje najmować się do pracy przy wyrębie drzew.

Po ukończeniu podstawówki, zaraz po swoich trzynastych urodzinach, rozpoczął naukę w państwowej szkole średniej w Charlottesville. Musiał teraz codziennie wstawać przed świtem, żeby dojechać z Crozet do stolicy okręgu. To właśnie w szkole średniej wydarzyło się coś, co odmieniło jego późniejsze życie.

Dużo wcześniej, bo w roku 1944, pewien sierżant piechoty wraz z tysiącami innych żołnierzy wyruszył z plaży Omaha, by ostatecznie wylądować na podobnej plaży w Normandii. Gdzieś pod Saint-Lô odłączył się od swojej jednostki i wpadł w oko niemieckiemu snajperowi. Miał szczęście, gdyż pocisk trafił go tylko w ramię. Dwudziestotrzyletni Amerykanin zdołał się doczołgać do najbliższych zabudowań, a tam rodzina wieśniaków opatrzyła mu ranę i udzieliła schronienia. Kiedy szesnastoletnia córka francuskiego gospodarza, zmieniając rannemu opatrunki, spoglądała mu prosto w oczy, ten szybko doszedł do wniosku, że został zniewolony o wiele skuteczniej, niż mógłby tego dokonać jakikolwiek niemiecki żołnierz.

Nic więc dziwnego, że rok później wrócił z Berlina do Normandii, oświadczył się i poślubił dziewczynę podczas uroczystości na wiejskim podwórzu, którą poprowadził kapelan amerykańskiej armii. Następnie, jako że ten ślub nie był ważny w świetle prawa francuskiego, zorganizowano drugą uroczystość w wiejskim kościółku katolickim. Dopiero teraz zdemobilizowany sierżant mógł zabrać swą oblubienicę do rodzinnej Wirginii.

Dwadzieścia lat później został wicedyrektorem państwowej szkoły średniej w Charlottesville, a jego żona, kiedy dorosłe dzieci opuściły dom rodzinny, podjęła się prowadzić zajęcia z języka francuskiego. Ponieważ język ten został właśnie wciągnięty na listę przedmiotów egzaminacyjnych, a Josephine Brady była nie tylko rodowitą Francuzką, lecz także piękną i uroczą kobietą, sale podczas jej wykładów zawsze wypełniały się do ostatniego miejsca.

Jesienią 1965 roku do tej grupy dołączył dość wstydliwy młodzieniec z wiecznie potarganą strzechą blond włosów i zaraźliwym uśmiechem. Nazywał się Jason Monk. Już po roku nauczycielka oceniła, że jeszcze nigdy dotąd nie zetknęła się z uczniem mającym tak wybitne zdolności do języka francuskiego. Co więcej, nadzwyczajne osiągnięcia Monka musiały świadczyć o jego nieprzeciętnym talencie. Nie chodziło nawet o pilnie wyuczone reguły gramatyczne czy zasób słownictwa, lecz o umiejętność idealnego naśladowania akcentu rodowitych Francuzów.

W ostatniej klasie szkoły średniej Jason bywał częstym gościem w domu państwa Brady, gdzie zyskał możność zapoznania się z dziełami takich pisarzy jak Malraux, Proust, Gide czy Sartre (którego powieści uważano w tamtych czasach za nieprzyzwoicie erotyczne), lecz przede wszystkim spędzał czas na czytaniu romantycznych poezji Rimbauda, Mallarmé'ego, Verlaine'a czy de Vigny'ego. I choć nie było to zamierzone, to jednak w końcu się stało; być może pod wpływem poezji – mimo dużej różnicy wieku, do której żadne z nich nie przywiązywało wagi – nawiązał się krótki romans.

Stąd też, ukończywszy osiemnaście lat, Jason Monk wyróżniał się spośród swych rówieśników dwiema, dość niezwykłymi wówczas w południowej Wirginii umiejętnościami: doskonale znał francuski i był nieprzeciętnym kochankiem. Ale właśnie w wieku osiemnastu lat wstąpił do wojska.

W roku 1968 wojna wietnamska rozgorzała z pełną siłą, a wielu młodych Amerykanów wykręcało się od służby w armii. Wszystkich zgłaszających się na ochotnika i podpisujących trzyletni kontrakt witano z otwartymi ramionami.

Monka odesłano na szkolenie, w trakcie którego rekrutom rozdano formularze personalne. W umieszczonej trochę na wyrost rubryce ,,znajomość języków obcych", Jason wpisał bez wahania: ,,francuski". Niedługo później został wezwany do kancelarii komendanta obozu szkoleniowego.

– Naprawdę znasz francuski? – spytał oficer.

Monk szczegółowo zrelacjonował przebieg swojej edukacji. Oficer zadzwonił do sekretariatu szkoły średniej w Charlottesville i poprosił o kontakt z panią Brady. Nauczycielka zatelefonowała do niego po kilku godzinach. Następnego dnia Monk ponownie został wezwany do raportu. Tym razem w kancelarii czekał na niego major z wydziału G2, czyli z wywiadu wojskowego.

Nie było w tym nic dziwnego. Większość mieszkańców Wietnamu, do niedawna kolonii francuskiej, lepiej czy gorzej znała język francuski. Toteż Jason został szybko wysłany do Sajgonu. W ciągu trzyletniej służby raz tylko otrzymał krótki urlop, wreszcie wrócił na stałe do Stanów Zjednoczonych.

Tego dnia, gdy miał zakończyć służbę w wojsku, został wezwany do dowództwa jednostki. Pułkownik wprowadził go do gabinetu i zostawił samego z dwoma cywilami.

– Proszę usiąść, sierżancie – rzekł starszy, na pierwszy rzut oka sympatyczniejszy z dwóch mężczyzn.

Bez pośpiechu zajął się przypalaniem fajki, podczas gdy drugi niespodziewanie zaczął wypytywać Jasona po francusku. Ten odpowiadał płynnie. Po dziesięciu minutach rozmowy cywil uśmiechnął się szeroko i zwracając się do swego kolegi, oznajmił:

– On jest naprawdę dobry, Carey. Jest cholernie dobry.

Po czym wyszedł z pokoju.

– Co sądzisz o Wietnamie? – zapytał starszy mężczyzna.

Miał około czterdziestki i silnie pobrużdżoną zmarszczkami twarz o dobrodusznym wyrazie. A działo się to w roku 1971.

– To domek z kart, proszę pana – odparł Monk – który już zaczyna się rozsypywać. Najwyżej za dwa lata będziemy się musieli stamtąd wynieść.

Carey chyba podzielał to zdanie, gdyż w zamyśleniu pokiwał głową.

– Masz rację, ale nie mów o tym głośno. Co zamierzasz teraz robić?

– Jeszcze się nie zdecydowałem, proszę pana.

– No cóż, nie pomogę ci w podjęciu decyzji, ale powinieneś wykorzystać swój talent. Rzadko trafia się taki dar. Mój kolega jest Amerykaninem, tak samo jak ja i ty, ale przez dwadzieścia lat wychowywał się we Francji. Jeśli on twierdzi, że masz zdolności, to mi wystarczy. Może więc zechciałbyś kontynuować edukację?

– Ma pan na myśli naukę w college'u?

– Tak. Gdybyś pozostał na służbie, mógłbyś przeznaczać żołd na czesne. Łatwo będzie przekonać Wuja Sama, że w pełni sobie na to zasłużyłeś. Wykorzystaj tę okazję.

W ciągu trzech lat spędzonych w Sajgonie Jason wysyłał większość pieniędzy rodzicom, chcąc w ten sposób dopomóc w wychowywaniu młodszego rodzeństwa.

– Oprócz żołdu musiałbym dokładać jakiś tysiąc dolarów na czesne.

Carey wzruszył ramionami.

– I to by się dało załatwić, gdybyś rozpoczął naukę rosyjskiego.

– A jeśli się zdecyduję?

– To daj mi znać. Być może kierownictwo wydziału, w którym pracuję, będzie miało dla ciebie jeszcze inne propozycje.

– Ale przecież moja nauka potrwa cztery lata.

- Tym się nie martw, należymy do ludzi nadzwyczaj cierpliwych.
- Czy mogę zapytać, jak się pan o mnie dowiedział?
- Od twoich przełożonych z Wietnamu. Niektórzy z nich, biorący udział w realizacji programu „Phoenix", bardzo wysoko ocenili twoją służbę. Mogę ci zdradzić, że zostałeś nawet przedstawiony do odznaczenia. No i wpadłeś w oko mojemu szefowi.
- Pan jest z Langley, prawda? Pracuje pan dla CIA?
- Niezupełnie. Mówiąc szczerze, to znacznie mniejsza komórka.

Carey Jordan nie był jednak pracownikiem jakiejś tam „mniejszej komórki", już wkrótce miał zostać wicedyrektorem pionu operacyjnego, a więc w zasadzie należał do kierownictwa całego amerykańskiego wywiadu cywilnego.

Monk skorzystał z tej propozycji. Podjął studia na uniwersytecie stanowym Wirginii, a więc wrócił do Charlottesville. Znów przychodził na herbatę do pani Brady, ale teraz nie łączyło ich już nic poza przyjaźnią. Dziekan katedry slawistyki, rodowity Rosjanin, w dokumentach określił niezwykłe zdolności językowe Jasona jako „naturalny talent bilingwistyczny". Dwudziestopięcioletni Monk uzyskał dyplom i w roku 1975, znów zaraz po swoich urodzinach, został pracownikiem CIA. Po przejściu podstawowego szkolenia w Forcie Peary, powszechnie określanego w agencji mianem „farmy", podjął pracę w Langley, później na krótko został oddelegowany do Nowego Jorku i znów wrócił do Langley.

Dopiero pięć lat później, po zaliczeniu nieskończonej wręcz liczby kursów i szkoleń, wylądował na swojej pierwszej zagranicznej placówce – w Nairobi, w Kenii.

Tego pięknego ranka, szesnastego lipca, służbę w oddziale Royal Marines pełnił kapral Meadows. Z wprawą przymocował wzmocniony brzeg tkaniny do uchwytów i powoli wciągnął flagę na maszt. Lekki wiatr załopotał rozwiniętym sztandarem, głoszącym całemu światu, do kogo należy okazała rezydencja.

Tuż przed rewolucją rząd brytyjski kupił moskiewską posiadłość przy Nabrzeżu Sofijskim od jej właściciela, pewnego magnata cukrowniczego. Założył tu swoją ambasadę, ta zaś przetrwała wszelkie nawałnice dziejowe.

Józef Stalin, ostatni komunistyczny dyktator mieszkający w apartamentach na Kremlu, każdego ranka, kiedy wstawał i rozsuwał zasłony w swojej sypialni, aż zgrzytał zębami z wściekłości na widok brytyjskiej flagi powiewającej za rzeką, na wprost jego okien. Przez cały okres rządów ponawiał naciski na brytyjskich dyplomatów, by przenieśli swą siedzibę do innej części miasta, lecz ci uporczywie odmawiali.

Z upływem lat dworek w centrum Moskwy okazał się za mały dla rozrastającej się placówki, toteż wiele biur i sekcji porozmieszczano w odleglejszych rejonach miasta. Lecz mimo wciąż ponawianych propozycji, aby wszystkich pracowników przenieść do jakiejś nowo wybudowanej siedziby ambasady, władze londyńskie z niesłabnącym uporem powtarzały, że nie zrezygnują z zajmowanej rezydencji przy Nabrzeżu Sofijskim. A ponieważ budynek ambasady był suwerenną częścią terytorium brytyjskiego, władze rosyjskie musiały się z tym godzić.

Leonid Zajcew wciąż siedział na ławce i podziwiał, jak pierwsze promienie słoneczne pozłacają wzgórza na wschodzie Moskwy, kiedy po przeciwnej stronie rzeki załopotała na wietrze rozwinięta flaga. Ten widok przywołał z jego pamięci mgliste wspomnienia.

Osiemnastoletni Zając został wcielony do Armii Czerwonej i jak to wówczas bywało, po przejściu krótkiego, podstawowego szkolenia, został przydzielony do jednostki pancernej stacjonującej w Niemczech Wschodnich. Był zwykłym szeregowym, a zapisy w jego aktach personalnych nie klasyfikowały go nawet jako potencjalnego kandydata do stopnia podoficerskiego.

Pewnego dnia roku 1955, podczas przemarszu w gęstym lesie na obrzeżach Poczdamu, Leonid odłączył się od swojej kompanii. Zagubiony i przerażony, błąkał się przez pewien czas, aż w końcu wypadł na wąską, piaszczystą drogę. Tu stanął jak wmurowany; sparaliżował go strach na widok czterech obcych żołnierzy i odkrytego jeepa, od których dzieliło go nie więcej niż dziesięć metrów. Zrozumiał szybko, że natknął się na jakiś patrol odpoczywający w lesie.

Dwaj obcy siedzieli w samochodzie, dwaj stali oparci o maskę, palili papierosy. Wszyscy trzymali w rękach butelki z piwem. Leonid błyskawicznie się zorientował, że nie są Rosjanami. To byli obcy, z Zachodu – zapewne z alianckiej misji w Poczdamie, utworzonej na mocy porozumienia Wielkiej Czwórki z 1945 roku, lecz o tym Zajcew nic nie wiedział. Pamiętał tylko to, co mu w kółko powtarzano: to są wrogowie, którzy zamierzają zniszczyć socjalizm, i gdyby tylko mogli, natychmiast by go zabili.

Rozmowa przy jeepie urwała się nagle, żołnierze obrzucili go uważnym spojrzeniem. Wreszcie jeden z nich zawołał:

– Cześć! Witaj!
– Patrzcie, kogo tu przyniosło! Zawszonego Ruska! – dorzucił drugi.
– Jak się masz, Iwan!

Leonid nie rozumiał ani słowa. Kurczowo ściskał swoją pepeszę, ale tamci najwyraźniej wcale się go nie bali. Wręcz przeciwnie, zachowywali się przyjaźnie. Dwaj z nich nosili czarne berety ozdobione błyszczącymi, mosiężnymi belkami oraz emblematami przedstawiającymi pęki białych i czerwonych piór. Nie zdawał sobie sprawy, że spogląda na żołnierzy z regimentu Królewskich Fizylierów.

Jeden z dwóch obcych opartych o maskę jeepa wyprostował się powoli i ruszył w jego kierunku. Zająca ogarnęło takie przerażenie, że o mało nie zsikał się w majtki. Ale tamten – młody rudzielec o pryszczatej twarzy – uśmiechnął się jeszcze szerzej i wyciągnął do niego butelkę.

– Masz, koleś. Łyknij sobie piwa.

Leonid z ociąganiem zacisnął palce na chłodnym, oszronionym szkle. Obcy zachęcająco pokiwał głową. No tak, pewnie zatrute, pomyślał Zając. Mimo to uniósł butelkę, przytknął ją do warg i pociągnął maleńki łyk. Zimne piwo rozlało mu się po języku. Było dość mocne, znacznie lepsze od rosyjskiego. Ale świadomość prawdopodobnego zatrucia sprawiła, że się zakrztusił.

– Powoli, chłopie. Na pewno chce ci się pić – rzekł tamten.

Dla Zajcewa z jego ust wydobywały się tylko niezrozumiałe dźwięki. Zdumiał się jednak, kiedy obcy spokojnie zawrócił i bez pośpiechu ruszył z powrotem do samochodu. Ani trochę się go nie obawiali! Był przecież uzbrojony i służył w Armii Czerwonej, a tamci jak gdyby nigdy nic uśmiechali się do niego i żartowali!

Stał w cieniu drzew i popijał chłodne piwo, zastanawiając się, co by o tym pomyślał pułkownik Nikołajew, dowódca jego jednostki. Pułkownik miał dopiero trzydzieści lat, lecz już szczycił się tytułem bohatera wojennego. Kiedyś zatrzymał się przed stojącym w szeregu Zajcewem i zapytał, skąd pochodzi. Szeregowy odparł krótko, że z sierocińca. Dowódca przyjaźnie poklepał go po ramieniu i powiedział, iż teraz ma już prawdziwy dom. Zajcew od razu polubił pułkownika Nikołajewa.

Teraz jednak był zbyt przerażony, żeby cisnąć butelkę z trucizną w krzaki. Zresztą chłodne piwo mu smakowało, nawet jeśli zawierało truciznę. Wypił je do końca. Po dziesięciu minutach dwaj żołnierze zdusili w piachu niedopałki, zajęli miejsca w jeepie i nałożyli berety. Zawarkotał silnik i patrol szybko odjechał. Rudowłosy odwrócił się jeszcze i pomachał mu na pożegnanie. Mimo że był jego wrogiem i przygotowywał się do napaści na Związek Radziecki, to jednak zachował się po przyjacielsku.

Kiedy tamci zniknęli mu z oczu, Leonid pospiesznie ukrył pustą butelkę w gęstej kępie krzaków i pobiegł dalej przez las. Natknął się w końcu na rosyjską ciężarówkę, która dowiozła go do macierzystej jednostki. Z pokorą przyjął wyznaczoną mu przez sierżanta karę za samowolne oddalenie się od grupy – tygodniową służbę przy czyszczeniu latryny – i nigdy nikomu nie powiedział o swoim spotkaniu z obcymi, którzy poczęstowali go piwem.

Zanim jeszcze jeep zniknął między drzewami, Zając zdążył się dokładnie przyjrzeć namalowanemu na drzwiach auta wielkiemu emblematowi. Zwrócił też uwagę, że na szczycie anteny sterczącej obok przedniej szyby powiewa prostokątna chorągiewka mniej więcej trzydziestocentymetrowej długości. Przedstawiała dwa dziwne, przecinające się biało-czerwone krzyże – jeden grubszy a drugi węższy, ukośny – na granatowym tle. Dziwna ta flaga, czerwono-biało-granatowa, przemknęło mu przez myśl.

Czterdzieści cztery lata później ujrzał taką samą flagę powiewającą nad budynkiem po drugiej stronie rzeki Moskwy. Od razu pomyślał, że oto znalazł rozwiązanie swego problemu. Dręczyła go świadomość, iż nie powinien był zabierać tego dokumentu z biurka Ąkopowa, ale zdawał sobie sprawę, że nie ma już sposobu, aby naprawić swój błąd. Miał tylko nadzieję, że nikt nie spostrzeże braku maszynopisu. Postanowił więc przekazać papiery ludziom posługującym się dziwaczną flagą, którzy kiedyś poczęstowali go piwem. Oni powinni wiedzieć, co należy zrobić z tym dokumentem.

Podniósł się z ławki i ruszył powoli wzdłuż rzeki w stronę Kamiennego Mostu, żeby przedostać się na Nabrzeże Sofijskie.

NAIROBI, ROK 1983

Kiedy chłopczyk poskarżył się na ból głowy i dostał gorączki, matka pomyślała, że mimo upałów musiał się przeziębić. Lecz jeszcze tego samego wieczoru pięciolatek zaczął płakać, wciąż narzekając na bardzo silne bóle głowy; rodzice spędzili przy jego łóżeczku całą noc. Już z samego rana sąsiad, zaprzyjaźniony z nimi pracownik radzieckiej ambasady, zaczął się dopytywać o przyczyny hałasów, ponieważ on także nie zmrużył oka – budynek miał bardzo cienkie ściany, a ze względu na tropikalne upały nie można było pozamykać okien.

Matka szybko wybrała się z synkiem do lekarza. Podobnie jak w innych rejonach świata, także w Kenii wszyscy pracownicy dyplomatyczni z krajów socjalistycznych mieli do dyspozycji jednego wspólnego lekarza – tutaj funkcję tę pełnił Czech, doktor Svoboda. Ów sympatyczny, troskliwy mężczyzna już po krótkim badaniu oświadczył kobiecie, że u jej synka wystąpiły pierwsze, jeszcze bardzo lekkie objawy malarii. Przepisał odpowiednią dawkę mieszanki nowokainy z paludryną, leku stosowanego wówczas powszechnie przez Rosjan na wszelkie dolegliwości wywoływane przez zarodźce.

Objawy jednak nie ustąpiły, w ciągu dwóch dni stan zdrowia chłopca jeszcze się pogorszył. Oprócz wysokiej temperatury wystąpiły też silne dreszcze, a malec wciąż z płaczem narzekał na dokuczliwe bóle głowy. Ambasador bez wahania podpisał zgodę na umieszczenie dziecka w Centralnym Szpitalu Nairobi. A ponieważ matka chłopca nie znała angielskiego, wszelkie formalności spadły na ojca, Nikołaja Iljicza Turkina, drugiego sekretarza ambasady do spraw handlu.

Doktor Winston Moi był wybitnym specjalistą, znał zresztą wszystkie tropikalne choroby zdecydowanie lepiej niż jego czeski kolega. Lecz on także, już po krótkich oględzinach, oznajmił z uśmiechem:

– To przypadek plasmodium falciparum.

Ojciec chłopca zmarszczył brwi. Świetnie znał angielski, lecz nie orientował się w łacińskich określeniach medycznych.

– To pewna odmiana malarii – wyjaśnił Kenijczyk – lecz całkowicie odporna na wszystkie chlorowe pochodne chininy, takie jak te, które przepisał mój znamienity kolega, doktor Svoboda.

Moi zaordynował dożylne podawanie innego, znacznie silniejszego antybiotyku o bardzo szerokim spektrum działania. Nastąpiła wyraźna poprawa, ale tylko na krótko. Po tygodniu, kiedy organizm dziecka oswoił się z lekiem, objawy powróciły. Matka wpadła w histerię. Nie dowierzając wszelkim zagranicznym metodom leczenia, zaczęła nalegać, by ambasador pozwolił jej razem z dzieckiem wrócić do Związku Radzieckiego. Wreszcie wyjednała zgodę.

W Moskwie chłopiec trafił do ekskluzywnej kliniki rządowej. Nie było w tym nic dziwnego, ponieważ jego ojciec, drugi sekretarz ambasady Nikołaj Turkin, miał w rzeczywistości stopień majora i był pracownikiem Wydziału Pierwszego KGB.

W szpitalu znajdował się wyjątkowo dobrze wyposażony oddział medycyny tropikalnej, jako że KGB rozsyłało swych ludzi po całym świecie. A z uwagi na nietypowe dolegliwości, które uporczywie powracały u dziecka, jego przypadkiem zajął się sam ordynator oddziału, profesor Głazunow. Dokładnie zapoznał się z kartą chorobową przywiezioną z Nairobi i zarządził szereg szczegółowych analiz, w tym także wykonanie serii zdjęć ultrasonograficznych – a była to wówczas najnowocześniejsza metoda badań, niedostępna jeszcze nigdzie w Związku Radzieckim poza tą kliniką.

Wyniki bardzo go zmartwiły, na zdjęciach ujawniły się bowiem liczne, bardzo poważne uszkodzenia organów wewnętrznych chłopca. Kiedy profesor wezwał panią Turkin do swego gabinetu na rozmowę, przyjął ją z zasępioną miną.

– Wiem, co to za choroba – oświadczył – w każdym razie mam prawie niezbitą pewność, lecz niestety, nie znamy na nią lekarstwa. Przy ciągłym podawaniu silnych antybiotyków pani syn może przeżyć najwyżej miesiąc. Bardzo mi przykro, nic więcej nie jestem w stanie zrobić.

Zapłakaną matkę wyprowadzono z gabinetu. Młody, sympatyczny asystent profesora wyjaśnił jej szczegóły tej nietypowej choroby, noszącej nazwę melioidosis, nadzwyczaj rzadko występującej w Afryce, znanej natomiast z południowo-wschodniej Azji. Po raz pierwszy mieli z nią do czynienia Amerykanie podczas wojny wietnamskiej.

Z nieznanymi dotąd dolegliwościami, kończącymi się zazwyczaj śmiercią chorego, zetknięto się najpierw wśród pilotów śmigłowców. Szczegółowe badania ujawniły, że chorobę wywołują bakterie odporne na wszelkie stosowane wcześniej antybiotyki. Rozwijały się one w zastoiskach wodnych na polach ryżowych, dlatego też zaatakowały na początku pilotów helikopterów, którzy mimowolnie wdychali powietrze przesycone wilgocią z kropelek wody wzbijanych do góry przez wirniki ich maszyn. Rosjanie dokładnie znali wyniki tychże badań, bo choć sami ściśle kontrolowali wypływ informacji poza granice swego kraju, to z gorliwością przesuszonej gąbki wchłaniali wszelkie doniesienia naukowe publikowane na Zachodzie. Na biurko profesora Głazunowa trafiały „z urzędu" wszystkie materiały związane z jego specjalnością.

W długiej rozmowie telefonicznej, przerywanej głośnym szlochem, pani Turkin powiadomiła męża o nieuleczalnej chorobie ich syna. Major pieczołowicie zapisał sobie na kartce nazwę: melioidosis. Udał się następnie na rozmowę ze swym przełożonym, dowódcą siatki KGB w kenijskiej placówce, pułkownikiem Kuljewem. Ten był jednak niewzruszonym służbistą.

– Skontaktować się z Amerykanami?! Czyście zwariowali?!

– Towarzyszu pułkowniku, skoro jankesi już siedem lat temu zidentyfikowali bakterię wywołującą chorobę, to może odkryli też jakiś środek przeciwko niej.

– Nie możemy ich jednak zapytać o to wprost – warknął pułkownik. – Ucierpiałby na tym nasz międzynarodowy prestiż.

– Ale tu chodzi o życie mego syna! – wykrzyknął wzburzony major.

– Dość tego! Możecie się uważać za karnie zwolnionego ze służby!

Ryzykując swą dalszą karierę dyplomatyczną, Turkin udał się bezpośrednio do ambasadora. Ten był bardzo wrażliwym człowiekiem, lecz także nie mógł nic poradzić w zaistniałej sytuacji.

– Kontakty między amerykańskim departamentem stanu a naszym ministerstwem spraw zagranicznych są dość sporadyczne i dotyczą wyłącznie spraw wagi państwowej – odrzekł. – A tak na marginesie, czy pułkownik Kuljew wie o waszej wizycie u mnie?

– Nie, towarzyszu ambasadorze.

– Więc z uwagi na własne dobro nie mówcie mu o niczym, a ja także zachowam to w sekrecie. Przykro mi, że nie mogę wam pomóc.

– Gdybym był członkiem politbiura... – zaczął Turkin.

– Ale nie jesteście. I tak powinniście się cieszyć, że w wieku trzydziestu dwóch lat awansowaliście na majora i możecie służyć swojej ojczyźnie tutaj, na placówce w Kenii. Naprawdę żal mi waszego syna, ale nic w tej sprawie nie mogę zrobić.

Schodząc po szerokich schodach ambasady, Nikołaj Turkin pomyślał z goryczą, że pierwszy sekretarz, Jurij Andropow, utrzymywany jest przy życiu wyłącznie dzięki lekarstwom sprowadzanym specjalnie dla niego z Londynu. Odepchnąwszy od siebie tę myśl, postanowił się upić ze smutku.

Przedostanie się na teren ambasady brytyjskiej wcale nie było takie łatwe. Stojąc na chodniku po drugiej stronie ulicy, Zajcew obrzucił uważnym spojrzeniem wielki budynek o pomalowanym na ochrowo froncie i spiczasto sklepiony, wsparty na kolumnach portyk, ocieniający masywne, dębowe drzwi. Nie widział sposobu, żeby bezpiecznie do nich podejść.

Od frontu cała posiadłość była ogrodzona parkanem z grubych żelaznych prętów, w którym znajdowały się dwie bramy, jedna dla pojazdów wjeżdżających, druga dla wyjeżdżających. Obie były także wykonane z grubych prętów i rozsuwały się automatycznie, sterowane silnikami elektrycznymi.

Dalej na prawo umieszczono przejście dla pieszych, ale zagradzały je dwie furtki. W budce na ulicy trzymali straż dwaj milicjanci, których zadaniem było legitymowanie wszystkich chętnych do wkroczenia na teren ambasady. Zając nie miał najmniejszej ochoty na rozmowę z nimi. Zresztą nawet gdyby udało mu się przejść kontrolę, zostałby zatrzymany przed drugą furtką, gdzie w podobnej budce czuwało dwóch następnych strażników, cywilnych Rosjan zatrudnionych przez służby ochrony brytyjskiej dyplomacji. Oni także dokładnie wypytywali przychodzących o cel wizyty i kontaktowali się z odpowiednim wydziałem ambasady. Widocznie było zbyt wielu chętnych do uzyskania azylu w Wielkiej Brytanii, którzy próbowali się swobodnie przedostać na teren posiadłości.

Rad, nierad, Zajcew poszedł na tyły budynku, gdzie od strony wąskiej uliczki znajdowało się wejście dla osób ubiegających się o wizę. Była dopiero siódma rano, a urzędnicy sekcji wizowej rozpoczynali pracę o dziesiątej, lecz już teraz do furtki stała kolejka o długości ponad stu metrów. Niektórzy petenci musieli czekać tu całą noc. Gdyby Leonid zajął miejsce na końcu kolejki, dostałby się do ambasady najwcześniej za dwa dni. Zniechęcony, wrócił przed fronton budynku. Zauważył, że milicjanci siedzący w budce zaczęli mu się podejrzliwie przyglądać. Przerażony, poszedł dalej ulicą, postanawiając zaczekać, aż nadejdą godziny urzędowania i pracownicy ambasady zaczną wkraczać na jej teren.

Pierwsi z nich pojawili się przed dziesiątą. Ale wszyscy przyjeżdżali samochodami, które tylko pobieżnie kontrolowano przed bramą, po czym wpuszczano do środka. Zajcew obserwował podjeżdżające auta z pewnej odległości, rozważając, czy nie warto podbiec do otwartego okna któregoś z nich. Lecz większość pojazdów miała podniesione szyby, a czujni milicjanci trzymali posterunek zaledwie parę metrów od bramy wjazdowej. Przyszło mu też do głowy, że zapewne zostałby potraktowany jak zwykły petent, z którym żaden pracownik ambasady nie chciałby rozmawiać na ulicy. A później najpewniej by go aresztowano. Gdyby milicja odkryła, w jakiej sprawie chciał się dostać na teren placówki, natychmiast by powiadomiła Akopowa.

Zajcew niezwykle rzadko stawał przed tak złożonymi problemami. Czuł się bezgranicznie zakłopotany, ale nie zamierzał rezygnować ze swego pomysłu. Naprawdę zależało mu na tym, by przekazać wykradziony dokument ludziom urzędującym w budynku z dziwaczną flagą na maszcie. Toteż nie zwracając uwagi na rosnący upał, przez cały ranek cierpliwie obserwował okolicę i czekał na dogodną okazję.

Jak wszyscy radzieccy dyplomaci, Nikołaj Turkin dysponował dość ograniczonymi zasobami miejscowej, kenijskiej waluty. Takie znane lokale jak „Ibis Grill", „Alan Bobbe's Bistro" czy „Carnivore" były zdecydowanie za drogie na jego kieszeń. Wybrał więc kawiarnię „Thorn Tree" przed hotelem „New Stanley" przy ulicy Kimathi, usiadł przy stoliku na wolnym powietrzu, nie opodal wielkiej, rozłożystej starej akacji, i zamówił piwo zmieszane z kieliszkiem czystej wódki. Ogarniało go coraz silniejsze przygnębienie.

Pół godziny później jakiś nieznajomy, w przybliżeniu równy mu wiekiem mężczyzna, który dotąd sączył piwo przy barze, zsunął się z wysokiego stołka i podszedł do jego stolika. Zdumiony Turkin uniósł głowę, kiedy tamten zagadnął po angielsku:

– Nie smuć się, kolego. Chyba nie jest jeszcze tak źle.

Rosjanin jak przez mgłę przypominał sobie twarz nie znanego mu bliżej pracownika ambasady amerykańskiej. Ponieważ był oficerem Sekcji K Wydziału Pierwszego KGB, zajmującej się kontrwywiadem, do jego obowiązków należało nie tylko ciągłe kontrolowanie poczynań radzieckich dyplomatów i wspieranie wszelkich operacji KGB na podległym mu terenie, lecz także uważne obserwowanie co bardziej rozczarowanych przedstawicieli krajów zachodnich, których można by wciągnąć do współpracy wywiadowczej. Z tego też powodu miał dość dużą swobodę kontaktowania się z dyplomatami z innych krajów, również zachodnich, czego mogli mu jedynie pozazdrościć szeregowi pracownicy macierzystej placówki.

CIA podejrzewało – właśnie na podstawie tej swobody poruszania się i nawiązywania kontaktów – jaką w rzeczywistości funkcję sprawuje Turkin, dlatego też zbierało już o nim materiały. Ale dotychczas nie znaleziono na niego żadnego haka. Agent KGB wydawał się nieodrodnym wychowankiem sowieckiego reżimu.

Ze swej strony Turkin podejrzewał młodego dyplomatę, iż pracuje dla CIA, ale przecież wpajano mu, że wszyscy pracownicy amerykańskich placówek są na usługach wywiadu. Zresztą nawet gdyby się mylił, nie omieszkało zachować wzmożonej czujności.

Tamten usiadł przy jego stoliku i wyciągnął rękę.

– Jason Monk. Mam przyjemność z Nikołajem Turkinem, prawda? Widziałem pana w ubiegłym tygodniu na przyjęciu w ambasadzie brytyjskiej. Ma pan taką minę, jakby otrzymał właśnie przeniesienie na Grenlandię.

Turkin w milczeniu spoglądał na Amerykanina, odznaczającego się szopą kręconych słomkowoblond włosów opadających mu na czoło oraz zniewalającym uśmiechem. Nie zauważył w jego oczach typowych rozbłysków chytrości, doszedł więc do wniosku, że tamten chyba wcale nie jest agentem CIA. Sprawiał wrażenie nastawionego przyjaźnie. W innych okolicznościach Nikołaj Turkin zapewne postanowiłby odgrywać doskonale wystudiowaną rolę uprzejmego, lecz nieco oschłego dyplomaty. Ale tego dnia miał straszną ochotę się przed kimś wygadać. Zaczął więc bez zbędnych ogródek wylewać swoje żale. Amerykanin słuchał uważnie, ze współczuciem kiwając głową. Zapisał sobie na serwetce nazwę choroby: melioidosis. Pożegnali się dopiero po zmierzchu. Turkin wrócił do służbowego mieszkania na strzeżonym osiedlu rosyjskich dyplomatów, natomiast Monk do swego wynajętego lokalu przy ulicy Harry'ego Thuku.

Dwudziestosześcioletnia Celia Stone – ciemnowłosa, szczupła i ładna – pracowała na stanowisku asystentki attaché prasowego ambasady brytyjskiej w Moskwie. Dwa lata wcześniej ukończyła wydział rusycystyki w Girton College na uniwersytecie w Cambridge, została przyjęta do pracy w Foreign Office i niedawno znalazła się tutaj, na swojej pierwszej zagranicznej placówce. Lubiła korzystać z wszelkich radości życia.

Tego dnia, szesnastego lipca, Celia wyszła z budynku, stanęła w cieniu górującego nad nią portyku i popatrzyła na rozległy parking, gdzie zostawiła swój niewielki, lecz nadzwyczaj funkcjonalny model rovera.

Z powodu wysokiego parkanu oddzielającego teren ambasady od ulicy Zajcew nie mógł podziwiać tego pięknego widoku, jaki roztaczał się przed dziewczyną. Do wejścia prowadziły szerokie schody liczące pięć stopni, u ich podstawy biegł wąski, wylany asfaltem półkolisty podjazd, dalej zaś ciągnął się szeroki wypielęgnowany trawnik z licznymi młodymi drzewkami, kępami ozdobnych krzewów i rabatami kwiatowymi. Ponad ogrodzeniem widoczna była gigantyczna bryła Kremla usytuowanego na przeciwległym brzegu rzeki – skupisko jasnożółtych, kremowych i ochrowych budowli, z połyskującymi złotem kopułami licznych soborów, ogrodzonych wysokim ceglanym murem fortecznym. Ów widok naprawdę zapierał dech w piersiach.

Z łukowatego podjazdu przed głównym wejściem placówki według niepisanego prawa mógł korzystać wyłącznie ambasador. Zwykli śmiertelnicy musieli zostawiać swe pojazdy na dużym parkingu obok budynku i resztę drogi pokonywać pieszo. Wśród pracowników krążyła legenda o pewnym młodym, obiecującym dyplomacie, który nieopatrznie zniweczył swą karierę, pewnego deszczowego dnia zostawiając volkswagena garbusa na wprost osłoniętego portykiem wejścia. Kiedy nieco później przyjechał swym rollce royce'em ambasador, chcąc nie chcąc, musiał zatrzymać auto przed skrętem na podjazd i ruszyć pieszo w kierunku schodów. Oczywiście przemoczył garnitur i wcale nie było mu do śmiechu.

Celia Stone zbiegła po schodach, dała znak strażnikowi przy bramie wyjazdowej, po czym usiadła za kierownicą czerwonego rovera i uruchomiła silnik. Zanim wykręciła z parkingu, wrota bramy czekały już otwarte.

Wyjechała na Nabrzeże Sofijskie i skręciła w lewo, w stronę Kamiennego Mostu. Była umówiona na lunch z pewnym dziennikarzem z redakcji pisma „Siewodnia". Nie zwróciła uwagi na starszego, przygarbionego mężczyznę, który energicznym krokiem ruszył za jej samochodem. Nie zdawała sobie sprawy, że jest pierwszą tego dnia osobą, wyjeżdżającą z terenu ambasady.

Zabytkowy Kamienny Most był przez wiele lat jedynym stałym mostem w mieście, gdyż przeprawę przez Moskwę zapewniały liczne mosty pontonowe, wznoszone wiosną i rozbierane zimą, gdy można już było bezpiecznie pokonywać skutą lodem rzekę. Wjeżdża się na niego po długim nasypie, stąd też Nabrzeże Sofijskie biegnie już pod pierwszym przęsłem. Chcąc zatem wjechać na most, kierowca musi skręcić w lewo i cofnąć się ponad sto metrów do podnóża skarpy, ponieważ dopiero tu można zawrócić i wprowadzić auto na nasyp. Ale piesi z Nabrzeża Sofijskiego mogą się dostać bezpośrednio na most po schodach. Właśnie tę drogę wybrał Zając.

Zdyszany wybiegł na chodnik w samą porę, by ujrzeć zbliżającego się czerwonego rovera. Energicznie zamachał rękoma, lecz kobieta siedząca za kierownicą obrzuciła go tylko zdumionym spojrzeniem i pojechała dalej. Zawiedziony mężczyzna ruszył w pościg. Dobrze zapamiętał numer widniejący na tablicy rejestracyjnej, zauważył też, że przed skrzyżowaniem po drugiej stronie rzeki Angielka włączyła lewy kierunkowskaz, zamierzając się włączyć w strumień pojazdów przecinających plac Borowicki.

Celia Stone jechała do pubu „Rosy O'Grady's" przy ulicy Znamienka. Był to dość niezwykły dla Moskwian, typowo irlandzki lokal, gdzie zazwyczaj sylwestrowe wieczory hucznie świętował cały personel placówki irlandzkiej, z samym ambasadorem na czele, jeśli tylko udawało mu się wymigać od zaproszenia na któryś z oficjalnych bankietów dyplomatycznych. Oprócz mocnych trunków podawano tam również smaczne gorące przekąski, dlatego właśnie Celia umówiła się z dziennikarzem w tym pubie.

Bez trudu znalazła wolne miejsce w bocznej uliczce za rogiem, ponieważ ze względu na wyśrubowane ceny benzyny coraz mniej Rosjan korzystało z samochodów. Energicznym krokiem ruszyła w stronę wejścia. Jak zwykle, na widok obcokrajowca kierującego się do ekskluzywnej restauracji, z pobliskich bram i klatek schodowych wysypali się obdarci żebracy, chciwie wyciągając ręce po jałmużnę.

Jeszcze podczas szkolenia w londyńskich biurach Foreign Office młoda adeptka służby dyplomatycznej została szczegółowo zapoznana z panującą w Rosji sytuacją, lecz dopiero pierwsze wrażenia z pobytu w mieście omal nie przyprawiły jej o szok. Wcześniej wielokrotnie już widywała żebraków, czy to w londyńskim metrze, czy też w zaułkach Nowego Jorku, widywała też nędzarzy grzebiących w śmietnikach i zbierających różne odpadki, zawsze jednak miała świadomość, że są to wyrzutki społeczne – ludzie, którzy z własnej woli prowadzą taki tryb życia, podczas gdy zwykle mogliby znaleźć pomoc nawet kilka przecznic dalej.

Nie mogła zrozumieć, że w Moskwie, stolicy ogromnego kraju stojącego na krawędzi klęski głodu, ci ludzie wyciągający ręce po parę groszy bądź kawałek chleba jeszcze do niedawna byli uczciwymi pracownikami fabryk i kołchozów, żołnierzami, stróżami, sprzedawcami. Wciąż odnosiła wrażenie, iż ogląda jakiś posępny reportaż z któregoś z państw Trzeciego Świata.

Wadim, potężnie zbudowany odźwierny pubu „Rosy O'Grady's", dostrzegł ją z odległości kilkunastu metrów i wybiegł naprzeciw, okrzykami rozpędzając swoich wygłodzonych ziomków, byle tylko zapewnić spokój i bezpieczeństwo szacownemu klientowi, pomnażającemu zyski jego chlebodawcy.

Celia nie miała nawet odwagi głośniej zaprotestować, z widocznym obrzydzeniem wymijała wyciągające się ku niej ręce obdartusów, toteż z ulgą przyjęła pomoc muskularnego Wadima, który doprowadził ją do wejścia i z ukłonem otworzył przed nią drzwi pubu.

Kontrast był druzgocący. Na brudnej ulicy pożegnały ją jękliwe błagania żebraków, lokal zaś wypełniał szmer cichych rozmów około pięćdziesięciu osób, które mogły sobie pozwolić na wystawny posiłek. Celia miała taką naturę, że świadomość zgromadzonej na ulicy wygłodniałej biedoty nie pozwalała jej w spokoju dokończyć nawet najdrobniejszej przekąski. Ale widocznie Rosjaninowi, machającemu do niej ręką od stolika w kącie sali, w niczym to nie przeszkadzało. Musiał już wcześniej zapoznać się z listą oferowanych *zakusok*, gdyż teraz, uzyskawszy jej aprobatę, pospiesznie zamówił dwie porcje „archangielskich ślimaczków".

Tymczasem Zajcew, kontynuując swój beznadziejny pościg, zdążył obejść dokoła cały plac Borowicki w poszukiwaniu czerwonego rovera. Nigdzie go jednak nie znalazł. Sprawdził wszystkie uliczki odchodzące od placu, wypatrywał choćby najmniejszego przebłysku jaskrawego, czerwonego lakieru karoserii, ale wciąż bez powodzenia. W końcu ruszył szerokim bulwarem, oddalając się od rzeki, i już po kilku minutach ku swemu zaskoczeniu, a także ogromnej radości, zauważył wyróżniający się samochód dwieście metrów w głębi bocznej uliczki, zaraz za skrzyżowaniem z ulicą Znamienka.

Tylko przelotnym spojrzeniem zaszczycił podobnych do niego z wyglądu nędzarzy czyhających przed wejściem do pobliskiego lokalu. Podszedł do zaparkowanego auta i podjął od nowa cierpliwe wyczekiwanie.

NAIROBI, ROK 1983

Minęło już dziesięć lat od chwili, gdy Jason Monk opuścił mury uniwersytetu stanowego Wirginii, toteż niemal całkowicie utracił kontakt z wszystkimi kolegami ze studiów. Pamiętał jednak dobrze Normana Steina. Zaprzyjaźnili się szybko, choć stanowili dziwną parę: niezbyt wysoki, lecz muskularny miłośnik futbolu z okręgu rolniczego i wątłej budowy syn żydowskiego lekarza z Fredericksburga. Różniły ich nawet zamiłowania, gdyż Monk odznaczał się niezwykłymi zdolnościami językowymi, Stein zaś był prawdziwym geniuszem w dziedzinie biologii. Łączyło natomiast podobne, dość specyficzne poczucie humoru.

Norman ukończył studia z wyróżnieniem rok wcześniej od Jasona i natychmiast podjął pracę w jakimś naukowym instytucie medycznym. Utrzymywali ze sobą raczej luźny kontakt, ograniczający się do wymiany kart z życzeniami świątecznymi. Ale dwa lata wcześniej, tuż przed wyjazdem na kenijską placówkę, Monk przypadkiem natknął się na Steina siedzącego samotnie w pewnej waszyngtońskiej restauracji. Przegadali pół godziny, zanim ostatecznie przybyła znajoma Normana. Zdążyli się jednak podzielić wrażeniami z pierwszych lat swej pracy zawodowej, chociaż Jason musiał okłamać przyjaciela, że jest pracownikiem departamentu stanu.

W ciągu minionych lat Stein obronił doktorat z zakresu medycyny tropikalnej i z wielkim zapałem wypowiadał się na temat perspektyw, jakie stwarza mu nowa posada w laboratorium badawczym przy szpitalu wojskowym imienia Waltera Reeda. Toteż teraz, w Nairobi, Monk pospiesznie odnalazł w kalendarzyku numer telefonu przyjaciela i sięgnął po słuchawkę. Dopiero po dziesiątym sygnale z drugiej strony linii doleciał niewyraźny pomruk:

– Tak?

– Cześć, Norman. Mówi Jason Monk.

Na chwilę zapadła cisza.

– Wspaniale. Skąd dzwonisz?

– Z Nairobi.

– Jeszcze lepiej. Mogłem się tego spodziewać. Która jest u ciebie godzina?

Monk spojrzał na zegarek.

– Dochodzi południe.

– Cholera! Tutaj jest piąta nad ranem, a ja mam budzik nastawiony na siódmą. Przez pół nocy nie dało mi zasnąć dziecko, które ząbkuje, a teraz ty robisz pobudkę. Wielkie dzięki, przyjacielu.

– Uspokój się, Norman. Mam tylko jedno pytanie. Czy słyszałeś kiedyś o chorobie nazywanej melioidosis?

Znów przez chwilę panowała cisza, wreszcie Stein odpowiedział ostro, z jego głosu nagle zniknęły wszelkie ślady senności:

– Czemu pytasz?

Jason wyznał mu prawdę, pominął tylko rolę sowieckiego dyplomaty. Skłamał, że chodzi o los pięcioletniego synka jego znajomego. Dorzucił też, iż obiło mu się o uszy, jakoby fachowcy Wuja Sama znaleźli już jakiś skuteczny lek przeciwko tej chorobie.

– Przedyktuj mi swój numer – rzekł Stein. – Będę musiał się skontaktować z kilkoma osobami. Oddzwonię, jeśli się czegoś dowiem.

Następnego dnia o piątej po południu w pokoju Jasona rozległ się dzwonek telefonu.

– Rzeczywiście chyba mamy coś skutecznego – oznajmił amerykański epidemiolog. – Ale to środek bardzo drastyczny i znajduje się ciągle w fazie badań. Wyniki pierwszych testów są bardzo obiecujące, lecz ten specyfik nie został nawet jeszcze zgłoszony Komisji Leków i Żywności, nie rozpoczęto też doświadczeń klinicznych. Chcę, żebyś dobrze mnie zrozumiał. Nie można jeszcze całkowicie na nim polegać.

W Stanach Zjednoczonych każdy środek, który ma zostać wprowadzony do powszechnego użytku, musi zyskać akceptację rządowej Komisji Leków i Żywności oraz przejść pomyślnie serię złożonych testów. Stein mówił o wynikach pierwszych zastosowań nowego antybiotyku z grupy cefalosporyn, który w roku 1983 nie miał jeszcze nazwy. Pojawił się na rynku dopiero pod koniec lat osiemdziesiątych pod nazwą ceftazydyny, natomiast wówczas był określany symbolem CZ-1. Dziś jest to podstawowy lek w kuracji melioidosis.

– Może wywoływać jakieś reakcje uboczne, nic na ten temat nie wiadomo – ostrzegał.

– Ile czasu zajmie dokładne przeanalizowanie tychże reakcji ubocznych?

– Nie mam pojęcia.

– No cóż, specjaliści dają chłopcu najwyżej trzy tygodnie życia, więc chyba nie mamy nic do stracenia.

Stein westchnął głośno.

– Nie wiem. To niezgodne z przepisami...

– Przysięgam, że nikt się o tym nie dowie. A jesteś mi chyba coś winien, Norman, ze te wszystkie panienki, które ci narajałem w czasie studiów.

Po drugiej stronie linii, w Chevy Chase w stanie Maryland, rozległ się gromki śmiech.

– Jeśli kiedykolwiek powiesz o tym Becky, to cię zabiję – oznajmił Stein, gdy wreszcie złapał oddech.

Czterdzieści osiem godzin później międzynarodowa poczta kurierska dostarczyła Monkowi do ambasady niewielką paczuszkę. Wewnątrz znajdował się próżniowy pojemnik wypełniony suchym lodem, a dołączona do niego lakoniczna notatka informowała, że w środku są dwie fiolki. Jason zadzwonił do ambasady radzieckiej, zażądał połączenia z wydziałem handlowym i zostawił wiadomość dla drugiego sekretarza, Turkina: „Nie zapomnij, że jesteśmy dziś na szóstą umówieni na piwo". Jak należało się spodziewać, notatka trafiła na biurko pułkownika Kuljewa.

– Kim jest ten Monk? – zapytał dowódca Turkina.

– To amerykański dyplomata. Wydaje się nadzwyczaj niezadowolony z polityki swego rządu wobec krajów afrykańskich. Próbuję go wciągnąć w poczet naszych informatorów.

Kuljew ze zrozumieniem pokiwał głową. W głębi duszy bardzo się ucieszył, zyskał bowiem jakieś pomyślne nowiny, które mógł zawrzeć w raporcie wysyłanym do Jasieniewa.

Obaj oficerowie usiedli przy stoliku w kawiarni „Thorn Tree" i Monk podał Turkinowi paczuszkę. Ten zerknął szybko na boki, jakby się obawiał, że są obserwowani. Z pozoru paczka mogła zawierać banknoty.

– Co to jest?

Jason wyjaśnił mu szczegółowo.

– Możliwe, że ten specyfik nie uleczy twego chłopaka, ale w każdym razie nie powinien mu zaszkodzić. Nie mamy jeszcze żadnych powszechnie dostępnych lekarstw.

Rosjanin przez chwilę siedział bez ruchu, szklistym wzrokiem wpatrując się w paczuszkę.

– A czego żądasz za ten... podarek?

Nie umiał sobie wyobrazić, żeby Amerykanin robił to bezinteresownie.

– Mówiłeś prawdę o nieuleczalnej chorobie twojego syna czy żartowałeś?

– Mówiłem prawdę, nie żartowałbym w taki sposób. Dobrze wiem, że w naszej profesji często jesteśmy zmuszeni odgrywać różne komedie, ale mój syn jest naprawdę chory.

Monk zdążył już wcześniej sprawdzić wpis w rejestrze Centralnego Szpitala w Nairobi, a doktor Winston Moi osobiście potwierdził, że badał chłopca. Różnie w życiu bywa, pomyślał teraz, podnosząc się z miejsca. Zgodnie z wszelkimi zasadami współpracy wywiadów powinien zażądać od Rosjanina ujawnienia jakichś dokumentów, najlepiej ściśle tajnych. Wiedział jednak doskonale, że kilkuletni chłopiec nie miał nic wspólnego z rozgrywkami dorosłych. Poza tym Monk był przekonany, że gdyby w każdej sytuacji żądał czegoś w zamian, upodobniłby się do najgorszego ulicznika z nowojorskich slumsów.

– Weź ten lek – powiedział. – Mam nadzieję, że pomoże twojemu chłopakowi. Nic mi nie jesteś winien.

Powoli ruszył stronę wyjścia, lecz Turkin zawołał go jeszcze.

– Monk... Czy znasz rosyjski?

Jason skinął głową.

– Trochę.

– Tak myślałem. Powinieneś jednak rozumieć znaczenie słowa *spasibo*.

Celia wyszła z pubu „Rosy O'Grady's" kilka minut po drugiej i bez obaw podeszła do swego samochodu wyposażonego w zdalnie sterowany centralny zamek, który otwierał jednocześnie prawe i lewe drzwi. Usiadła za kierownicą, zapięła pas bezpieczeństwa i przekręciła kluczyk w stacyjce, gdy niespodziewanie otworzyły się drzwi z prawej strony. Zdumiona szybko odwróciła głowę i popatrzyła na wynędzniałego starca zaglądającego do wnętrza auta. Był ubrany w starą, poplamioną panterkę, do której nosił przypięte cztery, prawie całkiem czarne ordery, a jego twarz okrywał kilkudniowy zarost. Rozchylone wargi ukazywały trzy niezwykłe, połyskujące stalą sztuczne zęby w górnej szczęce. Mężczyzna rzucił jej na kolana jakiś oprawiony w karton maszynopis. Dziewczyna dobrze znała rosyjski, bez trudu zrozumiała więc każde bełkotliwe słowo, gdy rzucił krótko:

– Proszę to dać panu ambasadorowi. Za piwo.

Dopiero teraz obleciał ją strach, pomyślała, że ma do czynienia z szaleńcem, prawdopodobnie schizofrenikiem. Wiedziała, że tacy ludzie mogą być groźni. Pobladła, błyskawicznie wrzuciła wsteczny bieg i z impetem wycofała samochód na jezdnię. Otwarte prawe drzwi zatrzasnęły się z hukiem, gdy nadepnęła hamulec. Z obrzydzeniem zrzuciła papiery z kolan na podłogę pod sąsiednim fotelem, wykręciła i pojechała z powrotem do ambasady. Podejrzewała, że jest to jakaś kolejna zwariowana petycja zdesperowanego Rosjanina.

ROZDZIAŁ 3

Tego dnia, szesnastego lipca, kilka minut przed dwunastą Igor Komarow, który zasiadł w swoim gabinecie na pierwszym piętrze dworku przy bulwarze Kisielnym, przez interkom połączył się z osobistym sekretarzem.

– Czy zdążyłeś zapoznać się z tymi materiałami, które ci wczoraj przekazałem? – spytał.

– Oczywiście, panie prezydencie. To niezwykle porywający tekst, jeśli wolno mi się tak wyrazić.

Wszyscy najbliżsi współpracownicy Komarowa zwracali się do niego, używając tytułu „prezydenta", ponieważ wzorując się na języku angielskim, dotychczasowe stanowisko przewodniczącego Unii Sił Patriotycznych przemianowano na funkcję „prezydenta". Odzwierciedlało to zresztą poglądy działaczy koalicji, dogłębnie przekonanych, że za rok ich przywódca naprawdę obejmie urząd prezydenta kraju.

– Dziękuję – rzekł oschle Komarow. – Proszę mi go zwrócić.

Akopow wstał zza biurka i podszedł do sejfu. Znał szyfr na pamięć, nawet nie musiał patrzeć uważnie na pokrętło zamka, obracając nim sześciokrotnie. Po chwili otworzył ciężkie drzwiczki i zajrzał do środka, wypatrując maszynopisu w czarnych kartonowych okładkach. Ale tam go nie było.

Zmieszany sekretarz zaczął wyciągać kolejno wszystkie papiery z sejfu. Rosnące niedowierzanie wkrótce przerodziło się w strach, później w panikę. Starając się trzymać nerwy na wodzy, po raz drugi przejrzał dokumenty, dokładnie sprawdził wszystkie materiały tworzące spory stosik na dywanie, ale nie było wśród nich maszynopisu w czarnych okładkach. Pot wystąpił mu na czoło. Usiadł i zaczął wytężać pamięć. Od rana zajmował się czym innym, był jednak przekonany, że poprzedniego wieczoru, po zakończeniu pracy, schował wszelkie dokumenty do sejfu; zawsze tak czynił, weszło mu to już w krew.

Jął pospiesznie przetrząsać szuflady i szafki biurka, zaglądać pod meble, wyrzucać wszystko z niewielkiego regału. Około pierwszej zapukał do drzwi gabinetu Komarowa i wyznał ze strachem, że nigdzie nie może znaleźć maszynopisu.

Przewodniczący USP przez kilka sekund mierzył go piorunującym wzrokiem.

Człowiek, który według zgodnej opinii licznych fachowców z całego świata miał już niedługo zostać nowym prezydentem Rosji, odznaczał się nadzwyczaj złożoną osobowością i poza starannie konstruowanym wizerunkiem polityka, większość faktów ze swego prywatnego życia zachowywał w ścisłej tajemnicy. Powszechnie był jednak uważany za całkowite przeciwieństwo swego poprzednika, Żyrinowskiego, którego teraz Komarow otwarcie nazywał bufonem.

Niewysoki, średniej budowy ciała, zawsze chodził starannie ogolony, z krótko obciętymi popielatosiwymi włosami. Do dwóch najbardziej znanych jego cech zaliczano pieczołowitą dbałość o własny wygląd oraz głęboką niechęć do jakichkolwiek kontaktów fizycznych. Tym się bardzo wyróżniał spośród innych rosyjskich polityków, którzy uwielbiali poklepywanie po plecach, wznoszenie hucznych toastów wódką czy przyjacielskie uściski, podczas gdy Komarow nawet od najniższych rangą współpracowników wymagał nienagannych manier i strojów. Nigdy nie wkładał munduru stworzonej przez siebie Czarnej Gwardii, zazwyczaj występował w eleganckim, szarym garniturze dwurzędowym, śnieżnobiałej koszuli i krawacie.

Był postacią dość znaną w świecie polityki, lecz mimo to bardzo niewiele osób mogło się przyznawać do bliższej znajomości z Komarowem, a już z pewnością nikt nie ośmielał się nazywać takiej znajomości zażyłą. Nikita Iwanowicz Akopow pełnił funkcję osobistego sekretarza przywódcy USP od dziesięciu lat, a stosunki między nimi wciąż przypominały zależność uniżonego sługi i jego pana. W przeciwieństwie do Jelcyna, który z najbardziej zaufanymi współpracownikami grywał w tenisa i urządzał libacje, Komarow tylko jednemu człowiekowi – dowódcy osobistej ochrony, pułkownikowi Anatolijowi Griszynowi – pozwalał mówić sobie po imieniu.

Jak większość odnoszących sukcesy polityków, przywódca USP doskonale potrafił odgrywać rolę kameleona. W spotkaniach z dziennikarzami, choć do takich dochodziło jedynie sporadycznie, zazwyczaj pozował na nieugiętego, lecz zrównoważonego obrońcę własnych racji. Natomiast wobec swoich zwolenników i sympatyków przeistaczał się w postać, którą Akopow od lat darzył olbrzymim szacunkiem, niemalże czcią. Kiedy tylko Komarow wstępował na mównicę, zmieniał się w porywającego oratora potrafiącego w niezwykły sposób wykorzystywać ludzkie nadzieje, lęki i pragnienia, odwołującego się w zależności od potrzeb to do rozżalenia, to znów do bigoterii tłumów. Tylko dla nich stawał się geniuszem o niespotykanym wręcz wyczuciu na ich codzienne troski.

Ale oprócz tych dwóch, jakże różnych osobowości, istniała jeszcze trzecia, która przerażała Akopowa. Nawet same plotki o owej skrytej naturze przywódcy wystarczały, by wszyscy z jego otoczenia – czy to personel biura, ochroniarze, czy też znajomi – okazywali ciągle swą poddańczą uległość.

Tylko dwukrotnie w ciągu dziesięciu lat znajomości Nikita Akopow zetknął się z tym nieujarzmionym, demonicznym rozwścieczeniem, które potrafiło całkowicie wymknąć się spod kontroli człowieka. Wiele razy natomiast dostrzegał u swego szefa przejawy zażartej acz skutecznej walki z koniecznością utrzymania się w ryzach. W tamtych dwóch sytuacjach, kiedy owe zmagania nie przyniosły skutku, sekretarz mógł się aż za dobrze przekonać, że ten mężczyzna, który go fascynował i absorbował, do którego odnosił się z szacunkiem oraz podziwem, może się przemienić w ryczącego, napawającego strachem potwora.

Pewnego dnia rozzłościł się do tego stopnia, że zaczął ciskać w zdającego raport oficera Czarnej Gwardii wszystkim, co miał pod ręką – telefonem, popielniczką, kałamarzem – aż tamten, bełkocząc coś pod nosem, wybiegł z gabinetu. W chwilach szału Komarow potrafił używać słów, jakich Akopow nigdy wcześniej nie słyszał, niszczył meble i demolował całe otoczenie. Kiedy indziej trzeba go było aż powstrzymać, zaczął bowiem okładać swą ofiarę grubą i ciężką linijką, omal nie uśmiercił człowieka na miejscu.

Dlatego też sekretarz doskonale znał pierwsze oznaki wybuchu niepohamowanej wściekłości przywódcy USP. Komarow robił się trupio blady, w pierwszej chwili przybierał formalny, urzędowy ton, ale jednocześnie na jego policzkach wykwitały przybierające na intensywności rumieńce.

– Chcesz powiedzieć, że go zgubiłeś, Nikito Iwanowiczu?!

– Nie mogłem go zgubić, panie prezydencie. Po prostu gdzieś się zapodział.

– Te materiały mają charakter o wiele bardziej poufny, niż jakiekolwiek inne, z którymi dotychczas się stykałeś. Czytałeś tekst, więc nie muszę ci tego tłumaczyć.

– Doskonale to rozumiem, panie prezydencie.

– Sporządziłem tylko trzy kopie, z czego dwie znajdują się w moim sejfie. Miałem zamiar przedstawić ten dokument wyłącznie wąskiej grupie moich najbardziej zaufanych współpracowników. Nawet przepisywałem tekst własnoręcznie, ponieważ nie chciałem, żeby czytała go któraś z maszynistek. Zaliczyłem go do najściślej tajnych.

– Bardzo mądrze, panie prezydencie.

– A ponieważ zaliczam... zaliczałem ciebie do tego wąskiego grona, pozwoliłem ci się z nim zapoznać. Ty zaś mówisz mi teraz, że zgubiłeś maszynopis?!

– Jedynie go zapodziałem, zapewniam o tym, panie prezydencie. Na pewno się znajdzie.

Komarow znów przez chwilę mierzył sekretarza owym mesmerycznym spojrzeniem, od którego jedynie mogły ciarki chodzić po grzbiecie. Na jego pobladłym obliczu z wolna wykwitał rumieniec.

- Kiedy po raz ostatni go widziałeś?
- Wczoraj wieczorem, panie prezydencie. Zostałem trochę dłużej, aby zapoznać się z nim w spokoju. Wyszedłem około dwudziestej.
Przywódca USP pokiwał głową, uzmysłowiwszy sobie, że wpisy w rejestrze strażników mogą potwierdzić te zeznania.
- I pewnie zabrałeś go ze sobą. Nie zważając na moje polecenie odważyłeś się wynieść dokumenty poza mury tego budynku!
- Nie, panie prezydencie. Przysięgam. Zamknąłem go w sejfie. Zawsze przed wyjściem wkładam wszelkie papiery do sejfu, nigdy niczego nie zostawiam na widoku i nie zabieram do domu.
- A teraz maszynopisu nie ma w sejfie?
Akopow z trudem przełknął ślinę, strach ściskał go za gardło.
- Ile razy otwierałeś sejf dziś rano, przed moim wezwaniem? - zapytał pospiesznie Komarow.
- Ani razu, panie prezydencie. Zajrzałem tam dopiero wtedy, kiedy polecił mi pan zwrócić materiały.
- A sejf był zamknięty?
- Tak. Jak zawsze.
- Nie było żadnych śladów włamania?
- Niczego nie spostrzegłem, panie prezydencie.
- I przeszukałeś resztę gabinetu?
- Przekopałem go do góry nogami. Nie potrafię tego wytłumaczyć.
Komarow zamyślił się na dłużej. Siedział z marsową miną, lecz w głębi duszy czuł narastające przerażenie. Wreszcie sięgnął do interkomu i wywołał pełniącego dyżur strażnika.
- Zapieczętujcie budynek. Nikt nie ma prawa wejść ani wyjść. Wezwijcie pułkownika Griszyna, niech się zgłosi do mojego gabinetu. Natychmiast. Bez względu na to, gdzie przebywa i czym się zajmuje, najdalej za godzinę ma się stawić u mnie.
Odchylił się z powrotem na oparcie fotela i znów popatrzył na silnie pobladłego, roztrzęsionego sekretarza.
- Wróć do swego pokoju. Nie wolno ci się z nikim kontaktować. Czekaj na dalsze polecenia.

Celia Stone była inteligentną, wychowaną w duchu swobody panną, toteż już dawno doszła do wniosku, że ma prawo się zadawać z każdym mężczyzną, na którego jej tylko przyjdzie ochota. Obecnie łączyła ją bliższa znajomość z przystojnym, świetnie zbudowanym Hugonem Grayem. Dwa lata od niej starszy, także samotny absolwent rusycystyki, zaledwie przed dwoma miesiącami objął stanowisko asystenta attaché kulturalnego, miała więc nad nim przewagę o pół roku dłuższego pobytu w Rosji.
Oboje mieszkali przy Prospekcie Kutuzowa, zajmowali niewielkie służbowe lokale w bloku należącym do ambasady brytyjskiej - brzydkim

prostopadłościanie z betonu, otoczonym rozległym parkingiem, na który wjazdu strzegli przez całą dobę dwaj milicjanci. Mimo zmian, jakie zaszły w Rosji, mieszkańcy budynku byli przekonani, że funkcjonariusze nadal pilnie odnotowują wszelkie ruchy pojazdów na parkingu, pocieszali się jednak, że przynajmniej ich samochody nie są narażone na działalność wandali.

Po lunchu Celia wróciła do ambasady przy Nabrzeżu Sofijskim i starannie spisała raport ze swej rozmowy z rosyjskim dziennikarzem. Głównym jej tematem była, oczywiście, niespodziewana śmierć prezydenta Czerkasowa i przypuszczenia brytyjskich polityków co do dalszego rozwoju wydarzeń w Rosji. Jak zwykle musiała zapewniać swego rozmówcę, że cały naród brytyjski jest głęboko zainteresowany wypadkami w Rosji, w duchu wyrażając przy tym nadzieję, że robi to przekonująco. I tak nie mogła się uwolnić od obaw, że pozna prawdę dopiero wtedy, gdy artykuł ukaże się drukiem.

O siedemnastej pojechała do swego mieszkania, żeby się wykąpać i trochę odpocząć. Na ósmą była bowiem umówiona na obiad z Hugonem Grayem, a bardzo liczyła na to, że później wylądują w jej sypialni, przy czym wcale nie zamierzała zbyt długo spać tej nocy.

O szesnastej pułkownik Anatolij Griszyn zyskał już niezbitą pewność, że zaginionego maszynopisu nie ma nigdzie w budynku. Wrócił do gabinetu Igora Komarowa i powiadomił go o tym fakcie.

W ciągu ostatnich czterech lat między tymi mężczyznami wynikła ścisła współzależność. W roku 1994 Griszyn zakończył karierę w Wydziale Drugim KGB – był do tego stopnia zawiedziony, że postanowił zrezygnować z dalszej służby. W jego ocenie, po ostatecznym upadku rządów komunistycznych, całe KGB stało się wciąż pobielanym od zewnątrz grobowcem. Początek końca nastąpił nawet wcześniej, we wrześniu 1991 roku, kiedy to Michaił Gorbaczow postanowił ukrócić samowolę największego na świecie aparatu ucisku i podzielił KGB na szereg drobnych, niezależnych od siebie instytucji.

Jedynie pion wywiadowczy, czyli Wydział Pierwszy, pozostał w całości i zachował swoją wcześniejszą siedzibę w Jasieniewie, daleko na przedmieściach stolicy, otrzymał jednak nową nazwę Zagranicznych Służb Wywiadowczych, w skrócie SWR.

Zdecydowanie gorszy los spotkał Wydział Drugi zajmujący się sprawami bezpieczeństwa wewnętrznego kraju, a więc ujawnianiem obcych agentów i prześladowaniem opozycji. Rozbito go na kilka odrębnych jednostek, przy czym główna, nosząca obecnie nazwę Federalnej Służby Bezpieczeństwa, w skrócie FSB, została w znacznym stopniu zredukowana.

Griszyn uznawał to posunięcie za wielki błąd. Rosjanie potrzebowali dyscypliny – surowej, może niekiedy nawet bardzo ostrej – której utrzymanie zapewniał właśnie Drugi Wydział KGB. Przetrzymał trzy lata postępujących reform, mając nadzieję na uzyskanie stopnia generała, wreszcie wystąpił ze służby. Rok później został zaangażowany przez Igora Komarowa, podówczas jeszcze wiceprzewodniczącego biura politycznego Partii Liberalnych Demokratów, na stanowisko dowódcy osobistej ochrony.

Obaj mężczyźni zaczęli robić szybkie kariery, zdobywali władzę oraz rośli w siłę, i obaj mieli nadzieję, że nadejdą jeszcze dla nich znacznie lepsze czasy. W tym czasie uformowana przez Griszyna jednostka ochrony została przekształcona w Czarną Gwardię i obecnie pod wodzą pułkownika znajdowało się już sześć tysięcy młodych, znakomicie wyszkolonych ludzi.

Obok doborowej gwardii powstała także Liga Młodych Bojowników, gromadząca dwudziestotysięczną rzeszę młodocianych zwolenników USP – poddawanych odpowiedniej indoktrynacji ideologicznej i uczonych fanatycznego oddania – którą także dowodził Griszyn.

– Jesteś całkowicie pewien, że maszynopisu nie ma nigdzie w budynku? – zapytał Komarow.

– Oczywiście, Igorze Wiktorowiczu. W ciągu ostatnich dwóch godzin dosłownie przekopaliśmy gmach do góry nogami. Sprawdziliśmy każdy regał, szufladę, szafkę czy sejf. Dokładnie zbadaliśmy wszystkie okna i ramy okienne. Nie ma śladów włamania. Przed chwilą zakończył oględziny technik z firmy instalującej kasy pancerne, także nie znalazł takich śladów. A to oznacza, że albo maszynopis z sejfu wyjął ktoś, kto zna szyfr, albo on w ogóle nie został tam schowany. Przeszukaliśmy dokładnie worki ze śmieciami z ostatniej doby, tam też go nie było. Psy wypuszczono z wybiegów o siódmej wieczorem, później nikt już nie wchodził na teren. Nocna zmiana strażników zdała wartę o szóstej rano i dziesięć minut później wyszła przez bramę. Ściągnęliśmy opiekuna psów, który miał służbę tej nocy. Zeznał, że po zmroku był trzykrotnie wzywany do zapędzenia psów za ogrodzenie, aby umożliwić spóźnionym pracownikom wyjazd z budynku. Jako ostatni opuścił teren Akopow. Potwierdzają to wpisy w dzienniku straży.

– I co dalej? – spytał Komarow.

– Mamy do czynienia bądź z błędem jakiegoś człowieka, bądź z jego wrogą działalnością. Kazałem ściągnąć z łóżek obu strażników, którzy pełnili służbę wewnątrz budynku. Lada moment powinni się tu zjawić. Po wyjeździe Akopowa, od ósmej wieczorem aż do szóstej rano, mieli obowiązek regularnie robić obchód całego gmachu. Strażnicy z dziennej zmiany byli sami przez dwie godziny, gdyż pierwsi pracownicy zaczęli się zjawiać około ósmej. Ci jednak przysięgają, że gdy po przejęciu obowiązków zrobili obchód, drzwi wszystkich pomieszczeń na pierwszym piętrze były pozamykane. Potwierdził to każdy z pracowników urzędujących na tym piętrze, włącznie z samym Akopowem.

– A co ty o tym myślisz, Anatolij?

– Albo Akopow zabrał maszynopis ze sobą, czy to przez przypadek, czy też naumyślnie, albo zapomniał go schować do sejfu i dokument wpadł w ręce strażników z nocnej zmiany. Mają przecież pod ręką klucze do wszystkich pokoi.

– Więc to jednak sprawka Akopowa?

– Tak, on jest głównym podejrzanym. Przeprowadziliśmy już rewizję w jego mieszkaniu, zresztą był przy tym obecny. Niczego nie znaleźliśmy. Przyszło mi do głowy, że mógł zabrać stąd maszynopis, a następnie zgubić aktówkę. Coś podobnego zdarzyło się kiedyś w ministerstwie obrony, kierowałem wówczas dochodzeniem. Szybko wyszło jednak na jaw, że nie mamy do czynienia z działalnością szpiegowską, lecz ze zwykłym przestępstwem kryminalnym. Człowiek, który się tego dopuścił, został zesłany do obozu pracy. Lecz Akopow przyszedł dziś do pracy z tą samą aktówką, co zawsze. Potwierdziły to trzy osoby.

– Czyżby więc zrobił to naumyślnie?

– Niewykluczone. Rodzi się jednak zasadnicze pytanie. Gdyby wykradł dokument, to po co normalnie przychodziłby dziś do pracy? Miał aż dwanaście godzin na to, żeby zniknąć bez śladu. Być może należałoby... przesłuchać go nieco dokładniej. Chyba zdołalibyśmy uwolnić go od podejrzeń bądź też znaleźć ich potwierdzenie.

– Masz na to moją zgodę.

– A co potem?

Igor Komarow obrócił się w swoim fotelu twarzą do okna. Zastanawiał się przez chwilę.

– Akopow był bardzo dobrym sekretarzem – odezwał się w końcu. – Ale po tym wszystkim będę musiał poszukać sobie kogoś innego na jego miejsce. Problem polega na tym, że on czytał ów maszynopis, a to ściśle tajny dokument. Gdybym przeniósł go na inne stanowisko o zmniejszonym stopniu odpowiedzialności czy wręcz zwolnił z pracy, mógłby się poczuć urażony i podzielić z kimś zdobytymi wiadomościami. A do tego nie wolno dopuścić.

– W pełni rozumiem – odparł Griszyn.

W tej samej chwili poinformowano, że przybyli dwaj strażnicy z nocnej zmiany. Pułkownik poszedł więc szybko do dyżurki, by nadzorować ich przesłuchanie.

O dwudziestej pierwszej zorganizowano przeszukanie baraków na przedmieściach miasta, w których byli zakwaterowani członkowie Czarnej Gwardii. Nie znaleziono jednak niczego podejrzanego, jeśli nie liczyć kilku zakazanych przedmiotów i sterty pism pornograficznych.

W budynku przy bulwarze Kisielnym obu strażników umieszczono w oddzielnych pokojach i przesłuchiwano równolegle. Griszyn przepytywał ich osobiście. Jak należało się spodziewać, obaj byli przerażeni, ponieważ pułkownik cieszył się wśród gwardzistów złą sławą.

Nawet nie tyle robiły na nich wrażenie wykrzykiwane obelgi i pogróżki, co szeptane prosto do ucha, złowieszczym sykiem, szczegółowe opisy tego, co ich czeka, jeśli w zeznaniach zostanie wykryte choć jedno kłamstwo. Nic więc dziwnego, że już około ósmej wieczorem dowódca ochrony zyskał w miarę szczegółowy obraz całego przebiegu ich ośmiogodzinnej nocnej służby. Dowiedział się, że regulaminowe obchody były nieregularne i pobieżne, a większą część późnego wieczoru strażnicy spędzili z nosami utkwionymi w ekranie telewizora, żądni informacji dotyczących śmierci prezydenta. I wtedy między innymi dowiedział się też o istnieniu sprzątacza.

Staruszek przyszedł jak zwykle o dziesiątej wieczorem i został wprowadzony do budynku podziemnym przejściem. Ale później nikt go już nie obserwował. Piwniczny korytarz musieli natomiast przejść razem z nim obaj strażnicy, gdyż jeden z nich miał klucz od drzwi prowadzących na ulicę, drugi od wewnętrznych, a drzwi środkowe mogli otworzyć tylko wspólnie.

Obaj strażnicy zeznali, że odprowadzili sprzątacza na drugie piętro, gdyż tam właśnie zaczynał pracę, jak zawsze. Później jeden z nich musiał odejść od telewizora, aby pootwierać staruszkowi wszystkie pokoje na pierwszym piętrze, gdzie znajdowały się gabinety najważniejszych pracowników biura. Zgodnie z przepisami strażnik zaczekał także, aż sprzątacz wykona swoje obowiązki w gabinecie Igora Komarowa, ale później zamknął pokój i wrócił do dyżurki na dole, żeby dalej oglądać telewizję, toteż resztę pomieszczeń na piętrze staruszek sprzątał bez żadnego nadzoru. Zresztą strażnicy nie mieli polecenia, aby go pilnować. A zatem również w gabinecie Akopowa przebywał sam. I – co najbardziej zastanawiające – trochę wcześniej niż zwykle skończył porządki.

O dwudziestej pierwszej trupio bladego Akopowa pod eskortą wyprowadzono z budynku. Jeden strażnik usiadł za kierownicą samochodu sekretarza, ten zaś musiał zająć miejsce w wozie służbowym Czarnej Gwardii, obok drugiego strażnika. Oba pojazdy nie skierowały się jednak do mieszkania Akopowa, wyjechały poza miasto, do jednego z letnich obozów, w których szkolono Młodych Bojowników.

Mniej więcej w tym samym czasie pułkownik Griszyn zapoznał się szczegółowo z aktami sprzątacza dostarczonymi przez kierownika działu personalnego. Znalazł w nich adres domowy sześćdziesięciotrzyletniego Leonida Zajcewa, postanowił jednak zaczekać do dwudziestej drugiej, kiedy to zwykle mężczyzna zjawiał się w pracy.

Ale tego wieczoru nie przyszedł. Tuż przed północą Griszyn w towarzystwie trzech członków Czarnej Gwardii wyruszył do mieszkania Zajcewa.

O tej samej porze Celia Stone odsunęła się od swego młodego kochanka i z błogim uśmiechem sięgnęła po papierosa. Niewiele paliła, lecz w takich chwilach lubiła poczuć smak dymu tytoniowego. Hugo Gray leżał na wznak w jej łóżku i ciężko oddychał. Był dobrze zbudowanym, wysportowanym mężczyzną i dbał o swą kondycję fizyczną, regularnie grywając w tenisa i uczęszczając na pływalnię, lecz ostatnie dwie godziny pozbawiły go niemal wszystkich sił.

Nie po raz pierwszy miał okazję zadać sobie w duchu pytanie, jak to się dzieje, że spragnione seksu kobiety potrafią doprowadzić prawie do wycieńczenia nawet najsilniejszego mężczyznę. Dla niego taka dysproporcja była nie do przyjęcia.

W ciemności Celia po raz ostatni zaciągnęła się głęboko, wydmuchnęła dym pod sufit, zgasiła papierosa i znowu przytuliła się do Hugona, zanurzając palce w jego kręconych ciemnoblond włosach.

– Zastanawiam się od pewnego czasu, jakim sposobem trafiłeś do biura attaché kulturalnego – powiedziała. – Przecież nawet nie potrafisz odróżnić twórczości Turgieniewa od Lermontowa.

– Bo i nie muszę ich znać – mruknął Gray. – Do moich obowiązków należy propagowanie wśród Ruskich dzieł naszej kultury, Szekspira czy sióstr Brontë.

– I właśnie na ten temat masz konferować z szefem wywiadu naszej placówki?

Gray szybko uniósł się na łokciu, ścisnął ramię dziewczyny i szepnął jej do ucha:

– Zamknij się, dobrze? Ten pokój może być na podsłuchu.

Celia fuknęła pogardliwie, odrzuciła kołdrę, wstała i poszła do kuchni, żeby zaparzyć kawę. Nie mogła zrozumieć powodu, dla którego Hugon nigdy nie chce z nią rozmawiać o swojej pracy. Jego prawdziwa rola w ambasadzie nie była dla żadnego z pracowników tajemnicą.

Już od miesiąca krążyły plotki, że Gray w rzeczywistości jest trzecim i najmłodszym oficerem komórki brytyjskich służb wywiadowczych w moskiewskiej ambasadzie. Dawniej, w czasach zimnej wojny, grupa ta była znacznie liczniejsza, ale wraz z następującymi przemianami i znaczną redukcją budżetu wywiadu została silnie okrojona. Z punktu widzenia londyńskich polityków pogrążająca się w chaosie Rosja nie przedstawiała już sobą większego zagrożenia.

A co ważniejsze, jakieś dziewięćdziesiąt procent informacji do niedawna jeszcze objętych ścisłą tajemnicą teraz było powszechnie dostępnych, gdyż uznano je za mało istotne. Zmiany zaszły tak daleko, że przy dowództwie KGB powstało stanowisko rzecznika prasowego, a ekipa CIA działająca przy ambasadzie amerykańskiej jawnie stworzyła zespół piłki nożnej.

Ale Hugo Gray, młody i podejrzliwy, uważał, że w większości dyplomatycznych mieszkań służbowych nadal funkcjonuje założony podsłuch. Jeśli nawet komunizm poniósł klęskę, to przecież rosyjska paranoja dotycząca wrogów ojczyzny wciąż miewała się całkiem dobrze.

Niestety, pod tym względem miał rację, nie wiedział jednak, że agenci FSB odkryli już jego prawdziwą funkcję i byli nadzwyczaj zadowoleni z tego osiągnięcia.

Odznaczający się niecodzienną nazwą bulwar Entuzjastów przebiega bodaj przez najbardziej zaniedbany i zrujnowany rejon Moskwy. W czasach triumfalnego komunistycznego planowania ulicę poprowadzono w ten sposób, że wiatr roznosił wzdłuż niej wyziewy z wojskowego instytutu badawczego broni chemicznej, w którym zainstalowano filtry tak dziurawe, jak naciągi rakiet tenisowych. Przyczyną jedynego entuzjazmu, jaki kiedykolwiek zauważono u mieszkańców tej dzielnicy, były zawiadomienia o konieczności przeprowadzki do innego mieszkania.

Zgodnie z danymi w aktach Leonid Zajcew mieszkał wraz z córką i jej mężem, pracującym jako kierowca ciężarówki, oraz sześcioletnią wnuczką w jednym z bloków przy uliczce odchodzącej od tego bulwaru. Kierowca czarnej dużej czajki musiał wytknąć głowę przez okno, żeby móc odczytać numery mijanych budynków na poczerniałych tabliczkach. Mimo późnej pory nad miastem wisiało parne, duszne powietrze. Wreszcie zatrzymał wóz przy krawężniku i wskazał szukany dom. Było wpół do pierwszej w nocy.

Na liście lokatorów nie znaleźli nazwiska Zajcewa, gdyż mieszkanie należało do jego zięcia, toteż zaczęli się dobijać do pierwszych drzwi na parterze, aż w końcu obudzony mężczyzna skierował ich pod właściwy numer na trzecim piętrze. W budynku nie było windy. Czterej gwardziści wbiegli po schodach i załomotali do drzwi, z których płatami obłaziła farba.

Otworzyła im zaspana, ledwie widząca na oczy kobieta, prawdopodobnie trzydziestoparoletnia, choć wyglądała co najmniej dziesięć lat starzej. Griszyn uprzejmym lecz stanowczym tonem wyjaśnił powód ich wizyty i strażnicy zaczęli przetrząsać mieszkanie. Niewiele mieli do przeszukiwania, ponieważ lokal składał się z dwóch maleńkich pokoików, zapuszczonej łazienki i oddzielonej zasłonką alkowy, w której mieściła się kuchnia.

Kobieta spała razem z sześcioletnią córeczką w jednym podwójnym łóżku. Dziecko także się obudziło i zaczęło głośno marudzić, szybko jednak zaniosło się płaczem, gdy mężczyźni kazali matce zabrać dziewczynkę z łóżka i zaczęli je przewracać do góry nogami. Błyskawicznie przerzucono wszystkie rzeczy poupychane w dwóch tandetnych segmentach regału.

Roztrzęsiona córka Zajcewa wprowadziła gwardzistów do drugiego pokoju i wskazała wąski tapczanik pod oknem, który zajmował jej ojciec. Wyjaśniła także, iż mąż wyjechał służbowo do Mińska i wróci dopiero za dwa dni. Wkrótce i ona zaczęła szlochać, jak gdyby pobudzona płaczem dziecka, odpowiadając łamiącym się głosem, że ojciec tego ranka w ogóle się nie pojawił w domu. Martwiło ją to, ale nie zdążyła jeszcze zgłosić jego zaginięcia milicji. Uważała, iż pewnie zasnął gdzieś na ławce w parku.

Już po dziesięciu minutach gwardziści zameldowali, że nikt się nie ukrywa w lokalu, Griszyn zaś zyskał pewność, że kobieta jest zanadto przerażona, by mogła kłamać. Pół godziny później wyszli z mieszkania.

Pułkownik rozkazał kierowcy nie wracać do centrum miasta, lecz skierować wóz do obozu usytuowanego pięćdziesiąt kilometrów za Moskwą, gdzie przetrzymywano Akopowa. Przez resztę nocy osobiście przesłuchiwał zdruzgotanego sekretarza. Tuż przed świtem całkowicie rozklejony Akopow przyznał wreszcie, że musiał przez nieuwagę zostawić maszynopis na biurku w swoim gabinecie. Zapewniał jednak, że nigdy wcześniej coś podobnego mu się nie zdarzyło i zawsze przed wyjściem chował wszelkie dokumenty do kasy pancernej. Kiedy zaczął błagać o przebaczenie, Griszyn ze współczuciem pokiwał głową i poklepał go po ramieniu.

Po wyjściu z baraku przywołał do siebie jednego z zaufanych oficerów.
– Zanosi się na kolejny upalny dzień. Nasz przyjaciel, który siedzi w środku, strasznie się spocił. Jeszcze przed świtem przydałaby mu się porządna kąpiel w rzece.

Później kazał się jak najszybciej zawieźć do miasta. Wiedział już, że skoro maszynopis leżał w nocy na biurku, to sprzątacz albo przez pomyłkę wyrzucił go do śmieci, albo też celowo zabrał ze sobą. Ta pierwsza poszlaka wydawała się mało prawdopodobna, gdyż śmieci z terenu posiadłości wywożono raz w tygodniu, a poprzedniego dnia strażnicy dokładnie przejrzeli, kartka po kartce, wszelkie wyrzucone papiery. Zatem sprzątacz musiał wykraść dokument. Griszyn nie potrafił sobie jednak wyjaśnić, w jakim celu ten starzec, półanalfabeta, mógł się dopuścić kradzieży. Co zamierzał zrobić z tym maszynopisem? Ale wytłumaczyć mógł to jedynie on sam. I z pewnością trzeba było takie wyjaśnienia uzyskać.

Jeszcze przed normalną pobudką zerwał na nogi całą dwutysięczną obsadę koszar Czarnej Gwardii, rozkazał jej członkom włożyć cywilne ubrania i wyruszyć na ulice w poszukiwaniu starca w poplamionej szarej wojskowej panterce. Nie dysponował zdjęciem Zajcewa, lecz do tej pory zdobył dość szczegółowy rysopis sprzątacza, zawierający również takie cechy szczególne, jak trzy sztuczne górne siekacze wykonane z nierdzewnej stali.

Ale nawet dla tak licznej rzeszy poszukujących zadanie nie było łatwe. W zaułkach, podwórkach i parkach Moskwy musiało się błąkać co najmniej dziesięciokrotnie więcej najróżniejszych włóczęgów, wszelkiego wieku i postury, noszących tak samo mało wyróżniające się ubrania. Jeśli zgodnie z przypuszczeniami Griszyna Zajcew nadal przebywał w mieście, należało dokładnie sprawdzić wszystkich tych włóczęgów. Z pewnością musiał się wśród nich kryć starzec z trzema stalowymi zębami i maszynopisem w czarnych okładach schowanym za pazuchą. A pułkownik chciał go dostać w swoje ręce jak najszybciej. Nic go nie obchodziło, ile czasu zdumieni gwardziści, odwykli już od koszul z krótkimi rękawami i cywilnych płóciennych spodni, będą musieli spędzić na ulicach Moskwy.

LANGLEY, GRUDZIEŃ 1983

Jason Monk podniósł się zza biurka, przeciągnął i postanowił zejść na dół do kantyny. Minął miesiąc od powrotu z Nairobi i dotarły już do niego plotki, że raporty z jego dokonań oceniono wysoko, a niektóre osiągnięcia nawet bardzo wysoko. Szykował mu się awans i szef sekcji afrykańskiej wcale nie krył swego zadowolenia połączonego ze smutkiem z powodu pewnej utraty takiego agenta.

Po przyjeździe do Stanów Monk został oddelegowany na błyskawiczny kurs języka hiszpańskiego, który miał się rozpocząć zaraz po przerwie świątecznej. Nie przerażało go, że będzie się musiał uczyć już trzeciego języka obcego, wiedział bowiem, iż w ten sposób otworzą się przed nim perspektywy przeniesienia do olbrzymiej sekcji Ameryki Łacińskiej.

Dowódcy wywiadu traktowali Amerykę Południową jako niezwykle ważny teren działania – nie tylko dlatego, że według obowiązującej wówczas „doktryny Monroe'ego" stanowiła tylne podwórko Stanów Zjednoczonych, ale głównie z powodu uznania jej przez sowietów za kuszący rejon do infiltracji, działalności wywrotowej i podsycania nastrojów rewolucyjnych. W efekcie KGB rozpoczęło swoją największą operację wywiadowczą, obejmującą wszystkie obszary na południe od Rio Grande, której CIA musiało się stanowczo przeciwstawić. Tak więc dla trzydziestotrzyletniego Monka Ameryka Łacińska mogła oznaczać początek wielkiej kariery.

W zamyśleniu mieszał kawę, kiedy poczuł, że ktoś stanął przy jego stoliku.

– Wspaniała opalenizna.

Jason szybko podniósł głowę i od razu rozpoznał mężczyznę, który uśmiechał się do niego promiennie. Chciał wstać, lecz tamten położył mu dłoń na ramieniu, jakby tym wielkopańskim gestem pragnął uhonorować pilnego ucznia.

Monka zdumiało jednak co innego. Wiedział już od kolegów, że jego rozmówca zajmuje jedno z kluczowych stanowisk w dowództwie pionu operacyjnego, jest bowiem szefem komórki kontrwywiadowczej, chyba najważniejszej w całej ogromnej sekcji SE tego pionu CIA.

Zdziwiło go także, iż tamten zdołał się do niego zbliżyć całkiem niepostrzeżenie. Mężczyzna był mniej więcej jego wzrostu, to znaczy miał około stu osiemdziesięciu centymetrów, i choć starszy o jakieś dziesięć lat, odznaczał się szczupłą, wysportowaną sylwetką. Gęste, przetłuszczone włosy nosił zaczesane gładko do tyłu, górną wargę nad wąskimi, niezwykle bladymi ustami porastały szczeciniaste wąsy, a obrazu dopełniały lekko wytrzeszczone, sowie oczy krótkowidza.

– Trzy lata spędziłem w Kenii – mruknął Jason, chcąc wyjaśnić przyczynę swej ciemnej opalenizny.

– A teraz z powrotem w mroźnym i wietrznym Waszyngtonie – rzekł mężczyzna.

Monka ogarnęły złe przeczucia, bez żadnego widocznego powodu zaczął się doszukiwać ironii w tonie rozmówcy. Odnosił wrażenie, iż dostrzega dziwne błyski w jego oczach, jakby tamten chciał powiedzieć: „Nie jesteś nawet w małym stopniu tak przebiegły jak jać.

– Zgadza się, proszę pana – odparł uprzejmie.

Mężczyzna wyciągnął do niego dłoń o palcach pożółkłych od nikotyny. Uwagi Jasona nie uszły także czerwone żyłki widoczne pod skórą na nosie tamtego, które mogły znamionować pociąg do alkoholu. Wstał i uśmiechnął się szeroko, usiłując swojej twarzy nadać ów promienny wyraz, który maszynistki z sekretariatu jego sekcji określały między sobą mianem „Redwood Special".

– To ty jesteś z pewnością...

– Monk, Jason Monk – przedstawił się pospiesznie.

– Miło mi cię poznać, Jasonie. Nazywam się Aldrich Ames.

Gdyby tego ranka samochód Hugona Graya dał się uruchomić, wiele osób, które później zginęły, pozostałoby przy życiu, a koleje tego świata potoczyłyby się całkiem innym torem. Ale rozruszniki aut kierują się swoimi własnymi prawami. Po kilku nieudanych próbach rozzłoszczony Gray wyskoczył zza kierownicy i rzucił się w pogoń za czerwonym roverem, który już podjeżdżał do milicyjnej barierki blokującej wyjazd z parkingu. Zastukał w szybę i Celia otworzyła mu drzwi.

W normalnych okolicznościach personel ambasady nie pracował w soboty, a podczas letnich upałów większość osób wyjeżdżała z miasta na weekendy, ale niespodziewana śmierć prezydenta Czerkasowa przysporzyła im dodatkowych zajęć i trzeba było skrócić dwudniowy wypoczynek.

Wyjechali na Prospekt Kutuzowski i minęli hotel „Ukraina", kierując się w stronę Kremla. Po chwili Gray wyczuł coś pod nogami, schylił się i podniósł z podłogi obłożony maszynopis.

– Co to? Jakiś analityczny materiał dla „Izwiestii"? – zapytał.

Dziewczyna zerknęła w bok i natychmiast przypomniała sobie wczorajsze zdarzenie.

– Boże, zapomniałam to wywalić. Jakiś pomylony staruszek wczoraj wrzucił mi te papiery do samochodu. Nieźle napędził mi strachu.

– Pewnie kolejna petycja – mruknął Gray. – Nigdy z tym nie skończą. Autor tego dzieła to zapewne jeszcze jeden kandydat do miana uchodźcy politycznego. – Odchylił kartonową okładkę i rzucił okiem na tytuł. – Nie, to jakiś materiał polityczny.

– Cudownie. Pewnie miałam do czynienia z następnym panem Bonkersem, który mi podrzucił swój mistrzowski plan ocalenia świata. „Proszę to przekazać ambasadorowi".

– Tak powiedział? Chciał, żeby ten maszynopis trafił do ambasadora?

– Owszem. Dodał też, że mam podziękować za piwo.

– Jakie piwo?

– A skąd mam wiedzieć? Naprawdę musiał być stuknięty.

Hugo przerzucił kilka kartek i zasępił się jeszcze bardziej.

– To faktycznie jakieś opracowanie polityczne, pewien rodzaj manifestu.

– Jak chcesz, to go sobie weź – mruknęła Celia, wyjeżdżając z Ogrodów Aleksandrowskich i szykując się do skrętu w kierunku Kamiennego Mostu.

Hugo zamierzał tylko pobieżnie przejrzeć maszynopis i wyrzucić go do kosza na śmieci, lecz gdy w swoim pokoju przeczytał dziesięć początkowych stron, poprosił sekretarkę, by umówiła go na rozmowę z szefem sekcji, dość obcesowym Szkotem, odznaczającym się nadzwyczaj bystrym umysłem.

Jego gabinet był codziennie rano sprawdzany pod kątem obecności urządzeń podsłuchowych, lecz wszelkie poufne konferencje organizowano wewnątrz „bąbla". Tę niezwykłą nazwę otrzymała sala umieszczona pośrodku budynku, którą po zamknięciu hermetycznych drzwi ze wszystkich stron oddzielała od otoczenia dźwiękoszczelna warstwa sprężonego powietrza. Zarówno w wewnętrznych jak i zewnętrznych jej ścianach także systematycznie poszukiwano urządzeń podsłuchowych, specjaliści zaś twierdzili, że prowadzone wewnątrz rozmowy nie mogą być żadnym sposobem przechwycone przez obcy wywiad. Gray nie czuł się jednak upoważniony do tego, by prosić dowódcę sekcji o rozmowę w „bąblu".

– Słucham cię, chłopcze – przywitał go jowialnie Szkot.

– Nie jestem pewien, Jock, czy nie zabieram ci na próżno czasu. Pewnie tak, z góry przepraszam. Ale wczoraj wydarzyło się coś niezwykłego. Otóż pewien staruszek podrzucił ten maszynopis do samochodu Celii Stone. Znasz ją? To ta nowa dziewczyna z biura attaché prasowego. Pewnie te papiery nie są nic warte...

Urwał nagle, gdyż szef pochylił głowę i popatrzył na niego surowym wzrokiem znad krawędzi okularów.

– Podrzucił maszynopis do samochodu? – spytał zdumiony.

– Tak mi powiedziała. Po prostu otworzył gwałtownie drzwi, cisnął dokument do środka, rzekł pospiesznie, aby przekazała go ambasadorowi, po czym zniknął.

Szkot ostrożnie wziął od niego papiery. Na czarnej kartonowej okładce były wyraźnie odciśnięte ślady butów.

– Co to był za mężczyzna?

– Podobno jakiś stary obdartus, chyba włóczęga. Dziewczyna mówiła, że zdrowo napędził jej strachu.

– Więc to zapewne jakaś petycja.

– Ona też tak pomyślała, chciała ją po prostu wyrzucić. Lecz dziś rano jechaliśmy razem do pracy i po drodze przeczytałem parę akapitów. Przekonałem się, że materiały mają charakter polityczny. A na stronie tytułowej jest jakiś stempel z emblematem Unii Sił Patriotycznych. Wydaje mi się, że to tekst autorstwa samego Igora Komarowa.

– Przyszłego prezydenta? To dziwne. W porządku, chłopcze, zostaw mi go.

– Dzięki, Jock – mruknął Gray, ruszając w stronę wyjścia.

We wszystkich jednostkach brytyjskich służb wywiadowczych było przyjęte mówienie sobie po imieniu, nawet jeśli pracowników dzieliła różnica wieku i stanowisk. Jedynie dowódcę całej siatki tytułowano jego stopniem wojskowym. Miało to wpłynąć na wyrabianie poczucia braterstwa i rodzinnej atmosfery wobec znanej w psychologii sytuacji zagubienia podczas służby w obcym kraju.

Hugo miał już wyjść z gabinetu szefa, sięgnął do klamki, kiedy ten go przywołał.

– Jeszcze jedna sprawa, chłopcze. Rosyjskie budownictwo nie zalicza się do najsolidniejszych, ściany mieszkań są bardzo cienkie. Nasz trzeci sekretarz wydziału handlowego przyszedł dziś rano do pracy z oczami silnie zaczerwienionymi z niewyspania. A tak się składa, że jego żona przebywa na urlopie w Anglii. Mam więc do ciebie prośbę. Kiedy następnym razem będziesz gościem słodziutkiej panny Stone, spróbujcie się zachowywać odrobinę ciszej.

Hugo Gray zrobił się czerwony jak cegły muru kremlowskiego i szybko wyszedł na korytarz. Dowódca sekcji przesunął maszynopis w czarnych okładkach na skraj biurka, miał bowiem sporo do roboty, a o jedenastej był umówiony na rozmowę z ambasadorem. Jego Ekscelencja także miał napięty harmonogram zajęć, nie wolno więc było zakłócać jego porządku dnia z powodu jakiegoś tam maszynopisu podrzuconego do auta szeregowego pracownika ambasady. Dlatego też dopiero późnym wieczorem, po zakończeniu rutynowych zajęć, zyskał możliwość dokładniejszego zapoznania się z tajemniczym dokumentem, który już wkrótce miał się stać znany pod nazwą Czarnego Manifestu.

MADRYT, SIERPIEŃ 1984

Przed przeprowadzką do nowej siedziby, która odbyła się dopiero w listopadzie 1986 roku, ambasada Indii w Madrycie zajmowała bogato zdobiony budynek z przełomu wieków przy ulicy Diego Velazqueza pod numerem dziewięćdziesiąt trzy. Piętnastego sierpnia 1984 roku, w święto uzyskania przez Indie niepodległości, ambasador – jak było to w zwyczaju – wydał wielkie przyjęcie dla przedstawicieli władz hiszpańskich oraz korpusu dyplomatycznego.

Z powodu niezwykłych upałów, jakie nawiedziły wówczas Madryt, a także z uwagi na urlopy większości oficjeli rządowych, parlamentarnych i dyplomatycznych, pod nieobecność szefów w przyjęciu uczestniczyło wielu podrzędnych pracowników służb publicznych. Hinduskiemu ambasadorowi ta sytuacja niezbyt odpowiadała, ale nie mógł nic na to poradzić, a już z pewnością nie był w stanie odmienić historii i przenieść święta narodowego Indii na inny dzień.

Stronę amerykańską reprezentował charge d'affaires, mający do pomocy drugiego sekretarza wydziału handlu, niejakiego Jasona Monka. Dowódca hiszpańskiej siatki CIA także przebywał na urlopie, toteż Monk, który do tego czasu stał się osobistością numer dwa tutejszej sekcji wywiadu, musiał go godnie zastępować.

Dla Jasona był to znakomity rok. Po ukończeniu przyspieszonego półrocznego kursu języka hiszpańskiego otrzymał awans z kategorii GS 12 do GS 13.

Gdyby był zwykłym cywilnym pracownikiem służb federalnych bądź instytucji państwowych, takie przeszeregowanie oznaczałoby jedynie podwyżkę uposażenia, ale w CIA było to równoznaczne z awansem, zwiększeniem prestiżu oraz znacznym poszerzeniem możliwości dalszej kariery. Co więcej, nastąpiły poważne przetasowania w kierownictwie „firmy" – między innymi dyrektor generalny, William Casey, powołał na miejsce ustępującego Johna Steina nowego wicedyrektora pionu operacyjnego. Człowiek piastujący to stanowisko nadzoruje całą działalność wywiadowczą CIA, jest więc niejako przełożonym wszystkich agentów terenowych. Teraz zaś objął je oficer, który nie tylko wciągnął Jasona do pracy w agencji, lecz również osobiście nadzorował jego początkowe szkolenie – Carey Jordan.

A w końcu Monk, po zakończeniu szkolenia oczekujący przeniesienia do sekcji Ameryki Łacińskiej, z wielkim zaskoczeniem przyjął oddelegowanie do sekcji europejskiej. Tu bowiem znajomość nowego języka mogła mu być potrzebna tylko w jednym kraju, w samej Hiszpanii. Nie dość, że nie musiał się bać nawału pracy w zaprzyjaźnionym państwie, to jeszcze z punktu widzenia trzydziestoczteroletniego samotnego oficera CIA tętniący życiem Madryt nie dał się w ogóle porównać z taką, na przykład, Tegucigalpą.

Ze względu na dobre wzajemne stosunki między Stanami Zjednoczonymi a Hiszpanią głównym zadaniem tutejszej komórki CIA była ścisła współpraca z hiszpańskim kontrwywiadem, zmierzająca do unieszkodliwienia jak największej rzeszy agentów rozsyłanych po całej zachodniej Europie przez Związek Radziecki i jego państwa satelitarne. Już w ciągu pierwszych dwóch miesięcy pracy w ambasadzie Monk nawiązał liczne przyjazne stosunki z oficerami hiszpańskimi, którzy w większości wywodzili się spośród zwolenników generała Franco, toteż głęboką niechęcią traktowali idee komunistyczne. A ponieważ wszyscy mieli kłopoty z wymówieniem jego imienia, które po hiszpańsku należałoby zapisywać jako

„Xhasson", przezwali młodego Amerykanina „El Rubio", czyli po prostu „Blondynem". Szybko go polubili, zresztą Monk zawsze błyskawicznie zjednywał sobie przyjaciół.

Przyjęcie miało tradycyjny przebieg i było po prostu nudne. Goście przemieszczali się w niewielkich grupkach, sączyli hinduskiego szampana, który w kieliszkach robił się nieprzyjemnie ciepły już po dziesięciu sekundach, i prowadzili uprzejme acz błahe rozmowy, w gruncie rzeczy nikogo nie interesujące. Jason dość szybko doszedł do wniosku, że już wystarczająco się poświęcił dla Wuja Sama, i zamierzał właśnie wyjść, gdy niespodziewanie dostrzegł w tłumie znajomą postać.

Przecisnął się w tamtą stronę, lecz musiał zaczekać jeszcze, aż mężczyzna w ciemnoszarym garniturze skończy rozmawiać z damą w powłóczystym sari, kiedy zaś tamten na krótko został sam, zbliżył się szybko i zapytał po rosyjsku:

– I jak się miewa twój syn, drogi przyjacielu?

Nikołaj Turkin dziwnie zesztywniał, odwrócił się powoli, lecz zaraz na jego twarzy pojawił się uśmiech.

– Dziękuję, wyzdrowiał. Nabrał sił i zmężniał.

– Cieszę się – rzekł Monk. – I jak widzę, twoja kariera także nie ucierpiała na naszej znajomości.

Rosjanin skinął głową. Przyjęcie prezentu od agenta wrogiego mocarstwa było poważnym wykroczeniem i gdyby ktokolwiek się o tym dowiedział, Turkin już nigdy nie uzyskałby pozwolenia na wyjazd poza granice Związku Radzieckiego. Musiał się jednak zdać na łaskę profesora Głazunowa. Na szczęście lekarz także miał syna, poza tym uważał, że mimo różnic ideologicznych lekarze rosyjscy powinni mieć dostęp do zdobyczy przodujących placówek badawczych całego świata. Dlatego też postanowił zachować tajemnicę wyłącznie dla siebie i z dumą przyjmować gratulacje kolegów za niezwykle skuteczną kurację przypadku uznanego za beznadziejny.

– Na szczęście tak, choć moja przyszłość przez pewien czas wisiała na włosku – odparł Turkin.

– Spotkajmy się przy obiedzie – zaproponował Monk, a widząc zdumienie malujące się na twarzy Rosjanina, szybko uniósł ręce w obronnym geście i dodał: – Obiecuję, że nie będę próbował cię zwerbować.

Rosjanin wyraźnie się odprężył. Zdawał sobie sprawę z faktycznej roli swego rozmówcy, a fakt, że Monk tak płynnie posługiwał się rosyjskim, wskazywał, iż z pewnością jest pracownikiem wydziału handlowego ambasady Stanów Zjednoczonych. Monk z kolei wiedział, że Turkin ma stopień oficera KGB i podejrzewał, iż pracuje w komórce kontrwywiadu, ponieważ inaczej nie miałby tak dużej swobody w kontaktach z przedstawicielami zachodniej dyplomacji.

Ale zarazem owo zdanie, choć wymówione żartobliwym tonem, świadczyło niezbicie, że Monk nie tylko stawia sprawy otwarcie, ale nie chce mieć również nic wspólnego ze stosowaną nagminnie w owych czasach zimnej wojny zasadą wzajemnego składania sobie propozycji przejścia do obozu przeciwnego.

Trzy dni później obaj mężczyźni pojawili się w kilkuminutowym odstępie w niewielkiej bocznej uliczce historycznej dzielnicy Madrytu, noszącej nazwę Calle de los Cuchilleros, czyli ulicy Nożowników. W połowie długości wąziutkiego zaułka przez ciężkie dębowe drzwi wchodziło się do rozległej piwnicy z kolumnadą z czerwonych cegieł, będącej dawnym magazynem wina, pochodzącym jeszcze ze średniowiecza. Przez wiele lat w urządzonym tu lokalu serwowano tradycyjną hiszpańską potrawę o nazwie Sobrinos de Botin. Pomiędzy filarami kolumnady zamocowano przepierzenia, tak więc Monk i Turkin, którzy zasiedli przy stoliku, mogli tu dość swobodnie rozmawiać.

Najpierw zjedli wyborny posiłek, później Jason zamówił butelkę czerwonego wina Marqués de Riscal. Mimochodem rozmowa skierowała się na temat żon i dzieci, a ponieważ Monk był kawalerem, pozostawało mu jedynie słuchać opowieści o małym Juriju, który przebywał z matką w Związku Radzieckim, chodził już do szkoły, teraz zaś letnie wakacje spędzał u dziadków. Kiedy opróżnili butelkę wina, na stoliku pojawiła się druga.

Monkowi nawet nie przyszło do głowy, że zasępiona mina Turkina może oznaczać bardzo głębokie rozżalenie, i to bynajmniej nie na niego, lecz na cały radziecki system, przez który jego sześcioletni synek omal nie stracił życia. Dopiero gdy w drugiej butelce zaczęło prześwitywać dno, Rosjanin zapytał niespodziewanie:

– Czy praca w CIA daje ci satysfakcję?

Zdumienie Jasona nie miało granic. Czyżby mimo wszystko ten głupek postanowił mnie zwerbować? – przemknęło mu przez myśl.

– Oczywiście – odpowiedział, zachowując swobodny ton.

Dolewał właśnie wina, toteż usilnie wbijał wzrok w trzymaną butelkę, żeby nie patrzeć Turkinowi w oczy.

– I gdybyś ty napotkał podobne kłopoty, pewnie mógłbyś liczyć na pomoc swoich przełożonych, prawda?

Jason uparcie wpatrywał się w strumyk czerwonego wina, nie chciał uronić ani kropli trunku.

– Jasne. Staramy się żyć jak w rodzinie, zawsze można liczyć na pomoc, kiedy się jej potrzebuje. Takie są niepisane prawa.

– Wspaniała musi być ta świadomość pracy z ludźmi, na których można polegać, poczucie wolności... – mruknął Turkin.

Monk odstawił wreszcie butelkę i odważył się podnieść wzrok. Co prawda obiecywał, że nie będzie próbował werbować Turkina, ale w tej sytuacji, kiedy Rosjanin sam zaczął...

– Pewnie. Posłuchaj, przyjacielu. Cała ta machina, dla której pracujesz, musi się zmienić. I to już niedługo. A my możemy dopomóc, żeby zmiany nastąpiły szybciej. Może twój syn, Jurij, będzie już dorastał jako wolny człowiek.

Mimo lekarstw sprowadzanych specjalnie z Londynu Andropow umarł. Na jego miejsce wybrano innego starca, Konstantyna Czernienkę, którego trzeba było prowadzać pod ramiona. Lecz nawet na Kremlu czuć już było powiewy nowego wiatru, głównie za sprawą znacznie młodszego polityka, Gorbaczowa. Może dlatego przy kawie Turkin zgodził się na współpracę. Miał nadal pełnić swoją rolę i starannie wykonywać obowiązki oficera KGB, lecz równocześnie działać na rzecz CIA. Szczęściem Jasona jego szef z madryckiej placówki przebywał na urlopie. Gdyby był w Madrycie, Jason z pewnością musiałby przekazać sprawę nowo zwerbowanego informatora w jego ręce. Ale w tej sytuacji zmuszony był osobiście zredagować zaszyfrowaną depeszę do centrali w Langley, relacjonującą przebieg skutecznego werbunku.

Jego sukces przyjęto z niedowierzaniem. Major KGB z samego kierownictwa rosyjskiej siatki w Hiszpanii był niezwykle łakomym kąskiem. Nic więc dziwnego, że do końca lata Monk musiał odbyć szereg potajemnych spotkań w różnych częściach Madrytu, mających mu przybliżyć sowiecką działalność wywiadowczą w tym kraju.

Poznał też szczegóły z życia swego źródła. Turkin urodził się w Omsku na Syberii w roku 1951, jego ojciec był inżynierem w zakładach zbrojeniowych. W wieku osiemnastu lat nie dostał się na studia i musiał pójść do wojska. Otrzymał przydział do jednostki straży granicznej, formalnie podlegającej KGB. Tam też doceniono jego umiejętności i oddelegowano na studia kontrwywiadowcze w Wyższej Szkole Oficerskiej imienia Dzierżyńskiego, gdzie nauczył się angielskiego i rozpoczął błyskotliwą karierę.

Znalazł się w nielicznej grupie wybrańców przeznaczonych do zagranicznej służby wywiadowczej, szkolonych w osławionym Instytucie Andropowa. Podobnie jak Monk po drugiej stronie żelaznej kurtyny zdobywał najwyższe oceny. Ci, którzy nie podlegali KGB bądź nie znali żadnego obcego języka, musieli przejść pełny trzyletni kurs. Turkin był oficerem KGB i płynnie władał angielskim, toteż zaliczył tylko roczne szkolenie. Ukończył je z wyróżnieniem i otrzymał przydział do sekcji K Pierwszego Wydziału KGB, sekcji kontrwywiadowczej w rzeczywistości zajmującej się działalnością wywiadowczą. W tamtym czasie ową sekcją dowodził najmłodszy spośród wszystkich generałów KGB, Oleg Kaługin.

Dwudziestosiedmioletni Turkin ożenił się w roku 1978 i w tym samym roku przyszedł na świat jego syn, Jurij, a w roku 1982 wyjechał na swą pierwszą zagraniczną placówkę, do ambasady w Nairobi. Jego podstawowym zadaniem było rozpracowanie kenijskiej siatki wywiadowczej CIA i zwerbowanie własnego źródła, bądź to z grona amerykańskich dyplomatów, bądź z kenijskich kręgów rządowych. Nie zdołał jednak zakończyć sukcesem tej misji, przerwanej niespodziewaną chorobą syna.

Już w październiku Turkin dostarczył zwierzchnikom z CIA pierwsze materiały. Upewniwszy się, że zorganizowany system tajnych spotkań działa bez zarzutu, Monk osobiście zawiózł dokumenty do Langley. Ich zawartość okazała się wręcz szokująca. Rosjanin dostarczył bowiem szczegółowe opisy całej działalności KGB na terenie Hiszpanii. W celu zapewnienia bezpieczeństwa tak cennego źródła, Amerykanie zmuszeni byli ujawniać Hiszpanom owe szczegóły stopniowo, i to w taki sposób, by ci mogli rozpracowywać kolejnych agentów działających na rzecz Moskwy poprzez żmudne dochodzenie lub też demaskowali ich pozornie przez czysty przypadek. A za każdym razem dowództwo KGB zyskiwało dowody – oczywiście, za pośrednictwem Turkina – że ujęcie każdego agenta było efektem popełnionych przez niego samego takich czy innych błędów. Nieświadoma niczego centrala w Moskwie utraciła tym sposobem całą siatkę na terenie Hiszpanii.

W czasie trzyletniej służby w Madrycie Turkin awansował do roli rezydenta, co otwierało mu swobodny dostęp prawie do wszystkich tajnych materiałów. W roku 1987 został odwołany do Moskwy, a rok później otrzymał nominację na dowódcę sekcji K w gigantycznym wschodnioniemieckim aparacie KGB, którą to funkcję pełnił aż do końca, czyli do upadku muru berlińskiego, załamania się dyktatury komunistów i ostatecznego zjednoczenia Niemiec w roku 1990. Przez cały ten czas dostarczał CIA, wykorzystując wciąż zmieniane skrytki pocztowe i punkty kontaktowe, setki materiałów dotyczących sowieckiej działalności wywiadowczej, przy czym nalegał, aby jedynym jego łącznikiem był zawsze przyjaciel z Nairobi, Jason Monk. Godzono się na ten niezwykły warunek, mimo że inni informatorzy w takim samym sześcioletnim okresie miewali wielu różnych łączników. Turkin jednak obstawał przy swoim.

Kiedy Monk zjawił się w Langley tamtej jesieni 1986 roku, został wezwany do gabinetu Careya Jordana.

– Zapoznałem się z dokumentami – oznajmił nowy wicedyrektor pionu operacyjnego. – To znakomity materiał. Podejrzewaliśmy, że Turkin zamierza pracować na dwa fronty, lecz szybko zdobyliśmy dowody, iż wśród rosyjskich agentów, których wydał, są prawdziwe asy. Ten facet to doskonała zdobycz. Świetna robota.

Jason skinął głową.

– Nurtuje mnie tylko jedno pytanie – ciągnął Jordan. – Nie pracuję w tej profesji od wczoraj i chociaż twój raport na temat przebiegu werbunku jest bez zarzutu, czuję przez skórę, że musiało się za tym kryć coś jeszcze. Mam rację? Z jakiego faktycznie powodu Turkin przystał na współpracę?

Monk z pewnym ociąganiem wyjaśnił szczegóły, których nie zawarł w swoim raporcie: opowiedział o nawiązaniu znajomości w Nairobi, chorobie synka Turkina i lekach, które sprowadził z instytutu badawczego imienia Waltera Reeda.

– Powinienem ci się zdrowo dobrać do tyłka – odrzekł w końcu Jordan. Wstał i podszedł do okna. Ciągnący się aż do brzegu Potomaku las brzozowo-bukowy zdawał się płonąć wszystkimi odcieniami żółci i czerwieni, a pod drzewami leżała już cienka warstwa pierwszych opadłych liści.

- Chryste - syknął. - Chyba nie ma w agencji drugiego człowieka, który w takiej sytuacji nie zażądałby od Rosjanina czegokolwiek w zamian za przysługę. Przecież mogłeś go już nigdy w życiu nie spotkać. Czysty przypadek zetknął was w Madrycie. Czy wiesz, co Napoleon mówił o swoich generałach?

- Nie, proszę pana.

- „Nie obchodzi mnie jak są wyszkoleni. Ja żądam, by dopisywało im szczęście". Postąpiłeś bardzo głupio, ale miałeś szczęście. Chyba zdajesz sobie sprawę, że twoim źródłem będzie się teraz musiała zająć sekcja SE?

Na czele kierownictwa CIA stoi Dyrektor Generalny oraz dwaj wicedyrektorzy odpowiedzialni za dwa piony agencji, wywiadowczy oraz operacyjny. Szef pierwszego z nich, określanego zazwyczaj skrótem DDI, nadzoruje gromadzenie i analizowanie olbrzymiego strumienia napływających informacji oraz sporządzanie syntetycznych raportów, które są następnie rozsyłane do Białego Domu, narodowej rady bezpieczeństwa, departamentu stanu, Pentagonu i podobnych instytucji rządowych.

Samym zbieraniem informacji zajmuje się pion operacyjny, oznaczany skrótem DDO. Jest on podzielony na sekcje odpowiadające rejonom naszego globu, występuje w nim więc sekcja Ameryki Łacińskiej, sekcja bliskowschodnia, sekcja Azji Południowo-wschodniej i tak dalej. Ale przez czterdzieści lat zimnej wojny, od roku 1950 do 1990, czyli do upadku komunizmu, niewątpliwie najważniejszą komórką była sekcja radziecko-wschodnioeuropejska, powszechnie nazywana w skrócie sekcją SE.

Większość agentów zazwyczaj przyjmowała z wdzięcznością fakt, że nawet jeśli zwerbowali jakieś rosyjskie źródło w Bogocie czy Dżakarcie, zaraz po ustaleniu warunków łączności tracili z nim kontakt, gdyż informator przechodził pod nadzór jakiegoś oficera z sekcji SE. Było to oczywiste, gdyż każde źródło, niezależnie od rejonu, w którym zostało zwerbowane, w końcu i tak musiało się znaleźć z powrotem w Związku Radzieckim.

Co zrozumiałe, imperium sowieckie było wówczas głównym przeciwnikiem Stanów Zjednoczonych, toteż najważniejsza sekcja w pionie grupowała jedynie najlepszych agentów. Mimo że Monk z wyróżnieniem ukończył rusycystykę i szlifował ten język, przez wiele lat po nocach czytając rosyjskie publikacje, to i tak został oddelegowany najpierw do pracy w sekcji afrykańskiej, a później w zachodnioeuropejskiej.

- Tak, proszę pana - odpowiedział.

- Czy chciałbyś się przenieść wraz z nim?

Jason uniósł wysoko brwi ze zdumienia.

- Tak, oczywiście. Bardzo chętnie.

- W porządku. Ty go odkryłeś, ty zwerbowałeś, więc i ty będziesz jego łącznikiem.

Już w ciągu tygodnia Monk dostał przeniesienie do sekcji SE, a jego podstawowym zadaniem stało się nadzorowanie i utrzymywanie łączności z majorem Nikołajem Iljiczem Turkinem, informatorem z KGB. Nigdy już nie wrócił do madryckiej placówki, lecz wielokrotnie odwiedzał Hiszpanię, najczęściej spotykając się z Rosjaninem w popularnych ośrodkach turystycznych w górach Sierra de Guadarrama. Omawiali setki różnych spraw, a w tym najważniejsze: dojście do władzy Michaiła Gorbaczowa i stopniowe wcielanie w życie dwóch bliźniaczych programów reformatorskich, *pierestrojki* oraz *głasnosti*. Monk bardzo się cieszył z tych spotkań, gdyż pomijając obowiązki służbowe, naprawdę zaprzyjaźnił się z Turkinem.

Jeszcze w roku 1984 wielu komentatorów zaczęło otwarcie mówić o CIA jak o gigantycznej machinie biurokratycznej, przykładającej większą wagę do gromadzenia wszelkiego typu papierków niż do zbierania użytecznych informacji. Monk brzydził się biurokracją i nie znosił papierkowej roboty, wychodził bowiem z założenia, iż każdy dokument można wykraść czy skopiować. Najpilniej strzeżone archiwum sekcji SE, gdzie przechowywano dane personalne każdego źródła działającego na rzecz Wuja Sama, powszechnie określano w agencji mianem Archiwum trzysta jeden. Otóż tej jesieni 1986 roku Monk „zapomniał" uzupełnić w Archiwum trzysta jeden brakujące wpisy w aktach personalnych majora Turkina, który otrzymał pseudonim Lizander.

Jock MacDonald, szef komórki brytyjskich służb wywiadowczych w ambasadzie moskiewskiej, późnym wieczorem siedemnastego lipca wrócił z niezwykle ważnego spotkania do swego gabinetu, pragnąc zostawić tu notatki sporządzone w trakcie rozmowy – sądził bowiem, że w jego służbowym mieszkaniu nie byłyby bezpieczne. Miał zamiar już wyjść, kiedy jego wzrok padł na maszynopis w czarnych okładkach. Bez większego przekonania otworzył go i zaczął czytać. Dokument był napisany po rosyjsku, ale MacDonald dobrze znał ten język.

W efekcie wcale nie wrócił do mieszkania na noc. Tuż po północy telefonicznie zawiadomił żonę o przyczynach swego spóźnienia i szybko wrócił do przerwanej lektury. Cały materiał liczył około czterdziestu stron maszynopisu i był podzielony na dwadzieścia części tematycznych.

Z rosnącym zainteresowaniem odczytał program przywrócenia jednopartyjnych rządów w państwie i odtworzenia dawnej sieci obozów pracy przymusowej, przeznaczonych dla dysydentów i innych „elementów wywrotowych".

Uważnie zapoznał się z propozycjami „ostatecznego rozwiązania" problemów wspólnoty żydowskiej oraz wszelkich innych „mniejszości rasowych", a zwłaszcza niepokornych Czeczenów.

Z niedowierzaniem przyjął plany wymuszenia na Polsce twardego paktu o nieagresji, mającego na celu zabezpieczenie zachodniej granicy, oraz nowego podboju Białorusi, Ukrainy, Mołdawii i państw bałtyckich, a także republik kaukaskich, Gruzji i Armenii.

Jednym tchem pochłonął rozdział dotyczący odtworzenia arsenału nuklearnego, który powinien zostać wymierzony we wszystkie kraje ościenne.

Nieco bardziej pobieżnie przerzucił strony opisujące przyszłość rosyjskiego kościoła prawosławnego oraz wszelkich pozostałych kultur wyznaniowych.

Zgodnie z treścią manifestu poniżone i zdeprawowane siły zbrojne, obecnie zmuszone do koczowania pod namiotami, miały być przezbrojone i dodatkowo wyekwipowane, aby zdolne były dokonać nowych podbojów. Ludność zajętych ziem miała zostać zapędzona do niewolniczej pracy, przede wszystkim przy produkcji żywności dla swych rosyjskich panów. Kontrolę nad nią chciano przekazać w ręce Rosjan nadal zamieszkujących podbite kraje, ślepo posłusznych ośrodkowi władzy imperialnej w Moskwie. Utrzymaniem porządku w państwie powinna się zająć Czarna Gwardia, której liczebność planowano zwiększyć do dwustu tysięcy. W jej gestii znalazłoby się także specjalne traktowanie wszystkich antysocjalistów – liberałów, dziennikarzy, duchowieństwa, homoseksualistów oraz Żydów.

W dokumencie znalazło się ponadto wyjaśnienie zagadki, która od pewnego czasu nurtowała zachodnich obserwatorów, w tym także MacDonalda – jakie są źródła wręcz nieograniczonych finansów, którymi dysponowała Unia Sił Patriotycznych.

Zaraz po przemianach roku 1990 z rosyjskiego kryminalnego półświatka wyłonił się szereg rozmaitych gangów, które zaczęły ze sobą bezwzględnie walczyć. Niejednokrotnie po takich starciach na ulicach zostawały dziesiątki zabitych. Ale już od 1995 roku poczęła dominować polityka zjednoczenia. W roku 1999 cała Rosja, od zachodnich granic po Ural, znajdowała się we władaniu czterech gigantycznych zbrodniczych konsorcjów, wśród których najsilniejsza była moskiewska mafia kierowana przez „Dołgorukiego”. Jeśli ów tajemniczy dokument zawierał prawdę, to właśnie owa mafia finansowała USP, licząc widocznie na osiągnięcie w przyszłości jeszcze większych zysków i stopniową eliminację pozostałych gangów.

Dochodziła już piąta nad ranem, kiedy po uważnym, czwartym czytaniu, Jock MacDonald zamknął wreszcie Czarny Manifest. Odchylił się na oparcie fotela i zapatrzył w sufit. Już jakiś czas temu rzucił palenie, lecz teraz nie zdołał się opanować i sięgnął po papierosa.

W końcu wstał, zamknął maszynopis w sejfie i wyszedł przed budynek ambasady. Stanął w drzwiach i spojrzał na oświetlone mury Kremla wznoszącego się po drugiej stronie rzeki – dokładnie w tym samym kierunku, gdzie dwie doby wcześniej siedział pewien starzec w poplamionej szarej wojskowej kurtce i wpatrywał się w gmach ambasady brytyjskiej.

Oficerowie służb wywiadowczych zazwyczaj nie są ludźmi wierzącymi, chociaż ich profesja w żaden sposób nie kłóci się z kanonami wiary. Ale w górzystej Szkocji, zwłaszcza wśród miejscowej arystokracji, istnieje nadzwyczaj głęboko zakorzenione przywiązanie do kościoła rzymsko-katolickiego. Wszak to tutejsi earlowie oraz baronowie zebrali swoje klany i pod sztandarem katolickiego „Młodego Pretendenta", księcia Karola Edwarda, w roku 1745 ruszyli na Londyn, by rok później ponieść druzgocącą klęskę na wrzosowiskach Culloden w starciu z wojskami protestanckiego, pochodzącego z dynastii hanowerskiej księcia Cumberland, trzeciego syna króla Jerzego Drugiego.

Toteż szef brytyjskiej komórki wywiadowczej został wychowany w tradycji katolickiej. Jego ojciec, pan na Fassifern, nie był człowiekiem szczególnie pobożnym, za to matka, wywodząca się ze szlacheckiego rodu Fraserów z Lovat, wychowywała go w głębokiej wierze.

W zamyśleniu powoli ruszył przed siebie. Dotarł Nabrzeżem Sofijskim do drugiego mostu, noszącego nazwę Bolszoj, po czym skręcił w stronę soboru Bazylewskiego. Minął jednak zwieńczoną ogromnymi kopułami świątynię i poszedł dalej, w głąb budzącego się do życia centrum miasta, aż dotarł do placu Nowego, gdzie skręcił ponownie.

Na placu zaczynała się już ustawiać długa kolejka do rozdającej tanią zupę kuchni polowej dla bezdomnych. Jak na ironię, jedną z takich kuchni ustawiono właśnie tutaj, naprzeciwko gmachu, w którym jeszcze niedawno obradował Komitet Centralny Komunistycznej Partii Związku Radzieckiego.

W gigantyczną akcję pomocy dla głodującej Rosji, nadzorowaną oficjalnie przez Organizację Narodów Zjednoczonych, zaangażował się cały szereg zagranicznych instytucji charytatywnych, gromadzących w krajach zachodnich wszelkie możliwe dotacje, podobnie jak wcześniej podczas ratowania rumuńskich sierot czy bośniackich uchodźców. Tu jednak wszelka pomoc była zaledwie kroplą w morzu potrzeb. Bez przerwy do stolicy napływały rzesze uciekinierów z całego kraju, na nic zdawały się wielkie obławy milicji, która wyłapywała żebraków i odsyłała ich pociągami w rodzinne strony. Ci bowiem szybko wracali bądź też na ich miejsce przybywali inni.

Jeszcze przed nastaniem świtu owi starcy w łachmanach i kobiety z niemowlętami przy piersi – mieszkańcy rosyjskich wiosek, gdzie niewiele się zmieniło od momentu wybuchu rewolucji październikowej – ustawiali się w kolejki i z tą niezwykłą cielęcą obojętnością oraz cierpliwością czekali na swoje darmowe racje żywności. Teraz, w lipcu, przynajmniej pogoda nie przeszkadzała im żyć na ulicach. Ale gdy nastaną mrozy, gdy nadejdą osławione rosyjskie zimowe wiatry... Ostatnie styczniowe chłody zebrały spore żniwo, gdyby następna zima okazała się jeszcze surowsza... Jock MacDonald aż pokręcił głową, odpędzając od siebie natrętne myśli.

Na wpół świadomie dotarł aż do placu Łubiańskiego, nazwanego przez komunistów placem Dzierżyńskiego. Przez dziesiątki lat stał tu pomnik głośnego „Żelaznego Feliksa", z rozkazu Lenina założyciela pierwszej machiny terroru, Czeka. Po drugiej stronie placu wznosił się olbrzymi szarobrązowy gmach, znany powszechnie pod nazwą „moskiewskiej centrali", będący siedzibą naczelnego dowództwa KGB.

Na tyłach gmachu znajdowało się otoczone niesławą więzienie Łubianka, gdzie wymuszano zeznania z niezliczonej rzeszy więźniów, a także wykonywano egzekucje. Za murami więzienia biegły dwie bliźniacze uliczki, Wielka Łubianka i Mała Łubianka. MacDonald skręcił w tę drugą. Mniej więcej w połowie długości ulicy stał kościół świętego Ludwika, katolicki przybytek społeczności dyplomatycznej i nielicznych Rosjan tego wyznania.

Dwieście metrów dalej, za rogiem masywnego gmaszyska KGB, spora grupa bezdomnych spała na szerokich schodach wiodących do wejścia olbrzymiego domu towarowego z zabawkami, noszącego nazwę „Dietskij Mir".

Podeszło do nich dwóch atletycznie zbudowanych mężczyzn w dżinsach oraz czarnych skórzanych kurtkach i zaczęło brutalnie budzić włóczęgów. Jeden z osiłków zauważył wreszcie starca w poplamionej panterce z przypiętymi na piersi kilkoma medalami. Podbiegł do niego, schylił się i potrząsnął go za ramię.

– Nazywasz się Zajcew? – spytał głośno.

Starzec przytaknął ruchem głowy. Obcy pospiesznie wyjął z wewnętrznej kieszeni kurtki telefon komórkowy, wystukał jakiś numer i cicho rzucił do mikrofonu parę słów. Pięć minut później przy krawężniku zatrzymał się stary moskwicz. Dwaj gwardziści chwycili starca pod ręce, wepchnęli na tylne siedzenie auta i zajęli miejsca po obu jego stronach. Kiedy włóczęga po raz pierwszy spróbował coś powiedzieć, między jego wargami zabłysły trzy sztuczne zęby z nierdzewnej stali.

Samochód objechał rozległy plac, skręcił za róg gmachu należącego niegdyś do Wszechrosyjskiego Towarzystwa Ubezpieczeń, później zaś przemienionego w siedzibę terroru, i pojechał Małą Łubianką, mijając samotną sylwetkę brytyjskiego dyplomaty idącego z wolna po chodniku.

MacDonald skręcił na teren kościoła, poprosił zaspanego zakrystianina o wpuszczenie go do środka, poszedł boczną nawą i wreszcie uklęknął przed głównym ołtarzem. Uniósł głowę i popatrzył na wizerunek ukrzyżowanego Chrystusa, jak gdyby spoglądającego na niego z góry.

Po chwili odmówił krótką modlitwę, zamyślił się na krótko i w końcu dodał szeptem:

– Panie Boże, spraw, aby to była tylko jakaś szalona mistyfikacja. Bo jeśli ten manifest jest prawdziwy, to wkrótce spadnie na nas straszliwe, mroczne zło.

ROZDZIAŁ 4

Zanim jeszcze którykolwiek z pracowników zjawił się w ambasadzie, Jock MacDonald siedział już z powrotem przy swoim biurku. W ogóle nie spał tej nocy, ale nikt o tym nie wiedział. Umył się i ogolił na parterze, w łazience dla personelu, po czym włożył czystą koszulę i wrócił na swój posterunek.

Zbudził swego zastępcę, Bruce'a „Gracie'ego" Fieldsa, rozkazując mu przez telefon koniecznie stawić się w pracy przed dziewiątą. Takie samo polecenie otrzymał Hugo Gray, który tej nocy spał spokojnie w swoim łóżku. O ósmej Szkot polecił dowódcy sekcji ochrony, koledze ze służb specjalnych, przygotowanie „bąbla" do konferencji mającej się rozpocząć kwadrans po dziewiątej.

– Powiem krótko – oznajmił MacDonald obu wezwanym w trybie pilnym współpracownikom. – Wczoraj znalazł się na moim biurku pewien dokument. Nie ma potrzeby, abym przedstawiał wam szczegółowo jego treść. Wystarczy powiedzieć, że jeśli jest to mistyfikacja czy zwykła podpucha, niepotrzebnie wszyscy tracimy czas. Lecz jeśli ów manifest jest prawdziwy, a tego jeszcze nie wiem, mamy do czynienia z nadzwyczaj ważną sprawą. Hugo, opowiedz Gracie'emu, jak wszedłeś w jego posiadanie.

Gray pospiesznie zreferował przebieg wydarzeń, które przedstawiła mu Celia Stone.

– W normalnym świecie – zaczął powtórnie MacDonald, wywołując jednym ze swych ulubionych powiedzonek skrywane uśmiechy młodszych współpracowników – zrobiłbym wszystko, aby się dowiedzieć, kim jest ten człowiek, w jaki sposób udało mu się zdobyć ów prawdopodobnie najściślej tajny maszynopis i dlaczego zdecydował się podrzucić go właśnie w tym samochodzie. Nie wiemy, czy zna Celię Stone, czy zdawał sobie sprawę, że jest to wóz pracownika tej ambasady, a jeśli tak, to dlaczego wybrał naszą placówkę. Tymczasem spróbujcie znaleźć kogoś, kto potrafi rysować.

– Rysować? – zdziwił się Fields.

– Tak. Chodzi mi o sporządzenie szkicu, portretu pamięciowego.

– Zdaje się, iż żona jednego z pracowników prowadzi w szkole zajęcia z plastyki – odparł szybko Bruce. – Chyba w Londynie robiła ilustracje do książek dla dzieci. Jeśli dobrze pamiętam, jej mąż pracuje w kancelarii.

– Sprawdź to. Gdyby podjęła się sporządzić taki szkic, skontaktuj ją z Celią Stone. Na razie sam porozmawiam z dziewczyną. Są jeszcze dwie rzeczy. Ten włóczęga może się zjawić ponownie, próbować przedostać się na teren czy chociażby kręcić wokół ambasady. Poproszę kaprala Meadowsa i sierżanta Reynoldsa, żeby mieli oko na ludzi obserwujących główną bramę. Gdyby zauważyli tego starca, niech zameldują któremukolwiek z nas. Należałoby wówczas przynajmniej zaprosić go na herbatę. I druga sprawa. Włóczęga może próbować podobnej sztuczki w innej placówce i zostać aresztowany. Gracie, masz kogoś znajomego w milicji?

Fields skinął głową. On najdłużej z całej trójki pełnił służbę w Moskwie, utrzymywał łączność z wieloma podrzędnymi informatorami i sam zdołał zwerbować kilku dalszych.

– Zwrócę się do inspektora Nowikowa. Pracuje w wydziale zabójstw w komendzie stołecznej przy Pietrowce i czasami robił mi pewne przysługi.

– Porozmawiaj z nim, tylko nie wspominaj nawet słowem o maszynopisie podrzuconym do samochodu. Powiedz, że ten starzec zaczepia naszych pracowników na ulicach, domagając się osobistej rozmowy z ambasadorem. Skłam, że nie chcielibyśmy narobić mu przykrości, lecz zależy nam na uwolnieniu się od natręta. Pokaż mu rysunek pamięciowy, jeśli taki powstanie, ale mu go nie zostawiaj. Kiedy powinniście się spotkać?

– Nie mamy ustalonego terminarza – odparł Fields. – Po prostu zadzwonię do niego z budki telefonicznej.

– W porządku, może coś z tego wyjdzie. Tymczasem muszę wyjechać na parę dni do Londynu. Gracie, ty będziesz trzymał straż.

Portier zatrzymał Celię w korytarzu, zaraz po jej wkroczeniu na teren ambasady, i oznajmił zaskoczonej dziewczynie, że czeka na nią pan MacDonald, w dodatku nie w swoim gabinecie, lecz w sali konferencyjnej A. Stone nic nie wiedziała o zabezpieczeniach antypodsłuchowych i nie znała obiegowej nazwy „bąbla".

MacDonald przyjął ją bardzo uprzejmie, lecz zasypywał pytaniami przez godzinę. Notował wszystko drobiazgowo, ale wyjaśnił tylko tyle, że podejrzany starzec niepokoił także innych pracowników i domagał się rozmowy z ambasadorem. W końcu zapytał, czy zgodziłaby się pomóc w sporządzeniu portretu pamięciowego włóczęgi. Celia zgodziła się natychmiast, nie mogła odmówić.

Po krótkiej rozmowie z Hugonem Grayem, spędziła całą przerwę na lunch w towarzystwie żony zastępcy kierownika kancelarii, która zgodnie z jej wskazówkami, posługując się węglem i zestawem ołówków,

sporządziła portret pamięciowy włóczęgi. Trzy błyszczące stalowe zęby w górnej szczęce wyróżniła srebrzystym mazakiem. Kiedy ukończyła rysunek, Celia z uznaniem pokiwała głową i rzekła:
– Tak, to on. Dokładnie tak wyglądał.

Po lunchu Jock MacDonald zwrócił się do kaprala Meadowsa o wyznaczenie eskorty, która odwiezie go na lotnisko Szeremietiewo. Nie oczekiwał żadnych kłopotów ze strony rosyjskiej milicji, obawiał się jednak, że prawowici właściciele zechcą odebrać mu dokument przewożony w aktówce. Na wszelki wypadek przytwierdził sobie teczkę łańcuszkiem do nadgarstka i ukrył owo zabezpieczenie w szerokim rękawie luźnego prochowca.

Kiedy należący do ambasady jaguar wyjeżdżał na ulicę, żołnierze eskorty nie zauważyli niczego podejrzanego. MacDonald spostrzegł jednak czarną czajkę zaparkowaną nieco dalej przy Nabrzeżu Sofijskim. Ale podejrzane auto nie ruszyło za jaguarem, toteż szybko o nim zapomniał. Nie mógł wiedzieć, że siedzący w nim mężczyźni czekają na wyjazd małego czerwonego rovera.

Na lotnisku kapral Meadows odprowadził go aż do stanowiska kontroli, a rosyjski urzędnik, obejrzawszy paszport dyplomatyczny, skierował MacDonalda do poczekalni dla VIP-ów. Po krótkim oczekiwaniu oficer znalazł się na pokładzie samolotu linii British Airways odlatującego na Heathrow, lecz dopiero po starcie głęboko odetchnął z ulgą i zamówił sobie porcję ginu z tonikiem.

WASZYNGTON, KWIECIEŃ 1985

Gdyby archanioł Gabriel objawił się nad Waszyngtonem i zapytał tutejszego rezydenta KGB przy ambasadzie sowieckiej, którego spośród wszystkich pracowników CIA najbardziej chciałby nakłonić do zdrady i szpiegowania na rzecz Związku Radzieckiego, pułkownik Stanisław Androsow nie wahałby się zapewne ani minuty. Odpowiedziałby szybko: dowódcę grupy kontrwywiadowczej działającej w sekcji rosyjskiej pionu operacyjnego.

We wszystkich agencjach wywiadowczych istnieją oddziały kontrwywiadu, których głównym celem, nie przynoszącym im popularności wśród kolegów, jest sprawdzanie ich wiarygodności. Kontrwywiad stawia przed sobą trzy podstawowe zadania.

Przede wszystkim odgrywa wiodącą rolę w zastawianiu pułapek i demaskowaniu zdrajców oraz wtyczek, przy czym nie bez znaczenia jest odróżnienie pierwszych od drugich. Dobra wtyczka, czyli fałszywe źródło, może dostarczać częściowo prawdziwych informacji, lecz jego głównym celem jest szerzenie dezinformacji. Może na przykład skutecznie przekonywać swoich nowych przełożonych, że nie mają w swych szeregach zdrajcy, podczas gdy ten działa bezkarnie, albo też kierować podejrzenia

74

kontrwywiadu w stronę niewinnych osób, gmatwać dochodzenie, podrzucając spreparowane dowody i kierując przeciwników w coraz to inne ślepe uliczki. Wytrawna wtyczka może tym sposobem nawet całymi latami wodzić rywali za nos.

Po drugie, kontrwywiad dokładnie sprawdza ludzi z opozycji, którzy nie zdecydowali się na emigrację, lecz zgłosili chęć współpracy z obcym wywiadem, ponieważ mogą się wśród nich znajdować podwójni agenci. Tym terminem określa się potencjalnych informatorów, którzy w rzeczywistości pozostają wierni swoim mocodawcom i wykonują ich rozkazy. Jeżeli pierwsze informacje dostarczone przez takich ludzi okażą się cenne, zostaną oni zaliczeni do źródeł najwyższej kategorii, ale później mogą już wyłącznie szerzyć dezinformację, wprowadzając olbrzymie zamieszanie w szeregach tych, dla których tylko pozornie pracują.

I wreszcie pracownicy kontrwywiadu muszą stale czuwać nad tym, by podlegający im agenci nie zostali zwerbowani przez przeciwnika i w macierzystej instytucji nie pojawił się zdrajca.

Żeby wypełnić te zadania, kontrwywiad musi mieć dostęp do wszelkich tajnych dokumentów, nie wyłączając specjalnego archiwum zawierającego akta wszystkich informatorów, jacy zostali zwerbowani spośród agentów przeciwnika. Na ich podstawie można prześledzić karierę i przebieg werbunku nawet najcenniejszych źródeł, działających w samym sercu organizacji przeciwnika, a tym samym najbardziej narażonych na zdemaskowanie. Ponadto, co zrozumiałe, oficerowie kontrwywiadu mają wgląd do szczegółowych danych każdego pracownika ich macierzystej instytucji. A wszystko to w imię sprawdzania lojalności i wiarygodności.

Z uwagi na przestrzegany rygorystycznie podział kompetencji, dowolny oficer wywiadu sprawujący nadzór nad jedną czy dwiema operacjami terenowymi mógłby w wypadku zdrady najwyżej doprowadzić do fiaska tychże akcji, ale i tak nie miałby pojęcia, którzy jego koledzy bezpośrednio je przeprowadzali. Tylko kontrwywiad ma dostęp do pełnych danych. I właśnie z tego powodu pułkownik Androsow, w wypadku nagłego pojawienia się archanioła Gabriela, wybrałby dowódcę grupy kontrwywiadowczej przy sekcji rosyjskiej – oficerowie kontrwywiadu powinni być najbardziej lojalnymi ze wszystkich ludzi oddanych pracy wywiadowczej.

W lipcu 1983 roku Aldrich Hazen Ames uzyskał nominację na dowódcę grupy kontrwywiadowczej w sekcji rosyjskiej pionu operacyjnego. W jego ręce przeszedł nadzór nad dwiema podsekcjami: radziecką, utrzymującą łączność z wszystkimi informatorami CIA działającymi na terenie Związku Radzieckiego, oraz zagraniczną, nadzorującą źródła donoszące o sowieckiej aktywności poza granicami imperium.

Szesnastego kwietnia 1985 roku, z powodu braku pieniędzy, Ames wkroczył do ambasady radzieckiej w Waszyngtonie, przy ulicy Szesnastej, i w rozmowie z pułkownikiem Androsowem zgodził się szpiegować na rzecz Rosji – za pięćdziesiąt tysięcy dolarów.

Oczywiście, przyniósł ze sobą pewne materiały: ujawnił nazwiska trzech Rosjan, którzy ostatnio zgłosili się z analogicznymi propozycjami do CIA. Później miał jakoby zeznać, że jego zdaniem byli to ludzie podstawieni, a więc podwójni agenci. Dostarczył też pełną listę pracowników macierzystej sekcji, podkreśliwszy uprzednio własne nazwisko w celu potwierdzenia swej wiarygodności. Dość szybko opuścił gmach ambasady, po raz drugi przechodząc przed kamerami FBI nakierowanymi na wyjście z budynku. Ale obraz zarejestrowany na taśmach nigdy nie został przez nikogo odtworzony.

Dwa dni później Ames otrzymał swoje pięćdziesiąt tysięcy dolarów, potraktowane jako zaliczka. W ten oto sposób najgroźniejszy zdrajca w historii Stanów Zjednoczonych, co najmniej tak samo niebezpieczny, jak wcześniej Benedict Arnold, rozpoczął niszczycielską działalność.

Później specjaliści wywiadu łamali sobie głowy nad dwiema zagadkami. Po pierwsze, jak mogło dojść do tego, że człowiek aż tak nieodpowiedzialny i niekompetentny, silnie uzależniony od alkoholu, mógł się wspiąć po szczeblach kariery do stanowiska, na którym wymagana jest bezgraniczna lojalność? A po drugie, jakim sposobem – kiedy już w grudniu kierownictwo CIA zyskało dowody na to, że w jego ścisłym gronie znajduje się zdrajca – udało mu się funkcjonować w tajemnicy przez następnych, jakże wyniszczających dla agencji osiem lat?

Podawano różnorodne odpowiedzi na to drugie pytanie: niekompetencja, opieszałość i zbytnia pewność siebie kierownictwa CIA, niezwykłe szczęście zdrajcy, nadzwyczaj umiejętnie przeprowadzona przez KGB akcja szerzenia dezinformacji, mająca na celu ochronę wtyczki, no i wreszcie szwankująca pamięć Jamesa Angletona.

Ówczesny dowódca całego kontrwywiadu CIA, będący prawdziwie żywą legendą, ostatecznie skończył w szpitalu psychiatrycznym. Ten dziwak, całkowicie pozbawiony humoru i nie mający chyba żadnego życia prywatnego, przez wiele lat usiłował wytropić w Langley mitycznego informatora KGB o pseudonimie „Sasza". W swoim fanatycznym pościgu za tym nie istniejącym zdrajcą niweczył kariery jednego lojalnego oficera za drugim, omal nie doprowadzając do zguby całego kierownictwa pionu operacyjnego. Nic więc dziwnego, że jego następcy, obejmujący stanowiska po roku 1985, dostawali gęsiej skórki na samą myśl, że i oni mieliby ruszyć tą samą drogą i też bezskutecznie ścigać legendarną wtyczkę w CIA.

Natomiast odpowiedź na pierwsze pytanie można było streścić krótko: Ken Mulgrew.

W ciągu dwudziestu lat swojej służby w CIA, zanim ostatecznie zdecydował się zostać zdrajcą, Ames trzykrotnie przebywał na placówkach terenowych poza centralą w Langley. Szef placówki w Turcji odesłał go do Stanów, wpisując do akt opinię, iż agent jest całkowicie nieprzydatny do wykonywanych zadań, a była to opinia niezwykle łagodna, jako że dowódca tamtejszej komórki wywiadu, doświadczony Dewey Clarridge, od samego początku wprost przeklinał Amesa.

W nowojorskim oddziale szczęśliwie powiodło mu się lepiej. Zastępca sekretarza generalnego Organizacji Narodów Zjednoczonych, Ukrainiec, Arkadij Szewczenko – zwerbowany ostatecznie w kwietniu 1978 roku przez zupełnie innego agenta – w czasie, kiedy Ames został jego łącznikiem, był już całkiem pewnym informatorem CIA. Może tylko dlatego Amerykanin popadający stopniowo w alkoholizm mógł zapisać na swoim koncie pewne sukcesy.

Za to jego druga zagraniczna funkcja, w Meksyku, zakończyła się fiaskiem. Bez przerwy pijany, odnoszący się z pogardą do kolegów i przedstawicieli dyplomacji, często w stanie zamroczenia alkoholowego odstawiany do domu przez meksykańską policję, nie zdołał nikogo zwerbować, a jedynie wystawił na szwank kilka operacji wywiadowczych. Większość czasu spędzał przy wódce, w towarzystwie Rosjanina, Igora Szurygina, jak się później okazało, dowódcy kontrwywiadu w sekcji KGB przy ambasadzie w Meksyku. Być może to właśnie Szurygin zakwalifikował nieodpowiedzialnego Amerykanina jako potencjalnego informatora.

W każdym razie opinie, jakie Ames przywiózł ze sobą z dwóch zagranicznych placówek, były przerażające. W przeprowadzonej nieco później kompleksowej ocenie sprawności agentów operacyjnych Ames znalazł się na sto dziewięćdziesiątej ósmej pozycji wśród dwustu sklasyfikowanych oficerów.

W normalnych warunkach takie opinie uniemożliwiłyby mu dalszą karierę. Już na początku lat osiemdziesiątych członkowie kierownictwa CIA, a więc Carey Jordan, Dewey Clarridge, Milton Bearden, Gus Hathaway i Paul Redmond, zgodnie uznali Amesa za człowieka bez przyszłości. Jedynie Ken Mulgrew, jego przyjaciel i protektor, był odmiennego zdania.

To właśnie on zataił niektóre raporty i wybielił akta personalne Amesa, przygotowując grunt do awansu przyjaciela. A jako jego senior i zarazem szef działu personalnego zdołał wyciszyć wszelkie obiekcje podczas głosowania nad kandydatami na dowódcę grupy kontrwywiadowczej.

Dopiero później wyszło na jaw, że obaj byli kumplami od kieliszka, zapewne pod wpływem alkoholu utwierdzającymi się w przekonaniu, iż kierownictwo agencji nie traktuje ich z należytym szacunkiem. Ten olbrzymi błąd personalny w przyszłości miał kosztować życie wielu oddanych pracowników CIA.

Leonid Zajcew umierał powoli, choć nawet nie zdawał sobie z tego sprawy. Odczuwał jedynie ból, nic innego do niego nie docierało.

A pułkownik Griszyn wierzył w skuteczne oddziaływanie bólu, uznawał go za najlepszą metodę perswazji, widomy przykład dla innych oraz środek wymierzania kary. Zajcew popełnił czyn karygodny, toteż z rozkazu Griszyna musiał w pełni zakosztować bólu, zanim ostatecznie będzie mu dane umrzeć.

Starzec jakoś zdołał przetrzymać całodzienne przesłuchanie i nawet nie dawał powodu do rozładowania agresji, ponieważ odpowiadał na wszelkie pytania. Przez większość czasu zadawał je osobiście pułkownik, gdyż nie chciał dopuścić do tego, by niepowołani ludzie poznali treść wykradzionego maszynopisu. Na początku Griszyn poprosił uprzejmie Zajcewa, by ten opowiedział wszystko szczegółowo. Starzec wykonał to polecenie. Później musiał jeszcze powtórzyć swą relację pięciokrotnie, dopóki pułkownik nie zyskał pewności, że zna już całą prawdę. A ta w gruncie rzeczy przedstawiała się dość prozaicznie.

Tylko wyjaśnienia starego weterana dotyczące przyczyny swego haniebnego postępku wprawiły Griszyna w zdumienie.

– Za piwo?! – spytał z niedowierzaniem. – Ten Anglik poczęstował cię piwem?!

Około południa doszedł do wniosku, że już niczego więcej nie wyciśnie z więźnia. W jego sercu zaświtała jednak nadzieja, iż przerażona wyglądem włóczęgi młoda Angielka po prostu wyrzuciła podejrzany dokument, ale to należało koniecznie sprawdzić. Wyznaczył czterech zaufanych gwardzistów i kazał im czekać w samochodzie przed ambasadą brytyjską na pojawienie się małego czerwonego rovera. Następnie mieli sprawdzić, gdzie mieszka ta dziewczyna i zameldować mu o rezultatach obserwacji.

Parę minut po trzeciej wydał ostatnie rozkazy swoim podwładnym i opuścił obóz. Kiedy jechał w stronę miasta, po północnej stronie wzbił się w niebo airbus A-300 należący do British Airways i ciągnąc za sobą szeroką białą smugę spalin, wykręcił stopniowo na zachód. Pułkownik nie zwrócił jednak uwagi na samolot. Rozkazał kierowcy jechać prosto do dworku przy bulwarze Kisielnym.

Zajcewem zajęło się czterech mężczyzn. Nie miał już siły stać na własnych nogach, toteż dwaj musieli go trzymać pod ramiona, a dwaj pozostali zajęli pozycje z przodu i z tyłu, starannie wybierając miejsca do zadawania ciosów. Dostrzegł tylko, że oprawcy mają na dłoniach masywne mosiężne kastety.

Już pierwsze uderzenia doprowadziły do odbicia jego nerek, pęknięcia wątroby i naderwania śledziony. Silne kopnięcie zmiażdżyło mu jądra. Stojący przed nim gwardzista wymierzył całą serię ciosów w brzuch, a następnie w pierś. Zając dwukrotnie tracił przytomność, lecz strumienie lodowatej wody z wiadra przywracały mu świadomość i nie pozwalały zapomnieć o bólu. Starcze nogi całkowicie odmówiły posłuszeństwa, lecz muskularni oprawcy bez trudu utrzymywali go w powietrzu.

Pod koniec kaźni pękły dwa żebra w wychudzonej klatce piersiowej, a ich ostre końce poszarpały płuca. Zając poczuł tylko, że coś ciepłego i lepkiego podchodzi mu do gardła, nie mógł zaczerpnąć tchu.

Mgła przesłoniła mu wzrok i zamiast betonowej tylnej ściany obozowej zbrojowni ujrzał przed sobą zalaną słońcem piaszczystą drogę biegnącą przez sosnowy las. Nie mógł dostrzec człowieka, ale słyszał wyraźnie głos, mówiący do niego:

– Masz, koleś. Łyknij sobie piwa... Łyknij piwa...

Światło słoneczne poszarzało, głos jednak rozlegał się nadal, bez przerwy powtarzając niezrozumiałe dla niego słowa:

– Łyknij sobie piwa... Łyknij piwa...

W końcu ten widok przed jego oczyma całkowicie pochłonęła nieprzenikniona ciemność.

WASZYNGTON, CZERWIEC 1985

Niespełna dwa miesiące po otrzymaniu swej pierwszej zapłaty w wysokości pięćdziesięciu tysięcy dolarów, Aldrich Ames jednego popołudnia zniszczył niemal całą sekcję SE pionu operacyjnego CIA.

Podczas przerwy na lunch wybrał spośród tajnych danych personalnych agentów i przesłał faksem na swoje biurko prawie dwa kilogramy dokumentów, które następnie spakował w zwykłe plastikowe torby na zakupy. Z tym bagażem bez przeszkód dotarł do windy, zjechał na parter i wyszedł z budynku, jak zwykle okazując strażnikowi swą laminowaną folią przepustkę. Nikt go nie zapytał, co wynosi w pękatych torbach. Wsiadł do samochodu, wyjechał z parkingu i po dwudziestu minutach podróży dotarł do Georgetown, eleganckiego przedmieścia stolicy, słynącego z restauracji urządzonych w stylu europejskim.

Wkroczył do baru Chadwicka, niezbyt drogiego lokalu pod estakadą prowadzącą z ulicy K na autostradę, nad samym brzegiem rzeki, gdzie czekał na niego doświadczony łącznik, wyznaczony osobiście przez pułkownika Androsowa – ten bowiem zdawał sobie sprawę, że Rosjanin będzie prawdopodobnie śledzony przez funkcjonariuszy FBI. Owym łącznikiem był szeregowy pracownik sowieckiej ambasady, niejaki Czuwakin.

Ames przekazał Rosjaninowi obie torby z dokumentami, lecz tym razem nie wymienił ceny. Dobrze wiedział, że za te materiały jego nowi zwierzchnicy dobrze zapłacą, a będzie to dopiero pierwszy krok na drodze do zostania milionerem. Rosjanie, zazwyczaj skrupulatnie liczący każdego wydanego dolara, na tajne informacje nie szczędzili pieniędzy, wiedzieli bowiem, że te im się stokrotnie opłacą.

Z baru Chadwicka materiały trafiły bezpiecznie do ambasady, skąd przewieziono je do siedziby Wydziału Pierwszego KGB w Jasieniewie. Rosyjscy specjaliści nie mogli uwierzyć własnym oczom.

Owa transakcja uczyniła z Androsowa jedną z głównych postaci radzieckiego wywiadu, natomiast z Amesa pierwszoplanowe źródło. Ówczesny dowódca Wydziału Pierwszego, generał Władimir Kriuczkow – wyniesiony do tej rangi przez wiecznie podejrzliwego Andropowa, upatrującego w poprzednim kierownictwie wydziału spiskowców pragnących go usunąć ze stanowiska – natychmiast rozkazał powołać ściśle tajną grupę analityków, której jedynym zadaniem miało być segregowanie i opracowywanie materiałów dostarczanych przez Amesa. A ponieważ Amerykaninowi nadano pseudonim „Kołokoł", czyli „Dzwon", ów zespół nazwano także grupą „Kołokoł".

Dopiero po latach pewien analityk z CIA odkrył, że aż czterdzieści pięć operacji wymierzonych przeciwko KGB, a więc niemal wszystkie zorganizowane przez sekcję SE, w bardzo krótkim czasie, począwszy od lata 1985 roku, spaliło na panewce. Natomiast już wiosną 1986 roku Amerykanom nie został żaden z głównych informatorów, których akta znajdowały się wśród pierwotnie wykradzionych przez Amesa materiałów.

Dokumenty przewiezione w plastikowych torbach zawierały charakterystyki czternastu źródeł – niemal wszystkich, jakimi na terenie Związku Radzieckiego dysponowała sekcja SE. Co prawda, nie były tam podane nazwiska poszczególnych osób, ale to miało najmniejsze znaczenie. Każdy oficer kontrwywiadu tropiący wtyczkę w macierzystej instytucji, gdy się dowie, że ów człowiek został zwerbowany w Bogocie, potem nadsyłał raporty z Moskwy, a obecnie stacjonuje w Lagos, bardzo szybko będzie mógł zidentyfikować zdrajcę. Wystarczy nawet pobieżnie przejrzeć kartoteki.

Pierwszym wśród tej czternastki okazał się wieloletni współpracownik brytyjskich służb wywiadowczych. Sami Amerykanie nawet nie znali jego danych personalnych, ale materiały przesyłane z Londynu do Langley pozwoliły im zaklasyfikować źródło jako pierwszorzędne. Zdołali też wydedukować, że chodzi o pułkownika KGB zwerbowanego w Danii na początku lat siedemdziesiątych, a następnie przez dwanaście lat stacjonującego w Wielkiej Brytanii. Człowiek ten, którego Rosjanie już wcześniej podejrzewali o zdradę, zakończył karierę na stanowisku rezydenta wywiadu przy ambasadzie sowieckiej w Londynie. W porę ostrzeżony, niemal cudem zdołał ujść prześladowcom i został bezpiecznie przerzucony za granicę. Lecz akta Amesa potwierdziły wcześniejsze podejrzenia KGB dotyczące pułkownika Olega Gordiejewskiego.

Drugiemu z tej czternastki także dopisało szczęście. Siergiej Bochan, oficer wywiadu wojskowego, stacjonował w Atenach i tu też dotarł do niego rozkaz natychmiastowego powrotu do kraju spowodowanego rzekomymi kłopotami syna studiującego w wyższej szkole oficerskiej. Tak się złożyło, że parę dni wcześniej Bochan otrzymał list, w którym syn chwalił się swymi doskonałymi wynikami w nauce. Specjalnie spóźnił się na samolot do Moskwy, nawiązał kontakt z rezydentem CIA w Grecji i w wielkim pośpiechu został przewieziony do Stanów Zjednoczonych.

Pozostałych dwunastu informatorów zostało aresztowanych. Tych, którzy wówczas przebywali za granicą, pod różnymi fałszywymi pretekstami ściągnięto do kraju i pojmano zaraz po wyjściu z samolotu. Wszystkich poddano szczegółowym przesłuchaniom i wszyscy przyznali się do zdrady. Po latach jedynie dwaj z nich zdołali wydostać się na wolność z obozów pracy i obaj do dziś mieszkają w Ameryce. Pozostałych dziesięciu rozstrzelano.

Zaraz po wylądowaniu późnym popołudniem na lotnisku Heathrow Jock MacDonald skontaktował się z dowództwem służb wywiadowczych, mającym siedzibę przy Vauxhall Cross. Mimo krótkiej drzemki podczas podróży czuł się śmiertelnie zmęczony, na razie musiał jednak zrezygnować z kąpieli i porządnego wypoczynku. Tym bardziej, że od dłuższego czasu mieszkał z żoną w Moskwie i nie mógł skorzystać ze swego domku w Chelsea, wynajętego innym lokatorom.

Ale przede wszystkim zależało mu na tym, by dokument spoczywający w aktówce przytwierdzonej łańcuszkiem do jego nadgarstka znalazł się jak najszybciej w bezpiecznym miejscu. Służbowy samochód, który czekał na niego przed wyjściem z lotniska, dowiózł go przed oszklone zielonkawymi szybami główne wejście zwalistego gmaszyska z szarego piaskowca, stojącego na południowym brzegu Tamizy, jaki dowództwo wywiadu zajmowało od siedmiu lat, po przeprowadzce ze starego, rozsypującego się Century House.

Przy wydatnej pomocy młodego i energicznego pracownika, który przywiózł go z Heathrow, szybko przeszedł wszelkie kontrole i wreszcie z ulgą schował maszynopis w sejfie, w gabinecie dowódcy sekcji sowieckiej. Dobry znajomy powitał go ciepło, choć z nie skrywanym zdumieniem.

– Napijesz się czegoś? – zapytał Jeffrey Marchbanks, wskazując szafkę na akta ze zsuwanymi drzwiczkami z listewek, w której, jak obaj doskonale wiedzieli, gospodarz urządził sobie podręczny barek.

– Dobry pomysł. Miałem niezwykle wyczerpujący i bardzo długi dzień. Poproszę szkocką.

Marchbanks uśmiechnął się lekko, pomyślawszy, że MacDonald pochodzący ze Szkocji uznaje tylko trunki skomponowane przez swych przodków. Podszedł do regału, otworzył go i z namysłem wybrał doskonałego macallana. Odmierzył do szklaneczki podwójną porcję i nie zawracając sobie głowy kostkami lodu, podał ją nieoczekiwanemu gościowi.

– Zawiadomiono mnie, rzecz jasna, że przyjeżdżasz, ale nie znam powodu tej nagłej wizyty. Co się stało?

MacDonald pospiesznie zrelacjonował mu przebieg wydarzeń.

– Podejrzewam, że to sprytna mistyfikacja – odezwał się w końcu Marchbanks.

– Owszem, wszystko na to wskazuje – przyznał Jock. – Ale byłaby to najbardziej prostacka intryga, o jakiej kiedykolwiek słyszałem. Kto mógłby coś takiego zaplanować?

– Pierwszymi podejrzanymi są polityczni przeciwnicy Komarowa.

- Zgoda, tych mu nie brakuje. Lecz weź pod uwagę sposób, w jaki ją uknuto. Przecież aż się prosi, by wyrzucić ten maszynopis, nawet do niego nie zaglądając. Gdyby nie to, że dokument odnalazł młody, niedoświadczony Gray...
- Nie zostało ci nic innego, jak go przeczytać. Domyślam się zatem, że to uczyniłeś.
- Przesiedziałem nad nim całą ubiegłą noc. To rodzaj politycznego manifestu, dość obrzydliwego.
- Zapewne napisanego po rosyjsku.
- Tak.
- Więc moja znajomość rosyjskiego okaże się chyba niewystarczająca. Będę musiał skorzystać z pomocy tłumacza.
- Wolę sam zrobić przekład – podjął się MacDonald. – Na wypadek, gdyby to jednak nie była mistyfikacja. Sam się przekonasz, gdy go przeczytasz.
- Jak wolisz, Jock. Twój wybór. Czego będziesz potrzebował?
- Przede wszystkim jakiejś kwatery. Muszę się wykąpać, ogolić, zjeść obiad i trochę przespać. Wrócę tu przed północą i przygotuję tłumaczenie, będzie gotowe na rano. Wtedy porozmawiamy.

Marchbanks przytaknął ruchem głowy.
- W porządku, możesz do woli korzystać z mojego gabinetu. Zawiadomię strażników.

Kiedy następnego dnia Jeffrey Marchbanks zjawił się w pracy kilka minut przed dziesiątą, zastał Szkota wyciągniętego na sofie, bez butów, marynarki i krawata. Na biurku, obok maszynopisu w czarnych okładkach, piętrzył się stosik pokrytych drobnym drukiem kartek.
- Gotowe – odezwał się Jock, otwierając oczy. – Starałem się przełożyć treść eleganckim, szekspirowskim stylem. Dyskietka siedzi jeszcze w komputerze, więc bądź łaskaw ją wyjąć i dobrze schować.

Szef pokiwał głową. Zamówił gorącą kawę, włożył okulary i zaczął czytać. Nawet nie podniósł głowy, kiedy śliczna, długonoga blondynka, której rodzice zajmowali się chyba wyłącznie polowaniem na lisy, wkroczyła do gabinetu, z promiennym uśmiechem postawiła tacę na biurku i wyszła. Dopiero po pewnym czasie oderwał się od lektury.
- Autor tego manifestu musi być szaleńcem, to jasne – mruknął.
- Masz rację, nie wiemy tylko, czy jest nim Komarow. W każdym razie możemy go już chyba uznać za potencjalnie bardzo groźnego. Czytaj dalej.

Marchbanks znowu pochylił głowę nad wydrukiem. Kiedy skończył, zaczerpnął głęboko powietrza i wypuścił je z głośnym świstem.
- To musi być mistyfikacja. Nikt, kto naprawdę wyznaje takie poglądy, nie odważyłby się ich utrwalić na papierze.
- Chyba że przygotowywał poufny materiał ideologiczny przeznaczony dla bardzo wąskiego grona bliskich współpracowników – podsunął MacDonald.

– I ktoś go wykradł?

– Na to wygląda. Może być też świadomie spreparowany. Nie wiemy zupełnie nic o tym włóczędze, nie mamy pojęcia, jak wszedł w posiadanie maszynopisu.

Marchbanks pogrążył się w zadumie. Bardzo szybko stwierdził jednak, że nawet jeśli Czarny Manifest jest spreparowany i dowodzi uknutej intrygi, to służbom wywiadowczym grozi najwyżej głębokie rozczarowanie, gdy potraktują go całkiem poważnie. Jeśli natomiast dokument jest autentyczny, a oni go zlekceważą, mogą ściągnąć na siebie przykre konsekwencje.

– Moim zdaniem – odezwał się w końcu – warto by przedstawić ten materiał naszemu kontrolerowi albo nawet samemu szefowi.

Kontroler Półkuli Wschodniej, David Brownlow, przyjął ich o dwunastej, a już na trzynastą piętnaście zostali zaproszeni na lunch w przeszklonym gabinecie szefa SIS na najwyższym piętrze budynku, skąd roztaczał się piękny widok na Tamizę i najbliższy most, Vauxhall Bridge.

Sir Henry Coombs dobiegał już sześćdziesiątki i ostatni rok piastował stanowisko głównodowodzącego brytyjskich służb wywiadowczych. Podobnie jak jego poprzednicy, poczynając od legendarnego Maurice'a Oldfielda, przeszedł kolejno wszystkie szczeble kariery, zdobywając doświadczenie w latach zimnej wojny, która dobiegła końca dziesięć lat wcześniej. SIS tym się jednak różniło od CIA, że zamiast mianowanych według politycznego klucza dyrektorów, często nie mających nawet wprawy w zarządzaniu, przez trzydzieści lat potrafiło skutecznie wywierać naciski na kolejnych premierów, by ci mianowali na stanowisko głównodowodzącego oficera wywodzącego się z wąskiego grona specjalistów wywiadu.

Skutek był widoczny. W trakcie przesłuchań aż trzej politycy, sprawujący urząd dyrektora generalnego CIA po roku 1985, przyznali otwarcie, że o gigantycznej aferze szpiegowskiej Amesa dowiedzieli się dopiero z gazet. Sir Henry Coombs cieszył się całkowitym zaufaniem swych podwładnych i wiedział o ich pracy dokładnie tyle, ile powinien wiedzieć. Nic więc dziwnego, że traktowano go prawie jak ojca.

Szef w zdumiewającym wręcz tempie przeczytał cały maszynopis, nie odrywając się przy tym od gęstej, treściwej zupy z porów.

– Wiem, że to dla ciebie męczące, Jock – rzekł w końcu – ale opowiedz jeszcze raz, jakim sposobem te materiały wpadły ci w ręce.

Z uwagą wysłuchał relacji, zadał dwa krótkie pytania i w zamyśleniu pokiwał głową.

– Co o tym sądzisz, Jeffrey?

Później skierował to samo pytanie do Brownlowa, lecz obaj wyrazili w przybliżeniu podobne opinie: trzeba było za wszelką cenę sprawdzić, czy dokument jest autentyczny.

– Najbardziej intryguje mnie jedna kwestia – odparł Brownlow. – Jeżeli faktycznie mamy do czynienia z prawdziwym programem politycznym

Komarowa, to w jakim celu został on spisany? Przecież Rosjanie także doskonale wiedzą, iż każdy dokument może zostać wykradziony.

Sir Henry Coombs lekko przygryzł wargi i popatrzył na dowódcę komórki wywiadowczej przy ambasadzie moskiewskiej.

– Co ty na to, Jock?

MacDonald wzruszył ramionami.

– A w jakim celu ludzie utrwalają na papierze swe najskrytsze marzenia i plany? Po co spisują sekretne wyznania w pamiętnikach? Dlaczego ukrywają nawet przed najbliższymi różnorodne pisma? Czemu olbrzymie instytucje, takie jak nasza, gromadzą ściśle tajne dokumenty w archiwach? Prawdopodobnie miał to być poufny manifest przeznaczony dla bardzo wąskiego grona bliskich współpracowników. A może chodziło tylko o rodzaj spowiedzi? Nie wykluczam też, że mamy do czynienia z żałosną mistyfikacją, zmierzającą do oczernienia popularnego polityka. Niczego nie wiemy na pewno.

– Trafiłeś w sedno – podjął szef. – Nie wiemy na pewno, a chyba zgodzicie się ze mną, że po lekturze tego maszynopisu powinniśmy dowiedzieć się prawdy. Jest zbyt wiele pytań. Po co owe tezy zostały spisane? Czy ich autorem jest Igor Komarow? Czy naprawdę owe wizje szaleńca mają się urzeczywistnić, kiedy Komarow dojdzie do władzy? Jeśli dokument jest prawdziwy, musimy wiedzieć, jak został wykradziony, kto to zrobił i dlaczego podrzucił właśnie nam. Jeśli zaś mamy do czynienia z intrygą polityczną, trzeba zdemaskować te kłamstwa.

Nalał sobie kawy i mieszając ją w filiżance, z wyraźnym obrzydzeniem popatrzył jeszcze raz na papiery – wydruk przekładu MacDonalda i leżący obok oryginał.

– Przepraszam, Jock, ale musimy poznać odpowiedzi na te pytania – dodał. – Nie mogę sprawy przekazać wyżej, dopóki ich nie poznamy, a i wtedy trzeba będzie głęboko przemyśleć decyzję. Musisz wracać do Moskwy, Jock. Nie mam pojęcia, jak powinieneś się do tego zabrać. To twardy orzech do zgryzienia, musisz sam coś wykombinować.

Głównodowodzący SIS, jak wszyscy jego poprzednicy, stawiał przed sobą dwa główne cele. Pierwszy, profesjonalny, dotyczył jak najlepszego kierowania służbami wywiadowczymi kraju. Ale drugi był czysto polityczny i polegał na takim ułożeniu współpracy z parlamentarną komisją do spraw wywiadu – nadzorującą ich podstawowego acz niełatwego klienta, Foreign Office – by wywalczyć odpowiedni budżet w urzędzie rady ministrów, czyli Cabinet Office, a zarazem nie stracić przyjaciół wśród polityków wchodzących w skład rządu. Zadanie to wymagało politycznego sprytu i sporych umiejętności.

Nic więc dziwnego, że ostatnią rzeczą, jakiej życzyłby sobie sir Coombs, był bezpodstawny alarm wszczęty z tego powodu, iż jakiś moskiewski włóczęga podrzucił w samochodzie młodego i niedoświadczonego pracownika ambasady podejrzany dokument, obecnie ozdobiony wyraźnymi śladami butów, a przedstawiający tak drastyczny i brutalny program polityczny, że automatycznie nasuwały się podejrzenia co do jego autentyczności. Doskonale wiedział, że w jednej chwili znalazłby się na straconej pozycji.

– Wracam jeszcze dziś po południu, szefie.

– Bez wygłupów, Jock. Masz za sobą dwie nie przespane noce. Weź gorącą kąpiel i połóż się na osiem godzin do łóżka. Wystarczy, że zarezerwujesz sobie bilet na jutrzejszy poranny samolot do tej ojczyzny kozaków. – Wymownie spojrzał na zegarek. – A teraz, jeśli pozwolicie... Wszyscy trzej pospiesznie wyszli z gabinetu szefa. Niestety, MacDonald nie miał żadnych szans na spędzenie ośmiu godzin w wygodnym łóżku, gdyż na biurku Marchbanksa czekała świeżo rozszyfrowana depesza z Moskwy. Do mieszkania Celii Stone dostali się włamywacze, po powrocie z obiadu dziewczyna natknęła się na dwóch zamaskowanych mężczyzn i została ogłuszona nogą od krzesła; znajdowała się w szpitalu, jej życiu nie zagrażało niebezpieczeństwo.

Marchbanks, po zapoznaniu się z treścią depeszy, w milczeniu podał ją MacDonaldowi, ten zaś po przeczytaniu syknął głośno:

– Jasna cholera!

WASZYNGTON, LIPIEC 1985
Pierwszy sygnał, jak to często bywa w świecie wywiadu, nadszedł tak okrężnymi drogami i wydawał się tak mało znaczący, że omal nie został przeoczony.

Pewien amerykański ochotnik pracujący w ramach zorganizowanej przez UNICEF akcji pomocy humanitarnej w mało przyjaznej dla ludzi, kierującej się ideami marksizmu Republice Jemenu Południowego przyjechał na urlop do Nowego Jorku i spotkał się na obiedzie ze szkolnym kolegą, funkcjonariuszem FBI.

Opisując prowadzoną przez Związek Radziecki gigantyczną akcję pomocy wojskowej dla tego pustynnego kraju, pracownik ONZ szczegółowo zrelacjonował przyjacielowi wieczór spędzony w barze hotelu „Rock" w Adenie, kiedy to wdał się w rozmowę z poznanym przypadkowo majorem sowieckiej armii.

Jak większość stacjonujących w Jemenie Rosjan, człowiek ten znał zaledwie kilka słów po arabsku, a z tubylcami porozumiewał się po angielsku, w drugim języku urzędowym tej byłej kolonii brytyjskiej. Natomiast Amerykanin, zdając sobie sprawę z niechęci, jaką tamtejsi mieszkańcy darzyli imperialistyczne Stany Zjednoczone, zazwyczaj przedstawiał się jako Szwajcar. Tak samo postąpił w rozmowie z majorem.

Mający już nieźle w czubie Rosjanin, któremu pod nieobecność współrodaków rozwiązał się język, zaczął ciskać kalumnie na całe przywództwo Związku Radzieckiego. Oskarżał bossów partyjnych o korupcję i skrajną nieudolność, a przede wszystkim o to, że w ogóle nie dbali o los ludzi zaangażowanych do akcji pomocy krajom Trzeciego Świata.

Amerykanin zacytował to jako anegdotę i pewnie cała sprawa poszłaby w niepamięć, gdyby ów funkcjonariusz FBI nie wspomniał o tej rozmowie swemu znajomemu z nowojorskiego biura CIA. Ten zaś, po konsultacji z kierownikiem biura, zaprosił pracownika ONZ na kolejny obiad, suto zakrapiany winem. Chcąc nakłonić tamtego do zwierzeń, zaczął po kilku kolejkach psioczyć na Rosjan, jakoby ostatnio odnoszących wielkie sukcesy w zacieśnianiu przyjaźni z przywódcami Trzeciego Świata, a zwłaszcza państw arabskich i krajów Bliskiego Wschodu.

Chcąc się wykazać olbrzymią znajomością tematu, pracownik UNICEF jął z zapałem przedstawiać swoje tezy i prostować rzekome pomyłki. Przede wszystkim wyjaśnił, że wie z własnego doświadczenia, iż owa przyjaźń wcześniej czy później każdego Rosjanina musi doprowadzić do silnej frustracji, a to głównie z powodu całkowitego braku zdolności Arabów do obsługiwania jakichkolwiek urządzeń mechanicznych oraz wybitnych umiejętności do psucia i demontowania wszystkiego, czego się dotkną.

– Weźmy na przykład kraj, z którego niedawno przyjechałem...

Pod koniec tej rozmowy agent CIA miał już wykrystalizowany obraz gigantycznej grupy ,,doradców wojskowych", którzy masowo usiłowali leczyć frustrację alkoholem, nie mogąc zrozumieć prawdziwego sensu oddelegowania ich do Ludowo-Demokratycznej Republiki Jemenu Południowego. Uzyskał też szczegółowy opis nadzwyczaj zdegustowanego majora: wysokiego, muskularnego, o orientalnych rysach twarzy, noszącego nazwisko Sołomin.

Raport trafił do Langley, a po zapoznaniu się z nim dowódca sekcji SE postanowił się naradzić w tej sprawie z Careyem Jordanem.

– Możliwe, że to błahostka, lecz jeśli mnie przeczucia nie mylą, szykuje się coś groźnego – oznajmił trzy dni później wicedyrektor w rozmowie z Jasonem Monkiem. – Jak sądzisz, czy udałoby ci się bezpiecznie dostać do Jemenu Południowego i porozmawiać z tym majorem Sołominem?

Monk skontaktował się z ekspertami od spraw bliskowschodnich i szybko doszedł do przekonania, że misja faktycznie niesie ze sobą spore ryzyko. Komunistyczne władze z Adenu, idąc za głosem moskiewskich doradców, zerwały wszelkie stosunki ze Stanami Zjednoczonymi. Mimo to na południowym wybrzeżu półwyspu Arabskiego działała zadziwiająco liczna rzesza pracowników z zagranicy – oczywiście, pomijając Rosjan. Największą grupę stanowili Brytyjczycy, choć i oni nie byli zbyt mile widziani po ogłoszeniu przez Jemen niepodległości. Doradcy ,,Crowna" pomagali w załatwianiu kontraktów zagranicznych, ,,De la Rue" drukował jemeńskie banknoty, ,,Tootal" budował olbrzymią fabrykę obuwia, ,,Massey Ferguson" składał z części traktory, a ,,Costains" nadal utrzymywał wytwórnię pieczywa i herbatników w Shaykh Uthman – na tych samych przedmieściach Adenu, gdzie jeszcze w latach siedemdziesiątych toczyły się zacięte walki ugrupowań prawicowych z armią rządową.

Angielscy inżynierowie pomagali budować nowe wodociągi i chłodnie do przechowywania żywności, a brytyjska organizacja charytatywna „Pomoc dzieciom", obok francuskiej „Lekarze bez granic", prowadziła akcję szczepień wśród ludności.

Funkcjonowały ponadto trzy duże programy ONZ: FAO służyło pomocą w rozwijaniu rolnictwa, UNICEF zajmowało się bezdomnymi dziećmi, a WHO rozbudowywało sieć placówek zdrowia.

Człowiek nawet najlepiej władający językiem obcym w zetknięciu z ludźmi, dla których jest to język ojczysty, dość szybko może zostać zdemaskowany, dlatego też Monk wolał nie uchodzić za Anglika, tym bardziej, że z trudem przychodziło mu tuszowanie swego amerykańskiego akcentu. Podobnie rzecz się miała z francuskim.

Ale ze względu na to, że Stany Zjednoczone w znacznej mierze finansują różnorodne programy ONZ, Amerykanie cieszą się ogromnymi wpływami w wielu jej organizacjach. Pobieżne sprawdzenie wykazało, że wśród misji FAO w Adenie nie ma ani jednego Hiszpana. Błyskawicznie przygotowano Jasonowi fałszywe dokumenty i przygotowano na październik specjalną wizytę inspekcyjną jakoby wysoko postawionego przedstawiciela kierownictwa FAO urzędującego w Rzymie. Jego ważna przez miesiąc wiza jemeńska opiewała na nazwisko Esteban Martinez Llorca. Natomiast władze z Madrytu, głęboko wdzięczne Monkowi za wcześniejsze dokonania, z chęcią wystawiły mu autentyczny paszport hiszpański.

Jock MacDonald wylądował w Moskwie za późno na to, by jeszcze odwiedzić Celię Stone w szpitalu. Uczynił to jednak z samego rana następnego dnia, dwudziestego lipca. Asystentka attaché prasowego leżała z obandażowaną głową i oczy jej się kleiły, ale mogła rozmawiać. Zrelacjonowała więc przebieg wydarzeń.

Wróciła z pracy o zwykłej porze i nikt za nią nie szedł. Nie spodziewała się zresztą, że może być śledzona. Po trzech godzinach spędzonych w mieszkaniu wyszła na obiad umówiony z przyjaciółką, pracownicą ambasady kanadyjskiej. Wróciła około wpół do dwunastej wieczorem. Widocznie włamywacze musieli słyszeć jak przekręca klucz w zamku, ponieważ gdy weszła do środka, wewnątrz panowała cisza. Włączyła światło w przedpokoju i dopiero wtedy zwróciła uwagę, że drzwi do saloniku są uchylone, a za nimi panują ciemności. Zdziwiła się, gdyż zostawiła włączoną nocną lampkę. Zawsze tak czyniła, ponieważ okno jej saloniku wychodziło na parking, a zostawiając włączone światło chciała dać znać potencjalnym złodziejom, że ktoś jest w mieszkaniu. Szybko wytłumaczyła sobie jednak, że musiała się przepalić żarówka.

Otworzyła szerzej drzwi i niespodziewanie ujrzała zarysy dwóch postaci. Jeden z włamywaczy szybko zamachnął się czymś i dziewczyna poczuła uderzenie w głowę. Padła na podłogę. Usłyszała jeszcze – a może bardziej wyczuła – że dwaj mężczyźni przeskakują nad nią i rzucają się do wyjścia. Zaraz jednak straciła przytomność. Kiedy ją odzyskała po jakimś czasie, doczołgała się do telefonu i powiadomiła sąsiada. Potem znów zemdlała i ocknęła się już w szpitalu. Nic więcej nie potrafiła powiedzieć.

MacDonald pojechał do mieszkania Celii Stone. Ambasador zdążył już złożyć protest, który poprzez ministerstwo spraw zagranicznych trafił do ministra spraw wewnętrznych, a stąd do prokuratora generalnego, ten zaś się zobowiązał, że oddeleguje do zbadania sprawy najlepszego inspektora dochodzeniowego w Moskwie i jak najszybciej powiadomi ambasadora o wynikach śledztwa. Ale wszyscy, którzy znali rosyjskie realia, wiedzieli, że potrwa to dość długo.

W depeszy wysłanej do Londynu przeinaczono jeden szczegół. Dziewczyna nie została uderzona nogą od krzesła, lecz niewielką statuetką z porcelany, która rozprysła się przy tym w drobny mak. Gdyby cios zadano metalową pałką, Celia Stone zginęłaby na miejscu.

Po mieszkaniu wciąż się kręciła ekipa dochodzeniowa, a najstarszy rangą chętnie odpowiedział na wszystkie pytania brytyjskiego dyplomaty. Dwaj milicjanci pilnujący wjazdu na parking nie wpuszczali żadnego rosyjskiego pojazdu, a to oznaczało, że włamywacze zakradli się przez ogrodzenie. Nikt ich nie zauważył. A nawet gdyby milicjanci cokolwiek spostrzegli, i tak zeznaliby to samo, pomyślał MacDonald.

Na zamku nie znaleziono śladów włamania, więc złodzieje musieli się posługiwać dobrym wytrychem bądź też mieli klucze, co wydawało się mało prawdopodobne. Wszystko wskazywało na to, że w tych ciężkich czasach szukali wyłącznie twardej waluty. Śledczy wyraził głębokie ubolewanie z powodu tego incydentu, a MacDonald w zamyśleniu pokiwał głową.

W głębi duszy zastanawiał się jednak, czy napadu nie dokonała Czarna Gwardia bądź grupa wynajętych byłych pracowników KGB, którzy imali się teraz każdego zajęcia – mimo że z pozoru włamanie miało charakter rabunkowy. Moskiewskie podziemie przestępcze trzymało się z dala od mieszkań dyplomatów, czasami tylko zdarzały się kradzieże samochodów na ulicach. Jednocześnie wprawnym okiem ocenił, że w mieszkaniu przeprowadzono dokładne, systematyczne przeszukanie. Nic jednak nie zginęło, nawet cenna biżuteria przechowywana w szufladzie w sypialni. Wyglądało to zatem na robotę fachowców, którzy szukali – i nie znaleźli – jednej, konkretnej rzeczy. A zatem można było podejrzewać najgorsze.

Po powrocie do ambasady MacDonald wpadł na pewien pomysł. Zadzwonił do biura prokuratora i poprosił, aby śledczy prowadzący dochodzenie w tej sprawie był uprzejmy się z nim skontaktować. O trzeciej po południu sekretarka zapowiedziała inspektora Czernowa.

– Chyba będziemy mogli panu pomóc – oznajmił MacDonald.
Milicjant popatrzył na niego ze zdumieniem.
– Z wielką wdzięcznością przyjmę każdą pomoc – mruknął.
– Nasza młoda asystentka, panna Stone, poczuła się już dzisiaj lepiej. Znacznie lepiej.
– Miło mi to słyszeć – rzekł Rosjanin.
– Otóż zdołała nawet dość szczegółowo opisać jednego z napastników. Zdążyła mu się przyjrzeć w świetle padającym z przedpokoju, tuż przedtem, zanim otrzymała cios w głowę.
– Podczas naszej pierwszej rozmowy zeznała, że zauważyła jedynie dwie ciemne sylwetki.
– No cóż, po tak silnym uderzeniu pamięć czasami potrafi płatać różne figle. Rozmawiał pan z nią wczoraj po południu, prawda, inspektorze?
– Tak, około szesnastej. Była zupełnie przytomna.
– Podejrzewam jednak, że wciąż odczuwała zawroty głowy. W każdym razie dziś rano całkowicie odzyskała pamięć. Poprosiliśmy żonę jednego z naszych pracowników, która jest z zawodu ilustratorką, aby według opisu panny Stone sporządziła portret pamięciowy tego człowieka.
Sięgnął przez biurko i podał milicjantowi szkic wykonany węglem. Tamten rozpromienił się nagle.
– To powinno nam bardzo ułatwić poszukiwania – rzekł. – Powielę ten rysunek i rozdam go wszystkim patrolom. Zresztą taki stary włamywacz musi już figurować w naszej kartotece.
Podniósł się pospiesznie. MacDonald również wstał.
– Cieszę się, że mogłem pomóc – powiedział, ściskając na pożegnanie dłoń śledczego.
Podczas przerwy na lunch zarówno Celia Stone jak i autorka szkicu zostały poinstruowane o tym drobnym podstępie. Żadna z nich nie mogła zrozumieć, czemu miałoby to służyć, zgodziły się jednak przedstawić fałszywą wersję wydarzeń, gdyby Czernow chciał jeszcze z nimi rozmawiać. Okazało się to jednak niepotrzebne.
Co zrozumiałe, milicja nie zdołała zidentyfikować mężczyzny na podstawie danych z kartoteki, nie rozpoznał starca także żaden z funkcjonariuszy wydziału włamań. Niemniej kopie portretu pamięciowego trafiły do wszystkich miejskich patroli.

MOSKWA, LIPIEC 1985
Przystępując do wielkich żniw, jakie umożliwiły dostarczone przez Aldricha Amesa materiały, KGB podjęło zdumiewającą decyzję.
Jest niepisaną regułą w „wielkiej grze" wywiadowczej, że gdy jedna strona zdobywa niezwykle cenne źródło w ścisłym gronie kierownictwa

przeciwnika, postępuje tak, aby zapewnić swemu informatorowi maksymalne bezpieczeństwo. Toteż kiedy owo źródło ujawnia kolejnych zdrajców, jego mocodawcy muszą ich unieszkodliwiać pojedynczo i z zachowaniem najdalej posuniętej ostrożności, w każdym wypadku wymyślając inne przyczyny aresztowania obcego agenta.

Dopiero wówczas, gdy informator poczuje się zagrożony i zdoła bezpiecznie przejść na drugą stronę, można zdemaskowanych ludzi pojmać równocześnie. Każde inne postępowanie byłoby równoznaczne z zamieszczeniem na pierwszej stronie „New York Timesa" otwartego listu, na przykład takiej treści: „A kuku! Właśnie udało nam się zwerbować nieocenionego informatora w waszych szeregach i tylko popatrzcie, jak się nam przysłużył!"

Nic więc dziwnego, że pragnąc jak najdłużej korzystać z pomocy Amesa, mającego wszak pewne miejsce w najwyższym kierownictwie CIA i jeszcze lepsze perspektywy na przyszłość, dowódca Pierwszego Wydziału KGB postanowił działać według tychże reguł i stopniowo wyłuskiwać zdemaskowanych czternastu zdrajców, nie czyniąc przy tym specjalnego zamieszania. Lecz jego plany spotkały się z druzgocącą krytyką i całkiem niezrozumiałym protestem samego Michaiła Gorbaczowa.

Specjalna grupa „Kołokoł", analizując dane personalne nadesłane z Waszyngtonu, od razu podzieliła akta na dwie części – tych ludzi, których dało się natychmiast zidentyfikować, oraz tych, których wyśledzenie wymagało dokładniejszego przestudiowania dokumentów. Agentów tej pierwszej kategorii, nadal przebywających za granicą, należało pod dobrze umotywowanymi pretekstami ściągnąć z powrotem do kraju, a taka akcja mogła potrwać nawet wiele miesięcy.

Ponadto specjaliści KGB chcieli za wszelką cenę uniknąć wtajemniczania w cały problem swych rywali z Wydziału Drugiego. Nie zdawali sobie jednak sprawy, iż przyzwyczajeni do całkiem innych realiów pracy za granicą, mogą napotkać aż tak wielkie trudności na ulicach Moskwy.

Podjęto decyzję, aby na pierwszy ogień zająć się brytyjskim informatorem, pułkownikiem Olegiem Gordiejewskim. Przesądziło o tym prawdopodobnie wcześniejsze dochodzenie, w wyniku którego zgromadzono już dość obszerne akta. Zawarty w materiałach Amesa opis działalności pułkownika KGB, od niedawna przebywającego z powrotem w Związku Radzieckim, jak ulał pasował do podejrzanego Gordiejewskiego, potwierdzając jego winę. W ścisłej tajemnicy agenci Wydziału Pierwszego KGB podjęli jego obserwację na terenie Moskwy, co wszak wchodziło w zakres obowiązków Wydziału Drugiego. I owa akcja zakończyła się fiaskiem.

Gordiejewski nie był głupcem i zauważył, że jest śledzony. Bardzo żałował, że odrzucił kuszącą propozycję Anglików i wrócił do Związku Radzieckiego. A przyjaciele z Londynu radzili mu, by pozostał za granicą, skoro pracował dla nich już od dwunastu lat.

Przed wyjazdem otrzymał też końcową instrukcję, która mówiła, że gdyby znalazł się w potrzasku, powinien przesłać wiadomość: „Jestem w kłopotach, potrzebuję pomocy, natychmiast!" Uczynił to i informacja trafiła do adresata. SIS błyskawicznie opracowało plan wyciągnięcia Gordiejewskiego z ZSRR, lecz do wcielenia go w życie potrzebowało pomocy ambasady. Brytyjski ambasador w Moskwie uzależnił swą zgodę od poleceń z Foreign Office.

Głównodowodzący SIS skorzystał ze swych uprawnień i poprosił o prywatne spotkanie z premierem, w trakcie którego szczegółowo wyjaśnił problem.

Zdumiał się bardzo, gdy wyszło na jaw, że Margaret Thatcher pamięta rosyjskiego pułkownika. Rok wcześniej Michaił Gorbaczow, tuż przed objęciem stanowiska prezydenta, przebywał z wizytą w Londynie i wywarł na pani Thatcher olbrzymie wrażenie. Podczas ich prywatnego spotkania funkcję tłumacza pełnił pracownik rosyjskiej ambasady, Gordiejewski. Pani premier nawet nie wiedziała wówczas, że potajemnie współpracuje on z jej służbami wywiadowczymi, za to wryło jej się w pamięć, że w ciągu całego tego wieczoru kilkakrotnie zaskakiwał ją nadzwyczajną precyzją i trafnością przekładów słów Gorbaczowa na angielski.

Toteż teraz, dowiedziawszy się prawdy, pani Thatcher niemal wyskoczyła zza biurka i zawołała:

– Oczywiście, że musimy go stamtąd wyciągnąć! To bardzo dzielny człowiek, poza tym jest jednym z nas.

Przed upływem godziny sekretariat spraw zagranicznych i ambasador w Moskwie otrzymali stosowne polecenia. Rankiem dziewiętnastego lipca obie bramy rezydencji przy Nabrzeżu Sofijskim zostały szeroko otwarte i zaczął się przez nie wylewać sznur pojazdów. Agenci KGB dosłownie zgłupieli. Porozsyłali za wozami Brytyjczyków swoje patrole w samochodach, dotąd czuwające przed ambasadą, ale dyplomaci porozjeżdżali się w różnych kierunkach. Wreszcie, gdy przed budynkiem nie został już ani jeden patrol, z terenu ambasady wyjechały nie zauważone dwie identyczne furgonetki marki Ford Transit. Po pewnym czasie jedna z nich zahamowała gwałtownie obok Gordiejewskiego pokonującego swą codzienną trasę biegu, a siedzący obok kierowcy mężczyzna zawołał przez okno:

– Wskakuj, Oleg!

Pułkownik bez wahania dał nura w otwarte boczne drzwi.

Dwaj śledzący go oficerowie z Wydziału Pierwszego KGB zaczęli energicznymi wymachami ramion przywoływać swojego kierowcę. Już po kilkunastu sekundach wskoczyli do samochodu i rozpoczęli pościg.

Furgonetka dotarła do najbliższego skrzyżowania i skręciła w prawo, oni jednak nie mogli wiedzieć, że zaraz za rogiem skręciła po raz drugi w wąską bramę wjazdową, natomiast spod krawężnika ruszył bliźniaczy pojazd. Kiedy agenci KGB minęli skrzyżowanie i dostrzegli tył białego forda, uspokojeni zwolnili i podjęli dalszą obserwację. Przejechali za furgonetką wiele kilometrów po całym mieście, w końcu wezwali posiłki i zatrzymali podejrzany wóz. Przekonali się jednak, że jest on załadowany skrzynkami z jarzynami przeznaczonymi dla stołówki ambasady. Tymczasem Gordiejewski znalazł się już bezpiecznie na terenie placówki.

Tutaj czekał na niego duży landrover kombi, w którym wojskowi specjaliści przygotowali uprzednio dodatkowy, ukryty, wąski bagażnik biegnący wzdłuż wału korbowego. Dwa dni później Rosjanin wcisnął się do środka i samochód wyruszył w kierunku fińskiej granicy. Został zatrzymany przez celników i wbrew protokołowi dyplomatycznemu dokładnie przeszukany, niczego jednak nie znaleziono. Godzinę później wóz zatrzymał się w lesie, zesztywniałego Gordiejewskiego wyciągnięto z kryjówki i dalej już jako pasażera dowieziono do Helsinek.

Po kilku dniach wiadomość o jego ucieczce przedostała się do prasy. Sowieckie ministerstwo spraw zagranicznych złożyło protest na ręce brytyjskiego ambasadora, który – z trudem powstrzymując się od śmiechu – wyjaśnił, że nie miał najmniejszego pojęcia o tym, co się wydarzyło.

Po paru miesiącach pułkownik Gordiejewski odwiedził Waszyngton, gdzie z chęcią podzielił się swą wiedzą z agentami CIA. Wśród uczestniczących w rozmowach był także – jak zawsze uśmiechnięty, lecz w głębi duszy przerażony – Aldrich Ames. Ale tak się dla niego szczęśliwie złożyło, iż Rosjanin nic nie wiedział o zdrajcy działającym w najwyższym kierownictwie CIA. Wówczas nikt nawet nie podejrzewał jego istnienia.

Jeffrey Marchbanks także wpadł na pomysł, jak pomóc koledze z Moskwy w odkryciu prawdy o Czarnym Manifeście.

Jednym z największych problemów MacDonalda był kłopot z dotarciem do Igora Komarowa. Marchbanks wymyślił więc, że gdyby udało się zorganizować szczegółowy osobisty wywiad z liderem Unii Sił Patriotycznych, być może w rozmowie ujawniłyby się jakieś fakty pozwalające wnioskować, czy rzeczywiście za fasadą konserwatywnego i nacjonalistycznego acz rzeczowego polityka prawicy kryje się zatrważający neonazista.

Miał już nawet odpowiedniego kandydata do przeprowadzenia takiego wywiadu. Ostatniej zimy brał udział w polowaniu na bażanty i wśród zaproszonych gości poznał nowo mianowanego redaktora naczelnego codziennej gazety Partii Konserwatywnej. Dwudziestego pierwszego lipca Marchbanks zadzwonił do dziennikarza, przypomniał mu ostatnie polowanie i umówił się na następny dzień na lunch w swoim klubie w Saint James.

MOSKWA, LIPIEC 1985
Ucieczka Gordiejewskiego wywołała w Moskwie istną burzę, a jej kulminacyjnym punktem była narada, jaką zwołano ostatniego dnia lipca

na drugim piętrze centrali przy placu Dzierżyńskiego, w prywatnym gabinecie samego przewodniczącego KGB.

Był to ten sam mroczny, posępny gabinet, w którym urzędowały bodaj najbardziej krwiożercze monstra w historii naszej planety. Zasiadał tu najpierw Jagoda, a później Jeżow, którzy zgodnie z rozkazami Stalina nasączali rosyjskie gleby krwią milionów niepokornych obywateli. Następnie rządził tu psychodeliczny pedofil, Beria, po nim zaś Sierow i Siemiczastnyj, a w końcu niedawno zmarły Jurij Andropow, który piastował to stanowisko najdłużej, bo aż piętnaście lat, od roku 1963 do 1978.

Przy olbrzymim stole w kształcie litery T podpisywano rozkazy, od których jedni konali w straszliwych mękach tortur, inni zamarzali w niezmierzonych pustkowiach Syberii, jeszcze inni zaś klękali na kamiennym dziedzińcu i przystawiano im pistolet do głowy.

Generał Wiktor Czebrikow nie dysponował już tak rozległą władzą. Czasy się zmieniły i teraz każdy wyrok śmierci musiał zostać podpisany przez samego prezydenta. Ale dla zdrajców ojczyzny wciąż nie mogło być litości, a owa lipcowa narada miała udowodnić tę prawdę całemu światu.

Najpierw wobec wszystkich zebranych musiał się gęsto tłumaczyć szef Wydziału Pierwszego, Władimir Kriuczkow, ponieważ to jego ludziom Gordiejewski zdołał się wymknąć. Do ataku przystąpił natomiast szef Wydziału Drugiego, niski i przysadzisty, nadzwyczaj szeroki w ramionach generał Witalij Bojarow. Ryknął z wściekłością:

– Cała ta sprawa to jedno wielkie... *razjebajstwo!*

W Rosji nawet wśród generałów takie rynsztokowe słownictwo nie było źle widziane, dowodziło bowiem żołnierskiego rodowodu i silnych więzów z klasą robotniczą.

– Coś takiego się więcej nie powtórzy – mruknął Kriuczkow w samoobronie.

– Ustalmy zatem – rzekł pojednawczo przewodniczący – że każdy wydział będzie się ściśle trzymał zadań wynikających z naszej struktury. Na terenie Związku Radzieckiego wszyscy zdrajcy ojczyzny mają być aresztowani i przesłuchiwani przez Wydział Drugi. Jeżeli w przyszłości zostanie zidentyfikowany jeszcze jakiś szpieg, należy zachować drogę służbową. Czy to jasne?

– Oczywiście – mruknął Kriuczkow. – Będzie ich jeszcze trzynastu.

W pokoju przez dłuższą chwilę panowała martwa cisza.

– Czyżbyście zamierzali mnie o czymś powiadomić, Władimirze Aleksandrowiczu? – spytał w końcu cicho przewodniczący.

Dopiero teraz Kriuczkow mógł ujawnić, jakie to materiały przekazano im w barze Chadwicka w Waszyngtonie przed sześcioma tygodniami. Bojarow tylko gwizdnął przez zęby.

– I co przedsięwzięliście w tej sprawie? – zapytał Czebrikow.

– Powołałem specjalną grupę analityków zajmującą się wyłącznie tymi dokumentami. Kolejno identyfikujemy personalia zdemaskowanych czternastu... teraz już tylko trzynastu szpiegów pracujących dla CIA. Są to wyłącznie Rosjanie. Ujawnienie niektórych nazwisk będzie wymagało dużego nakładu pracy.

Generał Czebrikow jeszcze tego samego dnia wydał stosowne rozkazy. Grupa „Kołokoł" miała się nadal zajmować analizą dostarczonych akt, gdyż wchodziło to w zakres obowiązków Wydziału Pierwszego, lecz dane personalne każdego zidentyfikowanego zdrajcy musiały być przekazywane specjalnie powołanej, wspólnej komisji o nazwie „Krysołow", czyli „Szczurołap". Samego aresztowania mieli dokonywać pracownicy Wydziału Drugiego, lecz agenci z Jasieniewa musieli być obecni podczas przesłuchania, by gromadzić potrzebne im informacje.

Dalsze losy szpiegów zależały wyłącznie od decyzji kierownictwa Wydziału Drugiego, natomiast w wypadku odmowy składania zeznań czy prób stawiania oporu, indywidualne sprawy miał rozpatrywać osobiście Bojarow.

Przed upływem tygodnia generał Czebrikow, uradowany tak znaczącym sukcesem podległej mu instytucji, zameldował o wszystkim Michaiłowi Gorbaczowowi. Ale reakcja prezydenta zdumiała go niepomiernie. Zamiast słów pochwały za to największe powojenne osiągnięcie w sekretnych zmaganiach z wywiadem amerykańskim, sprawujący urząd zaledwie od pół roku Gorbaczow okazał skrajne przerażenie z powodu stopnia, do jakiego agenci CIA przeniknęli do sowieckich struktur wojskowych, a w szczególności do dwóch instytucji zajmujących się wywiadem, KGB oraz GRU.

Odrzuciwszy wszelkie prośby przewodniczącego o zachowanie daleko posuniętej ostrożności, Gorbaczow polecił, by wszyscy zdrajcy zdemaskowani przez Aldricha Amesa zostali ujęci jednocześnie, i to jak najszybciej.

W Jasieniewie kierujący pracami grupy „Kołokoł", doświadczony generał, były szef sekcji do spraw nielegalnych uchodźców, Jurij Drozdow, doszedł do oczywistego wniosku, że polecenie prezydenta może oznaczać tylko jedno – Ames jest już spalony. Tak masowe aresztowania informatorów musiały bowiem dać kierownictwu CIA do zrozumienia, że w jego gronie znajduje się wtyczka, której wyśledzenie nie było wcale takie trudne. Jakież było jego zdumienie, gdy ów wniosek okazał się mylny.

Tymczasem generał Bojarow skompletował komisję „Szczurołap", mającą się zajmować przesłuchiwaniem szpiegów. W końcu wytypował jej przewodniczącego i kazał sobie dostarczyć akta personalne młodego, bo czterdziestoletniego, lecz doświadczonego pułkownika, na którym dotychczas się jeszcze nie zawiódł. Po raz kolejny zaczął je przeglądać.

Tamten urodził się w roku 1945 w mieście Mołotow, przemianowanym z powrotem na Perm po tym, jak w 1957 roku stalinowski pupil popadł w niełaskę. Jego ojcem był prosty żołnierz, który zdołał przejść cały szlak bojowy do Berlina i wrócił do ojczyzny udekorowany wieloma orderami.

Mały Tola dorastał w tym szarym, mroźnym, prowincjonalnym miasteczku, w czasach bezwzględnej indoktrynacji politycznej. W aktach zachowały się notatki, że jego ojciec otwarcie potępiał Chruszczowa za krytykę wielkiego przywódcy, Stalina, i że z tego powodu chłopiec miał spore nieprzyjemności w szkole.

W roku 1963, jako osiemnastolatek, został powołany do służby i wcielony do jednostki wojsk obrony terytorialnej podlegających ministerstwu spraw wewnętrznych. W rzeczywistości były to oddziały przeznaczone do strzeżenia więzień, obozów pracy i ważniejszych zakładów przemysłowych, wykorzystywane też do tłumienia zamieszek. Chłopak dopiero tutaj poczuł się w swoim żywiole.

Zaliczył początkowe kursy z tak doskonałymi rezultatami, że spotkało go rzadkie wyróżnienie – został przeniesiony do Leningradzkiego Wojskowego Instytutu Języków Obcych. Pod tą szumną nazwą kryła się faktyczna akademia oficerska KGB, zwana powszechnie ,,żłobem'', jako że jej adeptom nieodmiennie przypadały w udziale najlepsze stanowiska. Absolwenci ,,Kormuszki'' słynęli nie tylko w KGB ze swej bezwzględności, zaślepienia i bezgranicznej lojalności. Tola i tutaj się wyróżnił, za co spotkała go odpowiednia nagroda.

Tym razem było to odkomenderowanie do służby w *Moskowskoj obłasti*, a więc w samym dowództwie Wydziału Drugiego KGB. Po czterech latach pracy ,,za biurkiem'' młody oficer zyskał reputację wnikliwego śledczego, specjalizującego się w wyciąganiu zeznań z opornych więźniów. W rzeczywistości zdobył tak ogromne doświadczenie, że napisał nawet cieszącą się wielkim uznaniem książkę o różnorodnych metodach przesłuchań. Otworzyła mu ona drogę awansu do ścisłego kierownictwa wydziału.

Od chwili ukończenia akademii przez cały czas stacjonował w Moskwie, a zajmował się głównie znienawidzonymi Amerykanami, organizując obserwację ich ambasady i śledzenie poszczególnych pracowników dyplomacji. Przez cały ten czas zaliczył jedynie roczny kurs milicyjnych służb dochodzeniowych. Jego zwierzchnicy oraz instruktorzy zwracali w aktach personalnych uwagę na wyjątkową nienawiść, jaką darzył Anglików, Amerykanów i Żydów, a także szpiegów i zdrajców, podkreślali również nie w pełni zrozumiałe, lecz na szczęście akceptowalne przejawy sadyzmu podczas prowadzenia przez niego przesłuchań.

Generał Bojarow zamknął teczkę i uśmiechnął się, powtarzając w duchu, że dokonał właściwego wyboru. Jeśli potrzebne były szybkie efekty prowadzonego bez rozgłosu śledztwa, pułkownik Anatolij Griszyn wydawał się wręcz niezastąpiony.

ROZDZIAŁ 5

Mniej więcej w połowie długości Saint James Street, po stronie północnej tej wąskiej, jednokierunkowej uliczki, znajduje się niepozorny budynek z szarego piaskowca, z masywnymi, pomalowanymi na niebiesko drzwiami bez jakiejkolwiek tabliczki, oddzielony od jezdni żywopłotem z niezbyt efektownych, kolczastych krzewów. Ci, którzy wiedzą czego szukać, bez kłopotów znajdą ten dom. Ci zaś, którzy obojętnie przechodzą obok niego, zapewne po prostu nie dostali zaproszenia. „Brook's Club" nie musi się w żaden sposób reklamować.

Lokal ten jest jednak osławioną „przystanią" i ulubionym miejscem spotkań urzędników z pobliskiego Whitehall. I właśnie tutaj dwudziestego drugiego lipca Jeffrey Marchbanks spotkał się w porze lunchu z redaktorem naczelnym „Daily Telegraph".

Czterdziestoośmioletni Brian Worthing miał za sobą ponad dwadzieścia lat doświadczeń dziennikarskich i zaledwie dwa lata wcześniej uległ namowom kanadyjskiego właściciela gazety, Conrada Blacka, zrezygnował z pracy w redakcji „Timesa" i objął wakujące stanowisko redaktora naczelnego. Wcześniej pracował jako korespondent zagraniczny i wojenny, zdobywał szlify, relacjonując pierwsze w swoim życiu prawdziwe walki podczas wojny o Falklandy, a później, w latach 1990 i 1991, zasłynął ze swych doniesień z frontu w Zatoce Perskiej.

Na to spotkanie Marchbanks zarezerwował niewielki stolik w samym kącie sali, chciał się bowiem znaleźć jak najdalej od innych gości klubu. Nie podejrzewał, aby ktoś zamierzał podsłuchiwać ich rozmowę, wśród gości lokalu Brooksa takie rzeczy były po prostu nie do pomyślenia, dawały jednak o sobie znać wieloletnie nawyki.

– Jeśli dobrze pamiętam, podczas naszego pierwszego spotkania chyba wspominałem panu, że pracuję w Foreign Office – zaczął Marchbanks przy porcji krewetek.

– Owszem, tak pan powiedział – odparł Worthing.

Poprzedniego dnia długo się zastanawiał nad tym, czy przyjąć owo niespodziewane zaproszenie na lunch. Jak zwykle czekał go cały dzień wypełniony zajęciami, od dziesiątej rano co najmniej do zmroku, tymczasem – wliczając dojazd z Canary Wharf na West End i z powrotem – musiał poświęcić na to spotkanie przynajmniej trzy godziny. Miał więc nadzieję, że chodzi o coś naprawdę ważnego.

– Lecz jeśli mam być szczery, moje biuro nie mieści się przy King Charles Street, lecz nieco dalej w dole rzeki i na przeciwległym brzegu.

– Ach, rozumiem – mruknął dziennikarz.

Natychmiast pojął, że jego rozmówca ma na myśli Vauxhall Cross, choć on nigdy tam nie był. W jego sercu natychmiast ożyła nadzieja na zdobycie interesującego materiału.

– W szczególności zajmuję się sprawami Rosji.

– Nie zazdroszczę – podsumował Worthing, rozprawiwszy się z ostatnią krewetką i resztką razowego chleba. Był potężnie zbudowany i nie narzekał na brak apetytu. – Powiedziałbym, że tam wszystko się stacza na łeb, na szyję.

– Trafne określenie. Od śmierci Czerkasowa mówi się niemal wyłącznie o nadchodzących wyborach prezydenckich.

Obaj zamilkli na chwilę, gdyż kelnerka przyniosła zamówione porcje pieczonej jagnięciny z jarzynami oraz karafkę lekkiego czerwonego wina. Marchbanks napełnił kieliszki.

– Ich wynik zdaje się z góry przesądzony – wtrącił redaktor.

– Też tak uważam. Obóz reformatorski chyba już całkiem pogrzebał swoje szanse, a zapowiadanego szumnie powrotu komunistów do władzy jak nie było, tak nie ma. W tej sytuacji Igor Komarow jest raczej pewnym zwycięzcą.

– Czy to źle? Z tego, co ostatnio o nim czytałem, wyłania się obraz człowieka przynajmniej mówiącego do rzeczy. Przywrócenie wartości pieniądza, oddalenie widma głodu, walka z mafią... Dla mnie te postulaty brzmią sensownie.

Po sposobie wypowiedzi Worthinga, krótkich urywanych zdaniach i operowaniu samymi tylko hasłami, od razu można było wyczuć dziennikarza.

– Rzeczywiście, brzmią wspaniale, lecz dla mnie ten człowiek jest nadal wielką niewiadomą. Do czego zmierza, a raczej w jaki sposób chce wcielić te postulaty w życie? Twierdzi, że nie zależy mu na zagranicznych kredytach, więc jak ma zamiar sobie bez nich poradzić? Czyżby chciał, na przykład, spłacać rosyjskie długi niemal całkowicie pozbawionymi wartości rublami?

– Na to się raczej nie odważy – odparł Worthing.

Dopiero teraz uświadomił sobie, że od dłuższego czasu wśród korespondencji moskiewskiego wysłannika jego gazety nie było ani jednej wzmianki o rosyjskim kandydacie na prezydenta.

– Na pewno? – odpowiedział pytaniem Marchbanks. – Któż to może wiedzieć? Niektóre jego przemówienia są rzeczywiście nadzwyczajne, ale jednocześnie w prywatnych rozmowach często przekonuje swoich oponentów, że wcale nie jest aż tak straszliwym ludożercą. Kim więc jest naprawdę?

– Mogę się zwrócić do naszego moskiewskiego wysłannika, by spróbował przeprowadzić z nim wywiad.

– Obawiam się, że taka propozycja zostanie odrzucona. Mam przeczucia, iż każdy korespondent składa je w regularnych odstępach czasu i wciąż bezskutecznie. Komarow niezwykle rzadko godzi się udzielać wywiadów, a w dodatku z wyraźną niechęcią przyjmuje reporterów zagranicznych.

– Słyszałem, że podają tutaj znakomitą szarlotkę z syropem – rzekł Worthing. – Chętnie bym jej spróbował.

Anglicy mają stałe upodobania, najczęściej do późnej starości bardzo smakuje im to, w czym gustowali w dzieciństwie. Złożyli zamówienie i kelnerka przyniosła dwie porcje szarlotki.

– Jak zatem do niego dotrzeć? – spytał dziennikarz.

– Wydaje się, że całkowicie polega na radach swojego rzecznika prasowego, Borysa Kuzniecowa. To bardzo rzutki młodzieniec, absolwent jednego z college'ów amerykańskiej Ivy League. Trzeba spróbować dotrzeć poprzez niego. A o ile mi wiadomo, Kuzniecow codziennie czytuje prasę zachodnią i szczególnie podobają mu się krytyczne artykuły waszego reportera, Jeffersona.

Mark Jefferson miał szczególną pozycję w redakcji „Daily Telegraph", jego teksty zazwyczaj trafiały na pierwszą stronę. Zajmował się polityką, zarówno krajową jak i zagraniczną, i był doskonałym polemistą, twardo broniącym swych konserwatywnych poglądów.

– Niezły pomysł – ocenił Worthing, wkładając do ust duży kawałek ciastka.

– Chyba sam pan rozumie – podjął Marchbanks, postanawiając kuć żelazo, póki gorące – że każdy zagraniczny korespondent w Moskwie musi być naprawdę dobry w swojej branży. Gdyby w takiej sytuacji wysłać prawdziwą gwiazdę dziennikarstwa, i to specjalnie w tym celu, by przybliżyć Zachodowi postać wybitnego polityka, propozycja mogłaby zostać przyjęta.

Worthing zamyślił się na chwilę.

– Może warto by pomyśleć o wywiadach z pozostałymi dwoma kandydatami na prezydenta, żeby zachować równowagę.

– Świetny pomysł – wypalił Marchbanks, chociaż wcale tak nie uważał. – Lecz jedynie Komarow takim czy innym sposobem zdaje się fascynować całą opinię publiczną. Pozostali się w zasadzie nie liczą. Czy możemy wypić kawę na piętrze?

– Owszem, to brzmi zachęcająco.

Przeszli do pomieszczeń klubowych i zajęli miejsca w głębokich fotelach naprzeciwko wielkiego olejnego obrazu przedstawiającego Dyletantów.

– Powiedzmy, że zrobiła na mnie wrażenie pańska troska o popularność naszej gazety – podjął Worthing – ale czego naprawdę chciałby się pan dowiedzieć z tego wywiadu?

Marchbanks skwitował tę bezpośredniość uśmiechem.

– To prawda, że chcielibyśmy poznać nieco szczegółów, żeby zadowolić nimi naszych przełożonych. Chodzi głównie o takie fakty, które nie zostałyby opisane w artykule, wszak każdy może sięgnąć po „Daily Telegraph". Przede wszystkim chcemy wiedzieć, co Komarow naprawdę zamierza. Jak pragnie rozwiązać problemy mniejszości narodowych, bo tych jest przecież w Rosji dziesięć milionów, a Komarow stawia na ścisłą supremację Rosjan? Jak chce osiągnąć głoszony powrót do dawnej świetności swego kraju? Krótko mówiąc, podejrzewamy, że dotychczas starannie się ukrywał za maską, chcemy zaś wiedzieć, co się pod nią kryje.

– Jeśli tak jest w rzeczywistości, to z jakich powodów Komarow miałby ukazać prawdziwe oblicze właśnie Jeffersonowi?

– Nigdy nic nie wiadomo. Każdego czasami poniesie w rozmowie.

– A w jaki sposób mielibyśmy dotrzeć do Kuzniecowa?

– Pański korespondent z Moskwy powinien go znać. Prawdopodobnie wystarczy prywatny list od Jeffersona.

– Zgoda – mruknął wreszcie Worthing, kiedy już szli schodami w stronę głównego holu. – Spróbowałem sobie wyobrazić taki wywiad na pierwszej kolumnie naszej gazety. Wyglądałby zachęcająco. Mam tylko nadzieję, że Komarow zgodzi się na rozmowę. Skontaktuję się z naszym moskiewskim wysłannikiem.

– Gdyby coś z tego wyszło, proszę przekazać Jeffersonowi, że chciałbym zamienić z nim parę słów.

– Specjalne instrukcje? No, no. Chyba zdaje pan sobie sprawę, że jemu się to nie spodoba.

– Spróbuję to załatwić najdelikatniej jak tylko można – obiecał Marchbanks.

Pożegnali się przed klubem. Kierowca Worthinga dostrzegł go z daleka i wyjechał z bramy, w której zaparkował wbrew przepisom. Redaktor zajął miejsce z przodu i wóz szybko się oddalił w kierunku doków nad Tamizą. Marchbanks postanowił wracać do biura na piechotę, żeby ulżyć trochę żołądkowi obciążonemu ciężkostrawną szarlotką i winem.

WASZYNGTON, WRZESIEŃ 1985

Jeszcze przed rozpoczęciem szpiegowskiej działalności, w roku 1984, Ames zgłosił swą kandydaturę na stanowisko dowódcy sekcji rosyjskiej w rzymskim biurze CIA. We wrześniu 1985 roku jego kandydatura została zaakceptowana, ale teraz stawiało go to jedynie w dość kłopotliwej sytuacji. Nie wiedział jeszcze, że mocodawcy z KGB zamierzają narazić go na olbrzymie niebezpieczeństwo, aresztując niemal równocześnie wszystkich zdradzonych przez niego agentów.

Szczęśliwie dla Amesa przeniesienie do Rzymu oddalało go od Langley, tajnych akt zwerbowanych informatorów, a przede wszystkim od komórki kontrwywiadu przy sekcji SE. Ponadto rzymska placówka cieszyła się sporym prestiżem, a samo miasto było wystarczająco atrakcyjnym miejscem, by zamieszkać w nim na jakiś czas. Ames powiadomił o swym przeniesieniu Rosjan.

Uzyskał z ich strony aprobatę. KGB musiało się najpierw zająć identyfikacją zdrajców, ich aresztowaniem i uzyskaniem zeznań, a było to zajęcie na kilka najbliższych miesięcy. Ponadto dostarczone dokumenty zawierały taką ilość informacji, że wziąwszy pod uwagę niewielką liczebność grupy „Kołokoł" oraz konieczne względy bezpieczeństwa, ich pełna analiza mogła potrwać nawet parę lat.

Tymczasem Ames doręczył kolejne porcje materiałów. Jego druga i trzecia paczka przeznaczona dla promieniejącego Czuwakina zawierała między innymi kompletne akta personalne oficerów pracujących w Langley. Oprócz szczegółowych życiorysów i wykazów akcji, w których brali udział, znajdowały się tam również fotografie. KGB musiało więc pospiesznie organizować archiwum, pozwalające Rosjanom zidentyfikować każdego amerykańskiego agenta CIA, który by się pojawił na terenie Związku Radzieckiego.

Mocodawcy Amesa wyszli ze słusznego założenia, że przeniesienie do rzymskiej placówki otworzy mu dostęp do całej sekcji europejskiej i pozwoli zdobyć akta dotyczące wszelkich operacji CIA w regionie śródziemnomorskim, od Hiszpanii po Grecję – który to obszar również żywo interesował Rosjan – a w końcu znacznie ułatwi także utrzymanie z nim kontaktu bez konieczności wystawiania się na widok agentów FBI, co nieustannie zagrażało w Waszyngtonie. Dlatego też tak chętnie zaaprobowano jego nowe stanowisko.

Zachęcony tym Ames we wrześniu rozpoczął intensywną naukę języka włoskiego.

Natomiast w Langley nikt jeszcze nie przeczuwał nadciągającej katastrofy. Zlekceważono nagłe zniknięcie dwóch czy trzech pierwszych informatorów z grona najcenniejszych sowieckich źródeł – wywołały one jedynie niepokój poszczególnych łączników.

Wśród akt personalnych przekazanych Rosjanom znajdowało się również dossier pewnego młodego agenta przeniesionego niedawno do sekcji SE, którego Ames – nie wiadomo, czy tylko z pośpiechu, czy też celowo – zaliczył do grona największych asów amerykańskiego wywiadu. Ów agent nazywał się Jason Monk.

Stary Giennadij od wielu lat zbierał grzyby w tych lasach. Po przejściu na emeryturę postanowił zapewnić sobie dodatkowe dochody z wykorzystania bezpłatnych darów natury, toteż regularnie dostarczał świeże surowce najlepszym moskiewskim restauracjom i przygotowywał liczne zapasy suszonych grzybów na zimę.

Najbardziej doskwierała mu konieczność bardzo wczesnego wstawania, jeszcze na długo przed świtem. Grzyby wyrastały nocą, a za dnia karmiły się nimi wiewiórki i ślimaki lub, co gorsza, liczne gatunki owadów. W dodatku las odwiedzało wielu innych zbieraczy. Rosjanie bardzo lubili zbierać grzyby.

Rankiem dwudziestego czwartego lipca Giennadij jak zwykle wsiadł na rower, przywołał swego wiernego psa i wyjechał z niewielkiej rodzinnej wioski w kierunku starego lasu, obfitującego w wyrastające masowo wczesnym latem kurki. Miał nadzieję zebrać jeszcze przed wschodem słońca ich pełen kosz.

Las ciągnął się szerokim pasem ze wschodu na zachód, wzdłuż głównej drogi przelotowej łączącej Moskwę ze stolicą Białorusi, Mińskiem, po której z rykiem przemykały wielkie ciężarówki. Mężczyzna zagłębił się między drzewa, po czym zsiadł z roweru, oparł go o starą brzozę, żeby później łatwo odnaleźć, wziął zniszczony wiklinowy kosz i ruszył głębiej w las.

Pół godziny później, kiedy słońce stało już w pełnej okazałości nad wschodnim horyzontem, a on miał kosz do połowy zapełniony kurkami, pies nagle zaskomlał i skoczył ku gęstej kępie krzaków. Giennadij szkolił go w wyszukiwaniu co okazalszych grzybów, toteż teraz ożyła w nim nadzieja, że pies wywęszył jakiś bardziej szlachetny gatunek.

Poszedł za nim i już po chwili wyczuł charakterystyczny słodkawy odór zgnilizny. Znał go dobrze, przed laty, jako kilkunastoletni żołnierz, często się stykał z tą wonią na trasie całego szlaku bojowego od linii Wisły do Berlina.

Zwłoki musiały zostać porzucone, nic bowiem nie wskazywało na to, że ów człowiek wyzionął ducha w lesie. Obdarty starzec leżał na wznak, twarz miał całą posiniaczoną, usta szeroko otwarte. Jakieś drapieżne ptaki zdążyły mu już wydziobać oczy. W górnej szczęce połyskiwały trzy sztuczne zęby ze stali. Ciało było obnażone do pasa, lecz obok leżała na ziemi stara, poplamiona wojskowa panterka. Giennadij ostrożnie pociągnął nosem. W tym upale musi tu leżeć już od paru dni, pomyślał.

Zamyślił się na krótko. Został wychowany w głębokim poczuciu obywatelskich obowiązków, lecz tylko na grzybach mógł zarobić parę groszy, a temu biedakowi nie dało się już pomóc. Uniósł głowę i popatrzył w kierunku oddalonej o jakieś sto metrów szosy, skąd docierał głośny warkot przejeżdżających ciężarówek.

Dopiero gdy zapełnił kurkami cały kosz, wsiadł na rower i pojechał z powrotem do wioski. Rozłożył grzyby na słońcu, aby wysychały, a następnie poszedł do obskurnego, odrapanego budyneczku, gdzie mieścił się *sielsowiet*, przedstawicielstwo lokalnej władzy. Nie miał tu nawet kogo zawiadomić, toteż podniósł słuchawkę automatu telefonicznego i nakręcił numer 02, a gdy uzyskał połączenie z komendą główną milicji, oznajmił wprost:

- Znalazłem trupa.
- Nazwisko? – spytał oficer dyżurny.
- A skąd mam wiedzieć? Przecież on nie żyje.
- Co za idiota! Nie jego, tylko wasze!
- Chcecie, żebym się rozłączył?
Po drugiej stronie rozległo się głośne westchnienie.
- Nie rozłączajcie się. Podajcie mi tylko swoje nazwisko i miejsce, skąd dzwonicie.
Giennadij przedyktował potrzebne dane. Oficer dyżurny podszedł do zajmującego całą ścianę planu miasta i znalazł podaną wioskę daleko na zachodzie, przy samej granicy *Moskowskoj obłasti*, ale jeszcze na obszarze podlegającym komendzie stołecznej.
- Zaczekajcie w radzie gminnej, zgłosi się po was patrol.
Giennadij cierpliwie odczekał pół godziny. Wreszcie przed budynkiem zahamował znajomy, żółto-niebieski łazik i wysiadł z niego młody porucznik w milicyjnym mundurze. Z przodu siedziało jeszcze dwóch funkcjonariuszy.
- To wy znaleźliście zwłoki? – zwrócił się do niego oficer.
- Tak.
- Dobra, możemy jechać. Gdzie to jest?
- W lesie.
Poczuł się kimś ważnym, mogąc przejechać przed domami sąsiadów w milicyjnym łaziku. Wskazał miejsce w lesie, rozpoznawszy starą brzozę, o którą wcześniej oparł rower. Wszyscy wysiedli z samochodu i Giennadij poprowadził milicjantów gęsiego w stronę kępy krzaków. Już z daleka poczuł ten sam, słodkawy odór.
- Jest tam – rzekł, zatrzymując się obok krzaków i wskazując kierunek ręką. – Zaczyna się już rozkładać, musi tu leżeć od paru dni.
Milicjanci podeszli do zwłok i zaczęli je oglądać z pewnej odległości.
- Zobaczcie, czy nie ma czegoś w kieszeniach spodni – rozkazał porucznik, po czym zwrócił się do drugiego: – A wy sprawdźcie kurtkę.
Pierwszy funkcjonariusz ułamał cienką gałąź i zatykając sobie palcami nos kucnął przy zwłokach, po chwili jednak zaczął drugą ręką przeszukiwać kieszenie trupa. Niczego nie znalazł, toteż przez czapkę obrócił zwłoki na brzuch. Ziemia pod spodem roiła się od robactwa. Milicjant pospiesznie obmacał tylne kieszenie spodni, wstał i energicznie pokręcił głową. Drugi w tym czasie przeszukał kurtkę i odpowiedział analogicznym gestem.
- Zupełnie niczego? – zdziwił się porucznik. – Żadnych dokumentów?
- Nie ma nic. Nawet drobnych, chusteczki ani kluczy.
- Może potrącił go jakiś samochód? – podsunął drugi milicjant.
Wszyscy trzej popatrzyli w kierunku, skąd od czasu do czasu dobiegał warkot przejeżdżających pojazdów.
- Jak daleko stąd do drogi? – spytał porucznik Giennadija.
- Około stu metrów.
- Nawet uderzenie bardzo szybko jadącego samochodu nie odrzuciłoby człowieka na taką odległość, wziąwszy pod uwagę drzewa, ofiara mogłaby

wylądować najdalej dziesięć metrów od szosy. – Mimo to rozkazał jednemu z milicjantów: – Podejdźcie do drogi i sprawdźcie, czy nie ma na poboczu śladów stłuczki albo zniszczonego roweru. Gdyby został potrącony i jeszcze żył, mógłby się tu doczołgać. Zostańcie tam i poczekajcie na karetkę. Porucznik wrócił do łazika i wezwał przez radio ekipę śledczą z fotografem. Przedstawił wyniki wstępnych oględzin, z których wynikało, że ofiara nie mogła umrzeć śmiercią naturalną. Polecił także sprowadzić karetkę pogotowia, zawiadamiając przy tym, że chodzi wyłącznie o transport zwłok. Jeden z milicjantów oddalił się w stronę szosy, a reszta postanowiła zaczekać przy łaziku, gdzie nie docierał przykry odór rozkładu.

Jako pierwsza przybyła ubrana po cywilnemu ekipa dochodzeniowa. Kierowca zauważył funkcjonariusza przy szosie, zostawił samochód na poboczu i wszyscy przyszli pieszo przez las. Śledczy przywitał się z porucznikiem.

– I co tutaj mamy? – zapytał.
– Zwłoki leżą tam, dalej. Wezwałem was, ponieważ nie ma żadnych wątpliwości, że jest to ofiara zabójstwa. Mężczyzna musiał zostać przed śmiercią ciężko pobity, poza tym leży sto metrów od szosy.
– Kto go znalazł?
– Ten tam, grzybiarz.

Śledczy podszedł do Giennadija.

– Opowiedzcie mi wszystko jak było, od początku.

Fotograf od razu przystąpił do robienia zdjęć, później lekarz z sądówki założył maseczkę z gazy i zaczął dokładniejsze oględziny trupa. Szybko jednak je skończył i ściągając gumowe rękawice oznajmił:

– Idę o każdy zakład, że to ofiara morderstwa. Nie trzeba czekać na wyniki sekcji, aby ocenić, że tego starca zakatowano na śmierć, prawdopodobnie gdzieś indziej. Tu tylko porzucono zwłoki. Gratuluję, Wołodia, to chyba twój pierwszy *żmurik* w dniu dzisiejszym?

Śledczy skrzywił się z niesmakiem, nie lubił, gdy zabitych nazywano „sztywniakami". Wreszcie od strony szosy przyszli dwaj sanitariusze z noszami. Lekarz pozwolił im zabrać zwłoki, więc zapakowali trupa w czarny plastikowy worek i ponieśli do karetki.

– Czy jestem jeszcze potrzebny? – zapytał Giennadij.
– Tak, oczywiście – odparł śledczy. – Pojedziecie z nami do komendy, spiszemy raport.

Chcąc nie chcąc, Giennadij musiał wrócić z nimi do komendy rejonowej, znajdującej się pięć kilometrów od jego wioski w stronę centrum Moskwy. Karetka pojechała dalej, do kostnicy Drugiego Instytutu Medycznego, gdzie zwłoki umieszczono w chłodni. Długo tu jednak czekały na sekcję, gdyż w mieście niewielu było patologów ze specjalnością lekarzy sądowych, a wszyscy mieli pełne ręce roboty.

JEMEN, PAŹDZIERNIK 1985

Jason Monk znalazł się w Jemenie Południowym w połowie miesiąca. Mimo że kraj był słabo zaludniony i biedny, dysponował jednak okazałym lotniskiem, wybudowanym na terenie dawnej bazy wojskowej Royal Air Force. Mogły tu lądować nawet największe odrzutowce pasażerskie.

Zarówno jego hiszpański paszport jak i delegacja pracownika ONZ nie wzbudziły najmniejszych podejrzeń urzędników celnych, toteż zaledwie po trzydziestu minutach stanął w wyjściu hali, niosąc walizkę z bagażem.

Zgodnie z instrukcjami, z rzymskiego kierownictwa organizacji FAO wysłano depeszę zapowiadającą przylot pana Martineza, ale podano w niej datę o tydzień późniejszą. Jemeńscy oficerowie na lotnisku nie mieli o tym pojęcia. Ale z tego samego powodu nie wysłano po Monka służbowego auta, toteż pojechał do miasta taksówką i zameldował się w hotelu „Frontel" – świeżo wybudowanym przez Francuzów gmachu na wąskim skrawku lądu łączącym skałę Adenu z resztą półwyspu.

Nawet dysponując autentycznymi dokumentami i mając znikome szanse natknięcia się tu na rodowitych Hiszpanów, Jason zdawał sobie sprawę z grożącego mu niebezpieczeństwa. Przyleciał bowiem zupełnie „w ciemno".

Większość zagranicznych operacji wywiadowczych prowadzą agenci operujący z terenu ambasady i mający do swej dyspozycji cały personel techniczny placówki. W razie jakiegokolwiek niepowodzenia mogą liczyć na ochronne działanie immunitetu dyplomatycznego.

Część z nich to tak zwani jawni oficerowie, którzy nie muszą kryć prawdziwych celów swojej działalności nawet przed agentami miejscowego kontrwywiadu, dla których jedyną tajemnicą pozostaje przedmiot danej operacji. W dużych placówkach dyplomatycznych operuje ponadto pewna liczba oficerów tajnych, formalnie zaszeregowanych jako pracownicy wydziałów handlowych, kulturalnych, prasowych czy chociażby kancelarii danej ambasady. Przyczyna takiego podziału jest oczywista. Tajni agenci mają znacznie większą swobodę poruszania się po ulicach, mogą więc utrzymywać łączność z informatorami czy też odbierać wiadomości z punktów kontaktowych.

Ale szpieg działający całkowicie poza osłoną placówki dyplomatycznej nie może się nawet odwoływać do Konwencji Wiedeńskich. Jeżeli pracownik ambasady zostanie zdemaskowany jako agent wywiadu, grozi mu najwyżej uznanie za „persona non grata" i wydalenie z kraju. Później, jak to zwykle bywa, zwierzchnicy wystosują oficjalną notę protestacyjną i oddelegują na jego miejsce innego „dyplomatę". Wszyscy wiedzą o tej zabawie w kotka i myszkę, której jedynym celem jest podjęcie na nowo „wielkiej gry".

Agent działający „w ciemno" nie może liczyć na nic. Dla niego zdemaskowanie oznacza – w zależności od terenu, na którym operuje – albo straszliwe tortury, albo harówkę w obozie pracy, albo nawet powolną śmierć. Zazwyczaj nawet jego zwierzchnicy nie mogą nic dla niego uczynić.

Jedynie w krajach demokratycznych można się spodziewać uczciwego procesu i osadzenia w więzieniu. W państwach rządzonych po dyktatorsku nie obowiązują prawa obywatelskie, gdzieniegdzie w ogóle o czymś takim nie słyszano. A Jemen Południowy należał do tych właśnie krajów. W roku 1985 w ogóle nie było tam żadnego przedstawicielstwa dyplomatycznego Stanów Zjednoczonych.

W październiku upały dawały się mocno we znaki, a ponieważ był to piątek, jak w każdym państwie islamskim obowiązywał dzień wolny od pracy. Monk nie musiał się zbyt długo zastanawiać, jak w tych okolicznościach może spędzać czas zdegustowany oficer rosyjski. Kąpiel wydawała się jedyną godziwą rozrywką.

Ze względów bezpieczeństwa nie nawiązywano po raz kolejny kontaktu z tym pracownikiem ONZ, który pierwotnie przywiózł wiadomość o nastrojach rosyjskiego majora i przekazał ją w formie żartu koledze z FBI. Z pewnością można by od niego uzyskać dokładniejszy rysopis Sołomina albo nawet sporządzić na tej podstawie portret pamięciowy, a gdyby ów mężczyzna znowu przebywał w Jemenie, mógłby nawet wskazać poszukiwaną osobę, lecz specjaliści z centrali ocenili, iż dalsze rozmowy z mającym skłonności do alkoholu lekkoduchem stworzyłyby zbyt duże zagrożenie dla misji.

Identyfikacja Rosjan w Adenie nie przedstawiała większych trudności. Było ich tu wielu, w dodatku dość swobodnie kontaktowali się z reprezentantami państw zachodnich, co gdzie indziej wydawało się wprost nie do pomyślenia. Być może wynikało to z dokuczliwych upałów, ale raczej do czystych niemożliwości należało zaliczyć konieczność utrzymania na zamkniętym terenie tak licznej grupy znudzonych „doradców wojskowych".

Dwa tutejsze hotele, „Rock" oraz nowy „Frontel", dysponowały dobrze utrzymanymi basenami kąpielowymi. Oprócz tego był jeszcze imponujący pas złotego piasku słynnej plaży Abyan, gdzie po godzinach pracy zażywali wspólnie odpoczynku przedstawiciele wszystkich narodowości obecnych w Jemenie. Wreszcie na obrzeżach miasta znajdowało się olbrzymie rosyjskie kasyno, urządzone w stylu najpodlejszej wojskowej knajpy, do którego wszyscy mieli wstęp wolny, jako że Związek Radziecki bardzo potrzebował każdego możliwego do zdobycia dolara.

Monk bardzo szybko się przekonał, że w każdym z tych miejsc można napotkać wyłącznie rosyjskich oficerów. Nie zdziwiło go to specjalnie. Nieliczni Rosjanie znali arabski, niewielu też władało angielskim, a i ci musieli pokończyć studia bądź specjalne kursy, dostępne w wojsku jedynie dla wyższych oficerów. Zatem szeregowcy i podoficerowie po prostu nie mieli szans na znalezienie jakiegokolwiek sposobu porozumienia z tubylcami. Prawdopodobnie tylko technicy czy kucharze byli niżsi rangą, a ordynansów dobrano spośród Jemeńczyków. Poza tym jedynie oficerowie mogli sobie pozwolić na wydawanie pieniędzy, ponieważ część żołdu wypłacano im w twardej walucie.

Jeszcze inną możliwość podsuwał fakt, że Amerykanin pracujący w ONZ natknął się na majora siedzącego samotnie w barze hotelu „Rock". Rosjanie są znani z pociągu do alkoholu, ale bardzo też lubią towarzystwo. Ci, których Monk dotychczas spotkał przy basenie hotelu „Frontel", tworzyli zamkniętą, trzymającą się z dala od innych gości grupę. Dlaczego więc Sołomin upijał się w samotności? Czyżby wtedy po prostu opadło go przygnębienie? A może był z natury samotnikiem i stronił od kolegów?

To ostatnie wydawało się najbardziej prawdopodobne. Według opisu Amerykanina z ONZ major był wysokim, potężnie zbudowanym mężczyzną o kruczoczarnych włosach i wąskich, lekko skośnych oczach. Miał zatem orientalne rysy twarzy, ale nie odznaczał się typowym, spłaszczonym nosem. Eksperci z Langley na podstawie tych skąpych danych ocenili, że Sołomin zapewne pochodzi z rosyjskiego Dalekiego Wschodu. A znając rasizm powszechny wśród Rosjan, którzy z nie skrywaną pogardą traktowali „czarnych", czyli obywateli swego kraju nie będących rodowitymi Rosjanami, Monk miał prawo przypuszczać, że zmęczony ciągłymi docinkami na temat swego azjatyckiego rodowodu Sołomin szukał odosobnienia.

Dlatego też po zmroku zaczął regularnie odwiedzać kantynę, w której zasiadali oddzieleni od swych rodzin sowieccy pracownicy, oraz hotelowe baseny i bary. Ale dopiero trzeciego dnia, maszerując wzdłuż plaży Abyan w gimnastycznych spodenkach i z ręcznikiem przewieszonym przez ramię, zauważył samotnego mężczyznę wychodzącego z morza.

Z wyglądu czterdziestoparoletni nieznajomy miał około stu osiemdziesięciu centymetrów wzrostu i był niezwykle szeroki w ramionach. Nosił krótko obcięte kręcone włosy koloru smoły, lecz zupełnie brakowało mu owłosienia na piersiach, co wskazywałoby na azjatyckie pochodzenie, gdyż czarnowłosi przedstawiciele rasy kaukaskiej zazwyczaj mają także ciemno owłosione piersi i ramiona.

Mężczyzna rozsiadł się na rozłożonym ręczniku, włożył okulary przeciwsłoneczne i zapatrzył się na fale bądź też pogrążył w zadumie.

Monk skręcił w jego kierunku i zaczął się rozglądać po zatłoczonej plaży, jakby szukał dla siebie odpowiedniego miejsca. Wybrał je z dala od fal a w pobliżu Rosjanina, nie dalej jak metr od niego. Wyjął z kieszeni portfel i starannie zawinął go w koszulkę, następnie zdjął spodenki oraz sandały i przykrył wszystko ręcznikiem. Niepewnie rozejrzał się dokoła, wreszcie zerknął na nieznajomego.

– Przepraszam – mruknął cicho.

Rosjanin obrócił głowę w jego stronę.

– Czy będzie pan tu jeszcze przez kilka minut?

Tamten przytaknął ruchem głowy.

– Proszę łaskawie spojrzeć na moje rzeczy, dobrze? Nie chciałbym zostać okradziony przez Arabów.

Mężczyzna po raz drugi skinął głową i zapatrzył się z powrotem na fale. Monk pobiegł do wody i popływał przez dziesięć minut. Kiedy wrócił, uśmiechnął się do czarnowłosego.

– Bardzo dziękuję.

Tamten po raz kolejny odpowiedział jedynie skinieniem głowy. Jason wytarł się do sucha, po czym rozłożył ręcznik na piasku i usiadł.

– Wspaniałe morze i cudowna plaża. Żal mi tylko ludzi, którzy władają tym krajem.

– Jakich ludzi? – odezwał się po raz pierwszy Rosjanin, po angielsku.

– Arabów, Jemeńczyków. Jestem tu od niedawna, a już mam ich dość. Cały mój wysiłek idzie na marne.

Mężczyzna prawdopodobnie wpatrywał mu się uważnie prosto w oczy, ale poprzez ciemne okulary Monk nie mógł nawet odczytać wyrazu jego twarzy. Po dwóch minutach odezwał się znowu:

– Próbuję ich uczyć najprostszych rzeczy o obsłudze ciągników i maszyn rolniczych, żeby mogli lepiej uprawiać ziemię i zbierać większe plony. Ale to na nic, bez przerwy coś psują. Dochodzę do wniosku, że tylko tracę swój czas i marnuję fundusze ONZ.

Jason dość wolno mówił po angielsku, skutecznie naśladując hiszpański akcent.

– Pan jest Anglikiem? – zapytał w końcu Rosjanin.

– Nie, Hiszpanem. Pracuję przy realizacji programu FAO. Pan jest również pracownikiem ONZ?

Odpowiedź poprzedził głośny pomruk.

– Nie, przyjechałem ze Związku Radzieckiego.

– Ach, rozumiem. Dla pana ten upał to pewnie miła odmiana. Ja przynajmniej nie musiałem się aklimatyzować. Ale i tak chciałbym już wracać do domu.

– Podobnie jak ja. Wolę bardziej umiarkowany klimat.

– Długo już pan tu jest?

– Dwa lata, a muszę siedzieć jeszcze rok.

Monk pokręcił głową.

– Współczuję. Ja mam roczny kontrakt, ale zapewne nie wytrzymam do końca. To naprawdę głupia robota. No cóż, muszę już iść. Po dwóch latach znacznie lepiej powinien się pan orientować. Proszę mi powiedzieć, czy jest tu jakiś porządny lokal albo nocny klub?

Rosjanin parsknął pogardliwie.

– Nie znajdzie pan żadnych... *dyskotiek*. Godny polecenia jest tylko bar w hotelu „Rock".

– Dzięki... I proszę mi wybaczyć: nazywam się Estéban Martinez Llorca.

Wyciągnął rękę. Rosjanin zawahał się na chwilę, wreszcie uścisnął mu dłoń.

– Piotr, Piotr Sołomin.

Dwa dni później major pojawił się wieczorem w tym samym barze. Pamiętający czasy kolonialne hotel „Rock" został wzniesiony na stromym skalistym zboczu – z ulicy wchodziło się po długich schodach do maleńkiej recepcji, natomiast z baru urządzonego na ostatnim piętrze roztaczał się panoramiczny widok na port. Monk wybrał stolik przy samym oknie i gapił się na morze. Od razu dostrzegł sylwetkę Sołomina odbitą w szybie, zaczekał jednak, aż tamten zamówi sobie piwo i podejdzie bliżej, dopiero wtedy się odwrócił.

– Ach, to pan. Miło, że się znowu spotykamy. Usiądzie pan ze mną? Wskazał wolne krzesło przy swoim stoliku. Rosjanin zawahał się na krótko, ale skorzystał z propozycji. Uniósł szklankę w toaście.

– *Za wasze zdarowje.*

Jason odpowiedział takim samym gestem.

– *Pesetas, faena y amor.* – Dostrzegłszy zmarszczone brwi Rosjanina, z uśmiechem przetłumaczył: – Pieniędzy, pracy i miłości! W takiej kolejności, w jakiej pan sobie życzy.

Major uśmiechnął się przyjaźnie.

Rozmawiali o tym i owym, ale w końcu dyskusja zeszła na temat niemożności współpracy z Jemeńczykami, zniechęcenia z powodu ciągłych awarii różnych urządzeń oraz wykonywania zadań, do których żaden z nich nie miał serca. Połączyła ich tęsknota za szybkim powrotem w rodzinne strony.

Monk roztaczał przed majorem wizję swej „ojczystej" Andaluzji, gdzie można się wybrać na narty w góry Sierra Nevada i tego samego dnia popływać w ciepłych wodach Soto Grande. Sołomin zaś opowiadał o nieprzebytych, tonących w śniegu lasach, gdzie wciąż można napotkać syberyjskiego tygrysa, a miłośnicy polowań znajdą w bród lisów, wilków oraz zwierzyny płowej.

Po czterech podobnie spędzonych wieczorach zrodziła się nić przyjaźni. Ale trzeciego dnia Monk musiał się stawić w biurze Holendra kierującego jemeńskim programem FAO i pojechać na zaplanowaną inspekcję. Rzymski oddział CIA wcześniej przygotował mu szczegółowe streszczenie tegoż programu i Jason dokładnie się z nim zapoznał. A ponieważ wychowywał się w okręgu rolniczym, nie miał większych kłopotów ze zrozumieniem tutejszych problemów i mógł z powodzeniem odgrywać swą rolę. W każdym razie kierownik programu niczego się nie domyślił.

Każdego dnia dowiadywał się czegoś nowego o Piotrze Wasiljewiczu Sołominie i coraz bardziej ten człowiek zaczynał mu się podobać.

Major urodził się w roku 1945 w Ussurijsku, w Primorskim Kraju – tym wąskim skrawku Związku Radzieckiego oddzielającym północno-wschodnią Mandżurię od morza i ciągnącym się na południe aż do granicy z Koreą. Jego ojciec przeniósł się ze wsi do miasta w poszukiwaniu pracy, wychowywał jednak syna w poszanowaniu tradycji i uczył go narodowego języka Udegejców. Przy każdej okazji zabierał też chłopca w rodzinne strony, toteż Piotr dorastał w atmosferze miłości do przyrody: lasów, gór, rzek i dzikiej zwierzyny.

Jeszcze w dziewiętnastym wieku, przed ostatecznym podbojem ziem Udegejców przez Rosjan, tereny te odwiedził pisarz Arseniew, który następnie opisał bohaterski lud w znanej do dziś książce zatytułowanej „Dalekowschodnie Tygrysy".

W przeciwieństwie do niskich i skośnookich ludów zamieszkujących obszary na zachód i południe od Udegejców, ci odznaczali się słusznym wzrostem i charakterystycznymi, długimi, lekko garbatymi nosami. Prawdopodobnie wiele wieków wcześniej to właśnie ich przodkowie powędrowali na północ, przekroczyli cieśninę Beringa, przemierzyli dzisiejszą Alaskę oraz Kanadę i osiedlili się na południu, przybierając nazwy Siuksów oraz Czejenów. Spoglądając na muskularnego Syberyjczyka, Monk oczyma wyobraźni widział przed sobą jednego z dawnych łowców bawołów z rozległych równin między rzekami Platte i Powder.

Młody Sołomin miał do wyboru pracę w fabryce bądź służbę w wojsku. Po namyśle odjechał pociągiem na północ i zaciągnął się w Chabarowsku. W sowieckiej Rosji wszyscy młodzi mężczyźni musieli odbyć trzyletnią służbę, a po jej zakończeniu tylko najlepsi mogli liczyć na awans do stopnia sierżanta. Piotr do tego stopnia wyróżnił się podczas wstępnego szkolenia, że został oddelegowany do szkoły oficerskiej i ukończył ją po dwóch latach w stopniu porucznika.

W ciągu następnych siedmiu lat służby awansował na kapitana, by wreszcie, w wieku trzydziestu trzech lat, zostać majorem. Wcześniej ożenił się i spłodził dwoje dzieci. Mimo że nie odznaczył się niczym szczególnym, jakoś zdołał przetrwać wszystkie rasistowskie nagonki na „czurki", czyli „kłody", jak starsze sztabowe wygi pogardliwie nazywały młodych ambitnych oficerów, choć zdarzało się, że musiał bronić swych racji pięściami.

Oddelegowanie do pracy w Jemenie, jakie otrzymał w roku 1983, oznaczało dla niego pierwszy w życiu wyjazd za granicę. Wszyscy koledzy, którzy byli na tej placówce, wspominali ją z rozrzewnieniem, bo mimo oczywistych niedogodności – nieznośnych upałów, pustynnej krainy i braku rozrywek – mogli mieszkać w przestronnych pomieszczeniach dawnych brytyjskich koszar, jakże odmiennych od tego, co przydzielano im w Związku Radzieckim. Poza tym mieli pod dostatkiem żywności, włączając w to pieczone na ognisku jagnięta i ryby, mogli do woli kąpać się w morzu, a nawet korzystać z katalogów i zamawiać odzież, taśmy wideo czy płyty z zachodnioeuropejskich domów sprzedaży wysyłkowej.

Wszystko to niezwykle pociągało Sołomina, a w szczególności niespodziewana okazja czerpania z dóbr konsumpcyjnych kultury zachodniej. Jego radość pogłębiało jeszcze narastające rozgoryczenie wywołane poznaniem prawdziwego oblicza sowieckiego reżimu. Monk domyślał się tego, nie chciał jednak nakłaniać Rosjanina do zwierzeń, aby nie wzbudzić jego podejrzeń.

Wiedział, że skoro Sołomin doszedł do obecnej pozycji w wojsku, musiał przejść całą drogę indoktrynacji politycznej, od Komsomołu do partii komunistycznej. Co więcej, oddelegowanie majora do pracy za granicą oznaczało prawdopodobnie, że miał on kontakty z GRU, czyli wojskowymi służbami wywiadowczymi. A mimo wszystko nie darzył miłością systemu totalitarnego.

Prawda wyszła na jaw piątego wieczoru, podczas kolejnej rozmowy w barze. Otóż w roku 1982, na rok przed wyjazdem do Jemenu, Sołomin został przeniesiony do wydziału administracyjnego w ministerstwie obrony.

Tutaj wpadł w oko wiceministrowi i dość szybko otrzymał poufne zadanie. Korzystając z państwowych pieniędzy, minister budował sobie właśnie nadzwyczaj okazałą daczę w Pieredziełkinie, nad rzeką Moskwą. Wbrew przepisom prawa, statutowi partyjnemu oraz wszelkim zasadom moralnym, oddelegował do tej pracy ponad stu młodych żołnierzy, a Sołomin objął nad nimi dowództwo.

Tu zobaczył na własne oczy sprowadzone z Finlandii, kupione za twardą walutę kompleksowe wyposażenie kuchni, za które każda gospodyni dałaby sobie obciąć lewą rękę; najnowocześniejszy japoński sprzęt hi-fi ustawiany w każdym pokoju; pozłacane kurki do łazienek przywiezione ze Sztokholmu; luksusowy barek zapełniony butelkami wytwornej stuletniej szkockiej whisky. Te doświadczenia diametralnie odmieniły jego stosunek do partii i całego ustroju socjalistycznego. Nie był zresztą pierwszym lojalnym oficerem rosyjskiej armii otwarcie buntującym się przeciwko tak jawnym dowodom skrajnej korupcji elit rządzących.

Nocami zaczął się uczyć angielskiego. Po kryjomu słuchał takich stacji radiowych, jak BBC World Service czy Głos Ameryki, bo choć rozgłośnie te nadawały również po rosyjsku, on wolał słuchać audycji w oryginale. I dość szybko się przekonał, że wbrew obowiązującym doktrynom kraje zachodnie wcale nie dążą do zbrojnej konfrontacji ze Związkiem Radzieckim.

Jeżeli cokolwiek mogło jeszcze bardziej zniechęcić go do komunistycznego reżimu, to tylko praca w Jemenie.

– W naszym kraju uczciwi ludzie tłoczą się w maleńkich mieszkankach, a *naczalstwo* żyje w komfortowych pałacykach. Opływa w luksusy za nasze pieniądze. Moja żona nie może sobie kupić porządnej suszarki do włosów czy butów, które nie rozkleją się już po kilku dniach, a tymczasem miliardy topi się w idiotycznych zagranicznych misjach, które nie wiadomo czemu mają służyć. Bo jakie wrażenie można wywrzeć na tubylcach?

– No cóż, wiele rzeczy się zmienia – odpowiedział sentencjonalnie Monk.

Ale Rosjanin energicznie pokręcił głową. Od marca tego roku był już u władzy Gorbaczow, lecz głośne reformy, które musiał wprowadzać wbrew swej woli, a często także wbrew zdrowemu rozsądkowi, miały wejść w życie dopiero za dwa lata, w roku 1987. Poza tym Sołomin od dwóch lat przebywał już za granicą.

– Nic się nie zmienia. Te szczury u władzy... Mówię ci, Estéban, od kiedy przeprowadziłem się do Moskwy, widziałem tyle marnotrawstwa i rozrzutności, że nigdy byś w to nie uwierzył.

– Macie przecież nowego przywódcę, Gorbaczowa, który zamierza wprowadzić pewne zmiany – zaoponował Jason. – Nie byłbym aż takim pesymistą. Któregoś dnia Rosjanie wyzwolą się spod władzy dyktatorów, odbędą się wybory, prawdziwie wolne, i niezadługo...

– Właśnie że za długo. Nie da się wprowadzić szybkich zmian. Monk zaczerpnął głęboko powietrza. Bezpośrednia agitacja jest niezwykle groźna. W krajach demokratycznych lojalny sowiecki oficer może donieść o jej próbie ambasadorowi, co wywoła incydent dyplomatyczny. Ale w państwach rządzonych po dyktatorsku taka agitacja może się skończyć dla agenta długą i powolną śmiercią. Mimo wszystko Monk niespodziewanie odezwał się płynną ruszczyzną:

– Ty jednak możesz dopomóc w przyspieszeniu tych zmian, przyjacielu. Możemy wspólnie przyłożyć do tego ręki. Wszystko zależy tylko od ciebie.

Sołomin wpatrywał się w niego rozszerzonymi oczyma przez dobre pół minuty. Jason wytrzymał to twarde spojrzenie. W końcu Rosjanin zapytał w ojczystym języku:

– Kim ty naprawdę jesteś, do cholery?

– Chyba się już tego domyślasz, Piotrze Wasiljewiczu. Teraz najważniejszym pytaniem jest to, czy mnie wydasz, wiedząc doskonale, jak twoi koledzy ze mną postąpią, zanim ostatecznie pozwolą mi umrzeć, i czy ty będziesz umiał dalej żyć z tą świadomością?

Sołomin znów przez chwilę w milczeniu patrzył mu w oczy, wreszcie odparł:

– Nawet najgorszego wroga bym nie wydał w łapy tych zwierząt. Ale muszę przyznać, że nerwy masz ze stali. Przecież to czyste szaleństwo! Chyba powinienem odpowiedzieć, żebyś odpieprzył się ode mnie raz na zawsze!

– Możliwe. Jeśli to powiesz, odejdę, natychmiast zniknę ci z oczu. Zastanów się tylko, czy trzymanie gęby na kłódkę, spokojne obserwowanie tego, co się dokoła ciebie wyrabia, i bezcelowe podsycanie w sobie nienawiści nie jest również szaleństwem.

Rosjanin podniósł się szybko, zostawiając nie dopite piwo.

– Muszę to przemyśleć – rzucił.

– Jutro wieczorem w tym samym miejscu – odparł Monk, wciąż posługując się rosyjskim. – Jeśli przyjdziesz sam, porozmawiamy. Gdy będą ci towarzyszyć policjanci, to już stąd nie wyjdę. A jeśli się nie pojawisz, odlecę najbliższym samolotem.

Major Sołomin odwrócił się i wyszedł.

Zgodnie z wszelkimi standardowymi procedurami operacyjnymi Monk powinien jak najszybciej uciekać z Jemenu. Co prawda, nie został jeszcze zdemaskowany, ale nie mógł też uznać tej akcji za swój sukces. Dopiero teraz, poniewczasie, zdał sobie sprawę z własnej lekkomyślności, a jego myśli powędrowały w stronę mrocznych lochów wykorzystywanych przez jemeńską tajną policję.

Z sercem na ramieniu odczekał dobę. Major zjawił się jednak w barze, i do tego sam. Przegadali następne dwa wieczory. W swoich przyborach toaletowych Monk miał ukryte wszystkie niezbędne rzeczy: atrament sympatyczny, spis punktów kontaktowych, listę haseł alarmowych, z pozoru nie nasuwających żadnych podejrzeń. Co prawda, Sołomin nie miał szans wykraść w Jemenie jakichś tajnych dokumentów, ale już za rok powinien wrócić do Związku Radzieckiego. Należało mu dać szansę nawiązania łączności, jeśli nadal jeszcze będzie chciał współpracować.

Podczas rozstania serdecznie uścisnęli sobie dłonie.

– Powodzenia, przyjacielu – rzekł Monk.

– Pomyślnych łowów, jak się mówi w moich ojczystych stronach – odparł barczysty Syberyjczyk.

Rosjanin pierwszy wyszedł z baru, Jason został jeszcze jakiś czas przy stoliku. Zapatrzył się przez panoramiczne okno, myśląc o tym, że jego nowo zwerbowany informator musi mieć jakiś pseudonim. Na niebie jasno błyszczały gwiazdy – tak jasno, jak można to oglądać jedynie w strefie tropikalnej. Pośród nich Jason rozpoznał charakterystyczny pas Wielkiego Łowcy.

Tak oto narodził się agent o pseudonimie Orion.

Drugiego sierpnia Borys Kuzniecow otrzymał prywatny list od słynnego brytyjskiego dziennikarza, Marka Jeffersona. Napisany na firmowym papierze londyńskiej redakcji „Daily Telegraph", został przesłany faksem do moskiewskiego korespondenta gazety i osobiście przez niego dostarczony do siedziby USP.

Jefferson niedwuznacznie dawał w nim do zrozumienia, iż darzy olbrzymim podziwem próby walki Komarowa z rosnącym chaosem, korupcją oraz przestępczością i że znane mu są przemówienia lidera koalicji z ostatnich kilku miesięcy.

Podkreślał w liście, że niespodziewana śmierć prezydenta Rosji ponownie budzi olbrzymią troskę o dalsze losy największego kraju na Ziemi. Zamierzał przylecieć do Moskwy jeszcze w pierwszej połowie sierpnia. Taktownie nie wspominał o tym ani słowem, lecz było jasne, że zamierza przeprowadzić wywiady z wszystkimi trzema kandydatami na stanowisko prezydenta.

Zaznaczał jednak wyraźnie, że oczy całego świata są obecnie zwrócone na pewnego zwycięzcę nadchodzących wyborów, Igora Komarowa. Dlatego też on, Mark Jefferson, zwracał się z uprzejmą prośbą do Kuzniecowa, by ten zdołał wyjednać u Komarowa zgodę na udzielenie obszernego wywiadu. Obiecywał szczegółowy artykuł na pierwszej kolumnie „Daily Telegraph", nadmieniał też, iż jego materiał zostanie rozpowszechniony w innych pismach Europy Zachodniej i Ameryki.

Kuzniecow – syn wieloletniego przedstawiciela Związku Radzieckiego w ONZ, który zatroszczył się o to, by zapewnić mu dyplom renomowanej uczelni Cornell – o wiele lepiej znał sytuację w Stanach Zjednoczonych niż w Europie, mógł się jednak domyślać nastrojów panujących w Londynie.

Wiedział doskonale, że przedstawiciele amerykańskiej, silnie zliberalizowanej prasy starają się posłusznie wykonywać polecenia swych przełożonych, zwłaszcza podczas prowadzenia wywiadów. Po raz ostatni zetknął się z tym przed kilkoma laty, kiedy to Igor Komarow został wystawiony na krzyżowy ogień podchwytliwych pytań. Na szczęście lider USP zlekceważył ton późniejszych publikacji w amerykańskiej prasie. Środowisko londyńskie było jednak zdecydowanie inne. Kilka słynnych dzienników oraz dwa znane czasopisma nie kryły swego konserwatywnego nastawienia, chociaż wydźwięk zamieszczanych tam artykułów nie był aż tak radykalny, jak wystąpienia Komarowa.

Niemniej, podczas odbywającego się nazajutrz cotygodniowego spotkania, Kuzniecow przedstawił ów list Komarowowi, mówiąc:

– Z całego serca polecam, aby uczynił pan wyjątek dla tego Marka Jeffersona, panie prezydencie.

– Co to za człowiek? – spytał Komarow, nie ukrywający swej niechęci do wszystkich dziennikarzy, a zwłaszcza rosyjskich, którym musiał udzielać odpowiedzi na setki pytań, choć nie widział ku temu żadnych powodów.

– Przygotowałem materiały dotyczące zapatrywań tego reportera, panie prezydencie – odparł Kuzniecow, wręczając szefowi teczkę. – Jak sam się pan przekona, jest on gorącym zwolennikiem przywrócenia kary śmierci dla zbrodniarzy w swoim kraju i otwarcie wypowiada się przeciwko uczestnictwu Wielkiej Brytanii w mało wydajnych strukturach Unii Europejskiej. Jest skrajnym konserwatystą. Kiedy ostatni raz zabierał głos w sprawach Rosji, nawoływał londyńskich polityków, aby poparli pana jako nie kwestionowanego przywódcę Rosji.

Komarow mruknął z aprobatą, po czym wyraził zgodę na udzielenie wywiadu. Jego odpowiedź jeszcze tego samego dnia kurier dostarczył moskiewskiemu wysłannikowi „Daily Telegraph". Stwierdzono w niej lakonicznie, że Mark Jefferson zostanie przyjęty przez Igora Komarowa w swej moskiewskiej rezydencji 9 sierpnia.

JEMEN, STYCZEŃ 1986
Ani Sołomin, ani Monk, nie mogli się domyślać, że pobyt majora w Adenie zostanie skrócony o dziewięć miesięcy. Trzynastego stycznia wybuchły bowiem zacięte walki między dwiema zwalczającymi się frakcjami rządzącymi Jemenem. Wojna domowa błyskawicznie objęła cały kraj, toteż podjęto decyzję o natychmiastowej ewakuacji wszystkich pracowników zagranicznych, w tym także Rosjan. Owa akcja trwała przez sześć dni, poczynając od piętnastego stycznia. Piotr Sołomin znalazł się wśród tych osób, które zdołały wsiąść do jednej z szalup ratunkowych.

Lotnisko zostało w pierwszej kolejności zniszczone ogniem z dział, pozostała więc tylko morska droga ewakuacji. Przypadkiem właśnie wtedy wyszedł z Morza Czerwonego królewski jacht „Britannia", który płynął do Australii w ramach przygotowań do wizyty królowej Elżbiety w tamtej części świata.

Zaalarmowana wiadomością z brytyjskiej ambasady w Adenie admiralicja londyńska natychmiast skontaktowała się z osobistym sekretariatem królowej. Elżbieta nie zastanawiała się długo, wydała rozkaz, aby „Britannia" przyjęła na pokład wszystkich uciekinierów z Jemenu Południowego.

Dwa dni później major Piotr Sołomin wraz z grupą innych sowieckich oficerów zdołał się przedostać pod osłoną ciemności na plażę Abyan, gdzie czekały na nich szalupy ratunkowe z „Britannii". Marynarze wyłowili ich z sięgającej do pasa wody i w godzinę później zaszokowani Rosjanie już rozkładali wypożyczone im materace w przestronnym prywatnym salonie na jachcie królowej.

W swoim pierwszym ratunkowym rejsie „Britannia" wysadziła w Dżibuti, na wybrzeżu afrykańskim, czterystu trzydziestu jeden uciekinierów, z sumie zaś zebrała z adeńskich plaż tysiąc sześćdziesiąt osiem osób pięćdziesięciu pięciu narodowości. Z Dżibuti Sołomin i jego rodacy odlecieli poprzez Damaszek do Moskwy.

Nikt nie mógł się jeszcze wtedy domyślać, że na wahającym się ciągle majorze olbrzymie wrażenie wywarła zażyła przyjaźń, jaka wywiązywała się błyskawicznie między uciekinierami z Wielkiej Brytanii, Francji czy Włoch a marynarzami Royal Navy – jakże kontrastująca ze skrajną paranoją, która emanowała ze wszystkich sprzecznych instrukcji napływających z Moskwy.

W centrali CIA panowało przekonanie, że ów nowy informator, zwerbowany zaledwie trzy miesiące wcześniej, zaginął gdzieś w powodzi olbrzymiej fali Rosjan powracających z zagranicy do ojczyzny. Nikt nie umiał przewidzieć, czy w Moskwie Orion ponownie nawiąże z nimi łączność.

W ciągu zimy cały wydział SE pionu operacyjnego niemal dosłownie popadł w rozsypkę. Jeden po drugim rosyjscy informatorzy działający w różnych zagranicznych placówkach byli wzywani w nagłym trybie do kraju, pod różnymi pretekstami: a to z powodu ciężkiej choroby matki, złych ocen syna w szkole średniej czy też uzyskania kolejnego awansu. Chcąc nie chcąc, wszyscy wyjeżdżali do Związku Radzieckiego, gdzie czekało ich natychmiastowe aresztowanie i wyczerpujące przesłuchania prowadzone przez pułkownika Griszyna, który w tym celu zarezerwował na swoje potrzeby całe nowo wybudowane skrzydło cieszącego się złą sławą więzienia w Lefortowie. W Langley nic jednak nie wiedziano o losie aresztowanych, po prostu łącznicy tracili kontakt z kolejnymi informatorami.

Natomiast o tych źródłach, które przebywały na terenie Związku Radzieckiego, raporty donosiły o „zaniku jakichkolwiek oznak życia".

Zresztą w ZSRR w ogóle nie mogło być mowy o tym, by zwyczajnie zaproponować komuś rozmowę przy kawie. Telefony były na podsłuchu, wszystkich dyplomatów nieustannie śledzono – nie było to trudne, skoro obcokrajowca dało się na kilometr poznać po ubraniu. Dlatego też osobiste kontakty z informatorami ograniczano do niezbędnego minimum i zachowywano daleko posuniętą ostrożność.

Zazwyczaj wiadomości były przekazywane tradycyjnie, za pośrednictwem punktów bądź skrzynek kontaktowych, gdyż w tych warunkach owe prymitywne metody okazywały się najskuteczniejsze. Podobnie postępował Aldrich Ames, który aż do końca wykorzystywał te same sposoby. Były to zresztą metody najprostsze, polegające na zostawianiu zdobytych materiałów w wybranej wcześniej rynnie, rurze kanalizacyjnej czy też dziupli drzewa. Agent mógł tam ukryć wykradzione dokumenty lub mikrofilm i powiadomić o tym swoich mocodawców, czyniąc na przykład umówiony znak kredą w widocznym miejscu. Ten zazwyczaj oznaczał, że w takiej a takiej skrzynce kontaktowej znajdują się jakieś materiały. Wystarczyło, że przejeżdżający tamtędy pracownik ambasady, nawet śledzony przez agentów kontrwywiadu, spostrzeże ów znak.

Później jakiś szeregowy i mało znaczący dyplomata odbierał przesyłkę, zostawiając w tym samym miejscu pocztę zwrotną, najczęściej zawierającą pieniądze i dalsze instrukcje. On także powiadamiał o tym informatora, robiąc znak kredą, ten zaś przy najbliższej okazji – najczęściej po zmroku i niepostrzeżenie – odbierał zapłatę za swe usługi. Takim sposobem kontakt ze źródłem mógł być utrzymywany przez wiele miesięcy, a nawet lat, bez konieczności organizowania potajemnych spotkań.

Ale każdy informator wyjeżdżający z miasta gdzieś, gdzie nie będzie mógł utrzymywać łączności z przedstawicielami dyplomacji, czy też pozostający w miejscu stałego pobytu lecz nie mający niczego do przekazania, obowiązany jest co jakiś czas dawać „znaki życia". Najczęściej są to również umówione znaki kredą, mogące mówić: „Wszystko w porządku, ale nic dla was nie mam" bądź „Znalazłem się w kłopotach, jestem obserwowany".

Kiedy zaś informator jest zmuszony do wyjazdu z miasta na prowincję, z reguły niedostępną dla przedstawicieli dyplomacji, zazwyczaj taki kontakt utrzymywany jest poprzez ogłoszenia w prasie lokalnej. Na przykład niewinny anons: „Borys sprzeda urocze szczenięta rasy Labrador. Dzwonić..." może ukrywać taką czy inną wiadomość. Szeregowi pracownicy ambasady mają obowiązek przeglądać codzienną prasę. Kluczem do szyfru są ustalone słowa, bo jeśli „labrador" oznacza „wszystko w porządku", to „spaniel" mógłby mówić: „jestem w kłopocie"; „uroczy" może znaczyć: „Wracam do Moskwy za tydzień i nawiążę kontakt za pośrednictwem dotychczasowej skrzynki", to umieszczony zamiast niego „cudowny" przekazywałby treść: „Nie zdołam wrócić do Moskwy co najmniej przez miesiąc".

W każdym razie informatorzy są zobowiązani zostawiać tego typu „oznaki życia". Ich nagłe zniknięcie oznacza problem – atak serca, wypadek na szosie czy też pobyt informatora w szpitalu. Natomiast „brak jakichkolwiek oznak życia" zazwyczaj równa się olbrzymim problemom.

Takie właśnie sygnały zaczęły napływać do centrali jesienią i zimą 1985 roku. Informatorzy nagle zamilkli. Gordiejewski zdołał przekazać swoje desperackie „jestem w kłopotach" i został przez Anglików potajemnie wywieziony za granicę. Stacjonujący w Atenach Bochan zwąchał pismo nosem i zawczasu poprosił o azyl w Stanach Zjednoczonych. Pozostała dwunastka zaś po prostu zniknęła.

Każdy oficer łącznikowy CIA nadzorujący jednego bądź dwóch informatorów, jeśli nawet podejrzewał najgorsze, nie znał ogólnej sytuacji. Lecz ostatecznie raporty spływające na biurko szefa sekcji SE, Careya Jordana, dały mu wyraźnie znać, że dzieje się coś złego.

Jak na ironię, to właśnie ta nietypowa reakcja KGB ocaliła Amesa przed zdemaskowaniem. Kierownictwo CIA doszło bowiem do oczywistego wniosku, że gdyby rosyjska wtyczka nadal działała w jego gronie, przeciwnicy nigdy by się nie odważyli unieszkodliwić niemal równocześnie tak dużej liczby cennych informatorów. Utwierdziło to wszystkich w samochwalczym przekonaniu, że kto jak kto, ale oni – elita pośród elit – nie mogli zostać spenetrowani przez działającego z zewnątrz zdrajcę. Podjęto zatem wielką akcję poszukiwania wtyczki, lecz nie objęto jej zasięgiem samego kierownictwa agencji.

Pierwszym podejrzanym został Edward Lee Howard, sprawca wcześniejszych podobnych kłopotów, wówczas przebywający już bezpiecznie w Moskwie. Tego wysokiego oficera CIA, mającego dostęp do wielu tajnych materiałów sekcji SE, wyznaczono do objęcia stanowiska dowódcy siatki przy ambasadzie w Moskwie. Dopiero w trakcie sprawdzania jego akt personalnych ujawniono nie znane źródła wielkich dochodów Howarda oraz jego uzależnienie od narkotyków.

Jakby zapominając o złotej zasadzie Machiavellego, kierownictwo CIA wycofało jego kandydaturę, nie podjęło jednak żadnych innych kroków, przez całe dwa lata. Howard miał aż nadto czasu, by wysiadywać na parkowej ławce i obmyślać sposoby ucieczki do swych mocodawców. Kiedy wreszcie agencja powiadomiła FBI o prawdopodobnej zdradzie i podjęto obserwację, Howard był już na to przygotowany. Uciekł śledzącym go agentom i po dwóch dniach, we wrześniu 1985 roku, zapukał do drzwi sowieckiej ambasady w Meksyku. Rosjanie pospiesznie przerzucili go do Hawany, a stamtąd do Moskwy.

Teraz nawet pobieżna kontrola wykazała, że Howard mógł zdemaskować najwyżej sześciu informatorów sekcji SE. W rzeczywistości dostarczył Rosjanom wiadomości jedynie o trzech, zresztą potwierdzające tylko podejrzenia zrodzone na podstawie materiałów przesłanych przez Amesa niemal pół roku wcześniej, bo w czerwcu.

Pozostałe tropy podjętego przez CIA dochodzenia prowadziły w stronę samych Rosjan. Desperacko pragnąca uratować swą wspaniałą wtyczkę KGB podjęła zresztą gigantyczną akcję dywersji dezinformacyjnej, kierującej śledztwo na fałszywe tory, co okazało się nadzwyczaj skuteczne.

A główną rolę w tej akcji odegrało pewne „pierwszorzędne źródło" CIA z Berlina Wschodniego, które doniosło Amerykanom o złamaniu przez Rosjan niektórych szyfrów i przechwyceniu wielu zakodowanych komunikatów. Wszystkie tajne przekazy radiowe CIA były nadawane ze specjalnie do tego celu wybudowanej radiostacji w Warrenton, w Wirginii. Po odebraniu wiadomości z Berlina personel stacji przez cały rok usiłował znaleźć przeciek bądź jakikolwiek dowód na złamanie ich szyfrów przez Rosjan. Nic to nie dało. Zresztą już od samego początku można było zakładać, że gdyby rzeczywiście KGB przechwyciło jakieś komunikaty, podjęłoby akcję przeciwdziałania wielu różnym operacjom, a nie tylko zlikwidowało tajnych informatorów. W każdym razie wszelkie podjęte działania nasuwały wniosek, że szyfry nie zostały jednak złamane.

Inne nasionko KGB, skutecznie kiełkujące w glebie amerykańskiego wywiadu, było efektem żmudnej analizy dochodzeniowej. Zaowocowało zdumiewającym stwierdzeniem w jednym z raportów analitycznych, jakoby „każda operacja sekcji SE nosiła w sobie zarodek samodestrukcji". Innymi słowy, bezczelnie podsunięto wniosek, że każdy z czternastu informatorów nagle postanowił się zachowywać jak skończony idiota.

Tylko nieliczni urzędnicy z Langley nie dali się zwieść owej dywersji. Zaliczali się do nich Carey Jordan i Gus Hathaway. Natomiast wśród pracowników niższego szczebla, do których wiadomości docierały głównie pocztą pantoflową, jednym z największych sceptyków był Jason Monk.

Dokładne sprawdzenie pilnie strzeżonego archiwum zawierającego akta personalne wszystkich tajnych informatorów dało w rezultacie wręcz szokujące rezultaty: dostęp do nich miało aż stu dziewięćdziesięciu ośmiu pracowników CIA. Nawet dla najbardziej podrzędnego agenta było oczywiste, że jeśli się jest źródłem działającym potajemnie w samym sercu wrogiego sowieckiego aparatu państwowego, z pewnością ostatnią rzeczą, której człowiekowi potrzeba, wydaje się udostępnienie aż tylu obcym osobom danych umożliwiających pewną identyfikację informatora.

ROZDZIAŁ 6

Profesor Kuźmin sporządzał notatki w niewielkiej sali sekcyjnej w podziemiach Drugiego Instytutu Medycznego, z coraz większą niechęcią spoglądając na trzecie już badane tego dnia zwłoki.

– Który następny? – zapytał asystenta, kończąc wycierać ręce niewielkim skrawkiem papierowego ręcznika.

– Numer sto pięćdziesiąt osiem.

– Jakieś szczegóły?

– Mężczyzna w starszym wieku. Przyczyna śmierci nieznana, tożsamość również.

Kuźmin jęknął z obrzydzeniem. Zresztą, co mnie to obchodzi, pomyślał. Pewnie następny włóczęga, jakiś bezdomny nędzarz, którego marne szczątki po zakończeniu sekcji zostaną przewiezione do pracowni studenckich na trzecim piętrze i posłużą utrwalaniu wiadomości z zakresu anatomii, a szkielet być może wyląduje nawet w jakiejś sali biologicznej szkoły podstawowej.

Moskwa, podobnie jak wszystkie inne duże miasta, każdej nocy zbierała swe straszliwe żniwo śmierci, lecz na szczęście niewielu umarłych trzeba było poddawać sekcji, a profesor wraz z pozostałymi specjalistami z zakresu patologii sądowej robił wszystko, by liczbę tę jeszcze bardziej ograniczyć.

Większość badanych przypadków dawała się bez trudu zakwalifikować jako „zgon z przyczyn naturalnych" – zaliczano do nich osoby zmarłe w szpitalach bądź własnych mieszkaniach, czy to ze starości, czy też wskutek jednej z setek rozpoznanych wcześniej chorób. Akt zgonu takich ludzi podpisywali lekarze prowadzący, urzędnicy szpitala lub pogotowia ratunkowego.

Niektóre przypadki klasyfikowano jako „nagły zgon z przyczyn naturalnych", do których należały głównie ataki serca. W takich sytuacjach formalności również ograniczały się do niezbędnego minimum, a na akcie zgonu wystarczyło poświadczenie lekarza dyżurnego dowolnej placówki służby zdrowia.

Oprócz tego istniała cała grupa nieszczęśliwych ofiar różnych zdarzeń, kłótni domowych, ulicznych karamboli czy wypadków przy pracy. Ponadto w ostatnich latach znacznie zwiększyła się w Moskwie liczba innego typu ofiar: zamarzniętych na śmierć oraz samobójców. Rocznie liczono je już w tysiące.

Zwłoki wydobyte z rzeki automatycznie dzielono na trzy kategorie. Jeśli ludzie byli ubrani, a w ich krwi nie wykryto alkoholu, zaliczano ich do samobójców; jeżeli zatonęli w ubraniu po pijanemu, taktowano ich jak ofiary wypadków; gdy zaś mieli na sobie stroje kąpielowe, byli uznawani za tragicznie zmarłych podczas pływania.

Wreszcie ostatnią grupę stanowiły ofiary zabójstw. We wszystkich takich wypadkach milicja zlecała profesorowi Kuźminowi sekcję zwłok, choć częstokroć była to zwykła formalność. W większości chodziło o „śmierć będącą wynikiem pospolitego przestępstwa" – osiemdziesiąt procent tych osób znajdowano we własnych mieszkaniach, przy czym nierzadko sprawcą morderstwa okazywał się ktoś z najbliższej rodziny. Zazwyczaj najdalej po paru godzinach zabójcy lądowali w areszcie, a wyniki sekcji mogły już tylko potwierdzić złożone zeznania i ułatwić sędziom wydanie odpowiedniego wyroku.

Rzadziej do kostnicy trafiały ofiary pijackich awantur czy gangsterskich porachunków, a w takich wypadkach skuteczność moskiewskiej milicji była przerażająco niska, nie przekraczała bowiem trzech procent. Tu jednak też nie było problemów z ustaleniem przyczyn śmierci – każda rana postrzałowa mówiła sama za siebie. Tak czy inaczej, sprawa dalszych poczynań milicji zmierzających do ujęcia zabójcy nie należała już do profesora.

We wszystkich wymienionych przypadkach, których tysiące zdarzały się każdego roku, milicja najczęściej znała tożsamość ofiary. Wyjątkowo trafiały do kostnicy nie zidentyfikowane zwłoki. Te jednak, oznaczone numerem sto pięćdziesiąt osiem, należały do tej właśnie grupy. Nic więc dziwnego, że Kuźmin szybko zawiązał na twarzy maseczkę, włożył gumowe rękawice i z wyraźnym zainteresowaniem chwycił skalpel, dając asystentowi znać, by otworzył plastikowy worek.

To dziwne, nawet bardzo zdumiewające, pomyślał, kiedy doleciał go mdlący odór rozkładu, zdolny przyprawić każdego człowieka o wymioty. On jednak się nawet nie skrzywił, był do tego przyzwyczajony. Niepewnie zatoczył ręką szeroki łuk, wreszcie skalpel zawisł nieruchomo nad posiniaczonym ciałem. Tak, bardzo dziwne, pomyślał jeszcze raz profesor.

Głowa zabitego wydawała się nie uszkodzona, jeśli nie liczyć pustych oczodołów, od razu jednak zauważył, że jest to sprawka drapieżnych ptaków. Nie było się czemu dziwić, skoro zwłoki leżały w lesie nie opodal mińskiej szosy około sześciu dni. Wychudzone nogi starca sprawiały wrażenie nienaturalnie białych, ale mógł to być efekt zaawansowanego już stadium rozkładu ciała. Natomiast cały korpus, od szyi aż po pachwiny, miał kolor czarny i przypominał jedną wielką ranę pourazową. Po namyśle Kuźmin odłożył skalpel i przekręcił trupa na brzuch. Jego plecy także były czarne. Przekręcił zwłoki z powrotem, rozciął skalpelem klatkę piersiową oraz brzuch i włączył stojący na sąsiednim stoliku magnetofon. Później uwagi zapisane na taśmie miały mu posłużyć do sporządzenia raportu, który trzeba było odesłać do wydziału zabójstw komendy głównej milicji przy Pietrowce. Zaczął od bieżącej daty: drugi sierpnia 1999 roku.

WASZYNGTON, LUTY 1986

W połowie miesiąca, ku radości Jasona Monka i olbrzymiemu zaskoczeniu jego przełożonych z sekcji SE, major Piotr Sołomin nawiązał łączność – przysłał list.

Nie był na tyle głupi, by szukać bezpośredniego kontaktu z którymś przedstawicielem państw zachodnich w Moskwie, a tym bardziej z pracownikiem ambasady amerykańskiej. Wykorzystał więc berliński adres z przekazanego mu przez Monka spisu punktów kontaktowych i napisał niewinny list.

Już samo udostępnienie mu spisu adresów było wielce ryzykowne, choć takie ryzyko jest wkalkulowane w działalność wywiadowczą. Gdyby Sołomin ujawnił go oficerom KGB, musiałby jednocześnie odpowiedzieć na wiele kłopotliwych pytań – nie ulegało wątpliwości, że nigdy by nie poznał owych adresów, gdyby wcześniej nie wyraził zgody na potajemną współpracę z CIA. A w tych okolicznościach jakiekolwiek protesty, że chciał tylko udawać współpracę i zostać podwójnym agentem, jedynie pogorszyłyby jego sytuację. Musiałby się bowiem tłumaczyć, dlaczego natychmiast, już po pierwszej rozmowie, nie zameldował o próbie zwerbowania dowódcy komórki GRU w Adenie i dlaczego dopuścił do bezpiecznego wyjazdu amerykańskiego agenta poza granice Jemenu. A na te pytania nie znalazłby odpowiedzi.

Dlatego też Sołomin miał jedynie dwa wyjścia: albo zapomnieć o całej sprawie, albo przyjąć oferowaną mu współpracę. Nadesłany list świadczył o tym, że wybrał drugie rozwiązanie.

W Związku Radzieckim wszelka korespondencja zagraniczna była uważnie kontrolowana, a dotyczyło to nie tylko listów, lecz również rozmów telefonicznych, telegramów, faksów i teleksów. Natomiast przesyłki krajowe, z uwagi na ich olbrzymią liczebność, mogły podlegać co najwyżej wyrywkowej kontroli. Podobnie traktowano całą pocztę wysyłaną do krajów socjalistycznych, w tym także do Niemiec Wschodnich.

Pod wyszczególnionym adresem mieszkał pewien kolejarz, pracownik berlińskiego metra, który za usługi łącznika agencji był bardzo dobrze opłacany. Listy, jakie wyjmował ze skrzynki w długim, czteropiętrowym bloku w dzielnicy Friedrichshain, były nieodmiennie adresowane do Franza Webera. Prawdziwy Weber, poprzedni lokator tegoż mieszkania, nie żył już od wielu lat. Tym sposobem, gdyby pracownik metra wpadł w ręce policji, mógłby się tłumaczyć, że do tej pory odebrał zaledwie parę listów skierowanych do Webera, a ponieważ były one napisane po rosyjsku, nie zawierały adresu zwrotnego, a odbiorca nie żył, dlatego zwyczajnie wyrzucił je do kosza. Mógł więc uchodzić za całkiem niewinnego.

Listy rzeczywiście nigdy nie zawierały adresu zwrotnego, a ich treść była najczęściej nudna: „Mam nadzieję, że dobrze się miewasz. U mnie wszystko w porządku. Jak ci idzie nauka rosyjskiego? Liczę na to, że pewnego dnia odnowimy bliższą znajomość. Przesyłam serdeczne pozdrowienia. Twój oddany Iwan".

Nawet tajna wschodnioniemiecka policja, Stasi, mogła się na tej podstawie domyślać jedynie tego, że Weber przed laty poznał przy jakiejś okazji Rosjanina i od tamtej pory zaczęli ze sobą korespondować. W każdym razie tekst listu nie zawierał ani jednego podejrzanego zwrotu.

A jeśliby nawet ktoś zauważył wiadomość wypisaną atramentem sympatycznym między wierszami listu, mógłby najwyżej dojść do przekonania, że zmarły Weber był zdrajcą i szczurem, który zabrał do grobu swoje brudne tajemnice. Natomiast trop po przeciwnej stronie, w Moskwie, całkowicie się urywał z chwilą wrzucenia listu do skrzynki.

Za każdym razem po otrzymaniu listu ze Związku Radzieckiego ów pracownik metra, Heinrich, odsyłał go dalej, na zachodnią stronę muru. Choć może się to wydawać dziwne, takie najprostsze metody w podzielonym przez zwycięską koalicję Berlinie były w czasach zimnej wojny na porządku dziennym. W każdym razie Heinrich nigdy nie został schwytany. Zimna wojna dobiegła końca, Niemcy ponownie się zjednoczyły, on zaś przeszedł na emeryturę i mógł dożywać starości w dość komfortowych warunkach.

Zanim Berlin w roku 1961 został podzielony niesławnym murem, mającym zapobiegać wyłącznie ucieczkom obywateli na zachód, łączyła go wspólna sieć metra. Ale wraz z powstaniem muru podzielono też tunele, wszystkie przejścia do Berlina Zachodniego zasypano. Pozostał tylko pewien odcinek, na którym kolej wschodnioberlińska biegła na powierzchni przez obcy teren. Kursujące tamtędy pociągi miały na stałe zaspawane okna, toteż mieszkańcy Berlina wschodniego jedynie z żalem przyglądali się mijanym budowlom zachodniej części stolicy.

Niemniej prowadzący skład Heinrich mógł w odpowiednim momencie otworzyć okno i korzystając z prowizorycznej katapulty wysłać w kierunku leżących nadal w gruzach kamienic kulisty pojemnik wielkości piłeczki golfowej. W tamtej okolicy zwykł spacerować z psem pewien starszy pan, który znał na pamięć rozkład jazdy pociągu prowadzonego przez Heinricha. Kiedy wagoniki metra znikały mu z oczu za zakrętem, odnajdował wystrzeloną z pociągu piłeczkę i dostarczał ją agentom z dużej berlińskiej placówki CIA. A po rozkręceniu pojemnika na dwie półkule ze środka wyjmowano przemycony list. Sołomin przekazał bardzo dobre wieści. Po powrocie do ojczyzny został skierowany na kurs instruktażowy, później otrzymał tygodniowy urlop, wreszcie zgłosił się do ministerstwa spraw wewnętrznych po nowy przydział.

W korytarzu natknął się na tego samego urzędnika ministerstwa obrony, dla którego trzy lata wcześniej budował luksusową willę. Okazało się, że piastuje on obecnie stanowisko wicepremiera. Tamten, paradujący w galowym mundurze generalskim i obwieszony orderami jak choinka, niewiele miał bowiem wspólnego z wojskiem i był typowym *aparatczykiem* wspinającym się po szczeblach politycznej kariery. Niemniej ucieszył go widok starego znajomego z Syberii. Wyraził swe olbrzymie zadowolenie z ukończonej w terminie daczy, a ponieważ jeden z jego sekretarzy przeszedł właśnie na rentę (zapewne z powodu nadużywania alkoholu), szybko awansował Sołomina do stopnia podpułkownika i przeniósł go na uwolnione stanowisko.

Ten zaś postanowił podjąć ryzyko i napisał list, w którym podał swój moskiewski adres i prosił o instrukcje. Gdyby KGB przechwyciło tę korespondencję, młody podpułkownik byłby zgubiony. Specjaliści z Langley musieli teraz opracować sposoby utrzymania z nim stałej łączności. Żałowano gorąco, że Orion nie otrzymał zestawu szczegółowych instrukcji jeszcze przed wyjazdem z Jemenu, ale niespodziewana wojna domowa wszystkim pokrzyżowała szyki.

Dziesięć dni później Sołomin dostał pocztą kopię mandatu wraz z ponagleniem uiszczenia koniecznej zapłaty. Na kopercie widniał wyraźny stempel głównej komendy milicji, a list został nadany w Moskwie. Owo ponaglenie było sformułowane takim językiem, że Piotr chciał już dzwonić do komendy i tłumaczyć, iż zaszła pomyłka, on bowiem nigdy nie został zatrzymany za przejechanie skrzyżowania na czerwonym świetle. W ostatniej chwili dostrzegł jednak w kopercie kilka ziarenek złotego piasku.

Ucałował żonę, która wychodziła właśnie z dziećmi do szkoły, a gdy został sam, pospiesznie zwilżył otrzymane pismo roztworem soli, przywiezionym z Adenu w etui na przybory do golenia. Między wierszami maszynopisu pojawiła się lakoniczna wiadomość: „W najbliższą niedzielę o jedenastej w kawiarni przy Prospekcie Lenina”.

Sołomin kończył już drugą filiżankę kawy, kiedy obok jego stolika przystanął na chwilę nieznajomy mężczyzna, żeby przed wyjściem zapiąć szczelnie palto, gdyż na zewnątrz panował spory mróz. Nikt nie spostrzegł, że w trakcie tej czynności z jego rękawa wypadła na stolik paczka rosyjskich papierosów. Pułkownik szybko zakrył ją gazetą, a mężczyzna wyszedł z kawiarni, nie obejrzawszy się nawet w jego stronę.

Paczka okazała się pełna, lecz zamiast papierosów było w niej tylko dwadzieścia sklejonych razem filtrów, pod nimi zaś ukryto miniaturowy aparat fotograficzny z zapasem dziesięciu rolek mikrofilmów, arkusik ryżowego papieru zawierający spis skrzynek kontaktowych oraz listę sześciu znaków, których wykonanie kredą w wybranych miejscach oznaczało przesłanie żądanej informacji. Oprócz tego na dnie pudełka Sołomin znalazł serdeczny list od Monka, zaczynający się słowami: „A więc, mój drogi łowco, zdecydowałeś się dopomóc we wprowadzaniu zmian na tym świecie...ć

Miesiąc później Orion dostarczył pierwszy zestaw tajnych materiałów i odebrał kolejne rolki mikrofilmów. Sfotografowane przez niego dokumenty dotyczyły w całości gigantycznej machiny sowieckiego przemysłu zbrojeniowego i zostały ocenione jako bezcenne.

Profesor Kuźmin przeczytał gotowy raport dotyczący sekcji nie zidentyfikowanych zwłok oznaczonych numerem sto pięćdziesiąt osiem i naniósł ostatnie poprawki. Nie zamierzał nawet prosić swej przeciążonej sekretarki o przepisanie go na maszynie, wychodząc z założenia, że oficerowie śledczy z wydziału zabójstw równie dobrze mogą odczytać jego odręczne pismo.

Nie miał najmniejszych wątpliwości, iż należy wysłać ów raport do wydziału zabójstw. Zwykle starał się dopomóc milicjantom w ich pracy i gdy tylko pojawiały się jakiekolwiek wątpliwości, wolał klasyfikować powód śmierci jako „przyczyny naturalne" lub „skutek nieszczęśliwego wypadku". Wówczas zwłoki przekazywano najbliższej rodzinie bądź też, gdy chodziło o osoby nie zidentyfikowane, pozostawiano je w chłodni na określony przepisami czas, próbując jedynie ustalić tożsamość denata na podstawie rejestru zaginionych, po czym wyprawiano tani pogrzeb na koszt miasta lub sporządzano szereg preparatów na potrzeby studentów anatomii.

Ale przypadek numer sto pięćdziesiąt osiem był ofiarą zabójstwa, nawet pobieżne oględziny nie pozostawiały cienia wątpliwości. Tak rozległe wewnętrzne obrażenia można by ewentualnie znaleźć u człowieka przejechanego przez rozpędzoną do niewiarygodnej szybkości ciężarówkę. Zresztą i tak zderzenie z samochodem spowodowałoby tylko miejscowe uszkodzenia ciała. Już prędzej podobny efekt wywołałoby stratowanie przez wielkie stado dzikiego bydła – tyle tylko, że w Moskwie nie było stad dzikiego bydła, a na głowie i nogach zabitego nie zostały utrwalone żadne ślady kopyt. Numer ten przed śmiercią musiał być przez dłuższy czas silnie bity jakimiś tępymi narzędziami, i to zarówno w brzuch, jak i po plecach.

Po wpisaniu ostatnich poprawek profesor westchnął ciężko i złożył zamaszysty podpis na ostatniej stronie. Dodał jeszcze datę, trzeci sierpnia, i wrzucił gotowy raport do pojemnika na pocztę wychodzącą.

Sekretarka sięgnęła szybko po niego, zerknęła na nagłówek i spytała:

- Wydział zabójstw?
- Zgadza się. Ofiara nie zidentyfikowana.
Dziewczyna zaadresowała na maszynie kopertę, wsunęła raport do środka i położyła list obok kilku innych. Wychodząc tego dnia z pracy, jak zwykle miała przekazać korespondencję nocnemu stróżowi mieszkającemu w suterenie obok głównego wejścia instytutu, ten zaś był obowiązany przekazywać wszystkie raporty z sekcji zwłok milicyjnemu posłańcowi, który wcześnie rano zbierał wszelką pocztę z różnorodnych placówek rozrzuconych po całym mieście.

Tymczasem zwłoki oznaczone numerem sto pięćdziesiąt osiem spoczywały w komorze chłodniczej kostnicy, choć teraz były pozbawione nie tylko oczu, lecz również wielu organów wewnętrznych.

LANGLEY, MARZEC 1986
Carey Jordan stał przy oknie i spoglądał na rozciągający się w dole widok. Był już koniec marca i las oddzielający kwaterę główną CIA od rzeki Potomac zaczynał się z wolna zielenić. Niedługo miały zniknąć ostatnie przebłyski tafli wody, tak dobrze widocznej zimą między pozbawionymi listowia gałęziami drzew. Lubił Waszyngton właśnie dlatego, że było tu więcej lasów, parków, skwerów i ogrodów niż w jakimkolwiek innym znanym mu mieście Stanów Zjednoczonych. A jego ulubioną porą roku była wiosna.

Przynajmniej do tej pory, gdyż wiosna roku 1986 okazała się istnym koszmarem. Najpierw wynikła sprawa Siergieja Bochana, oficera GRU stacjonującego w Atenach, który podczas przesłuchań po przyjeździe do Waszyngtonu powtarzał z uporem, że po wylądowaniu w Moskwie na pewno zostałby natychmiast aresztowany. Nie umiał tego udowodnić, był jednak przekonany, że wymówka, jaką posłużyli się jego przełożeni - złe wyniki syna w akademii wojskowej - stanowiła tylko pretekst. Wnioskował zatem, że jest spalony, a ponieważ on sam nie popełnił żadnego błędu, ktoś musiał go zdradzić.

Z uwagi na to, że Bochan znajdował się wśród pierwszych trzech na liście KGB, w Langley przyjęto jego tłumaczenia z niedowierzaniem. Ale teraz, w marcu, podejrzenia Rosjanina wydawały się już całkiem uzasadnione. Po nim bowiem pięciu innych informatorów CIA zostało pod różnymi pretekstami ściągniętych do Związku Radzieckiego i wszelki słuch o nich zaginął.

Bochan był szósty, a wywieziony przez Brytyjczyków Gordiejewski siódmy. Zniknęło także pięciu innych informatorów przebywających na terenie ZSRR, los dwóch innych był nieznany. W efekcie spośród najważniejszych źródeł nie zostało już ani jedno. Lata wytężonych, żmudnych, cierpliwych starań poszły na marne, nie mówiąc o olbrzymich nakładach finansowych poniesionych przez amerykańskich podatników.

Siedzący za jego plecami Harry Gaunt, dowódca sekcji SE, także milczał, zagłębiony w rozmyślaniach, jak gdyby i on został zarażony identycznym wirusem. Gaunt był w tym samym wieku, co Jordan. Obaj podobnie wspinali się po szczeblach kariery, zdobywali doświadczenia na placówkach zagranicznych, werbowali swoich informatorów, jednym słowem ręka w rękę uczestniczyli w tej „wielkiej grze" przeciwko wywiadowi rosyjskiemu. Ufali więc sobie nawzajem jak bracia.

I właśnie w tym tkwił największy problem, ponieważ w sekcji SE wszyscy darzyli się głębokim zaufaniem. Tak musiało być, stanowili przecież pierwszą linię, najbardziej ekskluzywną grupę działającą na frontach zimnej wojny. Teraz zaś na każdego pracownika sekcji padło straszliwe podejrzenie. Zdawali sobie sprawę, że działalność Howarda, ewentualne złamanie szyfrów przez Rosjan bądź też przecieki z innych sekcji mogły doprowadzić do zdemaskowania pięciu, może nawet siedmiu informatorów. Ale na pewno nie czternastu! Na pewno nie wszystkich najcenniejszych!

A przecież w sekcji SE nie mogło być zdrajcy, nie miało prawa go tam być!

Rozległo się pukanie do drzwi i obaj mężczyźni szybko się rozpogodzili. Czekało ich spotkanie dotyczące ostatniej akcji zakończonej sukcesem.

– Siadaj, Jasonie – odezwał się wicedyrektor pionu operacyjnego. – Chcieliśmy wspólnie z Harrym pogratulować ci dobrej roboty. Twój człowiek, Orion, dostarczył nam naprawdę ciekawych materiałów. Chłopcy z działu analiz mają pełne ręce roboty. Doszliśmy więc do wniosku, że agent, który go zwerbował, zasługuje na GS 15.

Dla Monka oznaczało to kolejny awans.

– Dziękuję.

– A jak się miewa Lizander, twoje źródło z Madrytu.

– Wszystko w porządku, panie dyrektorze. Regularnie dostarcza przesyłki. Nie jest to nic wielkiego, ale zawsze. Poza tym jego kadencja dobiega końca, już niedługo wróci do Moskwy.

– Nie został dotąd wezwany w trybie natychmiastowym?

– Nie. A należało się spodziewać takiego wezwania?

– Chyba nie ma ku temu żadnych szczególnych powodów.

– Czy mogę o coś szczerze zapytać?

– Słucham.

– W sekcji krążą plotki, że ostatnich sześć miesięcy było dla nas wręcz fatalne.

– Naprawdę? – wtrącił Gaunt. – No cóż, to tylko plotki.

Do tej pory wieści o klęsce znało jedynie dziesięć osób ze ścisłego kierownictwa agencji. Niemniej pion operacyjny zatrudniał sześć tysięcy ludzi, z tego ponad tysiąc w samej sekcji SE. Mimo że na stanowiskach równorzędnych z pozycją Monka pracowało nie więcej jak stu agentów, to jednak złe wieści rozchodziły się wśród personelu błyskawicznie. Jason zaczerpnął głęboko powietrza i rzekł:

– Mówi się, że w zastraszającym tempie tracimy informatorów. Podobno zniknęło już około dziesięciu.

– Chyba znasz zasady tajności obowiązujące w naszej pracy, Jasonie?

– Oczywiście, panie dyrektorze.

– W porządku. Nie będę więc ukrywał, że mamy pewne problemy. Ale coś takiego zdarza się w każdej agencji. Czasem jest lepiej, czasem gorzej. Dlaczego o to pytasz?

– Nawet jeśli zamilkło mniej niż dziesięciu informatorów, to jest tylko jedno miejsce, gdzie przechowuje się ich dane: Archiwum trzysta jeden.

– Sądzisz, że my nie znamy obowiązujących procedur, żołnierzu – odezwał się ostro Gaunt.

– Więc jak to się stało, że Lizander i Orion nie zostali do tej pory zdemaskowani? – spytał Monk.

– Posłuchaj, Jasonie – odparł spokojnie wicedyrektor. – Tłumaczyłem ci już kiedyś, że jesteś nieznośny, nie przestrzegasz regulaminów i wszystko chcesz robić po swojemu. Zgadza się, straciliśmy paru informatorów, ale zapominasz chyba, że w tajnym archiwum znajdują się również akta obu twoich źródeł.

– Nieprawda, wcale ich tam nie ma.

Zapadła tak napięta cisza, że można by w niej usłyszeć nawet stuk ziarna grochu spadającego na gruby dywan. Harry Gaunt wyjątkowo przestał obracać w palcach swoją fajkę, bo choć palił rzadko, a i to wyłącznie na świeżym powietrzu, to traktował ją jak rekwizyt aktorski.

– Jakoś nie mogłem do tej pory znaleźć czasu, żeby wypełnić wszystkie rubryki tych ogromnych formularzy centralnego rejestru. To było czyste niedopatrzenie. Przepraszam.

– A więc gdzie są oryginalne raporty? Gdzie twoje sprawozdania, opisujące przebieg rekrutacji, miejsca i godziny spotkań? – wybąkał w końcu zdumiony Gaunt.

– W moim sejfie. Nigdy ich stamtąd nie wyjmowałem.

– A wszelkie procedury utrzymywania łączności, hasła i szyfry?

– Mam to w głowie.

Znowu przez kilka sekund panowała martwa cisza.

– Dziękujemy ci, Jasonie – odezwał się wicedyrektor. – Będziemy z tobą w kontakcie.

Jeszcze tego samego wieczoru odbyła się specjalna narada kierownictwa pionu operacyjnego. Carey Jordan z pomocą tylko dwóch zaufanych analityków sprawdził dokładnie listę owych stu dziewięćdziesięciu ośmiu osób mających w ciągu ostatniego roku dostęp do Archiwum trzysta jeden i zawęził liczbę podejrzanych do czterdziestu jeden nazwisk. Aldrich Ames, pobierający wówczas intensywną naukę języka włoskiego, również znalazł się na tej drugiej liście.

Jordan, Gaunt i Gus Hathaway oraz dwaj analitycy dyskutowali następnie do późna, czy owych czterdziestu jeden podejrzanych można poddać intensywnemu przesłuchaniu – oznaczałoby to bowiem konieczność przepytywania z zastosowaniem poligrafu oraz odtajnienia ich kont bankowych.

Sam test z użyciem poligrafu, jeszcze do niedawna okrzyczanego jako genialny amerykański wynalazek, budził wiele kontrowersji. Ale dopiero szczegółowe badania wykonane na przełomie lat osiemdziesiątych i dziewięćdziesiątych wykazały, jak bardzo wyniki takiego testu są niepewne. Przede wszystkim wprawny kłamca mógł z łatwością oszukać urządzenie, a przecież praca wywiadowcza zasadza się na kłamstwach, choć w założeniu powinno się nimi karmić wyłącznie przeciwnika.

Poza tym wiarygodne wyniki testów uzyskiwało się jedynie wtedy, gdy przesłuchujący dokładnie wiedział, o co ma pytać badanego. W tej sytuacji było to niewykonalne, ponieważ nie znano prawdy. Aby zidentyfikować zdrajcę, należało tak pokierować rozmową, żeby obleciał go strach, a w myślach pojawiły się przerażone okrzyki w rodzaju: „O Boże! Oni już wszystko wiedzą!" Jeśli wprawny kłamca zdąży się przekonać, że przesłuchujący błądzą po omacku, zdoła nad sobą zapanować i powstrzyma szybsze bicie serca. Gdyby nie brać pod uwagę poligrafu, pozostawało tylko wypytywanie w przyjacielskiej atmosferze, a to z założenia można było uznać za bezcelowe.

Kluczem do odnalezienia zdrajcy miało być odtajnienie bankowych kont podejrzanych, na co nalegał wicedyrektor. Oczywiście, nie mógł wtedy wiedzieć, że Aldrich Ames – jeszcze przed rokiem, po awanturniczym rozwodzie i powtórnym ożenku, nie mający żadnych zapasów gotówki – teraz mógł się uważać za bogacza, gdyż od kwietnia 1985 roku jego konto bankowe zaczęło szybko rosnąć.

Wszystkim propozycjom szefa pionu operacyjnego zażarcie sprzeciwiał się Ken Mulgrew. Sam tylko cudem zdołał przetrwać wielkie czystki zainicjowane przez chorobliwie podejrzliwego Jamesa Angletona, toteż teraz argumentował, że odtajnienie kont bankowych jest niedopuszczalną ingerencją w życie prywatne agentów i poważnym naruszeniem praw obywatelskich.

Gaunt próbował mu tłumaczyć, że nawet za czasów Angletona nigdy nie było takiej sytuacji, aby w krótkim czasie zamilkło aż kilkunastu informatorów. Jego wcześniejsze próby wykrycia zdrajcy w obrębie własnej sekcji zakończyły się fiaskiem, nie miał więc innego wyjścia, jak poinformować o wszystkim dyrektora pionu.

Podczas głosowania górą okazały się jednak prawa obywatelskie. Zebrani tak samo zawetowali propozycję poddania czterdziestu jeden podejrzanych intensywnemu przesłuchaniu.

Inspektor Paweł Wolski westchnął ciężko na widok kolejnego raportu, który wylądował na jego biurku. Jeszcze rok temu był zadowolonym ze swej pracy sierżantem wydziału do walki z przestępczością zorganizowaną. Tam w każdym razie atrakcją były obławy na magazyny przemycanych towarów, a każdy co sprytniejszy funkcjonariusz miał okazję polepszyć sobie jakość życia, uszczuplając nieco zapas zarekwirowanych dóbr, przekazywanych następnie na rzecz skarbu państwa.

Ale jego żona miała wysokie aspiracje, chciała zostać „panią inspektorową". Dlatego też, gdy nadarzyła się okazja, Wolski zapisał się na kurs, a po jego ukończeniu otrzymał awans i przeniesienie do wydziału zabójstw. Nie mógł przewidzieć, że przypadną mu w udziale wszystkie przypadki nie zidentyfikowanych ofiar. Toteż teraz, kiedy już dobrze wiedział, jaką szerokość ma strumień przelewających się przez jego biurko dokumentów, coraz częściej żałował, że nie został w komendzie przy Szabołowce.

Na szczęście prowadzone przez niego dochodzenia miały jeden łatwy do ustalenia motyw: rabunek. Wraz z portfelem ofiary przepadały pieniądze, rodzinne fotografie, a także dokumenty, na podstawie których można by ją było zidentyfikować. No i przede wszystkim bandyta odbierał ofierze życie, skoro do Wolskiego trafiały wyłącznie raporty z sekcji zwłok.

Często udawało się dotrzeć do rodziny zabitego za pośrednictwem rejestru osób zaginionych. Jeżeli krewni zgłaszali czyjeś zaginięcie, najczęściej przychodzili z fotografią, a na jej podstawie możliwa była identyfikacja którejś z bezimiennych dotąd ofiar. W takim wypadku proszono zasmuconego członka rodziny o osobiste potwierdzenie tożsamości zwłok, a później o ich odebranie z kostnicy.

Jeśli zaś motywem zabójstwa nie był rabunek, zazwyczaj przy ofiarach znajdowano dokumenty, a takie sprawy w ogóle nie trafiały na biurko Wolskiego. Podobnie rzecz się miała z włóczęgami, którzy najczęściej sami niszczyli swoje dowody osobiste, nie chcąc, żeby milicja odstawiła ich z Moskwy do miejsca zamieszkania, a także z tymi, którzy zmarli na ulicy bądź to z przedawkowania alkoholu, bądź od mrozu. On zajmował się tylko nie zidentyfikowanymi ofiarami nieznanych sprawców zabójstwa. Choć może była to dość wyjątkowa pozycja w wydziale, to jednak większość jego dochodzeń nie przynosiła żadnych rezultatów.

Ale raport z czwartego sierpnia całkowicie różnił się od wielu innych. W tym wypadku należało wykluczyć rabunek jako motyw zabójstwa. A wystarczył jeden rzut oka na formularz „wstępnych oględzin miejsca zbrodni" wypełniony przez funkcjonariuszy rejonu zachodniego – zgodnie z którym zwłoki zostały odnalezione przez grzybiarza w lesie nie opodal szosy mińskiej, tuż przy granicy okręgu moskiewskiego – by wykluczyć także, że człowiek poniósł śmierć na skutek dostania się pod koła pojazdu.

„Spis rzeczy osobistych" był przygnębiający. Ofiara miała na sobie: tanie buty ze skaju, bardzo zniszczone, o pozdzieranych zelówkach; elastyczne skarpety, zapewne z wyprzedaży, brudne i zabłocone; również elastyczne i brudne spodenki; spodnie z czarnej cienkiej tkaniny, także brudne i w wielu miejscach poplamione; pasek z tworzywa sztucznego, podniszczony. I nic poza tym, żadnej koszuli czy marynarki. Obok trupa znaleziono panterkę – szare wojskowe ubranie robocze o kroju z lat pięćdziesiątych, mocno znoszone.

W rubryce na dole kartki znajdowało się tylko jedno słowo: nic. Zupełnie niczego nie znaleziono przy zwłokach, ani zegarka, ani obrączki, jakby starzec w ogóle nie miał rzeczy osobistych.

Wolski obejrzał zdjęcia przedstawiające miejsce zbrodni. Na szczęście ktoś litościwie zamknął trupowi powieki nad pustymi oczodołami. Wychudzony i nie ogolony starzec wyglądał na siedemdziesięciolatka, choć w rzeczywistości mógł być o dziesięć lat młodszy. Z pewnością zaliczał się do nędzarzy.

Biedny staruszku, pomyślał Wolski, mogę się założyć, że nikt cię nie uśmiercił po to, by zyskać dostęp do twego konta w banku szwajcarskim.

Odłożył zdjęcia i sięgnął po raport z wynikami sekcji zwłok. Ale zdążył przeczytać zaledwie parę akapitów, kiedy zaklął pod nosem i sięgnął po papierosa.

– Czemu te bufony nie mogą używać słów zrozumiałych dla przeciętnego Rosjanina? – zapytał sam siebie, zresztą nie po raz pierwszy. – Co to za laceracje i kontuzje? Jeśli tu chodzi o rozcięcia i siniaki, to czemu nie nazwać rzeczy po imieniu?

Ale pomijając już sprawę niezrozumiałego żargonu, wiele obserwacji umieszczonych w raporcie bardzo go zdziwiło. Sprawdził podany na pieczątce numer, przysunął sobie telefon i zadzwonił do instytutu. Dopisało mu szczęście, gdyż zastał patologa w jego gabinecie.

– Profesor Kuźmin?

– Tak. Kto mówi?

– Inspektor Wolski z wydziału zabójstw. Właśnie mam przed sobą pański raport.

– Nie zazdroszczę.

– Czy mogę być z panem całkiem szczery, profesorze?

– W tych czasach powinienem to chyba uznać za zaszczyt.

– Chciałem zauważyć, że pański język jest co nieco zbyt skomplikowany. Na przykład napisał pan o rozległych przebarwieniach w górnych częściach obu ramion. Co, pańskim zdaniem, mogło spowodować takie obrażenia?

– Jako patolog mogę tylko powtórzyć, że zauważyłem rozległe przebarwienia. Ale prywatnie zdradzę panu, iż wyglądało mi to na głęboko odciśnięte ślady czyichś palców.

– Czyżby ktoś go ściskał?

– Raczej utrzymywał w pionie, drogi inspektorze. Prawdopodobnie podtrzymywano go z obu stron pod ramiona, kiedy był bity.

– Mam więc rozumieć, że te wszystkie obrażenia są dziełem ludzi, a nie jakichś urządzeń mechanicznych?

– Gdyby jego głowa i nogi znajdowały się w takim samym stanie jak reszta ciała, zaryzykowałbym twierdzenie, że człowieka zrzucono z helikoptera na betonowy plac, i to z dość dużej wysokości. Ale po tego typu upadku, podobnie jak po zderzeniu z rozpędzoną ciężarówką, nastąpiłyby także urazy głowy i nóg. Powtarzam więc, że moim zdaniem ten człowiek był systematycznie i mocno bity, zarówno w brzuch, klatkę piersiową, jak i w plecy, za pomocą jakiegoś tępego narzędzia.

– Ale bezpośrednią przyczyną śmierci była... asfiksja?

– Dokładnie tak, inspektorze.

– Nie rozumiem. Stłuczono go na kwaśne jabłko, a on zmarł z powodu asfiksji?

Kuźmin westchnął głośno.

– Miał połamane wszystkie żebra z wyjątkiem jednego, a niektóre nawet w paru miejscach. Odłamki kości porozrywały tkankę płucną i krew przedostała się do tchawicy, co spowodowało asfiksję.

– To znaczy, że... udusił się własną krwią?

– Właśnie to próbuję panu przez cały czas wytłumaczyć.

– Przepraszam, ale pracuję tu od niedawna.

– A ja od dawna i zdążyłem zgłodnieć – odparł profesor. – Mam teraz przerwę obiadową. Życzę panu miłego dnia, inspektorze.

Wolski ponownie sięgnął po wyniki sekcji. A zatem tego staruszka zakatowano na śmierć, pomyślał. Czyżby chodziło o porachunki gangsterskie? Nie, członkowie mafii byli zazwyczaj znacznie młodsi. Wyglądało więc na to, że włóczęga obraził jakiegoś mafijnego bossa. Nie ulegało przecież wątpliwości, że gdyby się wcześniej nie udusił, zmarłby od licznych krwotoków wewnętrznych.

Tylko czego zabójcy mogli od niego chcieć? Informacji? Czyżby nie powiedział im tego, co chcieli usłyszeć zanim przystąpili do bicia? Chodziło o zemstę? Przykład dla innych? A może jedynie chęć wyładowania wściekłości? Pewnie wszystkiego po trochu. Cóż jednak taki staruszek o wyglądzie włóczęgi mógł mieć, co mafia chciałaby mu odebrać? Albo cóż takiego mógł uczynić, żeby zasłużyć sobie na tak straszliwy los?

Wreszcie wpadł mu w oczy wpis w rubryce „znaki szczególne". Profesor wyszczególnił tam trzy sztuczne siekacze w górnej szczęce, dwa prawe i jeden lewy, wykonane ze stali nierdzewnej, prawdopodobnie wstawione przez jakiegoś podrzędnego dentystę wojskowego. Ale to przecież oznaczało, że trzy połyskujące stalą zęby musiały być widoczne przy każdym otwarciu przez staruszka ust.

Rozmowa telefoniczna z patologiem przypomniała Wolskiemu, że on również ma teraz przerwę – co więcej, dużo wcześniej umówił się na wspólny obiad z kolegą z wydziału zabójstw. Wstał więc szybko zza biurka, zamknął swój niewielki pokoik na klucz i ruszył schodami na dół.

LANGLEY, LIPIEC 1986

Drugi list od Sołomina wywołał niewielkie zamieszanie. Po dostarczeniu trzech przesyłek za pośrednictwem jednej z nieczynnych moskiewskich skrzynek na listy teraz zażądał bezpośredniego kontaktu ze swoim oficerem łącznikowym, Jasonem Monkiem. A ponieważ pułkownik nie miał najmniejszych szans wyjazdu poza granice Związku Radzieckiego, spotkanie musiało się odbyć na terytorium sowieckim.

Pierwszą reakcją kierownictwa sekcji SE było podejrzenie, że Sołomin został zdemaskowany i napisał ten list pod przymusem. Monk jednak twardo obstawał, że Orion nie jest ani głupcem, ani tchórzem. Zresztą w ich tajnej instrukcji znajdowały się odpowiednie słowa – pierwsze, którego podczas pisania listu pod przymusem należało za wszelką cenę uniknąć, i drugie, które w tych okolicznościach powinno się znaleźć w tekście. Zakładano, że nawet w trakcie pisania pod dyktando informator zdoła umieścić w liście zakodowaną wiadomość. Ale w tej notatce nadesłanej z Moskwy znajdował się wyraz, który powinien tam występować, nie było natomiast słowa ostrzegawczego. Krótko mówiąc, nic nie wskazywało na to, aby Sołomin nie pisał go z własnej woli.

Harry Gaunt, który popierał zdanie Monka, twierdził jednak, że Moskwa, rojąca się od agentów KGB i zwykłych donosicieli, jest dla niego zbyt niebezpieczna. W dodatku nawet krótkoterminowe oddelegowanie nowego pracownika do ambasady amerykańskiej w ZSRR wymagałoby dostarczenia Rosjanom jego akt personalnych, a te z pewnością trafiłyby na biurko szefa Wydziału Drugiego KGB. Nawet w przebraniu Monk mógłby się znaleźć pod obserwacją, narażając w ten sposób swoje źródło, czyli sekretarza z ministerstwa obrony. Sołominowi z pewnością nie o to chodziło.

Nadmienił jednak w liście, że pod koniec września wybiera się na urlop, a został wyróżniony pobytem w luksusowym apartamencie w znanym czarnomorskim kurorcie, Gurzuf.

Monk sprawdził w archiwum – niewielkie miasteczko na południowym wybrzeżu Krymu słynęło z licznych wojskowych domów wypoczynkowych i szczyciło się nowo wybudowanym z funduszy ministerstwa obrony, olbrzymim sanatorium, w którym schorowani czy ranni wojskowi mogli wracać do zdrowia, zażywając kąpieli słonecznych.

Skonsultowano się też z dwoma byłymi sowieckimi oficerami mieszkającymi obecnie w Stanach Zjednoczonych. Żaden z nich nie był w Gurzufie, obaj jednak potwierdzili, że jest to dawna wioska rybacka, gdzie niegdyś mieszkał, tworzył i zmarł Czechow, oddalona o pięćdziesiąt minut jazdy autobusem lub dwadzieścia pięć minut taksówką od Jałty.

Monk sprawdził z kolei dane na temat Jałty. Związek Radziecki był wciąż krajem odizolowanym od reszty świata i podróż samolotem, nawet do tak słynnego uzdrowiska, w ogóle nie wchodziła w rachubę. Zapewne zostałby skierowany do Moskwy, ze stolicy do Kijowa, później do Odessy i dopiero stamtąd do Jałty. Znikome były szanse, by jakikolwiek zagraniczny turysta zdecydował się odbyć tę okrężną podróż, zresztą nie istniały też szczególne powody, by taki turysta chciał odwiedzić właśnie Jałtę. Jeśli nawet dla Rosjan było to słynne uzdrowisko, to gość z zagranicy wyróżniałby się w mieście niczym samotne drzewo na pustyni. Dopiero gdy Jason sprawdził szlaki morskie, w jego głowie narodził się gotowy plan.

Bez przerwy spragnione dopływu twardej waluty władze moskiewskie zezwoliły Czarnomorskiemu Przedsiębiorstwu Turystycznemu na organizację rejsów wycieczkowych po Morzu Czarnym oraz Śródziemnym. I choć rejsy te obsługiwane były przez załogi rosyjskie (bez wątpienia wzbogacone o znaczną liczbę agentów KGB), to jednak przyciągały one głównie turystów z zachodu. A ponieważ oferowany standard wypoczynku był stosunkowo niski, z wycieczek korzystali przede wszystkim studenci, naukowcy i emeryci. Latem 1986 roku rejsy turystyczne obsługiwały trzy statki pasażerskie noszące nazwy „Litwa", „Łotwa" i „Armenia". We wrześniu wyruszał na trasę właśnie ten ostatni.

Zgodnie z reklamówką londyńskiego agenta przedsiębiorstwa czarnomorskiego, statek miał przepłynąć na pusto z Odessy do greckiego portu Pireus, stąd zaś już z pasażerami skierować się na zachód aż do Barcelony. W trakcie drogi powrotnej zawijał do Marsylii, Neapolu, La Valetty na Malcie, Istambułu, a po przejściu na Morze Czarne do bułgarskiej Warny, skąd płynął do Jałty i kończył rejs w Odessie. Większość turystów z zachodu miała wejść na pokład w Barcelonie, Marsylii oraz Neapolu.

Pod koniec lipca, przy wydatnej pomocy brytyjskich służb specjalnych, zorganizowano nadzwyczaj umiejętne włamanie do biura londyńskiego agenta rosyjskiego przedsiębiorstwa turystycznego. A ponieważ włamywacze nie zostawili żadnych śladów, nikt się nigdy o nim nie dowiedział. Jedynym celem tego przestępstwa było sfotografowanie księgi rezerwacji na rejs wycieczkowy „Armenii".

Specjaliści od razu zwrócili uwagę na grupową rezerwację sześciu biletów wykonaną przez Towarzystwo Przyjaźni Amerykańsko-Rosyjskiej. W Stanach Zjednoczonych natychmiast sprawdzono należących do stowarzyszenia przyszłych uczestników rejsu. Byli to ludzie w średnim wieku, szczerze wierzący w swej naiwności, że mogą wpłynąć na stosunki między Stanami Zjednoczonymi a imperium sowieckim. Wszyscy pochodzili z północno-wschodnich stanów.

Na początku sierpnia do Towarzystwa Przyjaźni zapisał się niejaki profesor Norman Kelson z San Antonio w Teksasie. Z wysłanych mu materiałów propagandowych dowiedział się o organizowanej wycieczce, której uczestnicy mieli wejść na pokład „Armenii" w Marsylii, i szybko złożył wniosek o dopisanie go jako siódmego chętnego. Sowiecka agencja Inturist nie zgłosiła żadnych obiekcji, chociaż dodatkowe zgłoszenie nadeszło już po terminie.

Prawdziwy Norman Kelson, emerytowany archiwista CIA rzeczywiście mieszkający w San Antonio, z wyglądu był nieco podobny do Jasona Monka, tyle że o piętnaście lat starszy, ale różnicę tę dało się zamaskować siwą farbą do włosów i wielkimi ciemnymi okularami.

W połowie miesiąca Monk przekazał Sołominowi wiadomość, że przyjaciel będzie czekał na niego w głównej alejce jałtańskiego ogrodu botanicznego. Był to jeden z najciekawszych obiektów w Jałcie, usytuowany już poza miastem, na wybrzeżu Morza Czarnego, w jednej trzeciej odległości między kurortem a miasteczkiem Gurzuf. Ów przyjaciel miał tam czekać w samo południe, dwudziestego siódmego oraz dwudziestego ósmego września.

Inspektor Wolski przegapił godzinę umówionego spotkania, toteż niemal biegiem ruszył korytarzami olbrzymiego gmachu przy Pietrowce, w którym mieściła się komenda główna moskiewskiej milicji. Nie zastał przyjaciela w gabinecie, zajrzał jednak do sali odpraw, gdzie ujrzał go w otoczeniu gromadki kolegów.

– Przepraszam za spóźnienie – rzekł od drzwi.
– Nic się nie stało. Już idę.
Rzecz jasna, dla ludzi o ich zarobkach było w ogóle nie do pomyślenia zjedzenie obiadu na mieście. Ale milicja troszczyła się o swoich pracowników, część uposażenia wypłacano w postaci bonów obiadowych, a w komendzie znajdowała się stołówka, gdzie podawano nawet niezłe dania. Obaj skierowali się do wyjścia. Tuż obok drzwi, na ścianie sali odpraw, wisiała duża tablica informacyjna. Kiedy Wolski rzucił na nią okiem, zamarł w pół kroku.
– No, chodźże, bo nie znajdziemy wolnego stolika – rzucił jego przyjaciel.
– Powiedz mi – odezwał się Wolski, kiedy już zasiedli do swoich porcji gulaszu z kaszą, przy których postawili półlitrowe szklanice cienkiego piwa – co to za rysunek wisi w waszej sali odpraw?
– Nie rozumiem.
– Na tablicy informacyjnej przy drzwiach zauważyłem szkic węglem, przedstawiający jakiegoś staruszka z dziwnie błyszczącymi zębami. O co tu chodzi?
– Ach, to... – odparł lekceważąco Nowikow. – Nasz tajemniczy włamywacz. Dwóch facetów włamało się do mieszkania pewnej młodej asystentki z ambasady brytyjskiej. Niczego nie ukradli, tylko narobili bałaganu. Dziewczyna natknęła się na nich i została pozbawiona przytomności. Zdążyła jednak zapamiętać wygląd jednego z włamywaczy.

- Kiedy to się wydarzyło?
- Jakieś dwa, może trzy tygodnie temu. W każdym razie ambasador złożył protest w naszym ministerstwie spraw zagranicznych, ci przekazali sprawę do MSW, stary został wezwany na dywanik i dostał polecenie zidentyfikowania włamywacza na podstawie tego portretu pamięciowego. Znasz Czernowa? Nie? To wielka osobistość w wydziale dochodzeniowym. Ganiał, jakby mu soli na ogon nasypali, i marudził, że jego kariera wisi na włosku, bo śledztwo utknęło w martwym punkcie. Rozdawał te rysunki wszystkim patrolom, a jeden powiesił nawet na naszej tablicy informacyjnej.
- I nie wpadł na żaden trop? - spytał Wolski.
- Nie. Ani nie odnalazł faceta, ani nawet nie zdołał go zidentyfikować. Mam wrażenie, że za każdym razem, kiedy tu przychodzę, w gulaszu jest coraz więcej ochłapów, a coraz mniej mięsa.
- No cóż, ja też jeszcze nie wiem, kto to jest, ale mogę powiedzieć, gdzie go znaleźć.

Nowikow zmarszczył brwi ze zdumienia i zastygł ze szklanką uniesioną do ust.
- Naprawdę? Gdzie?
- W chłodni kostnicy Drugiego Instytutu Medycznego. Dziś rano dostałem wyniki sekcji zwłok. Ofiara nie zidentyfikowana, zwłoki znaleziono w lesie na zachodnich krańcach Moskwy jakiś tydzień temu. Został pobity na śmierć. Niczego przy nim nie znaleziono.
- Cholera, idź z tym zaraz do Czernowa. Pewnie cię ozłoci.

Inspektor Nowikow zaczął leniwie wybierać resztki gulaszu z talerza i pogrążył się w zadumie.

RZYM, SIERPIEŃ 1986

Dwudziestego drugiego lipca Aldrich Ames przybył z żoną do „Wiecznego Miasta", aby objąć swą nową posadę. Mimo że ukończył ośmiomiesięczny kurs językowy, jego włoski pozostawiał wiele do życzenia, pozwalając mu się jedynie porozumieć w najprostszych sprawach. W przeciwieństwie do Monka nie miał bowiem żadnych zdolności do języków obcych.

Nagle stał się człowiekiem bardzo zamożnym i mógł sobie pozwolić na zupełnie inny styl życia, ale w Rzymie nikt nie zwrócił na to uwagi, ponieważ nikt nie wiedział, jak Ames żył do kwietnia ubiegłego roku. Szef tamtejszej placówki, Alan Wolfe - weteran CIA, który wcześniej służył w Pakistanie, Jordanii, Iraku, Afganistanie oraz Wielkiej Brytanii - bardzo szybko odkrył tę samą prawdę, co jego poprzednicy: że Ames jest dla niego całkowicie bezużyteczny. Gdyby miał okazję zapoznać się z opiniami wcześniejszych jego przełożonych z placówek w Turcji oraz Meksyku, zanim Ken Mulgrew zdążył je odpowiednio spreparować, na pewno od razu złożyłby protest przeciwko przysyłaniu mu takiego pracownika sekcji SE, i to zapewne na ręce samego dyrektora pionu operacyjnego.

Tymczasem musiało upłynąć trochę czasu, nim przekonał się osobiście, iż Ames jest człowiekiem całkowicie nieodpowiedzialnym, a do tego nałogowym pijakiem. Bynajmniej nie przeszkadzało to Rosjanom, którzy szybko nawiązali z nim stałą łączność za pośrednictwem niejakiego Chrenkowa, nie wzbudzającego niczyich podejrzeń szeregowego pracownika ambasady radzieckiej. Ames lakonicznie poinformował kolegów, że „przygotowuje grunt" do zwerbowania Chrenkowa, zyskując w ten sposób pretekst do wspólnych, długotrwałych i suto zakrapianych alkoholem obiadów, po których niejednokrotnie nie mógł trafić z powrotem do biura.

Podobnie jak w Langley, zaczął masowo powielać tajne dokumenty, które później bezczelnie wynosił w plastikowych torbach z terenu ambasady i przekazywał swemu łącznikowi.

W sierpniu przyleciał na spotkanie z nim oficer łącznikowy z Moskwy. Ów agent KGB – w przeciwieństwie do Androsowa rezydującego w Waszyngtonie – nie przebywał na stałe we Włoszech, toteż w razie konieczności osobistej rozmowy musiał przyjeżdżać z Moskwy. Ale w Rzymie mogli się spotykać bezpiecznie, nie istniały tu takie zagrożenia, jak w Stanach Zjednoczonych.

Ames jak zwykle wyszedł podczas przerwy na lunch, przed nikim nie ukrywał, że jest umówiony w kawiarni z Chrenkowem. Obaj jednak potajemnie wsiedli do limuzyny o przyciemnionych szybach i pojechali do Villa Abamelek, gdzie mieściła się prywatna rezydencja sowieckiego ambasadora w Rzymie. Tam miał czekać na nich oficer łącznikowy, „Wład", z którym w komfortowych warunkach Ames mógł rozmawiać nawet kilka godzin. Ów pseudonim nosił pułkownik Władimir Mieczulajew z sekcji kontrwywiadu Wydziału Pierwszego KGB.

Już na samym początku Amerykanin żywo zaprotestował przeciwko tak zmasowanej akcji Rosjan, w wyniku której niemal równocześnie zostali aresztowani wszyscy zdradzeni przez niego informatorzy, co naraziło go na olbrzymie niebezpieczeństwo. Ale Wład spokojnie go przeprosił i wytłumaczył, że ten niezwykły pośpiech nie wynikał z nadgorliwości KGB, a gigantyczna akcja została zarządzona przez samego Michaiła Gorbaczowa. Zaraz jednak przeszedł do pilnych spraw, które sprowadziły go do Rzymu.

– Mamy pewien problem, mój drogi Ricku – rzekł. – Dostarczyłeś nam olbrzymią masę dokumentów, a ich wartość jest wprost nieoceniona. Znalazły się wśród nich akta personalne wszystkich agentów CIA pełniących rolę oficerów łącznikowych szpiegów działających na terenie Związku Radzieckiego, zawierające nawet fotografie tych ludzi.

Ames spojrzał na niego z ukosa i zamrugał szybko, chcąc rozpędzić sprzed oczu mgłę wywołaną alkoholem.

– Owszem. Coś nie pasuje?

– Nie, tylko znaleźliśmy się w kropce.

Mieczulajew położył przed nim na stoliku zdjęcie.

– Oto niejaki Jason Monk. Zgadza się?

– Tak. To on.

– W swoim raporcie określiłeś go jako wschodzącą gwiazdę sekcji SE. Doszliśmy zatem do wniosku, że musi on sprawować nadzór nad jednym bądź dwoma cennymi dla Amerykanów źródłami radzieckimi.

– Zacytowałem opinie, jakie krążą o nim wśród kolegów. A raczej krążyły. Podejrzewam, że jego informatorów też już macie.

– I tu właśnie tkwi problem, mój drogi Ricku. Wszyscy zdrajcy, których przy twej nieocenionej pomocy udało się zidentyfikować, zostali aresztowani i... złożyli zeznania. Każdy z nich... jak by to powiedzieć... – Rosjaninowi stanęła przed oczyma twarz jednego z przesłuchiwanych, roztrzęsionego niczym galareta po tym, jak Griszyn zastosował wobec niego własne metody nakłaniania do współpracy. – Żaden niczego nie ukrywał, odpowiadał szczerze, wykazując chęć do współdziałania. Każdy podawał personalia swojego oficera łącznikowego, a niektórzy mieli ich aż kilku. Ani razu jednak nie padło nazwisko Jasona Monka. Oczywiście, założyliśmy, że Amerykanin działał pod pseudonimem, mieliśmy jednak zdjęcia, Rick. Nikt go nie rozpoznał na fotografii. Rozumiesz teraz, na czym polega nasz problem? Musimy wiedzieć kogo ten Monk nadzoruje i gdzie szukać szpiega.

– Tego nie wiem. Nie rozumiem... Wszystkie dane musiały być w aktach personalnych...

– Ale ich tam nie ma, drogi Ricku.

Przed zakończeniem spotkania Ames odebrał grubą kopertę z pieniędzmi oraz listę budzących wątpliwości spraw. Przebywał w Rzymie łącznie trzy lata, przekazując Rosjanom setki różnych dokumentów, od poufnych do ściśle tajnych. Znalazły się wśród nich dane dotyczące czterech dalszych informatorów, ale już nie Rosjan, lecz obywateli innych państw bloku socjalistycznego. Przez cały czas jednak dopominano się o tę jedną rzecz – o jak najszybsze, możliwie jeszcze przed powrotem do Waszyngtonu, wyjaśnienie, jakich szpiegów na terenie Związku Radzieckiego nadzoruje Jason Monk.

W tym samym czasie, gdy inspektorzy Nowikow oraz Wolski jedli obiad w milicyjnej stołówce, trwała sesja Dumy.

Rosyjski parlament zazwyczaj długo nie mógł się zebrać po wakacyjnej przerwie – niektórzy deputowani tak ogromnego państwa musieli przebyć tysiące kilometrów, żeby w terminie stawić się na sali obrad. Ale to posiedzenie miało charakter nadzwyczajny, ponieważ pewne ustalenia mogły pociągnąć za sobą konieczne zmiany w przepisach konstytucji.

Po niespodziewanej śmierci prezydenta Czerkasowa, zgodnie z paragrafem pięćdziesiątym dziewiątym konstytucji, obowiązki głowy państwa przejął premier, ale taka sytuacja mogła trwać jedynie przez krótki, określony ustawowo okres trzech miesięcy.

Premier Iwan Markow rzetelnie wywiązywał się ze swoich obowiązków, ale po zasięgnięciu opinii wielu ekspertów doszedł do wniosku, że przesunięcie zaplanowanych pierwotnie na czerwiec roku 2000 wyborów prezydenckich, które w tej sytuacji musiałyby się odbyć już w październiku, może wprowadzić niepotrzebne zamieszanie, a nawet chaos w państwie.

Dlatego też wystąpił do Dumy z inicjatywą tymczasowej poprawki do konstytucji, mającej obowiązywać tylko w tym jednym wypadku, a przedłużającej okres sprawowania przez niego rządów w zastępstwie o dalsze trzy miesiące i przesuwającej przyszłoroczne wybory z czerwca na styczeń.

Nazwa rosyjskiego parlamentu wywodzi się od czasownika *dumat'*, zatem salę obrad należałoby kojarzyć z ,,miejscem przemyśleń''. Wielu obserwatorów uważało jednak, że jest to bardziej scena słownych utarczek i kłótni niż jakichkolwiek rozważań. Tego letniego dnia wszystko zdawało się potwierdzać tę właśnie opinię.

Debata ciągnęła się przez cały dzień, wyzwalając tak wielkie emocje, że marszałek niemal bez przerwy musiał nawoływać o spokój, a raz nawet posunął się do groźby zawieszenia obrad na czas nieokreślony. Dwaj deputowani wykazali się taką fantazją w wymyślaniu nowych obelg, że marszałek nakazał im opuścić salę, co spotkało się z gwałtowną falą protestów. Wszystkie te zajścia skwapliwie rejestrowały kamery telewizyjne. Wreszcie podjęto dyskusję, kiedy dwaj zapaleńcy ostatecznie zostali wyprowadzeni z gmachu. Oburzeni adwersarze natychmiast zorganizowali prowizoryczne konferencje prasowe, które przerodziły się w uliczną bójkę. Musiała interweniować milicja.

Tymczasem w gmachu zepsuła się przeciążona klimatyzacja, lecz nie zrażeni tym, ociekający potem deputowani trzeciego pod względem liczebności parlamentu na świecie nadal wykrzykiwali na siebie i obrzucali się wyzwiskami. Dopiero pod wieczór zarysowała się perspektywa kompromisu.

Neofaszystowska Unia Sił Patriotycznych, zgodnie z instrukcjami Igora Komarowa, upierała się, by mimo wszystko wybory zorganizować jeszcze w październiku, czyli dokładnie z zapisem konstytucyjnym trzy miesiące po nagłej śmierci prezydenta Czerkasowa. Taktyka koalicji była oczywista. Cieszyła się ona tak wielkim poparciem społecznym, że dalsze, niemal dziewięciomiesięczne oczekiwanie na kampanię wyborczą mogło jedynie uszczuplić szeregi jej zwolenników.

Neokomuniści ze Związku Socjalistycznego i reformatorzy z Unii Demokratycznej po początkowych kłótniach w końcu zajęli wspólne stanowisko. Żadne z tych ugrupowań nie było jeszcze przygotowane do wyborów i chciało zyskać jak najwięcej czasu do rozpoczęcia kampanii.

Krzykliwa debata przeciągała się w nieskończoność, aż wreszcie o zachodzie słońca zachrypnięty marszałek przerwał dyskusję i oznajmił, że deputowani usłyszeli już wystarczająco wiele argumentów, by można natychmiast przystąpić do głosowania. Politycy centrowi poparli ugrupowania lewicowe i skrajna prawica została przegłosowana. Przyjęto wniosek premiera i uchwalono przesunięcie czerwcowych wyborów prezydenckich na szesnasty stycznia 2000 roku.

W ciągu godziny rezultat głosowania został rozpropagowany przez ogólnorosyjski dziennik telewizyjny „Wremia". We wszystkich ambasadach w Moskwie urzędnicy zostali po godzinach, światła paliły się do późnej nocy, gorączkowo terkotały dalekopisy.

W placówce brytyjskiej cały personel czekał z niecierpliwością na wynik parlamentarnej debaty. Tylko dlatego Gracie Fields był jeszcze w swoim gabinecie, kiedy zadzwonił inspektor Nowikow.

JAŁTA, WRZESIEŃ 1986

Dzień był upalny, a rozklekotana taksówka sunąca wolno nadmorską drogą na północny wschód od Jałty nie miała klimatyzacji. Dlatego amerykański turysta opuścił szybę do końca i wystawił twarz na słabe podmuchy bryzy wiejącej od Morza Czarnego. A jednocześnie, odchylony silnie w bok, mógł we wstecznym lusterku widzieć przebytą przez nich drogę. Nie dostrzegł jednak żadnego podejrzanego auta zapełnionego miejscowymi tajniakami.

Długa podróż morska z Marsylii poprzez Neapol, Maltę oraz Istambuł okazała się nużąca, ale do wytrzymania. Monk zyskał doskonałą okazję do potrenowania granej przez siebie roli. Przekonał się jednak, że jego wygląd nie budzi podejrzeń. Z włosami ufarbowanymi na siwo, w ciemnych okularach i z wystudiowaną pozą uchodził powszechnie za emerytowanego naukowca korzystającego z letniego wypoczynku.

Przebywający na pokładzie Amerykanie szybko zaakceptowali głoszony przez niego pogląd, że jedyną nadzieją na trwały pokój na świecie jest zbliżenie obywateli Stanów Zjednoczonych i Związku Radzieckiego. Jedną z członkiń Towarzystwa Przyjaźni, starą pannę, nauczycielkę z Connecticut, nadzwyczaj ujęły wyjątkowe maniery Teksańczyka, który przysuwał jej krzesło, gdy zasiadali w mesie, i szarmancko uchylał swego stetsona, ilekroć spotykali się na pokładzie.

Tylko w Warnie Monk nie zszedł na ląd, tłumacząc, że chce skorzystać z kąpieli słonecznej. W pozostałych odwiedzanych miastach nie opuszczał licznej grupy turystów, zwiedzających coraz to inne ruiny.

Po zawinięciu do Jałty Monk po raz pierwszy w życiu postawił stopę na ziemi rosyjskiej. Był jednak dobrze przygotowany na tę chwilę i wszystko okazało się łatwiejsze niż przypuszczał. Zresztą „Armenia" stanowiła wyjątek, poza nią w porcie stały wyłącznie frachtowce z sąsiednich krajów, a grupki marynarzy swobodnie poruszały się po nabrzeżu.

Turyści, którzy od wypłynięcia z Warny tłoczyli się na głównym pokładzie, zbiegli po trapie, jakby dodano im skrzydeł, a dwaj oficerowie straży granicznej tylko pobieżnie sprawdzili ich paszporty. Z gromadki tej wyróżniał się profesor Kelson, którego niezwykły strój przykuwał wzrok, lecz Amerykanie z Towarzystwa Przyjaźni zaszczycali go jedynie spojrzeniami pełnymi podziwu i uśmiechami wyrażającymi aprobatę. Monk, zamiast starać się zginąć w tłumie, postanowił bowiem przyciągać uwagę swoim wyglądem. Miał na sobie kremową koszulę z aksamitką zamiast krawata, zebraną pod szyją dużą srebrną spinką, beżowy letni garnitur, oraz nieodłącznego stetsona i wysokie kowbojskie buty.

– Mój drogi profesorze, wygląda pan wspaniale – zaszczebiotała na jego widok nauczycielka. – Czy wybiera się pan razem z nami wyciągiem krzesełkowym na szczyt góry, żeby podziwiać widoki?

– Nie, madam – odparł Monk. – Zamierzam przejść się po dzielnicy portowej i wpaść gdzieś na kawę.

Przewodnicy Inturistu pospiesznie odprowadzili gromadki turystów w różne strony i Jason został sam. Zamiast wzdłuż nabrzeża, szybko przeszedł halę portowego terminalu i ruszył do miasta. Niektórzy oglądali się za nim, lecz kwitowali dziwaczny strój pobłażliwymi uśmieszkami. Tylko jakiś malec zatrzymał się przed nim, stanął w rozkroku i wykonał taki ruch, jakby dobywał dwóch rewolwerów z pasa na biodrze. Monk uśmiechnął się przyjaźnie i przechodząc, potargał chłopcu włosy.

Dobrze wiedział, jak mało rozrywek mają mieszkańcy Krymu. Program telewizyjny był przeraźliwie nudny, jedyną atrakcję stanowiły filmy fabularne. Wśród dopuszczonych do emisji znajdowały się klasyczne westerny, nie należało się zatem dziwić, że ludzie tak reagowali na widok prawdziwego kowboja. Nawet milicjant kierujący ruchem na skrzyżowaniu, ospały z powodu letniego upału, zagapił się na niego, lecz gdy Monk uniósł dwa palce do ronda kapelusza, tamten uśmiechnął się przyjaźnie i odpowiedział salutem. Jason spędził godzinę przy ocienionym parasolem stoliku przed kawiarnią, a kiedy się przekonał, że nikt go nie śledzi, poszedł na postój taksówek i kazał się zawieźć do ogrodu botanicznego. Miał ze sobą gruby przewodnik i plan miasta, do tego umyślnie kaleczył rosyjski, toteż kierowca musiał wziąć go za turystę z zagranicy i bez sprzeciwu ruszył we wskazanym kierunku. Nie było w tym nic dziwnego, gdyż tysiące obcokrajowców zwiedzały słynny jałtański ogród.

Monk wysiadł przed główną bramą i uregulował należność, a mimo że płacił w rublach, dorzucił pięć dolarów napiwku uszczęśliwionemu taksówkarzowi.

W głównej alei ogrodu kręciło się sporo osób, głównie Rosjan, rodziców z dziećmi i nauczycieli oprowadzających gromadki uczniów. Monk stanął w kolejce do kasy, rozglądając się uważnie w poszukiwaniu samotnych mężczyzn w błyszczących garniturach. Ale tu ich nie było. Kupił bilet, wkroczył na teren i zaraz za bramą zauważył budkę z lodami. Poprosił o dużą porcję waniliowych kulek, znalazł pustą ławkę na uboczu, usiadł i zaczął bez pośpiechu lizać lody.

Kilka minut później na drugim końcu ławki usiadł samotny mężczyzna i rozpostarł przed sobą plan ogrodu botanicznego; trzymał go tak, aby nikt postronny nie mógł dostrzec, że coś mówi. Monk natomiast zasłaniał sobie usta lodami.

– Jak się miewasz, przyjacielu? – zagadnął Piotr Sołomin.

– Znacznie lepiej, kiedy cię widzę, stary druhu – odparł cicho Jason. – Nie zauważyłeś, czy ktoś nas nie obserwował?

– Nie. Jestem tu już od godziny i wiem, że nikt za tobą nie szedł. Mnie również nikt nie śledził.

– Moi przełożeni są z ciebie bardzo zadowoleni, Piotrze. Materiały, które dostarczyłeś, naprawdę pomogą nam przyspieszyć zakończenie zimnej wojny.

– Tak samo mi zależy na zniszczeniu tych łajdaków – burknął groźnie Syberyjczyk. – Lody ci się rozpuszczają. Wyrzuć je, przyniosę nam świeże.

Monk cisnął resztkę waflowego rożka do stojącego obok ławki kosza na śmieci, tymczasem Sołomin podszedł do budki i kupił dwie następne porcje lodów. Kiedy wrócił, usiadł tym razem znacznie bliżej Jasona.

– Mam coś dla ciebie. To negatyw, schowany pod obwolutą planu ogrodu. Przed wyjściem zostawię go na ławce.

– Dzięki. Ale dlaczego nie przekazałeś go zwykłą drogą przez łącznika w Moskwie? Twoja nagła prośba o spotkanie wywołała wiele podejrzeń.

– Ponieważ dotarły do mnie wieści, które mogę przekazać tylko ustnie.

Zaczął pospiesznie relacjonować to, co latem 1986 roku wydarzyło się na zamkniętych posiedzeniach moskiewskiego politbiura oraz kierownictwa ministerstwa obrony. Monk z wielkim trudem zachowywał nie zmieniony wyraz twarzy, gdyż wielokrotnie miał ochotę aż gwizdnąć ze zdumienia. Sołomin mówił przez pół godziny.

– Czy to wszystko prawda, Piotrze? Czyżbyśmy się wreszcie doczekali?

– Całkowita prawda. Słyszałem na własne uszy, jak minister obrony potwierdzał niektóre z tych ustaleń.

– Wiele rzeczy musi teraz ulec diametralnej zmianie – rzekł Jason. – Dziękuję ci, stary łowco. Chyba będzie lepiej, jak już pójdę.

Nie mogli już uchodzić za nieznajomych, którzy przypadkowo usiedli na tej samej ławce, zatem Monk śmiało wyciągnął rękę na pożegnanie. Sołomin spojrzał na nią i szybko uniósł wzrok.

– Co to jest?

Jason na co dzień nie nosił sygnetów, ale chcąc sprawiać wrażenie rodowitego Teksańczyka, zaopatrzył się w wyrabiany przez Indian Nava-

jo srebrny sygnet z turkusem, wysoko ceniony przez mieszkańców Teksasu i Nowego Meksyku. Doszedł do wniosku, że Udegejcowi z Kraju Primorskiego taki prezent będzie się podobał. Wyciągając rękę na pożegnanie, niepostrzeżenie zsunął go z palca i teraz trzymał w dłoni.
– Dla mnie? – spytał zdziwiony Sołomin.

Nigdy dotąd pułkownik nie żądał zapłaty za swoje usługi, a Monk był przekonany, że poczułby się obrażony, gdyby mu zaproponować pieniądze. Poczuł jednak satysfakcję, gdy z wyrazu twarzy Syberyjczyka odczytał, że sygnet jest dla niego wystarczającą rekompensatą dotychczasowych starań. Sam turkus był wart około stu dolarów, a kamień oprawiono w grube srebro pochodzące z odkrywkowych kopalń Nowego Meksyku, starannie wygrawerowane przez starych mistrzów sztuki zdobniczej z indiańskich plemion Ute bądź Navajo.

Chcąc oszczędzić przyjacielowi kłopotów w miejscu publicznym, Monk odwrócił się na pięcie i ruszył w stronę wyjścia. Raz tylko zerknął przez ramię. Sołomin wsunął sygnet na mały palec lewej dłoni i siedział dalej na ławce, podziwiając niezwykły prezent. Wówczas po raz ostatni Jason miał okazję widzieć muskularnego łowcę z dalekiego wschodu.

„Armenia" pokonała ostatni odcinek trasy i zawinęła do Odessy. Tutejsi celnicy dokładnie sprawdzili bagaże turystów, ale szukali wyłącznie drukowanych materiałów o antyradzieckiej treści. Monk dobrze wiedział, że nigdy nie zarządza się osobistej rewizji bez wyraźnego rozkazu agentów KGB, a ci przecież musieliby mieć ku temu jakieś powody.

Dlatego też udało mu się przejść kontrolę z wąskimi paskami mikrofilmu przyklejonymi szerokim przylepcem do pośladka. Naśladując innych Amerykanów, posłusznie dał się zapędzić przewodnikowi Inturistu do autobusu, z którego, po załatwieniu niezbędnych formalności, przesiedli się do pociągu jadącego bezpośrednio do Moskwy.

Następnego dnia w stolicy Rosji Jason przekazał materiały wywiadowcze pracownikowi ambasady, który później umieścił je w bagażu dyplomatycznym lecącym do Stanów Zjednoczonych, skąd trafiły do centrali w Langley. Ale oprócz tego Monk miał do napisania długi i bardzo interesujący raport.

ROZDZIAŁ 7

– *Good evening, British Embassy* – rzekł do słuchawki operator centrali placówki przy Nabrzeżu Sofijskim.

– *Szto?* – spytał zdumiony głos z drugiego końca linii.

– *Dobryj wieczier, Anglijskoje pasol'stwo* – powtórzył operator po rosyjsku.

– Chciałem rozmawiać z biurem rezerwacji biletów teatru „Bolszoj" – bąknął zmieszany rozmówca.

– Przykro mi, to pomyłka – rzekł operator i szybko przerwał połączenie.

Prowadzący nasłuch technicy z FAPSI, radzieckiej agencji zajmującej się podsłuchem elektronicznym, z pewnością musieli odnotować tę rozmowę, ale nie zwrócili na nią większej uwagi. Pomyłki nie były tego warte.

Tymczasem operator centrali w ambasadzie, ignorując migające lampki kolejnych telefonów z miasta, sięgnął po niewielki notatnik i po chwili wybrał numer wewnętrzny.

– Pan Fields?

– Tak.

– Tu centrala. Przed chwilą odebrałem telefon z miasta, ktoś chciał rozmawiać z biurem rezerwacji biletów teatru „Bolszoj".

– Zrozumiałem. Bardzo dziękuję.

Gracie Fields natychmiast zadzwonił do Jocka MacDonalda. Wewnętrzna sieć telefoniczna placówki była regularnie sprawdzana przez techników łączności pod względem zabezpieczenia przed podsłuchem.

– Odezwał się właśnie mój znajomy z moskiewskiej komendy głównej – poinformował Fields. – Podał hasło alarmowe, a to znaczy, że prosi o jak najszybszy kontakt.

– Zamelduj o wynikach – rzucił krótko szef komórki wywiadowczej.

Gracie spojrzał na zegarek. Od wezwania minęło pięć minut, musiał zatem czekać jeszcze prawie całą godzinę. Wychodząc z budki telefonicznej w przestronnym holu banku, mieszczącego się kilkaset metrów od komendy, inspektor Nowikow także spojrzał na zegarek i postanowił wstąpić gdzieś na kawę, żeby zabić umówione pięćdziesiąt minut oczekiwania. Później wystarczyło tylko zająć inną budkę telefoniczną, także w miejscu publicznym, i zaczekać na telefon.

Fields wyszedł z ambasady po dziesięciu minutach i bez pośpiechu dojechał samochodem do hotelu „Kosmos" przy Prospekcie Mira. W oddanym do użytku w roku 1979, bardzo nowoczesnym jak na radzieckie standardy hotelu, w bocznym korytarzu odchodzącym od głównego holu mieścił się cały szereg automatów telefonicznych.

Dokładnie po upływie godziny od pierwszego wezwania Gracie sprawdził numer w kalendarzyku i zadzwonił. Połączenia między publicznymi automatami telefonicznymi są prawdziwym koszmarem dla wszystkich instytucji kontrwywiadowczych świata, ze względu na rozległość miejskich sieci ich podsłuchiwanie jest po prostu niemożliwością.

– Borys? – zapytał Fields, kiedy po drugiej stronie ktoś podniósł słuchawkę.

Nowikow wcale się nie nazywał Borys, na imię miał Jewgienij. Ale po akcencie, a jakim wypowiedziane zostało imię „Borys" natychmiast się domyślił z kim rozmawia.

– Tak. Chodzi o ten rysunek, który mi dałeś. Coś wynikło. Musimy się spotkać.

– Dobrze. W takim razie zjedzmy razem obiad w hotelu „Rossija".

Oczywiście, żaden z nich nie miał zamiaru jechać do wymienionego hotelu, jego nazwa oznaczała, że spotkają się w niewielkim barze o nazwie „Karusel", mieszczącym się w połowie długości ulicy Twerskiej. Był to ustronny i zaciszny lokal, w którym nie powinni wzbudzać niczyich podejrzeń. Jak poprzednio, spotkanie miało się odbyć godzinę po rozmowie telefonicznej.

Podobnie jak w większości dużych brytyjskich placówek zagranicznych, tak i w ambasadzie moskiewskiej pracowała komórka wewnętrznych służb ochrony, znanych powszechnie jako MI5. Była to siostrzana instytucja zajmujących się wywiadem zagranicznym Tajnych Służb Wywiadowczych, określanych zazwyczaj (chociaż błędnie) skrótem MI6.

Zadaniem oficerów z wydziału MI5 nie było zbieranie informacji na temat obcego kraju, lecz zapewnianie bezpieczeństwa personelowi ambasady oraz różnorodnych jej sekcji rozrzuconych po całym mieście.

Nie czuli się oni jednak więźniami służby dyplomatycznej, toteż w ciągu lata chętnie korzystali ze względnej swobody podróżowania i odwiedzali najczęściej uroczą plażę poza miastem, gdzie rzeka Moskwa tworzy szerokie zakole, które zapełnia rozległa piaszczysta łacha. Zresztą cały personel brytyjskiej ambasady lubił urządzać tu pikniki i zażywać kąpieli.

Przed uzyskaniem awansu do stopnia inspektora śledczego i przeniesieniem do wydziału zabójstw Jewgienij Nowikow był komendantem posterunku nadzorującego ten rejon, obejmujący ponadto lubiane przez Moskwian tereny wypoczynkowe w Srebrnym Borze. Właśnie wtedy poznał ówczesnego szefa wewnętrznych służb ochrony ambasady, ten zaś przedstawił mu świeżo przybyłego na placówkę Gracie'ego Fieldsa.

Anglik zawarł bliższą znajomość z młodym oficerem milicji i w pewnej chwili zasugerował mu, że niewielkie sumy w twardej walucie mogłyby znacznie polepszyć poziom życia źle opłacanego funkcjonariusza, zwłaszcza w czasach wysokiej inflacji. Inspektor Nowikow przystał na tę propozycję i został zaliczony do źródeł wywiadowczych, co prawda najniższej kategorii, ale czasami okazywał się pomocny w różnych sprawach. Fields nawet nie przypuszczał, że w ciągu nadchodzącego tygodnia informacje udostępnione przez niego po wielokroć zrekompensują poniesione wcześniej wydatki.

– Znaleźliśmy zwłoki – oznajmił Nowikow, kiedy tylko zajęli miejsca przy stoliku w najdalszym kącie sali i zaczęli popijać małymi łyczkami rozwodnione, lecz chłodne piwo. – Jestem pewien, że to ten sam człowiek, którego portret pamięciowy nam przekazaliście. Starzec z trzema stalowymi zębami z przodu...

Pokrótce zrelacjonował wszystko, co usłyszał od Wolskiego, zajmującego się nie zidentyfikowanymi ofiarami zabójstw.

– Minęły już prawie trzy tygodnie, a w takim upale rysy twarzy trupa mogły ulec silnym deformacjom – odezwał się Fields. – Jesteś pewien, że to ten sam człowiek?

– Leżał w lesie tylko przez tydzień, od dziewięciu dni zwłoki znajdują się w chłodni. Identyfikacja jest jeszcze w pełni możliwa.

– Będzie mi potrzebne jego zdjęcie, Borysie. Dasz radę je zdobyć?

– Nie wiem, sprawa trafiła do Wolskiego. Czy znasz inspektora Czernowa?

– Owszem, złożył wizytę w ambasadzie. Jemu także przekazałem kopię szkicu.

– Wiem. – Nowikow uśmiechnął się. – Porozwieszał portrety pamięciowe w całym gmachu. Teraz z pewnością przyjdzie do was po raz drugi, Wolski prawdopodobnie już mu przekazał wiadomość o odnalezieniu zwłok. Czernow powinien mieć ze sobą fotografię twarzy zabitego starca.

– Ale na pewno nie zechce jej zostawić.

– To prawda. No cóż, może być trudno.

– Postaraj się, Borysie, pracujesz przecież w wydziale zabójstw. Powiedz na przykład, że chcesz pokazać zdjęcie kilku schwytanym członkom gangu, albo znajdź jakąś inną wymówkę. Skoro znaleziono zabitego człowieka, to na pewno wszczęto dochodzenie i sprawa zostanie w waszym wydziale. Nikogo nie zdziwi twoje zainteresowanie.

– Chyba masz rację – odparł Nowikow posępnym tonem. Nie chciał tłumaczyć Anglikowi, że przy wykrywalności zbrodni popełnionych przez zorganizowane gangi nie przekraczającej trzech procent ten pomysł wydaje się całkiem chybiony.

– Oczywiście, możesz za swoją pomoc oczekiwać odpowiedniej nagrody – dodał szybko Fields. – Nie skąpimy pieniędzy, gdy w grę wchodzi bezpieczeństwo naszego personelu.

– Dobra. Spróbuję zdobyć to zdjęcie.

Niepotrzebnie się jednak przejmował. Dwa dni później do wydziału zabójstw trafiła pełna dokumentacja dotycząca nie zidentyfikowanej ofiary pobicia. Nowikow nie miał najmniejszych kłopotów z wyjęciem z teczki jednej podobizny mężczyzny znalezionego w lasach nie opodal szosy mińskiej.

LANGLEY, LISTOPAD 1986

Carey Jordan był w wyjątkowo dobrym nastroju, co ostatnio zdarzało mu się tym rzadziej, im od jesieni 1986 roku głośna afera Iran-Kontra jęła zataczać coraz szersze kręgi, on zaś doskonale wiedział, jak dalece była w nią zaangażowana macierzysta agencja.

Tego dnia jednak został wezwany do gabinetu dyrektora generalnego CIA, Williama Caseya, gdzie odebrał niezwykle gorące słowa pochwały. A przyczyną tej, wręcz niespotykanej u starego dyrektora życzliwości, był powszechny entuzjazm, jaki w najwyższych kręgach politycznych wzbudziły nowiny przywiezione z Jałty przez Jasona Monka.

Na początku lat osiemdziesiątych, kiedy jeszcze przewodniczącym Rady Najwyższej ZSRR był Jurij Andropow, tenże były przewodniczący KGB osobiście zarządził cały szereg niezwykle agresywnych posunięć wymierzonych przeciwko Zachodowi. Był to niejako ostatni, przedśmiertny wysiłek Andropowa, mający na celu osłabienie pozycji rozszerzającego się NATO poprzez politykę zastraszania.

Jednym z jej elementów stał się plan rozmieszczenia na obszarze wschodnioeuropejskich państw socjalistycznych trzystu pięćdziesięciu rakiet średniego zasięgu. Pociski SS-20, z których każdy był wyposażony w trzy sterowane niezależnie od siebie głowice jądrowe, miały zostać wymierzone niemal w każde miasto i miasteczko zachodniej Europy, od północnych wybrzeży Norwegii po najdalsze krańce Sycylii.

W tym czasie władzę w Białym Domu sprawował Ronald Reagan, natomiast przy Downing Street urzędowała Margaret Thatcher. Żadne z nich nie przestraszyło się pogróżek i przywódcy mocarstw podjęli wspólną decyzję, że na każdą sowiecką rakietę wymierzoną na zachód odpowiedzią będzie wycelowanie podobnego pocisku w któreś z miast Związku Radzieckiego.

Na zachodzie Europy zaczęło się rozmieszczanie wyrzutni rakiet typu Pershing II oraz Cruise, choć akcji tej towarzyszyły masowe wiece protestacyjne różnych ugrupowań lewicowych. Reagan i Thatcher również się nimi nie przejmowali.

Amerykański program wojen kosmicznych z kolei zmusił władze radzieckie do zapoczątkowania badań nad własnym podobnym systemem obrony przeciwrakietowej. Tymczasem Andropow zmarł, na krótko jego miejsce zajął Czernienko, wreszcie władzę przejął Gorbaczow, lecz wojna pogróżek i wyścig przemysłów zbrojeniowych trwały nadal.

Michaił Gorbaczow, który doszedł do władzy w marcu 1985 roku, był zagorzałym, nieprzejednanym komunistą, ale ponadto – w przeciwieństwie do swoich poprzedników – także pragmatykiem i dlatego nie mógł zaakceptować gigantycznego zakłamania, jakie dla tamtych stało się chlebem powszednim. Bezwzględnie kazał sobie relacjonować tylko fakty i sporządzić bilans stanu faktycznego sowieckiej gospodarki oraz finansów. A owe dane omal nie przyprawiły go o atak serca.

Wciąż jednak uważał, że ten rozsypujący się domek z kart, do jakiego można było porównać komunistyczną gospodarkę państwa, da się utrzymać w całości poprzez drobne korekty dotychczasowej polityki. Stąd właśnie narodził się program przemian, określonych szumnym mianem *pieriestrojki*.

Latem 1986 roku, po długiej serii posiedzeń na Kremlu oraz w ministerstwie obrony, stało się już jasne, że nic z tego nie wyjdzie. Olbrzymi przemysł zbrojeniowy wraz z zakrojonymi na gigantyczną skalę pracami badawczymi nad nowymi typami uzbrojenia, choć może się to wydać nierealne, pochłaniał sześćdziesiąt procent radzieckiego dochodu narodowego. Ludzie coraz głośniej buntowali się przeciwko takiemu stanowi rzeczy.

Tego samego lata przeprowadzono dogłębną analizę, mającą wykazać, jak długo jeszcze Związek Radziecki będzie zdolny dotrzymywać kroku w tym wyścigu zbrojeń. Wyniki przedstawione w raporcie okazały się przerażające. Pod względem uprzemysłowienia kapitalistyczny Zachód w każdej dziedzinie wyprzedzał sowieckiego dinozaura. To właśnie ten raport znalazł się na klatkach mikrofilmu przekazanego Monkowi przez Sołomina w jałtańskim ogrodzie botanicznym.

Dobre wiadomości natychmiast przesłano z Langley do Białego Domu, stąd zaś powędrowały przez Atlantyk do gabinetu pani Thatcher. Przywódcy, zmęczeni już ciągłym okazywaniem wrogości i nienawiści, przyjęli je z wielką radością. Bill Casey odebrał serdeczne gratulacje w Gabinecie Owalnym, po czym przekazał prezydenckie słowa najwyższego uznania Careyowi Jordanowi. Ten z kolei wezwał do siebie Jasona Monka. Po okazaniu mu swej wdzięczności, pod koniec rozmowy wrócił do poruszonej już kiedyś kwestii.

– Sprawiłeś mi naprawdę nielichy kłopot z tymi swoimi aktami, Jasonie. Nie możemy dopuścić, żeby nadal spoczywały w twoim sejfie. Gdyby cokolwiek ci się stało, nie wiedzielibyśmy nawet, jak ponownie nawiązać łączność z twoimi informatorami, Lizandrem i Orionem. Musisz wprowadzić ich dane do tajnego archiwum sekcji.

Mijały prawie dwa lata od chwili, kiedy Ames przekazał Rosjanom pierwsze tajne dokumenty i sześć miesięcy od katastrofalnego zamilknięcia najważniejszych informatorów. Zdrajca nadal przebywał w Rzymie. Z formalnego punktu widzenia wewnętrzne dochodzenie ciągle trwało, lecz niemal całkowicie utraciło swój pierwotny impet.

– Może jednak nie naprawiajmy tego błędu, który dotychczas nikomu w niczym nie zaszkodził – odezwał się błagalnym tonem Monk. – Ci ludzie na każdym kroku ryzykują swoje życie. Znają mnie dobrze, a ja znam ich. Ufamy sobie wzajemnie. Niechże tak pozostanie.

Jordan wiedział z własnego doświadczenia, że między informatorem a oficerem łącznikowym może się wytworzyć niespotykana, nadzwyczaj silna więź. Kierownictwo agencji patrzyło na to z wyraźnym niepokojem, a to z dwóch powodów. Po pierwsze, każdy oficer łącznikowy mógł zostać oddelegowany do innej pracy, przejść na emeryturę czy umrzeć, toteż zbyt poufałe więzi osobiste groziły tym, że informator działający na terytorium wroga po prostu odmówi współpracy z innym agentem. Po drugie zaś, w wypadku zdemaskowania źródła, zaangażowany w taką przyjaźń oficer może popaść w przygnębienie i zwątpić w swą użyteczność dla wywiadu. Zazwyczaj w długoletniej karierze szpiegowskiej każdy informator miewał po kilku oficerów łącznikowych. Dlatego też głębokie więzi, jakie wytworzyły się pomiędzy Jasonem a jego informatorami, coraz bardziej martwiły Jordana. Poza tym takie rzeczy były niezgodne z regulaminem.

Z drugiej strony Monk był indywidualistą, lubił robić wszystko po swojemu. Na szczęście Jordan nie wiedział, że każde z trzech jego moskiewskich źródeł (Turkin bowiem został odwołany z Madrytu i dostarczał teraz najtajniejszych materiałów z dowództwa kontrwywiadu Wydziału Pierwszego KGB), obok regularnie odbieranych instrukcji, otrzymywało również ciepły, osobisty list od Monka, czego ten pieczołowicie przestrzegał.

Wicedyrektor pionu operacyjnego zgodził się w końcu na kompromis. Szczegółowe akta informatorów wraz z obszernymi raportami opisującymi przebieg rekrutacji oraz późniejsze kontakty, a także miejsca ich stacjonowania – krótko mówiąc, wszystkie dane z wyjątkiem personaliów, niemniej pozwalające na pewną identyfikację źródła – miały zostać przeniesione do osobistego sejfu wicedyrektora. Gdyby ktokolwiek chciał do nich dotrzeć, musiałby uzasadnić swój wniosek i uzyskać zgodę Jordana. Monk przystał na takie rozwiązanie i następnego dnia przyniósł dokumenty.

Inspektor Nowikow się nie mylił. Czernow rzeczywiście po raz drugi przyjechał do ambasady już następnego ranka, piątego sierpnia. Jock MacDonald poprosił o przyprowadzenie go pod dyskretną eskortą do jego gabinetu, na którego drzwiach wisiała tabliczka z napisem: „Attaché sekcji kancelaryjnej".

– Wydaje mi się, że odnaleźliśmy człowieka, który uczestniczył we włamaniu do mieszkania pracownicy waszej placówki – rzekł Czernow.

– Moje gratulacje, inspektorze.

– Niestety, znaleźliśmy jego zwłoki.

– Ach, tak... Ale zapewne ma pan jego fotografię?

– Oczywiście, mam cały komplet zdjęć ciała, twarzy mężczyzny, a ponadto... – znacząco poklepał wypchaną teczkę stojącą na dywanie obok fotela – przyniosłem także kurtkę, którą prawdopodobnie miał wówczas na sobie.

Po chwili położył przed MacDonaldem kilka zamazanych, niewyraźnych odbitek. Można było jednak dostrzec pewne podobieństwo między mężczyzną ukazanym na fotografii a portretem pamięciowym wykonanym na podstawie opisu Celii Stone.

– No cóż, przekonajmy się, czy panna Stone zdoła rozpoznać tego nieszczęśnika.

Dziewczyna została wprowadzona do gabinetu przez Fieldsa. MacDonald ostrzegł ją wcześniej przez telefon, że zdjęcia przedstawiają niezbyt przyjemny widok, ale byłby jej bardzo wdzięczny, gdyby zechciała na nie popatrzeć. Zaledwie spojrzała na pierwszą fotografię, szybko zakryła usta dłonią. Czernow wyciągnął z teczki szarą panterkę i rozpostarł ją w rękach. Celia skierowała przerażony wzrok na MacDonalda i bez słowa przytaknęła ruchem głowy.

– To on. To z pewnością ten sam mężczyzna, który...

– Wybiegł tamtego wieczoru z twojego mieszkania? Rozumiem. No cóż, rzekłbym, inspektorze, iż złodzieja spotkała zasłużona kara. Na całym świecie sprawy toczą się podobnymi torami.

Celia Stone została wyprowadzona z gabinetu.

– Pozwolę sobie w imieniu rządu brytyjskiego pogratulować panu, inspektorze, tak dobrej roboty. Być może nigdy nie poznamy nazwiska tego człowieka, ale teraz nie ma to już znaczenia. Ten nieszczęśnik nie żyje. Może być pan pewien, że odpowiedni list pochwalny trafi do prezydium moskiewskiej milicji.

MacDonald odprowadził uradowanego Czernowa do drzwi. Kiedy zaś inspektor wsiadał do służbowego samochodu, dosłownie promieniał ze szczęścia. Zaraz po powrocie do komendy przy Pietrowce odesłał wszystkie dokumenty tej sprawy do wydziału zabójstw. Nic go już nie obchodziło, że w domniemanym włamaniu uczestniczył jakiś drugi mężczyzna. Bez jego rysopisu oraz zeznań zabitego staruszka równie dobrze można by szukać igły w stogu siana.

Zaraz po wyjściu inspektora do gabinetu MacDonalda ponownie wkroczył Fields. Szef komórki wywiadowczej nalewał sobie właśnie kawy do filiżanki.

– I co o tym sądzisz? – zapytał.

– Według mojego informatora ten człowiek został skatowany na śmierć. Jego przyjaciel, który zajmuje się sprawami nie zidentyfikowanych

ofiar, zauważył portret pamięciowy na tablicy i rozpoznał staruszka. Zwłoki leżały w lesie przez tydzień, zanim w końcu zostały odnalezione.
– Kiedy je odkryto?
Fields zajrzał do notatek, które sporządził zaraz po rozmowie w barze „Karusel".
– Dwudziestego czwartego lipca.
– A to znaczy, że zginął siedemnastego lub osiemnastego. Dzień po tym, jak wrzucił maszynopis do samochodu Celii Stone. I chyba dokładnie tego dnia, kiedy wylatywałem do Londynu. Wygląda na to, że ci chłopcy nie tracili czasu.
– Jacy chłopcy?
– No cóż, gotów jestem postawić milion przeciwko kuflowi piwa, że to sprawka tych, którymi dowodzi ta kanalia, Griszyn.
– Szef osobistej ochrony Komarowa?
– Oficjalnie tak się ta funkcja nazywa – mruknął MacDonald. – Zaglądałeś kiedykolwiek do jego akt?
– Nie.
– To przeczytaj je przy okazji. Poprzednio sprawował funkcję głównego śledczego w Drugim Wydziale KGB. To naprawdę ohydny typek.
– Dobrze, załóżmy, że starca pobito na śmierć, chcąc wymierzyć mu karę. Tylko co on takiego mógł zrobić? – zapytał Fields.
MacDonald podszedł do okna i zapatrzył się na mury Kremla stojącego na przeciwległym brzegu rzeki.
– Prawdopodobnie wykradł maszynopis.
– Myślisz, że taki stary włóczęga zdołał się dostać do siedziby Komarowa?
– Podejrzewam, iż należał do technicznego personelu biura. Jakimś trafem manifest wpadł mu w ręce, a skończyło się to dla niego fatalnie. Wiesz co? Wydaje mi się, że twój znajomy milicjant naprawdę zasłużył sobie na porządną premię.

BUENOS AIRES, CZERWIEC 1987
To pewien bystry młody pracownik biura CIA w stolicy Argentyny jako pierwszy nabrał podejrzeń, że Walerij Jurjewicz Krugłow z tamtejszej ambasady radzieckiej chce zaproponować współpracę. Szef biura natychmiast powiadomił o tym centralę w Langley.
Oficerowie sekcji Ameryki Łacińskiej już wcześniej zaczęli gromadzić jego akta, po tym, jak Krugłow w połowie lat siedemdziesiątych przebywał na placówce w Mexico City. Wiedzieli, że Rosjanin jest ekspertem od spraw krajów latynoskich, gdyż w ciągu dwudziestoletniej służby dyplomatycznej trzykrotnie był zatrudniany w różnych ambasadach. A ponieważ wydawał się nastawiony przyjaźnie i nadzwyczaj rozmowny, zaczęto uważnie śledzić jego karierę.

Urodzony w roku 1944 Walerij Krugłow był synem dyplomaty, również specjalisty od spraw Ameryki Łacińskiej. To właśnie pozycja ojca umożliwiła mu rozpoczęcie studiów w prestiżowym Instytucie Stosunków Międzynarodowych, gdzie nauczył się hiszpańskiego i angielskiego. Ukończył studia w roku 1966 i od tamtego czasu pracował na dwóch placówkach, najpierw krótko w Kolumbii, a dziesięć lat później w stolicy Meksyku. Wreszcie objął posadę pierwszego sekretarza ambasady w Buenos Aires.

Analitycy CIA mieli prawie pewność, że jest on zwykłym dyplomatą, a nie oficerem KGB. Prawdopodobnie był liberałem, zwolennikiem prowadzenia przez Moskwę polityki prozachodniej, i w niczym nie przypominał klasycznego „homo sovieticus". Powodem alarmu wszczętego latem 1987 roku stała się rozmowa z pewnym przedstawicielem władz argentyńskich, który następnie przekazał jej treść Amerykanom. Krugłow wyrażał swe głębokie rozczarowanie tym, że jego kadencja dobiega końca, już wkrótce będzie musiał wrócić do Związku Radzieckiego i zapomnieć o godziwym poziomie życia.

Sprawa dotyczyła Rosjanina, zatem powiadomiono kierownictwo sekcji SE, a Harry Gaunt zaproponował, aby z Krugłowem spróbował porozmawiać ktoś specjalnie w tym celu wysłany z Waszyngtonu. Wybór padł na Jasona Monka, gdyż znał on zarówno hiszpański jak i angielski. Jordan wyraził na to zgodę.

Trzeba się było jednak pospieszyć, ponieważ Krugłow w następnym miesiącu miał wracać do Związku Radzieckiego. Monk otrzymał więc zadanie typu „teraz albo nigdy".

Pięć lat po zakończeniu wojny o Falklandy i przywróceniu w Argentynie pełnej demokracji, w spokojnym Buenos Aires panowały jak najlepsze warunki do tego, by pewien amerykański biznesmen, korzystając z pomocy pracownicy ambasady amerykańskiej, nawiązał znajomość z Krugłowem. W trakcie krótkiego spotkania, wyczuwszy przychylne nastawienie Rosjanina, Monk zaproponował wspólny obiad.

Pierwszy sekretarz cieszył się względnie dużą swobodą i nie był śledzony przez agentów KGB, toteż z radością przyjął propozycję spędzenia czasu w towarzystwie obcokrajowca nie należącego do kręgów dyplomacji. Podczas rozmowy Monk pozwolił sobie wykorzystać niektóre szczegóły z życiorysu swojej nauczycielki francuskiego, pani Brady, i przedstawił się jako syn tłumaczki służącej w Armii Czerwonej, która po zdobyciu Berlina zakochała się w pewnym młodym amerykańskim oficerze i łamiąc wszelkie regulaminy, uciekła z nim na Zachód, gdzie się pobrali. Z tego też powodu w domu rodzinnym Jason miał sposobność nauczyć się płynnie mówić po rosyjsku. Dalszą część rozmowy prowadzili już w tym właśnie języku, co Krugłow przyjął z wyraźną ulgą. Dość swobodnie posługiwał się hiszpańskim, lecz angielski sprawiał mu niejakie trudności.

W ciągu dwóch tygodni problem nękający Rosjanina został rozwiązany. Czterdziestotrzyletni mężczyzna, rozwodnik mający na utrzymaniu dwoje nastoletnich dzieci, w ojczyźnie nadal był zmuszony mieszkać ze swymi rodzicami. Kilkakrotnie powtarzał, że gdyby tylko dysponował sumą rzędu dwudziestu tysięcy dolarów, mógłby sobie kupić małe, lecz samodzielne mieszkanie w Moskwie. Monk natomiast, który odgrywał rolę bogatego gracza w polo kupującego w Argentynie konie nadające się do tego sportu, podjął się pożyczyć nowemu przyjacielowi taką kwotę pieniędzy.

Szef biura CIA chciał utrwalić na zdjęciach moment przekazywania gotówki, ale Jason gwałtownie zaprotestował.

– Szantaż nic tu nie da. Albo Krugłow zgodzi się na współpracę z własnej woli, albo kategorycznie odmówi.

Mimo że Monk należał do młodszych oficerów, szef placówki dał mu w końcu wolną rękę, ten zaś postanowił wykorzystać metodę „wspólnej walki przeciwko amatorom wojny". Zaczął od przypomnienia, że Michaił Gorbaczow stał się niezwykle popularny w USA. To stwierdzenie uradowało Krugłowa, ponieważ sam się zaliczał do jego zwolenników. Następnie Jason wykazał, że Gorbi sprytnie usiłuje zatrzymać gigantyczną machinę zbrojeniową i dąży do trwałego pokoju oraz współpracy między obydwoma mocarstwami. Problem polega jednak na tym, że po obu stronach wciąż niezwykle aktywni są miłośnicy zimnej wojny, choćby tacy, jak niektórzy politycy z sowieckiego ministerstwa spraw zagranicznych, którzy otwarcie próbują sabotować procesy reform. Byłoby więc niezwykle korzystne, gdyby Krugłow mógł poinformować swego nowego przyjaciela, co się naprawdę dzieje w radzieckim ministerstwie spraw zagranicznych.

Nie ulegało wątpliwości, że Rosjanin już wcześniej się domyślił z kim rozmawia, ponieważ w ogóle nie okazał zdziwienia. Dla Monka zaś, który z coraz większą pasją oddawał się w wolnych chwilach wędkarstwu morskiemu, cała ta rozmowa przypominała podciąganie do burty łodzi wielkiego tuńczyka pogodzonego ze swoim losem. Krugłow otrzymał pieniądze oraz niezbędne instrukcje. Szczegóły dotyczące jego nowego adresu, objętego po powrocie stanowiska i sposobów utrzymywania łączności miał spisać atramentem sympatycznym między wierszami całkiem niewinnego listu wysłanego pod adres łącznika w Berlinie Wschodnim. Ustalili jednak, że w miarę możności Krugłow będzie fotografował tajne dokumenty i przekazywał mikrofilmy moskiewskiej siatce CIA za pośrednictwem dwóch punktów kontaktowych w mieście.

W trakcie pożegnania objęli się serdecznie, jak było to powszechnie przyjęte w Rosji.

– I nie zapomnij, Walerij – rzekł Monk. – My, wspólnie... Słuszna sprawa musi zwyciężyć. Ten koszmar musi się wreszcie skończyć, a my możemy przyspieszyć tę chwilę. Gdybyś mnie kiedykolwiek potrzebował, daj znać, a natychmiast przyjadę.

Krugłow odleciał do Moskwy, Jason zaś wrócił do Langley.

– Mówi Borys. Mam to.

– Co?

– Fotografię. Zdjęcie, o które prosiłeś. Wszystkie akta znalazły się w wydziale zabójstw. Ta świnia, Czernow, po prostu umył ręce od całej sprawy. Wyjąłem chyba najlepszą odbitkę z zestawu. Trup ma na niej zamknięte oczy, więc nie robi tak przerażającego wrażenia.

– Doskonale, Borysie. Mam już przygotowaną dla ciebie kopertę zawierającą pięćset funtów. Ale mógłbyś zrobić coś więcej, wówczas ta koperta stałaby się znacznie grubsza. Byłoby w niej aż tysiąc funtów szterlingów.

Stojący w budce telefonicznej inspektor Nowikow zaczerpnął głęboko powietrza, ale nie potrafił szybko obliczyć w pamięci, ilu milionom rubli byłaby równoważna taka kwota. W każdym razie na pewno byłoby to więcej, niż jego roczne dochody.

– O co chodzi?

– Chciałbym, żebyś się skontaktował z kierownikiem czy dyrektorem technicznego personelu biura przewodniczącego USP i pokazał mu to zdjęcie.

– Jakiego przewodniczącego?

– Unii Sił Patriotycznych.

– A co on może mieć z tym wszystkim wspólnego, do cholery?

– Nie wiem. Po prostu przyszło mi do głowy, że mógł już kiedyś widzieć tego człowieka.

– Niby jak?

– Nie wiem, Borysie. Wpadłem na taki pomysł i chciałbym, żebyś to sprawdził.

– A co mam podać jako powód wizyty?

– Przecież jesteś inspektorem wydziału zabójstw, prowadzicie dochodzenie w tej sprawie. Załóżmy, że zabitego włóczęgę widziano, jak kręcił się w pobliżu biura. Niewykluczone, że usiłował się włamać. Popytaj, czy strażnicy nie widzieli go na ulicy. Wiesz, jak to się robi.

– No dobra. Ale to biuro bardzo ważnego człowieka. Jeśli złoży na mnie skargę, ciebie będę za to winił.

– Dlaczego miałby się na ciebie skarżyć? Jesteś gliniarzem wykonującym swoje obowiązki. Jeżeli tego włóczęgę widziano w pobliżu siedziby Igora Komarowa przy Bulwarze Kisielnym, to do twoich obowiązków należy powiadomić personel biura o tym fakcie, nawet jeżeli starzec nie żyje. Niewykluczone, że był członkiem jakiegoś gangu i prowadził rozpoznanie. Przecież nie zaszkodzi ich przestrzec. Zrób to, a otrzymasz tysiąc funtów.

Jewgienij Nowikow pomruczał coś jeszcze pod nosem i odwiesił słuchawkę. Ten *Angliczanin* pakuje mnie w jakieś błoto, pomyślał. Wszak chodzi tylko o włóczęgę, który się włamał do mieszkania jednego z pracowników ambasady, nic więcej. Ale tysiąc funtów było dla niego nadzwyczaj kuszącą perspektywą.

MOSKWA, PAŹDZIERNIK 1987
Pułkownik Anatolij Griszyn odczuwał frustrację, będącą udziałem wszystkich ludzi sprawujących władzę, których nadzwyczaj ważne zadanie dobiegło końca i nie zostało im już nic więcej do roboty.

Od przesłuchania ostatniego wydanego przez Amesa szpiega minęło sporo czasu, wszelkie informacje uzyskane od roztrzęsionych więźniów zostały dawno sklasyfikowane. Dwunastu zdrajców trzymano w celach rozmieszczonych w podziemiach więzienia w Lefortowie do czasu, aż dyrektorzy obu wydziałów KGB doszli wspólnie do wniosku, że dowiedzieli się już od nich wszystkiego, natomiast Griszyn, który przyjmował ich kolejno w swoim specjalnym pokoju przesłuchań, zyskał pewność, iż żaden ze szpiegów nie wykazuje nawet śladu amnezji.

Wbrew jego naleganiom dwaj zdrajcy otrzymali kary długoterminowych pobytów w obozach ciężkiej pracy. Powodem takiej decyzji była w jednym wypadku bardzo krótka współpraca z CIA, w drugim zaś bardzo niskie stanowisko w hierarchii służbowej, uniemożliwiające jakikolwiek dostęp do ściśle tajnych materiałów. Reszta otrzymała wyroki śmierci. Dziewięciu już stracono strzałem w tył głowy na wysypanym żwirem i osłoniętym wysokim murem dziedzińcu więzienia. Za każdym razem Griszyn osobiście nadzorował przebieg egzekucji.

Tylko jeden zdrajca pozostał przy życiu, a wymierzenie kary odroczono na osobistą prośbę pułkownika. Generał Dymitr Poliakow był najstarszy z całej czternastki i przez dwadzieścia lat szpiegował na rzecz Amerykanów. Z ostatniej zagranicznej placówki wrócił do Moskwy w roku 1980 i przeszedł na emeryturę.

Nie zdradził dla pieniędzy, szpiegował tylko i wyłącznie dlatego, że dogłębnie brzydził się sowiecką tyranią. Wyznał to wprost podczas przesłuchania. W przeciwieństwie do innych więźniów siadał spokojnie na krześle i zrównoważonym głosem relacjonował, co czuł i co myślał przez tych dwadzieścia lat. Zachowywał się o wiele godniej i odważniej od pozostałych. Ani razu o nic nie poprosił. A ponieważ od wielu lat przebywał na emeryturze, jego zeznania nie miały zbyt wielkiego znaczenia. W każdym razie generał nic nie wiedział o prowadzonych obecnie operacjach CIA, a ujawnione przez niego nazwiska oficerów łącznikowych dotyczyły bez wyjątku także już emerytowanych agentów.

Zanim jeszcze zapadły wyroki, Griszyn do tego stopnia znienawidził starego generała, że postanowił zachować go dłużej przy życiu dla sobie tylko znanych celów. Teraz jego „podopieczny" całe dnie spędzał na betonowej posadzce swej celi i uwalany własnymi odchodami szlochał z rozpaczy. A Griszyn odwiedzał go co jakiś czas, żeby się upewnić, iż ten stan rzeczy nie ulega zmianie. Miało to trwać aż do piętnastego marca 1988 roku, kiedy to na osobistą interwencję generała Bojarowa wykonano w końcu wyrok na pohańbionym Poliakowie.

Ale w październiku Bojarow tłumaczył Griszynowi:

– Musimy sobie powiedzieć wyraźnie, drogi towarzyszu, że nie zostało nam nic do zrobienia. Możemy rozwiązać komisję „Szczurołap".

– Powinniśmy się jeszcze zająć tymi ludźmi, o których była mowa na posiedzeniu kierownictwa Wydziału Pierwszego. Ów tajemniczy Amerykanin nadal utrzymuje łączność z kilkoma informatorami na terenie naszego kraju. Nic jeszcze o nich nie wiemy.

– Nie mamy o nich żadnych danych, możemy się jedynie domyślać prawdy. Poza tym ani jeden zdrajca nie rozpoznał Amerykanina na zdjęciu.

– A co będzie, jeśli uda się schwytać tych szpiegów? – spytał Griszyn.

– Wtedy się nimi zajmiemy. Jeżeli nasz człowiek w Waszyngtonie dostarczy jakichkolwiek informacji na ten temat, ponownie zbierzecie swoich ludzi i zaczniecie pracę od nowa. Nazwisko tego Amerykanina, Monka, przypomina nieco w brzmieniu naszego mnicha, jeśli więc będzie to konieczne, powołamy komisję „Mnich".

Pułkownik nie widział w tym niczego śmiesznego, ale Bojarow uznał to widocznie za dobry żart, wybuchnął bowiem gromkim śmiechem.

Jeśli Paweł Wolski sądził, że nie będzie musiał już rozmawiać osobiście z patologiem z Drugiego Instytutu Medycznego, to się mylił. Telefon na jego biurku zadzwonił tego samego ranka, kiedy Nowikow spotkał się potajemnie ze swoim znajomym z brytyjskich służb wywiadowczych, czyli siódmego sierpnia.

– Mówi Kuźmin – rozległ się w słuchawce nieprzyjemny głos profesora.

– Kto? – zdziwił się Wolski.

– Profesor Kuźmin z Drugiego Instytutu Medycznego. Rozmawialiśmy w ubiegłym tygodniu na temat wyników sekcji zwłok nie zidentyfikowanej ofiary zabójstwa.

– Ach tak, już sobie przypominam. Czym mogę służyć, profesorze?

– Relacja jest zdecydowanie odwrotna. To ja mam dla was pewne informacje.

– Tak, oczywiście. O co chodzi?

– W ubiegłym tygodniu pod Łytkarinem wydobyto z Moskwy ciało topielca.

– My się nie zajmujemy takimi przypadkami.

154

– Ale powinno to pana zainteresować, Wolski, że lekarz dokonujący oględzin zwłok ocenił, iż ciało przebywało w wodzie około dwóch tygodni. Zresztą mogę potwierdzić jego opinię. Lecz spryciarze z tamtejszej komendy doszli do wniosku, że skoro zwłoki przypłynęły do nich z nurtem rzeki, to my powinniśmy się zająć tą sprawą, zatem odesłali nam topielca. Właśnie skończyłem sekcję zwłok.

Wolski skrzywił się z niesmakiem. Pomyślał, że skoro ciało było w wodzie dwa tygodnie przy takich upałach, to profesor musi mieć żołądek przypominający budową kruszarkę do betonu.

– I co? Też został zamordowany? – spytał.

– Wręcz przeciwnie. Miał na sobie jedynie kąpielówki, zatem wszystko wskazuje na to, że postanowił zażyć kąpieli, która skończyła się dla niego tragicznie.

– A więc chodzi o ofiarę nieszczęśliwego wypadku. Proszę w takim razie powiadomić władze cywilne, wydział zabójstw nie ma tu nic do roboty – zaprotestował Wolski.

– Niech pan słucha, młody człowieku, i nie przerywa. Otóż w takich wypadkach identyfikacja zwłok jest zazwyczaj bardzo utrudniona, ale ci głupcy z Łytkarina przeoczyli pewien drobiazg. Ciało ofiary było silnie obrzmiałe, odkryłem jednak złotą obrączkę na palcu, niewidoczną pod fałdami skóry. Zdjąłem ją... a mówiąc szczerze, musiałem odciąć cały palec. Po jej wewnętrznej stronie była wygrawerowana dedykacja: „Dla N. Akopowa od Lidii". Dobre, co?

– Świetna robota, profesorze, ale nadal nie rozumiem...

– Proszę posłuchać. Czy miał pan kiedykolwiek do czynienia z rejestrem osób zaginionych?

– Oczywiście. Co tydzień trafia na moje biurko gruby plik fotografii, dzięki którym można zidentyfikować niektóre ofiary zabójstw.

– Otóż to. Mężczyzna z ciężką złotą obrączką na palcu powinien mieć bliską rodzinę, a skoro nie żyje od trzech tygodni, jego zaginięcie musiało już zostać zgłoszone. Pomyślałem więc, że w tej sytuacji mogę się zabawić w domorosłego detektywa i zdobyć kilka punktów dla pańskich kolegów z wydziału osób zaginionych. A ponieważ nikogo tam nie znam, dlatego zadzwoniłem do pana.

Wolski uśmiechnął się do siebie. Od dłuższego czasu zabiegał o polepszenie swych układów z pracownikami wydziału osób zaginionych, zyskiwał więc teraz doskonałą okazję do zaskarbienia sobie ich wdzięczności. Dlatego sumiennie zanotował wszelkie szczegóły, serdecznie podziękował profesorowi i odłożył słuchawkę.

Znajomego z wydziału osób zaginionych, z którym się zazwyczaj kontaktował, zdołał złapać telefonicznie dziesięć minut później.

– Czy wpłynęło do was zgłoszenie o zaginięciu niejakiego N. Akopowa? – zapytał.

Oficer sięgnął do rejestru i po kilkunastu sekundach odpowiedział:

– Tak, wpłynęło. Dlaczego pytasz?

– Możesz mi podać szczegóły?

– Zgłoszenie nosi datę siedemnastego czerwca. Mężczyzna nie wrócił z pracy poprzedniego dnia i od tamtej pory słuch o nim zaginął. Dokumenty podpisała najbliższa osoba, pani Akopowa...

– Lidia Akopowa?

– Tak. Skąd wiesz? Była u nas już cztery razy, pytała o wyniki poszukiwań. Gdzie on jest?

– W chłodni kostnicy Drugiego Instytutu Medycznego. Prawdopodobnie utonął w trakcie kąpieli. W ubiegłym tygodniu wyłowiono go z Moskwy pod Łytkarinem.

– Wspaniała nowina. Jego żona powinna być zadowolona. To znaczy... Chciałem powiedzieć, że cieszy mnie wyjaśnienie tej sprawy. Wiesz kim był ten facet?

– Nie mam pojęcia.

– Osobistym sekretarzem Igora Komarowa.

– Tego polityka?

– Nie inaczej, naszego przyszłego prezydenta. W każdym razie dziękuję, Pawle. Masz u mnie dużą wódkę.

Chyba uczciwie na nią zasłużyłem, pomyślał Wolski, wracając do przerwanej pracy.

OMAN, LISTOPAD 1987

Tego miesiąca Carey Jordan został zmuszony do złożenia rezygnacji. Jej przyczyną nie była nawet ucieczka Edwarda Lee Howarda ani sprawa zdemaskowanych informatorów rosyjskich, lecz afera Iran-Kontra. Przed laty rozkaz udzielenia wszechstronnej pomocy nikaraguańskim „Contras" w walce przeciwko marksistowskim rządom Sandinistów nadszedł z samej góry, z Gabinetu Owalnego. Dyrektor CIA, Bill Casey, musiał się do niego zastosować, chociaż kongresmani powiedzieli „nie" i odmówili przyznania na ten cel funduszy. Zdesperowany Casey, za namową współpracowników, postanowił na własną rękę zwiększyć budżet agencji poprzez sprzedaż broni do Teheranu, nie mając na to niczyjej zgody.

Kiedy cała ta sprawa wyszła na światło dzienne w grudniu 1986 roku, dyrektor dostał ataku serca i został wyniesiony ze swego gabinetu w Langley na noszach. Nigdy już nie wrócił do służby i zmarł w maju 1987 roku. Prezydent Reagan desygnował na to stanowisko nadzwyczaj ugodowego Williama Webstera, wcześniejszego dyrektora FBI. Carey Jordan nie miał innego wyjścia, jak zastosować się do poleceń prezydenta oraz swego bezpośredniego przełożonego, skoro ten pierwszy zaczął nagle cierpieć na wybiórcze zaniki pamięci, drugi zaś pożegnał się z życiem.

Na stanowisko dyrektora pionu operacyjnego Webster mianował weterana CIA, Richarda Stoltza, który wycofał się z czynnej służby sześć lat wcześniej, stąd też nie był zamieszany w aferę Iran-Kontra. Ale zarazem nic nie wiedział o przerażających stratach wśród informatorów sekcji SE, jakie nastąpiły przed dwoma laty. Wraz z jego nastaniem powróciły też rządy biurokracji. Trzy tajemnicze teczki zawierające szczegółowe akta personalne informatorów o pseudonimach Lizander, Orion oraz Delfijczyk, które znaleziono w prywatnym sejfie w gabinecie poprzedniego wicedyrektora, zostały przeniesione do Archiwum trzysta jeden. Jason Monk o tym nie wiedział, przebywał wówczas na urlopie w Omanie. Przeglądając specjalistyczne pisma wędkarskie trafił bowiem na obszerny artykuł wychwalający zalety pewnej odmiany tuńczyka o żółtym mięsie, którego wielkie ławice pojawiały się w listopadzie i grudniu u wybrzeży półwyspu Arabskiego, na wysokości stolicy Omanu, Maskatu.

Skorzystał z gościnności swego dawnego znajomego, godnie trzymającego straż w mikroskopijnej, jednoosobowej komórce CIA w tym pustynnym kraju, a rezydującego w samym centrum starego Maskatu, niedaleko pałacu sułtana. Nawet nie przypuszczał, że los okaże się dla niego tak łaskawy.

Trzeciego dnia pobytu – nie mając już odwagi wystawiać się na słońce, które prażyło niemiłosiernie na otwartym morzu – postanowił wybrać się na zakupy. Był umówiony na randkę z piękną blondynką z departamentu stanu, toteż pojechał na południe, do Mina Qaboos, mając zamiar poszukać dla niej jakiegoś prezentu wśród straganów zapełnionych kadzidłem, przyprawami korzennymi, zdobionymi tkaninami, wyrobami ze srebra oraz antykami. Wpadł mu w oko bogato grawerowany, srebrny dzbanek do kawy z długim, smukłym dzióbkiem, wykonany przed laty przez starych arabskich mistrzów rękodzieła z pobliskich gór Dżebel. Sprzedawca starannie zapakował go w papier i włożył do plastikowej torby.

Monk poszedł dalej w stronę morza, lecz zgubił się w labiryncie wąskich przejść i wyszedł z bazaru na jakąś boczną uliczkę starej części miasta. Najwyżej dwumetrowej szerokości zaułek doprowadził go na niewielki kwadratowy dziedziniec, po którego drugiej stronie znajdowało się wyjście na ulicę. Z tamtego kierunku zbliżał się nieznajomy mężczyzna o wyglądzie Europejczyka.

Tuż za nim pojawiło się nagle dwóch Arabów. Kiedy tylko skręcili na dziedziniec, pospiesznie dobyli spod szat długie zakrzywione noże. Nie zwracając uwagi na Monka ruszyli biegiem w stronę swej ofiary.

Jason zareagował instynktownie. Wziął szeroki zamach i jednego z napastników trafił torbą w skroń, a ponieważ dzbanek ważył ponad kilogram, zaskoczony człowiek upadł na ziemię. Drugi zatrzymał się nagle i obrócił w jego stronę. Dostrzegłszy błysk wypolerowanej stali, Monk dał nura pod wyciągniętym ramieniem i natychmiast wymierzył Arabowi silny cios pięścią w splot słoneczny.

Napastnik nie był ułomkiem. Jęknął głośno, lecz zaraz się wyprostował i zacisnął palce na rękojeści broni. Ale widocznie zmienił zdanie, gdyż po chwili rzucił się do ucieczki. Jego kompan także podniósł się z ziemi i pobiegł za nim. Na dziedzińcu został tylko długi zakrzywiony nóż.

Nieznajomy przystanął i obrzucił Jasona uważnym spojrzeniem – musiał sobie zdawać sprawę, że interwencja Monka prawdopodobnie ocaliła mu życie. Był dość młody, miał oliwkową cerę i czarne oczy, lecz wyraźnie różnił się wyglądem od tutejszych Arabów. Ponadto miał na sobie białą koszulę i ciemny garnitur. Jason chciał się już odezwać do niego, kiedy tamten sztywno skinął głową na znak podziękowania, bez słowa odwrócił się na pięcie i poszedł dalej.

Jason schylił się i podniósł nóż. Dopiero teraz spostrzegł, że nie jest to omański *kunja*. Zresztą tego typu napady zdarzały się tu niezwykle rzadko, sułtan bowiem wymierzał rabusiom bardzo surowe kary. Był to typowy jemeński *gambiah*, mniej zdobiony, o krótszej i cylindrycznej rękojeści. Natychmiast się domyślił, że napastnicy musieli pochodzić z któregoś z dwóch jemeńskich plemion zamieszkujących pogranicze z Omanem, Audhalów bądź Aulaków. Tylko co oni mogli robić tak daleko od granicy i z jakich powodów chcieli napaść owego Europejczyka? – zachodził w głowę.

Szybko wrócił do ambasady i zajrzał do pokoju swego znajomego z CIA.

– Czy nie masz przypadkiem fotografii naszych przyjaciół z ambasady sowieckiej?

Po gwałtownej wojnie domowej, jaka przetoczyła się przez Jemen Południowy w styczniu 1986 roku, Rosjanie całkowicie wycofali się z tego kraju, zostawiając rząd adeński zdany wyłącznie na siebie. Rozwścieczeni i znieważeni Arabowie zmuszeni byli zwrócić się do państw zachodnich o kredyty na dalszy rozwój gospodarki i odbudowę zniszczeń, Jemen zaś stał się dla Rosjan niebezpiecznym terenem. Wiadomo wszak, że nie ma nic groźniejszego od wielkiej miłości przemienionej w zaciekłą nienawiść.

Pod koniec roku 1987 Rosjanie otworzyli swą placówkę w sąsiednim Omanie i zaczęli z kolei nadskakiwać nastawionemu antykomunistycznie i probrytyjskiemu sułtanowi.

– Niestety, nie mam – odparł kolega. – Ale mogę się założyć, że sąsiedzi dysponują pełnymi aktami.

Obaj przemierzyli labirynt wąskich korytarzy, minęli ciężkie dębowe drzwi, przeszli przez dziedziniec i znaleźli się na terenie zajmującej sąsiednie skrzydło ambasady brytyjskiej. Cały ten historyczny kompleks stanowił niegdyś rozległy pałac jakiegoś bardzo bogatego kupca.

Jedną ze ścian dziedzińca zdobiła olbrzymia plakieta legionu rzymskiego, który przemaszerował wzdłuż wybrzeży półwyspu Arabskiego, a później zagłębił się w pustynię i przepadł bez wieści. Pośrodku wznosił się strzelisty maszt, na którym powiewała flaga imperium – jeszcze nie tak dawno każdy niewolnik potrafiący ściągnąć ją z masztu uzyskiwał wolność. Skręcili w lewo i weszli z powrotem do budynku, gdzie czekał już na nich powiadomiony wcześniej oficer służb wywiadowczych.

– O co chodzi, staruszku? – zapytał Anglik.

– O to, że przed godziną spotkałem na bazarze pewnego Europejczyka i chciałbym sprawdzić, czy nie był to któryś z rosyjskich dyplomatów – odparł Monk.

Jego uwagę przyciągnął drobny szczegół. Ów mężczyzna nie nosił krawata, a kołnierzyk rozpiętej pod szyją koszuli miał wyłożony na klapy marynarki, co niezwykle rzadko można było spotkać wśród zachodnich pracowników dyplomacji.

– Nic prostszego, zaraz zajrzymy do katalogu.

Przeprowadził ich przez stalowe drzwi, amfiladę z zabytkowymi kolumnami i dalej schodami na ostatnie piętro, gdzie mieściła się komórka wywiadu. Wyciągnął z sejfu gruby segregator i otworzył go przed Jasonem.

Był to autentyczny „katalog" pracowników sowieckiej placówki, załączone fotografie przedstawiały ludzi bądź to na lotnisku, bądź też przechodzących przez ulicę czy siedzących przy stoliku w kawiarni. Zdjęcie śniadego mężczyzny o czarnych oczach, idącego korytarzem tutejszego lotniska, znajdowało się na samym końcu albumu.

– Tutejsi stróże porządku bardzo nam pomagają w gromadzeniu tych materiałów – objaśnił Anglik. – Wszyscy Rosjanie przybywający na placówkę muszą złożyć w omańskim ministerstwie spraw zagranicznych szczegółowe dokumenty i uzyskać akredytację. Właśnie od nich dostajemy kopie akt personalnych i kiedy przylatuje ktoś nowy, identyfikujemy go bez trudu i robimy pamiątkowe zdjęcie. To tego dzisiaj spotkałeś?

– Owszem. Kto to jest?

Oficer przerzucił kilka kartek.

— Jeśli wierzyć ich wpisom, to trzeci sekretarz ambasady. Ma dwadzieścia osiem lat i nazywa się Umar Gunajew. To chyba tatarskie imię.

– Nie – mruknął w zamyśleniu Monk – raczej czeczeńskie. A zatem powinien być muzułmaninem.

– Podejrzewasz, że to ktoś z KGB? – spytał Anglik.

– Tak, to chyba nie ulega wątpliwości.

– Cóż, dzięki za tę informację. Potrzebne ci jakieś dokładniejsze dane? Masz zamiar o nim donieść tutejszym władzom?

– Nie, skądże. Pomyślałem tylko, że lepiej wiedzieć, z kim się ma do czynienia. Gdybym go wydał, Rosjanie zaraz przysłaliby kogoś innego.

Kiedy wracali, przyjaciel z CIA zapytał:

– Jak odkryłeś, że to agent KGB?

– Na razie tylko się domyślam.

Monk wolał nie mówić mu wszystkiego. Rozpoznał jednak w Gunajewie tego samego mężczyznę, którego rok wcześniej widział na tarasie hotelu „Frontel" w Adenie. Widocznie nie tylko on zapamiętał wtedy twarz Rosjanina, skoro dwaj Arabowie z Jemenu chcieli go dzisiaj zabić za szkody, jakie sowiecka działalność przyniosła ich krajowi.

Mark Jefferson wylądował na lotnisku Szeremietiewo ósmego sierpnia po południu. Czekał tu na niego moskiewski wysłannik „Daily Telegraph".

Znany komentator polityczny był dość niski, miał silnie przerzedzone szpakowate włosy i nosił krótko przyciętą bródkę. Niezwykle dbał o swój wygląd. Plotka głosiła jednak, że odznacza się cierpliwością równie imponującą, jak jego wzrost czy broda.

Odrzucił zaproszenie na wspólną kolację z wysłannikiem gazety i jego żoną, po czym stanowczo nakazał się zawieźć do prestiżowego hotelu „Nacjonal" przy placu Maneżowym. Kiedy zaś dotarli na miejsce, oświadczył, iż nie życzy sobie jego obecności podczas rozmowy z Igorem Komarowem i że woli wynająć hotelową limuzynę z kierowcą. Wyraźnie obrażony dziennikarz odjechał, zostawiwszy go przed wejściem do „Nacjonalu".

Jefferson zameldował się, z satysfakcją przyjmując fakt, że jest obsługiwany przez samego menedżera „Nacjonalu", wysokiego i nadzwyczaj usłużnego Szweda. Przed wyjazdem z Londynu polecił swojej sekretarce poinformować kierownictwo hotelu, jakiego to ważnego gościa będzie miało zaszczyt przyjmować. Niezbyt chętnie zostawił jednak swój paszport w recepcji, nie mógł bowiem zrozumieć, czemu spisywanie jego personaliów na użytek rosyjskiego ministerstwa turystyki miałoby zająć więcej czasu.

Znalazłszy się wreszcie w swoim pokoju, usiadł przy telefonie i nakręcił numer, który Borys Kuzniecow przesłał mu faksem.

– Witamy w Moskwie, panie Jefferson – przywitał go teraz Kuzniecow, mówiący płynnie po angielsku, choć z wyraźnym amerykańskim akcentem. – Pan Komarow z niecierpliwością oczekuje jutrzejszego spotkania.

Rzecz jasna, nie było w tym za grosz prawdy, mimo wszystko Jefferson postanowił przyjąć to za dobrą monetę. Ustalili godzinę spotkania na dziewiętnastą, jako że Komarow przez cały dzień miał przebywać poza miastem. Kuzniecow obiecał też, że przyśle do „Nacjonalu" służbowy samochód. Usatysfakcjonowany reporter zjadł samotnie spóźniony obiad w hotelowej restauracji i położył się wcześniej spać.

Następnego ranka, posiliwszy się jajkami na bekonie, Jefferson postanowił skorzystać z niezbywalnych praw przysługujących każdemu Anglikowi w dowolnym rejonie świata – to znaczy wybrać się na spacer.

– Na spacer? – zdumiał się szwedzki menedżer. – A gdzie zamierza pan spacerować?

– Po ulicach. Chcę zaczerpnąć świeżego powietrza, rozprostować nogi. Może podejdę do Kremla i tam się trochę rozejrzę.

– Jeśli pan sobie życzy, zaraz podstawimy samochód. W ten sposób będzie o wiele wygodniej i... bezpieczniej.

Lecz Anglik ani myślał skorzystać z tej propozycji, miał ochotę na spacer i nic nie było w stanie go od tego odwieść. Dopiero po dłuższej rozmowie dał się przekonać, że powinien zostawić w hotelowym sejfie swój zegarek, portfel i pieniądze, a zabrać najwyżej plik banknotów o nominałach miliona rubli – wystarczająco gruby, aby za ich pomocą uwolnić się od żebraków, nie taki jednak, żeby przyciągnąć uwagę rabusiów.

Tenże stateczny dżentelmen, który – pomijając regularne wizyty w salonach mody męskiej – obracał się wyłącznie w kręgach polityków oraz dziennikarzy i nigdy nie pisywał relacji z zapalnych punktów świata, wrócił do hotelu po dwóch godzinach i sprawiał wrażenie całkowicie wytrąconego z równowagi.

Wcześniej dwukrotnie odwiedzał Moskwę, za pierwszym razem jeszcze pod rządami komunistów, później zaś niedługo po dojściu do władzy Jelcyna. W obu tych wypadkach zebrał doświadczenia przejazdów taksówką z lotniska do hotelu i z powrotem oraz długich rozmów z tutejszymi przedstawicielami brytyjskiej dyplomacji. A z owych doświadczeń wyciągnął wniosek, że Moskwa jest brzydkim, nieciekawym i prowincjonalnym, lecz dość typowym miastem europejskim. Nic więc dziwnego, że przeżycia tego porannego spaceru dogłębnie nim wstrząsnęły.

Po wyglądzie Moskwianie z daleka rozpoznawali w nim obcokrajowca, toteż nawet na bulwarach nad rzeką i w Ogrodach Aleksandrowskich wokół niego tłoczyli się żebracy, którzy zdawali się niemalże wyrastać jak spod ziemi. Dwukrotnie musiał przyspieszyć kroku, gdyż odnosił wrażenie, że idą za nim jakieś bandy nastoletnich uliczników. Co gorsza, nigdzie nie mógł znaleźć taksówki, po ulicach jeździły wyłącznie pojazdy wojskowe czy milicyjne albo luksusowe auta bogaczy.

Uspokoiwszy nieco nerwy, pomyślał, że mimo wszystko zebrał nieco obserwacji, które nasuwały mu parę następnych pytań do Igora Komarowa. A ponieważ nie miał już więcej zamiaru wychodzić z hotelu, postanowił przed lunchem wpaść na drinka do baru. Zastał tu tylko jednego gościa, sfrustrowanego kanadyjskiego biznesmena, z którym mimo woli nawiązał rozmowę.

– Od dawna jest pan w mieście? – zapytał mężczyzna z Toronto.

– Przyleciałem dopiero wczoraj wieczorem.

– I długo ma pan zamiar tu zostać?

– Jutro wracam do Londynu.

– Szczęściarz z pana. Ja tkwię tu już od trzech tygodni i próbuję dobić targu. Zdążyłem się przekonać, jak osobliwe panują tu układy.

– Źle się układają interesy?

– Nie, skądże. Podpisałem parę kontraktów, otworzyłem przedstawicielstwo, znalazłem też partnerów. Ale nie uwierzy pan, co się stało. – Kanadyjczyk przysunął się bliżej i ciągnął niemal szeptem: – Przyjechałem z kompletem przygotowanych i zatwierdzonych dokumentów na zakup drewna, tak mi się przynajmniej wydawało. Wynająłem pokój w nowo wybudowanym biurowcu. A po dwóch dniach rozległo się pukanie do drzwi. Przyszedł jakiś facet, elegancki, w garniturze i krawacie, i mówi: „Dzień dobry, panie Wyatt. Jestem pańskim nowym wspólnikiem".

– W takim razie musiał pan go znać.

– Nic podobnego. Ten facet reprezentował lokalną mafię i przedstawił mi następujące warunki: on i jego ludzie biorą pięćdziesiąt procent zysków, w zamian zobowiązują się załatwiać wszelkie niezbędne zezwolenia, kredyty, koncesje oraz inne papierki, jakie będą konieczne do prowadzenia działalności. Krótko mówiąc, zaproponowano mi usunięcie wszystkich przeszkód biurokratycznych, zapewnienie terminowych dostaw i wybawienie z jakichkolwiek kłopotów z pracownikami za pięćdziesiąt procent zysków.

– Zapewne wyrzucił go pan za drzwi – wtrącił Jefferson.

– Ależ skąd. Szybko się uczę. Tutaj to się nazywa „działanie pod parasolem", czyli pod ochroną. Bez takiej ochrony niczego nie da się szybko załatwić. Jedyny kłopot polega na tym, że tych ludzi nie można wykiwać, bo kończy się bez nóg. Po prostu je odstrzeliwują.

Jefferson przez chwilę spoglądał na swego rozmówcę rozszerzonymi oczyma.

– Mój Boże – szepnął po chwili. – Słyszałem, że przestępczość w Rosji osiągnęła niesłychany poziom, ale żeby aż tak...

– Chyba nawet pan sobie nie wyobraża, co tu się naprawdę dzieje.

Jednym z rosyjskich fenomenów, który nieustannie zadziwiał obserwatorów z Zachodu, była niezwykła szybkość, z jaką po upadku komunizmu zorganizował się świat przestępczy. Błyskawicznie powstające klany, chyba z braku lepszych odnośników, nazwano po prostu rosyjską mafią i nawet sami Rosjanie szybko zaakceptowali to określenie. Większość obcokrajowców uważała, że owe organizacje zostały stworzone dopiero po obaleniu komunistycznej tyranii, ale pogląd ten był mylny.

Gigantyczne podziemie kryminalne istniało w Rosji już od stuleci, lecz w przeciwieństwie do mafii sycylijskiej, nie tworzyło ujednoliconej hierarchii i nie działało poza granicami kraju. Składały się na nie liczne regionalne bractwa i gangi, których członkowie byli bezgranicznie oddani swoim przywódcom, a najczęściej ich znak wyróżniający stanowił charakterystyczny tatuaż.

Próbę rozbicia tej swoistej społeczności podjęto już za rządów Stalina, kiedy to tysiące członków owych gangów trafiło do obozów pracy. Ale przyniosło to jedynie taki rezultat, że *zeki* nieoficjalnie przejęły władzę nad gułagami, gdyż strażnicy pragnęli dalej żyć w spokoju, nie narażając swych najbliższych na żadne niebezpieczeństwa. W wielu wypadkach *wory w zakonie*, czyli „statutowi bandyci", będący odpowiednikami donów w sycylijskiej mafii, dalej prowadzili swoje brudne interesy, wydając rozkazy z obozowych baraków.

Jedną z ironii zimnej wojny stało się to, że gdyby nie potężne organizacje przestępcze, komunizm mógłby upaść z dziesięć lat wcześniej, ponieważ nawet przywódcy partyjni zrozumieli na pewnym etapie, że muszą zawrzeć z mafią tajny pakt. Powód był bardzo prosty: w Związku Radzieckim jedynie klany gangsterskie działały wydajnie.

Jeżeli w którejś z fabryk stawała produkcja, ponieważ w jakiejś maszynie zepsuł się na przykład prosty zawór, dyrektor zakładu miał dwa wyjścia. Mógł zamówić nową część zwykłymi drogami biurokratycznymi, ale wówczas musiałby czekać sześć czy nawet dwanaście miesięcy na naprawę, a przez ten czas byłaby unieruchomiona cała fabryka.

Ale mógł też powiadomić o tym swego kuzyna, który miał odpowiednie kontakty. Nowy zawór był założony już po tygodniu, a dyrektor musiał tylko przymknąć oko na zniknięcie dużego transportu wyprodukowanych stalowych blach, te zaś trafiały do sąsiedniego zakładu, który od dawna czekał na zamówiony towar z innej części kraju. W ten oto sposób obaj dyrektorzy mogli ze spokojnym sumieniem wysłać sprawozdania mówiące o wykonaniu planu produkcyjnego.

W takim systemie, w którym połączenie sklerotycznej biurokracji i skrajnej niekompetencji potrafi doprowadzić do zatarcia każdej maszyny, jedynym sposobem ponownego jej uruchomienia zazwyczaj okazuje się czarny rynek. Dlatego Związek Radziecki od samego początku tolerował jego istnienie, a przez ostatnich dziesięć lat istniał niemal wyłącznie dzięki niemu.

Mafia po prostu kontrolowała czarny rynek, a jedyną zmianą, jaka nastąpiła po roku 1991, było jej wyjście z konspiracji. Napotkawszy doskonałe warunki, zaczęła się szybko rozrastać i ekspandować ze zwykłych dla świata przestępczego obszarów działania – a więc obrotu alkoholem i narkotykami, prostytucji czy usług ochroniarskich – obejmując swym zasięgiem prawie każdą dziedzinę życia.

Naprawdę zdumiewająca była jedynie szybkość i zachłanność, z jaką mafia przywłaszczyła sobie prawa do sterowania całą gospodarką kraju. Zasadniczą rolę odegrały tu trzy czynniki. Pierwszym była okazywana bez skrupułów, wręcz niespotykana brutalność, do jakiej uciekali się rozzłoszczeni przywódcy mafijni; przemoc tak bezwzględna, że przy niej dokonania amerykańskiej Cosa Nostra przypominały dziecięce igraszki. Każdy, czy to Rosjanin, czy obcokrajowiec, kto sprzeciwiał się narzucanym mu siłą warunkom, otrzymywał tylko jedno ostrzeżenie – zazwyczaj wystarczało lekkie pobicie bądź groźba podpalenia. Drugiego ostrzeżenia już nie było, od razu zapadał wyrok śmierci. Taki los spotkał wielu prezesów rosyjskich banków.

Drugim elementem była bezradność milicji, niedoinwestowanej, źle wyszkolonej, nie mającej żadnego doświadczenia czy choćby przygotowania do walki z tak gigantyczną falą przestępczości, jaka pojawiła się po upadku komunizmu. Trzeci zaś stanowiła przypominająca pandemię skłonność Rosjan do korupcji, którą dodatkowo podsyciła gigantyczna inflacja, jaka narosła po roku 1991 i zaczęła powoli spadać dopiero w roku 1995.

W czasach komunizmu oficjalny kurs wymiany wynosił dwa dolary za jednego rubla i był nadzwyczaj silnie forsowany przez ówczesne władze, świadomie wykorzystujące fakt, że wartość nabywcza obu walut jest po prostu nieporównywalna. Zresztą największym problemem w Związku Radzieckim był nie brak pieniędzy, lecz ciągły brak towarów na rynku. A inflacja niemal z dnia na dzień pochłonęła wszelkie oszczędności i zredukowała płace do nędzarskiego poziomu.

Jeśli tygodniowe pobory milicjanta nie wystarczają nawet na zakup nowych skarpetek, nie ma się co dziwić, że każdego skusi złożony banknot wetknięty w prawo jazdy, okazywane podczas kontroli drogowej.

Ale to jeszcze było małe piwo. Mafia zdołała przeniknąć aż do samych korzeni systemu i nawiązać bliską współpracę niemal z całym aparatem państwowym, a w Rosji biurokraci decydowali o wszystkim. Wszelkie zezwolenia, licencje, prawa własności, koncesje czy umowy – każdy dokument można było teraz „kupić" od właściwego urzędnika, co pozwalało organizacjom gangsterskim wielokrotnie powiększyć swoje zyski.

Zachodnich obserwatorów w olbrzymie zdumienie wprawiła także operatywność, z jaką rosyjska mafia połączyła działalność przestępczą z legalnymi interesami. W amerykańskiej Cosa Nostra musiała nastąpić zmiana pokolenia przywódców, nim ostatecznie zrozumiano, że rozwój zalegalizowanej działalności pozwala nie tylko powiększyć zyski, lecz stwarza ponadto doskonałe warunki do prania brudnych pieniędzy. Rosjanie, korzystając z cudzych doświadczeń, błyskawicznie przeskoczyli ten etap i w roku 1995 mafia w pełni kontrolowała już około czterdziestu procent krajowej gospodarki. Energicznie wkroczyła też na rynki światowe, specjalizując się w trzech doskonale jej znanych dziedzinach: handlu narkotykami, bronią oraz malwersacjami finansowymi. A ponieważ działała bardzo agresywnie, szybko stała się znaczącą siłą w całej zachodniej Europie oraz Stanach Zjednoczonych.

Kłopoty ujawniły się w roku 1998, kiedy to rosnąca zachłanność organizacji przestępczych doprowadziła do zapaści niewydolnej gospodarki. Już w roku 1996 skradziono i nielegalnie wywieziono za granicę majątek wartości pięćdziesięciu miliardów dolarów, głównie w złocie, diamentach, metalach szlachetnych, ropie naftowej, gazie ziemnym oraz drewnie. Każdy towar kupowany od skorumpowanych urzędników za bezwartościowe ruble, nawet po zawyżonych cenach, sprzedawano następnie za dolary, które rzadko wracały później do Rosji, przede wszystkim były inwestowane na Zachodzie.

– Problem polega na tym – tłumaczył posępnym głosem Wyatt, sącząc piwo – że tego krwotoku nie da się już zatamować. Ci ludzie, to znaczy skorumpowani politycy, przekupni biurokraci oraz gangsterzy, własnymi rękoma zadusili tę kurę znoszącą im złote jajka. Czy kiedykolwiek zapoznał się pan z okolicznościami powstania niemieckiej Trzeciej Rzeszy?

– Owszem, przed laty czytałem na ten temat.

– Pamięta pan sytuację, jaka panowała u schyłku Republiki Weimarskiej? Stale rosnące bezrobocie, gigantyczna przestępczość, szalejąca hiperinflacja, kuchnie polowe dla bezdomnych i nie kończące się kłótnie w Reichstagu na temat przyczyn upadku niemieckiej gospodarki. Dokładnie to samo można teraz zaobserwować w Rosji. Historia kołem się toczy. Do diabła, ale się zasiedziałem. Muszę już lecieć, mam umówione spotkanie podczas lunchu. Miło mi było poznać, panie...

– Jefferson.

Kanadyjczyk nie zareagował na dźwięk tego nazwiska, widocznie nie czytywał londyńskiego „Daily Telegraph".

Po jego odejściu reporter pomyślał, że to nadzwyczaj interesujące. Oto zyskał bowiem kolejny ważki temat do zbliżającej się rozmowy z człowiekiem, który mógł jeszcze uratować ten kraj.

Kiedy wyszedł na ulicę dokładnie o wpół do siódmej, przed hotelem czekała już na niego długa czarna czajka. Był człowiekiem nadzwyczaj punktualnym, toteż ucieszyło go, że zetknął się z podobnym podejściem. Ubrał się bardzo starannie, włożył ciemnoszare spodnie, białą koszulę, krawat z firmowym emblematem Klubu Garricka oraz jasny pulower pod marynarkę – wyglądał elegancko i schludnie, już na kilometr można w nim było rozpoznać Anglika.

Kierowca czajki pojechał na północ bulwarem Kisielnym i tuż przed wjazdem na Sadowoje Kolco skręcił w wąską boczną uliczkę. Zatrzymał samochód przed pomalowaną na zielono bramą, wyjął z wewnętrznej kieszeni marynarki urządzenie do zdalnego sterowania i wcisnął guzik.

Dyżurujący w budce strażnik obserwował na ekranie monitora zbliżający się samochód, bez trudu mógł odczytać jego numer rejestracyjny. Nie zdziwiło go zatem, że zdalnie sterowany mechanizm otworzył bramę. Wyszedł jednak na zewnątrz, zbliżył się do otwartego okna kierowcy i zgodnie z instrukcjami sprawdził jego dokumenty, następnie zerknął na tylne siedzenie, sztywno skinął głową i włączył silnik chowający w podłożu stalowy grzebień do przebijania opon.

Powiadomiony przez niego Borys Kuzniecow wyszedł przed budynek, żeby powitać gościa. Poprowadził reportera na pierwsze piętro dworku, gdzie znajdowała się wytwornie urządzona niewielka sala konferencyjna, która z jednej strony sąsiadowała z gabinetem Igora Komarowa, z drugiej zaś z pokojem, należącym jeszcze do niedawna do jego osobistego sekretarza, Akopowa.

Komarow nikomu nie zezwalał ani pić alkoholu, ani też palić w jego obecności. Jefferson o tym nie wiedział, nie został bowiem uprzedzony. Zresztą w Rosji, gdzie picie wódki zaliczano wręcz do przejawów człowieczeństwa, nie tolerujący alkoholu polityk był naprawdę kimś wyjątkowym. Anglik widział dotychczas jedynie kilka zarejestrowanych na taśmie wideo wystąpień populistycznego demagoga, na których między innymi pokazywano go podczas wznoszenia jakiegoś toastu w typowo rosyjskim stylu. Nie mógł się zatem domyślać, że przy takich okazjach Komarow kazał sobie napełniać kieliszek źródlaną wodą. Tego dnia, co zrozumiałe, zaproponowano jedynie kawę, ale Jefferson grzecznie odmówił.

Pięć minut później do sali wkroczył lider USP. Był szczupły i dość wysoki, miał prawie sto osiemdziesiąt centymetrów wzrostu, około pięćdziesiątki, z krótko przystrzyżonymi siwymi włosami. Ale największe wrażenie robiły jego nieruchome oczy o twardym, przenikliwym spojrzeniu, które zwolennicy partii określali mianem mesmerycznego.

Na jego widok Kuzniecow poderwał się na nogi. Jefferson także wstał z krzesła, ale uczynił to o wiele wolniej. Rzecznik prasowy przedstawił ich sobie, wymienili uściski dłoni. Komarow pierwszy zajął miejsce u szczytu stołu, siadając na masywnym, obitym skórą krześle, nieco wyższym od pozostałych.

Anglik wyjął z wewnętrznej kieszeni marynarki miniaturowy magnetofon reporterski i zapytał, czy Komarow wyraża zgodę na nagranie całej rozmowy. Polityk sztywno skinął głową, skrzywił się jednak, jakby chciał dać do zrozumienia, że jego zdaniem wszyscy dziennikarze powinni umieć stenografować. Kuzniecow uśmiechnął się przymilnie i poprosił Jeffersona o pierwsze pytanie.

– Panie prezydencie, w ostatnich dniach sporą sensację wzbudziła wiadomość, że Duma postanowiła przedłużyć okres zastępczych rządów premiera i przesunąć przyszłoroczne wybory na styczeń. Jak pan przyjął tę decyzję?

Kuzniecow przetłumaczył szybko pytanie na rosyjski i z uwagą wysłuchał odpowiedzi, a kiedy Komarow umilkł, powtórzył Jeffersonowi po angielsku:

– Zarówno ja osobiście, jak i cała Unia Sił Patriotycznych, jesteśmy głęboko rozczarowani tą decyzją, lecz jako zwolennicy demokracji w pełni ją akceptujemy. Zapewne nie jest dla pana tajemnicą, panie Jefferson, że sytuacja w tym kraju, który darzę bezgraniczną miłością, nie jest dobra. Zbyt długo niekompetentne władze tolerowały olbrzymie marnotrawstwo, zastraszającą korupcję i przestępczość. Cierpią na tym ludzie. A im dłużej trwać będzie taki stan, tym więcej zła przyniesie. Dlatego należy uznać opóźnianie wyborów za karygodne. Jestem przekonany, że wygrałbym walkę o urząd prezydencki już w październiku, lecz jeśli Duma postanowiła odłożyć wybory do stycznia, cierpliwie zaczekam.

Mark Jefferson miał zbyt duże doświadczenie w tego typu rozmowach, by nie spostrzec od razu, że ta odpowiedź jest zanadto ugładzona, zbyt wymijająca, jakby udzielał jej wielokrotnie już pytany o to samo polityk, który zdążył nauczyć się na pamięć dobrze brzmiących zdań. Ponadto politycy z Zachodu – z których wielu znał osobiście, a z niektórymi był nawet zaprzyjaźniony – udzielając podobnych wywiadów, zwykle zachowywali się dużo bardziej swobodnie. Może wynikało to stąd, że Jefferson słynął z niezwykłej umiejętności takiego przeplatania wypowiedzi swego rozmówcy z własnymi uwagami, iż najczęściej te wywiady przeistaczały się w ciekawe artykuły prasowe. Nie miał też w zwyczaju cytowania różnego rodzaju politycznych sloganów, więc tym bardziej go teraz uderzyło, iż ma do czynienia jak gdyby z automatem.

Z drugiej strony wiedział ze swoich wcześniejszych doświadczeń, iż politycy z krajów Europy Wschodniej odnoszą się ze znacznie większym szacunkiem do dziennikarzy, niż ich koledzy z Zachodu. Lecz i w tym wypadku musiał zweryfikować swoje poglądy. Komarow siedział napuszony i sztywny, jakby połknął kij od szczotki, i zerkał na niego z pogardą.

Dopiero po trzecim pytaniu zrozumiał prawdziwy powód takiego zachowania: Rosjanin dogłębnie nienawidził dziennikarzy i nie cierpiał udzielać wywiadów. Szybko postanowił więc rozładować napiętą atmosferę, ale nic z tego nie wyszło, Komarow nawet najlżejszym uśmiechem nie zareagował na jego żartobliwą uwagę. No cóż, pomyślał Jefferson, polityk traktujący samego siebie aż tak poważnie nie jest niczym nowym, chociaż ten z pewnością zbyt fanatycznie podchodzi do konstruowania swego wizerunku. Kolejne odpowiedzi na jego pytania okazały się równie gładkie i mało konkretne, jak ta pierwsza.

Anglik z wyraźnym zdumieniem zaczął się przyglądać Kuzniecowowi. Ten młody rzecznik prasowy, wykształcony w Stanach Zjednoczonych, niezwykle inteligentny i rzutki, doskonale pełniący rolę tłumacza, odnosił się do swego chlebodawcy niczym wierny pies do swego pana, niemalże z czcią. Podjął jeszcze jedną próbę poznania jakichkolwiek konkretów.

– Zapewne zdaje pan sobie sprawę, że olbrzymia większość faktycznej władzy spoczywa w rękach prezydenta, ma on w Rosji znacznie większe możliwości, niż prezydent Stanów Zjednoczonych czy premier Wielkiej Brytanii. Gdyby przyszło panu już teraz opisać pierwsze półrocze swojej kadencji, jakie zmiany mógłby pan wymienić, zauważalne dla obserwatora z zagranicy? Inaczej mówiąc, co zalicza pan do spraw najważniejszych?

I znów padła taka odpowiedź, jakby Komarow cytował swoje wcześniejsze przemówienie. Niemalże z obowiązku wymienił konieczność walki ze zorganizowaną przestępczością, gruntownej reformy urzędów państwowych, zaktywizowania produkcji rolnej i uzdrowienia finansów Rosji. Dalsze pytania, zmierzające do ujawnienia szczegółowych posunięć, przyniosły jedynie kolejne polityczne slogany. Żaden polityk zachodni nie mógłby sobie pozwolić na operowanie tylko takimi frazesami. Ale tutaj było inaczej. Kuzniecow sprawiał wrażenie zadowolonego, jakby się spodziewał, że Jeffersona w pełni usatysfakcjonują takie odpowiedzi. Przypomniawszy sobie instrukcje, jakie otrzymał od wydawcy gazety, reporter zapytał w końcu, jak Komarow zamierza urzeczywistnić odrodzenie potęgi narodu rosyjskiego. I po raz pierwszy jego pytanie wywołało żywszą reakcję.

Nie wiedział jednak, co naprawdę sprawiło, że w pewnym momencie Komarow się wzdrygnął, jakby go przeszył prąd elektryczny. Przez chwilę siedział sztywno, wbijając w Anglika nieruchome spojrzenie, aż ten w końcu nie wytrzymał, odwrócił głowę i popatrzył na swój magnetofon. Dlatego też ani on, ani Kuzniecow nie zauważyli, że lider USP nagle bardzo pobladł, a na jego policzkach zaczęły się stopniowo poszerzać coraz wyraźniejsze rumieńce. Wreszcie Komarow bez słowa wstał z krzesła i energicznym krokiem wyszedł z sali przejściem prowadzącym bezpośrednio do jego gabinetu. Zamknął za sobą drzwi.

Jefferson spojrzał na Kuzniecowa, unosząc wysoko brwi. Ten widocznie także był zaskoczony zachowaniem polityka, szybko jednak ukrył zmieszanie pod maską obojętności.

– Jestem pewien, że prezydent zaraz do nas wróci – rzekł. – Widocznie przypomniał sobie nagle o czymś nie cierpiącym zwłoki. Na pewno nie każe długo na siebie czekać.

Anglik wyłączył magnetofon. Komarow rzeczywiście wrócił po trzech minutach, jakie zajęła mu krótka rozmowa telefoniczna, zajął z powrotem swoje miejsce i zaczął spokojnym tonem odpowiadać na zadane wcześniej pytanie. Jefferson pospiesznie włączył znowu magnetofon.

Godzinę później przewodniczący USP dał znać, że spotkanie dobiegło końca. Wstał, sztywno skinął głową w stronę reportera i zniknął za drzwiami. Tuż przed wyjściem z sali przywołał do siebie Kuzniecowa.

Rzecznik prasowy wrócił po dwóch minutach, był wyraźnie zmieszany.

– Obawiam się, że wynikły pewne kłopoty z transportem – rzekł, prowadząc Jeffersona schodami w kierunku drzwi wyjściowych. – Nasz służbowy kierowca został pilnie wezwany na drugi koniec miasta, pozostałe auta należą do pracowników. Czy mógłby pan wrócić do hotelu taksówką?

– Tak, oczywiście – odparł zaskoczony Jefferson, żałując nagle, że nie skorzystał z proponowanego mu przejazdu samochodem należącym do hotelu, który mógłby zaczekać na niego przed budynkiem. – Czy byłby pan łaskaw zamówić mi taksówkę przez telefon?

– Niestety, w Moskwie nie działa taki system wezwań telefonicznych. Ale pokażę panu najbliższy postój taksówek.

Rosjanin odprowadził zamyślonego Anglika do bramy wjazdowej, którą strażnik otworzył na ich widok. Wyszedłszy na ulicę, Kuzniecow wskazał w stronę oddalonego o sto metrów bulwaru Kisielnego i powiedział:

- Jak tylko wyjdzie pan na bulwar, zaraz za rogiem powinna stać wolna taksówka. Najdalej za piętnaście minut znajdzie się pan z powrotem w hotelu. Jeszcze raz przepraszam za to utrudnienie. Było mi miło, naprawdę bardzo miło pana poznać.

Odwrócił się na pięcie i odszedł w pośpiechu. Coraz bardziej zdumiony Jefferson dotarł chodnikiem do szerokiej alei. Przez całą drogę w zamyśleniu obracał w palcach magnetofon, dopiero na skrzyżowaniu schował go do kieszeni marynarki i rozejrzał się po bulwarze. Nigdzie w pobliżu nie dostrzegł taksówki, wyraźnie oznakowany postój był pusty. Skrzywiwszy się z niechęcią, skręcił w lewo i ruszył w kierunku centrum Moskwy. Co jakiś czas zerkał przez ramię, wciąż bezskutecznie wypatrując przejeżdżającej taksówki.

Nie zwrócił uwagi na dwóch mężczyzn w czarnych skórzanych kurtkach, którzy obserwowali go z zaparkowanego nieco dalej samochodu. Kiedy podszedł bliżej, wysiedli i ruszyli w jego stronę. W odległości dziesięciu metrów obaj, jak na komendę, sięgnęli pod kurtki i dobyli ciężkie automatyczne pistolety z tłumikami. I tak samo niemal równocześnie wystrzelili. Oba pociski trafiły Anglika w piersi.

Impet uderzenia zatrzymał dziennikarza na miejscu. Po chwili nogi się pod nim ugięły i Jefferson usiadł na chodniku. Zanim zdążył się przewrócić, zabójcy byli już przy nim. Jeden przytrzymał bezwładne ciało, drugi błyskawicznie sięgnął do wewnętrznej kieszeni marynarki. Wyjął z niej reporterski magnetofon, a z kieszeni spodni wyciągnął portfel.

Tymczasem kierowca cofnął samochód do miejsca zbrodni, bandyci wskoczyli do środka i wóz szybko odjechał. Kilka sekund później przechodząca ulicą kobieta szerokim łukiem okrążyła leżącego bez ruchu mężczyznę, wziąwszy go za pijaka. Kiedy jednak zauważyła strużki krwi ściekającej po piersi zabitego, zaczęła histerycznie krzyczeć. Widziała odjeżdżający samochód, ale nie zapamiętała numeru rejestracyjnego. Ten zresztą i tak był fałszywy.

ROZDZIAŁ 8

Któryś z pracowników restauracji znajdującej się kilkadziesiąt metrów od miejsca zabójstwa usłyszał histeryczny krzyk kobiety, wyjrzał na ulicę i po chwili wezwał przez telefon pogotowie ratunkowe.

Co prawda jako powód wezwania podano zasłabnięcie mężczyzny na ulicy, lecz sanitariusze szybko rozpoznali prawdziwą przyczynę, dostrzegłszy rany na piersiach człowieka i wielką kałużę krwi na chodniku. Pojechali z nim na sygnale do szpitala, a po drodze zawiadomili milicję.

Godzinę później inspektor Wasilij Łopatin z wydziału zabójstw z posępną miną obejrzał zwłoki leżące na stole oddziału pierwszej pomocy szpitala Botkina. Stojący przy nim dyżurny chirurg, ściągając zakrwawione gumowe rękawice, wyjaśnił:

– Nie mieliśmy najmniejszych szans. Pocisk dużego kalibru, wystrzelony z niewielkiej odległości, przebił na wylot serce. Nadal tkwi gdzieś w ciele, wyciągniemy go podczas sekcji i przekażemy wam do analizy.

Łopatin pokiwał głową. Nie łudził się, że wyniki analizy balistycznej w czymkolwiek mu pomogą. Wśród moskiewskich przestępców krążyło tak wiele różnego rodzaju broni krótkiej, że można by za jej pomocą wyposażyć pokaźny oddział wojska. Zatem szanse odnalezienia pistoletu, z którego zabito mężczyznę, a tym bardziej zabójcy, były w zasadzie równe zeru.

Inspektor wcześniej odwiedził miejsce zbrodni na bulwarze Kisielnym, ale tam upewnił się tylko, że kobieta, która była świadkiem zbrodni, również zniknęła bez śladu. Zdążyła jedynie powiedzieć sanitariuszom, że widziała dwóch mężczyzn odjeżdżających samochodem. Nie zdążyła im się przyjrzeć.

Jeszcze raz zerknął na trupa o niezwykle białej, usianej brodawkami skórze. Krótka szpakowata bródka dziwnie sterczała ku górze, a na twarzy mężczyzny zastygł wyraz zdumienia. Po chwili sanitariusz przykrył zabitego zielonym prześcieradłem i zgasły iskierki światła jarzeniówek odbijającego się w jego szeroko otwartych, nie widzących oczach.

Zwłoki pod prześcieradłem były całkiem nagie, lecz na bocznym stoliku piętrzył się stosik ubrań, a w nerkowatym blaszanym naczyniu zgromadzono nieliczne rzeczy osobiste ofiary. Inspektor obrócił się w tamtą stronę, sięgnął po marynarkę i spojrzał na przyszytą po wewnętrznej stronie kołnierzyka firmową metkę. Serce zabiło mu mocniej, ubranie bowiem pochodziło z zagranicy.

– Może pan to odczytać? – zwrócił się do chirurga.

Lekarz pochylił się nad rozpostartą marynarką i odsylabizował powoli:

– „Landau"... – a przybliżając jeszcze bardziej metkę do oczu, odczytał widniejącą poniżej drobnym drukiem nazwę: – Bond Street.

– A tutaj? – inspektor podsunął mu koszulę zabitego.

– „Marks and Spencer". To znana firma z Londynu – wyjaśnił chirurg. – Jeśli mnie pamięć nie myli, to Bond Street również znajduje się w Londynie.

W języku rosyjskim istnieje ponad dwadzieścia wulgarnych wyrazów opisujących ludzkie odchody oraz męskie i żeńskie narządy płciowe, a teraz Łopatin przerzucił w myślach chyba wszystkie te określenia. Cholera, jeszcze mi tylko brakowało zabitego angielskiego turysty, dodał na zakończenie tej litanii. Widocznie stawiał opór rabusiom i skończyło się to dla niego fatalnie.

Zaczął następnie przeglądać rzeczy osobiste zabitego. Nie było ich wiele. Przede wszystkim nie znalazł żadnych monet, ale w Rosji pozostały w obiegu wyłącznie banknoty. Przy ofierze znaleziono jedynie starannie złożoną białą chusteczkę do nosa, niewielkie etui z grubego skaju, ciężki sygnet oraz zegarek. Łopatin doszedł do wniosku, że histeryczny krzyk kobiety musiał spłoszyć bandytów, dlatego nie zdążyli zabrać sygnetu ani zegarka.

Ale nie było tu niczego, co umożliwiłoby identyfikację ofiary, przede wszystkim nie znaleziono portfela. Zaczął dokładniej przyglądać się ubraniom. Wewnątrz butów – zwykłych, czarnych, sznurowanych pantofli – dojrzał jedynie napis „Church". Ciemnoszare skarpetki nie były w żaden sposób oznakowane, a białe bawełniane spodenki także miały metkę firmy „Marks and Spencer". Krawat natomiast, jak wyczytał chirurg, pochodził z wytwórni „Turnbull and Asser" mieszczącej się przy Jermyn Street, zapewne także w Londynie.

Bardziej z obowiązku, niż kierując się jakąś nadzieją, Łopatin sięgnął po cienki pulower. Ze zdumieniem odkrył, że sanitariusze coś przeoczyli. W kieszonce na piersi, przeznaczonej prawdopodobnie na okulary, tkwił jakiś sztywny przedmiot. Po chwili inspektor wydobył prostokątną plakietkę z grubego tworzywa, przedziurawioną przez kulę.

Do plakietki były przymocowane klucze od pokoju hotelowego. Ze względów bezpieczeństwa, aby uniemożliwić złodziejom wejście do pokoju, na plakietce nie było jego numeru, widniał jednak charakterystyczny emblemat hotelu „Nacjonal".

– Czy jest tu gdzieś telefon? – zapytał Łopatin.

Benny Svenson nie mógł skorzystać z sierpniowego wypoczynku, w tym miesiącu zawsze część personelu była przeziębiona lub przebywała na urlopach, a gości przyjeżdżało najwięcej. Tego dnia także pracował do późna, kiedy operator centrali powiadomił go o telefonie z miasta.

– Dzwonią z milicji, panie Svenson.

Menedżer przełączył się na linię miejską.

– Słucham.

– Czy rozmawiam z dyrektorem hotelu? – zapytał Łopatin.

– Tak, Svenson przy aparacie. Kto mówi?

– Inspektor Łopatin z wydziału zabójstw komendy stołecznej.

Szwedowi serce podeszło do gardła.

– Czy mieszka w pańskim hotelu jakiś brytyjski turysta?

– Oczywiście, nawet kilkunastu. Czemu pan pyta?

– Może zidentyfikuje pan tego mężczyznę po opisie: około stu siedemdziesięciu centymetrów wzrostu, krótko przystrzyżone szpakowate włosy i tego samego koloru bródka, ciemnogranatowa dwurzędowa marynarka, krawat w jaskrawe ukośne prążki...

Svenson zamknął oczy i z trudem przełknął ślinę. Tylko nie to, pomyślał, ten opis pasuje wyłącznie do Jeffersona. Zresztą wieczorem widział słynnego reportera, jak szedł przez hol, a potem wsiadł do podstawionej limuzyny.

– Dlaczego pan pyta?

– Został napadnięty. Dzwonię ze szpitala Botkina. Wie pan, gdzie to jest? Niedaleko hipodromu.

– Tak, wiem. Wspomniał pan jednak, że pracuje w wydziale zabójstw.

– Niestety, nie przeżył napadu. Jego portfel i wszystkie dokumenty zostały skradzione, znaleźliśmy jednak przy zabitym klucze od pokoju hotelowego, a na plakietce znajduje się emblemat ,,Nacjonalu''.

– Niech pan tam zaczeka, inspektorze. Zaraz przyjadę.

Przez kilka minut Benny Svenson siedział jeszcze przy swoim biurku, jakby sparaliżowany przerażeniem. Miał za sobą dwudziestoletnią praktykę hotelarską i nigdy dotąd mu się nie zdarzyło, by któryś z jego gości został zamordowany.

Wielką pasją i jedyną rozrywką Szweda była gra w brydża. Przypomniał sobie nagle, że wśród osób, z którymi zdarzało mu się grywać, był także pewien pracownik ambasady brytyjskiej. Pospiesznie zajrzał więc do notesu z numerami telefonów i zadzwonił do mieszkania dyplomaty. Było już dziesięć minut po północy, toteż wyrwał znajomego z łóżka, ale tamten rozbudził się błyskawicznie, kiedy tylko usłyszał tragiczną wiadomość.

– Wielkie nieba, Benny! Ten słynny dziennikarz, który pisywał do ,,Daily Telegraph''? Nawet nie wiedziałem, że przebywał w Moskwie. W każdym razie dziękuję za informację.

Na pewno zrobi się z tego straszny rwetes, pomyślał pracownik ambasady, odkładając słuchawkę. Wszelkimi kłopotami obywateli brytyjskich przebywających za granicą zajmował się, oczywiście, wydział konsularny, jemu jednak przyszło do głowy, że w tym wypadku powinien w pierwszej kolejności powiadomić zupełnie inną komórkę. Bez wahania wybrał numer Jocka MacDonalda.

MOSKWA, CZERWIEC 1988

Walerij Krugłow wrócił do ojczyzny po dziesięciu miesiącach. Zawsze istniało niebezpieczeństwo, że w takiej sytuacji informator zwerbowany za granicą zmieni zdanie i po powrocie do domu zniszczy przekazane mu materiały i nie dotrzyma obietnicy nawiązania łączności. W takich wypadkach agencja wywiadowcza nie mogła nic uczynić, a już na pewno nikt nie odważyłby się zadenuncjować zdrajcy, gdyż byłoby to bezcelowe okrucieństwo. Wszyscy zdawali sobie sprawę, że działalność skierowana przeciwko rządzącej tyranii wymaga sporej odwagi, której wielu ludziom nie starczało.

Podobnie jak reszta pracowników centrali w Langley, Monk nie znosił porównań osób działających na niekorzyść sowieckiej dyktatury z amerykańskimi zdrajcami. Był przekonany, że ci drudzy wyrządzają olbrzymie szkody całemu narodowi amerykańskiemu, na czele którego stały demokratycznie wybrane władze. Poza tym, w razie zdemaskowania, mogli liczyć na ludzkie traktowanie, uczciwy proces i obronę najlepszego adwokata, na jakiego było ich stać.

Rosjanie natomiast mieli przeciwko sobie brutalny despotyzm, reprezentujący nie więcej niż dziesięć procent społeczeństwa i utrzymujący pozostałe dziewięćdziesiąt procent w zastraszeniu. Ci, w wypadku zdemaskowania, byli bezlitośnie bici i rozstrzeliwani bez żadnego procesu, a w najlepszym razie zsyłani do obozów pracy.

Krugłow dotrzymał jednak słowa. Trzykrotnie przekazał za pośrednictwem skrzynek kontaktowych ciekawe, ściśle tajne dokumenty sowieckiego ministerstwa spraw zagranicznych. Między innymi pozwoliły one przedstawicielom departamentu stanu wyrobić sobie odpowiednie stanowisko jeszcze przed spotkaniem z Rosjanami przy stole negocjacyjnym. A sytuacja międzynarodowa zaczynała się komplikować. W latach 1987 i 1988 wschodnioeuropejskie kraje satelickie zaczynały się stopniowo coraz bardziej buntować – w Polsce komunistyczne władze musiały iść na daleko posunięte ustępstwa, dawały o sobie znać także ruchy opozycyjne w Rumunii, na Węgrzech i w Czechosłowacji. Dlatego też z punktu widzenia amerykańskiej dyplomacji było niezwykle ważne poznanie prawdziwego zdania moskiewskich przywódców na temat zachodzących przemian, a przede wszystkim znalezienie odpowiedzi na pytanie, do jakiego stopnia zdemoralizowani urzędnicy z Kremla czują się osłabieni. Krugłow odegrał znaczącą rolę w ujawnianiu takich faktów.

Ale w maju Delfijczyk zasygnalizował, że chce się osobiście zobaczyć z oficerem łącznikowym. Miał do przekazania coś niezwykle ważnego i zażądał spotkania ze swym przyjacielem, Jasonem. Harry Gaunt po raz kolejny nie wiedział, co o tym myśleć.

– Twoja wyprawa do Jałty była strasznym doświadczeniem, prawie całe kierownictwo sekcji nie mogło sypiać po nocach. Powiodło ci się, ale nam nie dawały spokoju obawy, że wpadłeś w pułapkę. Podobnie jest i tym razem. Tak, wiem, że zgodnie z instrukcjami nic nie wskazuje na jakiekolwiek niebezpieczeństwo, nie można jednak wykluczyć, że Delfijczyk został zdemaskowany i załamał się podczas przesłuchania. A ty wiesz zbyt dużo.

– Daj spokój, Harry. Obecnie Moskwę odwiedzają setki turystów z naszego kraju. Czasy się zmieniły, KGB nie może przecież śledzić wszystkich. Jeśli przygotujecie odpowiedni kamuflaż, wtopię się w tłum turystów i zyskaliby jakikolwiek pretekst do interwencji tylko wtedy, gdyby mnie przyłapali na gorącym uczynku. A nie sądzisz chyba, że posuną się do torturowania amerykańskiego obywatela. To już nie ta epoka. Wiesz zresztą, że umiem postępować ostrożnie. Będę udawał, że nie rozumiem ani słowa po rosyjsku i odgrywał rolę całkiem niegroźnego, naiwnego Amerykanina. Nie muszę ci tłumaczyć, że nie nawiążę kontaktu, dopóki nie zyskam pewności, że nie jestem śledzony. Zaufaj mi.

W Stanach Zjednoczonych działa olbrzymia liczba najróżniejszych fundacji, grupujących ludzi zainteresowanych wszelkiego typu dziełami sztuki. Jedna z takich organizacji przygotowywała właśnie wyjazd grupy swoich członków do Moskwy, w programie było zwiedzanie rozlicznych muzeów, a najciekawszym jego punktem wydawała się wizyta w Muzeum Sztuki Orientalnej przy ulicy Obucha. Monk znalazł się na liście chętnych do wzięcia udziału w tej wyprawie.

Kiedy w połowie czerwca grupa wylądowała na moskiewskim lotnisku, rzekomy doktor Philip Peters miał nie tylko nie wzbudzające żadnych podejrzeń dokumenty, lecz cała jego sfabrykowana tożsamość mogła wytrzymać próbę kontroli ze strony Rosjan. Krugłow został powiadomiony o terminie spotkania z oficerem łącznikowym.

Nieodzowny przewodnik z Inturistu doholował uczestników wycieczki do koszmarnego hotelu „Rossija", robiącego niemal takie samo wrażenie jak więzienie Alcatraz, lecz oferującego gościom zdecydowanie niższy standard. Trzeciego dnia grupa udała się do Muzeum Sztuki Orientalnej. Monk zapoznał się z rozkładem jego sal jeszcze przed wyjazdem ze Stanów, toteż wiedział, gdzie między gablotami jest najwięcej przestrzeni umożliwiającej dyskretne wtopienie się w tłum, gdyby Krugłowa ktoś śledził.

Dostrzegł swego informatora po dwudziestu minutach. Przez dłuższy czas udawał jeszcze zainteresowanie eksponatami, dopóki nie zdobył pewności, iż nikt ich nie obserwuje. Wtedy przekazał Delfijczykowi, że będzie czekał na niego w kawiarni.

Miejsce spotkania nie zostało wybrane przypadkowo, to muzeum, jako jedno z nielicznych w Moskwie, oferowało zwiedzającym odpoczynek w niewielkiej kawiarence, obok której znajdowały się toalety. Obaj mężczyźni zajęli miejsca przy oddzielnych stolikach i Monk przyjrzał się uważnie Krugłowowi. Dobrze wiedział, że gdyby tamten został zdemaskowany przez KGB i był przesłuchiwany, można by to wyczytać w jego spojrzeniu, pojawiłby się w nim wyraz strachu, desperacji bądź przestrogi. Ale Rosjanin patrzył na niego z wyraźną satysfakcją. Jason doszedł do wniosku, że Delfijczyk musi być „czysty", chyba że jest najlepszym podwójnym agentem na świecie. Po pewnym czasie wstał i poszedł do toalety, a Krugłow ruszył za nim. Poczekali kilkanaście sekund, aż wreszcie zostali sami.

– Jak się miewasz, przyjacielu? – odezwał się Jason.

– Znakomicie. Mam w końcu własne mieszkanie. Nawet sobie nie wyobrażasz, jaki to komfort w moim wieku. Dzieci odwiedzają mnie bez skrępowania, a jeśli zechcą, mogą też u mnie nocować.

– Nikt się niczego nie domyśla? Nikt się nie dopytywał, skąd wziąłeś pieniądze?

– Nie, przecież pracowałem za granicą. Teraz już wolno mieć wiele różnych rzeczy, a pracownicy dyplomacji przywożą do kraju wszystko, co im się podoba. Dopiero teraz wiem, jak strasznie byłem naiwny.

– No cóż, faktycznie wiele się zmieniło, a i ty masz swój udział we wprowadzaniu tych zmian – rzekł Monk. – Wkrótce dyktatura upadnie i odzyskacie wolność. To już nie potrwa długo.

Do toalety wbiegł kilkuletni chłopiec, załatwił się, pogwizdując pod nosem, i wyszedł. Obaj mężczyźni w milczeniu myli starannie ręce, dopóki znów nie zostali sami. Na wszelki wypadek Monk zostawił odkręconą wodę. To był klasyczny, ale nadzwyczaj skuteczny sposób zagłuszania, który nie sprawdzał się tylko podczas bardzo głośnej rozmowy bądź w wypadku zastosowania mikrofonów kierunkowych.

Rozmawiali jeszcze przez dziesięć minut, po czym Krugłow oddał Jasonowi gruby pakiet materiałów, które przyniósł ze sobą. Były tam nie tylko fotokopie, lecz także oryginalne dokumenty wykradzione z biura ministra spraw zagranicznych, Eduarda Szewardnadze.

Uścisnęli się na pożegnanie i pojedynczo wyszli z toalety. Monk dołączył do swojej grupy, a dwa dni później wyruszył razem z nią w drogę powrotną do Ameryki. Przed odlotem przekazał dokumenty łącznikowi z placówki CIA w moskiewskiej ambasadzie.

W Stanach Zjednoczonych wyszło na jaw, że dotyczą one zakończenia bądź przerwania wszystkich radzieckich programów pomocy dla krajów Trzeciego Świata, nie wyłączając Kuby. Sowiecka gospodarka znajdowała się na krawędzi załamania, co pozwalało wnioskować o nadchodzącym upadku całego systemu. W każdym razie sytuacja krajów zacofanych nie mogła już być wykorzystywana przez Rosjan jako jeden z głównych elementów szantażowania państw zachodnich. W departamencie stanu owe dokumenty wywołały istną sensację.

Tymczasem Monk, który już po raz drugi odwiedził Związek Radziecki „w ciemno", po powrocie do domu został mile zaskoczony kolejnym awansem. Czekała też na niego wiadomość, że Nikołaja Turkina, czyli agenta Lizandra, oddelegowano do Berlina Wschodniego, gdzie objął stanowisko dowódcy komórki kontrwywiadu w tamtejszej, gigantycznej placówce KGB. Otwierało mu to dostęp do całej radzieckiej siatki wywiadowczej na terenie Niemiec Zachodnich.

Menedżer hotelu „Nacjonal" i szef służb wywiadowczych przy ambasadzie brytyjskiej zjawili się w szpitalu Botkina niemal równocześnie i zostali wprowadzeni do niewielkiej sali, w której przy ciele zabitego czekał na nich inspektor Łopatin. Podczas powitania, przedstawiając się, MacDonald rzucił krótko:
– Z ambasady.
Rosjaninowi przede wszystkim zależało na identyfikacji zwłok, ale ta nie przedstawiała najmniejszego problemu. Svenson przywiózł ze sobą paszport Anglika i już pierwszy rzut oka na zdjęcie nie pozostawił żadnych wątpliwości. Szwed dokonał formalności, zerkając na twarz zabitego.
– Co było przyczyną śmierci? – zapytał MacDonald.
– Pocisk dużego kalibru trafił prosto w serce – wyjaśnił Łopatin.
MacDonald wskazał rozpostartą marynarkę.
– Tu widnieją dwie dziury po kulach.
Wszyscy obrócili się w jego kierunku. Rzeczywiście w marynarce były dwie dziury, ale w koszuli już tylko jedna. Łopatin po raz kolejny obejrzał zwłoki. W klatce piersiowej także była tylko jedna rana.
– Widocznie drugi pocisk musiał się zatrzymać na portfelu schowanym w kieszonce – rzekł, po czym uśmiechnął się ponuro. – W każdym razie bandyci chyba nie będą już mogli wykorzystać kart kredytowych.
– Muszę wracać do hotelu – powiedział Svenson.
Był dogłębnie wstrząśnięty. Nie mógł sobie darować, że nie zdołał namówić Jeffersona na skorzystanie ze służbowego auta hotelowego. MacDonald wyszedł razem z nim na korytarz.
– Widzę, że to dla pana straszne przeżycie – rzekł współczująco, a kiedy Szwed w milczeniu pokiwał głową, dodał: – Musimy jak najszybciej zająć się tą sprawą. Podejrzewam, iż Jefferson zostawił w Londynie żonę, więc trzeba ją będzie zawiadomić. Czy mógłby pan opróżnić jego pokój, spakować bagaże? Z samego rana przyślę po nie samochód. Będę bardzo wdzięczny za pomoc.
Wróciwszy do sali, MacDonald podszedł do Łopatina.
– No i mamy poważny kłopot, przyjacielu. Może z tego wyniknąć sporo nieprzyjemności. Ten dziennikarz był dość znany na świecie, podniosą się głosy protestu. A jego macierzysta gazeta, która ma w Moskwie swojego stałego korespondenta, z pewnością opublikuje obszerny materiał na temat zabójstwa. Inne redakcje pójdą w jej ślady. Więc może lepiej będzie, jak my się tym zajmiemy, dobrze? Bo przecież fakty są raczej oczywiste. Napad rabunkowy, który doprowadził do śmierci Jeffersona. Widocznie bandyci

powiedzieli do niego coś po rosyjsku, czego on nie zrozumiał, a sądząc, że chce im się sprzeciwić, oddali strzały. Tragiczny wypadek. Ale nie ma chyba żadnych wątpliwości, że zdarzenia wyglądały właśnie w ten sposób, prawda? Łopatin energicznie przytaknął ruchem głowy.

– Oczywiście, jestem dokładnie tego samego zdania.

– Zatem wszczęte zostanie śledztwo mające na celu odnalezienie winnych, ale tak całkiem szczerze, między nami, szanse ich schwytania są znikome. Zostawmy więc sprawę odesłania zwłok do kraju ludziom z wydziału konsularnego, my natomiast zajmiemy się wyciszeniem szumu w prasie. Zgoda?

– Tak, to rozsądna propozycja.

– A więc zostaje tylko problem rzeczy osobistych. Nie sądzę, żeby miały one jakieś znaczenie dla śledztwa. Kluczem do odnalezienia zabójców jest portfel oraz karty kredytowe, chociaż wątpię, żeby bandyci odważyli się je wykorzystać.

Łopatin spojrzał na blaszane naczynie chirurgiczne, w którym leżały nieliczne rzeczy ofiary.

– Ale będzie pan musiał podpisać protokół odbioru – mruknął.

– To zrozumiałe. Proszę go przygotować.

W recepcji szpitala otrzymał dużą papierową kopertę, do której wrzucił sygnet, złoty zegarek z metalową bransoletą, złożoną białą chusteczkę do nosa i prostokątne czarne etui ze skaju. Podpisał następnie zdawkowy protokół odbioru rzeczy osobistych zabitego i pojechał z powrotem do ambasady.

Żaden z mężczyzn nie wiedział jeszcze wówczas, że zabójcy, ściśle wykonując otrzymane instrukcje, popełnili dwa zasadnicze błędy. Kazano im zabrać portfel mężczyzny, zawierający dokumenty umożliwiające szybką identyfikację ofiary, oraz za wszelką cenę odzyskać reporterski magnetofon z kasetą.

Widocznie zleceniodawcy napadu nie wiedzieli, że obywatele brytyjscy mają obowiązek zostawiać w kraju laminowane karty identyfikacyjne będące odpowiednikiem rosyjskich dowodów osobistych, przeoczyli zaś fakt, iż zagraniczni turyści w Moskwie muszą składać paszporty w hotelowej recepcji. Działający w pośpiechu zabójcy nie zwrócili też uwagi na tkwiący w kieszonce pulowru klucz od pokoju z firmową plakietką hotelu „Nacjonal". Tylko dlatego możliwe było zidentyfikowanie ofiary już w ciągu dwóch godzin od morderstwa.

Ich drugi błąd natomiast nie wynikał z niczyjej winy. Jeden z wystrzelonych pocisków nie zatrzymał się bowiem na portfelu, lecz trafił w magnetofon tkwiący w wewnętrznej kieszeni marynarki. Skutkiem tego było niemal doszczętne zniszczenie miniaturowego urządzenia, a taśma w kasecie została poszarpana do tego stopnia, iż żadnym sposobem nie dało się jej już odtworzyć.

Inspektor Nowikow umówił się na spotkanie z szefem personelu biura Unii Sił Patriotycznych na godzinę dziesiątą rano dziesiątego sierpnia. Był bardzo zdenerwowany, podejrzewał bowiem, że jego wizyta przyjęta zostanie ze skrajnym zdumieniem, a na swe pytania nie uzyska ani jednej rzeczowej odpowiedzi.

Kierownik biura, niejaki Żilin, wyglądał na komunistycznego urzędnika z poprzedniej epoki – nosił elegancki trzyczęściowy ciemnoszary garnitur i delikatne okulary w drucianej oprawce, miał drobniutki starannie przystrzyżony wąsik i roztaczał wokół siebie atmosferę niezwykłej powagi.

– Mam niewiele czasu, inspektorze, proszę się więc streszczać.

– Oczywiście. Prowadzę śledztwo w sprawie śmierci nie zidentyfikowanego mężczyzny, prawdopodobnie mającego powiązania ze światem przestępczym. Podejrzewamy go o dokonanie włamania. Jeden z naszych świadków zeznał, że widywał tego człowieka kręcącego się w okolicy waszego biura. Istnieje zatem przypuszczenie, że lustrował otoczenie budynku, planując następne włamanie.

Żilin uśmiechnął się pobłażliwie.

– Wątpię w to. Żyjemy w ciężkich czasach, inspektorze, dlatego nasza siedziba jest nadzwyczaj dokładnie strzeżona.

– Bardzo mnie to cieszy. Czy nie widział pan jednak wcześniej tego mężczyzny?

Ledwie rzucił okiem na podsuniętą mu fotografię i wykrzyknął:

– Niech pan nie żartuje, przecież to Zajcew!

– Kto?

– Zajcew, nasz sprzątacz. Mówi pan, że był podejrzany o dokonanie włamania? To niemożliwe.

– Czy może mi pan powiedzieć o nim coś więcej?

– Nie znałem go za dobrze. Został zatrudniony jakiś rok temu. Weteran wojenny, wydawał się solidny. Przychodził do pracy każdej nocy, od poniedziałku do soboty. Sprzątał wszystkie pomieszczenia.

– A ostatnio?

– Któregoś wieczoru po prostu się nie pojawił. Dwa dni później musiałem zaangażować kogoś innego na jego miejsce. Przyjęliśmy starszą wdowę, bardzo się stara.

– Kiedy to było? Kiedy po raz ostatni Zajcew przyszedł do pracy?

Żilin sięgnął do swego biurka i wyciągnął gruby segregator, który zawierał chyba całą szczegółową dokumentację technicznych aspektów prowadzenia biura USP.

– O, już mam listę obecności. Jak zwykle przyszedł wieczorem piętnastego lipca, posprzątał i wyszedł tuż przed świtem. Nie zjawił się następnego dnia i od tamtej pory nie miałem już o nim żadnej wiadomości. Być może ten pański świadek widywał go wczesnym rankiem, kiedy Zajcew wychodził z budynku. Ale on nie planował tu żadnego włamania, pracował jako sprzątacz.

– Tak, to wszystko wyjaśnia – odparł Nowikow.

- Niezupełnie - warknął Żilin. - Powiedział pan, że podejrzewacie go o udział we włamaniu.
- Dwa dni przed zniknięciem prawdopodobnie uczestniczył we włamaniu do budynku przy Prospekcie Kutuzowskim. Właścicielka mieszkania rozpoznała go na zdjęciu. Tydzień później odnaleziono jego zwłoki.
- To straszne - mruknął tamten. - Przestępcy robią się coraz bardziej zuchwali. Powinniście wreszcie coś z tym zrobić.

Nowikow wzruszył ramionami.
- Staramy się, ale jest nas za mało. Moglibyśmy zdziałać więcej, gdybyśmy uzyskali odpowiednie wsparcie od władz.
- To się zmieni, inspektorze. To się musi zmienić. - W oczach Żilina pojawiły się mesjanistyczne błyski. - Za pół roku naszym prezydentem zostanie Igor Komarow. Wtedy wiele się zmieni. Słuchał pan przemówień naszego przewodniczącego? Trzeba postawić tamę przestępczości, powtarzał to od samego początku. To wielki człowiek. Mam nadzieję, że możemy liczyć na pański głos w wyborach.
- Oczywiście. Aha, czy ma pan w dokumentach adres domowy tego sprzątacza?

Żilin zapisał mu adres na kartce.

Córka Zajcewa ze łzami w oczach przyjęła wiadomość o śmierci ojca. Spojrzała na fotografię i przytaknęła ruchem głowy, lecz zaraz zerknęła na łóżko polowe stojące w kącie małego pokoju. Nowikow od razu się domyślił, że cieszy ją perspektywa powiększenia wolnej przestrzeni w lokalu. Po wyjściu chciał natychmiast zawiadomić Wolskiego o odnalezieniu rodziny, ale szybko zrezygnował. Ci ludzie nie mieli pieniędzy, zatem pogrzeb mógł się odbyć na koszt miasta. A przecież na cmentarzach także było trudno o wolne miejsce.

W każdym razie Wolski będzie mógł zamknąć sprawę, pomyślał. Na pewno nikt inny z wydziału zabójstw nie podejmie dochodzenia i tajemnica morderstwa Zajcewa znajdzie się w puli dziewięćdziesięciu siedmiu procent nie rozwiązanych spraw kryminalnych.

LANGLEY, WRZESIEŃ 1988
Lista uczestników sowieckiej delegacji została przekazana drogą służbową z departamentu stanu do centrali CIA. Kiedy rozsyłano pierwsze zawiadomienia o konferencji z zakresu fizyki teoretycznej, mającej się odbyć w Dolinie Krzemowej, i powiadomiono władze, że organizatorzy zaprosili także naukowców ze Związku Radzieckiego, nikt nie przypuszczał, żeby którykolwiek z Rosjan uzyskał zgodę na wzięcie w niej udziału.

Ale reformy zapoczątkowane przez Gorbaczowa pod koniec 1987 roku zaczynały już przynosić pierwsze efekty i nastąpiło wyraźne poluzowanie dotychczasowego stanowiska władz w kwestii służbowych wyjazdów zagranicznych. Dlatego też, ku zaskoczeniu organizatorów seminarium, z Moskwy nadeszło potwierdzenie przyjazdu nielicznej grupy uczestników.

Szczegółowe dane personalne tych osób trafiły do urzędu imigracyjnego, który zwrócił się do departamentu stanu z prośbą o ich sprawdzenie. Wcześniej Związek Radziecki zachowywał w tak ścisłej tajemnicy wszelkie prowadzone prace naukowe, że na Zachodzie znane były jedynie niektóre nazwiska spośród najsłynniejszych badaczy.

Kiedy owa lista znalazła się w Langley, siłą rzeczy trafiła do sekcji SE, tu zaś mógł się z nią zapoznać Jason Monk. Tak się złożyło, że przebywał akurat w kraju. Dwaj nadzorowani przez niego informatorzy bez większych kłopotów przekazywali wciąż materiały, wykorzystując moskiewskie skrzynki kontaktowe, natomiast pułkownik Turkin rezydujący w Berlinie Wschodnim nadsyłał bardzo interesujące dokumenty związane z aktywnością sowieckiego wywiadu w Niemczech Zachodnich.

Monk, jak nakazywała to instrukcja, porównał nazwiska ośmiu naukowców mających w listopadzie odwiedzić Kalifornię z danymi archiwalnymi sekcji, ale niczego nie znalazł. Żadna z tych osób nie była dotychczas notowana przez CIA i nigdy nie pracowała w placówce zagranicznej, nie mówiąc już o zwerbowaniu do współpracy.

Nie zadowolił się tym jednak i postanowił skontrolować jeszcze jedno źródło. Co prawda, stosunki między agencją a jej krajowym odpowiednikiem, sekcją kontrwywiadowczą FBI, były zawsze napięte, niekiedy wręcz jawnie wrogie, jak na przykład w sprawie ucieczki Howarda, lecz mimo to zdecydował się skontaktować z biurem federalnym.

Doskonale zdawał sobie sprawę, że FBI dysponuje o wiele pełniejszymi informacjami na temat obywateli radzieckich, którzy kiedykolwiek ubiegali się o uzyskanie azylu na terenie Stanów Zjednoczonych. Nie chodziło mu o żadną szczególną pomoc, chciał się tylko przekonać, czy Rosjanie pozwoliliby na wyjazd człowiekowi mającemu krewnych poza granicami Związku Radzieckiego. Wcześniej takie rzeczy się nie zdarzały, ponieważ KGB traktowało podobne sytuacje jako potencjalne ogromne zagrożenie dla bezpieczeństwa kraju.

Spośród ośmiu nazwisk uczestników konferencji dwa figurowały również w spisie emigrantów. Już pobieżne sprawdzenie wykazało, że pierwsza zgodność jest przypadkowa, rodzina mieszkająca w Baltimore nie miała nic wspólnego z radzieckim fizykiem.

Natomiast drugi wypadek wzbudził jego zainteresowanie. Rosjanka pochodzenia żydowskiego, która podczas pobytu w obozie przejściowym dla uchodźców pod Wiedniem zwróciła się do tamtejszej ambasady amerykańskiej o przyznanie jej azylu i go otrzymała, po przyjeździe do Ameryki urodziła syna, lecz zarejestrowała dziecko pod innym niż swoje nazwiskiem.

Syn Jewgienii Roziny, mieszkającej obecnie w Nowym Jorku, nazywał się Iwan Iwanowicz Blinow, Monk domyślił się zatem, że jego ojcem był niejaki Iwan Blinow. Nie ulegało wątpliwości, iż było to dziecko nieślubne, zrodzone z jakiegoś krótkotrwałego związku zaistniałego zaraz po przyjeździe kobiety do Stanów Zjednoczonych, w obozie w Austrii, a może nawet jeszcze wcześniej. Natomiast na liście sowieckich naukowców figurował profesor Iwan J. Blinow. Jason postanowił bliżej sprawdzić tę zbieżność i wybrał się pociągiem do Nowego Jorku na rozmowę z Jewgienią Roziną.

Inspektor Nowikow zdecydował się przekazać dobre nowiny swemu koledze, Wolskiemu, podczas spotkania przy piwie po pracy. Jak poprzednio, umówili się w stołówce komendy.
– Zgadnij, gdzie byłem dzisiaj rano.
– W łóżku z jakąś primabaleriną o skłonnościach nimfomańskich.
– Głodnemu chleb na myśli. Odwiedziłem siedzibę USP.
– A co cię zaniosło do ich spelunki przy alei Rybnej?
– Przecież ta buda jest tylko na pokaz, Komarow ma swoje biuro w eleganckim dworku przy bulwarze Kisielnym. Nawiasem mówiąc, jesteś mi winien kolejkę. Rozwiązałem jedną z twoich spraw.
– Którą?
– Tego staruszka znalezionego w lesie przy szosie mińskiej. Był sprzątaczem w siedzibie partii, a po godzinach pracy dorabiał, uczestnicząc we włamaniach. No i się doigrał. Tutaj masz szczegóły.
Wolski pospiesznie przebiegł wzrokiem zapisaną kartkę z notatnika.
– Wygląda na to, że ostatnio personel tego biura trapią nie wyjaśnione tragiczne wypadki.
– Stało się coś jeszcze?
– W ubiegłym miesiącu utonął osobisty sekretarz Igora Komarowa.
– Samobójstwo?
– Nie, nic podobnego. Prawdopodobnie chciał się tylko wykąpać. W ubiegłym tygodniu jego zwłoki wyłowiono z rzeki. A podczas sekcji nasz sprytny patolog znalazł ślubną obrączkę na palcu topielca, ta zaś miała od wewnątrz wygrawerowaną dedykację i w ten sposób udało się zidentyfikować zwłoki.
– Kiedy ten facet utonął?
– Mniej więcej w połowie lipca.
Nowikow zamyślił się głęboko. Teraz i on miał powód, żeby zafundować kolejkę wodnistego piwa. Zdążył już uczciwie zarobić na ten tysiąc funtów obiecany mu przez Anglika, a teraz zyskał jeszcze jedną ciekawą informację, w sam raz na premię.

NOWY JORK, WRZESIEŃ 1988
Kobieta miała około czterdziestki, była ciemnowłosa, bardzo energiczna i dość ładna. Monk czekał w korytarzu budynku na jej powrót po odebraniu chłopca ze szkoły. Ośmiolatek sprawiał wrażenie sympatycznego urwisa.
Głośne śmiechy matki i dziecka szybko umilkły, kiedy Jason przedstawił się jako pracownik urzędu imigracyjnego. U każdego emigranta,

nawet jeśli wszystkie jego dokumenty były w najlepszym porządku, nazwa tego urzędu budziła natychmiast obawy czy wręcz strach. Ale zarazem kobieta musiała wpuścić Monka do środka.

Szybko zapędziła chłopca do odrabiania lekcji przy stole kuchennym, sama zaś poprosiła gościa do saloniku swego maleńkiego, lecz utrzymanego w nienagannej czystości mieszkania. Od wstępu przyjęła dość agresywną, obronną postawę.

Błyskawicznie się jednak przekonała, że nie ma do czynienia z odnoszącym się do niej z pogardą, śmiertelnie poważnym biurokratą, z jakimi często się stykała osiem lat wcześniej, podczas długich starań o uzyskanie prawa stałego pobytu. Uprzejmość i rozbrajający uśmiech gościa odniosły pożądany skutek i Rozina dość szybko się uspokoiła.

– Wie pani, jak to jest w urzędach państwowych – zaczął Monk. – Bez przerwy trzeba uzupełniać jakieś papierki. Nawet jeśli wszystko jest w porządku i uszczęśliwiony szef działu powinien nakazać pracownikom odkurzanie starych archiwów, to i tak zawsze znajdzie pewne luki i rozsyła takich jak ja do wyjaśnienia różnorodnych szczegółów.

– O co więc chodzi tym razem? – zapytała Rosjanka. – Moje dokumenty są w porządku. Pracuję jako księgowa, ponadto pełnię rolę tłumaczki. Nie zalegam z żadnymi opłatami, regularnie uiszczam podatki. Rząd Stanów Zjednoczonych nie musi łożyć na moje utrzymanie.

– Oczywiście, proszę pani. Nie mamy żadnych wątpliwości co do pani statusu. Otrzymała pani obywatelstwo amerykańskie i nie wykryto żadnych nieścisłości prawnych. Chodzi jedynie o to, że zarejestrowała pani syna pod innym nazwiskiem. Chciałem poznać przyczynę takiego postępowania.

– Dałam mu nazwisko po ojcu.

– Tak, rozumiem. Czasy się zmieniły, mamy rok tysiąc dziewięćset osiemdziesiąty ósmy i nikogo nie bulwersuje fakt, że chłopiec nie ma ojca. Ale biurokracja to biurokracja. Czy mogłaby pani podać mi dane personalne ojca dziecka?

– Iwan Jewdokimowicz Blinow.

Jasonowi serce mocniej zabiło. Dokładnie takie samo imię i nazwisko nosił fizyk, który miał przyjechać na konferencję. Istniało duże prawdopodobieństwo, że to ten sam człowiek.

– Chyba musiała go pani bardzo kochać, prawda?

Kobieta pospiesznie spuściła wzrok, jakby wróciła myślami do odległych wspomnień.

– Tak – odparła szeptem.

– Proszę mi opowiedzieć więcej o Iwanie.

Wśród wielu uzdolnień Monk miał również talent nakłaniania ludzi do zwierzeń. Przez dwie godziny, dopóki nie przeszkodził im chłopiec, który przyniósł matce do sprawdzenia zeszyt z zadaniami z matematyki, Jason poznał tragiczną historię krótkiej znajomości Roziny z ojcem jej dziecka.

Iwan Blinow urodził się w roku 1938 w Leningradzie, jego ojciec wykładał fizykę na uniwersytecie, matka zaś była nauczycielką matematyki.

Tylko cudem ojciec przetrwał wielkie stalinowskie czystki wśród intelektualistów, nie przeżył jednak niemieckiej blokady w 1942 roku. W grudniu tego samego roku matka z pięcioletnim Wanią zdołała się wydostać z oblężonego miasta, a ciężarówka z wojskowego konwoju przewiozła ją na drugi brzeg zamarzniętego jeziora Ładoga. Zamieszkali w niewielkim miasteczku na Uralu, gdzie chłopiec podjął naukę, matką zaś owładnęła idea pokierowania go śladem ojca i wykształcenia na wybitnego fizyka.

Osiemnastoletni Iwan wyruszył do Moskwy, by podjąć wyższe studia w Technologicznym Instytucie Fizyki, i ku własnemu zaskoczeniu zdał egzaminy wstępne. Nie wiadomo, co w tym wypadku odegrało decydującą rolę, sława ojca, poświęcenie matki, wrodzone uzdolnienia czy też włożony przez niego wysiłek, w każdym razie nie najlepiej wykształcony maturzysta z prowincji znalazł się w gronie studentów prestiżowej uczelni, z której wywodzili się radzieccy konstruktorzy broni jądrowej.

Sześć lat później, po uzyskaniu dyplomu, Blinow otrzymał propozycję pracy w „zamkniętym" miasteczku naukowym, otaczanym tak ścisłą tajemnicą, że Zachód dopiero po wielu latach dowiedział się o prowadzonych tam pracach. Ale dla młodego naukowca, zwabionego perspektywą szybkiego uzyskania mieszkania i współpracą z największymi autorytetami w jego dziedzinie, Arzamas-16 wcale nie kojarzył się z luksusowym więzieniem.

Według sowieckich standardów warunki życia były tam naprawdę luksusowe. Miasteczko akademickie, oprócz niewielkich, lecz samodzielnych mieszkań, oferowało pracownikom znacznie lepiej zaopatrzone sklepy niż gdzie indziej, dużo wyższe pensje i wręcz nieograniczone możliwości prowadzenia prac badawczych. Jedynym elementem, który dawał się we znaki, był całkowity zakaz wyjazdu z miasta.

Tylko raz w roku pracownikom udzielano urlopów w specjalnych, również odizolowanych ośrodkach wypoczynkowych, w których pobyt kosztował śmiesznie mało. Ale później znów trzeba było wrócić na teren ogrodzony drutem kolczastym, gdzie kontrolowano całą korespondencję, podsłuchiwano wszystkie rozmowy telefonicznie i uważnie śledzono wszelkie kontakty towarzyskie.

Przed ukończeniem trzydziestki Iwan poślubił Walę, młodą bibliotekarkę i nauczycielkę angielskiego. To ona prowadziła obowiązkowe kursy, na których uczył się tego języka, niezbędnego do zapoznawania się z oryginałami całej dostępnej literatury fachowej z Zachodu. Początkowo byli szczęśliwi, ale szybko na ich związku położyła się cieniem niemożność spłodzenia dziecka, na którym obojgu bardzo zależało.

Jesienią 1977 roku Iwan Blinow przebywał na urlopie w Kisłowodsku, znanym kaukaskim uzdrowisku, i tam poznał Żenię Rozinę, a w tym okresie nie zdarzało mu się już wypoczywać razem z żoną.

Dwudziestodziewięcioletnia bezdzietna rozwódka z Mińska, o dziesięć lat od niego młodsza, zaimponowała mu swoją żywotnością, niespożytą energią i humorem. Lecz przede wszystkim zrobiło na nim wrażenie, że ciągle słuchała „zakazanych radiostacji", takich jak Głos Ameryki czy BBC, oraz czytywała wszelkie dostępne pisma ilustrowane, choćby „Polskę" – o wiele bardziej liberalne niż nudne i dogmatyczne wydawnictwa sowieckie. Zgodzili się korespondować ze sobą, a ponieważ Blinow dobrze wiedział, że cała jego korespondencja jest sprawdzana, poprosił Żenię, by wysyłała listy pod adresem jego znajomego, mieszkającego w „wolnej" części miasta Arzamas.

Rok później spotkali się ponownie, tym razem w Soczi nad morzem Czarnym. Małżeństwo Blinowa było już wówczas tylko formalnym związkiem, nic więc dziwnego, że przyjaźń szybko przekształciła się w żarliwy romans. Po raz trzeci i ostatni spotkali się w Jałcie w roku 1979. Wtedy też oboje zrozumieli, że połączyła ich gorąca miłość, nie mająca jednak żadnych szans na spełnienie.

Iwan nie umiał sobie wyobrazić rozwodu z żoną, tym bardziej, że nie łączyło jej uczucie z jakimś innym mężczyzną. Wala nie była ładna, ale przez piętnaście lat pozostawała mu wierna, toteż nawet po wygaśnięciu miłości nie miał sumienia jej porzucić. Łączyło ich chociażby przywiązanie, a poza tym w zamkniętej społeczności akademickiego miasteczka wieść o rozwodzie uczyniłaby z Wali niemal trędowatą.

Żenia nie sprzeciwiała się jego postanowieniu, ale z zupełnie innych powodów. Dopiero przed rozstaniem wyznała mu, że związek z nią prawdopodobnie zrujnowałby mu karierę. Była bowiem Żydówką. Ponadto już wcześniej złożyła podanie do Wydziału Wiz i Repatriacji, gdyż zamierzała wyemigrować do Izraela. Wówczas bowiem, za rządów Breżniewa, otworzyły się dla rosyjskich Żydów wyjątkowe możliwości wyjazdu ze Związku Radzieckiego. Po spędzeniu w hotelu ostatniej, żarliwej nocy, pożegnali się serdecznie i rozstali na zawsze.

– Resztę chyba już pan wie – zakończyła opowiadanie.

– Tak. Znalazła się pani w obozie przejściowym w Austrii, gdzie wystąpiła do naszej ambasady o azyl.

– Zgadza się.

– A Iwan Iwanowicz?

– Sześć tygodni po powrocie z Jałty zorientowałam się, że jestem w ciąży. Iwan urodził się już tutaj, w Stanach Zjednoczonych, jest więc obywatelem amerykańskim. Przynajmniej będzie mógł dorastać w wolnym kraju.

– Czy później utrzymywała pani jeszcze kontakt z ojcem chłopca? Czy w ogóle powiadomiła go pani o narodzinach Iwana?

– Po co miałabym to robić? – spytała z goryczą w głosie. – On jest żonaty, mieszka i pracuje w luksusowych warunkach, ale niczym się nie różni od *zeka* z gułagu. Co mogłabym osiągnąć, poza rozdrapywaniem starych ran? Obudzić w nim tęsknotę do tego, co jest dla niego niedostępne?

– Ale chłopcu z pewnością opowiadała pani o ojcu.

– Tak, Iwan wie, że jego ojciec jest wspaniałym człowiekiem i słynnym naukowcem, który przebywa daleko stąd.

– No cóż, czasy się zmieniają – rzekł Monk w zamyśleniu. – Niewykluczone, że teraz Blinow może nawet wyjeżdżać do Moskwy. Mam przyjaciela, biznesmena, który często podróżuje do Rosji. Gdyby miała pani ochotę, mogłaby napisać list do tego znajomego, którego korespondencja nie jest kontrolowana, i poprosić Blinowa o spotkanie w Moskwie.

– W jakim celu? Co miałabym mu wyznać?

– Powinien wiedzieć, że ma syna. Może niech chłopiec napisze list. Zadbam o to, żeby dotarł do adresata.

Tego samego dnia, przed pójściem do łóżka, podekscytowany chłopiec napisał płynnie po rosyjsku dwustronicowy list, zaczynający się słowami: „Najdroższy tato..."

Jedenastego sierpnia „Gracie" Fields wrócił do ambasady tuż przed południem. Zapukał do drzwi gabinetu MacDonalda, zajrzał do środka, a kiedy tamten uniósł zasępione oblicze znad papierów, zrobił wymowny ruch głową.

– „Bąbel"? – zapytał szef komórki.

Fields przytaknął ruchem głowy.

Kiedy usiedli przy stole w zabezpieczonej sali konferencyjnej, położył przed MacDonaldem fotografię zamordowanego mężczyzny. Było to jedno ze zdjęć zrobionych przez ekipę dochodzeniową w lesie, przedstawiające zwłoki niemal w tym samym ujęciu, jak na fotografii, którą wcześniej pokazywał im śledczy Czernow.

– Widziałeś się ze swoim informatorem? – zapytał Szkot.

– Owszem. Wiemy już, kim był ten człowiek. Pracował jako sprzątacz w siedzibie kierownictwa Unii Sił Patriotycznych.

– Sprzątacz?

– Zgadza się. Ścierał kurze w pokojach, jak „Niewidzialny człowiek" Chestertona. Pracował po nocach, żeby nikomu nie przeszkadzać. Przychodził w dni powszednie około dziesiątej wieczorem, sprzątał wszystkie pomieszczenia i wychodził przed świtem. Może właśnie dlatego przypominał wyglądem bezdomnego żebraka. Zresztą mieszkał z rodziną córki w maleńkim lokalu, zarabiał grosze. Ale to jeszcze nie wszystko.

Fields opowiedział następnie historię odnalezienia zwłok Nikity Akopowa, osobistego sekretarza Komarowa, który mniej więcej w połowie lipca wybrał prawdopodobnie bardzo zły moment na odświeżającą kąpiel w rzece, co skończyło się dla niego tragicznie.

MacDonald wstał i zaczął nerwowo chodzić z kąta w kąt.

– W naszej pracy musimy polegać tylko i wyłącznie na faktach – odezwał się w końcu. – Ale w tej sytuacji możemy się chyba odwołać do wyobraźni. Otóż wszystko wskazuje na to, że Akopow przez nieuwagę zostawił maszynopis na swoim biurku. Sprzątacz go zauważył, zaczął przeglądać, a ponieważ treść dokumentu nie przypadła mu do gustu, postanowił go wykraść. Zgadzasz się?

– Pasuje jak ulał. Następnego dnia, kiedy wyszedł na jaw brak manifestu, Akopow natychmiast został zwolniony ze stanowiska, ale ze względu na to, że znał treść maszynopisu, nie można go było pozostawić wśród żywych. Widocznie poszedł sobie popływać w towarzystwie dwóch barczystych chłopców, którzy trochę go przytrzymali pod powierzchnią.

– Prędzej utopili go wiadrze wody, a dopiero potem wrzucili ciało do rzeki – sprostował MacDonald. – Sprzątacz nie pojawił się w pracy, więc na niego także zapadł wyrok. Zapewne zorganizowano wielką obławę. Na nasze szczęście stary zdążył wcześniej podrzucić wykradzione materiały w samochodzie Celii Stone.

– Tylko dlaczego to zrobił, Jock? Czemu wybrał właśnie ją?

– Tego się już nigdy nie dowiemy. Prawdopodobnie była pierwszym pracownikiem ambasady, który wpadł mu w oko. Powiedział jej przecież, żeby przekazała maszynopis ambasadorowi i podziękowała za piwo. A swoją drogą, o co chodzi z tym piwem?

– Trudno powiedzieć. Pewne jest to, że go w końcu znaleźli – mruknął Fields. – Popracowali nad nim trochę i wszystko wyśpiewał, potem zaś wykończyli i porzucili zwłoki w lesie. Skąd jednak wiedzieli, gdzie Celia mieszka?

– Pewnie śledzili jej samochód, wystarczyło niepostrzeżenie pojechać za nią po pracy. Później zapewne przekupili milicjantów strzegących parkingu, przeszukali auto, a kiedy niczego nie znaleźli, włamali się do mieszkania. Stone przyłapała ich na gorącym uczynku.

– Zatem Komarow musi wiedzieć, że jego bezcenny maszynopis wpadł nam w ręce. Schwytał sprawcę kradzieży, ten zaś się przyznał, komu przekazał manifest. Ale Komarow nie ma żadnej pewności, czy ktoś z ambasady zwrócił uwagę na treść dokumentu. Celia równie dobrze mogła go wyrzucić do śmietnika. On także zdaje sobie sprawę, ile to różnorodnych petycji do nas wpływa, i wie zapewne, że traktujemy je jak pożółkłe liście. Można więc zakładać, że nawet się nie domyśla skutków wywołanych przez ten incydent.

– Nie. Teraz już to wie na pewno.

MacDonald wyciągnął z kieszeni marynarki miniaturowy magnetofon reporterski, który pożyczył od jednej z sekretarek. Z drugiej kieszeni wyjął kasetę i włożył ją na miejsce.

– Co to jest? – zapytał Fields.

– Pełny zapis wywiadu z Igorem Komarowem. Godzina rozmowy na jednej i godzina na drugiej stronie kasety.

– Sądziłem, że zabójcy ukradli Jeffersonowi magnetofon.

– I tak też było. Zdołali go nawet skutecznie rozwalić kulą z pistoletu, gdyż na dnie wewnętrznej kieszeni marynarki dziennikarza znalazłem sporo odłamków plastiku i metalu. Inspektor prowadzący dochodzenie jest przekonany, że drugi pocisk zatrzymał się na portfelu, ale w rzeczywistości on roztrzaskał magnetofon. Wszystko wskazuje więc na to, że tkwiąca wewnątrz kaseta nie da się już odtworzyć.

– Więc jak...

– Ten nieszczęśnik musiał widocznie uznać nagrany wywiad za bezcenny i zaraz po wyjściu na ulicę wyjął kasetę z magnetofonu, a włożył tam drugą. Tę odkryłem w etui ze skaju, które milicja znalazła w kieszonce puloweru. Ów zapis chyba wyjaśnia przyczynę śmierci Jeffersona. Posłuchaj.

MacDonald włączył magnetofon i salę wypełnił czysty, dźwięczny głos zabitego dziennikarza.

– Panie prezydencie, wróćmy jeszcze do spraw międzynarodowych, a w szczególności do dwustronnych stosunków Rosji z republikami byłego Związku Radzieckiego. Jak, w tym kontekście, wyobraża pan sobie odrodzenie potęgi narodu rosyjskiego?

Na chwilę zapadła cisza, po czym Kuzniecow przetłumaczył pytanie na rosyjski. Teraz na dłużej zapadło milczenie, wreszcie rozległ się ledwie słyszalny odgłos szybkich kroków po dywanie. Na taśmie został zarejestrowany trzask wyłączanego magnetofonu.

– Ktoś wstał i wyszedł z pokoju – wyjaśnił MacDonald.

Chwilę później rozbrzmiał głos Komarowa udzielającego odpowiedzi. Trudno było zgadnąć, jak długo trwała przerwa w zapisie wywiadu, ale tuż przed trzaskiem dał się słyszeć początek wypowiedzi Kuzniecowa:

– Jestem pewien, że prezydent zaraz...

– Nie rozumiem – wtrącił Fields.

– To proste, Gracie. Sam przełożyłem Czarny Manifest na angielski, siedziałem nad nim całą noc w gabinecie przy Vauxhall Cross. Trafiłem na określenie „wozrożdienije wo sławu russkowo naroda", które przetłumaczyłem jako „odrodzenie potęgi narodu rosyjskiego". Marchbanks, po zapoznaniu się z tekstem, musiał powtórzyć ten zwrot wydawcy „Daily Telegraph", ten zaś podsunął go zapewne Jeffersonowi jako jeden z tematów do rozmowy. Widocznie uznano go za bardzo interesujący, skoro reporter w trakcie wywiadu poprosił o skomentowanie tego stwierdzenia. Komarow musiał natychmiast rozpoznać cytat ze swego maszynopisu, tym bardziej, że usłyszał go dokładnie w takim samym brzmieniu, w jakim użył go w manifeście. A przyznaję, że nigdy wcześniej nie zetknąłem się z podobną składnią.

Fields przysunął sobie magnetofon, cofnął kasetę i po raz drugi odtworzył ten fragment nagrania. Teraz zwrócił uwagę, że gdy Kuzniecow tłumaczył na rosyjski pytanie Jeffersona, rzeczywiście użył zwrotu „wozrożdienije wo sławu russkowo naroda".

– Matko Boska – szepnął. – Komarow pewnie pomyślał, że Jefferson czytał cały maszynopis, a stąd chyba wywnioskował, iż zna rosyjski. I dlatego przyszło mu do głowy, że reporter został wysłany przez nas i miał za zadanie go wybadać. Sądzisz, że zastrzelili go bojówkarze z Czarnej Gwardii?

– Nie. Podejrzewam, że Griszyn wynajął morderców z zaprzyjaźnionego gangu. Wolał wykorzystać zawodowców. Gdyby mieli więcej czasu, pewnie porwaliby Jeffersona i poddali gruntownemu przesłuchaniu. Ale w tej sytuacji padł rozkaz unieszkodliwienia Anglika i odzyskania nagranej kasety.

– I co masz zamiar teraz zrobić, Jock?

– Wracam do Londynu. Gra skończona. Znamy już prawdę, a Komarow także o tym wie. Szef chciał mieć niezbity dowód, że maszynopis jest autentyczny, że nie jest to mistyfikacja. Teraz, kiedy już trzech ludzi zginęło z powodu tego manifestu, nie wyobrażam sobie, aby żądał jakichkolwiek dalszych dowodów.

SAN JOSE, LISTOPAD 1988

Dolina Krzemowa jest w rzeczywistości wydłużoną doliną, ograniczoną od zachodu górami Santa Cruz, a od wschodu pasmem wzgórz Hamilton, i obejmuje ciąg luźno zabudowanych miast, od Santa Clara na południu po Menlo Park na północy. Tyle w każdym razie obejmowała w roku 1988, gdyż od tamtego czasu znacznie się rozrosła. Swoją nazwę zaś zawdzięcza niezwykłemu nagromadzeniu około półtora tysiąca różnorodnych laboratoriów i zakładów wytwórczych związanych z najnowocześniejszymi technologiami elektronicznymi.

W listopadzie 1988 roku międzynarodowa konferencja naukowa została zorganizowana w największej metropolii doliny, San Jose, które z maleńkiej misyjnej mieściny z czasów kolonizacji hiszpańskiej przeistoczyło się w gigantyczne skupisko połyskliwych drapaczy chmur. Ośmiu członków delegacji radzieckiej zostało zakwaterowanych w hotelu „Fairmont". Jason Monk siedział już w holu, kiedy po raz pierwszy cała ekipa wkroczyła do recepcji.

Ośmiu naukowców eskortowała znacznie liczniejsza grupa rosyjskich „mózgowców", którą tworzyło sześciu pracowników ambasady z Nowego Jorku, jeden przedstawiciel konsulatu w San Francisco oraz czterech mężczyzn przybyłych wraz z fizykami z Moskwy. Monk, który był ubrany w tweedową marynarkę, z wolna sączył mrożoną herbatę i udawał pogrążonego w lekturze ostatniego numeru „New Scientist", bez trudu od razu rozpoznał pięciu posępnych stróżów porządku z KGB.

Przed przyjazdem do San Jose odbył długą rozmowę z zaprzyjaźnionym fizykiem jądrowym pracującym w laboratoriach Lawrence Livermore, który z nie skrywanym entuzjazmem odnosił się do perspektywy osobistego spotkania z bardzo znanym sowieckim fizykiem, profesorem Blinowem.

– Chyba nie muszę ci tłumaczyć, że ten facet to prawdziwa chodząca tajemnica – rzekł. – W ciągu ostatnich dziesięciu lat stał się jedną z najwybitniejszych osobistości w naszym środowisku. Wśród fizyków teoretyków już od dawna krążą różne legendy na jego temat. Podobno w Związku Radzieckim jest gwiazdą pierwszej wielkości, ale żadne jego publikacje ze względów bezpieczeństwa nie są drukowane poza granicami kraju.

Wiadomo tylko, że zdobył wiele nagród i wyróżnień, w tym także prestiżową nagrodę imienia Lenina. Zapewne był obsypywany zaproszeniami do wygłoszenia prelekcji i wykładów, my sami wysłaliśmy mu co najmniej dwa, ale za każdym razem dostawaliśmy uprzejmą odpowiedź z prezydium Radzieckiej Akademii Nauk, którą można by streścić krótko: „Nie ma mowy". Bardzo wiele wniósł do nauki, więc zapewne tak jak my wszyscy chciał znaleźć uznanie dla swych osiągnięć na forum międzynarodowym, tylko te bubki z akademii nauk nie zgadzały się na jego wyjazd. Ale wreszcie coś się zmieniło. Blinow będzie miał wykład z zakresu fizyki cząstek elementarnych i nie zamierzam go opuścić.

Podobnie jak ja, pomyślał wówczas Monk.

Z zainteresowaniem wysłuchał odczytu Rosjanina, który został wręcz owacyjnie przyjęty przez zgromadzonych fizyków. Ale zarówno na sali, jak i podczas przerw na kawę, kiedy to krążył między grupkami dyskutujących specjalistów, nie opuszczała go myśl, że ci ludzie równie dobrze mogliby mówić po marsjańsku. On bowiem nie rozumiał ani słowa.

Zyskał natomiast to, że oswoił bywalców hotelowego lobby ze swoim widokiem. Bez przerwy paradował w tweedowej marynarce, z okularami na łańcuszku kołyszącymi się na piersi i grubym plikiem fachowych czasopism pod pachą. Nawet oficer GRU i czterech agentów KGB przestało mu się w końcu badawczo przyglądać.

Ostatniego dnia pobytu radzieckiej delegacji w Stanach Zjednoczonych Jason zaczekał, aż profesor Blinow wróci wieczorem do swego pokoju i zapukał do drzwi.

– Kto tam?

– Służba hotelowa.

Drzwi uchyliły się tylko tyle, na ile zezwalał łańcuszek zabezpieczający. Rosjanin ze zdumieniem popatrzył na mężczyznę w eleganckim garniturze, trzymającego dużą wazę owoców, przewiązaną różową wstążką.

– Niczego nie zamawiałem.

– Oczywiście, proszę pana. Jestem kierownikiem nocnej zmiany i chciałem to przekazać z wyrazami szacunku od zarządcy hotelu.

Nawet po pięciu dniach spędzonych w Ameryce profesor Blinow wciąż nie mógł się nadziwić obfitości wszelakich dóbr konsumpcyjnych dostępnych w tym materialistycznym kraju. Jedynymi rzeczami, które i tu wyglądały podobnie, były pasjonujące dyskusje z kolegami po fachu oraz ścisła ochrona konferujących naukowców. Ale waza egzotycznych owoców ofiarowana w dowód szacunku stanowiła dla niego ewenement. Nie chcąc okazać niewdzięczności, wbrew kategorycznym instrukcjom oficerów KGB zdjął łańcuch i otworzył drzwi – postanowił na chwilę zapomnieć, że kto jak kto, ale oni wiedzą najlepiej, iż nie należy nikogo wpuszczać do pokoju w nocy.

Monk postawił wazę z owocami na stole, odwrócił się i zamknął drzwi na zasuwkę. W oczach naukowca pojawiły się błyski strachu.

– Wiem kim pan jest. Proszę natychmiast stąd wyjść, bo inaczej wezwę ludzi z mojej ochrony.

Monk uśmiechnął się przyjaźnie i odparł po rosyjsku:

– Oczywiście, profesorze. Wyjdę, kiedy pan tylko zechce. Ale mam coś dla pana. Proszę się najpierw z tym zapoznać, a potem wezwać swoich rodaków.

Osłupiały fizyk otworzył list od syna i przebiegł wzrokiem kilka pierwszych linijek.

– Co to za bzdury?! – wybuchnął. – Wdziera się pan siłą do mojego pokoju i w dodatku...

– Proszę mi dać pięć minut, później sobie pójdę, po cichu, bez żadnego zamieszania. Ale najpierw proszę mnie wysłuchać.

– Nie mam najmniejszej ochoty wysłuchiwać tego, co ma mi pan do powiedzenia. Ostrzegano mnie przed...

– Żenia jest w Nowym Jorku – wypalił Monk.

Profesor umilkł wreszcie i zastygł z otwartymi ustami. Miał dopiero pięćdziesiąt lat, lecz był całkiem siwy i wyglądał starzej. Przygarbił się i poprawił okulary na nosie. Raz i drugi zerknął ponad szkłami na Jasona, w końcu usiadł ciężko na brzegu łóżka.

– Żenia? – szepnął. – Tutaj? W Ameryce?

– Po waszym ostatnim wspólnym urlopie w Jałcie otrzymała wreszcie upragnioną zgodę na wyjazd do Izraela. Znalazła się w przejściowym obozie dla uchodźców w Austrii i tu zmieniła zdanie, zwróciła się do naszej ambasady i otrzymała wizę amerykańską. Wtedy też uświadomiła sobie, że spodziewa się pańskiego dziecka. A teraz proszę w spokoju przeczytać ten list.

Blinow czytał go powoli, marszcząc czoło ze zdumienia. Kiedy skończył, bezsilnie opuścił dwa arkusze kremowego papieru listowego i zapatrzył się na przeciwległą ścianę. Po chwili zdjął okulary i przetarł oczy. Z wolna dwie ciężkie łzy stoczyły się po jego policzkach.

– Mam syna – szepnął. – Dobry Boże, mam syna.

Monk wyjął zdjęcie z portfela i wyciągnął w jego kierunku. Chłopiec był na nim w baseballowej czapeczce i uśmiechał się szeroko, pokazując niezbyt równe przednie zęby.

– Iwan Iwanowicz Blinow – wyjaśnił Jason. – Nigdy jeszcze nie widział swego ojca, ma tylko stare wyblakłe zdjęcie z Soczi. Ale bardzo pana kocha.

– Mam syna – powtórzył jak zauroczony mężczyzna, który z zamkniętymi oczyma potrafił skonstruować bombę wodorową.

– Ale ma pan również żonę – mruknął Monk.

Blinow pokręcił głową.

– Wala zmarła na raka w ubiegłym roku.

Jasonowi serce mocniej zabiło. Miał przed sobą wolnego człowieka, który mógł pozostać w Ameryce, gdyby tylko zechciał. To niweczyło jego plany.

- Czego żądacie? - zapytał wprost fizyk.
- Za dwa lata przyjmie pan zaproszenie do wygłoszenia odczytu gdzieś na Zachodzie, a potem nie wróci do kraju. Niezależnie od tego, gdzie będzie się odbywała konferencja, przewieziemy pana do Stanów Zjednoczonych. Tu ułoży pan sobie życie, obejmie posadę wykładowcy na jakiejś renomowanej uczelni, dostanie duży dom w lesie, dwa samochody. I oczywiście zamieszka pan z Żenią oraz Iwanem. Oboje bardzo pana kochają, a i pan zapewne darzy ich uczuciem.
- Dwa lata.
- Tak, jeszcze dwa lata w Arzamasie. Ale musimy wiedzieć o wszystkim. Rozumie pan?

Blinow pokiwał głową. Do świtu Monk wbił Rosjaninowi w pamięć wschodnioberliński adres łącznika i przekazał pojemnik kremu do golenia w aerozolu, wewnątrz którego była ukryta buteleczka z atramentem sympatycznym wystarczającym do napisania tylko jednego listu. Nie było co marzyć o znalezieniu jakiejś skrzynki kontaktowej na terenie Arzamasu, w grę wchodziło więc tylko jedno spotkanie podczas następnego urlopu, a rok później zorganizowanie ucieczki z taką ilością materiałów, jaką tylko profesor da radę wykraść.

Kiedy Jason wychodził po tym spotkaniu z hotelu, nie potrafił uciszyć natrętnego głosu, który powtarzał w jego myślach: „Jesteś ostatnią gnidą, Monk. Mogłeś pozwolić mu już teraz zostać w Ameryce". Ale jednocześnie przebijał się też drugi głos, mówiący: „Nie należysz przecież do organizacji dobroczynnej zajmującej się łączeniem rozbitych rodzin. Jesteś cholernym agentem wywiadu i zrobiłeś tylko to, co do ciebie należało". Toteż Monk poprzysiągł sobie w duchu, że uczyni wszystko, by pewnego dnia Iwan Jewdokimowicz Blinow rzeczywiście zamieszkał w Stanach Zjednoczonych ze swą drugą żoną i synkiem, a Wuj Sam hojną ręką wynagrodził mu każdą minutę tych dwóch lat w Arzamasie.

Spotkanie odbyło się dwa dni później w prywatnym gabinecie sir Henry'ego Coombsa na ostatnim piętrze gmachu przy Vauxhall Cross, żartobliwie nazwanego „Pałacem Światła i Kultury". To określenie zapożyczył sobie jeden z dawnych agentów wywiadu, nie żyjący już Ronnie Bloom, specjalista od spraw Dalekiego Wschodu, który podczas pobytu w Pekinie miał okazję zwiedzać stary chiński zabytek o tej nazwie. Stwierdził wówczas ze zdumieniem, że wnętrze budowli, w której wiecznie zalega półmrok i niewiele jest tam obiektów mających jakikolwiek związek z kulturą, jako żywo przypomina mu jego własny gabinet w nowo wybudowanej londyńskiej siedzibie służb wywiadowczych. Nazwa błyskawicznie się przyjęła.

Jak poprzednio, udział w nim wzięli obaj kontrolerzy, wschodniej i zachodniej półkuli, oraz szef sekcji sowieckiej, Marchbanks. MacDonald relacjonował wydarzenia prawie przez godzinę, następnie udzielał odpowiedzi na pytania przełożonych.

– No i co o tym sądzicie, panowie? – spytał w końcu głównodowodzący służb wywiadowczych.

Każdy kolejno przedstawił swoje zdanie, lecz wszyscy byli jednomyślni. Należało zakładać, że Czarny Manifest rzeczywiście został wykradziony i przedstawia autentyczny program polityczny, który Komarow zamierza wcielić w życie po dojściu do władzy. Pokrótce można go było streścić jako powrót do jednopartyjnej tyranii, opartej na agresji w stosunkach międzynarodowych oraz ludobójstwie wewnątrz kraju.

– Jeśli możesz, Jock, postaraj się jeszcze do wieczora przygotować mi przedstawione tutaj wnioski w formie pisemnej. Będę musiał udać się z tym do premiera. Ponadto uważam, iż mamy obowiązek podzielić się owymi informacjami z naszymi kolegami z Langley. Sean, zajmiesz się tym?

Kontroler zachodniej półkuli przytaknął ruchem głowy. Szef wstał z fotela.

– To parszywa sprawa. Nie ulega wątpliwości, że musimy przeciwdziałać. Postaram się, aby politycy dali nam zielone światło dla akcji, zmierzającej do pohamowania zapędów tego szaleńca.

Stało się jednak inaczej. W ostatnich dniach sierpnia sir Henry Coombs został wezwany do gabinetu pewnego wyższego rangą urzędnika Foreign Office przy King Charles Street.

Zajmujący od lat stanowisko podsekretarza stanu sir Reginald Parfitt był nie tylko przyjacielem szefa służb wywiadowczych, lecz należał ponadto do tak zwanych „Pięciu Mędrców" – w skład których wchodzili oprócz niego przedstawiciele ministerstw skarbu, obrony, spraw wewnętrznych oraz urzędu rady ministrów – opiniujących na użytek premiera wszystkich kandydatów na wyższe stanowiska w wywiadzie. Obaj mężczyźni znali się od dawna i utrzymywali ze sobą dość zażyłe stosunki, zdawali sobie jednak sprawę, iż działają w zupełnie różnych sytuacjach prawnych i dla odmiennych mocodawców.

– Chodzi o ten przeklęty dokument, który twój człowiek przywiózł z Rosji w ubiegłym miesiącu – zaczął Parfitt.

– Czarny Manifest?

– Doskonała nazwa. To twój pomysł, Henry?

– Nie, dowódcy naszej komórki w Moskwie. Wydawała mi się nadzwyczaj adekwatna.

– Masz całkowitą rację, rzeczywiście jest „czarny". No cóż, zapoznaliśmy z nim Amerykanów, ale na razie nikogo więcej. Sprawa dotarła też tak wysoko, jak tylko było to możliwe, czyli do naszego „pana i władcy". – Miał na myśli sekretarza brytyjskiego Foreign Office. – Zapoznał się z maszynopisem przed wyjazdem na urlop do Toskanii. Przeczytał go także amerykański sekretarz stanu. Nie muszę ci mówić, że obaj przyjęli jego treść z obrzydzeniem.

– Czy zamierzają w jakiś sposób zareagować, Reggie?

– Zareagować?... No cóż, z tym jest mały problem. Rządzący mogą reagować tylko na wystąpienia rządzących, a nie na teksty zagranicznych polityków opozycyjnych. Oficjalnie ten dokument – postukał palcem w leżącą przed nim kopię tłumaczenia manifestu – z całą pewnością w ogóle nie istnieje. Tylko my dwaj wiemy, jaka jest prawda. Oficjalnie nie mieliśmy też prawa uzyskania do niego dostępu, ponieważ bez wątpienia został skradziony. Obawiam się więc, że oficjalnie żaden z naszych rządów nie może nic w tej sprawie zrobić.

– To oficjalnie – mruknął Henry Coombs. – Ale nasz rząd, w swej nieskończenie wielkiej mądrości, powołał do życia moje służby bez wątpienia właśnie po to, abyśmy, jeśli tylko nadarza się okazja, podejmowali całkiem nieoficjalne działania.

– Masz absolutną rację, Henry. Domniemywam również, że chodzi ci o jakiegoś rodzaju tajną operację.

Użycie ostatnich dwóch słów przez sir Reginalda świadczyło jednoznacznie, iż jakiś idiota zdążył już uchylić okno i krzyknąć, że gdzieś tu ulatnia się gaz.

– Nie byłaby to pierwsza w historii akcja zmierzająca do wyeliminowania groźnego maniaka politycznego, Reggie. Dałoby się to załatwić po cichu. Nie muszę ci mówić, że potrafimy robić takie rzeczy.

– Ale problem polega na tym, że podobne operacje bardzo rzadko kończyły się sukcesem, Henry. Obaj przywódcy polityczni z przeciwległych brzegów Atlantyku skłaniają się ku twierdzeniu, że choćby miała to być najściślej tajna akcja, to i tak, wcześniej czy później, wyszłaby na jaw, ku ich olbrzymiemu rozczarowaniu. A nasi amerykańscy przyjaciele mają już dość swoich „gate'ów", z powodu których nie mogą spać po nocach. Watergate, Irangate, Contragate... Nasi mocodawcy także pamiętają podobne przecieki, po których otrzymywali bulwersujące raporty parlamentarnych komisji nadzwyczajnych, że wspomnę tylko aferę łapówkarską w Izbie Gmin czy sprawę sprzedaży broni do Iraku... Chyba rozumiesz, co mam na myśli, Henry?

– Usiłujesz mi dać do zrozumienia, że pewnym facetom zabrakło w tym wypadku jaj.

– To brutalne stwierdzenie, lecz bardzo adekwatne. Zawsze podziwiałem twoje zdolności nazywania niektórych spraw po imieniu. A wracając do rzeczy, nie sądzę, aby jakieś oficjalne czynniki obu naszych krajów wyraziły jeszcze swe poparcie dla tego człowieka, zarówno podczas kampanii przedwyborczej, jak i po dojściu do władzy. Ale na tym koniec. Każda propozycja jakichkolwiek działań zostanie odrzucona.

Podsekretarz stanu odprowadził szefa służb wywiadowczych do drzwi. Ściskając mu dłoń na pożegnanie, spojrzał koledze prosto w oczy i uśmiechając się lekko, dodał:

– I chcę, żebyś to zrozumiał całkiem dosłownie, Henry. Nie!

W trakcie drogi powrotnej do Vauxhall Cross, spoglądając zza szyby służbowej limuzyny na płynącą leniwie Tamizę, sir Henry Coombs pomyślał, iż nie ma innego wyjścia, jak pogodzić się z podjętą przez rząd decyzją. Kiedyś wystarczył męski uścisk dłoni, nie trzeba było nikogo przekonywać, że wszystko odbędzie się w absolutnej tajemnicy. Ale w ciągu ostatnich dziesięciu lat coraz więcej poufnych dokumentów miało okazję ujrzeć światło dzienne, przy czym zazwyczaj rozpoczynano łowy na człowieka, który podpisał taki czy inny rozkaz. Dlatego też nikt w Londynie i Waszyngtonie nie miał już odwagi zatwierdzić tajnej operacji wywiadowczej, zmierzającej do powstrzymania Igora Komarowa w jego szybkim marszu po władzę.

WŁADIMIR, LIPIEC 1989

Amerykański naukowiec, niejaki doktor Philip Peters, raz już odwiedził Związek Radziecki w celu zaspokojenia swej niegroźnej pasji oglądania dzieł sztuki orientalnej oraz rosyjskich antyków. Nic się wówczas nie wydarzyło, nikogo nie zdziwił jego przyjazd.

Teraz, po upływie roku, kiedy zdjęto kolejne ograniczenia w ruchu turystycznym, jeszcze więcej osób odwiedzało Moskwę. Toteż dla Monka jedynym problemem pozostało pytanie, czy powinien po raz drugi skorzystać z dokumentów Petersa. Doszedł do wniosku, że niczym mu to nie grozi.

List od profesora Blinowa był jednoznaczny. Udało mu się zebrać wystarczająco dużo materiałów na temat spraw, których wyjaśnienia domagali się Amerykanie. Ów spis naglących pytań został sporządzony po burzliwych dyskusjach w gronie najznamienitszych amerykańskich akademików i był gotowy jeszcze zanim Monk zapukał do drzwi pokoju w hotelu „Fairmont". To właśnie z nimi Iwan Blinow zapoznawał się przez większą część tamtej nocy. Teraz zaś był gotów dostarczyć odpowiedzi na te pytania. Ale nękały go obawy, czy zdoła się niepostrzeżenie dostać do Moskwy.

Drugim ważnym ośrodkiem naukowym Rosji było miasto Gorki, oddalone zaledwie o półtorej godziny jazdy pociągiem od Arzamasu. Po licznych protestach Blinowa KGB zgodziło się w końcu zrezygnować ze ścisłej obstawy profesora przy każdym jego wyjściu poza teren miasteczka badań jądrowych i zezwoliło mu na podróże do stolicy okręgu. Argumentował, że skoro był już za oceanem, to czemu nie miałby swobodnie podróżować do Gorkiego. Ostatecznie poparł go komisarz polityczny ośrodka. Zatem, nie będąc śledzonym, Blinow mógł w Gorkim wsiąść do pociągu i odwiedzić zabytkowy Władimir, ale dalsza wyprawa byłaby dla niego niebezpieczna, ponieważ przed zmrokiem musiał wrócić do Arzamasu. Dlatego też spotkanie wyznaczono na dziewiętnastego lipca, w samo południe, w zachodnim skrzydle soboru Uspienskiego we Władimirze.

Monk przez dwa tygodnie zapoznawał się z planem tego miasta, znanego jeszcze ze średniowiecza, a słynącego przede wszystkim z dwóch wspaniałych soborów z piętnastowiecznymi freskami Andrieja Rublowa. Większy z nich nosił nazwę soboru Uspienskiego, mniejszy zaś był poświęcony świętemu Dymitrowi.

Specjaliści z Langley nie znaleźli jednak żadnej grupy turystów wybierającej się tego dnia do Władimira. Samotna wyprawa była zanadto ryzykowna, w gromadzie zawsze łatwiej się ukryć. Ale natrafiono na wycieczkę organizowaną przez koło miłośników starej rosyjskiej architektury sakralnej, która dziewiętnastego lipca miała zwiedzać słynną Ławrę Troicko-Grigoriewską w podmoskiewskim Zagorsku. Doktor Peters znalazł się na liście uczestników.

Przez trzy dni, podczas wędrówek po kremlowskich soborach, Jasonowi nietrudno się było wcielić w rolę miłośnika dawnej sztuki sakralnej, spacerującego z nieodzownym przewodnikiem pod pachą i ze strzechą wiecznie zmierzwionych blond włosów. Pod koniec trzeciego dnia pobytu w stolicy przewodnik z Inturistu polecił grupie stawić się następnego dnia o wpół do ósmej w hotelowym lobby, mieli bowiem pojechać autobusem do Zagorska.

O siódmej piętnaście doktor Peters przekazał przez posłańca kierownikowi grupy kartkę informującą, że cierpi na poważne dolegliwości żołądkowe i zostanie tego dnia w swoim pokoju. Ale już o ósmej Monk niepostrzeżenie wyszedł z hotelu „Metropol", udał się na pobliski dworzec Kazański i wsiadł do pociągu odjeżdżającego do Władimira. Przed jedenastą znalazł się w słynnym mieście soborów.

Jak należało oczekiwać, kręciło się tu wiele grup turystów, a ponieważ w mieście nie było żadnych instytucji wagi państwowej, zwiedzający mogli się poruszać swobodnie, prawie bez nadzoru. Jason kupił sobie przewodnik po zabytkach Władimira i zaczął chodzić wokół soboru Dymitrijewskiego, podziwiając budowlę ozdobioną tysiącem trzystu reliefami przedstawiającymi dzikie zwierzęta, ptaki, kwiaty, gryfy, świętych oraz proroków. Dziesięć minut przed dwunastą pokonał trzysta metrów dzielące go od soboru Uspienskiego, wkroczył do środka i zaczął podziwiać freski Rublowa w zachodnim skrzydle. Po minucie tuż za jego plecami rozległo się stłumione kaszlnięcie. Jeśli Blinow był śledzony, to już po mnie, przemknęło mu przez myśl.

– Dzień dobry, profesorze – mruknął, nie odwracając głowy. – Jak się pan miewa?

– Doskonale. Jestem tylko zdenerwowany.

– Tak samo jak ja.

– Mam dla was materiały.

– I ja mam coś dla pana. Długi list od Żeni i drugi, od Iwana, z kilkoma rysunkami ze szkoły. Nawiasem mówiąc, chłopak musiał odziedziczyć zdolności po panu. Jego nauczycielka matematyki twierdzi, że znacznie się wyróżnia spośród rówieśników.

Fizyk rzeczywiście musiał być silnie zdenerwowany, gdyż na jego czole perliły się grube krople potu. Mimo to uśmiechnął się szeroko.

– Niech pan idzie za mną – rzekł cicho Monk. – I proszę udawać, że interesują pana wyłącznie te wspaniałe freski.

Profesor podreptał za nim, ale w zdenerwowaniu rozglądał się na wszystkie strony, jakby nie mógł nasycić oczu malowidłami. Po chwili grupa francuskich turystów przeszła do drugiej części soboru i zostali sami. Monk pospiesznie przekazał Blinowowi listy, które przywiózł ze sobą ze Stanów Zjednoczonych. Był do nich dołączony również spis dalszych pytań amerykańskich naukowców. Fizyk błyskawicznie schował papiery w wewnętrznej kieszeni marynarki i wręczył Jasonowi trzycentymetrowej grubości plik dokumentów skopiowanych potajemnie w Arzamasie.

Monk skrzywił się na widok tak dużego bagażu. Szybko jednak rozpiął koszulę, wsunął za nią papiery i kilkoma ruchami ułożył je sobie na plecach. Wyciągnął dłoń na pożegnanie i uśmiechnął się przyjaźnie.

– Głowa do góry, Iwanie Jewdokimowiczu. Został panu już tylko rok.

Wyszli z soboru pojedynczo. Blinow wrócił do Gorkiego i stamtąd pojechał z powrotem do zamkniętego ośrodka badawczego, natomiast Monk udał się pociągiem do Moskwy. Zdążył przekazać tajne materiały łącznikowi z ambasady i położyć się do łóżka, zanim wróciła wycieczka z Zagorska. Wszyscy z troską dopytywali się o jego samopoczucie, powtarzając, że stracił jedno z najwspanialszych doświadczeń w swoim życiu.

Dwudziestego lipca cała grupa odleciała z Moskwy do Nowego Jorku trasą wiodącą ponad biegunem północnym. Tego samego wieczora na lotnisku Kennedy'ego wylądował także samolot rejsowy z Rzymu. Na jego pokładzie znajdował się Aldrich Ames, powracający z trzyletniego pobytu na placówce we Włoszech z zamiarem dalszego szpiegowania na rzecz KGB. A już wtedy jego konto bankowe opiewało na dwa miliony dolarów.

Przed odlotem z Rzymu wbił sobie w pamięć, a następnie spalił, dziewięciostronicowy spis najważniejszych spraw do wyjaśnienia, przekazany mu z Moskwy. Na pierwszym miejscu została tam wymieniona konieczność zdobycia informacji na temat innych agentów CIA działających na terenie Związku Radzieckiego, a w szczególności tych, którzy są oficerami KGB i GRU, wysokimi rangą urzędnikami państwowymi bądź naukowcami. Poniżej znajdował się odręczny dopisek, nakazujący mu zwrócić baczną uwagę na informatorów, których łącznikiem jest niejaki Jason Monk.

ROZDZIAŁ 9

Sierpień nie jest najlepszym miesiącem dla właścicieli znanych londyńskich klubów dla dżentelmenów, takich jak „Saint James", „Piccadilly" czy „Pall Mall". Nie dość, że połowa stałych bywalców wypoczywa wówczas w najróżniejszych częściach Wielkiej Brytanii oraz świata, to jeszcze większość personelu chciałaby równocześnie wybrać się ze swymi rodzinami na urlopy.

Liczne kluby w tym czasie zamykają swoje podwoje, a ich członkowie, którzy z takich czy innych powodów muszą pozostać w stolicy, są narażeni na straszliwe niewygody w rodzaju konieczności podpisania dwustronnej umowy, pozwalającej im w tym okresie stołować się i spędzać wolne chwile w innych podobnych lokalach. Ale ostatniego dnia miesiąca klub „White'a" został ponownie otwarty i sir Henry Coombs mógł się tam umówić na lunch z człowiekiem o piętnaście lat starszym, jego poprzednikiem na stanowisku głównodowodzącego służb wywiadowczych.

Siedemdziesięcioczteroletni sir Nigel Irvine od piętnastu lat nie miał nic wspólnego z wywiadem, chociaż przez dziesięć pełnił jeszcze rolę „pewnej osoby w mieście", czyli tak jak i jego poprzednicy wykorzystywał bogate doświadczenie, znajomość tajników sprawowania władzy oraz swoją inteligencję na różnych kierowniczych stanowiskach, mających tylko tę wspólną cechę, że pozwalały mu nieco powiększyć jego fundusz emerytalny.

Ale prawie od pięciu lat już nie pracował. Mieszkał w przytulnym domku na przedmieściach Swanage w hrabstwie Dorset, na samym krańcu półwyspu Isle of Purbeck. Pisał pamiętniki, wiele czytał, wyprawiał się na długie spacery wzdłuż wybrzeża kanału La Manche, a od czasu do czasu przyjeżdżał do Londynu, żeby odwiedzić przyjaciół. I w powszechnym mniemaniu tychże przyjaciół oraz ich młodszych kolegów uchodził ciągle za człowieka aktywnego zawodowo, o czym zdawało się przekonywać bystre spojrzenie jego łagodnych niebieskich oczu.

Ci jednak, którzy go dobrze znali, wiedzieli doskonale, że myląca powierzchowność wręcz niespotykanej już kurtuazji, okazywanej wszystkim bez wyjątku, skrywa człowieka o nieugiętej woli, potrafiącego się wykazać bezprzykładną stanowczością. A Henry Coombs, mimo dzielącej ich różnicy wieku, znał Irvine'a chyba lepiej, niż ktokolwiek inny.

Zresztą obaj szefowie tajnych służb wywodzili się z tego samego kręgu fachowców od spraw Rosji. Po ustąpieniu sir Nigela ze stanowiska, przypadało ono kolejno w udziale dwóm znawcom orientu, a następnie specjaliście od problemów świata arabskiego, zanim wreszcie nominacja Coombsa nie zapoczątkowała powrotu do władzy tych, na których barkach spoczywał główny ciężar walki z agentami sowieckimi. Kiedy Nigel Irvine był głównodowodzącym, Coombs kierował placówką wywiadowczą w Berlinie, na pierwszej linii zmagań z gigantyczną tamtejszą siatką KGB oraz równie prężną organizacją szpiegów wschodnioniemieckich, kierowaną przez Marcusa Wolfa.

Irvine zniósł cierpliwie nie znaczącą rozmowę w zatłoczonym barze na dole klubu, choć przez cały czas nękała go świadomość, że musi przecież istnieć jakiś ważki powód, dla którego jego były protegowany poprosił go o odbycie podróży z Dorset do parnego Londynu, nie mogło wszak chodzić tylko o zjedzenie wspólnego lunchu. Ale dopiero gdy rozsiedli się w saloniku na górze, przy oknie wychodzącym na ulicę Saint James, Coombs przeszedł do właściwego celu tego spotkania.

– Coś się dzieje w Rosji – zaczął.

– Nawet bardzo wiele, a sądząc po tonie artykułów prasowych, dzieje się coraz gorzej.

Coombs przyjął to z uśmiechem. Doskonale wiedział, że jego były szef dysponuje znacznie lepszymi źródłami wiadomości niż codzienna prasa.

– Nie chcę się wdawać w szczegóły, w każdym razie nie tu i nie teraz. Przedstawię ci tylko w skrócie przebieg wydarzeń.

– Rozumiem – odparł Irvine.

Sir Henry szybko zrelacjonował to, co zaszło w ciągu ostatnich sześciu tygodni w Moskwie i Londynie. Szczególny nacisk położył na reakcję władz brytyjskich.

– Nikt nie zamierza nawet palcem kiwnąć w tej sprawie, decyzja jest ostateczna – podsumował. – Wypadki mają się toczyć swoim torem, choćby były nie wiem jak godne pożałowania. W każdym razie takie wnioski przedstawił mi przed kilkoma dniami podsekretarz stanu w ministerstwie spraw zagranicznych.

– Obawiam się, iż znacznie przeceniasz moje możliwości, jeśli zakładasz, że jakimś cudem zdołam nakłonić do działania tych ważniaków z King Charles Street – odparł sir Nigel. – Jestem już stary, zażywam spokoju na emeryturze. Jak ujął to pewien poeta: „Wszystkie biegi za nami, emocje opadły".

– Przyniosłem dwa dokumenty i chciałbym, abyś rzucił na nie okiem – nie ustępował Coombs. – Pierwszy z nich to szczegółowy raport opisujący wszystkie zdarzenia, albo raczej odtworzony przez nas prawdopodobny ich przebieg, od chwili gdy pewien odważny, lecz nierozsądny staruszek wykradł tajny maszynopis z gabinetu osobistego sekretarza Igora Komarowa. Sam będziesz miał okazję ocenić, czy nadana mu przez nas nazwa Czarnego Manifestu jest odpowiednia, czy też wolałbyś inną.

– A drugi dokument?

– Tenże Czarny Manifest.

– Dziękuję ci za zaufanie. Co jednak, według ciebie, miałbym z nimi zrobić?

– Najpierw zabierz je do domu i przeczytaj, później sam dokonasz wyboru.

Kiedy przyszła kelnerka, żeby zabrać puste miseczki po budyniu z dżemem, Coombs zamówił kawę oraz dwie lampki najprzedniejszego porto, jakim szczycił się ten klub, starego trunku marki Fonseca.

– Załóżmy, że całkowicie zgodzę się z tym wszystkim, co powiedziałeś na temat przerażających perspektyw opisanych w tym manifeście. Co wtedy?

– Pomyślałem sobie, Nigelu... że ci ludzie, z którymi, jak mi wiadomo, masz się w przyszłym tygodniu spotkać w Ameryce...

– Mój drogi Henry, nawet ty nie powinieneś nic wiedzieć o tym spotkaniu.

Coombs wzruszył ramionami, ale w głębi ducha poczuł satysfakcję, że zdołał zaskoczyć starego wygę. Znał bowiem dokładnie termin rozpoczynającego się posiedzenia rady, której Irvine był członkiem.

– Niech i mnie będzie wolno posłużyć się cytatem: ,,Mam swoich szpiegów wszędzie".

– Muszę przyznać, że bardzo się cieszę, iż niewiele uległo zmianie od chwili zdjęcia mnie ze stanowiska – rzekł zadowolony sir Nigel. – W porządku, załóżmy więc, że naprawdę mam się spotkać z jakimiś ludźmi w Ameryce. I co dalej?

– Resztę zostawiam tobie, sam zadecydujesz. Jeśli dojdziesz do wniosku, że nie ma powodu rwać włosów z głowy, spal oba dokumenty i rozsyp popioły. Jeśli zaś ocenisz, że warto je zabrać ze sobą do Ameryki, tak też postąpisz.

– Zaczyna to być coraz bardziej intrygujące, mój drogi.

Coombs wyjął z teczki niewielki pakunek starannie owinięty szarym papierem i przekazał go starszemu koledze. Irvine szybko schował materiały do swojej aktówki, upchnąwszy je obok sporej paczki zawierającej większą porcję szarego lnianego płótna, które kupił dla swojej żony, z zapałem oddającej się w długie zimowe wieczory haftowaniu poszewek na poduszki.

Pożegnali się w holu i sir Nigel Irvine pojechał taksówką na dworzec kolejowy, chciał bowiem złapać najbliższy pociąg powrotny do hrabstwa Dorset.

LANGLEY, WRZESIEŃ 1989

Kiedy Aldrich Ames wrócił do Waszyngtonu, jego dotychczasowa dziewięcioletnia kariera szpiega KGB miała jeszcze przed sobą zdumiewającą perspektywę ponad czterech lat powodzenia.

Opływając w bogactwa, zaczął nowy rozdział swego życia od kupna luksusowego domu za pół miliona dolarów w gotówce, a w jego garażu stanął nowiutki sportowy jaguar. Mógł sobie pozwolić na taki zbytek, formalnie zarabiając rocznie około pięćdziesięciu tysięcy dolarów, i nikt nie zwrócił na ten fakt większej uwagi.

Na placówce w Rzymie zajmował się sprawami sowieckimi, więc bez względu na to, że był oddelegowany do sekcji zachodnioeuropejskiej, po powrocie do Langley został pracownikiem sekcji SE. Jego mocodawcom z KGB było to nadzwyczaj na rękę, zyskał bowiem ponownie bezpośredni dostęp do tajnych akt personalnych Archiwum trzysta jeden.

Niespodziewanie pojawiły się jednak kłopoty, ponieważ równocześnie powrócił do Langley Milton Bearden, zajmujący się wcześniej tajnymi operacjami wymierzonymi przeciwko działaniom Rosjan na obszarze okupowanego Afganistanu. A jednym z pierwszych zadań, jakie postawił przed sobą po objęciu kierownictwa sekcji, było pozbycie się Amesa z grona bliskich współpracowników. Lecz podobnie jak jego poprzednicy, napotkał w tym względzie olbrzymie trudności.

Ken Mulgrew, ów nieprzejednany biurokrata, w ciągu minionych lat wysoko awansował w hierarchii służb pozaoperacyjnych i zajmował teraz stanowisko szefa działu personalnego. Miał więc ogromny wpływ na wszelkie decyzje dotyczące zaszeregowania pracowników agencji. Jak należało oczekiwać, Mulgrew i Ames szybko odnowili zażyłą alkoholową przyjaźń, teraz o tyle bogatszą, że tego drugiego stać było na najlepsze gatunkowo trunki. To właśnie sztywne stanowisko Mulgrewa doprowadziło do frustracji Beardena zaraz po objęciu kierownictwa sekcji.

Tymczasem CIA zdążyło niemal całkowicie skomputeryzować tajne archiwa, zdecydowawszy się powierzyć swoje największe tajemnice owym całkiem bezbronnym przed włamywaczami urządzeniom. Ames zaś podczas pobytu w Rzymie zapoznał się gruntownie z obsługą komputerowych baz danych. Zatem teraz potrzebne mu było jedynie hasło dostępu, a uzyskałby nieograniczony wgląd w akta Archiwum trzysta jeden, nie musząc nawet wstawać od swego biurka – mógł zapomnieć o dźwiganiu plastikowych toreb wypełnionych skopiowanymi dokumentami. A jednocześnie nie musiał też podpisywać żadnych papierków, potwierdzających jego wizytę w tajnym archiwum.

Pierwszym kodem dostępu, jaki Mulgrew zdołał wykraść dla swego przyjaciela, było hasło szefa grupy operacji zagranicznych sekcji SE. Okazało się jednak, że dane tej grupy dotyczą wyłącznie informatorów działających poza granicami Związku Radzieckiego i satelickich krajów socjalistycznych. Nie było więc tam nawet wzmianki o Lizandrze, wojowniku spartańskim, kierującym komórką kontrwywiadowczą we wschod-

200

nioberlińskim oddziale KGB, ani o Orionie, mitycznym łowcy, zajmującym wysokie stanowisko w ministerstwie obrony w Moskwie. Nie znalazł również danych o Delfijczyku, kojarzącym się ze starożytną wyrocznią, będącym najwyższym rangą źródłem CIA w sowieckim ministerstwie spraw zagranicznych, ani też o czwartym informatorze, który tęsknił za osiedleniem się po drugiej stronie Atlantyku, pracując w ściśle strzeżonym ośrodku badań jądrowych na bezkresnych równinach między Moskwą i Uralem, a funkcjonującym pod pseudonimem mitycznego Pegaza.

Kiedy Ames nakazał komputerowi przerzucić wszelkie zapisy archiwalne w poszukiwaniu jakichkolwiek odnośników do nazwiska Jasona Monka, nie znalazł absolutnie niczego. Nie mógł wiedzieć, że Monk przewyższał go już wówczas rangą, miał bowiem kategorię GS 15, podczas gdy Ames tylko GS 14. Niepowodzenie tych działań, a także zdobyte wcześniej dane, nasunęły mu oczywisty wniosek, że wszyscy informatorzy nadzorowani przez tego agenta muszą przebywać na terenie Związku Radzieckiego. Natomiast wieści, jakie zdołał wyciągnąć podczas suto zakrapianych alkoholem rozmów ze Scuttlebuttem oraz Mulgrewem, podpowiedziały mu resztę.

Wśród pracowników krążyły opinie, że Jason Monk jest najlepszym agentem, wielką nadzieją sekcji odnoszącej ostatnimi czasy wiele dotkliwych porażek. Mówiono też o nim jak o samotniku, niemalże błędnym rycerzu, który stosuje swoje własne metody, często wykraczając poza przepisy instrukcji, i z pewnością już dawno zostałby wykopany z agencji, gdyby nie to, że jego działania przynoszą zdumiewająco dobre rezultaty, podczas gdy wszystko wokół niego dosłownie się wali.

Mulgrew, będący typowym bezdusznym urzędnikiem, wyrażał się o Monku z pogardą. Wściekała go demonstracyjna niezależność, wieczne sprzeciwy na wypełnianie niezbędnych dokumentów w trzech egzemplarzach, a przede wszystkim jawna niechęć do okazywania należnego szacunku właśnie takim osobistościom jak Ken Mulgrew.

Ames świadomie podsycał ową pogardę, wykorzystując fakt, że ma znacznie mocniejszą głowę – mógł bowiem zebrać jeszcze myśli po takiej dawce alkoholu, po której Mulgrew zaczynał się już tylko bełkotliwie chełpić własnymi osiągnięciami.

Pewnego wieczoru, we wrześniu 1989 roku, kiedy rozmowa zeszła po raz kolejny na temat „błędnego rycerza" z Wirginii, Mulgrew wydusił w końcu z siebie, że słyszał, jakoby najważniejszym informatorem Monka był jakiś rosyjski ważniak zwerbowany kilka lat temu w Argentynie.

Nie padło nazwisko ani pseudonim, ale i te dane były wystarczające dla KGB. Użycie słowa „ważniak" sugerowało, że nie chodzi o szeregowego pracownika ambasady, natomiast „kilka lat temu" zinterpretowano jako okres dłuższy od roku, lecz nie przekraczający trzech lat.

Uzyskana z ministerstwa spraw zagranicznych lista wyższych pracowników placówki w Buenos Aires z tego okresu obejmowała siedemnaście nazwisk, a wzmianka Amesa o tym, że zdrajca prawdopodobnie nie wyjeżdżał już później nigdzie za granicę, pozwoliła ją skrócić do dwunastu podejrzanych.

W przeciwieństwie do oficerów kontrwywiadu z CIA, specjaliści z KGB nie mieli żadnych barier prawnych, uniemożliwiających im sprawdzenie zasobów finansowych każdego obywatela. Natychmiast rozpoczęto poszukiwania takiego podejrzanego, który nagle zmienił styl życia, może nawet pozwolił sobie na kupno samodzielnego mieszkania...

Pierwszego września nastała piękna, słoneczna pogoda, od strony kanału wiała tylko lekka bryza, uspokoiło się morze zazwyczaj napierające wściekle na przybrzeżne skały i ze ścieżki biegnącej szczytem wysokiego klifu widać było nawet odległe, ozdobione białymi grzywami fal wybrzeże Normandii.

Sir Nigel najbardziej lubił właśnie ten odcinek trasy spacerowej między przylądkami Durlston Head i Saint Albans Head. Od lat tu przychodził, żeby wdychać przesycone słoną wilgocią powietrze, tego dnia oddziałujące na niego jak balsam, po całej nocy spędzonej w zadymionym gabinecie nad ściśle tajnymi dokumentami. Znakomicie rozjaśniało jego myśli i pozwalało się znów skoncentrować – oddzielić rzeczy mało ważne czy wręcz niepotrzebne od tych, które stanowiły sedno sprawy.

Kiedy późnym wieczorem zabrał się do lektury materiałów przekazanych mu przez Henry'ego Coombsa, dość szybko stwierdził, że ich treść jest rzeczywiście szokująca. Przebieg sekretnego dochodzenia, wszczętego po tym, jak pewien rosyjski włóczęga podrzucił maszynopis w samochodzie panny Stone, zrobił na nim wrażenie. Sam nie zorganizowałby tego lepiej. A wyniki śledztwa świadczyły o skuteczności działań oficerów wywiadu.

Nie najlepiej pamiętał Jocka MacDonalda, który za jego czasów był traktowany w Century House prawie jak chłopiec na posyłki. W ciągu tych dziesięciu lat musiał wiele się nauczyć. Zresztą dostarczone przez niego dowody na to, że Czarny Manifest jest dokumentem autentycznym, a nie mistyfikacją czy kiepskim żartem, były całkowicie przekonywające.

Myśli Irvine'a po raz kolejny podążyły w stronę samego manifestu. Perspektywa wcielenia w życie programu politycznego rosyjskiego demagoga przywołała z jego pamięci odrażające wspomnienia z lat młodości. Nigel miał osiemnaście lat, kiedy ostatecznie w roku 1943 został wcielony do armii brytyjskiej i wysłany do Włoch. Ciężko ranny w bitwie pod Monte Cassino, znalazł się z powrotem w kraju, a po zakończeniu rekonwalescencji, mimo usilnych próśb, przeniesiono go do wywiadu wojskowego.

Tuż po ukończeniu dwudziestego roku życia, jako młody porucznik, wraz z Ósmą Armią przekroczył linię Renu i natknął się na coś, czego absolutnie nikt nigdy nie powinien oglądać. Pewnego dnia wezwał go do siebie przerażony major piechoty i zawiózł na rozległy teren pod lasem, który odkrył jego oddział. Był to obóz koncentracyjny Bergen-Belsen – po wizycie tutaj nawet dużo starszych i bardziej doświadczonych od Irvine'a żołnierzy zaczynały dręczyć senne koszmary.

Dotarłszy do przylądka Saint Alban, Nigel skręcił w głąb lądu, aby po dojściu do wioski Acton skierować się inną alejką spacerową w stronę miejscowości Langton Matravers. I co mam z tym począć? – zachodził w głowę. Czy istnieją szanse, że jakakolwiek ingerencja przyniesie pożądany skutek? Może lepiej spalić te dokumenty i jak najszybciej o nich zapomnieć? Owa perspektywa była najbardziej kusząca. Ale zarazem korciło go, żeby zabrać materiały ze sobą do Stanów Zjednoczonych i przedstawić je pozostałym, jakże wpływowym członkom rady.

Dotarł w końcu do domu, prześliznął się przez furtkę w ogrodzeniu i wolnym krokiem przeszedł przez ogród, z którego późnym latem Penny zbierała sporo owoców i jarzyn. W samym rogu, pod płotem, obficie dymiło ognisko. Na wierzchu tliły się jakieś zielone chwasty, można było jednak przypuszczać, że pod spodem żarzą się czerwienią grubsze gałęzie. Przyszło mu do głowy, że tak łatwo byłoby wepchnąć pod spód oba te przeklęte maszynopisy i raz na zawsze zapomnieć o całej sprawie.

Doskonale wiedział, że Henry Coombs nigdy więcej nie wróci do tego tematu, nie zapyta go o zdanie, nie będzie się domagał żadnych sprawozdań. A zatem nikt by się nie dowiedział, skąd wziął oba dokumenty, w ogóle nikt by się o to nie dopytywał. Takie bowiem niepisane reguły obowiązywały w ich środowisku.

– A, jesteś już! – niespodziewanie zawołała żona, wychylając się przez kuchenne okno. – Herbata stygnie w salonie. Kiedy byłeś na spacerze, poszłam do wioski i kupiłam świeże rogaliki oraz dżem.

– To wspaniale, uwielbiam rogaliki z dżemem.

– Też mi nowina!

Pięć lat od niego młodsza Penelope Irvine była kiedyś uderzająco piękną dziewczyną, wokół której bez przerwy kręcili się bogaci kawalerowie. Z sobie tylko wiadomych powodów wybrała jednak biednego jak mysz kościelna młodego oficera wywiadu, umilającego jej czas czytaniem poezji i bardzo nieśmiałego, odznaczającego się jednak umysłem, który pracował z wydajnością niemal dorównującą komputerom.

Urodziła mu tylko jedno dziecko, syna. Nie było go już wśród żywych, zginął bowiem na Falklandach w roku 1982. Starali się w ogóle nie rozmawiać na ten temat, wspominając jedynaka tylko dwa razy do roku, w jego urodziny oraz rocznicę śmierci.

Przez trzydzieści lat pracy męża w tajnych służbach wywiadowczych Penny zawsze tak samo cierpliwie oczekiwała jego powrotów do domu, niezależnie od tego, czy w danej chwili przebywał w Londynie, oczekując wiadomości od któregoś z informatorów działających na terenie Związku Radzieckiego, czy też wystawał po nocach w cieniu muru berlińskiego, mając nadzieję, że w słabym świetle nad drzwiami punktu kontaktowego ujrzy kolejnego odważnego, choć przerażonego uciekiniera ze wschodu. A kiedy Nigel wracał do domu, w kominku zawsze palił się ogień, a przy szklance herbaty leżały świeże rogaliki oraz dżem. Teraz Penelope dobiegała już siedemdziesiątki, lecz jej mąż nadal uważał ją za piękną kobietę i bardzo ją kochał.

Sir Nigel usiadł przy stole, odgryzł kawałek chrupiącego rogalika i zamyślił się głęboko.

– Widzę, że znowu się dokądś wybierasz – powiedziała cicho Penny.

– Niestety, muszę wyjechać.

– Na jak długo?

– Przez kilka dni będę się przygotowywał w Londynie, później lecę na tydzień do Ameryki. Nie wiem, co z tego wyniknie, ale prawdopodobnie potem zostanę już na dłużej w domu.

– W każdym razie o mnie nie musisz się martwić, mam wystarczająco dużo pracy w ogrodzie. Zadzwoń tylko, kiedy będziesz mógł.

– Oczywiście.

Po chwili milczenia dodała:

– Chyba rozumiesz, że nie możemy już nigdy do tego dopuścić.

– Oczywiście, że nie. Ale teraz usiądź i napij się ze mną herbaty.

LANGLEY, MARZEC 1990

Pierwsza wszczęła alarm komórka CIA przy ambasadzie amerykańskiej w Moskwie. Delfijczyk przestał dawać znaki życia, od grudnia nie było od niego żadnych wiadomości. Jason Monk raz i drugi przeczytał rozszyfrowaną depeszę dostarczoną do jego gabinetu i obleciał go strach, który szybko zmienił się w przerażenie.

Jeśli Krugłow wciąż miał swobodę działania, to czemu nie przestrzegał instrukcji? Już dwukrotnie łącznik z moskiewskiej komórki CIA zostawiał w umówionym miejscu znak kredą, mówiący o tym, że na Delfijczyka w punkcie kontaktowym czeka przesyłka. I za każdym razem to wezwanie było ignorowane. Może wyjechał z miasta? – zastanawiał się Monk. A może niespodziewanie został oddelegowany na placówkę zagraniczną?

Ale w każdym z tych wypadków powinien mieć jeszcze możliwość zasygnalizowania, że wszystko jest w porządku. Pracownicy ambasady od dłuższego czasu przeglądali wybrane rosyjskie gazety, poszukując zaszyfrowanego ogłoszenia, które mówiłoby: „Wszystko w porządku" albo też: „Jestem w kłopotach, oczekuję pomocy". Nie znaleźli jednak ani jednego, ani drugiego.

Do marca stało się już jasne, że Delfijczyk wypadł z gry – albo nie może przekazać wiadomości, na przykład złożony ciężką chorobą bądź zdemaskowany i uwięziony, albo nawet nie żyje, choćby wskutek jakiegoś nieszczęśliwego wypadku.

Dla Monka, który zazwyczaj był podejrzliwy, znalezienie odpowiedzi na te pytania miało zasadnicze znaczenie. Doskonale wiedział, że jeśli Krugłow został aresztowany i poddany przesłuchaniu, z pewnością powiedział wszystko. Ukrywanie czegokolwiek nie miało najmniejszego sensu, jedynie wydłużyłoby okres cierpień. Ale zarazem Delfijczyk musiałby wyjawić rozmieszczenie skrzynek kontaktowych, jak też podać znaczenie poszczególnych znaków kredą zostawianych przez łączników z CIA. Czemu więc KGB nie wykorzystało tych informacji, żeby przyłapać amerykańskiego dyplomatę na gorącym uczynku? Takie posunięcie byłoby całkiem oczywiste. Przeciwnicy z Moskwy uwielbiali się szczycić każdym, choćby najmniej znaczącym sukcesem, jeśli tylko mogli przy okazji upokorzyć Amerykanów. Sowieckie imperium w Europie Wschodniej szybko się rozpadało. W Rumunii wykonano wyrok śmierci na Ceauçescu, Polska całkowicie wyrwała się spod hegemonii sowieckiej, a w Czechosłowacji i na Węgrzech także szykowały się przewroty. Już w listopadzie runął mur berliński. W tych okolicznościach przyłapanie amerykańskiego dyplomaty na gorącym uczynku szpiegowskim z punktu widzenia Rosjan wydawało się tym bardziej pożądane, mogło bowiem choć w niewielkim stopniu osłodzić tę czarę goryczy, jaka przypadła w udziale dowódcom KGB. A jednak nic takiego się nie stało.

Według Monka mogło to świadczyć o dwóch rzeczach: albo przyczyn zamilknięcia Krugłowa należało upatrywać w jakimś nieszczęśliwym wypadku, który powinien zostać wcześniej czy później wyjaśniony, albo też dowódcy KGB podjęli akcję osłaniania swego informatora w Stanach Zjednoczonych.

Ameryka słynie z obfitości, objawiającej się także mnogością wszelkiego rodzaju organizacji pozarządowych. Są ich tysiące, poczynając od towarzystw gromadzących fundusze na takie czy inne badania, z których olbrzymia większość to bezproduktywne nudziarskie roztrząsanie faktów oczywistych, poprzez rozmaite centra badania opinii społecznej, zespoły doradcze i opiniujące, grupy promocji tego czy tamtego, rady propagujące rozwój danej gałęzi nauki, no i wreszcie wszelkiego typu fundacje, obejmujące swym działaniem niemal każdą dziedzinę życia.

Niektóre z tych organizacji służą nauce, inne mają na celu działalność dobroczynną, jeszcze inne są tylko dyskusyjnymi kołami zainteresowań; część nastawiona jest wyłącznie na propagandę, część na zacieśnianie kontaktów międzyludzkich, inne poświęcają wysiłki na rozpowszechnianie bądź zwalczanie takich lub innych zachowań czy poglądów.

W samym Waszyngtonie mieszczą się siedziby tysiąca dwustu takich organizacji, a w Nowym Jorku około tysiąca dalszych. A wszystkie one muszą skądś czerpać fundusze. Niektóre, przynajmniej w jakimś stopniu, są utrzymywane z pieniędzy podatników, inne bazują na zapisach spadkowych swych zmarłych fundatorów, jeszcze inne finansują przedsiębiorstwa produkcyjne lub zrzeszenia handlowe albo też ekscentryczni, mający naturę filantropów, czy po prostu nawiedzeni milionerzy.

Owe organizacje wspierają poczynania różnych naukowców, polityków, byłych dyplomatów, wszelkiego autoramentu dobroczyńców, niespokojnych duchów, a niekiedy wręcz niebezpiecznych maniaków.

Wszystkie mają jednak dwie cechy wspólne: obwieszczają całemu światu swoje istnienie i dysponują jakiegoś rodzaju kierownictwem. Wyjątek stanowi tylko jedna.

Mimo swego hermetycznego charakteru i wyjątkowo małej liczebności – zapewne ze względu na osobowość członków i ścisłą tajemnicę otaczającą ich działania – tego lata 1999 roku Rada Lincolna wydawała się najbardziej wpływową spośród wszystkich organizacji pozarządowych. A w ustroju demokratycznym wielkość wpływów jest miarą sprawowanej władzy, tylko w krajach dyktatorskich władzę mierzy się faktyczną siłą, która – w granicach prawa – dopuszcza bezpodstawne aresztowania, ograniczanie wolności, przetrzymywanie w więzieniach, torturowanie, wydawanie zaocznych wyroków czy urządzanie pokazowych fikcyjnych procesów.

Co więcej, w demokracji władza każdego ciała niewybieralnego zależy od stopnia jego wpływu na cały wybieralny aparat państwowy. Tenże wpływ może być oparty na zdolności mobilizowania opinii publicznej czy prowadzenia kampanii w środkach przekazu albo też na bezpośrednich naciskach lub kontrolowaniu finansów urzędów publicznych. Ale zazwyczaj najprostszą metodą wpływania na decyzje rządzących jest zwykłe podpowiadanie im bądź też podsuwanie gotowych rozwiązań, szczególnie skuteczne, jeśli czynią to ludzie o ogromnym doświadczeniu, posiadający głęboką wiedzę w danej dziedzinie. Na całym świecie tę metodę określa się mianem doradztwa politycznego.

Rada Lincolna, o której istnieniu wiedziała zaledwie garstka osób, była samozwańczą grupą powołaną do oceny bieżących wydarzeń światowych, szacowania prawdopodobieństwa takiego czy innego rozwoju wypadków, uzgadniania wspólnego stanowiska i podejmowania decyzji właśnie w kwestiach doradztwa politycznego. Właśnie dlatego owa rada, gromadząca same światowe autorytety, mające z reguły olbrzymi wpływ na postanowienia wielu organów rządowych, była znacznie potężniejsza od wszystkich innych organizacji pozarządowych.

W radzie zasiadali Anglicy i Amerykanie kultywujący głębokie więzy partnerstwa i współpracy, datujące się jeszcze z okresu pierwszej wojny światowej, chociaż organizacja powstała dopiero w początku lat osiemdziesiątych, zaraz po zakończeniu wojny o Falklandy, w wyniku pewnego wspólnego obiadu, który odbył się w jednym z ekskluzywnych waszyngtońskich klubów.

Jej członkiem można było zostać tylko po uzyskaniu specjalnego zaproszenia, jeśli całe gremium jednogłośnie uznawało, że pewne szczególne umiejętności predestynują kandydata do takiego wyróżnienia. Musiał się on odznaczać olbrzymim doświadczeniem w swojej dziedzinie, nieposzlakowaną uczciwością, roztropnością, umiejętnością dochowania tajemnicy oraz głębokim patriotyzmem. W wypadku urzędników państwowych członkiem rady mógł zostać jedynie emerytowany pracownik, żeby działalność w organizacji w żaden sposób nie kolidowała z obowiązkami służbowymi. Tylko przedstawicieli sektora prywatnego członkostwo rady nie zobowiązywało do rezygnacji z zajmowanego stanowiska. Nie oznacząło to jednak, że gromadzi ona ludzi bogatych, w rzeczywistości bowiem do rady należeli jedynie dwaj biznesmeni, których majątki szacowano w miliardach dolarów.

Zasiadający w radzie prywatni przedsiębiorcy zajmowali się sprawami handlu, przemysłu, bankowości, finansów oraz nauki, a byli urzędnicy państwowi mieli na względzie kwestie polityczne, dyplomatyczne oraz administracyjne.

Latem 1999 roku w skład rady wchodziło sześcioro Brytyjczyków, w tym jedna kobieta, oraz trzydzieści cztery osoby ze Stanów Zjednoczonych, w tym pięć kobiet.

Z uwagi na to, że oczekiwano od wszystkich służenia własnym bogatym doświadczeniem w kolegialnych dyskusjach, byli to ludzie starsi. Zaledwie kilkoro członków rady nie przekroczyło jeszcze sześćdziesiątki, podczas gdy najstarszy z nich liczył sobie osiemdziesiąt jeden lat.

Nazwa rady nie pochodziła od słynnego brytyjskiego miasta, lecz od najznakomitszego amerykańskiego prezydenta, którego pamięć w tym gronie otaczano szczególnym szacunkiem, obierając za motto swego działania powiedzenie Lincolna, że „rządy ludzi, wybieranych przez lud na swój własny użytek, powinny trwać wiecznie na całym świecie".

Posiedzenia rady odbywały się raz w roku, a zwoływano je za pomocą niewinnie brzmiących zaproszeń telefonicznych i organizowano w miejscu zapewniającym maksimum dyskrecji i spokoju. Każdorazowo gospodarzem takiego spotkania był jeden z bogatszych członków, którzy nigdy nie uchylali się od tego obowiązku i traktowali go jako zaszczyt. Każdy z uczestników posiedzenia musiał tylko we własnym zakresie opłacić podróż.

W północno-zachodnim krańcu stanu Wyoming znajduje się kotlina zwana powszechnie „Dziurą Jacksona" – od nazwiska pierwszego trapera, który odważył się spędzić zimę w tym niedostępnym i niegościnnym terenie. Od zachodu ogranicza ją wyniosły grzbiet Tetonów, od wschodu zaś pasmo Gros Ventre. Od północy kotlina graniczy z parkiem narodowym Yellowstone, a na południu, gdzie schodzą się górskie granie, wypływająca z niej rzeka Snake River przedziera się pasem spienionej wody przez wąski kanion. Na północ od znanego narciarzom miasteczka Jackson autostrada 191 wspina się na przełęcz Morana, biegnie wzdłuż lokalnego lotniska i zagłębia się w labirynt Yellowstone. Nie opodal lotniska jest położona wioska Moose, z której kamienistą i krętą drogą turyści mogą dotrzeć nad brzeg malowniczego jeziora Jenny Lake.

Po zachodniej stronie autostrady, już u samego podnóża Tetonów, znajdują się dwa jeziora: Bradley Lake, zasilane przez strumień wypływający z kanionu Garneta, oraz Taggart Lake, do którego wpada strumień z kanionu Avalanche. Oba znane są wyłącznie miejscowym myśliwym, zapuszczającym się daleko w góry. A na niewielkim płaskowyżu rozdzielającym jeziora, w cieniu wznoszącego się prawie pionowo masywu South Teton, stoi pięćdziesięciohektarowe letnie ranczo waszyngtońskiego finansisty, Saula Nathansona.

Usytuowanie rancza gwarantuje całkowitą dyskrecję właścicielowi posiadłości i jego gościom. Zarówno autostrada na wschodzie, jak i wszelkie udostępnione turystom górskie ścieżki, biegną znacznie poniżej poziomu owego niewielkiego, malowniczo rozpościerającego się między jeziorami płaskowyżu.

Zgodnie z wcześniejszymi ustaleniami pierwsi goście wylądowali siódmego września w Denver, stolicy stanu Kolorado, skąd prywatnym odrzutowcem Nathansona zostali przewiezieni na lotnisko w Jackson. Tu czekał już na nich śmigłowiec i po pięciominutowym przelocie nad górami znaleźli się na miejscu. W ten sposób delegacja z Wysp Brytyjskich, która przeszła odprawę celną na wschodnim wybrzeżu Ameryki, nie musiała nawet wkraczać do terminalu lotniska w Denver i mogła wejść na pokład prywatnego odrzutowca z dala od przypadkowych obserwatorów.

Na terenie rancza stało aż dwadzieścia domków letniskowych, a każdy składał się z dwóch sypialni i wspólnego saloniku. Słoneczny wrześniowy dzień był ciepły, dopiero po zachodzie miało się zrobić znacznie chłodniej, toteż większość przybyłych zdecydowała się zaczekać w fotelach, które stały na werandach domków.

Dopiero na posiłek wszyscy zebrali się w sali jadalnej zajmującego centralne miejsce pawilonu, później zaś, kiedy sprzątnięto ze stołów, jadalnię szybko przekształcono w salę konferencyjną.

Cały personel rancza został starannie dobrany przez Nathansona specjalnie na tę okazję. Bezpieczeństwa gości pilnowała grupa strażników, którzy czuwali na nie rzucających się w oczy posterunkach, mając za zadanie zawracać z drogi zabłąkanych turystów.

Posiedzenie Rady Lincolna w 1999 roku trwało pięć dni i było tak zorganizowane, by jak najmniej osób wiedziało o terminie przylotu i miejscu przebywania niezwykłych gości.

Pierwszego dnia pobytu w Ameryce sir Nigel Irvine rozpakował swoje bagaże, wziął prysznic, przebrał się w sportowe ubranie – sandały, luźne spodnie i flanelową koszulę – po czym zajął miejsce w fotelu na werandzie domku, który dzielił z byłym amerykańskim sekretarzem stanu. Miał stąd doskonały widok na wiele innych domków letniskowych oraz ścieżki spacerowe wijące się między grupami świerków, brzóz i wyniosłych sosen bądź też zbiegające w dół, do brzegów obu jezior.

Skinieniem głowy powitał byłego brytyjskiego sekretarza spraw zagranicznych oraz poprzedniego sekretarza generalnego NATO, lorda Carringtona – drobnego, kościstego mężczyznę o długich, tykowatych nogach – przechadzającego się w towarzystwie bankiera Charlesa Price'a, chyba najbardziej popularnego spośród wszystkich amerykańskich ambasadorów, jacy kiedykolwiek rezydowali w londyńskim dworku przy ulicy Saint James. Kiedy Irvine piastował stanowisko głównodowodzącego służb wywiadowczych, Peter Carrington sprawował władzę w Foreign Office, był zatem jego przełożonym. Mierzący niemal dwa metry wzrostu

Amerykanin o głowę przewyższał swojego brytyjskiego kolegę. A na ławeczce ustawionej między domkami wygrzewał się w słońcu gospodarz spotkania, Saul Nathanson, oraz znany bankier i inwestor, były prokurator generalny Stanów Zjednoczonych, Elliot Richardson.

Przed wejściem do następnego domku, w którym Margaret Thatcher wciąż rozpakowywała swoje rzeczy, czekał cierpliwie były sekretarz Cabinet Office i szef cywilnych służb administracyjnych, lord Armstrong.

W tej samej chwili zza krawędzi gór po raz kolejny wyłonił się helikopter, przywożący następnych gości: eks-prezydenta Stanów Zjednoczonych, George'a Busha, oraz byłego sekretarza stanu, Henry'ego Kissingera. Przy stoliku przed wejściem do centralnego pawilonu kelnerka stawiała filiżanki z herbatą przed jeszcze jednym byłym brytyjskim ambasadorem, sir Nicholasem Hendersonem, który rozmawiał półgłosem z londyńskim finansistą i bankierem, sir Evelynem de Rothschild.

Nigel zerknął na harmonogram pięciodniowego posiedzenia. Na ten wieczór nie przewidziano żadnych dyskusji, dopiero nazajutrz rano zgromadzeni goście mieli zacząć rozmowy, podzieleni jak zwykle na trzy komisje: geopolityczną, strategiczną oraz ekonomiczną. Przed dwa dni miały trwać oddzielne robocze narady, trzeciego natomiast zaplanowano odczytanie wniosków poszczególnych komisji i dyskusję nad nimi, czwartego zaś debatę plenarną. Właśnie podczas tej sesji, uwzględniając jego prośbę, organizatorzy przeznaczyli mu godzinę na wystąpienie. Przedpołudnie ostatniego dnia było przeznaczone na omówienie wniosków szczegółowych oraz planów dalszej działalności rady.

Gdzieś w gęstwinie lasów porastających zbocza obu wyniosłych masywów Tetonów rozległ się donośny ryk łosia samotnika, przyzywającego klępę na rozpoczynający się okres rui. Rybołów kołujący nad nurtami Snake River głośnymi wrzaskami chciał zapewne odstraszyć jakiegoś orła, który zapuścił się na jego tereny łowieckie. Emerytowany szef brytyjskiego wywiadu pomyślał, że byłaby to wręcz sielska atmosfera do wspaniałego wypoczynku w górach, gdyby mógł choć na chwilę zapomnieć o tym straszliwym cieniu, jakiego nadejście zapowiadał maszynopis potajemnie wywieziony z Rosji.

WIEDEŃ, CZERWIEC 1990
Sukces drobnej akcji, przeprowadzonej na podstawie danych dostarczonych przez Amesa w grudniu ubiegłego roku, już dawno poszedł w zapomnienie. Nic więc dziwnego, że coraz bardziej zżymał się na to, iż znowu znajduje się w centrali agencji, tak blisko tajnego Archiwum trzysta jeden, a wciąż nie ma do niego dostępu.

Przeszedł już na swoje trzecie stanowisko od czasu powrotu z rzymskiej placówki, był teraz dowódcą komórki w sekcji SE, zajmującej się operacjami na terenie Czechosłowacji. Ale i ta funkcja nie otwierała mu drogi do akt zawierających dane personalne wszystkich informatorów działających w granicach Związku Radzieckiego i innych państw socjalistycznych.

Złożył więc protest na ręce Mulgrewa. Tłumaczył, że to nielogiczne, skoro już wcześniej był dowódcą oddziału kontrwywiadowczego tejże sekcji, a teraz musi przecież mieć wgląd w akta tych informatorów CIA, którzy – choć są Rosjanami – operują na terenie Czechosłowacji. Mulgrew obiecał mu pomoc w tej kwestii.

Dotrzymał słowa i w maju Ames zyskał kod dostępu do całego Archiwum trzysta jeden. Mógł teraz w całkowitym spokoju, zasiadając przy swoim biurku, przeglądać wszelkie wpisy, aż w końcu natknął się na hasło: „Jason Monk – źródła".

W czerwcu 1990 roku Ames wybrał się do Wiednia na spotkanie z „Władem", czyli pułkownikiem Władimirem Mieczulajewem. Od chwili powrotu do Waszyngtonu musiał ograniczyć do niezbędnego minimum jakiekolwiek kontakty z rosyjskimi dyplomatami, nie chcąc się narażać na wzbudzenie podejrzeń agentów FBI. Dlatego też spotkanie zorganizowano w Wiedniu.

Po jego zakończeniu upił się do tego stopnia, że lecąc w październiku na następną rozmowę, która także miała się odbyć w Wiedniu, pomylił miasta i wylądował w Zurichu.

Ale na początku zachowywał przytomność umysłu aż do momentu, kiedy otrzymał od Mieczulajewa olbrzymią kwotę w gotówce. Rosjanin wręcz nie posiadał się z radości, gdyż pośród dostarczonych przez Amesa dokumentów znajdowały się również dane trzech sowieckich zdrajców.

Pierwszy z nich, który miał stopień pułkownika, służył prawdopodobnie w GRU, a obecnie piastował wysokie stanowisko w ministerstwie obrony, został zwerbowany na Bliskim Wschodzie w 1985 roku. Drugi był naukowcem, mieszkał i pracował w otoczonym tajemnicą i pilnie strzeżonym zamkniętym ośrodku badawczym, ale przystał na współpracę z CIA podczas pobytu w Kalifornii. Trzeci natomiast, pułkownik KGB, zwerbowany sześć lat wcześniej poza granicami Związku Radzieckiego, wciąż przebywał na placówce dyplomatycznej, ale w krajach socjalistycznych, a cenną wskazówką było to, że dobrze zna język hiszpański.

Trzy dni później, kiedy Mieczulajew znalazł się z powrotem w centrali Wydziału Pierwszego KGB w Jasieniewie, rozpoczęto gigantyczne polowanie.

– Czy nie słyszycie jej głosu przebijającego się przez zawodzący nocą wiatr, moi bracia i siostry? Czy nie odbieracie jej wołania? Czy wy, jej dzieci, nie potraficie rozpoznać słów naszej ukochanej Mateczki Rosji? Ja słyszę je wyraźnie, przyjaciele. Słyszę westchnienia nieprzebytej tajgi i szlochy niosące się po śniegu. Dlaczego mi to robicie? – pyta. Czy nie zostałam już dostatecznie upokorzona? Czy za mało się za was wykrwawiłam? Za mało wycierpiałam, skoro teraz dokładacie mi jeszcze trosk? Dlaczego sprzedajecie mnie jak najgorszą dziwkę tym obcym ludziom z dalekich stron, którzy będą mnie rozdrapywać niczym stado ścierwojadów?...

Ekran, jaki rozpostarto na ścianie obszernej sali jadalnej pawilonu, był największy ze wszystkich dostępnych w handlu. Projektor stał w drugim końcu pomieszczenia.

Czterdzieści par oczu wpatrywało się jak urzeczone w sylwetkę człowieka sfilmowanego podczas gigantycznego wiecu, który odbył się na początku lata w rosyjskim mieście Tuchowo. Głos mówcy to wznosił się, to znów opadał ekstatycznymi falami, a nałożony na niego tekst angielskiego tłumaczenia czytanego przez lektora, wydawał się monotonny i płytki, tworząc dziwny kontrast.

– Tak, moi bracia i siostry, wszyscy możemy usłyszeć ten głos, który nigdy nie dotrze do tych, co paradują w Moskwie w futrzanych czapkach, ze złotymi sygnetami na rękach; do obcokrajowców i kryminalnych wyrzutków, urządzających sobie ucztę na jej ciele. Ale my możemy usłyszeć wołanie naszej matki zdjętej bólem, bo to my jesteśmy dziećmi tej ogromnej krainy.

Dzieło młodego reżysera, Litwinowa, było naprawdę godne podziwu. Jednostajne obrazy z wiecu zostały zmontowane w pełen patosu film – raz młoda blondynka z dzieckiem na ręku wpatrywała się z uwielbieniem w mówcę na podwyższeniu, kiedy indziej zabójczo przystojny żołnierz ocierał łzy spływające po policzku, później zaś ukazana została pobrużdżona zmarszczkami, zatroskana twarz starca w brudnym roboczym ubraniu, stojącego z kosą opartą na ramieniu.

Nikt nawet się nie domyślił, że przebitki te zostały dokręcone oddzielnie i wykorzystano w nich zawodowych aktorów. Ale tłum uczestników wiecu był autentyczny. Widok z góry ukazywał zgromadzoną dziesięciotysięczną rzeszę; ludzie stali w równych szeregach, prawie w wojskowym szyku, otoczeni szpalerem umundurowanych nastolatków ze Związku Młodych Bojowników.

Igor Komarow ściszył nagle głos i kontynuował niemal szeptem, a mikrofony zdawały się wyłapywać nawet napięcie wyczuwalne w jego słowach:

– Czy nikt nie odpowie na to wołanie? Nikt nie wystąpi i nie krzyknie: „Stop! Dosyć tego!"? Cierpliwości, moi bracia Rosjanie, już niedługo, siostry, córki naszej ojczyzny... – Stopniowo podnosił głos, aż ten przeszedł niemal w histeryczne zawodzenie: – Oto nadchodzę, droga matko! Tak, to ja, twój syn! Igor...

Dalsza część przemówienia utonęła w nasilającym się błyskawicznie rytmicznym skandowaniu: KO-MA-ROW, KO-MA-ROW...

Projektor został wyłączony, obraz ściemniał. Przez chwilę panowała cisza, przerywana jedynie głośniejszymi westchnieniami dobiegającymi z różnych stron sali.

Kiedy zapaliło się światło, Nigel Irvine zajął miejsce przy długim, prostokątnym stole prezydialnym z jasnego, sosnowego drewna.

– Chyba wszyscy zdajecie sobie sprawę z tego, co oglądaliśmy – zaczął cicho. – Na wiecu przemawiał Igor Wiktorowicz Komarow, przywódca Unii Sił Patriotycznych, polityk, który najprawdopodobniej zwycięży w styczniowych wyborach i obejmie urząd prezydenta Rosji. Jak sami widzieliście, człowiek ten jest mówcą o rzadko spotykanej sile oddziaływania, cieszącym się nadzwyczaj dużą charyzmą. Musicie także wiedzieć, że już w tej chwili około osiemdziesięciu procent faktycznej władzy w Rosji spoczywa w rękach prezydenta. Od początku kadencji Jelcyna wiele mechanizmów kontrolnych i ograniczeń, jakie funkcjonują w naszych krajach, tam zostało po prostu zniesionych. Obecnie rosyjski prezydent może w przybliżeniu rządzić tak, jak mu się żywnie podoba, i za pomocą dekretów wprowadzać takie prawa, na jakie przyjdzie mu ochota. Zupełnie nic nie stoi na przeszkodzie, aby ponownie przekształcić Rosję w państwo jednopartyjne.

– Czy to naprawdę aż tak groźne, jeśli wziąć pod uwagę obecny stan państwa? – zapytała poprzednia ambasador Stanów Zjednoczonych w ONZ.

– Może i nie, madam – odparł Irvine. – Ale nie urządziłem tej prezentacji po to, żeby sprowokować dyskusję o ewentualnym biegu wydarzeń w Rosji po wygraniu wyborów przez Igora Komarowa, lecz by przedstawić radzie dokument opisujący skrótowo planowany zwrot w rosyjskiej polityce. Przywiozłem z Anglii dwa maszynopisy, tu zaś, na miejscu, korzystając z udostępnionego mi kserografu, przygotowałem po czterdzieści kopii każdego z nich.

– A ja się zastanawiałem, po co ci aż tyle papieru – wtrącił z uśmiechem gospodarz posiedzenia, Saul Nathanson.

– Wybacz, że tak intensywnie eksploatowałem twój sprzęt, Saul, ale chyba sam rozumiesz, że nie mogłem transportować tylu egzemplarzy przez Atlantyk. Nie proszę, żebyście zapoznawali się z tymi dokumentami już teraz. Chciałbym, abyście zabrali je ze sobą i przeczytali w ciszy i skupieniu. Proszę najpierw sięgnąć po maszynopis opatrzony tytułem „Weryfikacja", a dopiero później rozpocząć lekturę „Czarnego Manifestu". Na koniec chcę jeszcze zaznaczyć, że do tej pory z powodu materiałów, z jakimi się zapoznacie, zginęło już trzech ludzi. Są to więc dokumenty tak ściśle tajne, że zmuszony jestem prosić o zwrot wszystkich egzemplarzy. Zostaną one dokładnie zniszczone przed naszym rozstaniem.

Na sali zapanowała napięta atmosfera. Członkowie rady kolejno odbierali kopie i rozchodzili się do swoich domków. Jakież było zdumienie personelu rancza, kiedy tego wieczoru żaden z gości nie zjawił się na kolacji, wszyscy poprosili o przyniesienie im kanapek do pokoi.

LANGLEY, SIERPIEŃ 1990
Wieści napływające z sowieckiej placówki CIA były coraz bardziej niepokojące. Już w czerwcu stało się jasne, że coś złego spotkało Oriona, mitycznego łowcę.

Najpierw nie zjawił się na umówione „sekundowe" spotkanie, co wcześniej nigdy mu się nie zdarzało.

Spotkania „sekundowe" to stary, bezpieczny sposób wymiany materiałów, nie mogący się przyczynić do wpadki żadnej ze stron. Najważniejsze jest dokładne zgranie w czasie. Osoba, która idzie ulicą, może być nawet śledzona. W pewnym momencie nieoczekiwanie skręca w otwarte drzwi lokalu – najlepiej dość zatłoczonego – a w tym samym czasie drugi uczestnik, po zapłaceniu rachunku, wstaje nagle od stolika. W ciasnym przejściu dochodzi do lekkiego zderzenia, podczas którego niewielkie paczuszki, nie przekraczające rozmiarami paczki papierosów, bezpiecznie lądują w kieszeni marynarki niby przypadkowo spotkanego człowieka. Po zdawkowej wymianie uprzejmości obie strony rozchodzą się w swoich kierunkach. Stąd też zanim „ogon" śledzący podejrzanego stanie w drzwiach lokalu, już dawno jest po wszystkim, nie ma więc żadnych szans zauważyć czegokolwiek niezwykłego.

Ponadto pułkownik Sołomin przestał opróżniać skrzynkę kontaktową, chociaż kilkakrotnie ponawiano znaki kredą informujące, że przesyłka dla niego znajduje się w umówionym miejscu.

Można to było wyjaśnić tylko w jeden sposób: Orion został wyłączony z gry. Jak w poprzednim wypadku, uruchomiono wszelkie procedury sprawdzające. Nie ulegało jednak wątpliwości, że coś złego przydarzyło się nagle, bez ostrzeżenia. Ale równie dobrze mógł to być atak serca, wypadek samochodowy, jak i aresztowanie.

Następnie z Berlina Zachodniego nadeszła wiadomość, że wschodnioniemiecki łącznik nie dostał przychodzącego dotąd regularnie co miesiąc listu od Pegaza. Nie znaleziono też żadnego znamiennego ogłoszenia w rosyjskim periodyku przeznaczonym dla hodowców rasowych psów.

Kiedy profesor Blinow uzyskał w końcu możliwość dość swobodnego poruszania się poza chronionym obszarem ośrodka badawczego, Monk nakłonił go, aby raz w miesiącu wysyłał całkiem niewinny list do znajomego w Berlinie. Nie oczekiwał nawet żadnych utajnionych informacji, wystarczył jedynie odręczny podpis: Jurij. Naukowiec miał wrzucać listy do dowolnej skrzynki pocztowej poza Arzamasem, żeby wykluczyć możliwość odnalezienia nadawcy w razie przechwycenia przez KGB.

Po rozebraniu muru berlińskiego zrezygnowano z wcześniejszych metod przerzucania poczty na Zachód. W dodatku nakłoniono Blinowa, żeby kupił parkę rodowodowych spanieli. Hodowla rasowych psów nie była niczym niezwykłym na terenie strzeżonego ośrodka naukowego, w którym olbrzymia większość pracowników spędzała życie w samotności. Dlatego też nie wzbudzały niczyich podejrzeń ogłoszenia Blinowa, zamieszczane co miesiąc w specjalistycznym piśmie hodowców psów, informujące o chęci sprzedaży rasowych szczeniaków, bądź to już odkarmionych, bądź niedawno przyszłych na świat czy też dopiero oczekiwanych. Ale tego miesiąca nie ukazało się podobne ogłoszenie.

Monk stracił cierpliwość. Zasygnalizował kierownictwu agencji, że coś jest nie w porządku, odpowiedziano mu jednak, że choć objawy są niepokojące, to sprawa w żadnej mierze nie doszła do tego etapu, żeby wpadać w panikę. Nakazano mu cierpliwość, która z pewnością musi zaowocować ponownym nawiązaniem kontaktu przez informatorów. Ale Jason nie należał do ludzi cierpliwych. Zaczął do różnych osób wysyłać notatki służbowe, sugerujące, że w najwyższych władzach macierzystej agencji funkcjonuje zdrajca.

Tylko dwaj zwierzchnicy zdolni potraktować go poważnie, Carey Jordan oraz Gus Hathaway, byli już na emeryturze. Ludzie z nowego kierownictwa, które stopniowo przejmowało kluczowe stanowiska począwszy od zimy 1985 roku, po prostu zlekceważyli te alarmujące pisma. Nikt nie powiązał ich z dawnym, ślimaczącym się dochodzeniem w sprawie przecieków w agencji, jakie wszczęto na wiosnę 1986 roku.

- To jest po prostu niewiarygodne - oznajmił były prokurator generalny Stanów Zjednoczonych zaraz na początku dyskusji plenarnej, która rozpoczęła się po śniadaniu.

- Ja także muszę przyznać, że nie potrafię uwierzyć w realność przedstawionego nam programu politycznego - dodał sekretarz stanu, James Baker. - Czy rządy obu naszych krajów zapoznały się z tymi materiałami?

- Tak - odparł Irvine.

- I nie mają zamiaru podjąć jakichkolwiek kroków?

Pozostałych trzydzieścioro dziewięcioro członków rady zgromadzonych wokół stołu konferencyjnego wpatrywało się w byłego szefa służb wywiadowczych jak gdyby z nadzieją uzyskania wyjaśnień, że to wszystko jest tylko senną marą, koszmarnym cieniem z dawnych lat, który za chwilę musi się rozwiać bez śladu.

- Dano mi wyraźnie do zrozumienia, że drogą oficjalną nie da się nic zrobić. Co najmniej połowa zapisów manifestu może się spotkać z aprobatą znaczącej większości Rosjan, podczas gdy politycy z Zachodu w ogóle nie mają jeszcze prawa wiedzieć o istnieniu tego dokumentu. W dodatku Komarow może się z łatwością tłumaczyć, że jest to skierowana przeciwko niemu mistyfikacja, co tylko jeszcze bardziej przysporzy mu zwolenników.

W sali zapadła przygnębiająca cisza.

- Czy mogę coś powiedzieć? - odezwał się Saul Nathanson. - I proszę mnie nie traktować jak gospodarza spotkania, lecz jak zwykłego członka rady... Osiem lat temu miałem jeszcze syna, zginął podczas wojny w zatoce Perskiej.

Kilka osób w skupieniu pokiwało głowami. Wśród zebranych było co najmniej dwanaścioro ludzi, którzy odegrali zasadniczą rolę w tworzeniu koalicji, zwycięskiej w tamtej krótkiej wojnie. Z drugiego końca sali na finansistę spoglądał generał Colin Powell. Ze względu na pozycję ojca, to on sam podpisał smutny list informujący, że porucznik Tim Nathanson z Sił Powietrznych Stanów Zjednoczonych zginął zestrzelony podczas jednej z ostatnich misji, tuż przed kapitulacją Irakijczyków.

- Jedynym moim pocieszeniem po tej olbrzymiej stracie - kontynuował bankier - była świadomość, że syn zginął w słusznej walce przeciwko gigantycznemu złu. – Urwał na chwilę, jakby szukał właściwych słów. – Jestem już wystarczająco stary, aby wierzyć w pojęcie wszechobecnego zła, które w pewnych okolicznościach może się ucieleśnić w postaci jednej konkretnej osoby. Niestety, byłem za młody, żeby samemu walczyć na frontach drugiej wojny światowej, która dobiegła końca, kiedy miałem osiem lat. Wiem jednak, że niektórzy z was brali w niej udział, choć dowiedziałem się o tym znacznie później. Dlatego też potrafię teraz sobie wyobrazić, że Adolf Hitler był właśnie ucieleśnieniem tego zła i wszystko, co robił, było złe.

Ponownie zapadło milczenie. Przywódcy państw, politycy, przemysłowcy, bankierzy, finansiści, dyplomaci czy prości urzędnicy stykają się na co dzień z praktyczną stroną życia. Nikt nie miał więc wątpliwości, że słucha najgłębszych osobistych wyznań człowieka. Saul Nathanson pochylił się nad stołem i postukał palcem w okładkę Czarnego Manifestu.

– Ten dokument jest także przejawem owego zła, zatem człowiek będący autorem zawartego tu programu również musi być wcieleniem zła. Nie umiem sobie wyobrazić, abyśmy przeszli nad tym do porządku dziennego i dopuścili, żeby coś takiego wydarzyło się po raz drugi.

Na sali nastała jeszcze bardziej napięta cisza. Nie ulegało wątpliwości, że Nathanson miał na myśli drugi Holocaust, który tym razem miałby objąć nie tylko rosyjskich Żydów, ale także inne mniejszości narodowe. Milczenie przerwała była premier Wielkiej Brytanii.

– Zgadzam się. W tej sytuacji nie wolno nam okazywać wahania.

Trzy osoby przy stole szybko uniosły dłonie do ust. Dokładnie tego samego zwrotu Margaret Thatcher użyła podczas narady w Aspen w stanie Kolorado, zwołanej następnego dnia po tym, jak wojska Saddama Husajna dokonały inwazji na Kuwejt. Z obecnych członków rady w tamtym spotkaniu uczestniczyli także George Bush, James Baker oraz generał Colin Powell. Siedemdziesięciotrzyletnia Margaret Thatcher wciąż potrafiła nadać swemu głosowi groźne brzmienie.

Ralph Brooke, prezes gigantycznej Międzykontynentalnej Korporacji Telekomunikacyjnej, znanej na wszystkich światowych giełdach jako Intelkor, pochylił się do przodu i zapytał:

– W porządku, tylko co moglibyśmy zrobić?

– Na drodze dyplomatycznej... Zapoznać z tym dokumentem wszystkie rządy państw NATO i przekonać je, by wystosowały wspólny protest – wtrącił któryś z byłych ambasadorów.

– Wówczas Komarow okrzyknie manifest zwykłą mistyfikacją, a większość Rosjan w to uwierzy. Nie od dzisiaj znamy panującą wśród nich ksenofobię.

James Baker pokręcił głową, wreszcie spojrzał na Irvine'a.

– To ty przywiozłeś ów niezwykły dokument – rzekł. – Co nam radzisz w tej sytuacji?

– Nie mam żadnych gotowych rozwiązań – odrzekł Irvine. – Chcę tylko sformułować kategoryczne ostrzeżenie. Gdyby rada miała zatwierdzić... nie zorganizować, lecz jedynie zatwierdzić jakąkolwiek akcję, musiałaby to być

215

operacja najściślej tajna, aby niezależnie od jej rezultatu w najmniejszym stopniu nie ucierpiała reputacja żadnej z osób obecnych przy tym stole. Wszyscy członkowie rady doskonale wiedzieli, co ma na myśli. Wcześniej każdy z nich – czy to w okresie sprawowania władzy, czy służąc jedynie radą innym – doświadczył na własnej skórze, jakie efekty może przynieść ujawnienie opinii publicznej szczegółów takiej lub innej działalności zakończonej niepowodzeniem.

Z drugiego końca stołu dobiegł posępny głos mówiącego z wyraźnym niemieckim akcentem byłego amerykańskiego sekretarza stanu.

– Czy Nigel mógłby pokierować taką ściśle tajną akcją?

– Tak – odpowiedziały równocześnie dwie osoby, Margaret Thatcher oraz lord Carrington, premier rządu i sekretarz spraw zagranicznych z czasów, kiedy Irvine był głównodowodzącym służb wywiadowczych.

Rada Lincolna nigdy nie formułowała żadnych pisemnych wniosków końcowych ze swoich spotkań. Jeżeli zapadały jakieś decyzje, każdy z członków rady po prostu starał się na swój sposób i dostępnymi sobie metodami przyczynić się do wcielenia w życie ustalonych posunięć.

W kwestii Czarnego Manifestu szybko zdecydowano się powołać specjalną komisję, której zadaniem będzie podjęcie odpowiednich kroków i zaplanowanie takich działań, jakie komisja uzna za celowe. Pełny skład rady nie uważał za konieczne ani zatwierdzać, ani opiniować czy choćby przyjmować do wiadomości ustaleń tejże komisji.

MOSKWA, WRZESIEŃ 1990

Pułkownik Anatolij Griszyn siedział w swoim gabinecie w gmachu więzienia w Lefortowie i spoglądał na trzy dokumenty, które właśnie otrzymał. Targały nim sprzeczne uczucia.

Najpierw przyszedł olbrzymi sukces. Latem wspólne działania pionów kontrwywiadowczych obu wydziałów KGB doprowadziły do ujęcia w krótkim czasie trzech następnych zdrajców.

Na początku aresztowano dyplomatę, Krugłowa, zwerbowanego przez CIA podczas pełnienia przez niego funkcji pierwszego sekretarza ambasady w Buenos Aires, którego zdradziło kupno mieszkania za dwadzieścia tysięcy rubli w gotówce zaraz po powrocie z placówki.

Tuż po aresztowaniu mężczyzna przyznał się do wszystkiego, szczegółowo relacjonując swoją szpiegowską działalność grupie oficerów siedzących przy długim stole w sali przesłuchań, na którym stał magnetofon rejestrujący zeznania. Po sześciu tygodniach, kiedy nie zostało już nic do wyjaśnienia, zdrajca został umieszczony w jednej z cel na najniższej kondygnacji podziemi, gdzie zawsze, nawet w upalne lato, panowała temperatura nie przekraczająca jednego stopnia. Siedział tam i trzęsąc się z zimna, całymi dniami rozmyślał nad czekającym go losem. A przyszłość tego człowieka jasno określał jeden z dokumentów leżących obecnie na biurku pułkownika.

Także w czerwcu osadzono w celi profesora fizyki jądrowej. Niewielu Rosjan miało okazję przebywać służbowo w Kalifornii, toteż listę podejrzanych szybko ograniczono do czterech osób, a już pobieżne przeszukanie lokalu zajmowanego przez Blinowa w ośrodku badawczym Arzamas-16 zaowocowało odnalezieniem flaszki atramentu sympatycznego, byle jak schowanej między zrolowanymi skarpetami w szufladzie komody. Blinow także od razu się przyznał, jak gdyby sam widok Griszyna, jego pomocników oraz sprzętu zgromadzonego w sali przesłuchań natychmiast rozwiązał mu język. Podał nawet wschodnioberliński adres łącznika, do którego regularnie co miesiąc wysyłał listy.

Aresztowanie łącznika oraz rewizję w podejrzanym lokalu zlecono dowódcy jednostki kontrwywiadu berlińskiej komórki KGB, lecz jakimś sposobem Niemiec zdołał zbiec na godzinę przed akcją i bezpiecznie przedostać się przez nie istniejącą już w zasadzie granicę na Zachód.

I wreszcie, pod koniec czerwca, doprowadzono wyższego oficera z Syberii, na którego trop naprowadził jego stopień wojskowy w GRU, zajmowane obecnie stanowisko w ministerstwie obrony i wcześniejszy pobyt na placówce w Adenie. Podczas przesłuchania najbliższej rodziny szybko wyszło na jaw, że w trakcie poszukiwania ukrytych prezentów gwiazdkowych jedno z jego dzieci odkryło miniaturowy szpiegowski aparat fotograficzny.

Piotr Sołomin zachowywał się inaczej od tamtych dwóch, z godnością znosił ból i przez dłuższy czas odmawiał współpracy. Griszyn zdołał w końcu przełamać jego opór, elementem decydującym okazała się groźba zesłania żony i dzieci zdrajcy do któregoś z najcięższych obozów pracy.

Każdy z trzech aresztowanych przedstawił ze szczegółami przebieg rozmowy werbunkowej z miłym, uśmiechniętym Amerykaninem, wyczulonym na ich problemy życiowe i potrafiącym nadzwyczaj racjonalnie umotywować swoje propozycje. Owe relacje wzbudzały w sercu Griszyna całkiem odmienne doznania: bezgraniczną wściekłość na tego przebiegłego agenta, znanego pod nazwiskiem Jasona Monka.

Jego rozgoryczenie nasilała świadomość, że nie raz, nie dwa, ale trzykrotnie ten bezczelny łajdak przekraczał granicę Związku Radzieckiego, bezpiecznie spotykał się ze swoimi informatorami i nie zagrożony wracał do Ameryki. A czynił to tuż pod nosem KGB. Im więcej pułkownik dowiadywał się o swoim przeciwniku, tym większą odczuwał do niego nienawiść.

Starannie sprawdzono wszystkie fakty. Na liście pasażerów „Armenii" nie znaleziono żadnego nazwiska, które budziłoby jakiekolwiek skojarzenia. Dopiero przesłuchanie członków załogi ujawniło, że personel statku wycieczkowego pamięta ekscentrycznego Teksańczyka paradującego w kowbojskich strojach – tego samego, z którym Sołomin spotkał się później w jałtańskim ogrodzie botanicznym. Nie znaleziono jednak żadnego dowodu, że to Monk podróżował wówczas pod nazwiskiem Normana Kelsona.

Agenci moskiewscy mieli więcej szczęścia. Sprawdzili spisy wszystkich amerykańskich turystów przebywających w stolicy określonego dnia, porównując nawet kwestionariusze wizowe z danymi agencji Inturist.

Poszukiwania ułatwiał fakt, że niemal wszystkie zorganizowane grupy wycieczkowe były zakwaterowane w hotelu „Metropol", szybko więc zidentyfikowano człowieka, który z powodu dolegliwości żołądkowych nie mógł pojechać wraz ze swymi kolegami do Zagorska. Dokładnie tego samego dnia Monk spotkał się z profesorem Blinowem we władimirskim soborze. Griszyn głęboko wbił sobie w pamięć nazwisko doktora Philipa Petersa.

Kiedy zaś trzej pojmani zdrajcy wyjawili przesłuchującym ich oficerom, jakie to materiały ów jeden przemiły Amerykanin od nich uzyskał, całe dowództwo KGB ogarnęło jawne przerażenie.

Griszyn szybkim ruchem zgarnął papiery z biurka i sięgnął po słuchawkę telefonu. Tym razem także zamierzał uczestniczyć w wykonaniu wyroku.

W tym czasie generał Władimir Kriuczkow awansował z dowódcy Wydziału Pierwszego na stanowisko przewodniczącego KGB. To właśnie on wczesnym rankiem tego samego dnia wjechał na ostatnie piętro siedziby Komitetu Centralnego przy placu Nowym i położył na biurku Michaiła Gorbaczowa trzy wyroki śmierci do podpisu. I to on, po zatwierdzeniu wyroków, przed wysłaniem ich do więzienia w Lefortowie dopisał odręcznie: „Wykonać natychmiast".

Pułkownik zostawił trzem zdrajcom wyprowadzonym na więzienny dziedziniec aż pół godziny na to, by w pełni sobie uświadomili, co ich czeka. Zawsze powtarzał szkolonym przez siebie oficerom, że zbytni pośpiech przy wykonywaniu egzekucji nie pozwala skazanym odpokutować za winy. Kiedy wyszedł z budynku, wszyscy trzej klęczeli na wysypanym żwirem placu obrzeżonym wysokim murem, za który nigdy nie zaglądało światło słoneczne.

Jako pierwszy został stracony dyplomata. Sprawiał wrażenie sparaliżowanego, kiedy starszy sierżant przystawił mu do tyłu głowy lufę ciężkiego dziewięciomilimetrowego pistoletu Makarowa. Bez przerwy mamrotał pod nosem: „Niet! Niet!" Griszyn skinął głową i sierżant nacisnął spust. Rozległ się huk. W stronę muru trysnął szeroki strumień krwi i odłamków kości. Walerij Krugłow, niczym szmaciana lalka, runął do przodu i padł krwawą miazgą, jaka została z jego twarzy, na brudny żwir dziedzińca.

Naukowiec, chociaż wychowany w duchu ateizmu, modlił się żarliwie o to, aby Bóg Wszechmogący zbawił jego duszę. Chyba nawet nie zdawał sobie sprawy z tego, co się wokół niego dzieje. Podobnie jak dyplomata przewrócił się z klęczek twarzą na ziemię.

Pułkownik Piotr Sołomin został sam. Z głową zadartą ku górze wpatrywał się w niebo, jakby chciał dojrzeć po raz ostatni swoje rodzinne syberyjskie lasy i rzeki, ten istny raj dla myśliwych i wędkarzy. Ale kiedy poczuł dotknięcie zimnego metalu z tyłu głowy, obejrzał się szybko i wyciągnął lewą rękę w kierunku stojącego nie opodal Griszyna, po czym w typowo amerykańskim geście pokazał mu pięść ze środkowym palcem wyprostowanym ku górze.

– Strzelaj! – wrzasnął pułkownik.

Po zakończeniu egzekucji rozkazał nocą pogrzebać ciała trzech więźniów w nie oznakowanym miejscu w lesie pod Moskwą. Nie mógł dopuścić do tego, by śmierć zdrajców wzbudzała czyjąkolwiek litość, a w szczególności członków najbliższych rodzin pomordowanych, zapewne pragnących chociażby złożyć kwiaty na mogiłach.

Podszedł jeszcze na krótko do potężnie zbudowanego Syberyjczyka, przez chwilę stał nad jego nieruchomym ciałem, wreszcie odwrócił się na pięcie i wszedł do budynku.

Po powrocie do swego gabinetu pospiesznie zaczął sporządzać raport z egzekucji, kiedy niespodziewanie zamrugała czerwona lampka w jego telefonie. Okazało się, że dzwoni kolega z powołanej niedawno grupy dochodzeniowej Drugiego Wydziału KGB.

– Jesteśmy coraz bliżej zidentyfikowania czwartego zdrajcy – oznajmił. – Pozostało już tylko dwóch podejrzanych. Obaj służą w randze pułkowników w pionie kontrwywiadu i obaj przebywają obecnie w Berlinie. Nakazaliśmy objąć ich ścisłą obserwacją. Wcześniej czy później szpieg musi się zdradzić. Czy chcielibyście zostać o tym powiadomiony, pułkowniku? A może wolelibyście osobiście dokonać aresztowania?

– Dajcie mi jeszcze dwanaście godzin – rzucił Griszyn. – Polecę do Berlina. Chciałbym uczestniczyć w aresztowaniu, bo to dla mnie sprawa osobista.

Zarówno prowadzący dochodzenie jak i dokonujący przesłuchań zdawali sobie dobrze sprawę, że starszego oficera kontrwywiadu będzie bardzo trudno nakłonić do składania zeznań. Zresztą człowiek, który przez wiele lat służył w kontrwywiadzie, musiał doskonale znać metody obserwacji podejrzanych. Trudno było liczyć na to, że w jego mieszkaniu również łatwo da się odnaleźć flaszkę z atramentem sympatycznym czy inne dowody szpiegostwa.

A jeszcze niedawno ich praca była o wiele łatwiejsza. Wystarczył nawet cień podejrzenia, żeby człowieka aresztować i wszelkimi dostępnymi metodami bądź to zmusić go do złożenia pełnych zeznań, bądź też udowodnić jego niewinność. Ale od początku lat dziewięćdziesiątych przełożeni zaczęli się domagać niepodważalnych dowodów winy czy też świadków mogących potwierdzić szpiegowską działalność podejrzanego. Lizander z pewnością nie zostawiał za sobą żadnych dowodów, dlatego trzeba go było przyłapać na gorącym uczynku. A to wymagało cierpliwości.

Ponadto Berlin był już miastem otwartym. Jego wschodnia część nadal formalnie pełniła funkcję stolicy Niemieckiej Republiki Demokratycznej utworzonej z radzieckiej strefy okupacyjnej, ale mur otaczający Berlin Zachodni już nie istniał. Każdy, kto by się zorientował, że jest śledzony, mógł bez trudu umknąć swym prześladowcom. Wystarczył szybki przejazd samochodem kilkoma bocznymi uliczkami miasta, żeby bezpiecznie się znaleźć na Zachodzie. A wtedy dla Griszyna byłoby za późno na cokolwiek.

ROZDZIAŁ 10

W nadzwyczajnej komisji znalazło się pięć osób: przewodniczący poszczególnych sekcji, a więc geopolitycznej, strategicznej oraz ekonomicznej, Nigel Irvine, a także – na własną prośbę – Saul Nathanson. Posiedzenie rozpoczęło się od serii pytań skierowanych do Irvine'a.

– Od wstępu postawmy sprawy jasno – rzekł Ralph Brooke z sekcji ekonomicznej. – Czy brałeś pod uwagę potajemne zabójstwo tego Komarowa?

– Nie.

– Dlaczego?

– Bo najczęściej podobne zamachy się nie udają, a nawet w wypadku powodzenia nie gwarantują rozwiązania problemu.

Nigel chyba lepiej niż ktokolwiek inny z tego grona zdawał sobie sprawę, jak różnorodne środki i jak wielkie fundusze CIA przeznaczyło na zlikwidowanie Fidela Castro. Kubańskiemu przywódcy podsunięto cygara z materiałem wybuchowym, po które ani razu nie sięgnął, płaszcz przeciwdeszczowy zaimpregnowany silną trucizną, który od razu wyrzucił, czy też pastę do butów wydzielającą toksyczne opary, która także nie spełniła swojej roli. Ośmieszone kierownictwo agencji nawiązało ostatecznie kontakt z mafią i zatrudniło płatnego mordercę. Wyznaczony przez bossów Cosa Nostra John Roselli wylądował ze stopami zatopionymi w cementowym obciążniku na dnie Zatoki Florydzkiej, natomiast Castro nadal wygłaszał siedmiogodzinne przemówienia, przysparzając kolejnych powodów do tego, aby go natychmiast usunąć ze sceny politycznej.

Charles de Gaulle przeżył aż sześć zamachów zorganizowanych przez OAS, zrzeszającą samą śmietankę francuskich sił zbrojnych. Jeszcze więcej szczęścia miał król Jordanii, Husajn, a zdecydowanym „liderem" na tej liście był iracki dyktator, Saddam Husajn.

– Dlaczego sądzisz, Nigel, że jest to niewykonalne?

– Tego nie powiedziałem, twierdzę tylko, że byłoby to niezwykle trudne zadanie. Komarow jest nadzwyczaj pilnie strzeżony, a dowódca jego osobistej ochrony to nie byle kto.

– Uważasz jednak, że nawet gdyby zamach się powiódł, i tak niczego byśmy nie osiągnęli?

– Zgadza się. Komarowa uznano by za męczennika słusznej sprawy, jego miejsce szybko zająłby kto inny i dalej wprowadzał ten program w życie, tym bardziej, że śmierć autora planu przysporzyłaby mu jeszcze większej rangi.

– Więc co możemy zrobić?

– Wszyscy politycy są bardzo podatni na... destabilizację. Zdaje się, że w Stanach to słowo jest bardzo modne.

Odpowiedziały mu pobłażliwe uśmiechy, jako że Irvine uczynił wyraźną aluzję do opracowanego ostatnio przez departament stanu oraz CIA ściśle tajnego planu „zdestabilizowania" pozycji kilku przywódców państw, odznaczających się lewicowymi poglądami.

– Co będzie do tego potrzebne?

– Pieniądze.

– To żaden problem – wtrącił Saul Nathanson. – Wymień tylko sumę.

– Dziękuję. Później.

– Co jeszcze?

– Wsparcie techniczne, raczej nic specjalnego. No i człowiek.

– Jaki człowiek?

– Ktoś, kto mógłby swobodnie przeprowadzić parę drobnych akcji na terenie Rosji. Musi być naprawdę bardzo dobry.

– To już twoja działka, Nigel. Chcę wrócić do poprzedniego tematu. Załóżmy, że uda się zdyskredytować tego demagoga i straci on znaczną część poparcia społecznego. Co wtedy?

– Właśnie. Tu się wyłania nasz największy kłopot. Komarow nie jest zwykłym szarlatanem. To bardzo zdolny, oddany swojej sprawie i charyzmatyczny przywódca. Doskonale rozumie i umiejętnie wykorzystuje nastroje ludzi. Jest dla nich niczym ikona.

– Co?

– Ikona. Nie chodzi mi o typowe malowidło sakralne, lecz o symbol. Komarow coś sobą uosabia. Każdy naród odczuwa potrzebę odwoływania się do jakiejś wybitnej osobowości czy też symbolu, który potrafi obudzić w zdesperowanych masach społecznych poczucie tożsamości narodowej, a tym samym poczucie wspólnoty. Brak takiego elementu sprawia, że ludzie zaczynają się odnosić do siebie nawzajem jak nieprzejednani wrogowie. Rosja to olbrzymi kraj, zamieszkiwany przez wiele grup etnicznych. Komunizm, mimo swojej brutalności, wyzwalał owo poczucie wspólnoty, chociażby przez powszechny brak swobód. Podobnie sprawy się miały w Jugosławii i sami wiecie, do czego doszło, kiedy zniknęły krępujące więzy tyranii. Poczucie wspólnoty narodowej, zrodzone samoistnie, wymaga obecności takiego symbolu. Wy macie swoją Dawną Chwałę, my nasz Krzyż. Obecnie dla Rosjan właśnie Komarow jest taką ikoną i tylko my zdajemy sobie sprawę, co on naprawdę planuje.

– Jak on ma zamiar zrealizować swoje plany?

– Tak jak wszyscy demagodzy, potrafi doskonale grać na ludzkich nadziejach i potrzebach, wykorzystywać ich miłość i nienawiść, ale przede wszystkim podsycać strach. W ten sposób zdobywa serca rodaków, a tym samym głosy wyborców, które muszą mu przynieść prawdziwą władzę. Kiedy zaś zdobędzie już pełnię władzy, bez trudu uruchomi całą tę machinę, dzięki której możliwe będzie wprowadzenie w życie postulatów Czarnego Manifestu.

– Nie sądzisz, że w razie zniszczenia jego kariery Rosji grozi jeszcze większy chaos, może nawet wojna domowa?

– To niewykluczone, chyba że na miejsce Komarowa zostanie podsunięta Rosjanom inna, jeszcze lepsza ikona. Mam na myśli kogoś, kto byłby zdolny rozbudzić w zwykłych ludziach dawne poczucie lojalności.

– To czysta mrzonka. Rosjanie nigdy nie uznawali kogoś takiego.

– Nieprawda – odparł stanowczo Nigel Irvine. – Przed wielu laty takim człowiekiem był ktoś, kogo określano mianem Cara Wszechrosji.

LANGLEY, WRZESIEŃ 1990

Pułkownik Turkin, czyli agent Lizander, wysłał pilną wiadomość skierowaną osobiście do Jasona Monka. Na pocztówce przedstawiającej taras wschodnioberliński "Opera Café" nadeszły lakoniczne, niewinnie brzmiące pozdrowienia: "Mam nadzieję, że się jeszcze spotkamy. Z najlepszymi życzeniami, Jose Maria". Karta została wysłana pod adresem punktu kontaktowego CIA w Bonn, a zgodnie ze stemplem pocztowym została nadana w Berlinie Zachodnim.

Nikt z niemieckiej placówki CIA nie znał nadawcy, ale ponieważ karta została zaadresowana na nazwisko Jasona Monka, przesłano ją do Langley. Nie zwrócono też uwagi, że pocztówka nadeszła z Berlina. Nie wiedziano wówczas, że Turkin po prostu wrzucił ją – przylepiwszy uprzednio znaczek – przez otwarte okno do wnętrza samochodu z zachodnioberlińską rejestracją, stojącego w kolejce do przejścia granicznego, mruknął niewyraźnie "bitte" do osłupiałego kierowcy i nie zwalniając kroku, poszedł dalej. A ponieważ działo się to tuż za skrzyżowaniem, śledzący go agenci KGB niczego nie spostrzegli. Uprzejmy berlińczyk wrzucił pocztówkę do najbliższej skrzynki pocztowej po przekroczeniu granicy.

Owa procedura wysłania pilnej wiadomości była całkowicie sprzeczna z wszelkimi instrukcjami, ale w świecie wywiadu często zdarzały się jeszcze dziwniejsze rzeczy.

Wątpliwości wzbudziła jedynie data umieszczona obok pozdrowień. Karta została wysłana ósmego września, a zatem widniejąca obok podpisu data – zapisana według europejskich standardów – powinna mieć postać: 8/9/90. Tymczasem na pocztówce figurował zapis: 9/23/90, co nawet według amerykańskich wzorców oznaczało datę z najbliższej przyszłości. Tylko dla Monka ten zapis był w pełni czytelny i oznaczał: „Muszę się z tobą zobaczyć dwudziestego trzeciego bieżącego miesiąca o dziewiątej wieczorem". A użycie hiszpańskiego imienia sygnalizowało, że chodzi o jakąś bardzo ważną sprawę nie cierpiącą zwłoki.

Miejsce spotkania było oczywiste: taras „Opera Café" w Berlinie Wschodnim.

Trzeciego października miało nastąpić ostateczne zjednoczenie Niemiec, a tym samym zjednoczenie podzielonego dotąd miasta. Rosjanie pospiesznie likwidowali swoje tajne placówki w Berlinie, w którym porządku miała od tego dnia pilnować policja zachodnioberlińska. Nadzór nad większością operacji wywiadowczych na obszarze Niemiec miała przejąć znacznie zredukowana komórka KGB w ambasadzie rosyjskiej mieszczącej się przy Unter den Linden, tylko nieliczne z nich pozostawały pod kontrolą moskiewskiej centrali. Turkin przeczuwał, że i on będzie musiał wracać do Związku Radzieckiego. Zastanawiał się nad ewentualnością ucieczki na Zachód, do której skłaniała niepowtarzalna okazja, lecz jego żona i syn przebywali w Moskwie. Dla chłopaka rozpoczął się właśnie kolejny rok szkolny.

Lizander miał zatem do przekazania jakąś niezwykle pilną wiadomość i chciał się osobiście spotkać z Jasonem Monkiem. Ten zaś, w przeciwieństwie do Turkina, wiedział już o zamilknięciu trzech pozostałych swoich informatorów: Delfijczyka, Oriona i Pegaza. Dlatego też z wielkim niepokojem oczekiwał nadejścia wyznaczonego terminu.

Kiedy goście wyjechali z górskiego rancza, wszystkie kopie dokumentów przywiezionych przez Nigela zostały dokładnie spalone, a popioły rozsypane na wiatr. Irvine skorzystał jeszcze z uprzejmości gospodarza, który zaproponował mu przelot jego prywatnym odrzutowcem do Waszyngtonu. Z telefonu łączności satelitarnej zainstalowanego na pokładzie samolotu zdołał się połączyć z centralą w stolicy i umówić na lunch ze starym przyjacielem. Później zaś ułożył się wygodnie w obszernym fotelu obok Nathansona.

– Wiem, że nie powinienem już niczego dociekać – odezwał się finansista, napełniając dwa kieliszki najlepszym gatunkiem chardonnay. – Czy mogę ci jednak zadać osobiste pytanie?

– Oczywiście, drogi przyjacielu. Nie gwarantuję tylko, że uzyskasz odpowiedź.

– Mimo wszystko zaryzykuję. Przyjechałeś do Wyoming z nadzieją, że rada zatwierdzi jakiegoś typu tajną operację, prawda?

– Chyba tak. Myślę, że doskonale rozumiesz moją sytuację.

– No cóż, wszyscy przeżyliśmy prawdziwy szok. Mówię szczerze. Zmierzam jednak do tego, że przy stole konferencyjnym zasiadło aż siedmiu Żydów. Czemu więc ty sformułowałeś propozycję? Nigel Irvine przez chwilę spoglądał na dryfujące w dole chmury. Oczyma wyobraźni widział pod nimi bezbrzeżne amerykańskie prerie, na których obecnie musiały trwać żniwa. Zbierano bogate plony ziarna. Nagle z jego wspomnień wypłynęły znacznie starsze, lecz nadal wyraźne obrazy: brytyjscy żołnierze wymiotujący w spaloną słońcem trawę, kierowcy buldożerów z chustami zasłaniającymi twarze od mdlącego fetoru, stosy zwłok spychanych do olbrzymich jam wyrytych w ziemi i straszliwie wychudzone ręce, niczym obciągnięte pergaminowatą skórą kości, wysuwające się z pozornie pustych stert łachmanów po cokolwiek do jedzenia.

– Trudno mi na to odpowiedzieć. Raz już napatrzyłem się na okropności Holocaustu i nie chciałbym już nigdy mieć z tym do czynienia. Jestem człowiekiem starej daty.

Nathanson zaśmiał się krótko.

– Starej daty... W takim razie wypiję za takich ludzi jak ty. Czy zamierzasz osobiście wybrać się do Rosji?

– Szczerze mówiąc, nie widzę sposobu, aby tego uniknąć.

– W takim razie uważaj na siebie, przyjacielu.

– Wiesz co, Saul? W służbach wywiadowczych jest znane takie powiedzenie: zdarzają się starzy agenci, zdarzają się też grubi, ale nikt nie zna starego i spasionego agenta. Nie martw się, będę na siebie uważał.

Irvine miał się zatrzymać w Georgetown, toteż przyjaciel zaproponował spotkanie w uroczej małej francuskiej restauracji o nazwie „La Chaumière". Nigel przybył tam jako pierwszy. Usiadł na ławce na skwerze po drugiej stronie ulicy, nie przejmując się tym, że grupa nastolatków na wrotkach obrała sobie samotnego siwowłosego mężczyznę za środek zataczanych w szalonym pędzie okręgów.

Zaczął rozmyślać o tym, że jego stanowisko głównodowodzącego służb wywiadowczych dawało mu znacznie szersze pole do działania, niż pozycja dyrektora generalnego CIA. Dlatego też w czasie swych częstych wizyt w Langley najczęściej spotykał się z którymś z wicedyrektorów agencji, czy to dowódcą pionu operacyjnego, czy wywiadowczego, z którymi łączyły go więzy sympatii. Tamci zresztą odwzajemniali mu się tym samym, gdyż bliźniacze instytucje z obu stron Atlantyku miały ze sobą znacznie więcej wspólnego, niż chciały się do tego przyznać czynniki oficjalne z Białego Domu.

Wkrótce przy krawężniku zatrzymała się taksówka, wysiadł z niej również siwowłosy Amerykanin, w przybliżeniu równy mu wiekiem, i pochylił się do uchylonego okna kierowcy, żeby zapłacić za kurs. Irvine szybko podszedł do mężczyzny i klepnął go w ramię.

– Dawno się nie widzieliśmy. Jak się miewasz, Carey?

Jordan odwrócił się i uśmiechnął szeroko.

– Nigel! Co ty porabiasz w Stanach, do diabła? I z jakiej okazji zaprosiłeś mnie na lunch?

– Zepsułem ci rozkład dnia?

– Skądże znowu! Bardzo się cieszę z tego spotkania.

– Chodź, usiądziemy i porozmawiamy.

Pora była dość wczesna i lokal nie zapełnił się jeszcze urzędnikami spędzającymi tu przerwę na lunch. Kelner zapytał uprzejmie, w której części sali życzą sobie stolik: dla palących czy dla niepalących. Carey wybrał tę pierwszą ewentualność, na co Irvine zareagował uniesieniem brwi, ponieważ żaden z nich nie palił.

Ale Jordan wiedział co robi. Klientela w Georgetown była dość wymagająca, w związku z czym palaczy rozsadzano przy oddzielonych przepierzeniami stolikach w najdalszym kącie sali, co stwarzało jednocześnie idealne warunki do poufnej rozmowy.

Kelner przyniósł im menu oraz kartę win. Obaj mężczyźni szybko wybrali przystawki i dania główne, po czym Irvine zaczął przeglądać spis oferowanych gatunków bordeaux, a kiedy zauważył na niej wyśmienitą markę Beychevelle, zamówił również butelkę tego wina. Kelner skłonił się nisko, ponieważ było to jedno z najdroższych win i właściciel lokalu znajdował niewielu chętnych do umniejszania jego zapasu w piwniczce. Wrócił już po minucie, zaprezentował Anglikowi markową nalepkę, a uzyskawszy akceptację, odkorkował butelkę, napełnił kieliszki winem i odszedł.

– Wyznaj w końcu – odezwał się Jordan, kiedy zostali sami – co cię przygnało z leśnych ostępów między ludzi. Nostalgia?

– Niezupełnie. Pojawił się spory problem.

– Mający jakiś związek z tymi wysoko postawionymi i nadzwyczaj wpływowymi osobistościami, z którymi konferowałeś w Wyoming?

– Jesteś niemożliwy, Carey. Powinni cię trzymać w agencji aż do późnej starości.

– Mnie nie musisz tego mówić. Więc cóż to za problem?

– Coś bardzo niedobrego i niepokojącego zaczyna się dziać w Rosji.

– Żadna nowina.

– A jednak tym razem to coś o wiele gorszego. Władze obu naszych krajów nie zamierzają w jakikolwiek sposób zareagować.

– Dlaczego?

– Rzekłbym, że z wrodzonej nieśmiałości.

Jordan prychnął pogardliwie.

– To także nic nowego.

– Tak więc... W ubiegłym tygodniu zapadła decyzja, że warto by tam kogoś wysłać, żeby na miejscu rozpoznał sytuację.

– Chcecie kogoś wysłać? Za plecami władz?

– Można to tak nazwać.

– Czemu przyszedłeś z tym do mnie? Już dawno wypadłem z gry, od dwunastu lat jestem na emeryturze.

– Ale masz chyba jeszcze jakieś dojścia w Langley?

– Teraz już nikt nie ma żadnych dojść w Langley.

– Więc tym bardziej muszę polegać na tobie, Carey. Mówiąc krótko, potrzebny mi człowiek, który byłby zdolny przekroczyć granice Rosji i pokręcić się tam bez zwracania na siebie zbytniej uwagi.

– W ciemno?

– Niestety, tak.

– Przeciwko FSB?

Pod koniec kadencji Gorbaczowa ów silnie zredukowany liczebnie aparat nacisku zajmujący się wewnętrznym bezpieczeństwem kraju, jaki pozostał z Wydziału Drugiego KGB, przemianowano na Federalną Służbę Bezpieczeństwa.

– Prawdopodobnie nie tylko.

Carey Jordan włożył do ust kawałek mięsa, przez chwilę żuł w zamyśleniu, wreszcie odparł, jakby sam do siebie:

– Nie, on się nie zgodzi. Już nigdy nie pojedzie do Rosji.

– Kto niby ma się nie zgodzić?

– Ten, o którym myślę. Też wypadł już z gry, podobnie jak ja. Ale nie jest jeszcze stary. Był naszym najlepszym agentem. Spokój, opanowanie, przebiegłość, spryt... Wywalili go z agencji pięć lat temu.

– Ale jeszcze żyje?

– Tak, przynajmniej ja nie słyszałem, żeby coś mu się przydarzyło. Wiesz co? Doskonałe jest to wino. Rzadko miewam okazję pić tak znakomite gatunki.

Irvine opróżnił swój kieliszek.

– Więc jak się nazywa ten facet, który na pewno się nie zgodzi polecieć do Rosji?

– Monk, Jason Monk. Mówi po rosyjsku jak rodowity Rosjanin. To naprawdę najlepszy agent, jakiego miałem w swoim pionie.

– No cóż, nawet jeśli rzeczywiście się nie zgodzi, to jednak opowiedz mi coś więcej o tym Jasonie Monku.

I były wicedyrektor pionu operacyjnego CIA zaczął mu przybliżać sylwetkę agenta.

BERLIN, WRZESIEŃ 1990

Ciepły, wczesnojesienny wieczór ściągnął na taras kawiarni sporo osób. Turkin, ubrany w jasny letni garnitur niemieckiego kroju nie zwracał na siebie niczyjej uwagi, gdy szybko zajął stolik obok schodów zwolniony przez jakąś zakochaną parę nastolatków.

Kiedy kelner sprzątnął brudne naczynia, pułkownik zamówił kawę, rozpostarł przed sobą niemiecką gazetę i zaczął udawać pogrążonego w lekturze.

Turkin, który przez wiele lat służył w kontrwywiadzie, potrafił bez trudu zidentyfikować śledzących go agentów. Ale wysłannicy KGB na razie tylko obserwowali go z daleka. Teraz także spostrzegł po drugiej stronie placu siedzącą na ławce parę młodych, pozornie beztroskich ludzi ze słuchawkami na uszach, jak gdyby zasłuchanych w muzykę płynącą z walkmanów.

Zdawał sobie jednak sprawę, że tych dwoje pozostaje w stałej łączności z resztą ekipy, czekającą zapewne w samochodzie zaparkowanym gdzieś za rogiem, drogą radiową przekazując meldunki i odbierając polecenia. Nie wiedział jednak, że ekipa KGB przyjechała za nim aż dwoma samochodami, gdyż ostatecznie padł w końcu rozkaz aresztowania szpiega.

O uznaniu winy Turkina przesądziły dwa elementy. Według opisu Amesa Lizander został zwerbowany poza granicami Związku Radzieckiego i płynnie władał hiszpańskim. Znajomość tego języka zmusiła grupę dochodzeniową do przejrzenia akt wszystkich Rosjan, którzy przebywali na placówkach w Ameryce Łacińskiej oraz w samej Hiszpanii. Ale dopiero ostatnio ujawniono fakt, że drugi podejrzany wyjechał na swą pierwszą posadę za granicą, w Ekwadorze, przed pięcioma laty, natomiast według danych Amesa Lizander prowadził działalność szpiegowską już od sześciu lat.

Drugi, nadzwyczaj przekonujący dowód, został zdobyty po sprawdzeniu spisu wszystkich rozmów telefonicznych prowadzonych ze wschodnioberlińskiej centrali KGB tego dnia, kiedy zorganizowano przeszukanie tajnego punktu kontaktowego CIA, nie doszło jednak do aresztowania właściciela tegoż lokalu, ponieważ zdołał on zbiec godzinę wcześniej. Otóż zgodnie z wykazem rozmów ktoś dzwonił z automatu telefonicznego w holu budynku pod numer obstawianego mieszkania. Drugi podejrzany przebywał w tym czasie w Poczdamie, natomiast pułkownik Turkin został wyznaczony dowódcą ekipy mającej dokonać aresztowania szpiega.

Mimo że dowody winy Turkina zdobyto już wcześniej, jego zatrzymanie opóźniono do czasu przylotu z Moskwy wysokiego oficera KGB prowadzącego dochodzenie w tej sprawie, który nalegał, by pozwolono mu osobiście ująć zdrajcę i odstawić go do Związku Radzieckiego. Tymczasem podejrzany wyszedł z centrali, toteż śledzący go agenci nie mieli innego wyjścia, jak podjąć obserwację na mieście.

Na schodach prowadzących na taras kawiarni pojawił się śniady Marokańczyk, pucybut, i zaczął dyskretnie nagabywać siedzących najbliżej gości, aby skorzystali z jego usług. Wszyscy jednak energicznie kręcili głowami. Mieszkańcy Berlina Wschodniego, nie przyzwyczajeni do takiego widoku, zdawali się traktować z pewną pogardą ciemnoskórego ulicznika, natomiast Niemcy z Zachodu wyznawali tezę, że w ich kraju jest już i tak zbyt wielu emigrantów z Trzeciego Świata i nie należy im dawać zatrudnienia.

Wreszcie jeden z klientów kiwnął głową potakująco i pucybut błyskawicznie zdjął z pleców składany stołeczek, po czym przyklęknął przed mężczyzną i zaczął z wprawą rozprowadzać czarną pastę na jego sznurowanych pantoflach. Po chwili zjawił się kelner, żeby odegnać intruza.

– Teraz, kiedy już zaczął, niech dokończy pracę w spokoju – rzekł mężczyzna, posługując się niemieckim z wyraźnym obcym akcentem.

Kelner wzruszył obojętnie ramionami i oddalił się bez słowa.

– Dawno się nie widzieliśmy, Kola – mruknął pucybut po hiszpańsku. – Jak leci?

Rosjanin pochylił się i zaczął pokazywać miejsca na lekko podniszczonych butach, gdzie życzy sobie nałożenia drugiej warstwy pasty.

– Kiepsko – szepnął. – Chyba znalazłem się w kłopotach.

– Jakich?

– Dwa miesiące temu dostałem rozkaz przeprowadzenia obławy na mieszkanie będące punktem kontaktowym CIA. Zdołałem po kryjomu przekazać telefoniczne ostrzeżenie i właściciel mieszkania zdążył uciec. Ale KGB jakimś sposobem musiało się o tym dowiedzieć. Czy ostatnio... ktoś został schwytany i zaczął sypać?

– Możliwe. Dlaczego tak sądzisz?

– Bo później zdarzyło się jeszcze coś gorszego. Dwa tygodnie temu, zaraz po tym, jak wysłałem do ciebie pocztówkę, zjawił się w Berlinie pewien mój znajomy z Moskwy, pracujący chyba w sekcji analitycznej. Jego żona jest Niemką i czasami przyjeżdżają do jej rodziny. Urządzili przyjęcie, facet się spił i puścił parę, że w centrali dokonano aresztowania jakichś bardzo groźnych szpiegów: jednego z ministerstwa obrony, drugiego z ministerstwa spraw zagranicznych.

Monk odebrał tę niespodziewaną wiadomość tak, jakby Turkin szybko uniósł nogę i nie zapastowanym jeszcze do końca pantoflem wymierzył mu kopniaka prosto w twarz.

– Któryś z oficerów siedzących wówczas przy stole powiedział coś w rodzaju: „To chyba musicie mieć znakomite źródło w centrali naszych wrogów" – ciągnął Rosjanin. – Ten zaś postukał się palcem po nosie i mrugnął znacząco.

– Powinieneś uciekać, Kola. Jak najszybciej, jeszcze dzisiaj. Bez trudu przekroczysz granicę.

– Nie mogę tak po prostu zostawić Ludmiły i Jurija, a oni są w Moskwie.

– Więc sprowadź ich tu, przyjacielu, pod jakimkolwiek pretekstem. Jeszcze przez dziesięć dni Berlin będzie się formalnie znajdował pod kontrolą sowiecką, potem nastąpi zjednoczenie Niemiec. Wtedy już twoja żona i syn nie będą mogli tu przyjechać.

– Masz rację. Postaram się razem z całą rodziną w ciągu tych dziesięciu dni przekroczyć granicę. Pomożesz nam po tamtej stronie?

– Osobiście wszystkiego dopilnuję. Tylko nie zwlekaj.

Rosjanin wręczył marokańskiemu pucybutowi plik wschodnioniemieckich marek, które za dziesięć dni miały znacznie zyskać na wartości po wymianie ich na walutę zachodnioniemiecką. Śniady emigrant szybko złożył stołek, skłonił się nisko i odszedł.

W słuchawkach pary czekającej po drugiej stronie placu rozległ się czyjś stanowczy głos:

– Wszystko gotowe. Ruszamy. Natychmiast.

Dwie szare czeskie tatry wyjechały zza rogu na plac Opery i z piskiem opon zahamowały przy krawężniku na wprost wejścia do kawiarni. Z pierwszego wozu wypadli na chodnik trzej ubrani po cywilnemu mężczyźni, roztrącając łokciami przechodniów wbiegli po schodach i chwycili pod ręce jednego z gości kawiarni, zajmującego stolik przy krawędzi tarasu. Z drugiego samochodu powoli wysiedli dwaj inni agenci, otworzyli tylne drzwi auta i stanęli przy nich w wyczekujących pozach.

Wśród spacerowiczów i klientów lokalu rozległy się pojedyncze okrzyki, kiedy mężczyznę w jasnym garniturze bezceremonialnie ściągnięto po schodach i wepchnięto do samochodu. Trzasnęły zamykane drzwi i pojazd błyskawicznie ruszył od krawężnika. Trzej potężnie zbudowani cywile już bez większego pośpiechu zajęli z powrotem miejsca w pierwszym samochodzie, który odjechał śladem poprzedniego. Całe to zdarzenie trwało jedynie kilka sekund.

A Jason Monk, stojący nie więcej niż sto metrów dalej przy wylocie bocznej uliczki, mógł się temu wszystkiemu tylko bezsilnie przyglądać.

– A co się wydarzyło później? – spytał z zaciekawieniem sir Nigel Irvine.

Wokół nich coraz więcej klientów restauracji regulowało rachunki i wstawało od stolików, żeby wrócić do pracy. Anglik sięgnął po butelkę beychevelle, lecz spostrzegłszy, że nic już w niej nie ma, gestem przywołał do siebie kelnera.

– Czyżbyś próbował mnie spić, Nigel? – zapytał Jordan, uśmiechając się lekko.

– Daj spokój. Jesteśmy obaj wystarczająco starzy i zaprawieni w bojach, byśmy mogli napić się wina jak dżentelmeni.

– Pewnie masz rację. No cóż, w każdym razie muszę przyznać, że ostatnio miewam coraz mniej okazji, by się raczyć château beychevelle.

Kelner przyniósł drugą butelkę, a gdy Irvine zaakceptował ją krótkim skinieniem głowy, odkorkował wino i szybko się oddalił.

– Za co wypijemy tym razem? – spytał Jordan. – Znowu za tę „wielką grę”? A może teraz za „wielkie oszustwo”? – dodał z goryczą w głosie.

– Lepiej za dawne dobre czasy. I za czystość charakterów, bo tego chyba mi najbardziej brakuje, a co zdaje się w ogóle nie przeszkadzać naszym następcom. Za nieposzlakowaną czystość charakterów.

- Niech będzie i tak. A więc z wyprawy do Berlina Monk wrócił rozjuszony jak tygrys bengalski, który przez nieuwagę wetknął ogon w płomienie. Nie pracowałem już wtedy w agencji, lecz utrzymywałem jeszcze ścisłe kontakty z kilkoma przyjaciółmi, na przykład z Miltem Beardenem. Nawiasem mówiąc, z nim też wiele razem przeszliśmy. To właśnie od niego o wszystkim się dowiedziałem. Otóż Monk zaczął jak oszalały ganiać od jednego gabinetu do drugiego i opowiadać każdemu napotkanemu oficerowi, że w kierownictwie sekcji SE znajduje się dobrze zamaskowany rosyjski informator. Rzecz jasna, nikt tego nie chciał słuchać. Kazano mu spisać szczegółowy raport, więc to zrobił. Przytoczone tam fakty mogły naprawdę zjeżyć włosy na głowie, ale tak się złożyło, że raport począł wędrować drogą służbową od jednego do drugiego, coraz bardziej niekompetentnego urzędnika. Tymczasem Milt Bearden zdołał się w końcu pozbyć Amesa ze swojej sekcji. Ale ten facet był śliski jak piskorz. Kiedy dyrektor generalny przeprowadził reorganizację siatki kontrwywiadowczej i powołał specjalny zespół analityczny, zaszła potrzeba wciągnięcia do jego grona kogoś z pionu operacyjnego zaznajomionego z problematyką sowiecką. Mulgrew szybko zaproponował na to stanowisko Amesa i ten został zaakceptowany. Więc już się domyślasz, kto stał na czele komórki, do której musiał ostatecznie trafić raport Monka. Nie kto inny, jak sam Aldrich Ames.

– To zapewne wstrząsnęło posadami całej waszej instytucji – mruknął Irvine.

– Mówi się, Nigel, że bogatemu sam diabeł dzieci niańczy. Ames nie mógł sobie wymarzyć lepszej okazji do tego, żeby usunąć Monka ze swej drogi. Po prostu wyrzucił jego raport do śmieci. Posunął się jeszcze dalej, oskarżył Jasona o wysuwanie bezpodstawnych oskarżeń i zaczął się domagać jakichkolwiek dowodów istnienia zdrajcy. A co za tym idzie, zarządzono wewnętrzne dochodzenie, bynajmniej nie mające na celu identyfikacji rosyjskiego informatora, lecz skierowane przeciwko Monkowi.

– Coś w rodzaju sądu wojennego?

Carey Jordan ze smutkiem pokiwał głową.

– Mniej więcej. Powinienem był wtedy porozmawiać z Jasonem, ale w kierownictwie agencji wciąż panowała bardzo nieprzychylna dla mnie atmosfera. Dość powiedzieć, że Ken Mulgrew został mianowany wicedyrektorem. Komisja dyscyplinarna orzekła, że Monk na własną rękę zorganizował spotkanie w Berlinie, żeby nieco przedłużyć swą dogasającą karierę.

– To miło z ich strony.

– Owszem. Nie zapominaj, że w kierownictwie pionu operacyjnego zasiadali już prawie sami biurokraci, a ci, którzy mieli jakieś pojęcie o pracy wywiadowczej, myśleli wyłącznie o swojej emeryturze. Nie ma się zresztą czemu dziwić, po czterdziestu latach ostatecznie zwyciężyliśmy w zimnej wojnie i sowieckie imperium rozpadało się na kawałki. Powinien wtedy nastać czas wspólnej obrony honoru agencji, a nie wzajemnego kopania pod sobą dołków i mnożenia roboty papierkowej.

– I co się stało z Monkiem?

– Miał już zostać wylany ze służby, ale zapadła litościwa decyzja przeniesienia go do innej pracy. Dostał jakąś podrzędną funkcję, jeśli dobrze pamiętam, w archiwum. Zakopali go w papierzyskach, żeby nikomu nie szkodził. Powinien był wtedy odejść na własną prośbę, ale Jason od początku odznaczał się buntowniczym charakterem. Przyczaił się, jakby czekał na ten dzień, kiedy wyjdzie na jaw, że miał rację. Na trzy długie lata przeistoczył się w mola książkowego, aż w końcu nadeszła chwila jego triumfu.

– Ames został zdemaskowany?

– Oczywiście. Ale stało się to o wiele za późno.

MOSKWA, STYCZEŃ 1991

Pułkownik Anatolij Griszyn wyszedł z pokoju przesłuchań i wpadł do swego gabinetu, z wściekłością zatrzaskując drzwi.

Oficerowie wchodzący w skład komisji odbierającej zeznania byli uradowani, że ich praca dobiegła końca. Oznaczało to zarazem rozwiązanie grupy „Mnich". Wypowiedzi ostatniego schwytanego zdrajcy, utrwalone na taśmie magnetofonowej, opisywały całą jego wieloletnią działalność szpiegowską, poczynając od tajemniczej choroby sześcioletniego synka, która dopadła go w 1983 roku w Nairobi, aż do momentu aresztowania na tarasie „Opera Café" we wrześniu ubiegłego roku.

Jednocześnie do kierownictwa Wydziału Pierwszego KGB dotarła wiadomość, że Jasona Monka spotkała zniewaga, że został zdegradowany i przeniesiony do pracy biurowej, co oznaczało, iż nie może on już być oficerem łącznikowym jakichkolwiek rosyjskich informatorów. Należało zatem wnioskować, że nadzorował działalność czterech zdrajców i że udało się ich wszystkich unieszkodliwić. Tylko jeden z nich pozostał jeszcze przy życiu, Griszyn podejrzewał jednak, że nie na długo.

Zatem doprowadzenie do pomyślnego zakończenia operacji, do której powołano grupę „Mnich", powinno być okazją do świętowania sukcesu, lecz dziwnym sposobem Griszyn odczuwał jedynie narastające rozgoryczenie, dodatkowo podsycane czymś, co usłyszał w trakcie ostatniego przesłuchania.

Sto metrów! – kołatało się w jego głowie. Marne sto metrów!... Raport dwójki agentów prowadzących obserwację pułkownika potwierdził najgorsze przypuszczenia. „Ostatniego dnia przed aresztowaniem Nikołaj Turkin nie kontaktował się z żadnymi podejrzanymi osobami. Spędził cały dzień w swoim biurze, zjadł kolację w kantynie, po czym niespodziewanie wyszedł na miasto, lecz z nikim się nie spotkał. Wypił tylko kawę w kawiarni i pozwolił pucybutowi wyczyścić sobie buty".

Dopiero Turkin wyjawił prawdę. Para prowadząca obserwację nie dopatrzyła się niczego szczególnego w nietypowym przecież spotkaniu z pucybutem. Zdarzyło się to zaledwie na kilka sekund przedtem, jak dwa służbowe samochody KGB wyjechały zza rogu, a przecież obok kierowcy w pierwszym z nich siedział sam Griszyn. Właśnie wtedy znalazł się nie dalej jak sto metrów od znienawidzonego Jasona Monka, w dodatku na obszarze pozostającym pod kontrolą radziecką.

Kiedy informacja ta wyszła na jaw podczas przesłuchania, oczy wszystkich oficerów z komisji zwróciły się w jego stronę. Przecież to ty wtedy dowodziłeś ekipą – zdawały się mówić te spojrzenia – i pozwoliłeś, żeby ci się wymknęła tak cenna zdobycz?

Rekompensatą ze te upokorzenia mógł być jedynie ból zadany więźniowi w ramach wymierzonej kary. Gorąco tego pragnął, lecz decyzja o losie zdrajcy zapadła bez jego udziału. Generał Bojarow wcześniej zawiadomił go osobiście, że przewodniczący KGB życzy sobie jak najszybszego wykonania egzekucji, gdyż obawia się dalszych ograniczeń swej władzy wobec następujących w kraju przemian. Tego samego dnia miał jednak dać prezydentowi do podpisu wyrok śmierci, który powinien znaleźć się na biurku Griszyna najpóźniej jutro rano.

A przemiany w Rosji faktycznie następowały, do tego w zastraszającym tempie. Przy każdej okazji kierownictwo KGB było atakowane przez coraz zuchwalszych przedstawicieli niezależnej prasy. Griszyn doskonale wiedział, jak należałoby sobie z nimi poradzić, ale miał związane ręce.

Wówczas nie mógł nawet podejrzewać, że jego przełożony, generał Kriuczkow, już w sierpniu stanie na czele nieudanego przewrotu wojskowego wymierzonego przeciwko Gorbaczowowi. Ten zaś w rewanżu rozbije potężną strukturę KGB na wiele niezależnych instytucji, a ostatecznie, w grudniu tego samego roku, cały Związek Radziecki przestanie istnieć.

Ale w styczniu – dokładnie w tym samym czasie, kiedy Griszyn snuł ponure rozważania w swoim gabinecie – generał Kriuczkow położył przed prezydentem przygotowany wyrok śmierci na zdrajcę, byłego pułkownika KGB, Turkina. Gorbaczow sięgnął po długopis, uniósł go w zamyśleniu, zaraz jednak odłożył z powrotem.

W sierpniu poprzedniego roku wojska Saddama Husajna dokonały inwazji na Kuwejt i teraz Amerykanie bezwzględnie forsowali na forum międzynarodowym nałożenie ostrych sankcji na Irak. Można było odnieść wrażenie, że ta inwazja przepełniła puchar goryczy. Wielu znanych polityków świata angażowało się w role mediatorów w różnych punktach zapalnych, usiłując zażegnywać konflikty zbrojne w zarodku. Podobne zadanie wziął na siebie Michaił Gorbaczow.

– W pełni rozumiem, że postępowanie tego człowieka zasługuje na najwyższy wymiar kary – rzekł z ociąganiem.

– Takie są przepisy prawa – wtrącił Kriuczkow.

– Owszem, ale w obecnej sytuacji... sądzę, że wykonanie takiego wyroku byłoby wielce niestosowne.

Zamyślił się jeszcze na chwilę, po czym wyciągnął w stronę generała nie podpisany wyrok.

– Mam prawo ułaskawienia przestępcy, skorzystam więc z niego i zamienię mu karę na siedem lat pobytu w obozie pracy przymusowej.

Generał Kriuczkow wyszedł rozjuszony z gabinetu prezydenta. Powtarzał w myślach, że owa miękkość serca radzieckiego przywódcy jest po prostu nie do przyjęcia. Wcześniej czy później on i wiele osób wyznających podobne poglądy będzie musiało przejąć władzę w swoje ręce.

Natomiast Griszyn, wzburzony po dniu pełnym upokorzeń, odebrał tę decyzję niczym haniebny policzek. W tej sytuacji mógł jedynie dopilnować, aby Turkin znalazł się w obozie o najostrzejszym reżimie, z którego miałby znikome szanse wyjść po siedmiu latach na wolność.

Począwszy od wczesnych lat osiemdziesiątych więźniów politycznych przestano rozmieszczać w słynących z łagodnych warunków obozach leżącej w umiarkowanym klimacie Mordowii, a zaczęto ich wywozić znacznie dalej na północ, w okolice Permu, skąd pochodził Griszyn. Kilkanaście najcięższych obozów pracy znajdowało się w rejonie wsi Wsieswiatskoje, a najgorszą sławą pośród nich cieszyły się łagry „Perm-35", „Perm-36" oraz „Perm-37".

Lecz tylko jeden obóz był przeznaczony dla zdrajców: Niżnyj Tagił. Nazwa tego miasta budziła dreszcz grozy nawet u funkcjonariuszy KGB.

Tam wyjątkowo strażnicy mieszkali na zewnątrz ogrodzonego terenu, chociaż rzadko musieli się uciekać do brutalności – silnie zredukowane racje żywnościowe i nadzwyczaj ciężka, niewolnicza praca spełniały swoje zadanie. W dodatku, aby zapewnić zgromadzonym tam wywrotowcom odpowiednią „edukację", zmuszano ich do przebywania w towarzystwie najbardziej okrutnych i bezwzględnych przestępców, najgorszych *zeków* zwożonych z całej sieci gułagów.

Dlatego też Griszyn osobiście dopilnował, by Nikołaj Turkin został zesłany do Niżniego Tagiłu, a wypełniając formularz przekazania więźnia, w rubryce zatytułowanej „Wytyczne specjalne", dopisał: najściślejszy reżim.

– No cóż – ciągnął Carey Jordan, wzdychając głośno – powinieneś znać zakończenie tej niechlubnej opowieści.

– Mniej więcej. Możesz mi przypomnieć – odparł Irvine, po czym zatrzymał przechodzącego kelnera i rzekł: – Proszę nam przynieść dwie kawy z ekspresu.

– Ostatecznie w roku tysiąc dziewięćset dziewięćdziesiątym trzecim agenci federalni rozpracowali wtyczkę działającą w agencji już od ośmiu lat. W trakcie procesu sami się przyznali, że mogli zamknąć dochodzenie i aresztować zdrajcę już półtora roku wcześniej, ale śledztwo kilkakrotnie było zawieszane, później rozpoczynali je od nowa inni agenci. A mówiąc szczerze, FBI zrobiło dokładnie to, co my powinniśmy byli zrobić już na samym początku. Zwyczajnie ominięto przepisy prawa cywilnego i wymuszono zgodę sędziego na odtajnienie stanów kont bankowych kilku osób podejrzanych o szpiegostwo. No i wtedy wszystko wyszło na jaw. Okazało się, że Aldrich Ames jest prawdziwym milionerem, a nie zapominaj, że dopiero w trakcie procesu udowodniono, iż dysponuje on ponadto tajnym kontem w banku szwajcarskim. Szybko sprawdzono też, że wyjaśnienia Amesa, w których tłumaczył on inspektorom skarbowym, iż jego żona wzbogaciła się na inwestycjach poczynionych w Kolumbii, nie mają nic wspólnego z prawdą. Podjęto zatem jego ścisłą obserwację.

W trakcie nieobecności gospodarza agenci federalni dokonali rewizji w domu Amesa i w zapisach komputerowych znaleźli wystarczające dowody przestępstwa na to, by uzyskać nakaz aresztowania. A było tam wszystko: kopie listów nadsyłanych przez oficera łącznikowego, dokładne rozliczenia kolejnych zapłat, instrukcje dotyczące sposobów nawiązywania łączności czy spis skrzynek kontaktowych na terenie Waszyngtonu. W końcu dwudziestego pierwszego lutego tysiąc dziewięćset dziewięćdziesiątego czwartego roku... Boże! Nigel, czy ja do końca życia będę pamiętał tę datę?... Aresztowano Amesa na ulicy, przed jego domem w Arlington. Już w trakcie pierwszego przesłuchania cała sprawa wyszła na jaw.

– Dowiedziałeś się o tym na bieżąco?

– Skądże! FBI podejrzewało, co w trawie piszczy. Gdybym wówczas wiedział to wszystko, co wiem teraz, bez chwili wahania zastrzeliłbym sukinsyna. Poszedłbym na krzesło elektryczne jako najszczęśliwszy skazaniec tego świata.

Były wicedyrektor CIA odwrócił głowę, jakby się rozglądał po sali restauracyjnej, ale w rzeczywistości miał przed oczyma długą listę osób nie żyjących już od wielu lat.

– Czterdzieści pięć zniweczonych operacji wywiadowczych i dwudziestu dwóch zdradzonych informatorów, osiemnastu Rosjan i czterech z krajów satelickich. Czternastu z nich rozstrzelano. A wszystko to przez jednego, podłego seryjnego mordercę, który zapragnął mieć okazały dom i sportowego jaguara.

Nigel Irvine poczuł się niezręcznie, widząc smutek na twarzy starego przyjaciela, toteż mruknął tylko:

– Powinniście byli załatwić tę sprawę dużo wcześniej, we własnym zakresie.

– Myślisz, że o tym nie wiem? Przecież to jasne. Trzeba było już na samym początku zapomnieć o przepisach prawa cywilnego i wystąpić o odtajnienie stanu konta bankowego Amesa. Przecież już wiosną tysiąc dziewięćset osiemdziesiątego szóstego było na nim ponad ćwierć miliona dolarów. Powinniśmy także byli poddać testom na poligrafie wszystkich czterdziestu jeden podejrzanych z listy osób mających dostęp do tajnych akt personalnych naszych źródeł. Nawet jeśli niewinni oficerowie poczuliby się znieważeni, to w końcu jednak zdemaskowalibyśmy Amesa.

– A co się stało z Monkiem? – zapytał Anglik.

Carey Jordan zachichotał cicho. Kelner, pragnąc zapewne pozbyć się ostatnich gości z opustoszałej restauracji, zbliżył się do nich i położył na stoliku rachunek. Irvine pospiesznie przysunął go do siebie, zerknął na sumę i położył na wierzchu swoją kartę kredytową. Kelner zabrał ją i oddalił się szybko.

– No cóż, Monk... On także o niczym wcześniej nie wiedział. Aresztowania dokonano w rocznicę urodzin prezydenta, którą się u nas obchodzi niemal jak święto państwowe, więc zapewne przez cały ten dzień siedział w domu. Dopiero następnego ranka wiadomość przeniknęła do prasy. Później zaś przyszedł ten cholerny list.

WASZYNGTON, LUTY 1994

List przyszedł z poranną pocztą dwudziestego drugiego lutego, kiedy po dniu wolnym od pracy wznowiono dostarczanie przesyłek.

Na zwykłej białej kopercie widniał domowy adres Monka, lecz Jason zdołał odczytać ze stempla pocztowego, że list wysłano z kancelarii agencji w Langley. Zdziwiło go, że nie został dołączony do poczty przekazywanej drogą służbową.

Wewnątrz znalazł drugą kopertę z firmowym nagłówkiem ambasady amerykańskiej. Była dziwnie zaadresowana: „Pan Jason Monk, Główna Kancelaria, Naczelne Dowództwo CIA, Langley, Wirginia". Poniżej ktoś dopisał odręcznie: *verte*. Monk odwrócił kopertę. Po drugiej stronie ujrzał wykonaną tym samym charakterem pisma uwagę: *Przesyłka dostarczona do naszej ambasady w Wilnie na Litwie. Czy znacie adresata?* Na tej kopercie nie było stempla, zatem list musiał przybyć do Stanów pocztą dyplomatyczną.

W środku tkwiła zaklejona następna koperta, wykonana z szarego papieru makulaturowego, w którym aż się roiło od grubszych wiórków źle przetworzonego drewna. Na niej znajdował się wykonany roztrzęsioną dłonią napis: *Proszę* – to słowo było podkreślone trzy razy – *dostarczyć ten list panu Jasonowi Monkowi z CIA, od przyjaciela.*

Dopiero w tej kopercie znajdował się właściwy list, napisany na kawałku tak kruchego papieru, że nieomal rozpadał się w palcach. Co to jest? – pomyślał Monk. – Papier toaletowy? A może kartka wyrwana z jakiejś taniej, bardzo starej książki?

List był po rosyjsku, nagryzmolony czymś czarnym, tępym ołówkiem czy nawet węglem, do tego tak niewyraźnie, że Jason z trudem odcyfrował nagłówek:

Niżnyj Tagił, wrzesień 1993.

Poniżej znajdował się tekst:

Drogi Jasonie. Jeśli ten list kiedykolwiek dotrze do ciebie, ja nie będę już żył. Zachorowałem na tyfus, który tu roznoszą wszy i pchły. Likwidują nasz obóz, rozbierają baraki, żeby nikt nigdy się już nie dowiedział, że istniało takie miejsce na Ziemi.

Kilkunastu więźniów politycznych objęła amnestia, bo teraz w Moskwie rządzi jakiś tam Jelcyn. Na wolność wychodzi jeden z moich przyjaciół, Litwin, pisarz i intelektualista. Myślę, że mogę mu zaufać. Obiecał, że przemyci ten list poza teren obozu i wyśle go po powrocie do domu.

Ja pojadę innym pociągiem, pewnie w bydlęcym wagonie, do drugiego obozu, którego pewnie już nawet nie zobaczę. Dlatego przesyłam ci te ostatnie pozdrowienia i garść nowin.

W dalszej części Nikołaj Turkin opisywał pokrótce, co go spotkało w ciągu tych trzech i pół roku od czasu aresztowania w Berlinie. Relacjonował, jak był bity do nieprzytomności w celi więzienia w Lefortowie i jak z konieczności wyznał wszystko swoim oprawcom. Przedstawił ze szczegółami cuchnącą norę o ścianach wysmarowanych odchodami i porysowanych paznokciami, przeraźliwy chłód, ostre światło bijące prosto w oczy oraz wykrzykiwane chrapliwie pytania, po których – jeśli więzień ociągał się z odpowiedzią – bito pałką po twarzy.

Przedstawił też sylwetkę pułkownika Anatolija Griszyna. Prowadzący przesłuchanie był chyba pewien, że zdrajcę czeka szybka śmierć, gdyż otwarcie chełpił się przed nim swymi poprzednimi sukcesami. To od niego Turkin dowiedział się o losie mężczyzn, o których nigdy wcześniej nie słyszał: Krugłowa, Blinowa oraz Sołomina. Musiał wysłuchiwać dokładnych relacji o tym, w jaki sposób Griszyn zmuszał oficera z Syberii do składania zeznań.

Kiedy ten koszmar dobiegł końca, jeszcze goręcej zacząłem się modlić o nadejście śmierci. W obozie bardzo wielu więźniów targnęło się na swoje życie, ja jednak żyłem nadzieją, że jeśli przetrzymam, któregoś dnia odzyskam wolność. Na pewno nikt by mnie teraz nie poznał, ani ty, ani Ludmiła czy mój synek, Jurij. Straciłem wszystkie włosy i zęby, a te nędzne resztki wychudzonego ciała targa coraz silniejsza gorączka.

Turkin streścił długą podróż w bydlęcym wagonie z Moskwy do Tagiłu, w towarzystwie najgorszych mętów, kiedy to bito go do nieprzytomności i pluto mu w twarz, aby go zarazić gruźlicą. Opisał też sam obóz, gdzie trafił do oddziału o najściślejszym rygorze: wykonującego najcięższe prace i otrzymującego najmniejsze racje żywnościowe. Po sześciu miesiącach holowania ściętych pni drzew złamał sobie łopatkę, lecz w gułagu nie było lekarza, a od tamtej pory obozowi strażnicy kazali mu ciągle przerzucać linę przez niesprawne ramię.

List kończył się słowami:

Nie żałuję tego wszystkiego, co zrobiłem, gdyż miałem swój udział w obaleniu nieludzkiej tyranii. Może teraz moi rodacy zaznają wolności. Nie wiem nawet, co się stało z żoną. Mam nadzieję, że jest szczęśliwa. Nie zapomnę nigdy, iż mój syn, Jurij, tylko tobie zawdzięcza życie. Dziękuję ci za to. Żegnaj, przyjacielu. Nikołaj Iljicz.

Jason Monk ostrożnie złożył z powrotem list, położył go na stole, ukrył twarz w dłoniach i rozpłakał się jak dziecko. Tego dnia w ogóle nie poszedł do pracy i nie odbierał telefonów. O szóstej po południu, kiedy zapadł zmierzch, sprawdził adres w książce telefonicznej, wsiadł do samochodu i pojechał do Arlington.

Zapukał do drzwi domu, który odnalazł bez większego trudu, a gdy otworzyła mu kobieta, ukłonił się i rzekł:

– Dzień dobry, pani Mulgrew.

Po czym minął ją, oniemiałą, bez słowa i ruszył w głąb domu. Zastał Kena Mulgrewa w salonie, siedzącego w fotelu z wielką szklanicą whisky w dłoni. Ten widok intruza zdążył jedynie wymamrotać:

– Co to ma znaczyć, do diabła? Wtargnął pan...

Jak się później okazało, były to ostatnie słowa, jakie mógł wymówić bez stresującego seplenienia przez najbliższych kilka tygodni. A Monk bezceremonialnie przerwał mu tę wypowiedź nadzwyczaj skutecznym ciosem w szczękę.

Mulgrew był wyższy i mocniej zbudowany od podwładnego, ale od dawna zaniedbywał swoją kondycję, w dodatku ciągle odczuwał skutki niezwykle suto zakrapianego alkoholem lunchu. Cały ten dzień spędził bowiem w biurze, gdzie nie poruszano innych tematów oprócz przekazywanych nerwowym szeptem nowin, które obiegły cały gmach z szybkością pożaru roznoszonego wiatrem w suchym lesie.

Monk wymierzył mu w sumie cztery ciosy, po jednym za każdego zdradzonego informatora. Złamał dyrektorowi szczękę oraz nos i podbił mu dwoje oczu, a następnie bez pośpiechu wyszedł z domu Mulgrewa.

– Więc jednak ktoś się zdobył na aktywne działanie – podsumował Nigel Irvine.

– Owszem, i to najbardziej aktywne, jakie było możliwe w tej sytuacji – przyznał Jordan.

– I co było później?

– Na szczęście pani Mulgrew nie wezwała policji, tylko zadzwoniła do agencji. Chłopcy z wydziału kontroli wewnętrznej zjawili się akurat w porę, żeby eskortować karetkę pogotowia do najbliższego szpitala. Uspokoili rozhisteryzowaną kobietę i szybko zidentyfikowali napastnika, pojechali więc do mieszkania Monka. Zastali go w środku. Nie odpowiedział jednak na pytanie, co sobie wyobrażał, dokonując napaści na dyrektora, tylko bez słowa wskazał list leżący na stole. Żaden z agentów nie znał rosyjskiego, ale na wszelki wypadek zabrali ten list razem z aresztowanym.

– Tak łatwo dał się złapać? Monk? – zdumiał się Irvine.

– Niestety. I tym razem został udupiony na dobre. Nie pomogło mu nawet powszechne współczucie, jakie wzbudziło odczytanie podczas przesłuchania tłumaczenia tego listu. Zostałem wówczas wezwany na świadka obrony, lecz niewiele mogłem zdziałać. Rezultat był do przewidzenia. Nawet mimo ogólnej atmosfery, jaka zapanowała po aresztowaniu Amesa, nie można było dopuścić, aby szeregowemu pracownikowi agencji uszły na sucho te wysiłki zmierzające do przekształcenia fizjonomii starszego stopniem oficera w siekany befsztyk. Monk wyleciał z pracy. Po raz kolejny podszedł do nich kelner. Obaj mężczyźni dostrzegli jego błagalne spojrzenie, szybko wstali od stolika i ruszyli w stronę wyjścia. Tamten odprowadził ich pozornie uprzejmym, lecz sztucznym uśmiechem.

– Co spotkało Mulgrewa?

– Jak na ironię, został zdymisjonowany i wydalony z agencji dopiero rok później, kiedy wyszły na jaw różne szczegóły jego powiązań z Amesem.

– A Monk?

– Wyjechał z miasta. Na krótko nawiązał bliższą znajomość z pewną kobietą, lecz gdy ona przyjęła ponętną propozycję długoterminowej pracy za granicą, ich związek się rozleciał. Później dotarły do mnie plotki, że próbował szczęścia w roli egzekutora zaległych długów. Ale i to nie trwało długo.

– Więc gdzie on teraz jest?

– Podobnie jak ty, osiadł na starość w tej samej leśnej głuszy.

– Niemożliwe! Gdzieś na wyspach? W pobliżu Londynu?

– Niezupełnie, wybrał jedną z odleglejszych kolonii Jej Wysokości.

– Raczej „terytoriów podległych", teraz już się nie używa słowa „kolonie". A więc o którym terytorium mówisz?

– Wyspy Turks i Caicos. Chyba ci mówiłem, że stał się pasjonatem wędkarstwa morskiego? Według ostatnich wieści, jakie do mnie dotarły, kupił sobie używany jacht motorowy i zaczął go wynajmować bogatym amatorom połowów.

Carey Jordan podszedł do krawężnika na wprost drzwi restauracji „La Chaumière" i machnął ręką na taksówkę. Tego pogodnego jesiennego dnia Georgetown prezentowało się naprawdę wspaniale.

– Faktycznie masz zamiar go nakłaniać, żeby jeszcze raz pojechał do Rosji? – zapytał po chwili.

– Mniej więcej o to mi chodzi.

– Nic z tego nie wyjdzie. Zaklinał się, że nigdy więcej tam nie poleci. Zafundowałeś mi wspaniały lunch, wino było doskonałe, lecz niepotrzebnie traciłeś czas. Jestem ci wdzięczny, ale możesz mi wierzyć, że niczego nie osiągniesz, ani obietnicą hojnej zapłaty, ani groźbami.

Przed nimi zatrzymała się taksówka. Jordan uścisnął przyjacielowi dłoń, wsiadł do niej i odjechał. A sir Nigel Irvine ruszył bez pośpiechu w kierunku hotelu „Four Seasons", rozmyślając o tym, że powinien przeprowadzić kilka rozmów telefonicznych.

ROZDZIAŁ 11

„Lisica" została przycumowana do pomostu i zamknięta na noc, a Jason Monk pożegnał się z trzema włoskimi klientami, którzy – chociaż połowy nie wypadły nadzwyczajnie – sprawiali wrażenie bardzo zadowolonych z wycieczki, być może z powodu sporej ilości wypitego wina, jakie zabrali ze sobą na pokład.

Przy poczerniałym stole na końcu pomostu Julius szybko czyścił dwie średniej wielkości dorady. Tylną kieszeń jego spodni lekko wypychał plik banknotów, jaki tworzyła jego część zapłaty oraz napiwek, który dostał od hojnych Włochów.

Monk bez pośpiechu minął „Tiki Hut" i skręcił ku „Banana Boat", typowo karaibskiej budowli bez ścian o podłodze wyłożonej palmowymi liśćmi, gdzie mimo wczesnej pory przy barze tłoczyło się już sporo amatorów mocniejszych trunków. Podszedł do lady i skinął głową Rocky'emu.

– To co zwykle? – zapytał uśmiechnięty barman.

– Czemu nie. Przyzwyczajenie jest drugą naturą człowieka.

Od dawna był stałym klientem baru, zawarł nawet porozumienie z właścicielem, by przyjmował dla niego zlecenia pod jego nieobecność. Właśnie numer telefonu „Banana Boat" został umieszczony na reklamówkach Monka, które porozkładał we wszystkich hotelach na wyspie Providenciales, chcąc zachęcić turystów do korzystania z jego łodzi.

Żona Rocky'ego, Mabel, przywołała go do siebie.

– Był do ciebie telefon z „Grace Bay Club".

– Aha. Zostawiono jakąś wiadomość?

– Nie. Telefonistka prosiła tylko, żebyś zadzwonił po powrocie.

Mabel postawiła na kontuarze obok kasy aparat telefoniczny. Jason wybrał numer i po chwili uzyskał połączenie z centralą. Dziewczyna poznała go po głosie.

– Cześć, Jason. Dobrze ci dzisiaj poszło?

– Nieźle. Bywało gorzej. To ty dzwoniłaś?

– Tak. Co masz w planach na jutro?

– A co ci chodzi po głowie, ty przewrotna kobietko?

Odpowiedział mu wybuch gromkiego śmiechu. Z pamięci Monka wypłynął widok pogodnej, lekko pucołowatej twarzy ponętnej recepcjonistki z hotelu znajdującego się pięć kilometrów dalej wzdłuż piaszczystej plaży.

Stali mieszkańcy wyspy określanej zdrobniale mianem Provo tworzyli dość skromną garstkę ludzi, a ponieważ niemal wszyscy pracowali w branży turystycznej, będącej jedynym źródłem twardej waluty na tym niewielkim skrawku lądu, doskonale znali się nawzajem i pozostawali w dość zażyłych stosunkach, nie bacząc na różnice rasowe. Turks i Caicos było typowym archipelagiem Indii Zachodnich, gdzie niewiele się zmienia, ludzie kultywują przyjaźń, pomagają sobie wzajemnie, a życie płynie w dość leniwym tempie.

– Tylko nie zaczynaj znowu, Jasonie Monk – ofuknęła go w żartach. – No więc jak? Masz już na jutro jakichś klientów?

Jason zamyślił się na chwilę. Zamierzał poświęcić następny dzień na konserwację łodzi, gdyż pracy przy niej było zawsze pod dostatkiem, ale nęciła też perspektywa kolejnego zarobku, ponieważ spłacił dopiero połowę zaciągniętego kredytu, a nie mógł liczyć na to, że druki opłat ratalnych nagle przestaną przychodzić z Miami.

– Nie, jestem wolny – odparł. – Chodzi o cały dzień?

– Tylko do południa. Mogę cię umówić na dziewiątą?

– Jasne. Wytłumacz turystom, gdzie mają mnie szukać. Będę czekał w łodzi.

– Tym razem to nie jest grupa, Jasonie, tylko jeden facet, niejaki pan Irvine. Przekażę mu wiadomość. Do zobaczenia.

Monk odłożył słuchawkę. Zdziwił się, że ma wypłynąć z samotnym turystą, zazwyczaj łódź wynajmowały grupy dwuosobowe lub większe. Pomyślał jednak, że chodzi o starszego mężczyznę, którego żona nie lubi pływać po morzu. W tym także nie było niczego niezwykłego. Dopił swoje daiquiri i poszedł z powrotem na pomost, aby zawiadomić Juliusa, że będą się musieli jeszcze spotkać o siódmej wieczorem, by uzupełnić paliwo i przygotować sprzęt do jutrzejszej wyprawy wędkarskiej.

Klient, który zjawił się na przystani następnego ranka kwadrans przed dziewiątą, okazał się o wiele starszy od zwykłych amatorów wędkarstwa. Można było nawet powiedzieć, że był w podeszłym wieku. Ubrany w jasnobeżowe spodnie i bawełnianą koszulę, w kapeluszu z szerokim rondem, stanął u wejścia na pomost i zawołał głośno:

– Kapitan Monk?

Jason szybko zbiegł z mostku „Lisicy" i wyszedł mu na spotkanie. Od razu poznał po akcencie, że jego klient, któremu Julius pomagał wejść na pokład, musi być Anglikiem.

– Czy próbował pan już wędkarstwa morskiego, panie Irvine? – zapytał uprzejmie Monk.

– Mówiąc szczerze, nie. To moja pierwsza wyprawa. Można rzec, iż jestem nowicjuszem.

– Proszę się o nic nie martwić, my się wszystkim zajmiemy. Morze jest dość spokojne, lecz gdyby zaczął pan odczuwać zmęczenie, proszę dać znać.

Jasona nieodmiennie zdumiewało, jak wielu turystów decyduje się wypłynąć w morze, kierując się złudnym przekonaniem, że otwarty ocean musi tworzyć równie gładką taflę jak wody laguny. Zdjęcia w prospektach reklamowych nigdy nie ukazywały białych grzyw fal wokół złocistych plaż Indii Zachodnich, lecz rejon ten potrafiły nawiedzać równie gwałtowne sztormy, jak w innych częściach globu.

Powoli wyprowadził „Lisicę" z przystani Turtle Cove i skierował ją w stronę przejścia Sellar's Cut. Domyślał się, że na wysokości przylądka North-west Point trafią na wzburzone wody, gdzie fale mogą być dokuczliwe dla starszego mężczyzny, dlatego postanowił popłynąć dalej w kierunku wysepek Pine Key. Miał nadzieję, że ocean będzie tam spokojniejszy, a ponadto zgodnie z raportami rybackimi łatwiej tam mogli trafić na ławicę dorad.

Prowadził łódź na pełnej szybkości przez czterdzieści minut, aż wreszcie dostrzegł duże skupisko dryfujących powoli wodorostów, w pobliżu którego dorady powinny żerować tuż pod powierzchnią.

Kiedy tylko zmniejszył obroty silnika i wprowadził „Lisicę" na kurs prowadzący okręgiem wokół skupiska wodorostów, Julius wyrzucił za burtę cztery przygotowane wcześniej przynęty na długich linkach. Już przy trzecim okrążeniu pierwsza ryba połknęła haczyk.

Spławik błyskawicznie zanurkował w fale, a linka z głośnym piskiem zaczęła się odwijać z olbrzymiego kołowrotka. Anglik podniósł się z ławki i zajął miejsce w jednym z fotelików przeznaczonych dla wędkarzy. Julius podał mu wędzisko, dokładnie wprowadził jego koniec w metalowe gniazdo umieszczone w pokładzie i pokazał klientowi, jak należy je zablokować między kolanami. Następnie zajął się trzema pozostałymi wędkami.

Monk obrócił łódź rufą do wodorostów, ustawił obroty silnika na minimalne i zbiegł z mostku na pokład. Ryba przestała już wybierać linkę, a wędzisko dość silnie wyginało się ku dołowi.

– Proszę ją powoli wyciągać – rzekł cicho. – Trzeba unosić wędkę do pozycji pionowej, później zaś szybko opuszczać do burty, nawijając równocześnie linkę.

Anglik kilkakrotnie spróbował działać w ten sposób, ale już po dziesięciu minutach oznajmił:

– Mam wrażenie, że to jednak nie jest zadanie dla mnie. Chyba pan rozumie. Nie sądziłem, że ryby mogą być aż tak silne.

– Jasne. Jeśli pan sobie życzy, mogę pana zastąpić.

– Będę bardzo wdzięczny.

Monk ostrożnie zajął jego miejsce, a mężczyzna cofnął się w głąb łodzi i usiadł z powrotem na ławeczce ocienionej przez wysunięty daszek nadbudówki. Było już wpół do jedenastej i słońce mocno grzało, a ponieważ stało wysoko na wprost rufy, jaskrawe odblaski promieni odbitych od grzbietów fal oślepiały Monka.

Przez dziesięć minut trwały zmagania ze schwytaną rybą, zanim udało się ją doholować do burty. Ale widocznie przerażona perspektywą utraty wolności szarpnęła się raz i drugi, tak że Monk musiał ponownie popuścić jej ze trzydzieści metrów linki.

– Co to było? – zapytał klient.

– Pokaźny byczy delfin.

– Szkoda. Lubię delfiny.

– Ale ja nie mówię o tym dobrze wszystkim znanym morskim ssaku. Tutaj tak się nazywa pewien podgatunek ryby znanej na kontynencie jako dorada. W tej części Atlantyku to podstawowy gatunek łowny, bardzo smaczny.

Julius trzymał już w pogotowiu duży podbierak, kiedy łeb dorady po raz drugi wyłonił się na powierzchnię. Z dużą wprawą złowił rybę w sieć i po paru sekundach ważący kilkanaście kilogramów okaz leżał już na pokładzie.

– Piękna ryba, proszę pana – oznajmił klientowi.

– Owszem, ale jednak została złowiona przez pana Monka, nie przeze mnie.

Jason wstał z fotelika, wyłuskał haczyk zaczepiony o pysk dorady i odpiął stalowy przypon znajdujący się na końcu linki. Julius, który zamierzał właśnie wrzucić rybę do skrzyni przy burcie, popatrzył ze zdumieniem na kapitana. Spodziewał się zapewne, że tak jak podczas dotychczasowych rejsów będzie musiał założyć na haczyk nową przynętę i dołączyć tę wędkę do trzech pozostałych.

– Idź na mostek i przejmij ster – polecił mu Jason. – Skieruj łódź w stronę przystani i ustaw obroty na pół mocy.

Jeszcze bardziej zdumiony Julius w milczeniu skinął głową i z ociąganiem ruszył w stronę drabinki wiodącej na mostek. Monk podszedł do wypełnionego lodem pojemnika, wyjął z niego dwie puszki piwa, otworzył obie i jedną wręczył klientowi. Następnie usiadł na klapie skrzyni i w zamyśleniu popatrzył prosto w oczy kryjącego się w cieniu Anglika.

– W rzeczywistości wcale nie miał pan zamiaru łowić ryb, prawda, panie Irvine?

Zabrzmiało to jednak bardziej jak stwierdzenie faktu niż pytanie.

– Mówiąc szczerze, nie jestem amatorem wędkarstwa.

– To widać. I nie jest też pan zwykłym turystą. Już od początku tej wyprawy coś mi nie dawało spokoju. Wreszcie sobie przypomniałem ten dzień sprzed wielu lat, kiedy to centralę w Langley odwiedził pewien niezwykle ważny gość, wysoki oficer z kierownictwa brytyjskich służb wywiadowczych.

– Gratuluję doskonałej pamięci, panie Monk.

– Dopiero później skojarzyłem, że nazywał się sir Nigel Irvine. Zatem przestańmy się wreszcie wodzić za nos, panie Irvine. O co w tym wszystkim chodzi?

– Proszę mi wybaczyć ten drobny podstęp. Po prostu chciałem się przyjrzeć pańskiej pracy... no i porozmawiać na osobności. Chyba trudno sobie wymarzyć lepsze miejsce do takiej rozmowy, niż otwarte morze.

– Zatem... możemy już porozmawiać. Co pana tu sprowadza?

– Niestety, znowu sprawy Rosji.

– Aha. To wielki kraj, lecz niezbyt przeze mnie lubiany. Kto pana przysłał?

– Nikt. Dowiedziałem się od Careya Jordana, gdzie mogę pana znaleźć. Kilka dni temu jedliśmy razem lunch w Georgetown. Przesyła panu najlepsze pozdrowienia.

– To miło z jego strony. Proszę mu podziękować, jeśli będzie się pan jeszcze z nim widział. Na pewno musiał pan zauważyć, że Carey stara się teraz trzymać jak najdalej od tych spraw. Chyba rozumie pan, co mam na myśli? On wypadł z gry, podobnie jak ja. Niezależnie od celu, który pana tu sprowadza, niepotrzebnie tracił pan swój czas.

– Wiem, Carey powiedział mi dokładnie to samo. Ostrzegał, że szkoda fatygi, lecz mimo wszystko postanowiłem spróbować. Odbyłem długą podróż. Czy mogę wyłożyć kawę na ławę? Zdaje się, że w Ameryce lubicie używać tego zwrotu. Czy mogę zatem przejść do wyjawienia szczegółów mojej propozycji?

– Tak, proszę wyłożyć kawę na ławę. Mam nadzieję, że w raju jest tak samo słoneczny i upalny dzień. W każdym razie wynajął pan łódź na cztery godziny, zatem pozostały jeszcze dwie. Proszę mówić do woli, ale z góry ostrzegam, że na nic się nie zgodzę.

– Czy słyszał pan kiedykolwiek o człowieku nazwiskiem Igor Komarow?

– Owszem, docierają tu gazety, co prawda z kilkudniowym opóźnieniem, lecz mimo to nie jesteśmy całkiem odcięci od świata. Poza tym słucham radia. Nie kupiłem tylko anteny satelitarnej, więc nie mam telewizora. Słyszałem o tym człowieku. Zdaje się, że to wschodząca gwiazda.

– Takie krążą opinie. Co pan o nim słyszał?

– Jest przywódcą prawicowej koalicji rosyjskiej, nacjonalistą, a więc zapewne gorącym patriotą. No i cieszy się sporym poparciem społecznym.

– Jak silnie prawicowe głosi poglądy, według pana?

Monk wzruszył ramionami.

– Nie mam pojęcia, raczej skrajnie prawicowe. Mniej więcej takie same, jak niektórzy z naszych ultrakonserwatywnych senatorów z południowych stanów.

- Rzekłbym, że zdecydowanie bardziej prawicowe. Niestety. Na klasycznym wykresie umieściłbym go tak daleko z prawej strony, że znalazłby się poza skalą.
- No cóż, sir Nigel, to raczej zatrważające. Lecz w chwili obecnej znacznie więcej zmartwień przysparzają mi pytania, czy znajdę na jutro klientów i czy ławica wahoo znowu podpłynie na piętnaście mil od przylądka North-west Point. Muszę przyznać, że zapatrywania tego odrażającego pana Komarowa niezbyt mnie interesują.
- Obawiam się, że jednak któregoś dnia zaczną interesować wszystkich. Ja... Wielu moich przyjaciół i znajomych jest zdania, że trzeba go jak najszybciej powstrzymać. Potrzebny jest nam człowiek, który mógłby polecieć do Rosji. Carey zaś mówił, że był pan dobrym agentem... najlepszym... kiedyś.
- No właśnie: kiedyś. – Przez kilka sekund Monk w milczeniu wpatrywał się w Anglika. – Sądząc z pańskich słów, ta propozycja nie wyszła nawet od jakichkolwiek czynników oficjalnych. Zatem nie chodzi o realizację planów któregoś rządu, byłyby to działania wyłącznie osobiste, pańskie czy też moje...
- Zgadza się. Władze obu naszych krajów zdecydowały, że nic w tej sprawie nie da się zrobić. Takie jest stanowisko oficjalne.
- I pan sądzi, że bez wahania wyciągnę kotwicę i pożegluję na drugi koniec świata, aby wybawić Rosjan od tego zgniłego jaja, w dodatku działając na zlecenie jakiejś organizacji Don Kiszotów, którzy nie mają żadnego poparcia władz dla swoich planów? – Wstał z ławki, z trzaskiem zmiażdżył w dłoni puszkę po piwie i cisnął ją do kosza na śmieci. – Przykro mi, sir Nigel. Naprawdę niepotrzebnie marnował pan czas i pieniądze na tę podróż. Wracajmy do portu. Ta wyprawa była bezowocna.

Wbiegł pospiesznie na mostek, przejął ster z rąk pomocnika i skierował „Lisicę" na przejście w pierścieniu raf koralowych. Dziesięć minut później dotarli do końca laguny i jacht wpłynął na swoje miejsce przy pomoście.
- Chyba się pan myli w kwestii zakończenia tej wyprawy – rzekł Anglik. – Co prawda wynajmowałem pana w złej wierze, lecz pan wywiązał się ze swych obowiązków. Ile jestem panu winien za czterogodzinny rejs?
- Trzysta pięćdziesiąt dolarów.
- Proszę przekazać swojemu młodemu przyjacielowi moje wyrazy wdzięczności. – To mówiąc, Irvine wręczył Monkowi cztery banknoty studolarowe. – Pozwoli pan, że zapytam, czy ma pan jakiegoś klienta na popołudnie?
- Nie mam.
- A zatem wraca pan do domu?
- Tak.
- Ja również. Obawiam się, że w moim wieku nadzwyczaj wskazana jest krótka drzemka w południe, zwłaszcza w taki upał. Niemniej, czy

odpoczywając w cieniu i czekając na nadejście orzeźwiającego wieczornego chłodu mógłby pan coś zrobić?

– Na pewno nie wypłynę już na ryby – odrzekł Monk.

– Och nie, wcale do tego nie namawiam.

Były szef brytyjskiego wywiadu pogrzebał w niewielkiej turystycznej torbie, z którą wszedł na pokład, i po chwili wyjął szarą urzędową kopertę.

– W środku znajduje się pewien dokument. To nie jest żart. Proszę go przeczytać. Wolałbym tylko, żeby nikt poza panem się o nim nie dowiedział, więc proszę nie spuszczać go z oczu. To materiał o wiele bardziej tajny, niż wszystkie informacje, jakie otrzymał pan kiedykolwiek od Lizandra, Oriona, Delfijczyka czy Pegaza.

Monkowi niemal odjęło mowę. Stał jak wmurowany i z otwartymi ustami spoglądał za odchodzącym Anglikiem, kierującym się w stronę oczekującego wynajętego samochodu. Dopiero po paru sekundach energicznie pokręcił głową, jakby otrząsając się z transu, wepchnął grubą kopertę za połę koszuli i ruszył w stronę „Tiki Hut", żeby kupić sobie bułkę z hamburgerem.

Po północnej stronie łańcucha sześciu większych wysp tworzących archipelag Caicos – noszących nazwy West, Provo, Middle, North, East oraz South – mur rafy koralowej ciągnie się blisko wybrzeża, przez co dość szybko można się wydostać na otwarte morze. Z południowej strony rafy są oddalone od plaży o kilka do kilkunastu mil i zamykają obszerny, liczący dwa i pół tysiąca kilometrów kwadratowych akwen zwany Caicos Bank.

Kiedy Monk po raz pierwszy przybył na wyspę, nie dysponował większymi funduszami, a ceny na północnym wybrzeżu, które licznie odwiedzali turyści i gdzie mieściła się olbrzymia większość hoteli, były bardzo wysokie. Gdy zaś skalkulował swój budżet, biorąc pod uwagę koszty miejsca na przystani, paliwa oraz utrzymania łodzi i niezbędne opłaty licencyjne za prowadzenie usług turystycznych i zezwolenie na połowy, niewiele mu zostało. Dlatego też mógł sobie pozwolić jedynie na wynajęcie skromnej drewnianej chaty w zatoce Sapodilla Bay, na południe od miejscowego lotniska, z której roztaczał się piękny widok na płyciznę Caicos Bank, dostępną wyłącznie dla małych płaskodennych łodzi. Ten domek i rozklekotany chevrolet pick-up stanowiły cały jego majątek.

Siedział właśnie w fotelu na biegunach, na krawędzi pomostu z bali, na którym został zbudowany jego dom, i podziwiał zachód słońca nad laguną, kiedy na piaszczystej drodze na tyłach posesji zatrzymał się jakiś samochód. Po chwili zza rogu domu wyszedł siwowłosy Anglik, tym razem ubrany w tropikalny garnitur z alpaki, świetnie pasujący odcieniem do szerokiej panamy.

– Powiedziano mi, że tu pana znajdę – odezwał się uprzejmie.

- Kto tak powiedział?
- Bardzo miła dziewczyna z baru „Banana Boat".

Jason uśmiechnął się na myśl, że Mabel, owa „dziewczyna", już dawno przekroczyła czterdziestkę. Irvine wszedł po schodkach na pomost i wskazując drugi identyczny fotel na biegunach, zapytał:

- Pozwoli pan, że usiądę?
- Proszę, jest pan moim gościem. - Monk uśmiechnął się jeszcze szerzej. - Ma pan ochotę na piwo?
- Nie, dziękuję. Trochę za wcześnie.
- A może lampkę daiquiri? Bez żadnych słodkich owoców, tylko z plasterkiem limony.
- Chętnie, to brzmi o wiele bardziej zachęcająco.

Monk wszedł do domu, przygotował dwie porcje trunku i wyniósł je przed dom. Przez chwilę obaj w milczeniu sączyli wytrawne daiquiri.

- Zdążył pan przeczytać maszynopis?
- Owszem.
- I co?
- Niedobrze mi się zrobiło. Podejrzewam jednak, że to mistyfikacja.

Irvine ze zrozumieniem pokiwał głową. Zachodzące słońce wyłowiło na horyzoncie zarys najbliższej wyspy, West Caicos. Płytkie wody laguny zdawały się przybierać krwistą barwę.

- My też tak sądziliśmy, to był oczywisty wniosek. Sprawdziliśmy jednak. Nasi ludzie w Moskwie włożyli w to sporo wysiłku, ale wystarczyło kilka prostych testów.

Nigel nie przedstawił Monkowi raportu zatytułowanego „Weryfikacja", toteż teraz pokrótce streścił wyniki działań brytyjskich agentów. Niemal wbrew własnej woli Jason zaczął okazywać zainteresowanie.

- Mówi pan, że trzy osoby zginęły? - zapytał.
- Niestety tak. Należy stąd wnioskować, że Komarowowi bardzo zależy na odzyskaniu wykradzionej kopii manifestu. Zatem nie może to być mistyfikacja. Nawet nie wiedziałby o istnieniu takiego dokumentu, gdyby napisał go ktoś inny. Jest to więc prawdziwy program polityczny.
- I sądzi pan, że można Komarowa powstrzymać przed wprowadzeniem go w życie? Jakim sposobem? Usuwając człowieka?
- Nie, mówiłem tylko o powstrzymaniu jego zakusów, a to nie to samo. Usunięcie polityka, jeśli woli pan tę eufemistyczną terminologię CIA, nic by nie dało.

Następnie szczegółowo wyjaśnił, dlaczego nie przyniosłoby to efektu.

- A zatem sądzi pan, że możliwe jest powstrzymanie Komarowa metodą jego dyskredytacji, pozbawienia poparcia społecznego.
- Tak. Właśnie tak uważam. - Irvine obrócił na Amerykanina dziwnie łagodne, pełne wyrozumienia spojrzenie. - Widzę, że nie stracił pan wyczucia, instynkt myśliwski nadal funkcjonuje. Mimo wszelkich pańskich starań on zawsze będzie na pewnym etapie brał górę.

Monk, który wrócił myślami do odległych wydarzeń, rozgrywających się na drugim końcu świata, szybko odegnał od siebie natrętne wspomnienia. Sięgnął po dzbanuszek i ponownie napełnił kieliszki.

– Nieźle to panu wychodzi, sir Nigel. Możliwe, że ma pan rację i faktycznie można powstrzymać Komarowa. Ale ja do tego nie przyłożę ręki. Musi pan sobie znaleźć do tej roboty kogoś innego.

– Moi zwierzchnicy są bardzo hojni, oczywiście wynagrodziliby panu wszystkie trudy. Każdego fachowca trzeba odpowiednio uhonorować. Proponuję panu pół miliona dolarów. To dość pokaźna suma, nawet jeśli wziąć pod uwagę dzisiejsze ceny.

Monk zamyślił się głęboko. Mając takie pieniądze, mógłby do końca spłacić „Lisicę", wykupić na własność dom, sprowadzić sobie porządny samochód, a w dodatku zostałaby mu co najmniej połowa, która złożona na długoterminowym koncie przynosiłaby mu 10 procent rocznych odsetek. Mimo wszystko pokręcił głową.

– Udało mi się wyrwać z tego przeklętego kraju i wiele mnie to kosztowało. Poprzysiągłem sobie, że już nigdy więcej tam nie wrócę. Pańska propozycja jest bardzo kusząca, ale nie mogę jej przyjąć.

– Ach, tak... Przykro mi, lecz okoliczności tego wymagają. Te listy czekały dziś w recepcji hotelu na mój powrót.

Sięgnął do wewnętrznej kieszeni marynarki i wręczył Monkowi dwie białe koperty. Jason wziął je z pewnym zdumieniem i z obu wyjął po jednym arkuszu urzędowego pisma.

Pierwsze było opatrzone nagłówkiem banku kredytowego z Florydy. W kilku zdaniach informowano go, że w związku ze zmianami przepisów finansowych zawiesza się długoterminowe pożyczki dla osób na stałe mieszkających w krajach uznanych za obszary podwyższonego ryzyka inwestycyjnego. Co za tym idzie, zarząd banku zmuszony jest do wyegzekwowania wszystkich pozostałych rat jego kredytu w ciągu miesiąca, przy czym nie rozliczenie się w tym terminie spowoduje interwencję komornika i przejęcie praw własności jachtu przez zarząd banku. Mimo że pismo było sformułowane w dość uprzejmym tonie, jego wydźwięk nie pozostawiał żadnych wątpliwości.

Drugi dokument miał w górnym rogu wielki emblemat gubernatora Jego Królewskiej Mości na terytorium wysp Turks i Caicos. Suchym, urzędniczym językiem obwieszczano mu, że Jego Ekscelencja, nie zobowiązany do podania szczegółowych powodów, z przykrością zmuszony jest do cofnięcia stałej wizy pobytowej oraz zgody na prowadzenie działalności zarobkowej dla niejakiego Jasona Monka, obywatela Stanów Zjednoczonych, pod groźbą wyegzekwowania skutków tej decyzji w ciągu miesiąca od daty wysłania pisma. Jak na ironię, powyżej odręcznego podpisu gubernatora widniał napis: „Uniżony sługa".

Monk schował z powrotem oba pisma do kopert i odłożył je na stolik rozdzielający oba fotele.

– To cios poniżej pasa – oznajmił cicho.

– Obawiam się, że ma pan rację – odparł Irvine, wpatrując się w wody laguny. – Nie miałem jednak innego wyjścia.

– Naprawdę nie może pan sobie znaleźć kogoś innego?

– Nie chcę nikogo innego. Zależy mi na panu.

– W porządku, załatwi mnie pan. Już to przerabiałem. Skoro do tej pory udało mi się przetrwać, to i teraz sobie poradzę. Nie zmusi mnie pan jednak do wyjazdu do Rosji.

Irvine westchnął ciężko i sięgnął po egzemplarz Czarnego Manifestu.

– Właśnie przed tym uprzedzał mnie Carey. Powiedział, że nie zdołam pana przekonać ani obietnicą znacznego zarobku, ani groźbami.

– Cóż, miło mi słyszeć, że przynajmniej Carey nie zgłupiał całkowicie na starość. – Monk podniósł się z fotela. – Przykro mi, ale nie mogę powiedzieć, że miło mi się z panem rozmawiało. Nie sądzę też, żeby którykolwiek z nas miał jeszcze coś do powiedzenia.

Nigel Irvine także wstał z fotela. Miał zasępioną minę.

– Chyba tak. Szkoda, wielka szkoda. Dodam jeszcze tylko jedną rzecz. Kiedy Komarow dojdzie do władzy, nie będzie osamotniony, miejsce u jego boku zajmie szef osobistej ochrony i dowódca Czarnej Gwardii. Można więc przypuszczać, że gdy rozpoczną się akty ludobójstwa, to właśnie on będzie kierował akcją, niczym kat całych narodów.

Wyjął z kieszeni fotografię i podał ją Monkowi. Ten popatrzył na surowe oblicze mężczyzny, mniej więcej o pięć lat starszego niż on. Kiedy po chwili uniósł głowę, siwowłosy Anglik był już w połowie długości ścieżki prowadzącej na tyły domu, gdzie czekał jego wynajęty samochód z kierowcą.

– Kto to jest, do cholery? – zawołał za nim Jason.

Prawie nie odwracając głowy, Irvine rzucił cicho przez ramię:

– Pułkownik Anatolij Griszyn.

Lotnisko Providenciales nie jest żadnym znaczącym punktem na mapach światowej awiacji, mogą jednak na nim lądować nawet duże samoloty pasażerskie, a terminal portu jest na tyle mały, że turyści nie muszą czekać w długich kolejkach na odprawę. Następnego dnia sir Nigel Irvine oddał swoją walizkę, szybko przeszedł kontrolę paszportową i zajął miejsce w poczekalni. Samolot American Airlines odlatujący do Miami czekał już na zalewanym potokami słońca pasie startowym.

Ze względu na tropikalny klimat budynek terminalu pozbawiony był frontowej ściany i poczekalnię od terenu lotniska oddzielała jedynie barierka z łańcuchami. Kilka sekund później zza rogu portu wysunęła się jakaś postać, stanęła przy ogrodzeniu i zajrzała do środka. Irvine uśmiechnął się i ruszył w tamtą stronę. W tej samej chwili z megafonów popłynęła zapowiedź, że pasażerowie proszeni są do wyjścia.

- W porządku. Zgoda! - krzyknął z daleka Jason Monk. - Kiedy i gdzie?

Anglik wyjął z kieszeni marynarki bilet lotniczy i podał go Amerykaninowi.

- Ma pan zarezerwowane miejsce na przelot z Providenciales do Miami i dalej do Londynu, za pięć dni, więc zapewne zdąży pan uporządkować swoje prywatne sprawy. Wyprawa zajmie około trzech miesięcy. Jeśli wybory w Rosji faktycznie odbędą się w styczniu, to nie mamy czasu do stracenia. Na Heathrow ktoś będzie oczekiwał pańskiego przylotu.

- Pan?
- Obawiam się, że nie. Ktoś inny.
- W jaki sposób rozpoznam tego człowieka?
- On pana odnajdzie.

Stewardesa delikatnie pociągnęła go za rękaw marynarki.

- Panie Irvine, pozostali pasażerowie są już na pokładzie.

Anglik jedynie zerknął na stojący nie opodal samolot.

- Nawiasem mówiąc, moja oferta finansowa pozostaje bez zmian.

Monk pospiesznie wyciągnął z kieszeni dwa listy.

- A co z tym?
- Spal je, drogi chłopcze. W przeciwieństwie do manifestu, oba pisma zostały sfałszowane. Chciałem sprawdzić, czy rzeczywiście nie boisz się pogróżek. Mam nadzieję, że mnie rozumiesz.

Irvine pokonał już pół drogi do schodków, przy których czekała ponaglająca go stewardesa, kiedy za jego plecami rozległ się głośny okrzyk:

- Jest z pana kawał niezłego, przebiegłego krętacza!

Dziewczyna spojrzała na siwowłosego mężczyznę, marszcząc brwi ze zdumienia, lecz Irvine z uśmiechem mruknął do niej:

- Niektórzy mają jeszcze złudzenia.

Po powrocie do Londynu sir Nigel Irvine rzucił się w wir nie cierpiących zwłoki zajęć, które zajęły mu cały tydzień. Wracając we wspomnieniach do swej rozmowy z Jasonem Monkiem, utwierdzał się w przekonaniu, że jego własne obserwacje w powiązaniu z tym, co usłyszał od Careya Jordana, są niezwykle budujące. Ale nie dawała mu spokoju myśl, że dziesięcioletnia przerwa w aktywnej działalności mogła w znacznym stopniu umniejszyć walory agenta.

Przede wszystkim zmieniły się okoliczności. Zmiany, jakie w tym czasie nastąpiły w Rosji, w znacznym stopniu odróżniały ten kraj od Związku Radzieckiego, który Monk znał i którym bezgranicznie gardził. Nawet z czysto formalnego punktu widzenia pozmieniano większość nazw, powracając do starych, jeszcze sprzed rewolucji. Gdyby obecnie

Jasona zostawić samemu sobie w centrum Moskwy, zapewne miałby olbrzymie kłopoty. Należało go zatem oswoić z tymi przemianami.

Nie ulegało też wątpliwości, że Monk pod żadnym pozorem nie będzie mógł liczyć na pomoc pracowników dyplomatycznych, czy to ambasady brytyjskiej, czy też amerykańskiej. Musiał zatem dysponować jakąś kryjówką, a jeszcze lepiej mieć do pomocy zaufanych ludzi.

Pod wieloma jednak względami warunki w Rosji były takie jak kiedyś. Nadal faktyczną władzę sprawował tam olbrzymi aparat bezpieczeństwa i choć przemianowany na FSB, to przecież bazował na strukturach byłego Wydziału Drugiego KGB. Mimo że Anatolij Griszyn nie był już oficerem tego aparatu, to należało zakładać, że nadal ma rozległe kontakty z dawnymi kolegami.

Oprócz tego wszystkiego chyba największe zagrożenie dla kierującego planowaną akcją stanowiła gigantyczna, nie znana gdzie indziej korupcja. Jeżeli ktoś dysponował tak nieograniczonymi funduszami, jakie Komarowowi, a tym samym Griszynowi zapewniała żądna absolutnej władzy mafia „Dołgorukiego", z pewnością nie istniały żadne działania organów państwowych, których nie dałoby się kupić za odpowiednią łapówkę. Nasilająca się hiperinflacja stawiała każdego urzędnika państwowego w pozycji żądnego jakichkolwiek dochodów biedaka. Zatem za pieniądze można było zapewnić sobie ścisłą współpracę którejkolwiek z rządowych służb bezpieczeństwa publicznego bądź też nająć prawdziwą armię żołnierzy z oddziałów specjalnych.

Nie trudno więc było sobie wyobrazić, że oprócz fanatycznej Czarnej Gwardii oraz tysięcy lojalnych Młodych Bojowników, oprócz przedstawicieli podziemnego świata mafii czy choćby dobrze wytresowanych dobermanów strzegących siedziby Komarowa, Griszyn mógł w każdej chwili powołać istną armię ludzi przeznaczonych do walki z samotnym człowiekiem, który odważy się przeciwstawić jego planom.

W każdym razie jedna rzecz nie ulegała najmniejszej wątpliwości: Anatolij Griszyn dość szybko otrzyma informację o ponownym zjawieniu się Monka na jego terytorium i bynajmniej wcale go to nie ucieszy.

Pierwszym zadaniem, które wykonał Irvine, było zgromadzenie stosunkowo małego, lecz całkowicie mu oddanego i w pełni profesjonalnego oddziału byłych żołnierzy brytyjskich formacji specjalnych.

Dziesięciolecia zmagań z terrorystami IRA na obszarze Wielkiej Brytanii, otwarte działania wojenne na Falklandach i w zatoce Perskiej oraz prowadzone potajemnie walki w różnych rejonach świata, od Borneo po Oman, w Afryce i w Kolumbii, a także wiele ściśle tajnych operacji wywiadowczych doprowadziło do wykształcenia w brytyjskiej armii dość licznej rzeszy najbardziej doświadczonych w swoim rzemiośle specjalistów na świecie.

Po zakończeniu obowiązkowej służby ludzie ci często występowali z wojska, aby wykorzystać swój talent i umiejętności w celu podniesienia swego poziomu życia. Najczęściej można ich było później spotkać wśród pracowników firm ochroniarskich, w drużynach ochrony osobistej, jednostkach zwalczania szpiegostwa przemysłowego czy choćby w różnych przedsiębiorstwach konsultingowych.

Saul Nathanson dotrzymał słowa i w jednym z mniej znaczących angielskich banków, znanych ze swej dyskrecji, został złożony pokaźny depozyt. Dowolną kwotę pieniędzy można było z niego na żądanie, korzystając z niewinnie brzmiącego hasła podanego przez telefon, przelać na ogólnodostępne konto będące w wyłącznej dyspozycji Irvine'a.

Dlatego też wystarczyły mu jedynie dwa dni, by zebrać sześciu młodych ludzi, z których dwaj dobrze znali rosyjski.

Pewna uwaga, jaka padła w trakcie rozmowy z Jordanem, zaintrygowała Irvine'a do tego stopnia, że wysłał jednego ze swych podkomendnych do Rosji z grubym plikiem banknotów twardej waluty. Komandos ten wrócił dopiero po dwóch tygodniach, ale przywiózł takie wieści, które znacznie podniosły sir Nigela na duchu.

Tymczasem pozostała piątka wykonała szereg drobnych zleceń. Jeden z żołnierzy udał się do Stanów Zjednoczonych z listem polecającym na prywatną rozmowę z Ralphem Brookiem, prezesem Intelkoru. Drugi nawiązał kontakt z kilkoma brytyjskimi specjalistami z różnych dziedzin wiedzy, gdyż ich pomoc Irvine uznał za konieczną. Szybko zorganizowano minikonferencję, na której osobiście przedstawił fachowcom swoje problemy natury technicznej, wymagające natychmiastowego rozwiązania.

Pięćdziesiąt pięć lat wcześniej, po zakończeniu rekonwalescencji, wrócił na kontynent i został przydzielony do jednostki wywiadowczej podległej generałowi Horrocksowi dowodzącemu XXX brytyjskim korpusem. Właśnie wtedy oddziały pancerne tegoż korpusu przebijały się w stronę holenderskiego miasta Nijmegen, desperacko usiłując nawiązać łączność z angielskimi spadochroniarzami broniącymi mostu w Arnhem.

Jeden z regimentów tego korpusu stanowił oddział Straży Grenadierskiej. Irvine miał wówczas okazję nawiązać bliższą znajomość z dowódcami jednostki, majorem Peterem Carringtonem oraz majorem Nigelem Forbesem.

Ten drugi po śmierci ojca odziedziczył tytuł lorda Forbesa, pierwszego lorda Szkocji. Irvine musiał teraz kilkakrotnie dzwonić do Szkocji, zanim w końcu uzyskał informację, że powinien zastać lorda w klubie weteranów wojennych przy londyńskim Pall Mall.

Przedstawiwszy się przez telefon, rzekł wprost:

– Być może ta prośba wyda ci się niezbyt stosowna, ale muszę zorganizować dyskretnie prywatne seminarium. Powiedziałbym, że bardzo dyskretnie.

– Ach, rozumiem, co to za... seminarium.

– No właśnie. W związku z tym szukam jakiegoś zacisznego miejsca, z dala od wszelkich ciekawskich, gdzie mogłoby w spokoju przebywać przez jakiś czas dwanaście osób. Ty najlepiej znasz szkockie bezdroża. Czy mógłbyś mi coś zaproponować?

– Kiedy chcesz zacząć? – zapytał Forbes.

– Jutro.

– Rozumiem. Moja posiadłość niezbyt się nadaje, jest zbyt mała. Ale już dawno temu odrestaurowałem pewien stary zamek dla mego chłopaka. A ten, jeśli dobrze pamiętam, wybiera się za granicę. Zaraz to sprawdzę.

Zadzwonił godzinę później. Jego „chłopak", Malcolm, który odziedziczył tytuł pana na Forbes, miał już 53 lata i faktycznie następnego dnia wyjeżdżał na miesięczny urlop do Grecji.

– Proponuję zatem, byś się rozgościł w jego domu – rzekł Forbes. – Co prawda, nie ma tam zbyt licznej służby.

– To nie będzie potrzebne. Planuję tylko parę wykładów, prelekcji i temu podobnych rzeczy. Co zrozumiałe, wszelkie koszty zostaną pokryte z naddatkiem.

– W porządku. Zatelefonuję do pani McGillivray i powiadomię ją o twoim przyjeździe. Wszystko będzie przygotowane.

Po krótkiej rozmowie z gospodynią lord Forbes odłożył słuchawkę i zapominając natychmiast o całej sprawie, wrócił do przerwanego lunchu w gronie kolegów.

Wczesnym rankiem szóstego dnia do terminalu czwartego na lotnisku Heathrow podkołował nocny samolot rejsowy z Miami i Monk wraz z czterystoma innymi pasażerami znalazł się na terenie najbardziej zatłoczonego portu lotniczego świata. Mimo wczesnej pory po korytarzach budynku kręciły się już tysiące ludzi z różnych stron świata, tworząc długie kolejki do punktów odprawy paszportowej. Jason podróżował pierwszą klasą, toteż jako jeden z pierwszych stanął przed okienkiem.

– Przyleciał pan służbowo czy w celach turystycznych? – zapytał oficer kontroli granicznej.

– Turystycznych.

– Życzę zatem miłego pobytu.

Monk schował paszport i podszedł do długiego taśmociągu bagażowego. Musiał jednak czekać dziesięć minut, zanim dostrzegł swoje walizki, chociaż zostały wyładowane na samym początku. Bez kłopotu przeszedł „zieloną trasę" kontroli bagażowej. Znalazłszy się wreszcie w holu, obrzucił spojrzeniem spory tłum oczekujących, a zwłaszcza służących i szoferów trzymających tabliczki z różnymi nazwiskami. Ale nigdzie nie zauważył swojego.

Nadciągający za nim pozostali pasażerowie zmusili go do przejścia dalej. Nieco zdezorientowany, wkroczył między barierki ograniczające rozległą halę przylotów, ale gdy tylko wyłonił się po drugiej stronie, tuż nad jego uchem padło pytanie:

– Pan Monk?

Nieznajomy miał około trzydziestki, był ubrany w dżinsy i beżową kurtkę ze skaju i nosił krótko obcięte włosy.

– Zgadza się.

– Czy mógłbym zobaczyć pański paszport?

Jason sięgnął po dokumenty i tamten pospiesznie sprawdził jego tożsamość. Monkowi wystarczył zaledwie rzut oka na twarz nieznajomego, na której niemal wypisane było, że ma do czynienia z byłym komandosem, oraz na jego dłonie, wielkie jak bochny chleba, niemal całkowicie zakrywające trzymany paszport, by zyskać pewność, że nie spędził on swej wojskowej kariery w jednostce kwatermistrzowskiej. Mężczyzna oddał mu dokumenty i rzekł:

– Na imię mam Ciaran. Proszę za mną.

Monk zdumiał się, kiedy tamten chwycił jego walizki i ruszył w stronę wyjścia, lecz zamiast na parking, poprowadził go do autobusu. Po krótkiej podróży, która upłynęła w milczeniu, wysiedli przed terminalem pierwszym.

– Nie zostajemy w Londynie? – zapytał Jason.

– Nie, proszę pana. Lecimy do Szkocji.

Ciaran miał już wykupione bilety. Godzinę później wystartowali na pokładzie rejsowego samolotu zmierzającego do Aberdeen. Zaraz po starcie komandos pogrążył się bez reszty w lekturze „Army Quarterly and Defence Review", jakby chciał mu dać do zrozumienia, że od niego nie ma co oczekiwać jakichkolwiek wyjaśnień. Toteż Monk zjadł już drugie śniadanie zaoferowane mu przez gościnne linie lotnicze i pogrążył się w drzemce, pragnąc odespać choć część nocy spędzonej w podróży przez Atlantyk.

Na lotnisku w Aberdeen czekał na nich samochód, długi landrover discovery, z drugim małomównym komandosem za kierownicą. Ciaran zamienił z nim może z dziesięć słów, co i tak należało uznać za wyczerpującą konwersację.

Monk nigdy przedtem nie widział szkockich gór, toteż z zainteresowaniem zaczął wyglądać przez okno, gdy tylko minęli ostatnie zabudowania leżącego na wschodnim wybrzeżu miasta. Jechali autostradą A96 w kierunku Inverness, lecz już siedem mil za Aberdeen kierowca skręcił w boczną drogę, przy której stał drogowskaz z niewiele mówiącą Monkowi nazwą: Kemnay. Przejechali przez wioskę Monymusk i dotarli do drogi łączącej Aberdeen z Alford. Trzy mile dalej, w Whitehouse, skręcili w stronę Keig.

Kiedy po prawej stronie drogi ukazała się rwąca rzeka, Jasonowi przyszło do głowy, że mogą w niej być pstrągi czy nawet łososie. Tuż przed miasteczkiem Keig skręcili w prawo, w wąską alejkę dojazdową biegnącą wzdłuż rzeki, i po chwili za zakrętem jego oczom ukazał się stary zamek z ciosanych kamieni, stojący na niewielkim płaskowyżu i górujący nad sąsiednimi pasmami wzgórz. Kierowca odwrócił się do niego i niespodziewanie przemówił:

- Witamy w zamku Forbes, panie Monk.

Na ganku już oczekiwał ich sir Nigel Irvine, któremu wiatr targał siwe włosy na skroniach wystające spod beżowego filcowego kapelusza.

- Jak minęła podróż? - zapytał Anglik.
- Dziękuję, dobrze.
- Pewnie i tak odczuwasz zmęczenie. Ciaran zaprowadzi cię do twojego pokoju. Weź kąpiel i prześpij się. Lunch będzie o drugiej. Czeka nas mnóstwo pracy.
- Był pan pewien, że przyjadę? - zapytał Jason.
- Tak.
- Ciaran nawet nie zadzwonił z lotniska.
- Ach, o to ci chodzi. Mitch - Irvine wskazał kierowcę wypakowującego walizki z samochodu - także był na Heathrow i przyleciał razem z wami do Aberdeen. Siedział parę rzędów z tyłu. Na lotnisku poszedł przodem, gdyż nie musiał czekać na odbiór bagaży. Usiadł za kierownicą landrovera pięć minut przed tym, jak wyszliście na parking.

Monk westchnął ciężko. Nie zauważył drugiego komandosa w hali przylotów na Heathrow, nie spostrzegł go również na pokładzie samolotu do Szkocji. Zmartwiło go, że Irvine miał chyba rację w kwestii nawału pracy, jaki ich czekał. Mógł się jedynie pocieszać tym, że znalazł się w otoczeniu prawdziwych zawodowców.

- Czy ci chłopcy wybierają się razem ze mną na wyprawę?
- Niestety nie. Po przekroczeniu granicy będziesz zdany wyłącznie na siebie. Właśnie dlatego przez następne trzy tygodnie zamierzamy udzielić ci wszelkiej możliwej pomocy w odzyskaniu dawnej formy i umożliwieniu przetrwania w trudnych warunkach.

Na lunch podano coś w rodzaju kawałków baraniny duszonych w ziołowym sosie i rozłożonych na dużym placku ziemniaczanym. Gospodarz, który obficie polał sobie tę potrawę czarnym ostrym sosem grzybowym, wyjaśnił, że w Szkocji nazywa się to ,,pieczenią pasterzy". Do stołu zasiadło pięciu mężczyzn: sir Nigel Irvine pełniący honory pana domu, Monk, znani mu już Ciaran i Mitch - którzy zarówno do Anglika jak i do niego zwracali się: szefie - a ponadto niski, poruszający się nerwowo człowiek o całkiem siwych włosach, mówiący po angielsku z wyraźnym obcym akcentem, dzięki czemu Jason zaklasyfikował go jako Rosjanina.

- Co zrozumiałe, między sobą będziemy zmuszeni porozumiewać się po angielsku, ponieważ niewielu z nas zna rosyjski - oznajmił Irvine. - Ale co najmniej przez cztery dni w tygodniu Oleg będzie prowadził z tobą rozmowy po rosyjsku. Musisz odzyskać dawną biegłość w posługiwaniu się tym językiem, która pozwoli ci uchodzić za rodowitego Rosjanina.

Monk przytaknął ruchem głowy. Od wielu lat w ogóle nie miał do czynienia z rosyjskim, obawiał się więc, że już przy pierwszej próbie wyjdzie na jaw, jak wiele uleciało mu z pamięci. Miał jednak nadzieję, że głęboko zakorzeniona wiedza nigdy nie zaciera się na dobre i wystarczy mu jedynie trochę treningu, aby znów mówić płynnie po rosyjsku.

– Poza tym – ciągnął gospodarz – Oleg, Ciaran i Mitch będą ci towarzyszyli na każdym kroku. Inni ludzie służący ci pomocą będą przyjeżdżali tylko na jakiś czas. Dotyczy to również mnie. Za kilka dni, kiedy się tu zadomowisz, będę musiał wyruszyć na południe i zająć się... pewnymi ważnymi sprawami.

Jeśli Monk sądził, że dane mu będzie choć trochę odpocząć, to grubo się pomylił. Po lunchu musiał poświęcić cztery godziny na rozmowę z Olegiem.

Rosjanin okazał się nadzwyczaj pomysłowy w wymyślaniu różnych scenek. W jednej chwili przeistaczał się w milicjanta, który zatrzymuje Jasona na ulicy w Moskwie i każe mu się wylegitymować, pytając jednocześnie, skąd przyjechał, gdzie się zatrzymał i co ma zamiar robić w Rosji, by już po minucie przejąć rolę kelnera dopytującego się o szczegóły zamówionego dania czy też wieśniaka z prowincji, biorącego Monka za rodowitego moskwianina i zagadującego o taką czy inną ulicę. Ale już po tych czterech godzinach intensywnego treningu Jason miał wrażenie, że odzyskuje biegłość w posługiwaniu się obcym językiem.

W Indiach Zachodnich, tocząc zmagania z rybami złapanymi na haczyk, był przekonany, że zachował dawną sprawność fizyczną, najwyżej nieco utył. Okazało się jednak, że się mylił. Jeszcze przed świtem następnego ranka wyruszył w towarzystwie Ciarana i Mitcha na trasę biegu przełajowego.

– Zaczniemy od krótkiej rozgrzewki, szefie – pocieszył go Mitch.

Niedługo po tym, jak ruszyli na wyznaczony wcześniej ośmiokilometrowy szlak, biegnący przeważnie po zarośniętych wysoką do pasa trawą pastwiskach, Monk pomyślał, że zaraz wyzionie ducha. Ale już po kilkunastu minutach żałował, że nie stało się to wcześniej.

Zamkiem opiekowało się dwoje ludzi: niezastąpiona gospodyni, pani McGillivray, wdowa po zarządcy majątku, która przyrządzała posiłki i dbała o porządki, głośno fukając z dezaprobatą na kolejnych, przewijających się przez dom nieznajomych jej mężczyzn, z reguły mówiących z wyraźnym londyńskim akcentem; i Hector, ogrodnik, mający pod swą pieczą rozległe tereny zielone i ogród warzywny, przywożący także zakupy z pobliskiego Whitehouse. W czasie ich pobytu na terenie posiadłości nie zjawił się nikt obcy. Pani McGee, jak w skrócie nazywali ją komandosi, oraz Hector zajmowali dwa małe domki na tyłach zamku.

Z innych gości przyjechał najpierw fotograf, który zrobił Monkowi cały szereg zdjęć przeznaczonych do różnych, przygotowywanych dla niego dokumentów, oraz fryzjer i charakteryzator w jednej osobie, mający za zadanie nie tylko zadbać o wygląd Jasona, lecz także wyjaśnić szczegółowo, jak zmieniać go samemu, mając do dyspozycji ograniczone do minimum środki – łatwe do ukrycia w podręcznym bagażu bądź też tak zamaskowane, by nikt się nie domyślił ich prawdziwego przeznaczenia.

Po zmianie wyglądu Monka fotograf zrobił jeszcze kilka dalszych zdjęć do następnego *pasportu*. Przy okazji wyszło na jaw, że Irvine zdołał jakimś cudem skombinować prawdziwe rosyjskie dokumenty i zatrudnił kaligrafa, by ten zmienił fotografie oraz przeprawił niektóre wpisy. Wiele godzin Jason musiał spędzić nad wielkim planem Moskwy, żeby wbić sobie w pamięć rozkład ważniejszych ulic oraz setki zmienionych ostatnio nazw. Zdziwiło go, że słynne Nabrzeże Maurice'a Thoreza, mianowane tak na cześć francuskiego działacza komunistycznego, wróciło do starej nazwy Nabrzeża Sofijskiego. Z planu zniknęły też wszelkie odnośniki do nazwisk Marksa, Engelsa, Lenina, Dzierżyńskiego czy innych znanych postaci ruchu rewolucyjnego.

Musiał zapamiętać rozmieszczenie najokazalszych budowli rosyjskiej stolicy i sposoby korzystania z nowego systemu łączności telefonicznej; nauczyć się korzystać z przygodnych „taksówek", jakie w Moskwie stanowiły dowolne pojazdy osobowe, jeśli tylko z krawężnika pomachało się kierowcy zielonym amerykańskim banknotem.

Po cztery godziny dziennie musiał spędzać w zaimprowizowanej salce konferencyjnej, gdzie jeszcze inny przybysz z Londynu, Anglik doskonale znający rosyjskie realia i płynnie mówiący tym językiem, pokazywał mu nie kończące się serie fotografii najbardziej znanych postaci ze sceny politycznej.

Dostarczono mu wiele rosyjskich gazet, czasopism i książek, w tym także stenogramy przemówień Komarowa. A co najgorsze, musiał się wykuć długiego spisu ponad pięćdziesięciu potrzebnych mu numerów telefonicznych – przychodziło mu to z tym większym trudem, że nigdy nie miał dobrej pamięci do liczb.

Sir Nigel Irvine zjawił się po raz drugi po tygodniu, sprawiał wrażenie zmęczonego, lecz zadowolonego. Nie zdradził ani jednym słowem, czym się zajmował w tym czasie. Przywiózł ze sobą pewien drobiazg, który po długich poszukiwaniach jego wysłannikom udało się znaleźć w jakimś londyńskim sklepie z antykami. Monk oglądał go z zaciekawieniem.

– Skąd się pan o tym dowiedział, do diabła? – spytał w końcu.
– Nieważne. Mam bardzo długie uszy. Wygląda podobnie?
– Dokładnie tak samo, jeśli mnie pamięć nie myli.
– W takim razie powinien spełnić swą rolę.

Wręczył również Jasonowi aktówkę wykonaną przez zaufanego rzemieślnika. Znajdował się w niej po mistrzowsku ukryty schowek, trudny do odnalezienia nawet dla najwprawniejszych celników, na tyle duży, by swobodnie zmieścił się tam oryginał Czarnego Manifestu oraz drugi dokument, potwierdzająca jego autentyczność „Weryfikacja" starannie przetłumaczona na rosyjski.

Pod koniec drugiego tygodnia pobytu w Szkocji Monk wreszcie odzyskał dawną sprawność fizyczną. Mięśnie wyraźnie mu stwardniały i całkowicie zniknął dość wydatny brzuszek, lecz Jason ciągle miał świadomość, że wiele mu brakuje, aby zmierzyć się z Ciaranem lub Mitchem, którzy potrafili przez wiele godzin maszerować bez przerwy, pokonując wszelkie bariery wycieńczenia i bólu, kiedy to osiąga się stan podobny do umysłowej śmierci, gdy tylko siłą woli można zmusić organizm do dalszego wysiłku.

Pod koniec tego tygodnia przybył do zamku George Sims, w przybliżeniu równy Monkowi wiekiem były podoficer szkoleniowy brytyjskiego regimentu wojsk desantowych. Następnego ranka polecił Jasonowi włożyć dres i wyjść na trawnik na tyłach zamku. Stanął w odległości czterech metrów i rzekł ze szkockim akcentem:

– A teraz, jeśli pan łaskaw, proszę mnie zaatakować.

Monk zmarszczył czoło ze zdumienia.

– Tylko musi pan to zrobić bardzo szybko, bo inaczej się panu nie powiedzie.

Miał rację. Jason skoczył do przodu, pochylił się i wymierzył cios, lecz już chwilę później wylądował plecami na ziemi.

– To było zdecydowanie za wolne, bym nie zdążył przygotować obrony – oznajmił spokojnie ekspert z dziedziny walki wręcz.

Hector wykładał właśnie w kuchni świeżo zerwaną w ogródku marchewkę, kiedy po raz drugi ujrzał za oknem przelatującego głową w dół Monka.

– Co oni tam wyprawiają, do licha? – mruknął.

– A co to ciebie obchodzi? – odparła pani McGee. – Młodzi, dobrze urodzeni panowie miewają przeróżne rozrywki.

Następnego dnia, w głębi lasu, Sims pokazał Jasonowi dziewięciomilimetrowy szwajcarski pistolet automatyczny marki Sig Sauer.

– Myślałem, że wciąż używacie ciężkich, trzynastostrzałowych browningów – zdziwił się Jason, chcąc wykazać, że sprawy uzbrojenia nie są mu całkiem obce.

– Skądże, już dawno z nich zrezygnowano. Te są na wyposażeniu armii od dziesięciu lat. Mam nadzieję, że zna pan postawę zasadniczą, w lekkim rozkroku, kiedy trzyma się kolbę oburącz.

Monk przeszedł jedynie wstępne przeszkolenie strzeleckie na „farmie" CIA, w Forcie Peary w Wirginii. Uzyskiwał wtedy doskonałe rezultaty, procentowały bowiem doświadczenia, jakich nabył podczas długich wędrówek z ojcem po dzikich ostępach Blue Ridge. Ale od tamtej pory minęło już wiele lat.

Szkot przygotował tarczę przedstawiającą sylwetkę klęczącego na jednym kolanie człowieka, odliczył piętnaście kroków i z tej odległości wpakował pięć kul w jej środek, tam gdzie powinno znajdować się serce napastnika. Gdy zaś Jason chciał powtórzyć ten wyczyn, zdołał trafić hipotetycznego wroga w ucho i drasnął jego biodro. Od tej chwili dwa razy dziennie przez trzy dni zużywał po sto nabojów, aż ostatecznie udawało mu się umieścić trzy z każdych pięciu pocisków w okolicy twarzy narysowanego człowieka.

– Tak, to powinno choć trochę zahamować przeciwnika – oznajmił w końcu Sims tonem nauczyciela, który doszedł do przekonania, że nie wykrzesze ze swego ucznia niczego więcej.

– Jeśli dopisze mi szczęście, to nawet nie będę miał okazji sięgać po żadną pukawkę – odparł Monk.

– Zgadza się, wszyscy tak mówią. Gorzej, jeśli zabraknie tego szczęścia. Lepiej zatem poćwiczyć, bo nie wiadomo, co się wydarzy.

Na początku trzeciego tygodnia Jason ujrzał swój nowoczesny środek łączności. Specjalnie na tę okazję przyjechał z Londynu zdumiewająco młody chłopak o imieniu Danny.

– To wygląda jak zwyczajny przenośny komputer typu laptop – wyjaśnił.

Rzeczywiście, urządzenie było nie większe od książki. Po odchyleniu pokrywy ukazywał się ciekłokrystaliczny ekran, natomiast dolną jego część stanowiły dwie połówki obudowy, które po sczepieniu i połączeniu ze sobą tworzyły pulpit wielkości typowej klawiatury komputerowej. W obecnych czasach podobne elektroniczne cacka nosiło w aktówkach co najmniej ośmiu na dziesięciu biznesmenów.

– Na dyskietce... – Danny pomachał Jasonowi przed nosem plastikową płytką niewiele większą od karty kredytowej, którą następnie wsunął w szczelinę obudowy komputera – ...znajduje się typowy zestaw informacji, jakimi powinien w podróży służbowej dysponować tego typu biznesmen, za jakiego pan będzie uchodził. Jeżeli ktokolwiek spróbuje odczytać jej zawartość, znajdzie tam jedynie tablice z danymi liczbowymi, które absolutnie nic mu nie powiedzą.

– Tak? – zdumiał się Monk.

Już od pierwszej chwili nabrał przekonania, że ma do czynienia z typowym przedstawicielem młodej generacji, dla którego techniczne szczegóły pracy komputera nie są żadną tajemnicą, choć dla niego były równie zrozumiałe, jak egipskie hieroglify. Zresztą gdyby miał wybór, i tak wolałby ślęczeć nad rozszyfrowywaniem hieroglifów.

– A co to jest? – zapytał Danny, wyjmując kolejną plastikową płytkę.

– Karta kredytowa Visa – odparł Jason.

– Proszę się dobrze przyjrzeć.

Monk obrócił w palcach przedmiot. Wzdłuż jego krawędzi ciągnął się dobrze mu znany ciemny pasek zapisu magnetycznego. Nie zauważył niczego niezwykłego.

– No cóż, w każdym razie to wygląda jak zwykła karta kredytowa.

– Można by jej nawet używać jak klasycznej karty, choć nie radziłbym tego robić. Zawsze istnieje niebezpieczeństwo, że mało precyzyjne mechanizmy bankomatów czy kas cyfrowych uszkodzą utrwalony na niej zapis. Proszę trzymać ją w ukryciu, najlepiej z dala od niepowołanych osób, i wykorzystywać jedynie wtedy, kiedy zajdzie potrzeba.

– A do czego ona służy?

– Zawiera dane służące do szyfrowania wiadomości. Program działa na podstawie matrycy stu jeden znaków przypadkowych. Nie wiem dokładnie, co to znaczy, to nie moja działka, podejrzewam jednak, że są to szyfry nie do złamania.

– Na pewno tak – mruknął Monk, chcąc chociaż tym sposobem poprawić sobie nastrój, dokuczała mu bowiem świadomość, że niewiele z tego wszystkiego rozumie.

Danny wyjął ze szczeliny komputera włożoną uprzednio dyskietkę i na jej miejsce wsunął fałszywą kartę kredytową.

– Laptop jest zasilany z akumulatorów litowych, dających wystarczającą moc, by jego sygnał radiowy został odebrany przez satelitę. Nawet jeśli będzie pan miał do dyspozycji zasilacz sieciowy, proszę z niego nie korzystać w trakcie pracy ze względu na silne wahania napięcia, a podłączać komputer do prądu jedynie w celu naładowania akumulatora. A teraz proszę go włączyć.

Wskazał włącznik zasilania i Monk bez namysłu go przesunął.

– Teraz zaś proszę wystukać na klawiaturze wiadomość, jaką chce pan przesłać do sir Nigela.

Jason szybko sformułował meldunek informujący o bezpiecznym przekroczeniu granicy i dotarciu do celu.

– Ten klawisz powoduje zaszyfrowanie wiadomości – wskazał Danny. – To nieważne, że jest na nim napisane co innego.

Monk wcisnął klawisz, ale nic się nie zmieniło. Na ekranie wciąż widniał napisany przez niego meldunek.

– Teraz proszę wyłączyć komputer.

Ekran ściemniał.

– Wprowadzony przez pana zapis zniknął z pamięci urządzenia – wyjaśnił Danny. – W żaden sposób nie da się go już odtworzyć. Został jednak zaszyfrowany na podstawie matrycy znakowej i utrwalony w pamięci mikroukładu „Virgil", ukrytego wewnątrz karty kredytowej. Jest gotów do wysłania. Proszę ponownie włączyć komputer.

Monk wykonał polecenie. Ekran się rozjaśnił, lecz nie było na nim wpisanej wcześniej wiadomości.

– Ten klawisz, choć jest opisany zupełnie inaczej, uruchamia system łączności. Po jego naciśnięciu wystarczy zostawić włączony komputer. Dwa razy dziennie nad Rosją przelatuje satelita telekomunikacyjny. Został tak zaprogramowany, żeby na częstotliwości zsynchronizowanej z nadajnikiem „Virgila" wysyłać nanosekundową zakodowaną informację. W uproszczeniu można powiedzieć, że chodzi o pytanie w rodzaju: „Czy jesteś tam, dziecino?" „Virgil" wysyła w odpowiedzi drugi sygnał, sprawdza tożsamość „matki", po czym wysyła zaszyfrowany komunikat. Ten rodzaj łączności nazywa się komunikacją typu „uścisk dłoni".

– Naprawdę?

– No, nie tak dosłownie. Jeśli zaś w układach pamięciowych „matki" będzie jakaś wiadomość dla „Virgila", zostanie przesłana tą samą drogą.

Układ ją odbierze i rozszyfruje, tymczasem zaś „matka" zniknie za horyzontem i przekaże pański meldunek do naziemnego ośrodka odbiorczego, gdziekolwiek on się będzie znajdował. Nie wiem, co to za ośrodek, i nie muszę tego wiedzieć.
  – Czy będę zmuszony cały czas siedzieć przy komputerze w trakcie tej wymiany komunikatów? – spytał Monk.
  – Oczywiście, że nie. Będzie się pan mógł zajmować czym innym. Jeśli po powrocie zauważy pan ciągle świecący się ekran, wystarczy nacisnąć ten klawisz. Nieważne, że jest na nim napisane co innego, spowoduje to rozszyfrowanie i wyświetlenie odebranej wiadomości. Kiedy się pan z nią zapozna, wystarczy wyłączyć komputer, a zniknie ona z ekranu i z pamięci urządzenia. Zniknie na zawsze. I jeszcze jedna rzecz. Gdyby zaszła konieczność natychmiastowego zniszczenia bardzo czułych obwodów „Virgila", proszę wystukać na klawiaturze ten czterocyfrowy numer. – Pokazał Jasonowi ciąg cyfr wybitych na odwrocie fałszywej karty kredytowej. – Zatem musi się pan wystrzegać naciskania klawiszy dokładnie w tej kolejności, jeśli naprawdę nie zależy panu na tym, by przekształcić „Virgila" w zwykłą kartę kredytową.
  Przez dwa następne dni powtarzali jeszcze kilkakrotnie procedury umożliwiające Monkowi nawiązanie łączności satelitarnej, dopóki ten nie przyswoił sobie wszystkich czynności. W końcu Danny wyjechał, zapewne wracając do swego hermetycznie zamkniętego świata krzemowych cudów.
  Pod koniec trzeciego tygodnia wszyscy instruktorzy wyjechali z zamku Forbes, mniej czy bardziej zadowoleni z dobrze wykonanego zadania.
  – Czy mógłbym skorzystać z telefonu? – zapytał Jason, kiedy po kolacji odpoczywał razem z Ciaranem i Mitchem w saloniku.
  Mitch podejrzliwie zerknął znad szachownicy, jakby niezadowolony, że mu się przeszkadza obmyślać kolejną obronę przed nieustającymi atakami Ciarana, po czym bez słowa wskazał mu ruchem głowy aparat stojący na stoliku w rogu pokoju.
  – Wolałbym porozmawiać na osobności.
  Ciaran także uniósł wzrok i przez chwilę obaj komandosi przyglądali mu się uważnie.
  – Oczywiście – odezwał się w końcu Ciaran. – Drugi aparat jest w gabinecie.
  Monk rozsiadł się w głębokim fotelu w prywatnym zaciszu lorda Forbesa, zastawionym regałami pełnymi książek i starodruków, po czym wybrał numer automatycznego połączenia międzynarodowego. Zasłuchał się w sygnał, wyobrażając sobie podobny aparat telefoniczny dzwoniący obecnie w niewielkim domku w mieście Crozet w Południowej Wirginii, gdzie słońce zapewne chyliło się dopiero ku zachodowi nad szczytami górskiego pasma Blue Ridge, gdyż wschodnie stany od Szkocji dzieliło pięć godzin różnicy czasu. Dopiero po dziesiątym sygnale ktoś podniósł słuchawkę i po chwili rozległ się kobiecy głos:

– Słucham.

Ze wspomnień Jasona wypłynął widok małego, przytulnego saloniku, gdzie w kominku zimą zawsze płonął ogień, a promienie słoneczne nieodmiennie tak samo odbijały się od starannie odkurzonych, grubo lakierowanych, ciężkich mebli rodziców.

– Cześć, mamo. Tu Jason.

– Jason? Skąd dzwonisz, synku? – W drżącym głosie starszej kobiety dało się wyczuć lekkie podniecenie.

– Znów musiałem wyjechać, mamo. Jak się miewa tata?

Od czasu przejścia zawału serca jego ojciec spędzał niemal całe dnie w fotelu na biegunach ustawionym na werandzie, skąd roztaczał się malowniczy widok na całe miasteczko i ciągnące się poza nim górskie zbocza porośnięte gęstymi lasami, do których czterdzieści lat wcześniej z takim upodobaniem zabierał swego najstarszego syna, udając się na ryby czy też polowanie.

– Dobrze. Właśnie uciął sobie drzemkę w fotelu. U nas wciąż jest bardzo gorąco, a mieliśmy długie i upalne lato. Powiem mu, że dzwoniłeś. Bardzo się ucieszy. Odwiedzisz nas w najbliższym czasie? Tak dawno się nie widzieliśmy.

Jason miał dwóch braci i siostrę, jego rodzeństwo już przed laty wyprowadziło się z rodzinnego domu. Jeden z braci był asesorem w towarzystwie ubezpieczeniowym, drugi handlował nieruchomościami nad zatoką Chesapeake, a siostra wyszła za wiejskiego lekarza. Cała trójka mieszkała jednak w Wirginii i często odwiedzała rodziców, tylko on bywał u nich bardzo rzadko.

– Jak tylko będę mógł, mamo. Obiecuję.

– Coś mi się wydaje, że znów wyjeżdżasz gdzieś daleko, prawda, synku? Doskonale zdawał sobie sprawę, co matka rozumie pod pojęciem „gdzieś daleko". Domyślała się, że zostanie wysłany do Wietnamu, zanim jeszcze otrzymał taki rozkaz, i często dzwoniła do Waszyngtonu, zazwyczaj tuż przed jego wyjazdem na kolejną akcję zagraniczną, jak gdyby jakimś szóstym zmysłem wyczuwała coś, o czym przecież nic wiedzieć nie mogła. Być może to instynkt macierzyński pozwalał jej z odległości pięciu tysięcy kilometrów wyczuć zagrożenie...

– Niedługo wrócę i wtedy was odwiedzę.

– Uważaj na siebie, Jasonie.

Na wprost, za oknem gabinetu, miał silnie rozgwieżdżone niebo Szkocji. To prawda, że powinien częściej odwiedzać rodziców, przecież byli już starzy... Ale wiecznie był zaganiany. Obiecał sobie teraz w duchu, że jeśli tylko powróci z Rosji, koniecznie będzie musiał znaleźć dla nich czas.

– Wszystko będzie dobrze, mamo. Nic mi się nie stanie.

Na krótko zapadło milczenie, jakby żadne z nich nie wiedziało, co powiedzieć.

– Kocham cię, mamo – odezwał się w końcu Jason. – I przekaż tacie, że jego również kocham.

Szybko odłożył słuchawkę. Dwie godziny później sir Nigel Irvine w swoim domu w Dorset otrzymał przepisaną na maszynie treść tej krótkiej rozmowy. Następnego ranka Ciaran i Mitch odwieźli Monka na lotnisko i odprowadzili do wejścia samolotu odlatującego na południe.

Jeszcze pięć dni przyszło mu spędzić w Londynie – w małym, skromnym hoteliku „Montcalm", wciśniętym między zabudowania tarasu Nasha na tyłach Marmurowego Łuku – w towarzystwie Nigela Irvine'a. Emerytowany szef brytyjskiego wywiadu wyjaśnił mu dokładnie, na czym będzie polegało jego zadanie. Aż wreszcie, gdy nie zostało już nic do powiedzenia poza słowami pożegnania, Anglik przekazał mu adres zapisany na skrawku papieru.

– Gdyby cała ta skomplikowana technika łączności zawiodła, znajdziesz pod tym adresem człowieka, który będzie mógł przekazać twój meldunek za granicę. Traktuj go jak ostatnią deskę ratunku. Powodzenia, Jasonie. Nie pojadę z tobą na Heathrow, nie cierpię lotnisk. Jestem przekonany, iż sam sobie poradzisz. Tak, do diabła, mam nawet pewność, że ci się uda.

Monk pojechał zatem na lotnisko z dwoma komandosami, a Ciaran i Mitch znowu odprowadzili go aż do barierki odprawy paszportowej. Na pożegnanie wymienili uściski dłoni.

– Powodzenia, szefie – rzekli mu obaj.

Podróż minęła bez niespodzianek. Nikt zresztą nie rozpoznałby w nim tego samego Jasona Monka, który niespełna miesiąc wcześniej pojawił się w terminalu czwartym tegoż lotniska. Nikt nie podejrzewał, że posługuje się teraz fałszywym paszportem, toteż błyskawicznie przeszedł wszystkie kontrole.

Pięć godzin później, jako że w samolocie Monk zmuszony był przestawić zegarek o trzy godziny do przodu, stanął w kolejce do odprawy celnej na moskiewskim lotnisku w Szeremietiewie. Jego wiza nie budziła żadnych zastrzeżeń, widocznie właściwy urzędnik rosyjskiej ambasady w Waszyngtonie został dobrze opłacony, dlatego też Jason szybko przeszedł kontrolę paszportową.

Na stanowisku odpraw pokazał starannie wypełniony, olbrzymi formularz deklaracji dewizowej i położył walizkę na kontuarze przed celnikiem. Ten jednak ledwie na nią spojrzał i gestem wskazał aktówkę.

– Proszę otworzyć – rzekł po angielsku.

Starając się uśmiechać przyjaźnie, jak na uczciwego biznesmena przystało, Monk wykonał polecenie. Celnik pospiesznie przerzucił leżące w teczce dokumenty, po czym wyjął spod spodu komputer. Obejrzał go z zainteresowaniem, lecz nie otwierał, mruknął tylko z aprobatą:

– Ładny.

Odłożył go z powrotem, postawił kredą krzyżyki na walizce oraz aktówce Jasona i skierował swą uwagę na kolejnego podróżnego.

Monk wziął swoje bagaże, przeszedł korytarzem hali przylotów, minął przeszklone drzwi i po raz kolejny znalazł się w kraju, do którego poprzysiągł już nigdy nie wrócić.

CZĘŚĆ II

ROZDZIAŁ 12

Hotel „Metropol" wyglądał dokładnie tak, jak we wspomnieniach Jasona – olbrzymi prostopadłościan z szarego piaskowca, stojący przy rozległym placu, na wprost teatru „Bolszoj".

Monk śmiało wkroczył do holu, podszedł do kontuaru recepcyjnego, przedstawił się i położył na ladzie swój amerykański paszport. Recepcjonista szybko sięgnął po dokument, wystukał na klawiaturze komputera jego numer i uzyskał potwierdzenie autentyczności. Porównał jeszcze twarz Monka z fotografią wklejoną do paszportu, po czym uśmiechnął się przymilnie.

Dostał dokładnie ten pokój, o który prosił w rezerwacji, kierując się radą owego komandosa wysłanego do Moskwy przez sir Irvine'a cztery tygodnie wcześniej z misją rekonesansową. Był to pokój narożny na siódmym piętrze, z widokiem na Kreml oraz, co ważniejsze, drzwiami prowadzącymi na balkon biegnący przez całą długość budynku.

Ze względu na trzygodzinną różnicę czasu w porównaniu z Londynem rozgościł się w pokoju hotelowym już o zmierzchu, a jeden rzut oka na ulicę przekonał go, że październikowe wieczory są tu na tyle chłodne, by ci przechodnie, których na to stać, chodzili w płaszczach. Zjadł spóźniony obiad w hotelowej restauracji i wcześnie położył się spać.

Następnego ranka ujrzał za kontuarem recepcyjnym innego pracownika.

– Mam pewien problem – rzekł do niego. – Muszę się zgłosić do ambasady amerykańskiej w celu uaktualnienia paszportu. To sprawa formalna... rozumie pan, biurokratyczne przepisy...

– Przykro mi, proszę pana, ale mamy obowiązek przechowywać paszporty gości zagranicznych przez cały okres ich pobytu w naszym hotelu – odparł Rosjanin.

Monk pochylił się nad kontuarem i wysunął spomiędzy palców zwinięty banknot studolarowy.

– W pełni pana rozumiem – mruknął. – Chodzi jednak o to, że po wyjeździe z Moskwy będę zmuszony odwiedzić kilka krajów europejskich, a jeśli mój paszport utraci ważność, ambasada będzie chciała wystawić mi nowy dokument... To potrwa zaledwie parę godzin...

Recepcjonista był młody, zapewne niedawno wziął ślub, być może żona spodziewała się dziecka. Musiał błyskawicznie obliczyć w pamięci, ile to rubli zdoła otrzymać sprzedając na czarnym rynku ów banknot studolarowy, gdyż pospiesznie rozejrzał się na boki.

– Pan wybaczy – rzucił i zniknął za oszklonym przepierzeniem, gdzie z pewnością znajdowały się hotelowe biura.

Wrócił po pięciu minutach, niosąc paszport Monka.

– W normalnych okolicznościach moglibyśmy panu wydać dokumenty dopiero po wymeldowaniu się z hotelu – oznajmił. – Dlatego też proszę mi go zwrócić najszybciej, jak to będzie możliwe.

– Jak powiedziałem, potrzebne mi jedynie przedłużenie ważności w sekcji wizowej ambasady. Natychmiast przyniosę go z powrotem. O której kończy pan zmianę?

– O drugiej po południu.

– No cóż, gdybym nie wrócił do tego czasu, zostawię paszport pańskiemu koledze, najpóźniej w porze obiadowej.

Wymiana dokumentów na pieniądze przebiegła nadzwyczaj sprawnie. Obaj konspiratorzy porozumieli się uśmiechami i skinieniem głowy, po czym Monk ruszył do windy.

Po powrocie do swego pokoju wywiesił od zewnątrz na drzwiach plakietkę z napisem „Nie przeszkadzać" i zamknął je na zasuwkę. Zatkał zlew w łazience korkiem, napełnił go ciepłą wodą i wyjął z przyborów toaletowych butelkę płynu do przemywania oczu, zawierającą w rzeczywistości roztwór do usuwania farby fryzjerskiej.

Szybko zniknęły kędziory gęstych szpakowatych włosów należących do doktora Philipa Petersa, ustępując miejsca naturalnej blond czuprynie Jasona Monka. Wąsy zniknęły już po kilku ruchach maszynką do golenia, a ciemne okulary skrywające załzawione, niedomagające oczy naukowca wylądowały w koszu na śmieci stojącym w głębi korytarza.

Jason wyjął ze skrytki w aktówce drugi paszport – opiewający na jego prawdziwe nazwisko, z wklejoną autentyczną fotografią – w którym także został odciśnięty stempel kontroli paszportowej lotniska Szeremietiewo, dokładnie skopiowany na podstawie tej pieczęci, jaka znajdowała się w dokumentach wykonującego rekonesans komandosa, jedynie z uaktualnioną datą przyjazdu. Za jego obwolutą była nawet wetknięta złożona deklaracja dewizowa, również starannie podrobiona i odpowiednio ostemplowana.

Jeszcze przed południem Monk zjechał do holu, minął łukowato sklepione atrium i wyszedł z hotelu bocznymi drzwiami, nie chcąc się pokazywać przed stanowiskiem recepcyjnym. Przed „Metropolem" stały w długim ogonku prawdziwe taksówki, toteż zajął miejsce w pierwszej z nich i zwrócił się do kierowcy po rosyjsku:

– *Olimpijskaja Pienta.*

Szofer w milczeniu skinął głową.

Gigantyczna wioska olimpijska, zbudowana przed igrzyskami roku 1980, znajdowała się na północ od centrum miasta, tuż za szeroką przelotową ulicą o nazwie Sadowo-Spasskaja wchodzącą w skład wewnętrznej obwodnicy znanej jako Sadowoje Kolco. Monstrualnych rozmiarów stadion wciąż górował nad okolicznymi budynkami i właśnie w jego cieniu stał wzniesiony przez Niemców hotel „Penta". Monk wysiadł z taksówki na wprost ocienionego markizą wejścia, zapłacił szoferowi za przejazd i wkroczył do holu, ale gdy tylko taksówka odjechała sprzed hotelu, wyszedł z powrotem na ulicę i ruszył na południe. Do przejścia miał nie więcej jak pół kilometra.

Olbrzymi teren rozciągający się na południe od stadionu nieodparcie nasuwał wrażenie, że tutejszym mieszkańcom i władzom po prostu znudziło się utrzymywanie porządku. Monotonne prostopadłościenne bloki z ery komunizmu, będące obecnie siedzibą dziesiątków pomniejszych ambasad, przedstawicielstw handlowych, różnorodnych biur i podrzędnych lokali, wyglądały jak pokryte grubą warstwą osiadającego latem kurzu, który rosyjskie mrozy musiały zimą przemieniać w szklistą powłokę zamarzniętego brudu. Po ulicach walały się śmieci, wiatr roznosił kawałki papieru i okruchy styropianu.

Ale zaraz za ulicą Durowa zaczynała się niezwykła enklawa, przestrzeń między zadbanymi budynkami zapełniała starannie utrzymana zieleń. W sektorze tym wyróżniały się trzy gmachy: olbrzymi dom noclegowy przeznaczony dla wycieczek z prowincji, ciesząca się najlepszą renomą szkoła średnia oraz zabytkowa budowla sakralna.

Główny moskiewski meczet został zbudowany w roku 1905, kilkanaście lat przed rewolucją, nosił więc wyraźne cechy środkowoazjatyckiego stylu architektonicznego z przełomu wieków. Przez siedemdziesiąt lat po rewolucji stopniowo popadał w ruinę, podobnie jak wszystkie świątynie w tym kraju rządzonym przez ateistów. Ale po upadku komunizmu, dzięki wydatnej pomocy finansowej Arabii Saudyjskiej, rozpoczęto pięcioletni program odbudowy i restauracji meczetu. Z tych samych źródeł sfinansowano w połowie lat dziewięćdziesiątych dom turystyczny oraz szkołę średnią.

Sam meczet nie zmienił się specjalnie, nadal była to dość skromna budowla o maleńkich oknach, pomalowana na jasnobłękitno, do której wchodziło się przez ciężkie, zabytkowe, bogato rzeźbione dębowe wrota. Monk zdjął buty, wsunął je w wolną przegródkę stojaka umieszczonego na lewo od drzwi i wkroczył do środka.

Jak we wszystkich meczetach, tak i tutaj pośrodku znajdowała się obszerna pusta przestrzeń, pozbawiona jakichkolwiek krzeseł czy ławek, za to wymoszczona puszystymi dywanami, również pochodzącymi z darów Arabii Saudyjskiej, natomiast wzdłuż ścian ciągnął się balkon podtrzymywany przez szereg kolumn.

Zgodnie z wymogami islamu, nie było tu żadnych malowideł czy rzeźb przedstawiających obiekt kultu. Jedynie w podcieniach amfilady rozmieszczono tablice zawierające cytaty z koranu.

Meczet służył wyłącznie zaspokajaniu duchowych potrzeb muzułmańskiej społeczności Moskwy, ponieważ przedstawiciele dyplomacji uczęszczali na modły do ambasady Arabii Saudyjskiej. W samej Rosji jednak zamieszkują dziesiątki milionów muzułmanów, nic więc dziwnego, że w Moskwie funkcjonowały dwa meczety. Ale tego dnia, jako że nie był to piątek, we wnętrzu budowli przebywała zaledwie garstka wyznawców islamu.

Jason wybrał sobie miejsce pod ścianą nie opodal wejścia, usiadł ze skrzyżowanymi nogami i zaczął czekać, obserwując ludzi. Byli to głównie starcy, Azerowie, Tatarzy, Ingusze czy Osetyjczycy. Wszyscy mieli na sobie bardzo zniszczone, lecz czyste garnitury.

Pół godziny później starszy mężczyzna zajmujący miejsce przed Monkiem podniósł się z klęczek i ruszył w kierunku wyjścia. Natychmiast zauważył niezwykłego gościa, gdyż na jego obliczu odmalowało się skrajne zdumienie. Przystanął w pół kroku i po krótkim namyśle usiadł pod ścianą obok Monka. Musiał mieć ponad siedemdziesiąt lat, gdyż nosił przypięte do piersi trzy ordery z okresu drugiej wojny światowej.

– Niech pokój będzie z tobą – rzekł cicho.

– I ja tobie życzę pokoju – odparł Monk.

– Przyszedłeś tu wyznać swą wiarę? – zapytał starzec.

– Niestety nie. Szukam przyjaciela.

– Rozumiem. Jakiegoś szczególnego przyjaciela?

– Tak. Poznaliśmy się dawno temu i straciliśmy kontakt. Miałem nadzieję, że może go tu znajdę albo przynajmniej spotkam kogoś, kto go zna.

Rosjanin ze zrozumieniem pokiwał głową.

– Nasza społeczność nie jest liczna, choć tworzy ją kilka odrębnych grup. Nie wiesz, do której twój przyjaciel może przynależeć?

– Jest Czeczenem – rzekł Jason.

Starzec jeszcze raz pokiwał głową i powoli wstał.

– Zaczekaj tu – rzekł.

Wrócił po dziesięciu minutach, lecz tylko zajrzał do środka i ruchem głowy wskazał komuś Monka. Uśmiechnął się przyjaźnie i zaraz wyszedł. W drzwiach stanął inny mężczyzna, niewiele młodszy od tamtego. Podszedł bliżej i usiadł pod ścianą.

– Powiedziano mi, że szukasz jednego z moich braci – odezwał się Czeczeniec. – Czy mógłbym ci w czymś pomóc?

– Mam nadzieję, że tak. Byłbym bardzo wdzięczny. Spotkaliśmy się przed laty i teraz, kiedy odwiedziłem waszą stolicę, byłbym niezwykle rad ujrzeć ponownie tego człowieka.

- Jak on się nazywa, przyjacielu?
- Umar Gunajew.

W oczach starca pojawiły się jakieś złowrogie błyski.

- Nie znam nikogo takiego – odparł.
- No cóż, jest mi niezmiernie przykro, ponieważ przywiozłem dla niego prezent.
- Jak długo będziesz przebywał pośród nas?
- Mógłbym tu jeszcze trochę posiedzieć i popatrzeć na wasz przepiękny meczet.

Czeczen podniósł się i rzekł:

- Zapytam, czy ktoś z moich rodaków zna tego człowieka.
- Bardzo dziękuję. Będę tu czekał cierpliwie.
- Cierpliwość to wspaniała cecha.

Minęły jednak dwie godziny, zanim w końcu do meczetu weszło trzech młodych mężczyzn. Byli bez butów, toteż po grubym perskim dywanie poruszali się w całkowitej ciszy. Jeden z nich został przy wejściu, lecz ukląkł i przysiadł na piętach, ułożywszy dłonie płasko na udach. Przybrał taką samą pozę jak reszta modlących się wyznawców islamu, Monk wiedział jednak, że nikt się obok niego nie prześlizgnie.

Dwaj pozostali usiedli pod ścianą po obu stronach Jasona. Trudno było ocenić, czy mają jakąś broń ukrytą pod marynarkami. Po chwili padło pierwsze pytanie, zadane tak cicho, by nie mógł go usłyszeć nikt z przebywających na środku meczetu.

- Znasz rosyjski?
- Tak.
- To ty pytałeś o jednego z naszych braci?
- Tak.
- Jesteś rosyjskim szpiegiem?
- Jestem Amerykaninem. W wewnętrznej kieszeni marynarki mam paszport.
- Wyjmij go dwoma palcami.

Monk ostrożnie wyciągnął paszport i rzucił na dywan przed siebie. Podniósł go milczący dotąd Czeczen, szybko przekartkował, po czym skinął głową i oddał paszport Jasonowi. Powiedział do swego kolegi parę zdań po czeczeńsku. Monk nie zrozumiał ani słowa, domyślił się jednak, że tamten sprawdził jakieś znaki charakterystyczne, po których można było odróżnić podrobione dokumenty. Mężczyzna siedzący po jego prawej stronie zadał kolejne pytanie:

- Z jakiego powodu szukasz jednego z naszych braci?
- Spotkaliśmy się dawno temu, w odległym kraju. Zostawił wówczas coś na ulicy. Poprzysiągłem sobie, że jeśli kiedykolwiek znajdę się w Moskwie, odnajdę go i mu to zwrócę.
- Masz to ze sobą?
- Tak, w aktówce.

– Otwórz.

Jason położył teczkę przed sobą na dywanie, odchylił zatrzaski i uniósł wieko. Wewnątrz znajdowało się płaskie pudełko ze zwykłego szarego kartonu.

– Czy chciałbyś, abyśmy mu to przekazali?

– Byłbym bardzo wdzięczny.

Mężczyzna z lewej strony znowu powiedział coś po czeczeńsku.

– Nie, to nie jest bomba – wtrącił po rosyjsku Jason. – Gdyby tak było, podczas otwierania pudełka i ja bym zginął. Możecie je otworzyć.

Czeczeńcy wymienili porozumiewawcze spojrzenia, po czym ten z lewej pochylił się szybko i uniósł pokrywę kartonowego pudełka. Obaj z nie skrywanym zdumieniem popatrzyli na leżący w środku przedmiot.

– To jest ten prezent?

– Tak. Wasz brat zostawił to na ulicy.

Mężczyzna siedzący z lewej zamknął z powrotem pudełko, wyjął je z aktówki i wstał.

– Zaczekaj – polecił.

Strażnik klęczący przy wyjściu z meczetu odprowadził go wzrokiem, ale nie uczynił żadnego gestu. Monk musiał czekać kolejne dwie godziny. Minęła już pora lunchu, toteż w jego myślach coraz częściej dominował soczysty, dobrze wysmażony hamburger. Za maleńkimi oknami budowli światło dnia zaczynało już powoli szarzeć, kiedy wreszcie mężczyzna wrócił. Nie odezwał się ani słowem, tylko szybkim ruchem głowy nakazał swoim dwóm kompanom wyjść na zewnątrz.

– Chodź – mruknął siedzący obok Jasona Czeczen.

Wszyscy trzej podnieśli się równocześnie i przed meczetem założyli z powrotem buty. Monk znalazł się pośrodku zwartego szyku: ci sami mężczyźni, którzy wcześniej siedzieli z nim pod ścianą, teraz szli po jego bokach, a strażnik sprzed drzwi podążał z tyłu. Na ulicy Durowa stał duży model BMW.

Jasona najpierw szybko i wprawnie zrewidowano, następnie polecono zająć miejsce na tylnym siedzeniu. Dwaj Czeczeni usiedli po jego obu stronach, trzeci wsunął się za kierownicę. Ruszyli od krawężnika i skręcili w Sadowoje Kolco.

Początkowo Monk zakładał, że wyznający islam Czeczeni nie odważą się użyć wobec niego przemocy w meczecie, ale teraz, w samochodzie, sytuacja całkowicie się odmieniła. On zaś doskonale wiedział, że otaczający go mężczyźni mogą być nadzwyczaj niebezpieczni.

Po minucie jazdy kierowca sięgnął do skrytki pod deską rozdzielczą i wyjął spięte gumą ciemne okulary spawacza. Gestem nakazał Jasonowi je włożyć. Czarne płytki całkowicie przesłoniły mu widok, spełniały swe zadanie o wiele skuteczniej niż jakakolwiek przepaska na oczy. Reszta podróży upłynęła dla niego w ciemnościach.

W samym centrum Moskwy, przy uliczce, w którą pod żadnym pozorem lepiej się nie zapuszczać, znajdowała się mała kawiarnia o nazwie „Kasztan". Została otwarta trzy lata wcześniej. Jeżeli przypadkiem zawędrował tu jakiś zbłąkany turysta, w wejściu do lokalu natykał się na atletycznie zbudowanego ochroniarza, który błyskawicznie mu wyjaśniał, że byłoby wielce wskazane, gdyby zechciał wypić swą poranną kawę gdzie indziej. Moskiewska milicja nawet nie próbowała ingerować w ten stan rzeczy.

Mężczyźni pomogli Monkowi wysiąść z auta i tuż za drzwiami zdjęli mu ciemne okulary. W tej samej chwili cichy gwar toczonej po czeczeńsku rozmowy umilkł nagle. Dwaj młodzi ludzie odprowadzili zaciekawionymi spojrzeniami przybysza, którego skierowano do pomieszczeń służbowych za barem. Gdyby miało się okazać, że nie znany im obcokrajowiec nigdy stamtąd nie wyszedł, i tak z pewnością by utrzymywali, że w ogóle go tu nie widzieli.

W niewielkim pokoiku stał stół i cztery krzesła, a na ścianie wisiało duże lustro. Z pobliskiej kuchni dolatywały intensywne zapachy czosnku, przypraw korzennych i świeżo parzonej kawy. Po raz pierwszy przemówił ten Czeczen, który w meczecie zajął posterunek przy wyjściu, a który widocznie był przywódcą tego małego oddziału.

– Siadaj. Napijesz się kawy?

– Dziękuję, chętnie. Czarnej z cukrem.

Po chwili podano mu kawę, wyjątkowo dobrą. Monk popijał ją drobnymi łyczkami, starając się nie patrzeć w lustro, był bowiem przekonany, że jest ono półprzepuszczalne i zza ściany ktoś go obserwuje. Kiedy odstawił pustą filiżankę, otworzyły się drzwi pokoiku i do środka wkroczył Umar Gunajew.

Wyglądał już całkiem inaczej, nie chodził w tandetnym granatowym garniturze i nie nosił wyłożonego na wierzch kołnierzyka rozpiętej pod szyją koszuli. Miał na sobie elegancką marynarkę włoskiego kroju i drogi jedwabny krawat, prawdopodobnie z któregoś nowojorskiego salonu mody przy Jermyn Street bądź Fifth Avenue.

Postarzał się też przez tych dwanaście lat, ale nawet po przekroczeniu czterdziestki był bardzo przystojnym mężczyzną o wyszukanych manierach. Stanął przed Monkiem i z lekkim uśmieszkiem na wargach parokrotnie pokiwał głową, zanim w końcu usiadł, kładąc na stole kartonowe pudełko.

– Otrzymałem twój prezent – rzekł.

Otworzył pudło, ostrożnie chwycił za rękojeść jemeńskiego *gambiaha*, uniósł go do światła i ostrożnie przeciągnął palcem po ostrej krawędzi lekko zakrzywionej klingi.

– To ten sam?

– Tak. Jeden z napastników porzucił go na bruku – odparł Jason. – Pomyślałem, że może się przydać jako nóż do otwierania listów.

Tym razem Gunajew roześmiał się w głos.

– Skąd wiedziałeś, jak się nazywam?

Monk pospiesznie zrelacjonował mu swoje poszukiwania w kartotece sowieckich agentów, jaką założyli brytyjscy wywiadowcy w Omanie.

– I od tamtego czasu nic o mnie nie słyszałeś?

– Słyszałem, i to sporo.

– Dobrego czy złego?

– Raczej interesującego.

– Opowiedz mi o tym.

– Słyszałem, że kapitan Gunajew, po dziesięciu latach pracy w Wydziale Pierwszym KGB, znudził się w końcu racjonowanym trybem życia i brakiem perspektyw awansu. Słyszałem, że zrezygnował z dalszej służby i podjął inną, choć również potajemną działalność.

Gunajew zaśmiał się ponownie. Trzej przebywający w pokoju strażnicy wyraźnie się rozluźnili, jak gdyby dobry nastrój szefa rozwiał napiętą dotychczas atmosferę.

– Inną, lecz równie tajną... Tak, to prawda. Co jeszcze?

– Słyszałem, że Umar Gunajew zdołał się wydźwignąć do pozycji nie kwestionowanego przywódcy całego czeczeńskiego podziemia na zachód od Uralu.

– Możliwe. Coś jeszcze?

– Słyszałem też, że Umar Gunajew, choć nie jest jeszcze stary, należy do ludzi kultywujących tradycje i ściśle przestrzega wielowiekowych norm życiowych narodu czeczeńskiego.

– Rzeczywiście sporo słyszałeś, amerykański przyjacielu. A jakież są, według ciebie, te wielowiekowe normy narodu czeczeńskiego?

– Mówiono mi, że w tym zdeprawowanym świecie Czeczeni wyróżniają się swym przywiązaniem do kodeksu honorowego, że zawsze spłacają długi, bez względu na to, czy są one dla nich korzystne, czy nie.

Wyczuł natychmiast, iż za jego plecami trzej mężczyźni zastygli w napięciu. Niemal słyszał powtarzane w myślach pytania: Amerykanin raczy sobie z nas żartować? Wszyscy zapewne z uwagą wpatrywali się w przywódcę. Po dłuższej chwili Gunajew skinął głową.

– Dobrze słyszałeś. Czego zatem ode mnie oczekujesz?

– Schronienia. Jakiegoś miejsca, gdzie mógłbym zamieszkać.

– W Moskwie jest dużo hoteli.

– Ale niezbyt bezpiecznych.

– Czy ktoś nastaje na twoje życie?

– Jeszcze nie, ale wkrótce to się zmieni.

– Kto to taki?

– Pułkownik Anatolij Griszyn.

Gunajew obojętnie wzruszył ramionami.

– Znasz go? – zapytał Monk.

- Wiele o nim słyszałem.
- I podoba ci się to, co słyszałeś?
Po raz kolejny odpowiedzią było wzruszenie ramionami.
- On robi swoje, a ja swoje.
- Gdybyś był w Ameryce i pragnął zniknąć ludziom z oczu, zapewne bym ci w tym dopomógł. Ale to nie jest moje miasto, nie mój kraj. Czy możesz mi pomóc zniknąć w Moskwie?
- Na jakiś czas, czy na zawsze?
Tym razem Jason się roześmiał.
- Wolałbym tylko na jakiś czas.
- W takim razie mogę. Czy tylko o to ci chodzi?
- Owszem, zależy mi wyłącznie na tym, aby pozostać przy życiu. Niczego więcej nie chcę.
Gunajew wstał i zwrócił się do swoich trzech podkomendnych.
- Ten człowiek uratował mi kiedyś życie, więc teraz będzie moim gościem. Nikt nie ma prawa go tknąć. Przez cały czas pobytu w Moskwie traktujcie go jak jednego z nas.
Nagle zniknęło wszelkie napięcie. Trzej Czeczeni podeszli do Jasona, poklepywali go plecach i uśmiechając się szeroko, wyciągali dłonie do uścisków. Wymienili też swoje imiona: Asłan, Magomed, Szarif.
- Czy polowanie na ciebie już się rozpoczęło? - spytał Gunajew.
- Nie, chyba jeszcze nie.
- Zapewne jesteś głodny. Tutaj podają dość marne żarcie, więc przejdźmy lepiej do mojego biura.
Jak większość mafijnych bossów, przywódca Czeczenów miał dwa oblicza. W oczach opinii publicznej starał się uchodzić za poważnego biznesmena, czerpiącego zyski z wielu doskonale prosperujących firm. Gunajew zaś specjalizował się w prawach własności gruntów.
Po rezygnacji ze służby w KGB rozpoczął swą działalność od nabycia w różnych rejonach Moskwy nadzwyczaj atrakcyjnych terenów budowlanych. Po upadku komunizmu wyprzedażą gruntów państwowych dla osób prywatnych zajmowali się wyznaczeni do tego urzędnicy, a najprostszym sposobem osiągnięcia celu stało się dla Gunajewa ich przekupywanie bądź też usuwanie ze swej drogi najbardziej nieprzejednanych.
Zyskawszy wyłączne prawa własności, znalazł się w bardzo uprzywilejowanej pozycji, mogąc przejąć rolę pośrednika między rosyjskimi władzami a zachodnimi inwestorami, którzy w pierwszym okresie gospodarki wolnorynkowej zaczęli chętnie lokować fundusze w rozwijających się błyskawicznie spółkach. A oprócz ciekawych terenów budowlanych, Gunajew mógł też zaproponować zachodnioeuropejskim i amerykańskim przedsiębiorcom tanią siłę roboczą, pozbawioną prawa do jakichkolwiek protestów czy strajków. Nie zrzekał się jednak praw własności do gruntów, na których wyrastały hale produkcyjne i biurowce, zachowując w ten sposób udziały w przyszłych zyskach.

Postępując tą metodą, Czeczeni zdołali szybko przejąć w swoje ręce sześć najważniejszych hoteli w mieście, obejmując także nadzór nad licznymi zakładami związanymi z budownictwem, od cementowni i przedsiębiorstw obróbki drewna, po wytwórnie ceramiki budowlanej i elementów wykończeniowych. Każdy, kto chciał prowadzić remonty czy stawiać nowe budynki, był w taki czy inny sposób uzależniony od imperium Umara Gunajewa.

Ale tak wyglądało jedynie owo jawne oblicze czeczeńskiej mafii, która poza tym, podobnie jak inne moskiewskie gangi, prowadziła potajemnie inną rozległą działalność, obejmującą handel na czarnym rynku i tak zwane usługi ochroniarskie.

Główne rosyjskie bogactwa, takie jak złoto, diamenty, gaz ziemny czy ropę naftową, można było nadal kupować za ruble po oficjalnych cenach rynku wewnętrznego. Ich sprzedażą, jak dawniej, zajmowali się przekupni urzędnicy. A po wyeksportowaniu owe dobra, nawet sprzedane po cenach dumpingowych, wielokrotnie zyskiwały na wartości.

Wystarczyło nawet drobną część zarobionej w ten sposób twardej waluty przywieźć z powrotem do kraju, na czarnym rynku zamienić ponownie na ruble, kupić następną partię towaru i opłacić wygórowane łapówki, a i tak około osiemdziesięciu procent dochodów ze sprzedaży stanowiło czysty zysk.

Zaraz po wprowadzeniu gospodarki wolnorynkowej wielu przedstawicieli władz państwowych czy bankierów nie chciało się zgodzić na współpracę w podobnej działalności. Mafia była jednak bezlitosna. Po pierwszym, słownym ostrzeżeniu, następowało drugie, którego konsekwencją zazwyczaj była poważna operacja chirurgiczna. Trzecie ostrzeżenie już nie padało. Przynosiło to pożądany skutek, ponieważ kolejny urzędnik, przejmujący stanowisko po zmarłym tragicznie poprzedniku, najczęściej szybko się rozeznawał w regułach tej gry.

Pod koniec lat dziewięćdziesiątych prawie nie trzeba się już było uciekać do stosowania przemocy wobec przedstawicieli władz, za to szybki wzrost liczebności autentycznych prywatnych armii nasuwał wniosek, że wzajemna rywalizacja między przywódcami gangów będzie przybierała coraz bardziej brutalne formy. A wśród tego typu uzbrojonych grup do najsprawniejszych należała organizacja Czeczenów.

Pod koniec roku 1994 w tej sytuacji pojawił się jeszcze jeden znamienny czynnik. Tuż przed Bożym Narodzeniem Borys Jelcyn pochopnie wypowiedział wojnę Czeczenii, pragnąc ostentacyjnie pozbyć się politycznego przeciwnika, generała Dudajewa, gorącego zwolennika niepodległości tej niewielkiej republiki. Gdyby zgodnie z oczekiwaniami wojna domowa przypominała drobny zabieg chirurgiczny, prezydent w pełni dopiąłby swego. Ale stało się inaczej, potężna rosyjska armia została uwikłana w nie kończące się starcia ze słabo uzbrojonymi partyzantami, którzy wycofali się z nizin na przedgórza Kaukazu i stamtąd nękali regularne wojska.

Jeżeli moskiewska mafia miała jeszcze jakieś opory wobec całkowitego przeciwstawienia się władzom, po wybuchu wojny zniknęły one całkowicie, gdyż wyjętym spod prawa Czeczenom uniemożliwiono korzystanie choćby z namiastki zwykłego życia. Mając dokoła samych wrogów, szybko stworzyli oni nadzwyczaj lojalny i silnie ze sobą powiązany klan, znacznie trudniejszy do przeniknięcia niż analogiczne organizacje Gruzinów, Ormian czy też Rosjan. A lider owej społeczności stał się czymś w rodzaju bohatera narodowego i przywódcy ruchu oporu. Jesienią 1999 roku takim liderem był właśnie Umar Gunajew, do niedawna jeszcze kapitan KGB.

Pełniąc rolę biznesmena, Gunajew mógł się dość swobodnie poruszać po mieście i wieść wystawne życie multimilionera. Jego „biuro" zajmowało w rzeczywistości całe najwyższe piętro jednego z należących do mafii hoteli, wybudowanego w kooperacji z inwestorami amerykańskimi, a usytuowanego nie opodal dworca Helsińskiego.

Pojechali tam prywatnym, luksusowym, opancerzonym mercedesem Gunajewa. Obok kierowcy miejsce z przodu zajmował szef osobistej ochrony Czeczeńca. Trzej mężczyźni, którzy eskortowali Monka do kawiarni, pojechali za nimi drugim samochodem, dużym volvo. Oba pojazdy wjechały na rozległy podziemny parking hotelowy. Najpierw wysiedli członkowie obstawy z volvo i dopiero gdy sprawdzili najbliższe otoczenie aut, Monk i Gunajew mogli przejść do szybkobieżnej windy, która zawiozła ich na dziesiąte piętro, kiedy zaś wyszli na korytarz, głośny trzask przekaźników oznajmił, że odcięty został dopływ prądu do windy.

W korytarzu czuwali kolejni strażnicy, lecz obaj mężczyźni po chwili znaleźli się sam na sam w prywatnym apartamencie czeczeńskiego przywódcy. Przed drzwiami Gunajew rzucił krótkie polecenie i już kilka minut później służący w białym stroju dostarczył do pokoju wykwintne potrawy oraz napoje.

– Muszę ci coś pokazać – rzekł Monk. – Mam nadzieję, że cię to zainteresuje, być może nawet zafrapuje.

Otworzył swoją aktówkę i wcisnął dwa zamaskowane zamki, odsłaniając wewnętrzny schowek. Gunajew faktycznie przyglądał się temu z zainteresowaniem, choć jego podziw budził na razie sam ukryty mechanizm i sposób zamontowania podwójnego dna walizeczki.

Jason wyjął najpierw rosyjski przekład raportu zatytułowanego „Weryfikacja" i położył przez Gunajewem trzydziestostronicowy maszynopis obłożony w laminowany plastikiem jasnoszary karton. Czeczeniec zmarszczył brwi.

– Czy to konieczne?

– Obiecuję, że ten tekst cię zaciekawi. Proszę.

Gunajew westchnął głośno i zaczął czytać. Zgodnie z oczekiwaniami Jasona przedstawiony w raporcie opis wydarzeń wciągnął go do tego stopnia, że przywódca mafii nie tknął nawet filiżanki z kawą, dopóki po dwudziestu minutach nie skończył lektury. Wreszcie odsunął maszynopis i uniósł wzrok.

– A zatem ów tajemniczy manifest nie jest mistyfikacją, jego autentyczność została dowiedziona. I co z tego wynika?

– Ten manifest został napisany przez waszego przyszłego prezydenta – wyjaśnił Monk. – Został w nim przedstawiony program polityczny, który ma być wcielony w życie, i to już niedługo.

Tym razem położył na stole oprawiony w czarny karton dokument.

– Kolejnych trzydzieści stron?

– Nawet czterdzieści, ale zawierających o wiele ciekawsze stwierdzenia. Proszę, zrób to dla mnie.

Gunajew pobieżnie przebiegł wzrokiem początkowych dziesięć stron, opisujących plany przywrócenia jednopartyjnej władzy, odtworzenia potencjału nuklearnego, ponownego przyłączenia niezależnych republik oraz odbudowy gigantycznej sieci gułagów. Wreszcie na jego twarzy pojawił się bolesny grymas i Czeczeniec zaczął czytać znacznie wolniej.

Monk doskonale wiedział, co wywołało taki efekt. Niemalże mógł zacytować z pamięci mesjanistyczne hasła, z którymi po raz pierwszy miał okazję się zapoznać nad zatoką Saponilla na wyspach Turks i Caicos.

„Ostateczna i całkowita eksterminacja wszystkich Czeczenów z terytorium Rosji... Zduszenie tego podobnego szczurom narodu, aby już nigdy nie odważył się podnieść głowy... Przekształcenie ich ojczystych ziem w dzikie pastwiska dla stad kozic... by nie został nawet kamień na kamieniu... Na zawsze... żeby sąsiadujący z nimi Osetyjczycy, Dagestańczycy oraz Ingusze, obserwując ten proces, nauczyli się odpowiedniego respektu i strachu przed swymi nowymi rosyjskimi panami...”

Gunajew szybko doczytał do końca i odsunął od siebie manifest.

– Próbowano tego już wielokrotnie – oznajmił. – Próbowali kolejni carowie, później Stalin, a ostatnio Jelcyn.

– Ale dotąd próbowano osiągnąć cel za pomocą mieczy, karabinów czy rakiet. A jeśli użyje się promieni gamma, antraksu bądź gazów paraliżujących? W sztuce eksterminacji dokonał się olbrzymi postęp.

Gunajew wstał, zdjął marynarkę, powiesił ją na oparciu krzesła i podszedł do okna, z którego roztaczał się widok na dachy pobliskich budynków.

– I chcesz go wyeliminować? Usunąć? – zapytał.

– Nie.

– Dlaczego? Przecież to wcale nie takie trudne.

– Ale nic nie da.

– Zazwyczaj jednak prowadzi do celu.

Monk wyjaśnił, że zabójstwo Komarowa spowodowałoby jeszcze większy chaos i dalsze staczanie się kraju w otchłań, może nawet doprowadziło do wojny domowej, albo też ktoś inny zająłby miejsce ultraprawicowego polityka, prawdopodobnie jego obecny doradca, Griszyn, który tym pewniej doszedłby do władzy, wykorzystując wściekłość zwolenników zabitego przywódcy.

– Zawsze istnieją dwie strony medalu – dodał. – Jeśli usuniesz człowieka słów, jego miejsce zajmie człowiek czynu i odwrotnie. Tak czy inaczej, wyniszczenie twojego narodu byłoby nieuniknione.

Gunajew odwrócił się od okna i szybko podszedł z powrotem do stołu. Pochylił się nad nim, spod przymrużonych powiek spoglądając Jasonowi prosto w oczy.

– Więc czego ty oczekujesz ode mnie, Amerykaninie? Zjawiłeś się tu, choć wcale cię nie znam. To prawda, że masz u mnie dług wdzięczności, bo ocaliłeś mi kiedyś życie. Pokazujesz mi jednak ten cały gnój. Nie zastanowiłeś się, co mnie to wszystko może obchodzić?

– Sam musisz zdecydować, na ile cię to obchodzi. Dysponujesz ogromną siłą, Umarze. Jesteś potężnym człowiekiem, można by rzec, iż nawet panem życia i śmierci podległych ci ludzi. Ale równie dobrze możesz się odwrócić plecami i z założonymi rękoma obserwować, jak ten plan będzie realizowany.

– A czemu nie miałbym właśnie tak postąpić?

– Chociażby z tego powodu, że był kiedyś skromny, nieśmiały chłopiec, który dorastał w ubogiej wiosce na północnym Kaukazie, i miał na tyle kochającą rodzinę, przyjaciół i sąsiadów, że wszyscy oni podjęli ogromny wysiłek, aby ów chłopiec mógł kontynuować naukę na uniwersytecie w Moskwie i zostać w przyszłości wielkim człowiekiem. Teraz zaś pozostało tylko pytanie: czy wraz z upływem czasu tenże chłopiec przeistoczył się w automat, którego jedynym celem jest pomnażanie własnego bogactwa, czy też ciągle pamięta jeszcze o tych najbliższych, jacy pozostali w jego rodzinnej wiosce?

– Sam sobie na to odpowiedz.

– Nie mogę, ponieważ to ty musisz dokonać wyboru.

– A jaki jest twój wybór, Amerykaninie?

– O wiele łatwiejszy. Mogę stąd wyjść, pojechać taksówką na Szeremietiewo i wrócić pierwszym samolotem do domu. Tam jest znacznie cieplej, bezpieczniej, wygodniej. Mogę przekazać moim zleceniodawcom, żeby nie zawracali sobie głowy, bo to nie ma już żadnego znaczenia, gdyż tu nikogo nic nie obchodzi poza forsą. Niech spokojnie zapadnie noc nad Rosją.

Czeczeński przywódca opadł ciężko na krzesło i odwrócił głowę, jakby wracał myślami do wydarzeń z przeszłości.

– Naprawdę sądzisz, że zdołasz go powstrzymać? – odezwał się w końcu.

– Szanse są spore.

– Jak chcesz osiągnąć swój cel?

Monk pokrótce objaśnił mu plan sir Nigela Irvine'a.

– Przecież to czyste szaleństwo – podsumował spokojnie Gunajew.

– Niewykluczone. A możesz zaproponować coś lepszego? Jedyną alternatywą jest pogłębienie chaosu czy wojna domowa i ludobójstwo, które zapoczątkują spuszczone z łańcucha psy.

– Czego będziesz potrzebował, jeśli się zdecyduję ci pomóc?

– Kryjówki, ale umożliwiającej mi pełną swobodę ruchów i pozostawanie w cieniu. Będę musiał spotykać się z wieloma ludźmi.

– Sądzisz, że Komarow się dowie o twojej bytności w Rosji?

– I to bardzo szybko. Sam wiesz, że w tym mieście są miliony informatorów, a każdego z nich można kupić. Ty również korzystasz z ich usług. Ten facet nie jest głupcem.

– Owszem, może nawet opłacić wszystkich najważniejszych urzędników państwowych. Ja nie mam aż takich możliwości.

– Na pewno nie uszło twojej uwagi, że Komarow obiecał finansującym go poplecznikom, mafii „Dołgorukiego", prawa wyłączności działania na podległych mu terenach. Wkrótce cała Rosja znajdzie się pod jego rządami. Co cię wówczas czeka?

– W porządku, zapewnię ci kryjówkę, choć nie umiem powiedzieć, na jak długo. Wewnątrz naszej społeczności nikt cię nie odnajdzie, dopóki nie wydam odpowiedniego polecenia. Ale nie będziesz mógł żyć między nami zbyt długo, za bardzo się wyróżniasz. Mam do dyspozycji wiele potajemnych kwater, więc będziesz zmuszony dość często przenosić się z jednego miejsca na drugie.

– To mi odpowiada, chcę tylko mieć bezpieczny dach nad głową. Ale do swobodnego poruszania się będą mi potrzebne perfekcyjnie podrobione dokumenty.

Gunajew z ironicznym uśmiechem pokręcił głową.

– U nas się nie podrabia żadnych dokumentów. Łatwiej kupić prawdziwe.

– Zapomniałem, że w Rosji wszystko można mieć za pieniądze.

– Co jeszcze będzie ci potrzebne?

– Na początek parę rzeczy.

Monk wyrwał kartkę papieru z notatnika, wyszczególnił na niej kilka pozycji i podał ją Czeczenowi. Ten szybko przebiegł spis wzrokiem, kiwając głową, jakby zdobycie którejkolwiek z wymienionych rzeczy nie stanowiło większego problemu. Wreszcie dotarł do ostatniej pozycji i zmarszczył brwi.

– A to do czego niby ma ci się przydać?

Jason wyjaśnił w kilku słowach.

– Chyba wiesz, że do mnie należy połowa hotelu „Metropol"? – Gunajew westchnął głośno.

– Załóżmy więc, że zatrzymałem się w niewłaściwej połowie.

Tamten nie wziął tego jednak za żart.

– Ile pozostało czasu, zanim Griszyn się dowie o twoim przyjeździe do Moskwy?

– To zależy, ale chyba nie więcej niż dwa, może trzy dni. Kiedy tylko zacznę działać, nie uniknę pozostawiania za sobą śladów. Plotka rozejdzie się błyskawicznie.

– W porządku. Dostaniesz czterech ludzi, którzy będą ci osłaniać tyły i przerzucać cię z miejsca na miejsce. Ich przywódcę, Magomeda, już zdążyłeś poznać, siedział obok kierowcy w volvo. To świetny fachowiec. Od tej pory jemu przekazuj spis rzeczy, jakich będziesz potrzebował, a wszystko otrzymasz. Nie zmienia to faktu, że moim zdaniem całe to przedsięwzięcie jest chybione.

Około północy Monk znalazł się z powrotem w „Metropolu". Na końcu korytarza, w szerokiej wnęce obok szybu windowego, stały cztery obite skajem fotele. Kiedy Jason wjechał na górę, dwa z nich były już zajęte przez mężczyzn pochłoniętych lekturą gazet, którzy mieli tam siedzieć przez całą noc. A wczesnym rankiem do jego pokoju goniec hotelowy dostarczył dwie walizki.

Większość moskwian, nie mówiąc już o gościach z zagranicy, jest zapewne przekonanych, że patriarcha rosyjskiego kościoła prawosławnego zajmuje odpowiednio rozległe apartamenty gdzieś w głębi średniowiecznego monastyru Daniłowskiego, okolonego białym murem zwieńczonym blankami, za którym rozciąga się olbrzymi kompleks cerkwi i soborów. Owo przeświadczenie jest zresztą dobrze umotywowane. Faktycznie w jednej z największych budowli monastyru, przed której wejściem trzymają honorową wartę strażnicy z oddziału kozackiego, znajdują się nie tylko biura patriarchatu moskiewskiego, lecz także Patriarchy Wszechrusi, ale nigdzie nie ma tam prywatnych apartamentów głowy kościoła.

W rzeczywistości mieszka on w dość nowoczesnym budynku przy wąskiej bocznej uliczce w centrum miasta, noszącej nazwę Czistyj Pierieułok, pod numerem piątym. Wraz z patriarchą zamieszkuje tu cały duchowny personel sekretariatu, lokaj, dwóch służących i trzy gospodynie. Ponadto do dyspozycji głowy kościoła jest kierowca oraz dwóch oficerów straży kozackiej. Chyba trudno sobie wyobrazić większy kontrast pomiędzy tą siedzibą a przepychem Watykanu czy chociażby oszałamiającym pałacem patriarchy greckiego kościoła prawosławnego.

Zimą 1999 roku głową rosyjskiego kościoła był nadal Jego Świątobliwość Aleksiej Drugi, obrany dziesięć lat wcześniej, tuż przed upadkiem komunizmu. Ów pięćdziesięcioparoletni dostojnik miał niełatwe zadanie, przejął bowiem od swego poprzednika kościół oczerniony i wykpiony, w okresie największego zdeprawowania i skorumpowania społeczeństwa.

Już od pierwszych dni swych rządów Lenin, który głęboko nienawidził całego duchowieństwa, podjął energiczne działania zmierzające do wyeliminowania kościoła, widząc w nim największego rywala komunizmu do władania sercami i umysłami ciemnych mas rosyjskiego chłopstwa. Jego następcy kontynuowali to systematyczne dzieło zniszczenia, omal nie zakończone ostatecznym sukcesem.

Lecz nawet Lenin czy Stalin nie mieli odwagi nakazać całkowitego wykorzenienia duchowieństwa, obawiając się, że taki krok może spowodować ostry bunt ludności, którego nie opanuje nawet NKWD. Toteż po pierwszej fali przemocy, polegającej na paleniu cerkwi, rabowaniu kościelnych skarbów i wieszaniu diakonów, politbiuro zdecydowało się zmienić taktykę i pokonać kościół metodą jego dyskredytacji w oczach społeczeństwa.

Podjęto różnorodne działania. Przede wszystkim NKWD, a później KGB, przejęło całkowitą kontrolę nad seminariami duchownymi, z których usunięto wszystkich ludzi młodych i inteligentnych. Pozostawiono jedynie przybyszów z odległych krańców Związku Radzieckiego, na przykład z Mołdawii bądź wschodniej Syberii. Znacznemu obniżeniu uległ poziom nauczania, co musiało się odbić na ogólnym poziomie wykształcenia duchowieństwa.

Większość obiektów sakralnych po prostu zamknięto i pozostawiono na pastwę losu. Postarano się też, by te nieliczne, nadal funkcjonujące, odwiedzane były przez ludzi starszych i biednych, a więc niegroźnych dla państwa. Pozostających na służbie diakonów zmuszono, by regularnie składali meldunki organom bezpieczeństwa, a z biegiem lat uczyniono z nich informatorów donoszących na wiernych.

Jeśli ktoś chciał ochrzcić dziecko, diakon z jego parafii musiał zameldować o tym władzom, a w efekcie człowiek ten tracił swą pozycję społeczną, był na przykład wydalany ze studiów czy też jego rodzice musieli się wynieść z zajmowanego dotąd mieszkania. Niemal żaden szczegół życia obywateli nie mógł ujść uwagi wszechobecnego KGB. Jednocześnie owa sytuacja doprowadziła do tego, że przedstawiciele duchowieństwa – nawet jeśli nie współpracowali z aparatem ucisku – cieszyli się coraz mniejszym zaufaniem ludzi.

Komuniści po prostu stosowali starą jak świat politykę kija i marchewki, choć zamiast kija używali bata, a marchewka była zatruta.

Nieliczni obrońcy roli kościoła na próżno dowodzili, że prowadzona polityka musi w końcu doprowadzić do całkowitego wykorzenienia wiary, a skoro państwo nie może zaproponować niczego, co by tę wiarę zastąpiło, jednoznacznie dąży do upokorzenia całego narodu.

W takiej to sytuacji obejmował swój urząd patriarcha Aleksiej Drugi, człowiek skromny i małomówny, będący zwolennikiem ugodowej polityki wobec reżimu. Zresztą wśród biskupów także było wielu rzeczników współpracy z ateistycznymi władzami. W dodatku duchowieństwo wcale się nie cieszyło dużym zaufaniem społecznym.

Wyjątek stanowili nieliczni ,,wędrowni'' duszpasterze, nie mający własnych parafii, którzy nie bali się zastraszania i mimo licznych aresztowań oraz lat spędzanych w łagrach, uparcie wracali do wykonywania swych duchowych obowiązków. Jeszcze mniej liczni byli ci, co zamykali się w murach monastyrów i poświęcali swe życie podtrzymywaniu wiary poprzez umartwianie się i modlitwę, ale mnisi nie mieli żadnego kontaktu ze zwykłymi ludźmi.

W zamieszaniu, jakie nastąpiło po upadku komunizmu, zrodziła się wyśmienita okazja do odrodzenia kościoła, przywrócenia mu dawnego znaczenia i ponownego wyniesienia Słowa Bożego w centrum doczesnego życia tradycyjnie głęboko religijnych Rosjan.

Ale tak się nie stało. Gwałtowne nawrócenie społeczeństwa w stronę religii wykorzystały nowe odłamy kościołów, znacznie bardziej elastyczne i o wiele lepiej przygotowane do tego, by natychmiast wyjść do ludzi, dotrzeć do ich domów i miejsc pracy. Znacznie wzrosła liczba wyznawców sekty zielonoświątkowców, amerykańscy misjonarze zaczęli głosić nauki kościoła baptystów, mormonów czy adwentystów dnia siódmego. Jedyną reakcją rosyjskiego kościoła ortodoksyjnego był postulat do władz o znaczne ograniczenie liczby wiz wydawanych zagranicznym kaznodziejom.

Pojawiły się głosy, że gruntowna reforma skostniałego kościoła prawosławnego jest po prostu niemożliwa ze względu na brak odpowiednich duszpasterzy najniższego szczebla. Ci, którzy kończyli seminaria duchowne, byli ludźmi przeciętnego kalibru, posługiwali się archaicznym językiem, potrafili wygłaszać jedynie dydaktyczne mowy i nie mieli żadnego doświadczenia w kontaktach z wiernymi. Ich kazania mogły przyciągnąć uwagę tylko tych, którzy i tak żyli w wierze, a więc jedynie ludzi starszych.

Zaprzepaszczono tym dogodniejszą okazję, że nie tylko dialektyczny materializm okazał się fałszywym bóstwem, lecz także demokracja i kapitalizm nie zdołały zaspokoić cielesnych, a co dopiero mówić o duchowych potrzebach społeczeństwa. A owo ogólnonarodowe zapotrzebowanie było ogromne.

Krytycy argumentowali, że zamiast rozpocząć olbrzymią akcję misjonarską młodych duszpasterzy, którzy mieliby nawracać na wiarę i głosić Słowo Boże, przedstawiciele kościoła prawosławnego pozostali zamknięci w patriarchatach, monastyrach i seminariach, wyczekując przybycia wiernych, ci jednak wcale się z tym nie kwapili.

Po upadku komunizmu kościołowi był nad wyraz potrzebny energiczny i pełen inspiracji przywódca duchowy, w jakiego patriarcha Aleksiej Drugi nie potrafił się już przeobrazić. Jego wybór był wynikiem kompromisu między różnymi frakcjami ciągle skłóconych biskupów, w tamtych czasach sądzono bowiem, że zdoła on dalej pokierować rozbudowaną strukturą bez większych wstrząsów.

Ale mimo tragicznej sytuacji kościoła, jaką zastał ów patriarcha, i wbrew posądzeniom o brak charyzmy, Aleksiej zapoczątkował jednak pewne reformy, które i tak wymagały od niego sporej odwagi. Podjął trzy niezwykle ważne decyzje.

Przede wszystkim podzielił olbrzymią Rosję na sto diecezji, znacznie mniejszych obszarowo niż do tej pory. Pozwoliło mu to mianować wielu nowych hierarchów kościelnych z grona najmłodszych i najbardziej obiecujących adeptów seminariów duchownych, wolnych od podejrzeń o współpracę z KGB. Później zaś jął osobiście wizytować owe diecezje i tak często spotykać się z wiernymi, jak żaden z jego poprzedników.

Po drugie, skutecznie uciszył agresywne antysemickie wystąpienia metropolity petersburskiego, Johanna, jednoznacznie dając do zrozumienia, że nie będzie wśród swoich biskupów tolerował nikogo, kto zechce wyżej stawiać małostkową ludzką nienawiść od boskiego przykazania o umiłowaniu bliźniego. Johann zmarł w roku 1995, przed śmiercią jeszcze zacieklej zwalczając Żydów i Aleksieja Drugiego, ale już w gronie prywatnym.

I wreszcie rosyjski patriarcha, mimo licznej opozycji, udzielił swych osobistych gwarancji ojcu Gregorowi Rusakowi, charyzmatycznemu młodemu kaznodziei, który uparcie odmawiał zarówno objęcia własnej parafii, jak i podporządkowania się woli biskupa, na którego terenie aktualnie przebywał z misją duszpasterską. Była to precedensowa decyzja w historii rosyjskiego patriarchatu, Aleksiej wolał jednak zawrzeć pokój z niepokornym mnichem-wędrownikiem, niż narażać się na słuszny gniew ludu. Doskonale zdawał sobie bowiem sprawę, że pełne zaangażowania mowy ojca Gregora o wiele łatwiej trafiają do młodych i niewierzących, niż podobne kazania starszych kapłanów.

Pewnego wieczoru, na początku listopada 1999 roku, tuż przed północą rosyjskiemu patriarsze przeszkodzono w modlitwach, przynosząc wiadomość, że na ulicy czeka jakiś emisariusz z Londynu i usilnie doprasza się o audiencję.

Aleksiej był ubrany w prostą szarą sutannę. Podniósł się z klęczek, opuścił swoją niewielką kaplicę i wziął z rąk osobistego sekretarza list polecający.

Jak się spodziewał, w nagłówku pisma widniał emblemat diecezji londyńskiej, mającej swą siedzibę w Kensington, rozpoznał też odręczny podpis metropolity Anthony'ego. Niemniej był bardzo zdumiony, że wieloletni przyjaciel odnawia z nim kontakt w tak niecodzienny sposób.

List napisany był po rosyjsku, gdyż arcybiskup doskonale znał ten język. W kilku zdaniach Anthony prosił swego brata w Chrystusie, by zechciał porozmawiać z człowiekiem, który dostarczy ten list, w nie cierpiących zwłoki kwestiach dotyczących jego kościoła, ponieważ są to bardzo niepokojące sprawy najwyższej wagi.

Patriarcha złożył list z powrotem i spojrzał na swego sekretarza.

– Gdzie jest ten emisariusz?

– Czeka przed domem, Wasza Świątobliwość. Przyjechał taksówką.

– To osoba duchowna?

– Tak, Wasza Świątobliwość.

Aleksiej westchnął.

– Niech wejdzie. Ty możesz iść już spać. Przyjmę go w swoim gabinecie za dziesięć minut.

Sekretarz przekazał szeptem polecenie trzymającemu nocną straż kozakowi i ten otworzył drzwi wejściowe. Spojrzał z zaciekawieniem na szarą taksówkę i czekającego obok niej księdza w czarnej sutannie.

– Jego Świątobliwość przyjmie cię, ojcze – rzekł cicho.

Przybysz pospiesznie zapłacił taksówkarzowi, wszedł do domu i zajął wskazane mu miejsce w skromnym saloniku. Po dziesięciu minutach w drzwiach pokoju stanął niski, przysadzisty kamerdyner patriarchy i rzucił krótko:

– Proszę za mną.

Wprowadzono go do pokoju, który już na pierwszy rzut oka wyglądał na gabinet. Poza samotną ikoną w rogu pomieszczenia znajdowały się tu wyłącznie regały zapełnione książkami, których starannie odkurzone grzbiety połyskiwały mętnie w blasku włączonej lampki stojącej na biurku. Przy nim siedział patriarcha Aleksiej. Gestem wskazał gościowi fotel.

– Ojcze Maksymie, czy mógłbyś nam przynieść coś do picia? Napijesz się kawy, ojcze? Poproszę dwie filiżanki kawy i herbatniki. Będziesz przystępował z rana do komunii, ojcze? Tak? Ale nie ma jeszcze północy, możemy spożyć herbatniki.

Kamerdyner pospiesznie wycofał się na korytarz.

– A więc, synu, jak się miewa mój londyński przyjaciel, Anthony?

Czarna sutanna gościa, a nawet mały czarny kapelusz, który wcześniej zakrywał kręcone blond włosy, nie budziły żadnych podejrzeń patriarchy. Dziwiło go jedynie, że przybysz nie ma brody. Większość prawosławnych duchownych nosiła zarost, Aleksiej pomyślał jednak, że być może w Londynie panują nieco odmienne obyczaje.

– Obawiam się, że nie mogę odpowiedzieć na to pytanie, Wasza Świątobliwość, ponieważ w ogóle się z nim nie widziałem.

Rosyjski patriarcha przez chwilę przyglądał się gościowi ze zdumieniem, wreszcie wskazał leżące na biurku pismo.

– A ten list? Nie rozumiem...

Monk zaczerpnął głęboko powietrza.

– Przede wszystkim, Wasza Świątobliwość, muszę wyznać, że nie jestem duchownym kościoła prawosławnego. Nieprawdziwy jest także ten list od arcybiskupa Anthony'ego, chociaż papier faktycznie pochodzi z jego kancelarii, ale podpis został umiejętnie podrobiony. A jedynym celem tego wybiegu była konieczność spotkania z Waszą Świątobliwością, osobistej rozmowy w intymnym miejscu i przy zachowaniu jak najdalej posuniętej ostrożności.

Oczy patriarchy rozszerzyły się wyraźnie. Czyżby ten człowiek był szaleńcem? – przemknęło mu przez myśl. A może płatnym zabójcą? Co prawda, na dole, przy drzwiach wejściowych czuwał uzbrojony kozak, tylko czy zdążyłby tu przybiec na czas? Mimo to Aleksiej starał się zachować spokój. Uzmysłowił sobie, że za chwilę powinien wrócić kamerdyner, stwarzając mu tym samym okazję do wycofania się z kłopotliwej sytuacji.

– Proszę o wyjaśnienia – rzekł zrównoważonym tonem.

– Po pierwsze, eminencjo, jestem z pochodzenia Amerykaninem, a nie Rosjaninem. Po drugie, przybywam w imieniu grupy wysoko postawionych i wpływowych osób z zachodu, które chcą dopomóc Rosji i kościołowi, nie wyrządzając żadnych szkód. Po trzecie, przynoszę wieści, jakie zdaniem moich mocodawców Wasza Świątobliwość powinien uznać na niezwykle ważne i niepokojące. Po czwarte zaś, przyszedłem tu w poszukiwaniu pomocy i nie mam wrogich zamiarów. Wasza Świątobliwość może skorzystać z telefonu i wezwać straże, nie będę próbował się przeciwstawić. Upraszam jednak, by wcześniej eminencja zechciał łaskawie przeczytać dokumenty, które ze sobą przyniosłem.

Aleksiej zmarszczył brwi. Obcy nie wyglądał na szaleńca, miał zresztą dosyć czasu, by go zabić, gdyby o to mu chodziło. Czemu ten głupiec, Maksym, tak długo przygotowuje kawę? – myślał gorączkowo.

– Zgoda. Proszę pokazać to, co pan przyniósł.

Monk sięgnął pod klapę sutanny, wyjął dwa oprawione maszynopisy i położył je na biurku. Patriarcha podejrzliwie zerknął na kartonowe okładki, z których jedna była szara, a druga czarna.

– Czego dotyczą owe dokumenty?

– Ten w szarej okładce należy przeczytać najpierw. To raport, który udowadnia ponad wszelką wątpliwość autentyzm tego drugiego dokumentu, czarnego. Nie jest to żadna mistyfikacja ani niesmaczny żart czy jakaś przebiegła sztuczka.

– Co zatem opisuje czarny dokument?

– To potajemny, osobisty manifest niejakiego Igora Komarowa, który już wkrótce ma zostać prezydentem Rosji.

Rozległo się pukanie do drzwi. Ojciec Maksym wniósł tacę, na której stał dzbanuszek z kawą, dwie filiżanki oraz herbatniki na talerzyku. Duży zegar pod ścianą głośno wybił północ.

– Za późno. – Patriarcha westchnął ciężko. – Maksymie, pozbawiłeś mnie możliwości zjedzenia herbatnika.

– Proszę mi wybaczyć, Wasza Świątobliwość, ale kawa... Musiałem zemleć świeżej i...

– Tylko żartowałem, Maksymie. – Aleksiej ponownie zerknął na Monka. Przybysz sprawiał wrażenie nadzwyczaj sprawnego fizycznie, gdyby zjawił się tu z zamiarem popełnienia zbrodni, zapewne mógłby bez większego trudu zabić ich obu. Po chwili zwrócił się do kamerdynera: – Możesz wracać do łóżka, Maksymie. Niech Bóg ześle ci spokojny sen.

Pulchny ojciec Maksym podreptał w kierunku drzwi.

– A więc – odezwał się Aleksiej, gdy kamerdyner wyszedł na korytarz – cóż takiego zawiera ów manifest Igora Komarowa?

Ojciec Maksym przystanął na dźwięk tego nazwiska, ale zaraz szybko zamknął za sobą drzwi. Błyskawicznie rozejrzał się na boki, lecz sekretarz patriarchy zapewne spał już w swoim pokoju, a pełniące rolę gospodyń siostry zakonne nie powinny się tu pojawić jeszcze przez dłuższy czas. Kozak czuwał na dole, przy wejściu. Kamerdyner szybko przyklęknął i przyłożył ucho do dziurki od klucza.

W gabinecie panowała jednak cisza. Aleksiej, zgodnie z prośbą nieznajomego, w spokoju zapoznał się z dokumentem zatytułowanym „Weryfikacja". Monk tymczasem popijał drobnymi łyczkami kawę. Wreszcie patriarcha skończył lekturę.

– To rzeczywiście bardzo ciekawe. Dlaczego on to zrobił?

– Ten starzec?

– Tak.

– Tego nigdy się nie dowiemy. Jak pan już wie, eminencjo, został zamordowany. Raport profesora Kuźmina, który prowadził sekcję zwłok, nie zostawia żadnych wątpliwości.

– Biedny człowiek. Odmówię modlitwę za jego duszę.

– Podejrzewamy, że niektóre fragmenty manifestu do tego stopnia go zaniepokoiły, iż podjął ogromne ryzyko ujawnienia światu prawdziwych zamiarów Igora Komarowa, co ostatecznie przypłacił życiem. Czy Wasza Świątobliwość mógłby teraz przeczytać ów manifest?

Godzinę później patriarcha Moskwy i Wszechrusi odchylił się na oparcie fotela i skierował nieruchome spojrzenie w jakiś punkt ponad głową Monka.

– Nie mogę w to uwierzyć – odezwał się po dłuższej przerwie. – Tylko szatan odważyłby się planować tak przerażające rzeczy. Rosja stoi na progu trzeciego tysiąclecia władzy naszego Pana, który nie dopuściłby do urzeczywistnienia tego programu.

– Jako człowiek świątobliwy, eminencja musi także wierzyć w moce zła, prawda?

– Oczywiście.

– Jak również w to, że owe moce niekiedy przybierają ludzką postać, że wspomnę Hitlera czy Stalina?

– Jest pan chrześcijaninem, panie...

– Monk. Tak, chyba tak, choć z pewnością miernym...

– Podobnie, jak my wszyscy, maluczcy... W każdym razie nie jest panu obce chrześcijańskie pojęcie zła. Nie musi pan o to pytać.

– Pragnę zwrócić uwagę Waszej Świątobliwości, że jeśli wprowadzone zostaną w czyn zamiary względem Żydów, Czeczenów i innych mniejszości narodowych, kościół prawosławny pogrąży się znowu w mrokach średniowiecza i albo zostanie przekształcony w bezwolne narzędzie, albo również padnie ofiarą faszystowskiej tyranii, znacznie gorszej niż komunistyczna.

– O ile ten dokument jest prawdziwy.
– Za to ręczę. Nie rozpoczęto by polowania na ludzi, gdyby chodziło o mistyfikację. Szybkość reakcji pułkownika Griszyna świadczy jednoznacznie, że maszynopis musiał faktycznie zostać skradziony z biurka sekretarza Akopowa. Gdybyśmy mieli do czynienia z fałszerstwem, przywódcy USP w ogóle by nie wiedzieli o istnieniu tego manifestu. A skoro w tak krótkim czasie rozpoczęto dochodzenie, należy wnioskować, że zaginiony dokument przedstawia dla inicjatorów tej akcji ogromną wartość.
– A zatem czego pan ode mnie oczekuje, panie Monk?
– Odpowiedzi na pytanie, czy prawosławny kościół rosyjski zdobędzie się na odwagę wystąpienia przeciwko temu człowiekowi.
– Będę się o to modlił, poszukam wskazówki...
– A jeżeli dodam, że... nie jako patriarcha, lecz jako chrześcijanin, obywatel miłujący swoją ojczyznę, nie będzie miał eminencja innego wyjścia, to co wtedy?
– Wówczas postąpię tak, jak będę musiał. Lecz w jaki sposób mógłbym mu się przeciwstawić? Wynik styczniowych wyborów prezydenckich wydaje się z góry przesądzony.
Monk wstał z fotela, zebrał oba dokumenty, wsunął je z powrotem pod sutannę i sięgnął po swój kapelusz.
– Wasza Świątobliwość, niedługo przybędzie tu inny człowiek, także z Zachodu. Oto jego nazwisko. Proszę z nim porozmawiać. On przedstawi eminencji propozycje konkretnych działań.
To rzekłszy, położył na biurku wizytówkę.
– Będzie panu potrzebny samochód? – zapytał Aleksiej.
– Nie, dziękuję. Przejdę się z przyjemnością.
– Niech Bóg cię prowadzi, synu.
Kiedy Monk ruszył w stronę wyjścia, patriarcha wstał i odwrócił się do wiszącej na ścianie ikony, sprawiał wrażenie nadzwyczaj zatroskanego. Tuż przed drzwiami Jason złowił cichy szelest czyichś kroków na grubym dywanie, lecz gdy wyszedł na korytarz, nikogo w nim nie było. Kozak pełniący straż w holu na jego widok otworzył drzwi wejściowe. Po ulicy hulał silny wiatr. Monk wcisnął kapelusz głębiej na oczy, pochylił się i ruszył w kierunku hotelu „Metropol".
Jeszcze przed świtem z domu patriarchy wymknęła się niepostrzeżenie niska, przysadzista postać. Mężczyzna szybkim krokiem dotarł do pobliskiego skrzyżowania i wkroczył do foyer hotelu „Rossija". W wewnętrznej kieszeni marynarki nosił, co prawda, aparat komórkowy, wiedział jednak doskonale, że rozmowy prowadzone z płatnych automatów telefonicznych są o wiele bezpieczniejsze.
Zadzwonił do siedziby przy bulwarze Kisielnym. Telefon odebrał jeden z dyżurujących gwardzistów i po krótkiej rozmowie zgodził się przyjąć wiadomość.

– Proszę przekazać pułkownikowi, że dzwonił ojciec Maksym Klimowski. Zapisał pan? Tak, Klimowski. Proszę powiedzieć, że pracuję w prywatnej rezydencji patriarchy. Muszę się zobaczyć z pułkownikiem w pewnej bardzo pilnej sprawie. Zadzwonię jeszcze raz pod ten sam numer o dziesiątej.

Kiedy uzyskał połączenie o wyznaczonej porze, już po pierwszym sygnale odezwał się cichy, spokojny, lecz znacznie bardziej stanowczy głos.

– Słucham, ojcze. Mówi pułkownik Griszyn.

Słuchawka omal się nie wyśliznęła z powilgotniałych palców stojącego w budce telefonicznej duchownego. Na jego czole perliły się wielkie krople potu.

– Proszę posłuchać. Pan mnie nie zna, pułkowniku, ale jestem gorącym zwolennikiem Igora Komarowa. Wczorajszego wieczoru patriarchę odwiedził pewien nieznajomy mężczyzna, przywiózł jakieś dokumenty. Jeden z nich określał mianem Czarnego Manifestu... Halo! Słyszy mnie pan?

– Drogi ojcze Klimowski, chyba będzie znacznie lepiej, jeśli się spotkamy – odpowiedział cicho jego rozmówca.

ROZDZIAŁ 13

Na południowy wschód od placu Starego, przy placu Słowiańskim, stoi jedna z najmniejszych, najstarszych, a zarazem najpiękniejszych moskiewskich cerkwi. Pochodząca z trzynastego wieku – a więc z okresu, kiedy Moskwa ograniczała się w zasadzie do terenu zamkniętego wewnątrz murów Kremla – cerkiew Wszystkich Świętych na Kuliszkach była pierwotnie budowlą drewnianą. Po pożarze, na przełomie szesnastego i siedemnastego wieku, została odbudowana z kamienia i dotrwała w takim stanie aż do roku 1918.

Moskwa znana była wówczas jako „miasto dwudziestokroć-po-dwadzieścia cerkwi", gdyż rzeczywiście znajdowało się tu około czterystu świątyń. Komuniści zamknęli ponad dziewięćdziesiąt procent z nich, a trzy czwarte zniszczyli. Wśród nielicznych, jakie się ostały – nie używane, lecz nie zburzone – była także cerkiew Wszystkich Świętych na Kuliszkach.

Po upadku komunizmu, w roku 1991, rozpoczęto czteroletnią, nadzwyczaj staranną i pieczołowitą rekonstrukcję zabytku, który ostatecznie znowu udostępniono wiernym.

To właśnie tam następnego dnia po rozmowie telefonicznej zjawił się ojciec Maksym Klimowski. Nie zwracał na siebie zbytniej uwagi, ponieważ był ubrany w czarną sutannę diakona, a kilku podobnych jemu duchownych kręciło się po wnętrzu cerkwi.

Przy drzwiach kupił świecę modlitewną, zapalił ją, poszedł na prawo od wejścia i stanął pod ścianą. Można było odnieść wrażenie, że się modli, wodząc spojrzeniem po zabytkowych freskach.

Pośrodku świątyni, której ścienne malowidła i złocone zdobienia niemalże zapierały dech w piersi, odprawiający nabożeństwo diakon intonował pieśni liturgiczne, odśpiewywane przez nieliczną grupę dość biednie ubranych starszych Rosjan. Ale w prawej części budowli, w cieniu łukowato sklepionej arkady, w najbliższym otoczeniu stojącego samotnie duchownego nie było nikogo.

Ojciec Maksym nerwowo spoglądał na zegarek, jako że upłynęło już pięć minut od wyznaczonej godziny spotkania. Nie domyślał się nawet, że od dłuższego czasu był obserwowany przez kierowcę samochodu zaparkowanego po drugiej stronie placu, nie zwrócił także uwagi na trzech mężczyzn, którzy za nim weszli do cerkwi. Nie potrafił sobie wyobrazić, że ktokolwiek będzie się uważnie rozglądał, czy nie jest on śledzony. Nie miał żadnego doświadczenia w tym względzie.

W pewnej chwili usłyszał tylko czyjeś ciche kroki za plecami i poczuł, że nowo przybyły zatrzymał się tuż za nim.

– Ojciec Klimowski?

– Tak.

– Pułkownik Griszyn. Chciał mi ojciec przekazać jakieś informacje.

Maksym zerknął szybko przez ramię. Mężczyzna był wyższy od niego, szczupły, ubrany w ciemne palto. Wpatrywał się w niego uważnie. Kiedy tylko ich spojrzenia się zetknęły, Maksymowi ciarki przeszły po grzbiecie. Przez cały czas musiał sobie powtarzać, że postępuje właściwie i nie ma czego żałować. Sztywno skinął głową i przełknął ślinę.

– Najpierw wyjaśnij mi, ojcze, dlaczego zdecydowałeś się do mnie zadzwonić.

– Musi pan wiedzieć, pułkowniku, że od dawna jestem gorącym zwolennikiem Igora Komarowa. Żywię podziw dla jego śmiałych planów uzdrowienia Rosji...

– To bardzo budujące. A co się wydarzyło przedwczoraj wieczorem?

– Nieznajomy mężczyzna poprosił patriarchę o audiencję. Jestem kamerdynerem Jego Świątobliwości Aleksieja. Otóż ten nieznajomy miał na sobie czarną szatę duchowną, ale kontrastowały z nią długie blond włosy, poza tym nie nosił brody. Płynnie mówił po rosyjsku, odniosłem jednak wrażenie, że jest obcokrajowcem.

– Patriarcha spodziewał się wizyty obcokrajowca?

– Nie, i to mnie najbardziej zdumiało. Zjawił się bez zapowiedzi, w środku nocy. Byłem już w łóżku, kiedy otrzymałem polecenie wprowadzenia gościa do gabinetu i przygotowania kawy.

– Zatem patriarcha przyjął tego człowieka?

– Tak. To również było zastanawiające. Nieznajomy, który wygląda na przybysza z Zachodu, o tak późnej porze... To dziwne, że sekretarz w ogóle zechciał z nim rozmawiać. Przecież nikt tak po prostu nie przychodzi z ulicy do domu patriarchy w środku nocy... Ale ten obcy miał, jak mi się zdaje, jakiś list polecający...

– I ty podałeś do gabinetu kawę?

– Tak. Właśnie wychodziłem na korytarz, kiedy Jego Świątobliwość powiedział: „A więc cóż takiego zawiera ów manifest Igora Komarowa?"

– I to cię zaintrygowało?

– Zgadza się. Dlatego po zamknięciu drzwi zacząłem podsłuchiwać przez dziurkę od klucza.

- Bardzo mądrze. O czym rozmawiali?
- Niewiele słyszałem, bo bardzo długo panowała cisza. Kiedy zerknąłem przez dziurkę, zauważyłem, że Jego Świątobliwość coś czyta. Trwało to prawie godzinę.
- A później?
- Patriarcha wydawał się bardzo wzburzony. Nie słyszałem dokładnie jego słów, ale wspominał o planie szatana i o tym, że nasz Pan nie może dopuścić do jego realizacji. Nieznajomy w ogóle mówił bardzo cicho, w dodatku siedział tyłem do drzwi. Kilkakrotnie jednak padło określenie: „Czarny Manifest". To właśnie obcy używał tej nazwy. Po raz pierwszy słyszałem ją tuż przed tym, jak patriarcha zaczął czytać owe tajemnicze dokumenty...
- Coś jeszcze?

Nie uszło uwagi Griszyna, że mamroczący ojczulek jest okropnie zdenerwowany, jego czoło pokrywały krople potu, choć wewnątrz cerkwi panował chłód. Niemniej urywana relacja była dostatecznie logiczna, nawet jeśli wścibski kamerdyner nie rozumiał w pełni znaczenia tego, o czym mówi.

- Tak. kilkakrotnie padło w rozmowie słowo „mistyfikacja", jak również pańskie nazwisko.
- Moje?
- Owszem. Nieznajomy wspominał, że pańska reakcja była za szybka. Później rozmawiali na temat jakiegoś starca i patriarcha powiedział, że będzie się modlił za spokój jego duszy. Parokrotnie usłyszałem też słowo „zło", później zaś przybysz niespodziewanie wstał z fotela i wyszedł. Musiałem szybko uciekać z korytarza, tak więc nie miałem okazji, żeby mu się przyjrzeć. Potem usłyszałem stuk zamykanych drzwi wejściowych. I to wszystko.
- Nie widziałeś jego samochodu?
- Nie. Wyglądałem przez okno ze swojego pokoju, ale obcy oddalił się na piechotę. Natomiast wczoraj... Chyba jeszcze nigdy nie widziałem Jego Świątobliwości aż tak wzburzonego. Był bardzo blady, wiele godzin spędził w kaplicy. Tylko dlatego mogłem bezpiecznie wyjść i do pana zadzwonić. Mam nadzieję, że postąpiłem słusznie.
- Oczywiście, że postąpiłeś słusznie, mój przyjacielu. Ludzie niechętni naszej ojczyźnie prowadzą olbrzymią kampanię szerzenia oszczerstw przeciwko wielkiemu politykowi, który już wkrótce ma zostać prezydentem Rosji. Ale ty jesteś patriotą, prawda, ojcze Klimowski?
- Z tęsknotą wyczekuję tego dnia, kiedy będzie można oczyścić naszą ojczyznę z wszelkich wyrzutków i innego śmiecia, o jakim mówił pan Komarow, całej tej zagranicznej zgnilizny... Właśnie dlatego całym sercem popieram Igora Komarowa.
- Doskonale, ojcze. Możesz mi wierzyć, że zaliczasz się do tych ludzi, których Mateczce Rosji tak bardzo teraz potrzeba. Sądzę, że czeka cię

290

wspaniała przyszłość. Jeszcze jedna rzecz. Ten nieznajomy... Czy nie masz pojęcia, skąd on przyjechał?

Świeca dopaliła się niemal do końca. Parę metrów od nich przystanęło dwoje wiernych, którzy ze wzrokiem utkwionym we freskach przedstawiających postacie świętych zaczęli cicho odmawiać modlitwy.

– Nie. Wiem tylko, że odszedł na piechotę, później zaś dowiedziałem się od trzymającego straż kozaka, że przyjechał taksówką, szarą, z przedsiębiorstwa państwowego...

Ksiądz, który tuż przed północą kazał się zawieźć na Czistyj Pierieułok... Jakiś ślad tego zdarzenia powinien zostać w karcie drogowej taksówki. Tam też powinno być zapisane, skąd kierowca zabrał pasażera. Pułkownik Griszyn położył dłoń na ramieniu stojącego przed nim duchownego i lekko zacisnął palce, pokonując obrzydzenie, kiedy miękkie otłuszczone ciało ugięło się niczym gąbka pod tym dotykiem. Obrócił Klimowskiego twarzą do siebie.

– Posłuchaj mnie, ojcze. Sprawiłeś się doskonale i spotka cię za to zasłużona nagroda. Ale chciałbym czegoś więcej. Rozumiesz?

Klimowski potakująco skinął głową.

– Pragnę, byś miał oko na wszystko, co będzie się działo w domu patriarchy, byś zwracał uwagę na wszystkich gości, a zwłaszcza na wysokich rangą biskupów i obcych. Kiedy zdobędziesz dla mnie jakieś wiadomości, zadzwoń, powiedz tylko: ,,Mówi Maksym" i podaj godzinę. Spotkamy się tutaj o wyznaczonej porze. Gdybym ja chciał się z tobą skontaktować, wyślę ci przez posłańca list, zwykłą kartkę z podaną godziną spotkania. Gdybyś z jakiegoś powodu nie mógł się stawić o danej porze, również zadzwoń i podaj inną godzinę. Zrozumiałeś?

– Tak, pułkowniku. Zrobię dla pana wszystko, co będzie w mojej mocy.

– To nie ulega wątpliwości. Ja zaś się postaram, by pewnego dnia ten kraj zyskał nowego biskupa. A teraz już idź, ja wyjdę trochę później.

Pułkownik Griszyn zapatrzył się na malowidła, które od dawna uważał za zwykłe bohomazy, rozmyślał jednak o tym, czego się przed chwilą dowiedział. Oto zyskał pewność, że Czarny Manifest powrócił do Rosji. Co prawda ten głupiec w sutannie nawet nie miał pojęcia, o czym mówi, ale sens jego doniesienia nie pozostawiał żadnych wątpliwości.

A zatem, po kilku miesiącach spokoju, musiał się tu pojawić jakiś obcy agent, zaczął potajemnie odwiedzać różnych ludzi i pokazywać im tajny dokument, chociaż nie zostawiał jego kopii. Rzecz jasna, chodziło o pomnożenie szeregów politycznych wrogów Komarowa, a tym samym wpłynięcie na bieg wydarzeń w Rosji.

Bez względu na to, kto zaplanował ową akcję, wyszedł z błędnego założenia. Rosyjski kościół nie dysponował żadną władzą. Z krzywym uśmieszkiem na wargach Griszyn przypomniał sobie znane powiedzenie Stalina: ,,Ile dywizji ma na swe rozkazy papież?" Niemniej działalność tego agenta mogła im przysporzyć kłopotów.

Fakt, że przybysz nie zostawił swojemu rozmówcy kopii manifestu, mógł świadczyć o tym, że po prostu nie miał ich pod ręką. A w tej sytuacji wystarczyło go szybko odnaleźć i wyeliminować, najlepiej w taki sposób, by nikt się nie domyślił celów działań tego człowieka ani też nie zdołał poznać treści skradzionego dokumentu.

Wszystko wskazywało więc na to, że zadanie jest o wiele łatwiejsze, niż Griszyn początkowo sądził.

Nie spodziewał się też żadnych kłopotów ze strony swego nowego informatora. Wieloletnie doświadczenie pracy w kontrwywiadzie nauczyło go trafnie i szybko oceniać tego typu ludzi. Doskonale wiedział, że ojciec Klimowski jest zwykłym tchórzem, który wydałby własną babkę dla uzyskania osobistych korzyści. Nie uszedł jego uwagi błysk chciwości w oczach duchownego na wspomnienie o konieczności mianowania nowego biskupa.

I jeszcze jedno, pomyślał, uśmiechając się szerzej, kiedy mijał dwóch swoich gwardzistów stojących przy wejściu do cerkwi – trzeba będzie koniecznie poszukać wśród Młodych Bojowników jakiegoś nadzwyczaj przystojnego chłopca dla nowo zdobytego sojusznika w sutannie.

Czterej zamaskowani napastnicy działali szybko i sprawnie. Kiedy w końcu uciekli z dyspozytorni, dyrektor moskiewskiego przedsiębiorstwa taksówkowego zaczął się poważnie zastanawiać, czy w ogóle warto o tym zdarzeniu informować milicję. W ogarniętej bezprawiem stolicy nawet najlepsi oficerowie dochodzeniowi nie mieli większych szans odnaleźć bandytów, nie było zresztą ważniejszych powodów, żeby wszczynać jakiekolwiek dochodzenie. Nie chciało mu się tracić kilku dni na wypełnianie formularzy i składanie zeznań, skoro nic nie zostało skradzione i nikt poważniej nie ucierpiał wskutek tego napadu, a sprawa w komendzie i tak miała trafić na półkę w archiwum.

Napastnicy błyskawicznie wtargnęli do biur na parterze budynku, zamknęli za sobą drzwi i zaciągnęli zasłony w oknach, po czym zaczęli się domagać rozmowy z dyrektorem przedsiębiorstwa. Byli uzbrojeni, toteż nikt nie odważył się im przeciwstawić, wychodząc z założenia, że jest to napad rabunkowy. Kiedy zaś on się zjawił w dyspozytorni, przystawiono mu lufę pistoletu do głowy i rozkazano dostarczyć karty drogowe taksówek sprzed trzech dni.

Przywódca bandy pospiesznie przejrzał wpisy na kartach, aż w końcu chyba znalazł ten, który ich interesował. Dyrektor nie mógł tego wszystkiego obserwować, gdyż kazano mu uklęknąć na podłodze twarzą do ściany, ale wyłowił z pobieżnej wymiany zdań, że chodziło o kurs, jaki odbył się tuż przed północą.

– Który kierowca ma numer służbowy pięćdziesiąt dwa? – spytał ostrym tonem przywódca bandytów.

– Nie wiem – odparł szybko przestraszony dyrektor, kiedy zaś otrzymał lekkie uderzenie kolbą pistoletu w skroń, dodał pospiesznie: – Spis pracowników znajduje się w sejfie.

Został zmuszony do ujawnienia danych personalnych kierowców, przy czym sam zdążył się przekonać, że numer pięćdziesiąt dwa nosi niezbyt dobrze mu znany Wasyl, mieszkający na przedmieściach Moskwy.

Przywódca bandy wyrwał kartę drogową z segregatora, a następnie oznajmił stanowczo, że jeśli przyjdzie mu do głowy po ich wyjściu powiadomić telefonicznie Wasyla, oni postarają się dla niego o przeniesienie z gabinetu dyrektorskiego do ciasnej drewnianej trumny. Po tym napastnicy wyszli z budynku.

Zdenerwowany dyrektor wrócił do swego pokoju, zażył tabletkę aspiryny i pomyślał o Wasylu. Jeśli ten głupek odważył się zadzierać z mafią, to w pełni zasłużył sobie na odwiedziny zamaskowanych napastników. Nie miał bowiem żadnych wątpliwości, że kierowca w jakiś sposób obraził kogoś ważnego czy też towarzyszącą mu kobietę. W tych czasach w Moskwie, stwierdził z goryczą, jeśli chce się przeżyć, nie wolno zadzierać z ludźmi noszącymi przy sobie broń. On dobrze wiedział, jak należy postępować, żeby przeżyć, toteż odegnał od siebie posępne myśli, przysunął sobie papiery i wrócił do przerwanej pracy.

Wasyl siedział właśnie przy spóźnionym posiłku, złożonym z ciemnego chleba i kiełbasy, kiedy rozległ się dzwonek do drzwi. Po chwili jego żona z pobladłą twarzą weszła do kuchni, a za nią wkroczyło dwóch mężczyzn z czarnymi kominiarkami zakrywającymi twarze i pistoletami w dłoniach. Wasyl tak szeroko rozdziawił usta ze zdziwienia, że ugryziony kawałek kiełbasy wypadł na stół.

– Jestem biednym człowiekiem, nie mam... – zaczął błagalnym tonem.

– Zamknij się! – warknął opryskliwie jeden z napastników, podczas gdy drugi pchnął jego żonę na wolne krzesło.

Wasyl z ociąganiem spojrzał na podetkniętą mu pod nos kartkę.

– Pracujesz w stołecznym przedsiębiorstwie taksówkowym i masz numer służbowy pięćdziesiąt dwa?

– Tak, ale mówię szczerze...

Napastnik dłonią w czarnej rękawiczce wskazał mu wpis na jego karcie drogowej wyszarpanej z segregatora.

– Trzy dni temu tuż przed północą wiozłeś klienta na Czistyj Pierieułok. Kto to był?

– A skąd mam wiedzieć?

– Nie próbuj nas przechytrzyć, koleś, bo gorzko tego pożałujesz. Lepiej sobie przypomnij.

Wasyl zamyślił się głęboko.

– Duchowny – podpowiedział zamaskowany bandyta.

– A, tak, już pamiętam. Czistyj Pierieułok, taka wąska uliczka... Aż musiałem sprawdzać na planie miasta. Kazał mi czekać dziesięć minut, dopiero później zapłacił za kurs.

– Opisz tego człowieka.

– Średniego wzrostu, średniej budowy ciała, czterdziestoparoletni. No... Pop, oni wszyscy wyglądają tak samo. Nie, zaraz, ten nie miał brody.

– Obcokrajowiec?

– Chyba nie. Dobrze mówił po rosyjsku.

– Widziałeś go kiedyś przedtem?

– Nie.

– A później?

– Też nie. Zaproponowałem nawet, że zaczekam na niego i odwiozę z powrotem, ale on odparł, że nie wie, jak długo mu tam zejdzie. Posłuchajcie, jeśli coś mu się przydarzyło, to ja nie miałem z tym nic wspólnego. Po prostu zawiozłem popa na miejsce, poczekałem dziesięć minut...

– Skąd go zabrałeś?

– Z „Metropolu" oczywiście. To moje stałe miejsce, nocami zawsze dyżuruję na postoju przed hotelem.

– Zbliżył się chodnikiem czy wyszedł z hotelu?

– Wyszedł z hotelu.

– Jesteś pewien?

– Tak. Byłem wtedy pierwszy na postoju i stałem przy drzwiach wozu. Nocami trzeba mieć się na baczności, żeby jakiś łobuz nie minął kolejki i nie podebrał klienta. Dlatego stałem przy drzwiach i obserwowałem wejście hotelu, mając nadzieję, że pojawi się jakiś turysta. I wtedy wyszedł ten pop w czarnej sutannie i kapeluszu. Pamiętam, że pomyślałem wtedy: a cóż ten ojczulek porabiał w „Metropolu"? A on spojrzał wzdłuż szeregu taksówek i podszedł prosto do mnie.

– Był sam? Może ktoś mu towarzyszył?

– Nie, był sam.

– Podał swoje nazwisko?

– Nie, wymienił tylko adres, pod który mam go zawieźć. Zapłacił gotówką, w rublach.

– Rozmawialiście w czasie drogi?

– Nie padło ani jedno słowo. Rzucił tylko nazwę ulicy, jechaliśmy w milczeniu. Potem wysiadł i kazał mi zaczekać. A po dziesięciu minutach, jak już mówiłem, wrócił i zapytał: „Ile?" To wszystko. Posłuchajcie, panowie. Przysięgam, że nie tknąłem go nawet palcem...

– Możesz jeść dalej – rzucił napastnik, wtykając mu trzymaną w ręku kiełbasę prosto w nos, po czym odwrócił się i obaj wyszli.

Griszyn w skupieniu wysłuchał raportu. Nie przywiązywał zbytniej wagi do faktu, że podejrzany duchowny wyszedł z „Metropolu" o wpół do dwunastej w nocy. Równie dobrze mógł tam mieszkać, jak i przebywać u kogoś z wizytą czy nawet wejść do hotelu tylnymi drzwiami i wyjść od frontu na ulicę. Należało to jednak sprawdzić.

Pułkownik miał do dyspozycji kilku informatorów pracujących w moskiewskiej komendzie głównej milicji. Najważniejszym był major zajmujący wysokie stanowisko w prezydium, a najbardziej użytecznym kierownik archiwum. Ale do tego zlecenia pierwszy z nich był nazbyt wysoko w hierarchii, drugi zaś w ogóle nie wychylał nosa zza swoich zakurzonych papierzysk. Najlepiej nadawał się do tego inspektor z wydziału zabójstw, Dymitr Borodin.

Milicjant wkroczył do hotelu tuż przed zachodem słońca i zażądał spotkania z menedżerem, Austriakiem, przebywającym w Moskwie już od ośmiu lat. Okazał mu swoją legitymację służbową.

– Wydział zabójstw? – zdumiał się tamten. – Mam nadzieję, iż żadnemu z moich gości nie przytrafiło się nic złego.

– O ile mi wiadomo, to nie. Prowadzę rutynową kontrolę – odparł Borodin. – Chciałbym zobaczyć spis gości mieszkających w hotelu przed dwoma dniami.

Menedżer wrócił do swego biurka, usiadł przed komputerem i wystukał na klawiaturze jakieś polecenie.

– Życzy pan sobie wydruk? – zapytał.

– Tak, wolałbym mieć to na papierze.

Kiedy otrzymał żądaną listę, pobieżnie przebiegł ją wzrokiem. Sądząc po nazwiskach, wśród sześciuset gości hotelowych niewielu było Rosjan, składali się na nich głównie przybysze z kilkunastu krajów Europy Zachodniej, Stanów Zjednoczonych i Kanady. „Metropol" należał do drogich hoteli, dlatego też korzystali z niego głównie turyści i biznesmeni. Borodin miał sprawdzić, czy na liście nie znajdzie wpisu „ojciec" poprzedzającego nazwisko, ale nigdzie go nie zauważył.

– Czy zatrzymywał się tu ostatnio jakiś duchowny kościoła prawosławnego? – zapytał.

Menedżer popatrzył na niego ze zdumieniem.

– Nic mi na ten temat nie wiadomo... To znaczy... Chciałem powiedzieć, iż żaden duchowny od dawna nie meldował się w hotelu.

Borodin jeszcze raz przejrzał nazwiska gości, ale nie dostrzegł niczego podejrzanego.

– Będę musiał zatrzymać tę listę – oznajmił po chwili i pożegnał się szybko.

Menedżer przyjął jego odejście z radością.

Dopiero następnego ranka Griszyn znalazł czas, żeby zapoznać się z wydrukowaną listą gości hotelowych. Kilka minut po dziesiątej jeden z pracowników ochrony siedziby USP wkroczył do gabinetu pułkownika, niosąc zamówioną przez niego kawę, i ujrzał swego szefa bardzo pobladłego i roztrzęsionego.

Zapytał pospiesznie, czy nic mu nie dolega, ale został odesłany lekceważącym ruchem ręki. Po jego wyjściu Griszyn spojrzał na swoje dłonie spoczywające na brzegu biurka, jakby w ten sposób chciał powstrzymać ich drżenie. Lecz w tym celu musiałby opanować targającą nim wściekłość, a wiedział doskonale, że znajduje się na granicy utraty panowania nad sobą.

Nazwisko obcego agenta znalazł mniej więcej w połowie długości trzeciej strony wydruku. Był nim amerykański naukowiec, doktor Philip Peters.

Znał to nazwisko, od dziesięciu lat przechowywał je w pamięci. Właśnie wtedy odnalazł je na liście turystów zagranicznych sporządzonej przez wydział kontroli granicznej dawnego Wydziału Drugiego KGB na podstawie napływających z ministerstwa spraw zagranicznych wniosków wizowych. Znalazł je nawet dwukrotnie i za każdym razem miał okazję przyjrzeć się fotografii dołączonej do wniosku. Głęboko wrył mu się w pamięć wygląd szpiega: kręcone jasne włosy i ciemne okulary przeciwsłoneczne, których zadaniem wcale nie było korygowanie osłabionego wzroku naukowca.

W celach podziemi lefortowskiego więzienia wymachiwał tym zdjęciem przed nosem Krugłowa, a następnie profesora Blinowa, i obaj potwierdzili, że jest to ten sam mężczyzna, który potajemnie spotykał się z nimi, z pierwszym w salach Muzeum Sztuki Orientalnej, z drugim zaś wewnątrz soboru we Władimirze.

Wielokrotnie przysięgał sobie w duchu, że jeśli jeszcze kiedykolwiek ów agent ukrywający się pod pseudonimem Philipa Petersa przekroczy granice Rosji, będzie musiał drogo zapłacić za swoje wcześniejsze czyny.

I oto teraz Amerykanin wrócił. Po dziesięciu latach doszedł do wniosku, że jego bezgraniczne zuchwalstwo nie zostanie ukarane, może więc ponownie wtargnąć na terytorium znajdujące się pod kontrolą Anatolija Griszyna.

Wstał zza biurka, podszedł do regału i zaczął przerzucać stare dokumenty. Wreszcie znalazł właściwą teczkę i wyciągnął z niej kopię dawnej fotografii, pochodzącą jeszcze z akt personalnych CIA dostarczonych przez Aldricha Amesa. Po zakończeniu działalności komisji „Mnich" znajomy z Wydziału Pierwszego przekazał Griszynowi tę teczkę na pamiątkę, choć dla niego była to pamiątka pełna goryczy. Zachował jednak dokumenty przez te wszystkie lata.

Na zdjęciu widniała twarz znacznie młodszego agenta, ale jego spojrzenie było równie twarde. Wspólną cechę stanowiły również kręcone blond włosy, gdyż na tym zdjęciu Jason Monk nie miał ani siwych wąsów, ani ciemnych okularów. Nie ulegało jednak wątpliwości, że jest to ten sam człowiek.

Griszyn pospiesznie przeprowadził dwie rozmowy telefoniczne, upewniając się, że jego rozmówcy dokładnie zrozumieją, iż nie będzie tolerował żadnej zwłoki. Informatorowi pracującemu w kontroli granicznej na lotnisku Szeremietiewo kazał dostarczyć wszelkie informacje dotyczące daty przybycia agenta, trasy lotu rejsowego i ewentualnej daty wyjazdu z Rosji. Borodin zaś otrzymał polecenie powtórnego odwiedzenia „Metropolu" i sprawdzenia, kiedy doktor Peters się zameldował, czy nadal mieszka w hotelu i czy jest obecnie w swoim pokoju.

Jeszcze przed południem uzyskał żądane informacje. Peters przyleciał samolotem linii British Airways z Londynu przed siedmioma dniami, jeśli zaś opuścił już kraj, to na pewno nie przekraczał granicy na lotnisku Szeremietiewo. Borodin przekazał wiadomość, że pokój na nazwisko Petersa został zarezerwowany przez renomowane londyńskie biuro podróży wczesnym rankiem tego samego dnia, kiedy Amerykanin przyleciał do Rosji, ten zaś od tamtej pory nie wychodził z zajmowanego pokoju numer osiemset czterdzieści jeden.

Śledczy okazał swoje zaniepokojenie zdumiewającym faktem, że paszportu Petersa nie ma w biurze hotelu, choć przez cały okres pobytu gościa zagranicznego powinien być przechowywany w sejfie. Żaden z pracowników recepcji nie umiał mu wyjaśnić, jakim sposobem paszport zniknął z biura.

Ale Griszyna nawet to nie zdziwiło, doskonale wiedział, jaką siłę oddziaływania ma w Moskwie banknot studolarowy. Założył więc, że paszport Petersa został już zniszczony, a Monk posługuje się obecnie jakimiś innymi dokumentami. Zapewne nikt nie zwracał na niego większej uwagi w goszczącym sześciuset obcokrajowców hotelu, mógł zatem w dowolnej chwili się stamtąd wynieść, nie płacąc rachunku. Po prostu zniknąć bez śladu. A zarząd hotelu i tak by przebolał tę stratę.

– Jeszcze jedno – oznajmił Borodinowi, który zadzwonił do niego z „Metropolu". – Zdobądź duplikat klucza do pokoju Petersa i powiedz dyrektorowi, że jeśli piśnie o tym Amerykaninowi choć słówko, nie ochroni go żaden immunitet i spędzi dziesięć lat w kopalni soli. Możesz go nastraszyć dowolną, wymyśloną na poczekaniu bajeczką.

Griszyn ocenił jednak, że nie jest to robota dla jego gwardzistów. Zbyt łatwo można było ich rozpoznać, a efektem planowanej przez niego akcji mógł być stanowczy protest ambasady amerykańskiej. Postanowił zatem obarczyć winą za incydent zwykłych kryminalistów. Ponadto wiedział doskonale, że specjaliści z mafii „Dołgorukiego" potrafią dokonywać mistrzowskich włamań.

Wieczorem tego samego dnia – po kilku próbach telefonicznego skontaktowania się z lokatorem pokoju osiemset czterdzieści jeden, które potwierdziły, że doktora Petersa nie ma w hotelu – dwaj mężczyźni zakradli się do jego pokoju, otworzywszy drzwi duplikatem klucza. Ich trzeci wspólnik zajął posterunek w fotelu na końcu korytarza, by w każdej chwili móc ostrzec kolegów, gdyby lokator pojawił się w zasięgu wzroku.

Dokonano szczegółowego przeszukania, ale nie znaleziono niczego ciekawego: ani paszportu, ani aktówki, ani jakichkolwiek dokumentów. Monk musiał wszystko zabrać ze sobą. Po krótkim czasie włamywacze wyszli z pokoju, nie zostawiając żadnych śladów swej działalności.

Nie zauważyli jednak uchylonych lekko drzwi jednego z pokojów po przeciwnej stronie korytarza. Mieszkający tam od niedawna Czeczen obserwował całą ich akcję, a kiedy wyszli, przekazał telefonicznie wiadomość.

Dokładnie o dwudziestej drugiej Jason Monk wkroczył do hotelowego lobby, starając się sprawiać wrażenie człowieka wycieńczonego długim, wyczerpującym dniem, który marzy jedynie o kąpieli i pójściu do łóżka. Szerokim łukiem ominął recepcję, ostentacyjnie trzymając w dłoni klucz z plastikowym znaczkiem hotelowym, i skierował się prosto do windy. Zarówno główne jak i tylne wejście było obstawione, każde z nich obserwowało po dwóch mężczyzn. Na jego widok szybko porozumieli się wzrokiem. Dwaj Rosjanie pospiesznie wsiedli do drugiej windy, dwaj pozostali pobiegli na górę schodami.

Po wyjściu z windy Monk przebiegł korytarzem i zapukał do drzwi znajdujących się naprzeciwko. Ze środka ktoś podał mu walizkę i z nią Amerykanin wszedł do pokoju numer osiemset czterdzieści jeden. Śledzący go Rosjanie wyszli z windy w samą porę, by dostrzec zamykające się za nim drzwi. Niedługo później dwaj następni wynurzyli się z klatki schodowej. Nastąpiła krótka wymiana zdań. Po chwili dwaj zajęli posterunek obserwacyjny w fotelach przy szybie windowym, skąd mieli widok na cały korytarz, natomiast pozostali zjechali na dół, żeby przekazać meldunek.

O wpół do jedenastej z pokoju naprzeciwko wyszedł jakiś mężczyzna, minął ich obojętnie, ściągnął windę i zjechał do holu. Nie zwrócili na niego większej uwagi, gdyż nie był to ich obiekt.

Kwadrans przed jedenastą zadzwonił telefon w pokoju Monka. Ktoś ze służby hotelowej zapytał, czy nie trzeba mu przynieść świeżych ręczników. Ten jednak odparł, że ich nie potrzebuje, podziękował uprzejmie i odłożył słuchawkę.

Wykorzystując zawartość walizki, Monk pospiesznie skończył wszystkie przygotowania. O jedenastej wyszedł na wąski balkon i zamknął za sobą przeszklone drzwi, a ponieważ nie mógł od zewnątrz przekręcić zamka, przytwierdził je do ramy kilkoma kawałkami taśmy samoprzylepnej.

Następnie przywiązał do poręczy koniec wytrzymałej liny, którą był dotąd owinięty w pasie, i ostrożnie opuścił się po niej na balkon znajdującego się niżej pokoju siedemset czterdzieści jeden. Szybko przeskoczył kilka barierek dzielących wspólny balkon na sekcje, aż stanął przed drzwiami prowadzącymi do pokoju siedemset trzydzieści trzy.

Dziesięć minut po dwudziestej trzeciej zajmujący ten pokój szwedzki biznesmen leżał nagi na łóżku i oglądał film pornograficzny, kiedy zelektryzowało go głośne stukanie w szybę okna.

Zerwał się przerażony, niezbyt wiedząc co robić, zaraz jednak owinął się w pasie ręcznikiem, po czym wyłączył magnetowid. Uchylił zasłonkę i ku swemu zdumieniu ujrzał na balkonie obcego mężczyznę, dającego mu znaki przez szybę, aby otworzył drzwi. Skrajnie osłupiały Szwed sięgnął do klamki, tamten zaś śmiało wkroczył do pokoju i z uśmiechem rzekł po angielsku, z wyraźnym akcentem południowca ze Stanów Zjednoczonych:

– Jestem ci niezmiernie wdzięczny, przyjacielu. Pewnie się zastanawiasz, co porabiałem na twoim balkonie?

Biznesmen tylko skinął głową, nie mogąc wykrztusić ani słowa.

– Otóż wyobraź sobie, przyjacielu, że stała się najdziwniejsza rzecz pod słońcem. Zajmuję sąsiedni pokój i wyszedłem właśnie na balkon, żeby zapalić sobie przed snem cygaro, bo nie chciałem dymić w pokoju, kiedy nagle przeciąg zatrzasnął za mną drzwi. Mocowałem się z nimi przez chwilę, aż w końcu przyszło mi do głowy, że nie ma innego wyjścia, jak przeskoczyć barierkę, skorzystać z twojej uprzejmości i tą drogą przedostać się na korytarz.

Na zewnątrz było dość zimno, pechowy amator cygara miał na sobie płaszcz, w ręku trzymał aktówkę, wieczorem nie wiał nawet najmniejszy wiatr, a drzwi balkonowe po prostu nie mogły się same zatrzasnąć, ale osłupiały Szwed nie zwrócił uwagi na te szczegóły. Niespodziewany gość, bez przerwy mamrocząc na zmianę słowa przeprosin i podziękowania, przeszedł przez jego pokój i otworzył drzwi na korytarz, wreszcie, życząc mu udanego wieczoru, zniknął z oczu biznesmena.

Szwed otrząsnął się po paru sekundach. Starannie zamknął drzwi wejściowe, następnie balkonowe, zaciągnął z powrotem zasłonkę, zrzucił ręcznik, ponownie włączył magnetowid i powrócił do przerwanej rozrywki.

Monk, przez nikogo nie zauważony, przeszedł korytarzem siódmego piętra, zbiegł po schodach i tylnymi drzwiami wyszedł na ulicę, gdzie przy krawężniku czekał już Magomed w swoim volvo.

O północy, posługując się wytrychem, do pokoju siedemset czterdzieści jeden włamali się trzej mężczyźni, którzy przynieśli ze sobą walizkę. Spędzili w środku dwadzieścia minut, po czym wyszli z hotelu.

O czwartej nad ranem gmachem wstrząsnęła eksplozja. Jak wykazało dochodzenie, zdetonowana została bomba zegarowa, z wielką wprawą umieszczona tuż pod sufitem w pokoju siedemset czterdzieści jeden. Milicyjni specjaliści ustalili, że ładunek znajdował się na szczycie piramidy utworzonej z hotelowych sprzętów, dokładnie pod łóżkiem stojącym piętro wyżej w bliźniaczym pokoju numer osiemset czterdzieści jeden.

Pokój na ósmym piętrze został doszczętnie zniszczony. Łóżko, materac i pościel przemieniły się w bezładny stos szczap drewna, metalowych sprężyn oraz fragmentów tkaniny. W całym pokoju grubą warstwą zalegał puch i poszarpane kawałki pianki z materaca. A pod nią, wśród elementów porozbijanych mebli, okruchów szkła z lustra, lamp i żyrandola, odkryto ludzkie kości.

Na miejsce wypadku wezwano aż cztery karetki pogotowia, ale szybko pozostał tylko jeden zespół lekarski, gdyż nie było kogo ratować, jeśli nie liczyć konieczności uspokojenia trojga rozhisteryzowanych mieszkańców piętra, na którym nastąpił wybuch. Ale ponieważ żaden z roztrzęsionych gości nie znał rosyjskiego, a nikt z sanitariuszy nie mówił po angielsku, i tę sprawę wkrótce zostawiono w rękach dyrektora hotelu, tym bardziej że nie trzeba było nikomu opatrywać ran.

Przyjechała także straż pożarna, lecz strażacy sprawdzili tylko pobieżnie, że w obu zdemolowanych pokojach nie ma zarzewia ognia, jedynie wszystko jest pokryte białym nalotem utlenionego materiału wybuchowego, po czym odjechali. Wiele pracy miała natomiast ekipa dochodzeniowa milicji, a jej głównym zadaniem stało się zbieranie różnorodnych szczątków do wykonania analiz laboratoryjnych.

Z ramienia wydziału zabójstw akcją kierował, wyznaczony przez samego majora z prezydium komendy głównej, śledczy Borodin. Już pobieżne oględziny miejsca zbrodni przekonały go, iż z mieszkańca pokoju na ósmym piętrze pozostały jedynie fragmenty kości, a w podłodze widnieje poszarpana dziura mająca ponad metr średnicy. Znalazł jednak coś ciekawego w łazience.

W chwili wybuchu jej drzwi musiały być zamknięte, gdyż rozerwane kawałki płyty pilśniowej zaścielały całą kabinę prysznicową. Runęła nawet część cienkiej ścianki oddzielającej łazienkę od pokoju.

Wśród gruzów ocalała jednak aktówka, choć była poobijana, osmalona i mocno podrapana. Ale jej zawartość pozostała nienaruszona. Wszystko wskazywało na to, że mieszkaniec pokoju ukrył przedstawiającą dużą wartość teczkę w bezpiecznym jego zdaniem miejscu, czyli w kącie pod ścianą, między sedesem a bidetem. Mimo że z poszarpanych rur przez dłuższy czas lała się woda, dokumenty w aktówce były prawie całkiem suche. Toteż Borodin rozejrzał się błyskawicznie, czy nikt na niego nie patrzy, i szybko schował je pod kurtką mundurową.

Oba dokumenty znalazły się na biurku Griszyna wraz z poranną kawą. Jak bardzo jedna noc potrafi odmienić nastrój człowieka, pomyślał pułkownik, spoglądając na nie z satysfakcją. Jednym z nich był obłożony w czarny karton rosyjski maszynopis, który Griszyn szybko zidentyfikował jako oryginał wykradzionego Czarnego Manifestu, drugim zaś amerykański paszport wystawiony na nazwisko Jasona Monka.

– Łajdak przyjechał z dwoma paszportami – mruknął do siebie pułkownik. – Przekroczył granicę, posługując się pierwszym, a drugi chciał zapewne wykorzystać podczas wyjazdu z Rosji. Tyle tylko, że nie będzie mu już dane stąd wyjechać.

Tego samego dnia zaszły jeszcze dwa inne zdarzenia, na które nikt nie zwrócił baczniejszej uwagi. Po południu na lotnisku w Szeremietiewie wysiadł z samolotu rejsowego z Londynu pewien brytyjski turysta, posługujący się paszportem wystawionym na nazwisko Briana Marksa. A dwaj inni Anglicy, podróżujący luksusowym volvo, przekroczyli granicę fińską.

Oficer kontroli paszportowej na lotnisku potraktował Marksa jak jednego z setek zachodnioeuropejskich turystów, nie znających ani słowa po rosyjsku. Przybysz przeszedł jednak bez żadnych kłopotów odprawę bagażową, przed halą przylotów wsiadł do taksówki i kazał się zawieźć do centrum Moskwy.

Wysiadł na ruchliwym skrzyżowaniu, zapłacił za kurs, następnie zaś – upewniwszy się starannie, że nie jest śledzony – poszedł pieszo do stojącego na uboczu podrzędnego hoteliku, w którym miał zarezerwowany pokój jednoosobowy.

W sprawdzonej dokładnie deklaracji dewizowej wyszczególnił pewną sumę wwożonych do Rosji funtów szterlingów – ponieważ był zobowiązany okazać je przy wyjeździe bądź też przedstawić rachunek z banku państwowego potwierdzający wymianę funtów na ruble – oraz podlegających identycznemu rozliczeniu czeków podróżnych. Co zrozumiałe, nie wymienił w niej banknotów studolarowych, których grube pliki miał przyklejone z tylnej strony ud, od pośladków aż po kolana.

W rzeczywistości wcale nie nazywał się Marks, co więcej, dowcipny fachowiec przygotowujący mu fałszywe dokumenty z trudem powstrzymał się od użycia imienia Carl, żeby aluzja do Karola Marksa nie była zbyt wyraźna. Naprawdę był to ten sam biegle władający rosyjskim komandos, którego sir Nigel Irvine wcześniej, bo we wrześniu, wysłał do Rosji z misją rekonesansową.

Rozpakowawszy bagaże w hotelu, mężczyzna ten niezwłocznie przystąpił do realizacji różnych zadań, jakimi go obarczono. Najpierw w renomowanej firmie z Europy Zachodniej wynajął samochód i zaczął dokładnie penetrować wybrane uliczki Woroncowa, daleko wysuniętego na południe przedmieścia Moskwy.

Przez dwa dni – z dłuższymi przerwami, żeby nie zwracać na siebie niczyjej uwagi – szczególnie uważnie obserwował tylko jeden budynek w tej okolicy: długą, pozbawioną okien halę o ścianach z cegły, przed którą w ciągu dnia niemal bez przerwy zajeżdżały ciężarówki.

Nocami zaś kontynuował obserwację, chodząc tam i z powrotem po ulicy, zawsze trzymając w ręku opróżnioną do połowy butelkę wódki. Kiedy napotykał jakiegoś spóźnionego przechodnia, zaczynał się zataczać i nawoływać coś bełkotliwie, przez co osiągał pożądany efekt – ludzie omijali go z daleka, uważając za zwykłego pijaka.

Wyniki tych obserwacji okazały się nadzwyczaj pomyślne. Otaczająca teren wokół budynku siatka nie stanowiła poważniejszej przeszkody. Wszystkie wrota wychodzące na rampę załadunkową były na noc zamykane, ale z boku hali znajdowały się niewielkie drzwi zabezpieczone żelazną sztabą z kłódką. Po zapadnięciu zmroku terenu pilnował tylko jeden strażnik, który od czasu do czasu robił obchód wokół budynku. Krótko mówiąc, Marks zaklasyfikował tę halę jako łatwy obiekt.

W dawnym Porcie Południowym nad rzeką Moskwą zostało zorganizowane olbrzymie targowisko używanych samochodów, gdzie za gotówkę można było kupić niemal każdy model – przeważnie kradziony na Zachodzie – od najgorszego wraka po luksusową limuzynę. Tam właśnie Anglik zdobył komplet autentycznych rosyjskich numerów rejestracyjnych oraz różne potrzebne narzędzia, nie wyłączając dużych ciężkich szczypiec do cięcia blachy.

Na bazarze w centrum miasta kupił kilkanaście tandetnych, lecz działających zegarków elektronicznych, duży zapas baterii, zwoje cienkich miedzianych przewodów oraz taśmę izolacyjną. Upewnił się jeszcze, że o dowolnej porze dnia i nocy znajdzie drogę do wyznaczonego obiektu, kilkakrotnie bowiem pokonał ją różnymi trasami. W końcu wrócił do hotelu i podjął oczekiwanie na swoich kolegów podróżujących samochodem z Sankt Petersburga.

Spotkanie z Ciaranem i Mitchem nastąpiło w barze MacDonalda przy ulicy Twerskiej, z niewielkim tylko opóźnieniem, jako że tamci musieli jechać dość wolno, lecz dotarli do celu bez większych przygód.

W pewnym garażu w południowej części Londynu ich samochód został naszpikowany dość niecodziennym ładunkiem. Oba przednie nowoczesne koła volvo zostały zastąpione oponami starego typu, wewnątrz których znajdowały się nadmuchiwane dętki, a w każdej z nich umieszczono setki centymetrowej średnicy elastycznych kulek z semteksu, plastycznego materiału wybuchowego. Dopiero po tej operacji dętki naciągnięto na obręczach i napompowano.

W trakcie wielogodzinnej podróży materiał wybuchowy – nadzwyczaj odporny, eksplodujący jedynie po umieszczeniu w nim tradycyjnego zapalnika z piorunianem rtęci – rozgrzany do stosunkowo wysokiej temperatury, stopił się i pokrył cienką warstwą całą wewnętrzną powierzchnię każdej dętki. Właśnie dlatego samochód zjechał z promu na ląd nie w Helsinkach, a w Sztokholmie, w związku z czym obaj Szkoci musieli wcześniej pokonać długą trasę wokół zatoki Botnickiej. Natomiast same zapalniki przywieźli ukryte w pudełku hawańskich cygar – sądząc po naklejce, kupionych na promie, ale faktycznie spreparowanych jeszcze w Londynie.

Ciaran i Mitch zameldowali się w innym hotelu, wieczorem zaś pojechali z Brianem na rozległe tereny Portu Południowego, gdzie w spokoju zdjęli oba przednie koła volvo i zamontowali na ich miejsce inne, przezornie przywiezione w bagażniku auta. Nikt nie zwrócił na nich uwagi, jako że moskiewscy złodzieje samochodów bardzo często wykorzystywali nie używane betonowe nabrzeża dawnego portu na miejsce demontażu swoich łupów. Zaledwie parę minut zajęło trzem Anglikom spuszczenie powietrza z kół, ściągnięcie dętek i wyjęcie z nich semteksu, który przeładowali do torby podróżnej. Po zakończeniu pracy wrócili do śródmieścia.

Kawałki zniszczonych dętek Brian powyrzucał do kilku różnych koszy na śmieci w centrum miasta, a w tym czasie Ciaran i Mitch zajęli się przygotowywaniem całego sprzętu.

Kilogram materiału wybuchowego podzielili na dwanaście porcji, mających w przybliżeniu rozmiary paczki papierosów. Każdy ładunek został uzbrojony zapalnikiem połączonym przewodami z baterią za pośrednictwem obwodów zegarka elektronicznego, a gotowe bomby starannie owinięto taśmą izolacyjną.

– Dzięki Bogu, że nie musimy się babrać w tym rybackim gównie – mruknął Mitch, kiedy przystępowali do pracy.

Używali semteksu-H, najszerzej chyba stosowanego plastycznego materiału wybuchowego produkcji czeskiej. W epoce komunizmu technologię jego wytwarzania rozwinięto do tego stopnia, że uzyskiwano środek całkowicie bezwonny, przez co stał się on ulubionym materiałem wybuchowym terrorystów. Ale zaraz po dojściu do władzy Vaclava Havla przywódcy państw zachodnich wymogli na nim zmianę technologii. Do materiału wybuchowego specjalnie zaczęto dodawać silnie cuchnącą substancję, żeby plastik można było bez trudu wykryć podczas transportu. A ponieważ substancja ta przypominała zapachem nadpsute ryby, wśród specjalistów semteks zyskał miano „rybackiego gówna".

Niemniej w połowie lat dziewięćdziesiątych rozpoczęto produkcję niezwykle czułych analizatorów par związków organicznych, które umożliwiały nawet detekcję bezwonnego materiału wybuchowego. Ale rozgrzana guma wydziela bardzo intensywny własny zapach, stąd też dwaj Szkoci mogli bezpiecznie przewieźć przez kilka granic semteks ukryty we wnętrzu dętek samochodu. Prawdę mówiąc, sir Nigel Irvine szczególnie się obawiał tej właśnie części planu, tym bardziej że volvo nie zostało poddane żadnym testom jako środek transportu plastiku, lecz Ciaran i Mitch wzięli na siebie pełną odpowiedzialność za bezpieczne dotarcie autem do celu podróży.

Napad na drukarnię został zorganizowany sześć dni po tym, jak pułkownik Griszyn otrzymał oryginał Czarnego Manifestu wraz z paszportem Jasona Monka.

Za kierownicą tego samego volvo, wyposażonego już w fabrycznie nowe koła i zaopatrzonego w rosyjskie tablice rejestracyjne, usiadł tym razem Brian, ponieważ znał rosyjski i mógł się porozumieć z milicjantami, gdyby zostali zatrzymani przez patrol.

Zaparkowali wóz o trzy przecznice od obiektu i resztę drogi pokonali pieszo. Wielkie nożyce do blachy błyskawicznie poradziły sobie ze starą siatką ogrodzenia na tyłach budynku. Trzej mężczyźni, pochyleni nisko ku ziemi, pokonali biegiem dwadzieścia metrów otwartej przestrzeni i ukryli się w głębokim cieniu obok pustych beczek po farbie drukarskiej.

Piętnaście minut później zza rogu budynku wyłonił się strażnik robiący obchód terenu. Kiedy mijał zgromadzone beczki, doleciało go zza nich głośne pochrapywanie. Obrócił się szybko i poświecił latarką w tamtym kierunku. Ku swemu zdumieniu ujrzał jakiegoś pijaka śpiącego w najlepsze pod ścianą hali i przyciskającego do piersi opróżnioną butelkę po wódce.

Nie zdążył się nawet zastanowić, którędy ów pijak mógł wejść na ogrodzony teren, ponieważ ruszając w jego stronę, nie zauważył dwóch postaci w czarnych kombinezonach, jakie wyłoniły się zza beczek za jego plecami, przy czym jedna z nich wzięła szeroki zamach trzymanym w ręku kawałkiem grubego ołowianego kabla. Strażnik poczuł jedynie silny cios w potylicę, przed oczyma na krótko pokazały mu się gwiazdy i zaraz pochłonęła go ciemność.

Brian pospiesznie skrępował strażnika, owijając mu kolana i nadgarstki paroma warstwami taśmy izolacyjnej, po czym zakleił mu usta. Tymczasem Ciaran i Mitch przecięli nożycami skobel kłódki zamykającej sztabę. Po otwarciu bocznych drzwi wciągnęli nieprzytomnego strażnika do środka, ułożyli go pod ścianą i zamknęli tylne wejście.

W gigantycznej hali paliły się tylko pojedyncze lampy rozmieszczone wysoko między kratownicą podtrzymującą dach, wewnątrz panował więc półmrok. Znaleźli się w części zastawionej ogromnymi rolami papieru i beczkami farby drukarskiej, ale całą przestrzeń pośrodku pomieszczenia zajmowały te właśnie maszyny, które ich interesowały: trzy olbrzymie walcowe drukarskie prasy offsetowe.

Domyślali się jednak, że gdzieś we frontowej części drukarni musi czuwać drugi strażnik, zapewne siedzący w ogrzewanej przeszklonej budce i oglądający telewizję bądź czytający gazetę. Brian ruszył na palcach między prasami, by się nim zająć. Kiedy wrócił po kilku minutach, zajął stanowisko przy tylnym wyjściu, aby pilnować bezpiecznej drogi odwrotu.

Ciaran i Mitch doskonale znali konstrukcję stojących przed nimi maszyn drukarskich. Były to prasy amerykańskie, pochodzące z fabryki Bakera-Perkinsa, do których nie sposób było znaleźć części zamiennych na obszarze Rosji. Ich naprawa wymagała zatem dostarczenia nowych elementów drogą morską z Baltimore do Sankt Petersburga, jako że gigantyczne ramy nośne nie zmieściłyby się nawet w kadłubie boeinga 747, nie mogły być więc przetransportowane samolotem.

Wcześniej, udając fińskich wydawców rozważających możliwość zakupu nowych maszyn firmy Baker-Perkins, wprosili się na wizytę w zakładach drukarskich w Norwich w Wielkiej Brytanii, gdzie stosowano takie same prasy. Później zaś pewien emerytowany pracownik drukarni, za godziwą zapłatą, wtajemniczył ich we wszelkie niezbędne szczegóły konstrukcyjne tychże maszyn.

Ich właściwy cel stanowiły cztery elementy pras. Każda maszyna czerpała papier z gigantycznej roli, a zarówno podajniki jak i mechanizm zawieszenia roli na głównej ramie były tak skonstruowane, żeby umożliwić automatyczne załadowanie nowej roli bez konieczności zatrzymywania prasy, a tym samym uzyskać ciągłość wydruku. Stąd też ich podstawowym celem stały się właśnie te mechanizmy wymiany papieru.

Ciaran zaczął pospiesznie rozmieszczać ładunki w wybranych wcześniej miejscach, które miały zapewnić, że po wybuchu podajniki nie będą się nadawały do naprawy.

Mitch zajął się z kolei mechanizmami dozowania farby. Stosowane tu prasy umożliwiały druk czterokolorowy, a uzyskanie właściwego efektu końcowego zapewniał nadzwyczaj precyzyjny układ dawkowania różnych farb pobieranych z czterech niezależnych zbiorników i rozprowadzanych na czterech oddzielnych matrycach offsetowych. To także były szczególnie czułe elementy maszyn drukarskich, którymi musieli się pieczołowicie zająć.

Pozostałe ładunki wybuchowe zostały rozmieszczone na głównych ramach nośnych pras oraz pod obciągniętymi specjalną gumą pośrednimi wałkami drukarskimi.

W sumie zajęło im to dwadzieścia minut. Dochodziła pierwsza w nocy, kiedy Mitch stuknął Ciarana w ramię i pokazał mu zegarek. Wszystkie zapalniki bomb ustawili wcześniej na godzinę pierwszą trzydzieści. Pięć minut później wyszli z hali i wywlekli za sobą strażnika – teraz już przytomnego, lecz nadal skrępowanego. Nie przejmowali się tym, że człowiek zmarznie na zewnątrz, w każdym razie tu nic nie zagrażało jego życiu. Drugi strażnik, przebywający w budce, także był bezpieczny, ponieważ Brian ułożył go płasko na podłodze.

Dziesięć minut po pierwszej wszyscy trzej zajęli miejsca w volvo i odjechali. O wpół do drugiej byli już za daleko, żeby słyszeć stłumione odgłosy wybuchów, głośne trzaski pękających elementów konstrukcyjnych i huk, z jakim role papieru z podajników oraz zbiorniki na farbę drukarską spadały na betonową podłogę hali.

W rzeczywistości eksplozje były tak ciche, iż żaden z mieszkańców Woroncowa nie został nawet wyrwany ze snu. Rwetes powstał dopiero wtedy, kiedy strażnikowi zostawionemu pod ścianą hali udało się wstać, skokami dotrzeć do głównej bramy drukarni i jakimś sposobem wdusić umieszczony tam przycisk systemu alarmowego.

Rozwiązani przez milicjantów strażnicy wezwali telefonicznie kierownika drukarni. Ten zjawił się na miejscu o wpół do czwartej nad ranem i z autentycznym przerażeniem zaczął oceniać straty. Następnie powiadomił Borysa Kuzniecowa.

Szef propagandy Unii Sił Patriotycznych przyjechał do Woroncowa o piątej i z równym przerażeniem wysłuchał szczegółowej relacji kierownika drukarni. O siódmej powiadomił telefonicznie pułkownika Griszyna.

O tej porze oba wykorzystywane przez Anglików samochody stały już porzucone na tyłach placu Maneżowego. Brian wyszedł z założenia, że milicja szybko odnajdzie w centrum miasta auto z wypożyczalni. Volvo natomiast zostawili otwarte, z kluczykami w stacyjce, mając nadzieję, że jeszcze przed wschodem słońca padnie łupem złodziei. I tak też się stało.

Trzej byli komandosi siedzieli w tym czasie przy śniadaniu w obskurnym barze na lotnisku, a godzinę później zajęli miejsca na pokładzie samolotu odlatującego do Helsinek.

Mniej więcej wtedy, kiedy przelatywali nad granicą rosyjsko-fińską, rozwścieczony pułkownik Griszyn zjawił się w Woroncowie, aby osobiście obejrzeć pokiereszowane maszyny drukarskie. Przez całą drogę powtarzał sobie w duchu, że autorzy zamachu będą musieli drogo za to zapłacić, a wszyscy ich informatorzy i pomocnicy także odpokutują za popełnione przestępstwo, kiedy jednak wkroczył do hali, błyskawicznie ocenił doświadczonym okiem, że była to robota fachowców i bardzo trudno będzie wpaść na ich trop.

Kuzniecow był załamany. Już od dwóch lat w każdą sobotę ilustrowany magazyn *Probudis'!*, ukazujący się w nakładzie pięciu milionów egzemplarzy, przybliżał czytelnikom szczegóły polityki Igora Komarowa. Podobną rolę spełniał miesięcznik *Rodina*. To on sam wpadł na pomysł wydawania całkowicie niezależnej prasy, w pełni finansowanej z funduszy USP.

Owe dwa czasopisma, w których obok tekstów propagandowych nie mniejszą rolę odgrywały prościutkie rozrywki umysłowe z nadzwyczaj kuszącymi nagrodami oraz intymne wyznania bohaterów reportaży, odgrywały zasadniczą rolę w szerzeniu poglądów lidera prawicowej koalicji i przysparzaniu mu rosnącej popularności.

– Kiedy możemy wznowić produkcję? – zapytał w końcu kierownika drukarni.

Tamten wzruszył ramionami.

– Jak dostaniemy nowe maszyny. Tych nie da się już naprawić. Najwcześniej za dwa miesiące...

Kuzniecow pobladł jeszcze bardziej. Nie powiadomił dotąd Komarowa o zamachu. Utwierdzał się w przekonaniu, że winę za to ponosi Griszyn, który nie zapewnił drukarni należytej ochrony. Ale spokoju nie dawała mu myśl, że w najbliższą sobotę nie ukaże się *Probudis'!*, a w przyszłym tygodniu nie będzie zapowiadanego specjalnego numeru *Rodiny*. Oba tytuły mogły się znowu pojawić najwcześniej za dziesięć tygodni, a przecież już za osiem miały się odbyć wybory prezydenckie.

Nie było to również pomyślne przedpołudnie dla śledczego Borodina, chociaż rano zjawił się w stołecznej komendzie przy Pietrowce w wyśmienitym nastroju.

Dobry humor nie opuszczał go przez cały ubiegły tydzień, co nie uszło uwagi jego kolegów, nikt jednak nie potrafił sobie tego wyjaśnić. W gruncie rzeczy powód był bardzo prosty. Dostarczenie pułkownikowi Griszynowi dwóch tajnych dokumentów po tajemniczym zamachu bombowym w hotelu „Metropol" przyniosło Borodinowi nadzwyczaj wysoką premię pieniężną.

Nie zdradził się jednak przed nikim, że dalsze prowadzenie śledztwa w sprawie zamachu bombowego nie ma większego sensu. W hotelu rozpoczęto już prace remontowe, sprawcy zamachu byli zapewne obcokrajowcami, którzy zniknęli bez śladu, nie zidentyfikowany obywatel amerykański zginął na miejscu, nie istniała zatem nawet najmniejsza poszlaka umożliwiająca dochodzenie. Niepokoiła go jedynie ta myśl, że gdyby wcześniej wiedział, iż jego małe prywatne śledztwo wykonywane na zlecenie samego Griszyna w jakimś stopniu przyczyni się do zabicia ofiary, zapewne nie zechciałby mieć z tym wszystkim cokolwiek wspólnego.

Pocieszał się jednak, że już za dwa miesiące Igor Komarow zostanie nowym prezydentem Rosji, a wówczas drugim najbardziej wpływowym człowiekiem stanie się pułkownik Griszyn i ten z pewnością odpowiednio wynagrodzi starania tych wszystkich, którzy wcześniej udzielili mu pomocy.

W komendzie aż wrzało od plotek o tajemniczym zamachu bombowym na drukarnię USP. Borodin włączył się do dyskusji, wyrażając stanowczo pogląd, że musi się za tym kryć jakaś komunistyczna bojówka Ziuganowa bądź też gang działający na zlecenie mafii, a motywy zamachu powinny być dla wszystkich oczywiste. Dalsze wywody przerwał mu dzwonek telefonu.

– Borodin? – zapytał nie znany mu głos.

– Tak, śledczy Borodin przy aparacie.

– Mówi Kuźmin.

Inspektor zmarszczył brwi, wytężając pamięć, lecz nie mógł sobie przypomnieć tego nazwiska.

– Kto?

– Profesor Kuźmin z laboratorium medycyny sądowej przy Drugim Instytucie Medycznym. Czy to nie pan przesłał mi do analizy szczątki ofiary zamachu bombowego w „Metropolu"? Na formularzu widnieje pański podpis.

– Ach, tak, to ja prowadzę tę sprawę.

– Więc proszę przyjąć do wiadomości, że jest pan skończonym głupcem.

– Słucham?!

– Skończyłem właśnie pierwsze oględziny domniemanych szczątków ofiary znalezionych w pokoju hotelowym. Mówiąc szczerze, musiałem je najpierw oddzielić od szczap drewna i kawałków szkła, których badanie raczej nie leży w mojej gestii – parsknął poirytowany patolog.

– O co panu chodzi, profesorze? – spytał zdumiony Borodin. – Dostał pan do badania szczątki zabitego człowieka, zgadza się?

Przez chwilę w słuchawce panowała cisza, wreszcie Kuźmin odpowiedział głosem roztrzęsionym ze złości:

– Tak, przyznaję, że otrzymałem ludzkie szczątki. Gdyby ten człowiek nadal poruszał się o własnych siłach, zapewne nie trafiłby do kostnicy.

– W takim razie nadal nie rozumiem, o co chodzi. Od wielu lat pracuję w wydziale zabójstw i uważam, że tego typu szczątki są niezaprzeczalnym dowodem czyjejś śmierci.

Ponownie zaległa cisza. Nie ulegało wątpliwości, że wzburzony profesor za wszelką cenę stara się nad sobą zapanować. Po chwili odpowiedział chłodnym, rzeczowym tonem, niemal cedząc przez zęby:

– Problem polega na tym, Borodin, że należałoby postawić pytanie, czyjej śmierci są one dowodem.

– To oczywiste, amerykańskiego turysty, który mieszkał w tym pokoju. Dostarczono panu jego kości.

– Owszem, dostarczono kości... panie śledczy Borodin! – Słowo śledczy wypowiedziane zostało takim tonem, jakby Kuzniecow chciał zasugerować, iż ma do czynienia z osobnikiem niezdolnym nawet do odnalezienia pisuaru, jeśli zostanie pozbawiony psa przewodnika. – Ale ja na pańskim miejscu szukałbym w hotelu także fragmentów różnych tkanek, mięśni, chrząstek, ścięgien, skóry, włosów, paznokci, jakichś wnętrzności... nie wyłączając z tego co najmniej kilku gramów szpiku kostnego. A co pan mi przysłał? Kości! Po prostu worek nagich kości!

– Nie pojmuję... Coś nie w porządku z tymi kośćmi?

Profesor nie zdołał się jednak opanować i wybuchnął tak, że Borodin gwałtownym ruchem musiał odsunąć słuchawkę od ucha.

– Nie! Z tymi cholernymi kośćmi jest wszystko w porządku! Są po prostu wspaniałe! Co najmniej tak samo wspaniałe, jak przed dwudziestu laty, bo na tyle właśnie szacuję przybliżony czas śmierci tego człowieka! Przez cały czas usiłuję wtłoczyć do pańskiego kurzego móżdżku, że ktoś sobie zadał niemały trud wysadzenia w powietrze szkieletu, zwykłej anatomicznej pomocy naukowej, którą nawet najgłupszy student medycyny trzyma w kącie pokoju!

Borodin osłupiał, rozdziawiwszy usta, zaraz jednak się opanował i zapytał:

– Więc to nie amerykański turysta przebywał w tym pokoju?

– Na pewno nie było go tam w chwili wybuchu bomby – rzucił ze złością Kuźmin. – Nawiasem mówiąc, kto mieszkał w tym pokoju?

– Nie wiem... Jakiś amerykański naukowiec.

– Ach, rozumiem. Intelektualista, kolega po fachu... Gdyby go pan znalazł, proszę przekazać, że spodobało mi się jego poczucie humoru. Do kogo mam wysłać raport?

W tej sytuacji Borodin nie miał najmniejszej ochoty, by ktokolwiek zauważył deprymujące sprawozdanie na jego biurku. Bez namysłu wymienił nazwisko majora z prezydium stołecznej komendy milicji.

Ten otrzymał raport jeszcze tego samego dnia po południu i natychmiast przekazał telefonicznie wiadomość pułkownikowi Griszynowi. Niestety, nie otrzymał za to premii.

Do zmroku Anatolij Griszyn zmobilizował gigantyczną armię zaufanych mu ludzi oraz informatorów. Tysiące odbitek fotografii Jasona Monka, wyrwanej z jego paszportu, zostało rozprowadzonych między członkami Czarnej Gwardii i Młodymi Bojownikami, którzy wysypali się na ulice Moskwy w poszukiwaniu obcego agenta. Przeznaczone na tę akcję środki, jak też liczba zaangażowanych ludzi, znacznie przewyższały te, jakie poświęcono na odnalezienie Leonida Zajcewa.

Odbitki zdjęcia rozdano także wszystkim przywódcom klanów mafii „Dołgorukiego". Zaalarmowano wszelkie wtyczki w milicji oraz służbach celnych. Za schwytanie przestępcy obiecano nagrodę w wysokości stu miliardów rubli, co mimo niskiej wartości pieniądza i tak stanowiło sumę zatykającą dech w piersi.

Niemalże każda budowla w stolicy zyskała nagle oczy i uszy, nie było takiego miejsca, gdzie Amerykanin mógłby się ukryć, jak tłumaczył Griszyn Igorowi Komarowowi. Jego szpiedzy mieli na oku każde moskiewskie podwórko i każdy zaułek, wszelkie możliwe kryjówki większe od mysiej dziury, obserwowali nawet bezdomnych żebraków. Jeśli Monk nie zamknął się na głucho na terenie ambasady amerykańskiej, skąd i tak nie mógł już im szkodzić, wkrótce powinien zostać odnaleziony.

Pułkownik niewiele się pomylił. Istniał jednak pewien obszar całkowicie niedostępny dla Rosjan: pilnie strzeżony teren pozostający pod kontrolą organizacji czeczeńskiej.

Jason Monk był tu całkiem bezpieczny. Zamieszkał w niewielkim lokalu nad sklepikiem z przyprawami korzennymi, ochranianym bezpośrednio przez Magomeda, Asłana i Szarifa, a pośrednio przez całą armię ludzi, na których nikt nie zwracał większej uwagi, a którzy z daleka wyławiali obcych na ich terenie Rosjan i błyskawicznie przekazywali sobie tylko zrozumiałe ostrzeżenia.

Monk wcześniej nawiązał jednak drugi kontakt.

ROZDZIAŁ 14

Spośród wszystkich rosyjskich oficerów, pełniących jeszcze służbę czy emerytowanych, pod względem prestiżu wręcz nie miał sobie równych generał Nikołaj Nikołajew.

Mimo swoich siedemdziesięciu trzech lat, na kilka dni przed siedemdziesiątymi czwartymi urodzinami, imponował wszystkim kondycją. Miał sto osiemdziesiąt pięć centymetrów wzrostu i chodził wyprostowany jak struna, a całkiem siwe włosy, twarz pobrużdżona zmarszczkami od ciągłego wystawiania jej na uderzenia wiatru oraz charakterystyczne gęste szczeciniaste wąsy, które zdawały się niczym dwie szczotki sterczeć na jego górnej wardze, jednoznacznie wyróżniały generała w każdym gronie.

Według powszechnej opinii powinien był zaraz po odejściu na emeryturę uzyskać awans do stopnia marszałka, ale na przeszkodzie temu stanął zwyczaj mówienia różnym politykom prawdy prosto w oczy.

Podobnie jak Leonid Zajcew, którego – choć generał nie mógł tego pamiętać – kiedyś przyjaźnie poklepał po ramieniu w koszarach niedaleko Poczdamu, pochodził z zachodniej Rosji, z okolic Smoleńska. Był jednak o jedenaście lat starszy od Zająca, urodził się w roku 1925 w rodzinie inżyniera.

Ciągle pamiętał pewien dzień z wczesnej młodości, kiedy to przechodził wraz z ojcem obok cerkwi, a jakiś starzec na ich widok chyba się zapomniał i uczynił znak krzyża. Zapytał wtedy ojca, co to miało oznaczać, ale nie uzyskał odpowiedzi. Zdumiony i przestraszony ojciec nakazał mu jedynie nikomu nie mówić o tym dziwnym zdarzeniu.

Były to czasy, kiedy inny sowiecki młodzieniec został okrzyknięty bohaterem za to, że złożył w NKWD doniesienie na swoich najbliższych, oskarżając ich o działalność antypaństwową. Oboje rodzice zmarli w łagrze, syn natomiast został wydźwignięty do rangi symbolu dającego swą postawą przykład dla innych.

Ale młody Kola bardzo kochał swego ojca i nigdy nikomu nie zdradził, co im się przytrafiło. Dopiero po latach poznał sens ujrzanych wówczas gestów, przyjął jednak powtarzane przez nauczycieli twierdzenie, że wiara służy wyłącznie ogłupianiu narodu.

Miał piętnaście lat, kiedy dwudziestego drugiego czerwca 1941 blitzkrieg runął z zachodu. W ciągu miesiąca Smoleńsk padł pod nawałą niemieckich czołgów, a tysiące takich jak on chłopaków wyruszyło na tułaczkę w głąb Rosji. Jego rodzice nie zdołali uciec i nigdy ich już więcej nie zobaczył.

Był jednak silny i mocno zbudowany, mógł więc godzinami nieść swoją dziesięcioletnią siostrzyczkę w czasie tej drogi liczącej setki kilometrów. Pewnego dnia zdołali wskoczyć do pociągu zmierzającego na wschód, którym przewożono zdemontowane maszyny z zagrożonej fabryki czołgów w bezpieczne rejony pod Uralem.

Zziębnięte i głodne dzieci dotarły na dachu wagonu towarowego aż do Czelabińska leżącego u podnóży gór, gdzie fabryka zwana „Tankogradem" została pospiesznie odbudowana.

Nie było czasu na kontynuowanie nauki. Galina znalazła się w sierocińcu, Kola podjął pracę w fabryce. Spędzili tam niemal dwa lata.

Zimą 1942 roku Rosjanie ponieśli ogromne straty w ludziach i sprzęcie, najpierw pod Charkowem, później pod Stalingradem. Rosyjska taktyka działań zbrojnych była nadzwyczaj prosta, ale wyniszczająca. Nie zawracano sobie głowy długotrwałym i żmudnym szkoleniem żołnierzy, po prostu posyłano tysiące ludzi i czołgów wprost na lufy Niemców, nie dbając o ewentualne straty. W historii rosyjskiej wojskowości tego typu działania miały długoletnią tradycję.

„Tankograd" zmuszony był wytwarzać coraz więcej maszyn, robotnicy pracowali po szesnaście godzin i sypiali przy swoich stanowiskach. Produkowano wówczas seryjnie czołgi typu KW1, nazwane tak na cześć marszałka Klimenta Woroszyłowa, całkowicie pozbawionego wojskowych talentów, ale będącego jednym z faworytów Stalina. Była to maszyna ciężka i mało zwrotna, lecz stanowiła w tamtych czasach podstawowe wyposażenie jednostek pancernych.

Wiosną 1943 roku Rosjanie silnie wzmocnili obronę na środkowym odcinku frontu, nazwanym później Łukiem Kurskim, liczącym około dwustu pięćdziesięciu kilometrów długości i wrzynającym się na głębokość stu pięćdziesięciu kilometrów w linię nacierających Niemców. W czerwcu tegoż roku siedemnastoletni Nikołajew otrzymał rozkaz odstawienia partii czołgów typu KW1 na zachód. Miał nadzorować ich transport oraz wyładunek na bocznicy kolejowej na tyłach frontu, po czym wrócić do Czelabińska. Wywiązał się ze swego zadania, poza ostatnim jego elementem.

Nowe czołgi stały już w szeregu wzdłuż bocznicy, kiedy na stacji zjawił się dowódca jednostki, dla której były przeznaczone. Pułkownik –

zadziwiająco młody, bo zaledwie dwudziestopięcioletni – przyjechał brudny, nie ogolony i skrajnie wyczerpany.

– Brakuje mi mechaników! – wrzasnął na kierownika transportu, po czym spojrzał na mocno zbudowanego młodzieńca o potarganych włosach koloru lnu.

– Potraficie kierować tymi przeklętymi maszynami?

– Tak, towarzyszu pułkowniku, ale ja muszę wracać do „Tankogradu".

– Nic z tego. Jeśli umiecie nimi kierować, to zostaliście właśnie zaciągnięci do wojska.

Pociąg odjechał na wschód, a szeregowy Nikołaj Nikołajew, przebrany pospiesznie w drelichowy kombinezon, znalazł się za drążkami czołgu zmierzającego w długiej kolumnie do wsi Prochorowka. Wielka bitwa o Kursk rozpoczęła się dwa tygodnie wcześniej.

Bitwa ta na stałe przeszła do historii pod tą nazwą, ale w rzeczywistości był to szereg pojedynczych, zaciekłych i krwawych starć, jakie miały miejsce na całej długości Łuku Kurskiego i trwały przez dwa miesiące. Kiedy walki wreszcie dobiegły końca, miało się okazać, że była to największa bitwa jednostek pancernych w historii wojen. Po obu stronach brało w niej udział ponad sześć tysięcy czołgów, cztery tysiące samolotów i dwa miliony żołnierzy. I właśnie ta bitwa raz na zawsze zadała kłam twierdzeniu, że niemieckie armie pancerne są niezwyciężone. Otworzyła też drogę do wielkiej rosyjskiej kontrofensywy.

W tym czasie niemieckie armie pancerne uzbrajano w tygrysy, hitlerowską cudowną broń wyposażoną w przeraźliwie skuteczne działo kalibru 88 milimetrów, dla którego przeciwpancernych pocisków wręcz nie było przeszkody nie do pokonania. Sowieckie KW1 miały znacznie mniejsze działa kalibru 76 milimetrów, chociaż w partii dostarczonej przez Nikołajewa zamontowano już znacznie ulepszone modele ZIS-5, odznaczające się większym zasięgiem rażenia.

Dwunastego lipca Rosjanie przystąpili do kontrataku, a jego kluczowym punktem na linii frontu była właśnie wieś Prochorowka. Kiedy w czasie trwania bitwy z kompanii, do której pospiesznie wcielono Nikołajewa, pozostało już tylko sześć maszyn, jej dowódca zauważył grupę pięciu niemieckich czołgów – jak mu się zdawało, typu Mark IVs – i dał rozkaz do ataku. Zaledwie ich tyraliera minęła płaski grzbiet i zaczęła zjeżdżać w płytką dolinkę, na jej przeciwległym krańcu pojawiły się hitlerowskie maszyny.

Młody pułkownik błędnie ocenił typ czołgów przeciwnika, gdyż były to tygrysy. Błyskawicznie rozprawiły się z sześcioma KW1 rosyjskiej kompanii.

Maszyna Nikołaja została trafiona dwukrotnie. Pierwszy pocisk trafił w bok, rozerwał gąsienicę i wybił dużą dziurę w wieżyczce. Kola, który siedział nisko w przedziale mechanika, poczuł jedynie silny wstrząs, a czołg stanął w miejscu. Drugie trafienie otrzymali znacznie niżej, w podwozie, skutkiem czego KW1 przekoziołkował na pochyłości zbocza, lecz stanął z powrotem na kołach. Impet uderzenia był jednak tak silny, że ludzie w wieżyczce zginęli.

Z pięcioosobowej załogi ocalał jedynie Nikołajew. Poobijany, zakrwawiony i wstrząśnięty starał się wydostać ze stalowego sarkofagu, wypełnionego duszącymi oparami ropy spływającej po rozgrzanym metalu. Z trudem zdołał odsunąć na bok tarasujące mu przejście ciała zabitych. Starał się nie patrzeć na zwłoki dowódcy i celowniczego, ze strumykami krwi ściekającymi z kącików ust, nosa i uszu. Ale przez dziurę w boku wieżyczki dostrzegł oddalające się tygrysy, omywane czarnym dymem z płonącego sąsiedniego KW1.

Ku swemu zaskoczeniu stwierdził, że działo wciąż nadaje się do użytku. Wyciągnął z przegrody pocisk przeciwpancerny, załadował go do komory i zatrzasnął zamek. Nigdy przedtem tego nie robił, ale niejednokrotnie widział w akcji swoich kolegów, choć do obsługi działa potrzebnych było dwóch ludzi. Powstrzymując silne mdłości, jakie odczuwał po uderzeniu w głowę, i lekceważąc coraz intensywniejszą woń wyciekającej ropy, naprowadził armatę na cel, przytknął oko do peryskopowego celownika optycznego i wymierzył w najbliższego tygrysa, oddalonego zaledwie o trzysta metrów.

Na jego szczęście Niemcy nie jechali tyralierą, toteż gdy pocisk unieruchomił ostatni czołg, załogi pozostałych czterech nawet tego nie zauważyły. Nikołajew załadował ponownie, odnalazł kolejny cel i wypalił. Tym razem jego pocisk trafił w nasadę wieżyczki, wskutek czego tygrys eksplodował. Równocześnie gdzieś w dole, niemal pod stopami Nikołajewa, rozlane paliwo ze stłumionym hukiem stanęło w płomieniach. Ogień jął się błyskawicznie rozprzestrzeniać, a pozostałe trzy tygrysy, których dowódcy zrozumieli wreszcie, że stali się celem ostrzału z tyłu, poczęły zawracać. Kola zdążył jednak załadować jeszcze działo i trafić trzeciego tygrysa w boczny pancerz. Dwie ocalałe maszyny ruszyły wprost na niego i wtedy właśnie Nikołajew po raz pierwszy w życiu stanął oko w oko ze śmiercią.

Dał nura w płomienie, rzucił się do przedziału mechanika, odblokował boczny właz i wyśliznął się na zewnątrz, zanim niemiecki pocisk rozerwał wieżyczkę, w której on przed chwilą stał przy armacie. Pociski KW1 zaczęły eksplodować. Przesiąknięty ropą kombinezon Nikołaja także zajął się ogniem, ten więc bez namysłu począł się tarzać w wysokiej trawie.

Nie mógł tego widzieć, lecz tymczasem na szczycie grzbietu pojawiło się dziesięć rosyjskich ciężkich czołgów typu SU 152. Na ich widok dwa ocalałe tygrysy rzuciły się do ucieczki w kierunku przeciwległego krańca dolinki, ale tylko jeden zdołał tam dotrzeć i skryć się za zboczem wzgórza.

Po jakimś czasie na wpół przytomny Nikołaj poczuł, że ktoś go podnosi z ziemi. Zaraz jednak wyprężył się na baczność przed starszym pułkownikiem. W kotlince było czarno od dymu palących się maszyn, sześciu rosyjskich i czterech niemieckich. Wokół jego czołgu stały trzy zniszczone tygrysy.

– To wasze dzieło? – zapytał pułkownik.

Do ogłuszonego Nikołajewa ledwie docierały jego słowa. W uszach mu dzwoniło, zbierało się na wymioty. Smętnie pokiwał głową.

– Chodźcie ze mną – rozkazał pułkownik.

Tuż za szczytem grzbietu czekał odkryty łazik. Musieli pokonać aż dziesięć kilometrów, zanim w końcu dotarli do polowego punktu dowodzenia. Przed głównym namiotem stał tu długi stół założony mapami, wokół którego naradzało się kilkunastu wysokich rangą oficerów. Pułkownik zatrzymał wóz, wysiadł, podszedł do tej grupy i zasalutował. Kola dostrzegł wśród oficerów generała.

Z przedniego siedzenia auta obserwował z zainteresowaniem, jak pułkownik rozmawia z oficerami, zerkającymi w jego stronę. Wreszcie jeden z nich przywołał go ruchem ręki. Pełen obaw, że otrzyma naganę za umożliwienie ucieczki dwóm niemieckim czołgom, wysiadł z łazika i ruszył powoli w kierunku stołu. Kombinezon miał porwany, a twarz poczerniałą od dymu, czuł bijącą od siebie woń ropy i prochu.

– Trzy tygrysy? – spytał z niedowierzaniem generał Paweł Rotmistrow, głównodowodzący Pierwszej Gwardyjskiej Armii Pancernej. – Od tyłu? Ze zniszczonego KW1?

Nikołaj czuł się jak idiota, stał na baczność i milczał.

Po chwili generał się uśmiechnął i obrócił w stronę niewysokiego, pucołowatego oficera o świńskich oczkach, noszącego insygnia komisarza politycznego.

– Moim zdaniem taki czyn zasługuje na odznaczenie.

Tamten sztywno skinął głową. Nie ulegało wątpliwości, że towarzysz Stalin zaakceptuje jego decyzję. Z namiotu szybko dostarczono oklejone płótnem pudełko i Rotmistrow przypiął do piersi siedemnastoletniego żółtodzioba order Bohatera Związku Radzieckiego. Komisarz polityczny armii – nie kto inny, jak sam Nikita Chruszczow – jeszcze raz z uznaniem pokiwał głową.

Nikołaj Nikołajew otrzymał rozkaz stawienia się w szpitalu polowym, gdzie zadrapania na jego rękach i twarzy posmarowano jakimś cuchnącym płynem, później zaś zgłosił się ponownie do głównodowodzącego armii. Pospiesznie zwołana komisja polowa nadała mu stopień porucznika i mianowała dowódcą plutonu czołgów. Kola wrócił na front z oddziałem trzech nowych KW1.

Jeszcze tej zimy, gdy wiele kilometrów za Kurskiem ścigali wycofujące się czołgi hitlerowców, Nikołajew uzyskał awans na kapitana i został dowódcą kompanii nowego typu maszyn, nadesłanych prosto z jego macierzystej fabryki. Na cześć Józefa Stalina nosiły oznaczenie IS-II i były wyposażone w potężne działo kalibru 122 milimetrów. Dość szybko pancerniacy ochrzcili je mianem „niszczycieli tygrysów".

Swój drugi order Bohatera Związku Radzieckiego otrzymał „za szczególne męstwo i odwagę" po zakończeniu operacji Bagration, trzeci zaś już na przedmieściach Berlina, kiedy walczył pod rozkazami marszałka Czujkowa. Właśnie z tym człowiekiem prawie pięćdziesiąt pięć lat później spotkał się Jason Monk.

Gdyby stary generał potrafił się nieco grzeczniej odnosić do członków politbiura, z pewnością nie tylko uzyskałby awans do stopnia marszałka przed odejściem na emeryturę, lecz także – jako prezent od władz państwa – luksusową daczę nad rzeką Moskwą, gdzieś w okolicy Pieriediełkina, gdzie dożywały swych dni wszystkie komunistyczne spasione kocury. On jednak zawsze mówił wprost to, co myśli, a nie zawsze podobało się to politykom.

Dlatego też na stare lata Nikołajew musiał zbudować sobie własny dom, niedaleko szosy mińskiej, przy drodze do Tuchowa, na terenach przeznaczonych na tymczasowe obozy wojskowe, gdzie mógł przynajmniej pozostawać w ciągłym kontakcie z marnymi resztkami jego ukochanej Armii Czerwonej.

Pozostał kawalerem. Próbującym go swatać kolegom powtarzał, że ciągłe zmiany miejsca pobytu i przenosiny z jednego krańca sowieckiego imperium na drugi to żaden tryb życia dla młodej dziewczyny. Teraz, mając siedemdziesiąt trzy lata, mieszkał z pełniącym rolę ordynansa inwalidą, byłym starszym sierżantem, któremu granat urwał jedną stopę, oraz swym ulubionym seterem irlandzkim.

Monk odnalazł jego skromny dom, rozpytując po prostu wieśniaków z okolicznych wiosek, gdzie mieszka „wujek Kola". Wiele lat wcześniej ów przydomek nadali przedwcześnie posiwiałemu generałowi służący pod jego rozkazami czołgiści, i tak już pozostało. Zresztą nie tylko wyglądem, ale i charakterem przypominał dobrego wujaszka, wyrozumiałego dla swoich podwładnych. Jedynie dziennikarze nazywali go oficjalnie generałem armii Nikołajewem, wszyscy rosyjscy żołnierze wiedzieli dobrze, kto to jest *diadia Kolia*.

Monk przyjechał służbowym samochodem ministerstwa obrony i miał na sobie mundur pułkownika z insygniami sztabu generalnego, toteż okoliczni mieszkańcy bez wahania wskazali mu dom generała. Było już jednak całkiem ciemno i szybko narastał chłód, kiedy parę minut po dwudziestej pierwszej zapukał do drzwi. Otworzył mu silnie utykający ordynans i na widok oficerskiego munduru bez słowa wpuścił go do środka.

Generał Nikołajew nie spodziewał się o tej porze gości, ale przybycie pułkownika ze sztabu generalnego, z elegancką czarną aktówką w ręku, nie zdziwiło go też specjalnie. Siedział w swoim ulubionym fotelu przy kominku, w którym trzeszczały smolne szczapy, pogrążony w lekturze wojennych wspomnień jednego ze swych kolegów z generalicji i wyraźnie zdegustowany ich treścią. Doskonale znał prawdziwe dokonania sztabowców, wiedział też dokładnie, czego nigdy nie zrobili i co było zwykłym chwytem propagandowym, służącym tylko i wyłącznie zarobieniu dodatkowych pieniędzy na publikacji pamiętników.

Uniósł szybko głowę, kiedy Wołodia zajrzał do pokoju i obwieścił przybycie gościa z Moskwy.

– Kim pan jest? – warknął Nikołajew, ujrzawszy nieznajomego oficera.

– Kimś, kto chce z panem rozmawiać, generale.

– Z Moskwy?

– Tak, obecnie tak.

– Skoro pan już przyjechał, to proszę siadać i przystąpić do rzeczy. – Generał ruchem głowy wskazał czarną aktówkę. – Dokumenty z ministerstwa?

– Niezupełnie. Owszem, dokumenty, ale inne.

– Na dworze pewnie zimno. No, proszę siadać i mówić, o co chodzi. Co to za pilna sprawa?

– Będę z panem całkiem szczery. Ten mundur posłużył mi tylko do tego, aby zechciał się pan ze mną zobaczyć. Nie jestem oficerem armii rosyjskiej, nie mam stopnia pułkownika i nie należę do personelu sztabu generalnego. W rzeczywistości jestem Amerykaninem.

Siedzący przy kominku Rosjanin przez kilka sekund przyglądał mu się w milczeniu, jakby nie wierzył własnym uszom. Wreszcie wykrzywił usta z pogardą.

– A więc jest pan oszustem – rzucił ze złością – parszywym szpiegiem. Nie będę tolerował oszustów i szpiegów w moim domu. Proszę wracać tam, skąd pan przybył.

Monk pozostał jednak na miejscu.

– Dobrze, wrócę. Ale ponieważ nie zdołam pokonać sześciu tysięcy mil w ciągu minuty, więc może odpowie mi pan na jedno pytanie?

Generał Nikołajew groźnie zmarszczył brwi.

– Tylko jedno. Słucham.

– Pięć lat temu, kiedy Borys Jelcyn zwrócił się do pana z prośbą, by zawiesił pan emeryturę i objął dowództwo w wojnie przeciwko Czeczenom, a konkretnie ataku na Groznyj, podobno obejrzał pan plany kampanii i powiedział wprost ministrowi obrony, Pawłowi Graczowowi, że jest pan żołnierzem, nie oprawcą, a zaplanowano robotę dla rzeźników. Czy to prawda?

– Dlaczego pan pyta?

– Zgodził się pan odpowiedzieć na jedno pytanie. Czy to prawda?

– W porządku. Tak, prawda. I miałem rację.

– Dlaczego zajął pan takie stanowisko?

– To już drugie pytanie.

– Ale ja wciąż mam do pokonania sześć tysięcy mil.

– Niech będzie. Odpowiedziałem tak, gdyż jestem przekonany, że ludobójstwo nie przystoi żołnierzom. A teraz proszę się wynosić.

– Więc zapewne zdaje pan sobie sprawę, że książka, którą pan czyta, zawiera stek bzdur.

– Skąd pan może o tym wiedzieć?

– Bo ją znam. Większość tych wspomnień została wyssana z palca.

– Zgadza się. I co z tego?

Monk otworzył aktówkę i wyjął Czarny Manifest. Otworzył go w miejscu, w którym wcześniej umieścił zakładkę, i wyciągnął w kierunku generała siedzącego przy kominku.

– Może zamiast tracić czas na czytanie tych wymysłów rzuciłby pan okiem na coś zdecydowanie bardziej interesującego?

Nikołajew zerknął podejrzliwie na maszynopis i zapytał ze złością:

– Jankeska propaganda?

– Nie, rosyjska przyszłość. Proszę przeczytać, choćby tylko tę stronę i następną,

Nikołajew parsknął pogardliwie, ale wziął z ręki Monka oprawiony dokument. Pospiesznie przeczytał tekst na dwóch wskazanych stronach i zmarszczył brwi.

– Brednie! – krzyknął. – Kto to napisał?

– Słyszał pan o niejakim Igorze Komarowie?

– Proszę nie robić z siebie głupca. Pewnie że słyszałem. Od stycznia będzie naszym prezydentem.

– To dobrze czy źle?

– A skąd mam wiedzieć? Wszyscy politycy są jak chorągiewki na wietrze.

– Zatem uważa pan, że Komarow nie jest ani lepszy, ani gorszy od innego kandydata?

– Mniej więcej.

Monk pospiesznie zrelacjonował wydarzenia z połowy lipca, starając się streszczać, żeby nie zanudzić czy też zniechęcić starego czołgisty.

– Nie wierzę w to – odezwał się w końcu generał. – Przychodzi pan tu nieproszony i przedstawia mi jakiś bzdurny maszynopis...

– Dla tego bzdurnego maszynopisu zginęło już trzech ludzi. Czy wybiera się pan dokądś dziś wieczorem?

– Nie. A o co chodzi?

– Ma pan zatem okazję, by oderwać się od wspomnień Pawła Graczowa i zapoznać z programem politycznym Igora Komarowa. Niektóre fragmenty na pewno się panu spodobają, na przykład plan odbudowy potęgi rosyjskiej armii. Tyle że nie będzie ona miała na celu obrony ojczyzny. Rosji nie zagraża żadne niebezpieczeństwo obcej agresji. Ta armia będzie przeznaczona do prowadzenia ludobójstwa. Być może nie lubi pan Żydów, Czeczenów, Gruzinów, Ukraińców czy Ormian, ale proszę nie zapominać, że oni także byli w tych czołgach. Brali udział w bitwie kurskiej i operacji Bagration, byli w Berlinie i w Kabulu. Walczyli u pańskiego boku. Czemu więc nie poświęcić teraz kilku minut i nie zapoznać się dokładnie z tym, co szykuje dla nich pan Komarow? Generał Nikołajew w zamyśleniu spoglądał na młodszego o ćwierć wieku Jasona, wreszcie mruknął z aprobatą.

– Czy Amerykanie piją wódkę? – spytał.

– Owszem, zwłaszcza w tak mroźne wieczory w samym sercu Rosji.

– W barku znajdzie pan butelkę, proszę się poczęstować.

Generał pogrążył się w lekturze, Monk zaś drobnymi łyczkami opróżnił kieliszek *moskowskoj*, wracając myślami do instruktażu, jaki otrzymał w zamku Forbes.

„Prawdopodobnie to jeden z ostatnich sowieckich generałów – tłumaczył wówczas znawca spraw rosyjskich, Oleg – odznaczających się tradycyjnym poczuciem honoru. Nie traktuj go jak głupca, bo on niczego się nie boi. W Rosji do dzisiaj są miliony weteranów wojennych, którzy chętnie nadstawią ucha temu, co im powie wujek Kola".

Po upadku Berlina i spędzeniu roku w okupowanej części Niemiec, młody major Nikołajew został oddelegowany do Moskwy, do wyższej szkoły oficerskiej wojsk pancernych. Latem 1950 roku, jako dowódca jednej z siedmiu dywizji pancernych, znalazł się na Dalekim Wschodzie, nad rzeką Jalu.

Trwała wówczas wojna w Korei, amerykańskie wojska posuwały się na północ. Stalin głęboko się zastanawiał, czy dla ocalenia młodych koreańskich komunistów nie rzucić na front swoich dywizji wyposażonych w najnowsze typy czołgów. Powstrzymywały go tylko dwie rzeczy: opinie doradców politycznych i paranoiczny lęk. Czołgi IS-IV były podówczas ściśle tajną bronią, a wiele ich szczegółów konstrukcyjnych nigdy nie zostało ujawnionych. Stalin bał się panicznie, że jego sekret wpadnie w ręce wroga. Toteż już w roku 1951 Nikołajew powrócił bez walki i uzyskawszy awans do stopnia pułkownika, został przeniesiony do Poczdamu. Miał wtedy zaledwie dwadzieścia pięć lat.

Kiedy ukończył trzydziestkę, jako dowódca batalionu czołgów w oddziałach specjalnych pojechał na Węgry, żeby tłumić antykomunistyczne powstanie. Właśnie wtedy po raz pierwszy poważnie się naraził sowieckiemu ambasadorowi, późniejszemu przewodniczącemu KGB i sekretarzowi generalnemu Komunistycznej Partii Związku Radzieckiego, Jurijowi Andropowowi. Pułkownik Nikołajew nie wyraził bowiem zgody na użycie jego czołgów przeciwko tłumom protestujących na ulicach mieszkańców Budapesztu.

– Przecież to są głównie kobiety i dzieci – usiłował wyjaśnić głównemu architektowi stłumienia rewolty. – Rzucają tylko kamieniami, a te nie mogą wyrządzić szkody naszym czołgom.

– Trzeba im dać solidną nauczkę! – wrzeszczał Andropow. – Macie natychmiast wydać rozkaz otwarcia ognia!

Nikołajew widział już kiedyś, jakie spustoszenia czynią pociski czołgowych karabinów maszynowych wśród tłumów zgromadzonych na ulicach miasta. Właśnie w takich okolicznościach w roku 1941 zginęli w Smoleńsku jego rodzice.

– Jeśli tylko o to wam chodzi, to sami wydajcie taki rozkaz!

Generał dowodzący wojskami interwencyjnymi próbował załagodzić spór, ale dalsza kariera Nikołajewa i tak zawisła na włosku. Andropow nigdy nie zapominał o ludziach, którzy ośmieli mu się przeciwstawić.

Aż do połowy lat sześćdziesiątych był przenoszony z jednych koszar do drugich, stacjonował głównie na Dalekim Wschodzie, nad brzegami Amuru bądź Ussuri, obserwując bez większego zaangażowania, jak Chruszczow wciąż się waha, czy nie udzielić Mao-Tse-Tungowi nauczki i nie wysłać przeciw jego armii swoich dywizji pancernych.

Nadeszła epoka Breżniewa, konflikt został zażegnany i w końcu Nikołajew z radością rozstał się z mroźnym pograniczem mandżurskim i wrócił do Moskwy.

W roku 1968 czterdziestodwuletni generał ponownie został wysłany do tłumienia wolnościowego zrywu, tym razem do Pragi, choć niezbyt w smak mu było stanowisko dowódcy dywizji operacyjnej. Zasłużył sobie jednak na dozgonną wdzięczność oddziału komandosów, który wybawił z niechybnej katastrofy. Nieliczny oddział spadochroniarzy wylądował bowiem w samym centrum ogarniętej rozruchami Pragi, znalazł się w okrążeniu czeskich cywilów i gdyby nie błyskawiczna odsiecz pancernej kompanii, dowodzonej osobiście przez Nikołajewa, z pewnością doszłoby do groźnego rozlewu krwi.

Przez następne cztery lata wykładał taktykę wojsk pancernych na akademii frunzeńskiej, walnie przyczyniając się do wychowania nowego pokolenia korpusu oficerskiego czołgistów, które wprost go uwielbiało. A w roku 1973 znalazł się w gronie doradców wojskowych w Syrii. Był to rok wojny Jom Kippur.

Wbrew rozkazom nie ujawniania swej obecności, uległ prośbom gospodarzy i zaplanował oraz poprowadził atak Syryjczyków przeciwko Siódmej Izraelskiej Brygadzie Zmotoryzowanej na wzgórzach Golan.

Arabowie nie byli w stanie dotrzymać pola znacznie lepiej uzbrojonym Izraelczykom, lecz zastosowana taktyka natarcia okazała się skuteczna. Brygada zmotoryzowana utrzymała swe pozycje na wzgórzach, poniosła jednak olbrzymie straty. Jak miało później wyjść na jaw, było to jedno z nielicznych starć, kiedy wojska arabskie przysporzyły Izraelczykom aż tak wielu problemów.

Po zdobyciu w Syrii licznych doświadczeń, Nikołajew znalazł się w gronie sztabu generalnego, gdzie opracowywano nowe strategie działań wymierzonych przeciwko wojskom NATO. Potem zaś, w roku 1979, rozpoczęła się kampania w Afganistanie. Pięćdziesięciotrzyletni generał otrzymał propozycję objęcia dowództwa Czterdziestej Armii, co wiązało się także z kolejnym awansem.

Nikołajew zapoznał się z planami operacji i terenem działania, popatrzył na wynędzniałych tubylców i napisał długi raport, z którego wynikało, że okupacja niedostępnego kraju jest pozbawiona większego sensu, musi doprowadzić do olbrzymich strat po obu stronach i Afganistan stanie się radzieckim Wietnamem. Wtedy to po raz drugi rozwścieczył Andropowa.

Ponownie został odesłany do szkolenia rekrutów w leśnej głuszy. Inni generałowie zapracowywali w Afganistanie na swoje ordery i sławę, przynajmniej przez jakiś czas, bo później zbierali już tylko żniwo zwłok pakowanych w plastikowe worki, liczonych w dziesiątki tysięcy.

– To stek bzdur! Nie wierzę w ani jedno słowo! – Generał rzucił Czarny Manifest na kolana siedzącego naprzeciwko Monka. – Masz tupet, Jankesie. Zakradasz się do mojego kraju, podstępem wchodzisz do mego domu... i próbujesz mi nakłaść do głowy jakichś wierutnych kłamstw...

– Proszę mi szczerze powiedzieć, generale, co pan myśli o nas.

– O was?

– Tak, o Amerykanach, ludziach z Zachodu. Przybyłem tu na czyjeś polecenie, nie jestem wolnym strzelcem. Proszę się więc zastanowić, po co mnie wysłano. Gdyby Komarow był uczciwym człowiekiem, a ludzie chcieli go wybrać na prezydenta, to czemu mielibyśmy się tym przejmować?

Siwowłosy generał przez chwilę spoglądał mu prosto w oczy. Nie dziwiła go zanadto tego typu retoryka, był z nią oswojony, ale duże wrażenie robiło na nim zaangażowanie, jakie dostrzegał u młodszego Amerykanina.

– Wiem tylko tyle, że poświęciłem całe swoje życie walce z wami.

– Nieprawda, generale. Poświęcił pan swoje życie przeciwstawianiu się nam, ponieważ służył pan reżimowi, który miał na swoim koncie wiele przerażających dokonań...

– To jest jeszcze mój kraj, Jankesie. Za takie oszczerstwa można tu trafić pod sąd.

Jason pochylił się, postukał palcem w leżący na jego kolanach manifest i kontynuował:

– ...ale nigdy nie posunął się aż do takich rzeczy. Nie odważył się na to ani Chruszczow, ani Breżniew, ani Andropow...

– O ile ten program jest prawdziwy! – wykrzyknął generał. – Każdy mógłby napisać coś podobnego.

– W takim razie proszę się zapoznać z tym raportem, opisującym, w jaki sposób ów manifest wpadł nam w ręce. Pewien stary żołnierz oddał za niego swe życie.

Monk wręczył generałowi dokument zatytułowany „Weryfikacja", po czym podszedł do barku, napełnił dwa kieliszki i jeden z nich podał Nikołajewowi. Rosjanin opróżnił go jednym haustem.

Dopiero latem roku 1987 ktoś odnalazł w archiwum zakurzony raport Nikołajewa z 1979 roku i przesłał do ministerstwa spraw zagranicznych. A już w styczniu 1988 roku Eduard Szewardnadze obwieścił całemu światu: „Wycofujemy się".

Nikołajew uzyskał awans do stopnia generała armii i poleciał do Azji, aby z ramienia sztabu generalnego nadzorować wycofywanie wojsk z Afganistanu. Dowódca Czterdziestej Armii, generał Gromow, z ulgą przekazał podległe mu oddziały koledze. Ku ogólnemu zaskoczeniu cała armia zdołała przekroczyć granicę bez większych strat, chociaż mudżahedini deptali jej po piętach.

Ostatnie oddziały dotarły do mostu na Amu Darii piętnastego lutego 1989 roku. Nikołaj Nikołajew posuwał się na końcu kolumny. Mógł razem z resztą dowództwa odlecieć samolotem, wolał jednak zostać przy swoich żołnierzach.

Jechał na tylnym siedzeniu łazika, całkiem sam, tylko z kierowcą, i głęboko przeżywał ten odwrót. Miał na sobie zwykły mundur polowy, bez żadnych dystynkcji, ale żołnierze doskonale znali tę postać o siwych włosach i gęstych, szczeciniastych wąsach.

Wszyscy mieli dosyć pobytu w Afganistanie i z radością witali powrót do ojczyzny, mimo że wycofywali się w niesławie. Na północnym brzegu rzeki wzdłuż drogi stały liczne jednostki i tam żołnierze zgotowali mu wręcz owacyjne przyjęcie. Na widok przejeżdżającego generała ludzie wysypywali się z ciężarówek i oddawali mu honory. Pozdrawiali go komandosi z oddziałów desantowych, bo chociaż byli za młodzi, by uczestniczyć w interwencji w Czechosłowacji, to praski wyczyn Nikołajewa krążył wśród nich jak legenda. Serdecznie machali do niego rękoma kierowcy wozów pancernych, z których większość przechodziła szkolenie w jednostkach pancernych.

Niemal sześćdziesięciotrzyletni generał wracał na północ, gdzie czekała na niego emerytura, dożywanie dni w otoczeniu wspomnień, spędzanie czasu na lekturze wojennych pamiętników. Ale wtedy jeszcze był dla wszystkich żołnierzy „wujkiem Kolą", prowadzącym ich z wrogiego kraju z powrotem do ojczyzny.

W ciągu czterdziestopięcioletniej kariery czołgisty Nikołajew dokonał trzech rzeczy, które uczyniły z niego żywą legendę. Po pierwsze w podlegających mu jednostkach ukrócił systematyczne znęcanie się starszych żołnierzy nad rekrutami, jakie co roku było przyczyną setek samobójstw wśród poborowych, a za jego przykładem poszli inni dowódcy. Poza tym toczył prawdziwą walkę z urzędnikami, by poprawić wyżywienie oraz warunki zakwaterowania swoich podwładnych. I wreszcie osobiście poprawiał plany szkolenia, dopóki każdy dowodzony przez niego oddział, od plutonu po dywizję, nie osiągał najlepszych wyników. Gorbaczow docenił te starania, nadając mu stopień generała armii tuż przed przejściem na emeryturę.

– I czego się po mnie spodziewasz, Amerykaninie? – zapytał Nikołajew, kiedy odłożył raport i zapatrzył się na płomienie w kominku. – Jeśli ten program polityczny jest prawdziwy, to mamy do czynienia z oszustem i szarlatanem. Tylko co ja mógłbym na to zaradzić? Jestem już stary, od jedenastu lat na emeryturze, nie mam żadnego wpływu...

– Ale są ludzie, którzy pana posłuchają. Są ich miliony – wtrącił Monk, wstał z fotela i schował oba maszynopisy do aktówki. – Mówię o weteranach. Niektórzy służyli pod pańskimi rozkazami, inni tylko o panu słyszeli, ale wszyscy będą słuchali. Na pewno uważnie nastawią ucha, jeśli odważy się pan wystąpić publicznie.

– Proszę posłuchać, młody człowieku. Moja ojczyzna wycierpiała o wiele więcej, niż pan może sobie wyobrazić. Ta ziemia jest naprawdę przesiąknięta krwią synów i cór Rosji. A pan teraz próbuje mi wmówić, że znowu ma się polać krew. Będzie mi niezmiernie żal, jeśli rzeczywiście tak się stanie, ale nic na to nie mogę poradzić.

– A co z armią? Przecież to ona będzie musiała dokonać tego rozlewu krwi. Nie pomyślał pan o swojej ukochanej armii?

– To już nie jest moja armia.

– Jest tak samo pańska, jak tych, którzy obecnie wydają rozkazy.

– Została doszczętnie rozbita.

– Nieprawda, rozbity został tylko reżim komunistyczny. Nikt nie poniżał zwykłych żołnierzy, musieli się jedynie wycofać. Teraz zaś pojawia się człowiek, mający zamiar odbudować potęgę tejże armii, ale przeznaczyć ją do zupełnie innych celów: do działań agresywnych, prowadzenia inwazji, chwytania niewolników i mordowania niepokornych.

– A co to ma wspólnego ze mną?

– Czy dysponuje pan samochodem, generale?

Nikołajew oderwał wzrok od ognia, uniósł głowę i popatrzył na niego zdumiony.

– Owszem, mam samochód. Niewielki, ale wystarczy do moich potrzeb.

– W takim razie proszę pojechać do Moskwy, do ogrodów Aleksandrowskich, gdzie stoi pomnik z wypolerowanego czerwonego granitu i gdzie zawsze płonie znicz. Proszę zapytać tych, którym ten pomnik wystawiono, co powinien pan zrobić w tej sytuacji. Ja panu nie odpowiem.

To rzekłszy, wyszedł z domu generała. Jeszcze przed świtem znalazł się w innym mieszkaniu, jakie przyszykowali dla niego Czeczeńcy. Tej samej nocy dokonano zamachu bombowego na drukarnię USP.

Żadna z wielu zasłużonych instytucji historycznych, jakie istnieją w konserwatywnej Wielkiej Brytanii, nie może się równać prestiżem z College of Arms, którego korzenie sięgają okresu panowania Ryszarda

III. Do dzisiaj najstarsi rangą pracownicy tej placówki noszą tytuły Heroldów i Heraldyków.

Średniowieczni heroldowie byli przede wszystkim posłańcami i na polach bitew, posługując się białą flagą, przekazywali wiadomości między dowodzącymi i rycerstwem. Natomiast w czasach pokoju mieli całkiem inne zadania.

W okresach między wojnami książęta i rycerze musieli bez przerwy doskonalić swój kunszt w pojedynkach i turniejach. A ponieważ stawali do walki w ciężkich zbrojach, zazwyczaj z opuszczonymi przyłbicami, właśnie na heroldach spoczywał obowiązek ich rozpoznawania i głośnego obwieszczania tytułów oraz imion. Aby im to umożliwić, przedstawiciele szlachty umieszczali na swych tarczach najróżniejsze emblematy. Heroldowie zaś musieli je pamiętać, żeby na przykład, ujrzawszy wizerunek niedźwiedzia na tle porwanego sztandaru, wiedzieć od razu, że oto w szranki staje książę Warwick.

Stąd właśnie heroldowie stali się ekspertami w sztuce rozpoznawania i rysowania herbów, później zaś zyskali prawo rozstrzygania kwestii spornych w dziedzinie, która od ich miana została nazwana heraldyką. Zaczęli także śledzić genealogię rodów arystokratycznych i tworzyć drzewa genealogiczne.

W tym wypadku nie chodziło tylko o snobizm. Ze szlacheckim tytułem wiązały się najczęściej wielkie majątki ziemskie, zamki, tereny uprawne i dwory. Według obecnej terminologii heraldyka stała się nauką dowodzenia praw własności do związanego z tytułem bogactwa i władzy.

A przecież zdarzało się często, że arystokraci na łożu śmierci nie zawsze byli w stanie prawidłowo sformułować ostatnią wolę i jednoznacznie określić spadkobierców, powstawały więc spory w kwestii dziedziczenia majątków, nierzadko wybuchały na tym tle prawdziwe wojny. To właśnie heroldowie, jako znawcy archiwalnych zapisów genealogicznych, stali się arbitrami w sprawach czystości krwi i przyznawania prawa herbowego, które z czasem stało się nie tylko przywilejem używania rodowego herbu, lecz także dziedziczenia majątku.

Obecnie College of Arms także wydaje arbitralne decyzje w kwestiach spornych, a ponadto sporządza projekty herbów dla nowo mianowanych przedstawicieli szlachty, bankierów czy przemysłowców, i prowadzi odpłatnie badania genealogiczne, sięgające tak daleko w przeszłość, jak tylko pozwalają na to archiwalne zapisy.

Co zrozumiałe, współcześni heraldycy są typowymi naukowcami, w swoich badaniach używają dawnej terminologii będącej przedziwną mieszaniną określeń normańskich i francuskich, a osiągnięcie prawdziwego mistrzostwa w dziedzinie konstruowania herbów wymaga wieloletniej praktyki.

Niektórzy z nich specjalizują się w zakresie genealogii szlacheckich rodów europejskich, powiązanych z brytyjską arystokracją przez liczne związki małżeńskie. Sir Nigelowi wystarczył pobieżny i dyskretny wywiad, by poznać nazwisko tego spośród heraldyków, który najlepiej zna rosyjską dynastię Romanowów. Pracownicy instytutu mówili o doktorze Lancelocie Probynie, że zmuszony był zapomnieć znacznie więcej szczegółów z historii carskiej rodziny, niż Romanowowie kiedykolwiek o sobie wiedzieli. Przedstawiwszy się przez telefon jako emerytowany dyplomata, przygotowujący na zlecenie Foreign Office raport dotyczący ewentualnych dążeń do restauracji monarchii w Rosji, Irvine umówił się z naukowcem na rozmowę w barze hotelu „Ritz".

Doktor Probyn okazał się niskim, przysadzistym mężczyzną, traktującym swoją specjalność z pewnym przymrużeniem oka, bez niepotrzebnego patosu. Byłemu asowi wywiadu przypominał jako żywo postać z dawnych ilustracji dickensowskiego „Klubu Pickwicka".

Kiedy kelner postawił przed nimi talerz eklerek z bitą śmietaną oraz najlepszą herbatę gatunku Earl Grey, sir Nigel zapytał bez ogródek:

– Zastanawiałem się, czy w ogóle możliwa jest sukcesja tronu Romanowów.

Stanowisko „Heraldyka Clarenceaux", gdyż taki tytuł nosił oficjalnie doktor Probyn, nie wiązało się z jakimś oszałamiającym uposażeniem i pyzaty naukowiec nie należał do bywalców takich lokali jak bar hotelu „Ritz", toteż z zapałem sięgnął po smakowicie wyglądające ciastko.

– No cóż, genealogia Romanowów to tylko moje hobby. Na co dzień zajmuję się czymś zupełnie innym.

– Mniejsza z tym. O ile mi wiadomo, napisał pan o rosyjskiej dynastii cieszącą się sporym uznaniem pracę naukową.

– Miło mi to słyszeć. W czym zatem mógłbym panu pomóc?

– Jak przedstawia się sprawa sukcesji moskiewskiego tronu? Czy kwestia dziedziczności jest bezsporna?

– Nic podobnego. W tej sprawie panuje kompletny chaos. Przy życiu pozostali jedynie przedstawiciele bocznych, mniej znaczących gałęzi rodziny, a pretendentów do tytułu jest bardzo wielu. Czemu to pana interesuje?

– Załóżmy – odparł z namysłem sir Nigel – że z jakichś powodów Rosjanie zdecydowaliby się na restaurację monarchii konstytucyjnej i postanowili koronować nowego cara.

– W ogóle nie może być mowy o restauracji, ponieważ Rosja nigdy nie była monarchią konstytucyjną. Ostatni imperator, bo tak od tysiąc siedemset dwudziestego pierwszego roku brzmi oficjalnie tytuł władcy Rusi, chociaż powszechnie nazywano go po prostu carem... a więc ostatni z nich, Mikołaj Drugi, był monarchą absolutnym.

– Dziękuję za sprostowanie.

Doktor Probyn wsunął do ust ostatni kęs eklerki i popił herbatą.

– Doskonałe ciastka – oznajmił.

– Bardzo się cieszę.

– Wracając do rzeczy, całe to zamieszanie spowodował dość niezwykły, godny pożałowania wypadek. Jak pan zapewne wie, Mikołaj, caryca Aleksandra oraz ich pięcioro dzieci zamordowano w Jekaterinburgu w roku tysiąc dziewięćset osiemnastym. To sprawiło, że wygasła bezpośrednia linia Romanowów. Wszyscy dzisiejsi pretendenci pochodzą z bocznych gałęzi rodziny, a niektórych łączy z nią dopiero osoba dziadka cara Mikołaja.

– A zatem nie ma prawowitego, bezspornego następcy tronu?

– Nie. Gdybyśmy spotkali się w moim gabinecie, mógłbym to panu wyjaśnić szerzej, przedstawiając całe drzewo genealogiczne Romanowów. Ale nie zabrałem go ze sobą. Zresztą to dość duży schemat, obejmuje wiele bocznych gałęzi.

– Czy jednak, przynajmniej teoretycznie, Rosjanie mogliby odrestaurować monarchię?

– Mówi pan poważnie, sir Nigelu?

– Rozpatrujemy sprawę tylko teoretycznie.

– No cóż, teoretycznie wszystko jest możliwe. Każda monarchia może się przekształcić w republikę poprzez detronizację króla. Tak się stało w Grecji. Ale i odwrotnie, każda republika może wrócić do rządów monarchicznych, jak chociażby Hiszpania. Oba te przykłady pochodzą z ostatnich trzydziestu lat, a więc teoretycznie i w Rosji jest to możliwe.

– W takim razie jedynym problemem byłby wybór odpowiedniego kandydata?

– Oczywiście. Generał Franco osobiście nadzorował prace legislacyjne, mające na celu przywrócenie monarchii po jego śmierci. Sam też wybrał księcia Juana Carlosa, wnuka króla Alfonsa Trzynastego, który zasiada na tronie po dzień dzisiejszy. Ale w Hiszpanii nie było kontrkandydatów, genealogia panującej rodziny nie budziła najmniejszych zastrzeżeń. Jeśli zaś pojawia się wielu kandydatów do tronu, wtedy sprawy zaczynają się gmatwać.

– A w linii Romanowów mielibyśmy wielu kontrkandydatów.

– Bardzo wielu. Dlatego powiedziałem, że w tej kwestii panuje kompletny chaos.

– Czy ktoś wśród nich się wyróżnia?

– Nikogo nie mogę wymienić w pierwszej kolejności. Musiałbym dokładnie sprawdzić genealogię. Nie miałem z nią do czynienia od dłuższego czasu, nikogo to nie interesowało.

– Czy mógłby pan to dla mnie zrobić? – zapytał sir Nigel. – Muszę wyjechać na jakiś czas. Spotkamy się po moim powrocie. Zadzwonię do pana.

Dawniej, kiedy KGB stanowiło prężną organizację, kierowaną przez jednego przewodniczącego i zajmującą się wieloma sprawami, poczynając od zagranicznego wywiadu a kończąc na utrzymywaniu porządku w kraju, było tak rozbudowaną instytucją, że dwa podstawowe wydziały dzieliły się na szereg dyrektoriatów oraz departamentów.

Dwa z tych dyrektoriatów, Ósmy oraz Szesnasty, zajmowały się wywiadem elektronicznym, przechwytywaniem komunikatów radiowych, podsłuchem telefonicznym i obserwacją satelitów szpiegowskich. Stanowiły zatem sowiecki odpowiednik amerykańskiej Krajowej Agencji Bezpieczeństwa bądź Organizacji Rozpoznania Elektronicznego czy brytyjskiego Rządowego Nadzoru Łączności.

Dla starszego pokolenia oficerów KGB, do którego należał przewodniczący Andropow, cały wywiad elektroniczny bazujący na nowoczesnych technologiach był mało zrozumiały, a przez to lekceważony. Nie było w tym nic dziwnego, skoro całe społeczeństwo na co dzień musiało obcować z produktami technicznymi ogromnie zacofanymi w stosunku do osiągnięć państw zachodnich. Tylko najbardziej elitarne instytucje związane z wojskiem oraz wywiadem miały dostęp do nowoczesnej aparatury, nie dotyczyło to jednak Ósmego Dyrektoriatu KGB.

Po rozbiciu przez Gorbaczowa gigantycznego aparatu ucisku, oba bliźniacze dyrektoriaty zostały połączone w Federalną Agencję do Spraw Łączności oraz Informacji, nazywaną w skrócie FAPSI. Jednocześnie ludzie ze sfer rządzących zaczęli doceniać znaczenie wywiadu elektronicznego.

Nowo powstała FAPSI została natychmiast wyposażona w komputery ostatniej generacji oraz taką aparaturę przechwytującą, jaką tylko można kupić na rynkach światowych. Ponadto zatrudniono najlepszych matematyków i specjalistów od łamania szyfrów. Ale po upadku komunizmu ta wyjątkowo kosztowna instytucja stanęła przed poważnym dylematem: skąd wziąć fundusze na dalszą działalność.

Kiedy tylko zaczęto wprowadzać prywatyzację, FAPSI skierowała swe zainteresowania w stronę wolnego rynku. W pierwszym rzędzie zaproponowała początkującym rosyjskim biznesmenom śledzenie rozmów i kontaktów nawiązywanych przez konkurentów, zarówno krajowych jak i zagranicznych. W ciągu ostatnich czterech lat, począwszy od roku 1995, agencja znacznie rozszerzyła swoją ofertę i wyspecjalizowała się w śledzeniu tras podróży na terenie Rosji zagranicznych biznesmenów, co obejmowało także prowadzone przez nich rozmowy telefoniczne, wysyłane telefaksy bądź teleksy, a nawet wszelkiego typu komunikaty przekazywane drogą radiową.

Pułkownik Anatolij Griszyn szybko doszedł do wniosku, że niezależnie od tego, gdzie Jason Monk się ukrywa, musi dysponować jakimś sposobem utrzymywania łączności ze zwierzchnikami. Nie mógł to być kontakt za pośrednictwem ambasady, gdyż jej pracowników obserwowano, a zapewne należało także wyeliminować rozmowy telefoniczne, ponieważ te zbyt łatwo można podsłuchiwać i rejestrować.

Dlatego też, wnioskował Griszyn, Amerykanin musiał albo przywieźć ze sobą albo też otrzymać już na terenie Rosji jakiegoś typu nadajnik radiowy.

– Na jego miejscu – rzekł z namysłem wysoki rangą pracownik FAPSI, o którego fachową radę poprosił Griszyn, obiecując wysokie wynagrodzenie – wykorzystałbym przenośny komputer. Podróżujący biznesmeni nie rozstają się z tymi urządzeniami nawet na chwilę.

– Chodzi o komputer zdolny odbierać i wysyłać komunikaty radiowe? – spytał pułkownik.

– Oczywiście. Urządzenie komputerowe może się połączyć z satelitą komunikacyjnym, a za jego pośrednictwem nawiązać łączność z drugim podobnym komputerem. Właśnie na tej zasadzie działa natychmiastowy przekaz informacji w ogólnoświatowych sieciach informatycznych, chociażby w Internecie.

– Transmisja danych musi być niewiarygodnie szybka.

– I jest, bo przecież komputery pracują niezwykle szybko. Pozostaje tylko kwestia wyłowienia przekazu z natłoku transmitowanych informacji. Dziewięćdziesiąt procent danych przepływających w sieci łączności satelitarnej to efekt zwyczajnego plotkarstwa, pozbawionych większej wartości rozmów między różnymi maniakami komputerowymi. Dziewięć procent to informacje handlowe, firmy wymieniają między sobą uwagi na temat produktów, cen, planów, kontraktów czy harmonogramów dostaw. I wreszcie jeden procent to oficjalne komunikaty rządowe. Właśnie ten jeden procent przepływających danych to mniej więcej połowa przekazów, jakimi się zajmujemy.

– Jak wiele z nich jest szyfrowanych?

– Wszystkie komunikaty rządowe i około pięćdziesięciu procent łączności handlowej. Ale większość ze stosowanych szyfrów możemy złamać bez większego trudu.

– A gdzie w tym natłoku informacji amerykański szpieg mógłby umieszczać swoje meldunki?

Oficer FAPSI zawahał się tylko na krótko, zbyt długo miał do czynienia z wywiadem, by nie zdawać sobie sprawy, że nie powinien pytać o szczegóły.

– Prawdopodobnie w strumieniu łączności handlowej – odparł. – Znamy wszystkie źródła oficjalnych komunikatów. Nawet jeśli nie możemy złamać szyfru i odcyfrować wiadomości, to z łatwością potrafimy określić, iż przekaz pochodzi z takiej czy innej ambasady, konsulatu bądź poselstwa. Czy pański agent działa przy którejś z placówek dyplomatycznych?

– Nie.

– W takim razie musi używać kanału łączności handlowej. W dodatku amerykańskie satelity rządowe są przede wszystkim wykorzystywane do zadań szpiegowskich, niejako przy okazji służą do przekazywania wiadomości dyplomatycznych. A na orbicie pojawia się coraz więcej satelitów komercyjnych. Każda firma może zarezerwować sobie pewną ilość czasu w danym kanale łączności i zapewnić w ten sposób bieżący kontakt centrali z filiami i przedstawicielstwami na całym świecie.

– Prawdopodobnie ten człowiek wysyła meldunki z Moskwy. I tu też powinien odbierać przekazywane tą samą drogą instrukcje.

– To nam w niczym nie pomoże. Emisja każdego sygnału z satelity może być odbierana w całej Rosji, od Archangielska po Krym. Namierzymy go tylko wtedy, jeśli przechwycimy nadawany przez niego meldunek.

– Więc gdyby jakakolwiek działająca oficjalnie rosyjska firma zleciła wam odnalezienie źródła tych przekazów, bylibyście w stanie to zrobić?

– Niewykluczone. Ale koszty takiego zlecenia byłyby ogromne, w dodatku bardzo uzależnione od liczby personelu i sprzętu komputerowego zaangażowanego w poszukiwania, a także czasu poświęcanego każdego dnia na śledzenie przekazów satelitarnych.

– Dwadzieścia cztery godziny na dobę – wtrącił Griszyn – z zaangażowaniem całego personelu i sprzętu, jakim dysponujecie.

Rozmówca popatrzył na niego ze zdumieniem, gdyż w takiej sytuacji zlecenie musiało kosztować miliony dolarów.

– To dość osobliwe warunki.

– Mówię poważnie.

– Chce pan znać treść jego meldunków?

– Nie, jedynie poznać miejsce ich nadawania.

– To będzie trudniejsze. Przechwyconą transmisję możemy analizować w spokoju, stosować różne sposoby złamania szyfru. Natomiast sam przekaz trwa zaledwie ułamek sekundy.

Ale już następnego dnia, po spotkaniu Monka z generałem Nikołajewem, FAPSI wyłapało tajemniczy sygnał. Rozmówca Griszyna natychmiast zadzwonił do siedziby zleceniodawcy przy bulwarze Kisielnym.

– Pański obiekt nawiązał łączność – zakomunikował.

– Przechwyciliście meldunek?

– Owszem, ale on nie wykorzystuje żadnego z kanałów łączności handlowej, a treść została prawdopodobnie zakodowana według matrycy znaków przypadkowych. Ten szyfr jest nie do złamania.

– Niedobrze – oznajmił Griszyn. – Skąd wyemitowano sygnał?

– Z terenu Moskwy.

– Cudownie, to rzeczywiście zawęża obszar poszukiwań. Muszę znać konkretne miejsce transmisji.

– Cierpliwości. Na razie zidentyfikowaliśmy satelitę, którego wykorzystuje. To jeden z dwóch przekaźników sieci Intelkoru, przelatuje nad Rosją tylko raz na dobę. W przyszłości będziemy się mogli skoncentrować wyłącznie na sygnałach wysyłanych w jego kierunku.

– Proszę to zrobić – warknął Griszyn.

Przez sześć dni Monkowi udawało się pozostać nie zauważonym dla tej prawdziwej armii, jaką pułkownik wysłał na ulice miasta. Szef służb ochrony USP był coraz bardziej zdumiony. Przecież Amerykanin musiał coś jeść. Jeśli więc nie ukrywał się w jakiejś mysiej dziurze i nie trząsł ze strachu przed wyjściem na światło dzienne, to zapewne poruszał się swobodnie, dobrze ucharakteryzowany, udając Rosjanina. Trzeba było jak najszybciej odkryć, w jakim wcieleniu się ukrywa. Ale nie dało się też wykluczyć, że po jednej, zapewne niezbyt dla niego pomyślnej rozmowie z patriarchą, postanowił zrezygnować z realizacji dalszych planów. Co najgorsze, mógł się także znajdować pod czyjąś ochroną, był ukrywany, poruszał się pod eskortą, a jego opiekunowie zapewniali mu dach nad głową i pożywienie. Tylko kto mógłby mu udzielać tak wszechstronnej pomocy? Pułkownik Anatolij Griszyn ciągle nie mógł znaleźć odpowiedzi na owo pytanie.

Sir Nigel Irvine przyleciał do Moskwy dwa dni po swojej rozmowie z doktorem Probynem. Towarzyszył mu tłumacz, bo choć były głównodowodzący służb wywiadowczych kiedyś całkiem nieźle władał rosyjskim, teraz wolał nie ryzykować, zwłaszcza że planował spotkanie w nadzwyczaj delikatnej kwestii.

Rolę tłumacza pełnił ten sam były komandos, który niedawno odwiedził Rosję jako Brian Marks, tyle że teraz posługiwał się autentycznymi dokumentami na swoje prawdziwe nazwisko, Briana Vincenta. W kontroli paszportowej na lotnisku oficer straży granicznej sprawdził dane obu Anglików w komputerze, ale żaden z nich nie figurował na liście osób, jakie ostatnio przekraczały rosyjską granicę.

– Panowie podróżują razem? – zapytał, spoglądając ciekawie na starszego, szczupłego, siwowłosego mężczyznę, zgodnie z zapisem w paszporcie siedemdziesięcioparoletniego, któremu towarzyszył niespełna czterdziestolatek, ubrany w elegancki ciemny garnitur.

– Jestem tłumaczem tego pana – odparł szybko Vincent.

– *Moj russkij niedobryj* – wtrącił z uśmiechem sir Nigel, umyślnie kalecząc słowa.

Na Rosjaninie nie zrobiło to większego wrażenia, przyzwyczaił się już, że wielu biznesmenów przywoziło ze sobą własnych tłumaczy, jakby nie chcieli polegać na tych, których usługi zapewniały liczne wyspecjalizowane agencje w Moskwie. Pospiesznie dokończył odprawę i pozwolił obu pasażerom przejść dalej.

Zameldowali się w hotelu ,,Nacjonal", tym samym, w którym przebywał nieszczęsny Mark Jefferson. W recepcji, w przegródce pokoju zarezerwowanego wcześniej przez sir Nigela, czekała na niego koperta zostawiona dwadzieścia cztery godziny wcześniej przez pewnego śniadoskórego mężczyznę, z pochodzenia Czeczena, którego wyglądu żaden z pracowników hotelu nie mógł sobie później przypomnieć. Irvine odebrał ją razem z kluczami.

W kopercie znajdowała się kartka papieru ze zdawkową, niewiele mówiącą wiadomością. Gdyby list wpadł w niepowołane ręce, zapewne zostałby zlekceważony. Ale właściwa informacja była wypisana sokiem z cytryny po wewnętrznej stronie koperty.

Zaraz po wejściu do pokoju Vincent szybko rozkleił kopertę i zaczął ją przygrzewać nad płomieniem zapałki, których pudełko znalazł na stoliku. Na białym papierze ukazało się siedem lekko rozmytych brązowawych cyfr – numer telefonu. Zapamiętawszy go, sir Nigel polecił Brianowi spalić list, wyrzucić popiół do klozetu i spuścić wodę. Obaj mężczyźni w spokoju zjedli obiad w hotelowej restauracji, wrócili na górę i zaczekali do godziny dwudziestej drugiej.

Kiedy zadzwonił telefon, słuchawkę podniósł osobiście patriarcha Aleksiej, gdyż był to zastrzeżony numer prywatnego aparatu stojącego na biurku w jego gabinecie. Niewiele osób go znało, toteż patriarcha podejrzewał, że dzwoni ktoś z jego bliskich współpracowników.

– Słucham – rzekł cicho.

Odpowiedział mu jednak nie znany głos, a choć rozmówca mówił płynnie po rosyjsku, wyczuwało się po jego akcencie, że nie jest Rosjaninem.

– Patriarcha Aleksiej?

– Tak. Kto mówi?

– Wasza Świątobliwość mnie nie zna. Jestem tylko tłumaczem pewnego dżentelmena, któremu towarzyszę. Kilka dni temu Wasza Świątobliwość był uprzejmy przyjąć u siebie ojca z Londynu.

– Tak, pamiętam.

– Ów ojciec zapowiedział wówczas, że przyjedzie ktoś inny, znacznie starszy, aby porozmawiać w tajemnicy z Waszą Świątobliwością na temat spraw najwyższej wagi. Ten człowiek jest teraz ze mną i chciałby zapytać, czy Wasza Świątobliwość zgodzi się go przyjąć.

– Teraz? W nocy?

– Czas odgrywa tu niezmiernie ważną rolę, eminencjo.

– Dlaczego?

– Ponieważ są w Moskwie ludzie, którzy wkrótce rozpoznają tego dżentelmena i zaczną go śledzić. Zależy nam na zachowaniu pełnej dyskrecji.

Ten argument powinien był wzbudzić czujność niezwykle ostrożnego dostojnika kościoła.

– Dobrze. Gdzie panowie się znajdują?

– Kilka minut drogi od siedziby Waszej Świątobliwości i możemy wyruszyć natychmiast.

– W takim razie będę oczekiwał panów za pół godziny.

O wyznaczonej porze trzymający straż kozak bez słowa otworzył przed nimi drzwi, a wyraźnie zdenerwowany, zerkający podejrzliwie na gości ojciec Maksym zaprowadził ich do gabinetu patriarchy. Sir Nigel skorzystał z oferty hotelowej i wynajął na ten wieczór służbowy samochód „Nacjonalu", przy czym polecił kierowcy, by zaczekał na ich powrót.

Patriarcha Aleksiej był ubrany w prostą szarą sutannę, na której tle odcinał się pektorał zawieszony na szyi. Uprzejmie powitał gości i poprosił ich o zajęcie miejsc.

– Proszę mi wybaczyć słabą znajomość języka rosyjskiego, przez co zmuszony będę korzystać z pomocy tłumacza – zaczął sir Nigel.

Vincent pospiesznie przełożył jego słowa. Patriarcha wyrozumiale pokiwał głową i uśmiechnął się przyjaźnie.

– Niestety, ja z kolei nie znam angielskiego – odparł. – Ach, ojciec Maksym. Proszę postawić kawę na stoliku, obsłużymy się sami. Możesz odejść, ojcze.

Irvine na początku się przedstawił, choć celowo nie wspomniał nawet o tym, że niegdyś piastował stanowisko głównodowodzącego służb wywiadowczych, toczących potajemne zmagania z wywiadem rosyjskim. Wyznał jedynie, że jest emerytowanym pracownikiem brytyjskiej dyplomacji i że mimo swego wieku otrzymał odpowiedzialne zadanie poprowadzenia obecnych negocjacji. Nie wymieniając nazwy Rady Lincolna, nadmienił, iż w ścisłej tajemnicy Czarny Manifest został przedstawiony grupie nadzwyczaj wpływowych osobistości i że bez wyjątku były one wstrząśnięte jego treścią.

– Nie wątpię, że Wasza Świątobliwość w podobny sposób odebrał treść tego dokumentu.

Aleksiej smutno pokiwał głową, kiedy tylko wypowiedź Anglika została przełożona na rosyjski.

– Dlatego też tu przyjechałem – kontynuował Irvine – żeby wykazać, iż obecna sytuacja niepokoi nas wszystkich, ludzi dobrej woli, zarówno Rosjan, jak i obcokrajowców. Pewien angielski poeta napisał kiedyś: „Nikt nie jest samotną wyspą". Wszyscy jesteśmy od siebie zależni. Gdyby Rosja, jedno z największych państw świata, ponownie dostała się pod rządy okrutnego dyktatora, byłoby to taką samą tragedią dla mieszkańców Zachodu, jak i dla samych Rosjan, a chyba najbardziej ucierpiałby w tej sytuacji właśnie kościół.

– W to nie wątpię – odezwał się patriarcha – ale kościół nie może się angażować w sprawy polityki.

– To zrozumiałe. Niemniej kościół powinien zwalczać zło. Wszak jego powołaniem jest głoszenie prawd moralnych, nieprawdaż, eminencjo?

– Oczywiście.

– I kościół ma także prawo szukać ochrony przed zniszczeniem, ma prawo zwalczać ludzi dążących do jego unicestwienia i ukrócenia misji kościoła na tej ziemi.

– To nie ulega wątpliwości.

– A w takim razie kościół może namawiać wiernych, aby postępowali tak, żeby nie ułatwiać szerzenia zła wymierzonego przeciwko temuż kościołowi?

– Jeżeli kościół rozpocznie kampanię przeciwko Igorowi Komarowowi, a on mimo wszystko wygra wybory prezydenckie, całe duchowieństwo rosyjskie stanie w obliczu niechybnej zagłady – odparł Aleksiej Drugi. – Jestem pewien, że biskupi przytoczą ten argument i przegłosują wniosek, aby kościół w ogóle się nie wypowiadał w tej kwestii. Wówczas moja opinia niewiele będzie znaczyła.

– Ale istnieje prawdopodobnie inne rozwiązanie – rzekł Irvine.

Przez następnych kilka minut szczegółowo przedstawiał propozycję możliwych reform konstytucyjnych, których patriarcha słuchał w rosnącym osłupieniu.

– Chyba nie mówi pan tego poważnie, sir Nigelu – odezwał się w końcu. – Przywrócić monarchię i wybrać nowego cara? Ludzie nigdy tego nie zaakceptują.

– Spróbujmy przyjrzeć się bliżej istniejącej sytuacji – zaproponował spokojnie Irvine. – Doskonale wiemy, że Rosja staje wobec dylematu o wiele poważniejszego, niż wyobraża to sobie większość ludzi. Z jednej strony mamy dalsze narastanie chaosu, prawdopodobnie rozpad struktur państwowych, może nawet wojnę domową podobną do tej, jaka zrujnowała Jugosławię. Nie ma mowy o wyjściu z kryzysu bez stabilizacji. A Rosja chwieje się coraz bardziej, niczym statek miotany wiatrem po falach, pozbawiony kotwicy i steru. Tylko patrzeć, jak zacznie się pogrążać, aż w końcu pochłoną go odmęty, a załoga utonie. Z drugiej strony Rosji zagraża dyktatura, przerażająca tyrania, której nie da się porównać z niczym, czego do tej pory doświadczył cywilizowany świat. Które z tych rozwiązań wybrałby eminencja dla swoich wiernych?

– Żadnego – odparł szybko patriarcha. – Oba są nie do przyjęcia.

– W takim razie proszę pamiętać, że w monarchii konstytucyjnej istnieje prosty mechanizm, który nie pozwala władcom przekształcić ustroju w despotyczną tyranię. Obie te formy rządów po prostu nie mogą współistnieć. Ponadto każde społeczeństwo potrzebuje jakiegoś symbolu, bądź to człowieka, bądź jakiegoś wzorca, przy którym mogłoby wiernie trwać w ciężkich chwilach i który jednoczyłby ludzi mimo dzielących ich barier językowych oraz narodowych. Komarow pretenduje do rangi takiego symbolu, stara się uchodzić za postać z ikony. Ma nadzieję, że nikt nie będzie głosował przeciwko niemu, bo poza nim nie istnieje druga podobna wartość. Musimy więc znaleźć inną ikonę...

– Ale żeby od razu postulować restaurację... – zaczął protestującym tonem patriarcha.

– W ten sposób uniknęlibyśmy agitacji przeciwko Komarowowi, której Wasza Świątobliwość tak bardzo się obawia – odparł szybko Anglik. – Wystarczyłoby jedynie modlić się o stabilizację w państwie, a ta jest przecież wartością nadrzędną, zatem ikoną wyniesioną ponad polityków. Komarow nie miałby wówczas pretekstu, że kościół miesza się do polityki czy też występuje przeciwko niemu, choćby nawet w skrytości ducha żywił jakieś podejrzenia. Poza tym jest jeszcze jedna sprawa...

Nigel Irvine zaczął z wielką wprawą roztaczać przed Aleksiejem wizję odmiennej przyszłości: zgodną współpracę duchowieństwa z monarchią, odzyskanie przez kościół prawosławny dawnego znaczenia, powrót patriarchy Moskwy i Wszechrusi do poprzedniej siedziby w obrębie murów Kremla, a także napływ nowych kredytów z zachodu i stabilizację gospodarki państwa.

– W tym, co pan mówi, jest wiele logiki i obraz ten przemawia do mego serca – odezwał się po dłuższym namyśle Aleksiej. – Ale ja czytałem Czarny Manifest i znam tę przerażającą perspektywę, natomiast moi bracia w Jezusie zasiadający w zgromadzeniu biskupów nie znają owego programu i nie uwierzą mi na słowo. Proszę opublikować maszynopis, a może wówczas naród rosyjski... Nie, sir Nigelu, moje obawy wcale nie wynikają stąd, że nie doceniam mądrości prostego ludu.

– A gdyby zamiast eminencji przemówił ktoś inny? Głos Waszej Świątobliwości na pewno musi być traktowany jako oficjalne stanowisko kościoła. Ale za takim rozwiązaniem, przy milczącej aprobacie eminencji, mógłby się wypowiedzieć człowiek odznaczający się niezwykłą siłą perswazji.

Irvine miał na myśli ojca Gregora Rusakowa, któremu swobodę wędrówki i głoszenia duchowych nauk patriarcha zapewnił własnym autorytetem, co było ze strony Aleksieja gestem olbrzymiej odwagi.

Rusakow już za młodu dał się poznać jako niepokorna „czarna owca". Przenoszono go z jednego seminarium do drugiego, gdyż według KGB był zbyt inteligentny i zanadto oddany misji duszpasterstwa, a mimo wszelkich nacisków nie chciał zrezygnować ze swego powołania. W końcu zamknął się na kilka lat wewnątrz murów niewielkiego monastyru zagubionego na Syberii, ale wyszedł stamtąd jakby natchniony i podjął nie kończącą się wędrówkę po kraju. Wszędzie, gdzie tylko mógł, wygłaszał swoje porywające kazania, bez przerwy uciekając przed donosicielami i agentami tajnej policji.

Został jednak schwytany i skazany na pięć lat pobytu w obozie pracy za „działalność antypaństwową". Podczas sfingowanej rozprawy sądowej odmówił pomocy adwokata i bronił się sam, czyniąc to w sposób tak błyskotliwy, że nawet zmusił zespół sędziowski do przyznania, iż gwałcone są zapisy sowieckiej konstytucji.

Kiedy odzyskał wolność po ogłoszeniu przez Gorbaczowa amnestii dla wszystkich duchownych, szybko się okazało, że nie stracił nic ze swego zapału. Podjął wcześniejszą działalność, z tym że jął głośno obwiniać biskupów o uległość i korupcję. Ci poczuli się do tego stopnia urażeni, iż zaczęli wywierać naciski na patriarchę, by doprowadził do ponownego uwięzienia niepokornego kaznodziei.

Aleksiej II, włożywszy prostą sutannę diakona, pojechał na jeden z wieców zorganizowanych przez Rusakowa. Stojąc zaś nie rozpoznany w tłumie wiernych, rozmyślał tylko o tym, w jaki sposób nawrócić ten niezwykły zapał ojca Gregora, jego pasję i szczególne zdolności oratorskie, na służbę w intencji całego kościoła prawosławnego.

Nietrudno było spostrzec, w czym Rusakow przewyższa wszystkich diakonów: potrafił przemawiać językiem prostych ludzi. Kiedy stawał przed robotnikami, mówił tak jak oni, ale równie dobrze mógł głosić swe nauki wśród więźniów – wykorzystując słownictwo, które poznał w trakcie pobytu w obozie – jak i wśród młodzieży, gdyż doskonale znał ich środowisko i potrafił się wcielić w jednego z nich. Co więcej, jego kazania przyciągały rzesze kobiet, ponieważ tylko on umiał w odpowiedni sposób wyrazić żal z powodu ich ciężkiej doli, pomstując zarazem na alkoholizm, w który popadali ich mężowie.

Ten trzydziestopięcioletni mężczyzna, żyjący w celibacie i ascezie, dużo więcej mógł powiedzieć o wszelkich grzechach cielesnych, niż diakoni w ogóle wiedzieli na ten temat. Nie wstydził się, że dwa popularne czasopisma młodzieżowe przedstawiły go swoim czytelnikom jako symbol męskości.

Dlatego też Aleksiej Drugi nie wystąpił do milicji z wnioskiem o aresztowanie ojca Rusakowa, a zamiast tego zaprosił go na rozmowę. Spotkali się na skromnej kolacji w monastyrze Daniłowskim. Dyskusja trwała prawie całą noc. Aleksiej szczegółowo wyjaśnił ojcu Gregorowi jego rolę w nowej sytuacji, mówił o konieczności zreformowania całego kościoła, który tak długo pełnił służebną rolę wobec komunistycznej dyktatury, o potrzebie znalezienia właściwej drogi powrotu do nadrzędnego zadania, jakim jest głoszenie słowa bożego dla stu czterdziestu milionów rosyjskich chrześcijan.

Przed świtem zawarli umowę. Ojciec Gregor zgodził się nieco odmienić głoszone nauki. Miał nadal nawoływać wiernych, by szukali Boga i w swych domach, i w miejscach pracy, ale także w cerkwiach, nawet jeśli rozbrzmiewające tam słowa diakonów nie przypadają im do gustu. Owo ciche przyzwolenie patriarchy nie pozostało bez echa. Jedna z prywatnych stacji telewizyjnych rozpoczęła cotygodniowe transmisje z wieców organizowanych przez ojca Rusakowa, przez co jego kazania zyskały możliwość dotarcia do milionów ludzi, którzy nigdy dotąd nie mieli okazji wysłuchać oracji sławnego kaznodziei. W ten oto sposób do roku 1999 ojciec Gregor zyskał sławę najpopularniejszego mówcy w Rosji, dorównującego sławą Igorowi Komarowowi.

Patriarcha przez dłuższy czas milczał w zadumie, wreszcie rzekł:

– Dobrze, porozmawiam z ojcem Gregorem na temat przywrócenia caratu.

ROZDZIAŁ 15

Jak zawsze pod koniec listopada wiatr sypnął pierwszym śniegiem, zapowiadając nadejście zimowych mrozów.

Niski przysadzisty duchowny, chyląc głowę przed chłodnymi porywami, przeszedł przez plac Słowiański, minął otwartą bramę ogrodzenia i po chwili wkroczył do ciepłego wnętrza cerkwi Wszystkich Świętych na Kuliszkach, przesiąkniętego zapachem mokrych ubrań i dymem świec.

I tym razem ojciec był obserwowany z zaparkowanego samochodu. Dopiero gdy stało się jasne, że nikt go nie śledzi, pułkownik Griszyn wysiadł i ruszył jego śladem.

– Dzwoniłeś – rzucił krótko, przystanąwszy tuż za plecami duchownego, z dala od nielicznych wiernych zapatrzonych w ścienne malowidła.

– Wczoraj wieczorem przyjechał kolejny gość z Anglii.

– Nie z Ameryki? Jesteś pewien, że z Anglii?

– Tak, pułkowniku. Kilka minut po dziesiątej Jego Świątobliwość zapowiedział mi przybycie gościa z Anglii, otrzymałem polecenie przyprowadzić go do gabinetu. Starszy mężczyzna przyjechał ze znacznie młodszym tłumaczem. Przywitałem ich w drzwiach i zaprowadziłem do gabinetu patriarchy, a następnie przyniosłem kawę.

– O czym rozmawiali?

– Kiedy byłem w pokoju, ten starszy Anglik przepraszał Jego Świątobliwość, że słabo zna rosyjski. Tłumacz przekładał wiernie każde jego słowo. Potem zaś patriarcha kazał mi postawić tacę na stoliku i wyjść z gabinetu.

– Nie podsłuchiwałeś pod drzwiami?

– Próbowałem, ale chyba ten młodszy z przyjezdnych powiesił od wewnątrz na klamce swój gruby wełniany szal, który nie tylko przesłonił mi widok, ale i stłumił głosy. Parę minut później kozak ze straży wyruszył na obchód, musiałem więc uciekać z korytarza.

– Czy ten starszy Anglik nie wymienił swego nazwiska?

– Nie, przynajmniej ja tego nie słyszałem. Być może się przedstawił, kiedy szykowałem kawę. A z powodu tego szala na klamce niewiele mogłem wyłowić z rozmowy, docierały do mnie tylko pojedyncze słowa, nie układające się w jakąś sensowną całość.

– Mimo wszystko powtórz, co słyszałeś.

– Patriarcha jedynie raz podniósł głos, powtórzył zdumiony: „Restaurować monarchię?" Sprawiał wrażenie osłupiałego. Dalsza część rozmowy prowadzona była po cichu.

Griszyn odwrócił szybko głowę i zapatrzył się na wizerunek Matki Boskiej z dzieciątkiem na ręku. Czuł się tak, jakby otrzymał cios w twarz. Zapewne dla tego zidiociałego klechy owe dwa słowa nie miały większego sensu, ale on już się domyślał, na jaki temat dyskutowano.

Doskonale wiedział, że gdyby parlament zdecydował się powołać do życia monarchię konstytucyjną, w Rosji zabrakłoby miejsca dla prezydenta. Szefem rządu byłby nadal premier, zapewne przywódca większościowego ugrupowania w Dumie, ale miałby on ręce związane postanowieniami parlamentu. Taki scenariusz stanowił całkowite przeciwieństwo programu Igora Komarowa, zmierzającego do przywrócenia jednopartyjnej dyktatury.

– Jak wyglądał? – spytał cicho.

– Średniego wzrostu, szczupły, całkiem siwy, w przybliżeniu siedemdziesięcioparoletni.

– Nie wiesz, gdzie się zatrzymał?

– Zachowywał się zupełnie inaczej od tego poprzedniego, młodego Amerykanina. Przyjechał samochodem, a kierowca czekał na niego przed domem. Wiem na pewno, ponieważ odprowadzałem gości do wyjścia. I nie była to taksówka, lecz elegancka limuzyna. Zdążyłem jednak zapamiętać numery rejestracyjne.

Wręczył Griszynowi skrawek papieru.

– Doskonale się spisałeś, ojcze Maksymie. Twoje poświęcenie zostanie nagrodzone.

Podwładni pułkownika działali błyskawicznie. Wystarczył telefon do wydziału drogowego komendy głównej milicji i niespełna godzinę później Griszyn już wiedział, że tajemniczy gość przyjechał służbowym samochodem hotelu „Nacjonal".

Kuzniecow wziął na siebie rolę chłopca na posyłki. Tylko on mówił na tyle płynnie po angielsku, żeby recepcjonista się nie domyślił, iż wcale nie ma do czynienia z rodowitym Amerykaninem. Młody rzecznik prasowy USP wkroczył do hotelu w porze obiadowej.

– Przepraszam, czy zna pan angielski? – zwrócił się do portiera.

– Tak, oczywiście.

– To wspaniale. Wczoraj wieczorem niedaleko stąd jadłem obiad w restauracji, a przy sąsiednim stoliku siedział pewien starszy angielski dżentelmen. Zamieniliśmy kilka słów. Kiedy wyszedł z lokalu, zauważyłem, że zostawił to na stoliku.

Kuzniecow wyjął z kieszeni zapalniczkę, pozłacany, kosztowny model znanej firmy Cartier. Rosjanin uniósł brwi ze zdumienia.

– Tak?

– Wybiegłem za nim, ale było za późno. Anglik odjechał dużym czarnym mercedesem. Zdążyłem jednak zapamiętać numery rejestracyjne auta, a portier w restauracji powiedział, że to prawdopodobnie wóz z waszego hotelu.

Pokazał skrawek papieru z zapisanym numerem.

– Zgadza się, proszę pana, to nasz samochód. Chwileczkę.

Portier zajrzał do leżącej na jego biurku książki zleceń.

– To musiał być pan Trubshaw. Czy życzy pan sobie, byśmy oddali mu tę zapalniczkę?

– Oczywiście. Zostawię ją w recepcji i poproszę, żeby włożono do przegródki na klucze.

Kuzniecow odwrócił się szybko i ruszył w stronę kontuaru. Ledwie zauważalnym ruchem wsunął zapalniczkę z powrotem do kieszeni.

– Dzień dobry. Czy może mi pani powiedzieć, w którym pokoju zatrzymał się pan Trubshaw?

W recepcji dyżurowała ciemnowłosa ładna dziewczyna, która lubiła romansować z Amerykanami. Powitała więc przybysza uroczym uśmiechem.

– Chwileczkę.

Wystukała nazwisko gościa na klawiaturze komputera i po chwili ze smutkiem pokręciła głową.

– Przykro mi, ale pan Trubshaw i jego tłumacz wymeldowali się dzisiaj rano.

– Do diabła. Miałem nadzieję, że go jeszcze złapię. Nie wie pani, czy już wyjechał z Moskwy?

Dziewczyna ponownie obróciła się do klawiatury komputera.

– Niestety tak. Rezerwowaliśmy dla niego bilety dziś rano, w południe odleciał do Londynu.

Kuzniecow nie wiedział dokładnie, dlaczego Griszyn kazał mu odnaleźć tajemniczego pana Trubshawa, ale po powrocie do siedziby USP natychmiast przekazał zdobyte informacje. Kiedy tylko wyszedł z gabinetu, pułkownik zadzwonił do swego informatora z sekcji wizowej w ministerstwie spraw wewnętrznych. Po kilku minutach odebrał przesłaną faksem kopię wniosku złożonego w ambasadzie rosyjskiej przy Kensington Palace Gardens w Londynie. Nieco później goniec z ministerstwa dostarczył mu fotografię tajemniczego Anglika.

Griszyn nie znał tego człowieka, ale kazał sobie powiększyć jego zdjęcie, domyślał się bowiem, kto może mu pomóc w identyfikacji.

Pięć kilometrów dalej wzdłuż ulicy Twerskiej, gdzie główna trasa wylotowa w kierunku Mińska po raz kolejny zmienia nazwę i gdzie wznosi się gigantyczny Łuk Zwycięstwa, znajduje się niewielka boczna uliczka o nazwie Marosiejka. Stojące przy niej dwa długie bloki są w całości zamieszkane przez byłych pracowników KGB, którzy mogą się cieszyć stosunkowo wysokimi państwowymi emeryturami i dożywać swych dni w dość komfortowych warunkach.

Zimą 1999 roku był pośród nich jeden z najwybitniejszych dowódców wywiadu, autentyczna żywa legenda, generał Jurij Drozdow. W okresie zimnej wojny to on kierował wszystkimi operacjami KGB na wschodnim wybrzeżu Stanów Zjednoczonych, później zaś, po powrocie do Moskwy, objął dowództwo ściśle tajnego dyrektoriatu zwalczającego nielegalną działalność obcych wywiadów na terenie Rosji.

Według ówczesnych kryteriów działalność „nielegalną" prowadzili wszyscy agenci nie pracujący pod osłoną służby dyplomatycznej, a więc przenikający do rosyjskiego społeczeństwa jako biznesmeni czy naukowcy i w takiej roli próbujący werbować informatorów. W wypadku zdemaskowania tacy szpiedzy nie mogli liczyć na nic, czekało ich aresztowanie i pokazowy proces. W ciągu wieloletniej służby Drozdow osiągnął zdumiewające rezultaty w ściganiu tego typu agentów.

Pułkownik zetknął się z nim na krótko, kiedy tuż przed odejściem na emeryturę Drozdow objął kierownictwo wąskiej grupy specjalistów z Jasieniewa, których jedynym zadaniem była gruntowna analiza olbrzymiej masy dokumentów przekazywanych przez Aldricha Amesa, Griszyn zaś piastował podówczas stanowisko szefa zespołu zajmującego się przesłuchiwaniem ujawnionych zdrajców.

Poza tym obaj mężczyźni niewiele mieli ze sobą wspólnego. Drozdow był zwolennikiem subtelnych i wyrafinowanych metod działania, gardził stosowaniem brutalnej siły. Griszyn zaś, który nigdy nie przebywał poza granicami Związku Radzieckiego, jeśli nie liczyć jednego krótkiego i niezbyt pomyślnego wyjazdu do Berlina Wschodniego, z niechęcią spoglądał na oficerów Wydziału Pierwszego spędzających po wiele lat na Zachodzie, a tym samym „zarażonych" burżuazyjnymi manierami. Mimo to generał zgodził się go przyjąć w swoim mieszkaniu przy Marosiejce. Po krótkim powitaniu Griszyn położył przed Drozdowem powiększoną fotografię tajemniczego Anglika.

– Czy widzieliście kiedykolwiek tego człowieka? – zapytał.

Ku jego bezgranicznemu zdumieniu, weteran rosyjskiego wywiadu odchylił głowę do tyłu i wybuchnął głośnym śmiechem.

– Czy go widziałem? Nie, nigdy się nie spotkaliśmy. Ale ta twarz powinna być wyryta głęboko w pamięci wszystkich oficerów, jacy kiedykolwiek pracowali w Jasieniewie. Naprawdę nie wiecie, pułkowniku, kto to jest?

– Nie. Inaczej bym do was nie przyjeżdżał.

– Między sobą nazywaliśmy go Lisem. To Nigel Irvine, który w latach sześćdziesiątych i siedemdziesiątych kierował wieloma operacjami wymierzonymi przeciwko nam. Pod koniec swej kariery przez sześć lat pełnił funkcję głównodowodzącego brytyjskich służb wywiadowczych.

– Więc to szpieg?

– Arcyszpieg, a raczej nadzorca szpiegów – skorygował Drozdow. – To zupełnie co innego. Był zresztą jednym z najlepszych specjalistów w swoim rzemiośle. Dlaczego ten człowiek was interesuje?

– Wczoraj pojawił się w Moskwie.

– Niemożliwe! Nie wiecie, w jakim celu?

– Nie – skłamał Griszyn.

Generał przez chwilę uważnie spoglądał mu w oczy, jakby nie mógł uwierzyć w to stanowcze, pospiesznie zaprzeczenie.

– W każdym razie cóż on może mieć wspólnego z waszą działalnością? Zrezygnowaliście ze służby i, jeśli mnie pamięć nie myli, dowodzicie teraz tą armią ubranych na czarno bandytów Komarowa. Zgadza się?

– Jestem szefem służb bezpieczeństwa Unii Sił Patriotycznych – odparł dumnie pułkownik.

– Cóż to za różnica? – mruknął generał, po czym z kwaśną miną odprowadził Griszyna do wyjścia. – Jeśli pojawi się jeszcze raz, przekażcie mu, żeby wpadł do mnie na pogawędkę – rzucił za plecami odchodzącego, a później, zamykając już drzwi, dodał pod nosem: – Idiota.

Griszyn polecił swemu informatorowi w sekcji wizowej ministerstwa spraw wewnętrznych, aby go natychmiast zawiadomił, gdyby niejaki Nigel Irvine alias pan Trubshaw po raz kolejny przyleciał do Moskwy.

Następnego dnia generał armii Nikołaj Nikołajew udzielał wywiadu reporterowi „Izwiestii", wciąż największego rosyjskiego dziennika. Kierownictwo redakcji uznało to wydarzenie za niezwykłe, ponieważ dotychczas stary weteran odmawiał jakichkolwiek kontaktów z prasą.

Dość ostentacyjnie rozpoczęto przygotowania do obszernej publikacji związanej z siedemdziesiątymi czwartymi urodzinami generała, toteż pierwsze pytanie dziennikarza dotyczyło stanu zdrowia Nikołajewa.

Ten siedział prosto w głębokim, obitym skórą fotelu, w wynajętym na tę okazję gabinecie klubu oficerskiego Akademii Frunzeńskiej. Popatrzył na reportera z pogardą, jakby w ten sposób chciał mu dać do zrozumienia, że czuje się znakomicie.

– Mam swoje zęby – burknął – nie używam okularów, a na rękę mógłbym jeszcze pokonać wielu chuchrowatych młodzików w waszym wieku.

Prowadzący wywiad przekroczył już czterdziestkę, lecz wolał nie sprawdzać chełpliwej opinii swego rozmówcy. Natomiast fotoreporterka, dziewczyna dwudziestoparoletnia, patrzyła na generała z podziwem. Dobrze pamiętała wojenne wspomnienia swego dziadka, który zetknął się z młodym dowódcą batalionu czołgów w Berlinie przed czterdziestu pięciu laty.

Rozmowa stopniowo zeszła na sytuację w kraju.

– Ten stan jest godny pożałowania – oznajmił „wujek Kola". – Coraz większy chaos.

- Przypuszczam, że w styczniowych wyborach prezydenckich będzie pan głosował na lidera USP, Igora Komarowa – rzekł dziennikarz.
- Na niego? Nigdy! – Nikołajew prychnął pogardliwie. – Cała ta Unia to jedna wielka banda faszystów, ot co! Nie chciałbym się do nich zbliżyć nawet na długość wysterylizowanego bosaka!
- Nie rozumiem... – wymamrotał reporter. – Dotychczas sądziłem...
- Młody człowieku, nie myślcie nawet przez sekundę, że dałem się zwieść tym tandetnym patriotycznym bzdurom, jakimi Komarow szafuje na lewo i prawo. Widziałem dowody prawdziwego patriotyzmu, chłopcze. Napatrzyłem się na ludzi, którzy przelewali krew i oddawali życie za ojczyznę. Chyba nie muszę tłumaczyć, że nauczyłem się rozróżniać autentyczny patriotyzm od fałszu. A ten Komarow nie jest ani trochę patriotą, potrafi tylko gadać brednie i mieszać ludziom w głowach.
- Rozumiem – mruknął dziennikarz, choć w gruncie rzeczy niczego nie rozumiał i był skrajnie osłupiały. – Ale z pewnością wielu Rosjan popiera jego plany uzdrowienia sytuacji w Rosji...
- Jego plany dotyczące Rosji to krwawa jatka! – wycedził przez zęby „wujek Kola". – Czyżbyśmy za mało jeszcze przelali rosyjskiej krwi na tej ziemi? Musiałem szczegółowo zapoznać się z tymi parszywymi projektami i nie życzę sobie więcej mieć z nimi do czynienia. Ten człowiek to faszysta. Chyba wiecie, że przez całe swoje życie walczyłem z faszystami. Strzelałem do nich pod Kurskiem i w czasie operacji „Bagration", ścigałem ich przez Wisłę aż do samego cholernego bunkra w centrum Berlina. Dlatego umiem ich rozpoznawać. Niemiec czy Rosjanin, faszysta zawsze pozostanie faszystą. A tacy jak on to... – Nikołajew zawahał się, choć miał już na końcu języka bardzo dosadne słowo, ale ze względu na obecność kobiety szybko się opanował i dokończył: – ...*mierzawcy!*
- Nie zaprzeczy pan jednak – pospiesznie wtrącił dziennikarz – że Rosję trzeba oczyścić z wszelkich brudów?
- Ależ tak, brudów jest u nas pod dostatkiem. Tyle tylko, że większość z nich wcale nie należy do mniejszości narodowych, wystarczająco wielu łajdaków jest wśród Rosjan. Bo kim są ci śliscy politycy i przekupni urzędnicy, którzy działają ręka w rękę z gangsterami?
- Ależ Komarow zamierza właśnie rozprawić się z gangsterami...
- Tenże cholerny Igor Komarow czerpie wszystkie fundusze na swoją działalność z gangsterskich zysków, czyżbyście o tym nie wiedzieli? A skąd, według was, płynie ta gigantyczna rzeka pieniędzy na jego kampanię wyborczą? Z loterii fantowych? Jeśli on obejmie urząd prezydenta, cały nasz kraj do reszty wykupią gangsterzy. Powtarzam, chłopcze, iż żaden człowiek, który nosił mundur w służbie dla ojczyzny, i nosił go z dumą, nigdy się nie zgodzi, aby teraz tę samą służbę pełnili ci złodzieje paradujący w czarnych strojach.
- To co powinniśmy robić?

Siwowłosy generał sięgnął po leżącą obok gazetę i obrócił ją ostatnią stroną do reportera.

– Widzieliście wczorajsze wystąpienie tego ojczulka w telewizji?

– Ojca Gregora, wędrownego kaznodziei? Nie, a dlaczego pytacie?

– Być może to on ma rację, a my się myliliśmy przez te wszystkie lata. I teraz powinniśmy wrócić do Boga i naszego cara.

Wywiad wzbudził prawdziwą sensację, choć nie tyle z powodu samej treści, ile autora bulwersujących wypowiedzi. Oto bowiem cieszący się powszechnym szacunkiem stary generał przedstawił demaskatorski materiał, który miał trafić nie tylko do każdego oficera i szeregowca pełniącego służbę wojskową, lecz także do większości spośród dwudziestu milionów weteranów wojennych.

Co więcej, wywiad ten został przedrukowany w całości przez wojskowy tygodnik „Nasza Armia", spadkobiercę „Czerwonej Gwiazdy", docierający do każdych koszar na terenie Rosji. Jego fragmenty zaś były cytowane w ogólnokrajowych wiadomościach telewizyjnych i licznych programach radiowych. Jakby zdeprymowany tą nagłą popularnością, generał odmówił jakichkolwiek dalszych wypowiedzi na ten temat.

W siedzibie przy bulwarze Kisielnym Kuzniecow był bliski płaczu, kiedy stanął przez obliczem śmiertelnie poważnego Igora Komarowa.

– Nie potrafię tego zrozumieć, panie prezydencie. Po prostu nie mieści mi się to w głowie. Gdybym miał wskazać wśród obywateli tego kraju człowieka, którego uważam za oddanego ideałom USP i pańskiego gorącego zwolennika, wybrałbym właśnie generała Nikołajewa.

Zarówno Komarow jak i Anatolij Griszyn, który stał przy oknie i spoglądał na ośnieżone podwórze, wysłuchali nerwowej relacji rzecznika prasowego w całkowitym milczeniu. Szybko odesłali Kuzniecowa do jego gabinetu, aby nadal wydzwaniał do różnych redakcji i próbował jakoś załagodzić niekorzystne wrażenie tej wypowiedzi.

Nie było to jednak wcale proste. Nie wystarczyło po prostu nazwać „wujka Koli" sklerotycznym starcem, który postradał zmysły, bo nikt nie dałby temu wiary. Kuzniecowowi pozostało jedynie tłumaczyć, że generał wyciągnął całkowicie mylne wnioski. Ale w każdej rozmowie jak bumerang powracało pytanie o faktyczne źródło finansowania USP, zadawane z coraz to większą dociekliwością.

Znacznie łatwiej byłoby odzyskać utraconą nagle pozycję, gdyby można zamieścić obszerne sprostowanie w najbliższym wydaniu *Probudis'!*, a później przedrukować je, ewentualnie z dalszymi wyjaśnieniami, w kolejnym numerze *Rodiny*. Na nieszczęście maszyny w drukarni zostały zniszczone w zamachu bombowym, a nowe płynęły w ładowni statku, który dopiero wyszedł z portu w Baltimore.

Natomiast martwą ciszę w gabinecie przywódcy USP dopiero po dłuższym czasie przerwał Komarow.

– On musiał czytać Czarny Manifest, prawda?

– Na to wygląda – odparł Griszyn.

– Najpierw zniszczenie naszych pras drukarskich, później potajemne rozmowy z patriarchą, a teraz to. Co się dzieje, do cholery?

– Ktoś sabotuje naszą działalność, panie prezydencie.

Igor Komarow przez cały czas mówił cicho, nawet zbyt cicho. Był jednak wyraźnie pobladły, a na jego policzkach stopniowo rozpalały się czerwone rumieńce. Podobnie jak osobisty sekretarz, Akopow, Anatolij Griszyn także miał już możność oglądać wybuch niepohamowanej wściekłości faszystowskiego przywódcy i w takich chwilach nawet on się go bał. Kiedy parę sekund później Komarow odezwał się ponownie, mówił już niemal szeptem.

– Od początku pozostajesz u mego boku, Anatolij, jesteś moim najbliższym współpracownikiem, człowiekiem, który poza mną skupia w swych rękach najwięcej władzy w całej Rosji i powinien mnie ochronić przed akcjami sabotażystów. Kto to robi?

– Pewien Anglik, niejaki Irvine, oraz Amerykanin nazwiskiem Monk.

– Jest ich dwóch? Tylko dwóch?

– Na pewno mogą liczyć na jakieś wsparcie, panie prezydencie. Mają jednak Czarny Manifest i pokazują go różnym ludziom.

Komarow podniósł się zza biurka, chwycił ciężką ebonitową linijkę i zaczął nią rytmicznie uderzać w otwartą lewą dłoń. Stopniowo zaczynał coraz bardziej podnosić głos.

– Więc znajdź ich i zgnieć, Anatolij. Dowiedz się, jakie planują następne posunięcie i zrób wszystko, żeby im przeszkodzić. A teraz posłuchaj mnie uważnie. Piętnastego stycznia, już za sześć tygodni, sto dziesięć milionów obywateli Rosji winno pójść do urn wyborczych, aby zagłosować na swego prezydenta. Wolałbym, żeby oddali swe głosy na mnie. Jeśli założymy siedemdziesięcioprocentową frekwencję, oddanych zostanie siedemdziesiąt siedem milionów głosów. Mnie wystarczy czterdzieści milionów. Pragnę zwyciężyć już w pierwszej turze, nie chcę żadnych dogrywek. Jeszcze tydzień temu mogłem liczyć na sześćdziesiąt milionów głosów, ale przez tego idiotę, generała, już straciłem dziesięć!

Ostatnie słowo przypominało histeryczny krzyk. Linijka unosiła się i opadała coraz szybciej, lecz teraz Komarow walił nią o blat biurka. Po chwili zaczął ciskać najgorsze obelgi na swoich prześladowców, a wściekłość wyładowywać na aparacie telefonicznym. Po kilku uderzeniach bakelitowa obudowa potrzaskała, a jej kawałki poleciały na podłogę. Griszyn ciągle stał bez ruchu przy oknie. Zwrócił jednak uwagę, że za drzwiami panowała martwa cisza, widocznie cały personel biura, słysząc te wrzaski, dosłownie zamarł z przerażenia.

– A tu jeszcze jakiś zdurniały klecha wyciąga nowego królika z cylindra i zaczyna nawoływać do przywrócenia caratu! W tym kraju nie będzie innego cara ode mnie, a kiedy obejmę rządy, nauczę ich wszystkich takiej dyscypliny, że Iwana Groźnego będą wspominać jak potulnego ministranta!

Wykrzykując te słowa, z coraz większą zaciekłością okładał linijką pogruchotane szczątki telefonu i spoglądał na nie takim wzrokiem, jakby zamiast resztek owego pożytecznego urządzenia rzeczywiście miał przed sobą rosyjski naród, który trzeba nauczyć dyscypliny razami knuta.

Wykrzyczane na cały głos słowo „ministrant" przebrzmiało wreszcie i Komarow cisnął linijkę na blat. Kilkakrotnie zaczerpnął głęboko powietrza, w końcu się opanował. Po krótkiej przerwie znowu przemówił zrównoważonym tonem, ale ręce trzęsły mu się do tego stopnia, że musiał zacisnąć palce na krawędzi biurka.

– Dziś wieczorem będę przemawiał na wiecu we Władimirze, największym moim spotkaniu z wyborcami podczas tej kampanii. Relacja z wiecu ma być pojutrze puszczona w telewizji. Od tej pory zamierzam co wieczór zwracać się do narodu, aż do zakończenia kampanii wyborczej. Fundusze na ten cel już zostały zgromadzone. To zresztą moja sprawa. Kuzniecow zajmie się transmisjami telewizyjnymi. – Stojąc za biurkiem, wyprostował się nagle i oskarżycielskim gestem wymierzył wskazujący palec prosto w twarz pułkownika. – Natomiast ty, Griszyn... Ty i tylko ty, musisz powstrzymać sabotażystów!

Ostatnie zdanie także zostało wykrzyczane, ale Komarow zaraz opadł ciężko na krzesło i ruchem ręki nakazał Griszynowi wyjść. Ten odwrócił się bez słowa, sprężystym krokiem ruszył w stronę drzwi i po chwili zamknął je za sobą.

Za czasów komunizmu w Związku Radzieckim istniał tylko jeden bank, Narodowy. Ale po wprowadzeniu reform i zapoczątkowaniu gospodarki wolnorynkowej różnorodne banki zaczęły wyrastać jak grzyby po deszczu i w krótkim czasie powstało ich aż osiem tysięcy.

Większość z nich funkcjonowała jednak bardzo krótko i najczęściej zamykała swe podwoje, jednocześnie pochłaniając bezpowrotnie zdeponowane w nich pieniądze. Inne po prostu znikały w ciągu jednej nocy, z takim samym skutkiem. Ci nieliczni bankierzy, którzy zdołali wytrwać na rynku, musieli się uczyć bankowości niemal od podstaw, gdyż w ustroju komunistycznym nie mieli szans na zdobycie jakichkolwiek doświadczeń.

W dodatku wcale nie było to bezpieczne zajęcie. W ciągu dziesięciu lat w Rosji zamordowano ponad czterystu bankierów – najczęściej za to, że nie chcieli się zgodzić na współpracę z gangsterami, którzy żądali udzielenia im wysokich kredytów bez żadnych zabezpieczeń czy też przystąpienia do nielegalnych interesów.

Pod koniec lat dziewięćdziesiątych pozostało ostatecznie około czterystu cieszących się pewną reputacją banków, a co najmniej z pięćdziesięcioma z nich zachodni inwestorzy gotowi byli podjąć współdziałanie. Najważniejsze miały swe siedziby w Sankt Petersburgu i Moskwie, która stała się prawdziwym centrum rosyjskiej bankowości.

I jak w krzywym zwierciadle sytuacji panującej w świecie przestępczym, banki także zaczęły się jednoczyć w korporacje, dopóki dziesięć najpotężniejszych nie skupiło w swych rękach osiemdziesięciu procent wszystkich obrotów kapitałowych. Zresztą w niektórych wypadkach miały do czynienia z tak gigantycznymi inwestycjami, że ich kredytowanie było możliwe tylko przy ścisłej współpracy dwóch lub nawet trzech banków tworzących konsorcjum.

Zimą roku 1999 najbardziej liczącymi się na rynku były: Most Bank, Smoleński oraz najpotężniejszy z nich wszystkich, Moskiewski Bank Federalny.

W pierwszych dniach grudnia Jason Monk poprosił o rozmowę właśnie z prezesem Banku Moskiewskiego. Biurowiec był co najmniej tak samo strzeżony jak amerykański Fort Knox.

Ze względu na zagrożenie zdrowia i życia członkowie kierownictwa największych banków dysponowali tak silnymi oddziałami osobistej ochrony, że przy nich obstawa amerykańskiego prezydenta wyglądałaby jak niewinna gromadka. W każdym razie prezesi tychże trzech banków dużo wcześniej przenieśli swe rodziny odpowiednio do Londynu, Paryża oraz Wiednia, sami zaś przylatywali do Moskwy prywatnymi odrzutowcami. Tutaj nad ich bezpieczeństwem czuwały brygady liczące setki ludzi, a jeśli wziąć pod uwagę ochronę banków i ich filii, liczebność tych prawdziwych armii szła w tysiące.

Uzyskanie zgody na rozmowę z prezesem Moskiewskiego Banku Federalnego bez ustalenia z dużym wyprzedzeniem daty spotkania było czymś niespotykanym. Monkowi jednak to się udało, przywiózł bowiem ze sobą coś równie niezwykłego.

Po szczegółowej rewizji i oględzinach zawartości jego aktówki w niewielkim pokoiku na parterze budynku, zezwolono mu pojechać pod eskortą do biura kierownika zmiany, które znajdowało się trzy piętra poniżej prywatnych apartamentów prezesa.

Tutaj przedstawiony przez niego list przeczytał uważnie młody uprzejmy Rosjanin mówiący płynnie po angielsku. Poprosił Monka, by zaczekał, po czym zniknął za masywnymi dębowymi drzwiami, otwierającymi się automatycznie po wystukaniu odpowiedniej kombinacji cyfr na pulpicie zamka elektronicznego. Jason spędził długie minuty oczekiwania pod czujnym okiem dwóch uzbrojonych strażników. Wreszcie, ku zaskoczeniu młodej recepcjonistki siedzącej przy sąsiednim biurku, w drzwiach ukazał się osobisty sekretarz prezesa i poprosił Monka, by poszedł za nim. W sąsiednim pomieszczeniu znów poddano go kontroli, tym razem za pomocą elektronicznej sondy do wykrywania metali. Młody Rosjanin przeprosił go za tę niedogodność.

– Rozumiem – odparł Monk. – Żyjemy w ciężkich czasach.

Dwa piętra wyżej znowu musiał zaczekać w obszernym przedpokoju, w końcu został zaproszony do prywatnego gabinetu Leonida Grigoriewicza Bernsteina.

List, który Jason przedstawił, leżał na blacie biurka. Bankier okazał się niskim, krępym mężczyzną o krótkich, kręconych siwych włosach, ubranym w niezwykle elegancki popielatoszary garnitur, pochodzący zapewne z Savile Row. Wstał zza biurka i wyciągnął dłoń na powitanie, po czym wskazał Monkowi krzesło. Nie uszło uwagi Jasona, że Rosjanin zajmujący miejsce pod przeciwległą ścianą, obok drzwi, ma lekko wypchaną marynarkę po lewej stronie pod pachą. Prawdopodobnie osobisty sekretarz miał dyplom uniwersytetu w Oxfordzie, ale Bernstein dodatkowo zadbał o to, by dopełnił on swego wykształcenia choćby w takiej instytucji jak Quantico.

– Jak się toczą sprawy w Londynie? – zapytał bankier, wskazując leżący przed nim list. – Zdaje się, że przyleciał pan niedawno, panie Monk?

– Kilka dni temu – odparł Jason.

Dostarczony przez niego list został napisany na bardzo drogim kremowym papierze czerpanym, w którego rogu był wydrukowany emblemat przedstawiający pięć związanych razem strzał, symbolizujących pięciu synów Mayera Amschela Rothschilda z Frankfurtu. Ów firmowy papier listowy był oryginalny, podrobiony został jedynie odręczny podpis sir Evelyna de Rothschilda, widniejący poniżej krótkiego tekstu. Potwierdziło się jednak, iż żaden bankier nie odmówi przyjęcia w swym gabinecie osobistego wysłannika prezesa firmy N.M. Rothschild & Sons, mającej swą siedzibę przy Saint Swithin's Lane w Londynie.

– Sir Evelyn miewa się dobrze? – zapytał Bernstein.

– O ile mi wiadomo, tak – odrzekł Monk, niespodziewanie przechodząc na rosyjski – ale to nie on podpisał ten list. – Złowił jakiś szelest dochodzący od strony drzwi. – Byłbym jednak niezwykle wdzięczny, gdyby pański młody przyjaciel nie wpakował mi kulki w plecy. Nie noszę kamizelki kuloodpornej, a wolałbym jeszcze pozostać przy życiu. Poza tym nie mam przy sobie żadnej broni i nie przybyłem tu z zamiarem wyrządzenia panu jakiejkolwiek krzywdy.

– Więc czego pan chce?

Monk pospiesznie zrelacjonował wydarzenia z piętnastego lipca.

– Bzdura – odezwał się w końcu Bernstein. – Nigdy dotąd nie słyszałem czegoś równie głupiego. Dobrze znam Komarowa, muszę o nim wiedzieć niemal wszystko, skoro chcę nadal prowadzić tu interesy. Na mój gust jego poglądy są zbyt skrajnie prawicowe, lecz jeśli pan sądzi, że wystąpienia antysemickie stanowią coś nowego, to naprawdę niewiele pan wie o Rosji. Wszyscy politycy występują przeciwko Żydom, ale wszyscy też muszą korzystać z pomocy bankierów.

– Co innego antysemickie wystąpienia, panie Bernstein, a co innego program polityczny, który mam w tej aktówce.

Prezes przez chwilę wpatrywał się w niego w milczeniu.

– A więc przyniósł pan ze sobą ten manifest?

- Tak.
- Jak postąpiłby Komarow i jego bojówkarze, gdyby się dowiedzieli, że pan tu jest?
- Od razu by mnie zabili. Griszyn porozsyłał swych ludzi po całym mieście, od dłuższego czasu mnie szukają.
- Musi pan mieć sporo odwagi.
- Zgodziłem się wykonać to zadanie. Kiedy poznałem treść manifestu, doszedłem do wniosku, że warto zaryzykować.

Bernstein wyciągnął rękę przez biurko.
- Proszę mi go pokazać.

Monk wręczył mu najpierw raport zatytułowany „Weryfikacja". Bankier był przyzwyczajony do szybkiego czytania obszernych dokumentów, toteż zakończył lekturę już po dziesięciu minutach.
- Zginęły trzy osoby?
- Tak. Stary sprzątacz, osobisty sekretarz Akopow, który przez nieuwagę zostawił na biurku skradziony później maszynopis, oraz Jefferson, angielski dziennikarz, zdaniem Komarowa znający treść manifestu.

Bernstein wcisnął klawisz interkomu.
- Ludmiła, sprawdź doniesienia agencyjne z drugiej połowy lipca oraz początku sierpnia i zobacz, czy w tutejszej prasie pojawiło się cokolwiek na temat Akopowa oraz angielskiego dziennikarza o nazwisku Jefferson. W sprawie tego Rosjanina przejrzyj również nekrologi.

Bankier zapatrzył się na ekran komputera, na którym musiał się pojawić kopie wycinków prasowych, gdyż po jakimś czasie mruknął:
- Zgadza się, obaj zginęli. A i pan by do nich dołączył, panie Monk, gdyby teraz został schwytany.
- Mam nadzieję, że tak się nie stanie.
- No cóż, skoro już podjął pan tak wielkie ryzyko, to rzucę okiem na ów program, jaki Komarow zamierza wprowadzać w życie.

Ponownie wyciągnął rękę i Jason wręczył mu maszynopis w czarnych okładkach. Bernstein zaczął czytać szybko, ale później zwolnił. Z pewnym fragmentem tekstu zapoznawał się kilkakrotnie, parę razy wracając do wcześniejszych akapitów. Wreszcie, nie podnosząc głowy, rzekł:
- Ilja, zostaw nas samych. Wszystko w porządku, nic mi nie grozi.

Monk usłyszał, jak sekretarz po cichu zamknął za sobą drzwi. Bankier popatrzył na niego badawczo.
- To nie może być prawdą.
- Całkowita eksterminacja? Dlaczego nie? Przecież próbowano już tego nieraz.
- Ale w Rosji nadal mieszka ponad milion Żydów, panie Monk.
- Wiem o tym. Najwyżej co dziesiątego stać na to, żeby wyjechać za granicę.

Bernstein wstał zza biurka i podszedł do okna, z którego rozciągał się widok na dachy sąsiednich budynków. Szyba w oknie miała delikatnie

zielonkawy odcień, była wykonana ze szkła dwunastocentymetrowej grubości i mogła się oprzeć pociskowi z przeciwpancernego granatnika.
- Więc tym bardziej to nie może być prawdą.
- My jednak uważamy, że ten program jest autentyczny.
- Wy? To znaczy kto?
- Ludzie, którzy mnie tu przysłali. To grupa nadzwyczaj wpływowych osobistości, lękających się jednak dojścia do władzy Komarowa.
- Czy pan jest Żydem, panie Monk?
- Nie.
- Więc ma pan szczęście. Komarow i tak wygra wybory, prawda? Według sondaży żaden inny kandydat nie zdoła mu zagrozić.
- Ten stan może się jeszcze zmienić. Przedwczoraj generał Nikołajew ujawnił pewne fakty i już można zaobserwować efekt jego wystąpienia. Ponadto liczymy na stanowisko kościoła prawosławnego. Być może uda się nam zapobiec katastrofie.
- Ach, stanowisko kościoła... Duchowni także nie lubią Żydów, panie Monk.
- To prawda, ale i oni przede wszystkim obawiają się realizacji planów Komarowa.
- Zatem próbuje pan zmontować szeroką koalicję?
- Coś w tym rodzaju. Kościół, armia, bankierzy, mniejszości narodowe. Przyda się każda siła. Czy widział pan ostatnie wystąpienia tego wędrownego kaznodziei, który nawołuje do restauracji caratu?
- Owszem. Moim zdaniem to skrajna głupota. Ale zawsze lepszy car niż faszyści. Czego się pan po mnie spodziewa, panie Monk?
- Ja? Niczego. To pan musi dokonać wyboru. Jest pan prezesem konsorcjum grupującego cztery potężne banki i kontrolującego dwie niezależne stacje telewizyjne. Czy pański grumman stoi w pogotowiu na lotnisku?
- Tak.
- Przelot do Kijowa zajmie panu najwyżej dwie godziny.
- Po co miałbym lecieć do Kijowa?
- Żeby odwiedzić Babi Jar.
Leonid Bernstein błyskawicznie odwrócił się od okna.
- Może pan już iść, panie Monk.
Jason wziął z biurka oba dokumenty i schował je z powrotem do aktówki. Doskonale rozumiał, że posunął się za daleko. Babi Jar to wąwóz niedaleko Kijowa, gdzie w latach od 1941 do 1943 hitlerowcy rozstrzelali ponad sto tysięcy osób, używając ciężkich karabinów maszynowych i ustawiając cywilów na samej krawędzi jaru, żeby nie musieć potem usuwać zwłok. Wśród zabitych byli polityczni komisarze i komunistyczni urzędnicy, ale ponad dziewięćdziesiąt pięć procent stanowili ukraińscy Żydzi.
Monk był już przy drzwiach, kiedy Bernstein zapytał:

– Czy pan tam był, panie Monk?
– Nie.
– Więc co pan wie na temat Babiego Jaru?
– Słyszałem, że jest to przygnębiające miejsce.
– Ja byłem w Babim Jarze. To miejsce jest przerażające. Życzę miłego dnia, panie Monk.

Gabinet Doktora Lancelota Probyna w gmachu College of Arms przy Queen Victoria Street był niewielki i straszliwie zaśmiecony. Na każdej poziomej powierzchni piętrzyły się stosy papierzysk, porozkładanych bez żadnej widocznej myśli przewodniej i w olbrzymiej większości nie mających chyba żadnego związku z badaniami genealogicznymi.

Kiedy sir Nigel Irvine stanął w drzwiach, Probyn poderwał się na nogi, zgarnął z krzesła na podłogę olbrzymią stertę materiałów dotyczących rodziny Grimaldich i poprosił gościa, żeby usiadł.

– Jak się przedstawiają sprawy sukcesji? – zapytał Irvine.
– Kwestia pretendentów do tronu Romanowów? Nie najlepiej, tak jak myślałem. Jest jeden kandydat mający duże szanse, lecz w ogóle o tym nie myśli, drugi, złakniony zaszczytów, choć nie może być brany pod uwagę z dwóch ważnych powodów, i jeszcze pewien Amerykanin, który dotąd nie wypowiadał się w tej sprawie i zapewne także nie ma szans powodzenia.

– To rzeczywiście niewesoło – mruknął Irvine.

Doktor Probyn poruszył się nerwowo i zmarszczył brwi. Był w swoim żywiole, w świecie, gdzie liczyły się tylko sprawy dziedzictwa oraz koligacenia rodów poprzez związki małżeńskie i gdzie obowiązywały swoiste prawa.

– Zacznijmy od uzurpatorów – rzekł. – Nie wiem, czy pamięta pan niejaką Annę Anderson, która przez całe życie utrzymywała, że jest wielką księżną Anastazją, cudem ocalałą z masakry w Jekaterinburgu. Oczywiście kłamała. Po jej śmierci przeprowadzono badania DNA i te wykazały, iż nie mogła pochodzić z carskiej rodziny. Kilka lat później, kiedy w Madrycie zmarł człowiek utrzymujący, że jest wielkim księciem Aleksiejem, wyszło na jaw, iż był zawodowym oszustem z Luksemburga. A więc zostały tylko trzy osoby, o których od czasu do czasu pisuje się w prasie, najczęściej niezbyt pochlebnie. Czy słyszał pan o księciu Georgiju?

– Niestety nie, doktorze.

– No cóż, to i tak nie ma znaczenia. Ten młody człowiek od dawna jest przedstawiany w całej Europie jako następca rosyjskiego cara, a kryje się za tym jego nadzwyczaj ambitna matka, wielka księżna Maria, córka zmarłego wielkiego księcia Władimira. Lecz tylko sam Władimir mógłby pretendować do tronu, był bowiem w prostej linii prawnukiem rządzącego imperatora, chociaż i on nie miałby większych szans, gdyż jego matka, w chwili narodzin Władimira, nie należała do kościoła prawosławnego, a to jeden z niezbędnych warunków sukcesji. W każdym razie córka Władimira, Maria, nie ma żadnych podstaw do ubiegania się o tron, wbrew temu wszystkiemu, co głosi. Działa tu przepis Pawła Romanowa.

– To znaczy?

– Car Paweł Pierwszy wprowadził przepis, że o prawa sukcesji, poza nielicznymi wyjątkowymi sytuacjami, mogą się ubiegać wyłącznie potomkowie w linii męskiej. Córki nie mają żadnych praw. To objaw dyskryminacji, ale często wprowadzano takie zapisy i obowiązują one do dziś. Zatem wielka księżna Maria powinna nosić tytuł księżniczki Marii, a jej syn nie może być już zaliczony do carskiej rodziny. Przepis Pawła mówi wyraźnie, że dziedzictwo nie obejmuje potomstwa córek osób panujących.

– Zatem księżniczka Maria, wbrew głoszonym tezom, nie może na nic liczyć?

– Dokładnie tak. Pożera ją ambicja, ale nie ma realnych podstaw.

– Wspomniał pan jeszcze o jakimś Amerykaninie.

– To dość dziwna historia. Przed rewolucją car Mikołaj Drugi miał jeszcze wuja, wielkiego księcia Pawła, który był najmłodszym bratem jego ojca. Kiedy bolszewicy przejęli rządy, zamordowali nie tylko Mikołaja, lecz także jego brata oraz wuja Pawła. Ale syn tego ostatniego należał również do carskiej rodziny. Tak się jednak złożyło, że ów młody człowiek, wielki książę Dymitr, był zamieszany w zabójstwo Rasputina i z tego powodu w chwili wybuchu rewolucji przebywał na wygnaniu na Syberii. To ocaliło mu życie. Zdołał uciec do Szanghaju i ostatecznie osiadł w Stanach Zjednoczonych.

– Nigdy o nim nie słyszałem – wtrącił Irvine. – Proszę mówić dalej.

– No więc Dymitr przeżył, ożenił się i doczekał syna, Pawła, który nawet w stopniu majora brał udział w wojnie koreańskiej. Ten także się ożenił i ma dwóch synów.

– Mamy zatem bezpośrednich potomków rodziny carskiej, do tego spadkobierców w linii męskiej. Czy jest to jednak możliwe, aby na tronie rosyjskim zasiadł człowiek mający obywatelstwo amerykańskie?

– Możliwe, ale specjalnie bym na to nie liczył – odrzekł Probyn. – Otóż widzi pan, Dymitr ożenił się z kobietą pospolitego rodowodu, tak też uczynił jego syn, Paweł. Tymczasem punkt sto osiemdziesiąty ósmy Praw Domu Imperatorskiego mówi wyraźnie, że potomek królewskiego rodu nie może poślubić przedstawiciela plebsu, jeśli pragnie zachować prawa do sukcesji. W późniejszych czasach ten zapis nie był zbyt rygorystycznie przestrzegany, lecz nie dotyczyło to wielkich książąt. Zatem związek małżeński Dymitra był morganatyczny. Jego syn, który walczył w Korei, nie ma więc prawa pretendować do tronu, podobnie jak i obaj jego wnukowie, także zrodzeni ze związku morganatycznego.

– To znaczy, że musimy ich wykluczyć.

– Obawiam się, że tak. Zresztą nikt z tej gałęzi rodziny nie przejawia zbytniego zainteresowania sprawami sukcesji. Jeśli dobrze pamiętam, mieszkają gdzieś na Florydzie.

– Kto więc nam zostaje?

– Ostatni pretendent, najbliżej powiązany z rodziną carską, książę Siemion Romanow.

– Bezpośrednio spokrewniony z zamordowanym carem? Pochodzący z linii męskiej i nie ze związku morganatycznego?

– Zgadza się, ale pokrewieństwo jest dość dalekie. Musielibyśmy się cofnąć aż o trzy pokolenia. Mikołaj Drugi objął tron po swym ojcu, Aleksandrze Trzecim, a ten po swoim ojcu, Aleksandrze Drugim, synu Mikołaja Pierwszego. Otóż tenże Mikołaj Pierwszy miał drugiego, młodszego syna, wielkiego księcia Mikołaja, który nigdy nie był koronowany. Syn Mikołaja, Piotr, miał również syna, Kiryła, ten zaś był ojcem Siemiona.

– Jeśli się więc cofniemy o trzy pokolenia, do pradziadka ostatniego, zamordowanego cara, odnajdziemy boczną gałąź rodziny, której potomkiem w prostej linii jest Siemion.

– Zgadza się.

– No cóż, z mojego punktu widzenia to raczej bezpośrednia koligacja, doktorze Probyn.

– Owszem. I choć pokrewieństwo jest dość dalekie, to mamy jednak potomka Romanowów. Pod względem czysto formalnym Siemion jest najbliżej spokrewniony z rodziną ostatniego cara. Niemniej są to rozważania czysto akademickie, istnieją bowiem przeszkody praktyczne.

– Na przykład jakie?

– Po pierwsze, książę Siemion przekroczył już siedemdziesiątkę, gdyby więc doszło do restauracji monarchii, nie panowałby zbyt długo. Po drugie, nie ma dzieci, tak więc po jego śmierci dynastia by wygasła i Rosja znalazłaby się z powrotem w punkcie wyjścia. Po trzecie, Siemion przy każdej okazji powtarza, że nie jest zainteresowany sukcesją i nie przyjąłby korony, nawet gdyby mu ją zaproponowano.

– To niezbyt pomyślna wiadomość – przyznał sir Nigel.

– Co gorsza, Siemion jest znanym lekkoduchem. Interesują go tylko sportowe samochody, plaże francuskiej Riviery i młode dziewczęta, najlepiej służące. Przez te upodobania już trzykrotnie się rozwodził. A co najgorsze, słyszałem plotki, że przepuszcza pieniądze, grając hazardowo w tryktraka.

– Wielkie nieba! – Irvine wykrzywił usta z pogardą. No cóż, pomyślał, można jeszcze przymknąć oko na romanse ze służącymi, ale żeby z pasją oddawać się hazardowej grze w tryktraka! – Gdzie on mieszka?

– Ma duży sad jabłkowy w Normandii. Z tych jabłek produkuje własną odmianę calvadosu.

Sir Nigel zamyślił się na chwilę. Genealog spoglądał na niego z wyraźnym współczuciem.

– Jeżeli książę Siemion oświadczył publicznie, że nie rości żadnych praw do sukcesji, to czy może to być uznane jako oficjalne zrzeczenie się tych praw?

Doktor Probyn wydął wargi.

– Myślę, że tak. Niewykluczone jednak, że gdyby faktycznie miało dojść do restauracji monarchii, wówczas zmieniłby zdanie. Biorąc pod uwagę zamiłowania do sportowych samochodów i dziewek służebnych...

– Jeżeli wykluczymy także Siemiona, to kto nam pozostaje? Chciałbym wiedzieć, jak mawiają Amerykanie, na czym stoimy.

– Szanowny kolego, może powinniśmy sobie powiedzieć wyraźnie, że gdyby Rosjanie naprawdę chcieli odrestaurować monarchię, mogliby wybrać na swego władcę dowolnego z zagranicznych kandydatów. To byłoby najprostsze rozwiązanie.

– Posadzić na tronie kandydata z zagranicy? Czy takie rzeczy już się kiedyś zdarzały?

– Ależ oczywiście, i to wielokrotnie. My, Anglicy, robiliśmy to już trzy razy. Kiedy Elżbieta Pierwsza zmarła w stanie panieńskim, jeśli nie dziewiczym, zaprosiliśmy szkockiego króla Jakuba Szóstego, by jako Jakub Pierwszy objął również tron angielski. Kilkadziesiąt lat później zdetronizowaliśmy Jakuba Drugiego i przekazaliśmy koronę Holendrowi, Wilhelmowi Orańskiemu. I wreszcie gdy królowa Anna zmarła bezpotomnie, zwróciliśmy się do księcia Hanoweru, który objął tron jako Jerzy Pierwszy. A warto dodać, że nie znał ani słowa po angielsku.

– Czy inne narody europejskie postępowały tak samo?

– Oczywiście. Grecy dwukrotnie, najpierw w roku 1833, kiedy uwolnili kraj od najeźdźców tureckich, poprosili księcia bawarskiego Ottona, by został królem Grecji. Nie byli zadowoleni z jego rządów, więc wygnali go w roku 1862 i koronowali z kolei duńskiego księcia Williama, który przyjął imię Jerzego Pierwszego. Potem, w roku 1924, proklamowali republikę, jedenaście lat później powrócili do monarchii, którą ponownie obalili w roku 1973, jakby nie mogli się zdecydować. Kilkaset lat temu zrobili to samo Szwedzi, gdy po wygaśnięciu rodzimej dynastii koronowali napoleońskiego generała Bernadotte. Widocznie przypadł im do gustu, gdyż jego potomkowie rządzą tam do dziś. A w roku 1905 książę duński Karol został posadzony na tronie Norwegii jako Haakon Siódmy. Ta dynastia również panuje do dziś. Jeśli więc istnieje gdzieś opustoszały tron, a ludziom zależy na zachowaniu monarchii, czasami znacznie lepiej jest wybrać szlachetnie urodzonego obcokrajowca, niż szukać pretendentów u siebie.

Sir Nigel ponownie milczał przez jakiś czas, pochłonięty własnymi myślami. Doktor Probyn już wcześniej się domyślił, że ta rozmowa wcale nie jest czysto akademicką dyskusją.

– Czy mogę o coś zapytać? – odezwał się heraldyk.

– Proszę bardzo.

– Gdyby w Rosji rzeczywiście wynikła kwestia restauracji monarchii, jak na to zareagowaliby Amerykanie? Zdaję sobie sprawę, że w obecnej sytuacji uważają się za jedyne supermocarstwo.

– Amerykanie są tradycyjnie przeciwni monarchii – odparł Irvine – kierują się jednak zdrowym rozsądkiem. W roku 1918 walnie się przyczynili do obalenia niemieckiego Kaisera. Doprowadziło to do chaosu Republiki Weimarskiej, a z politycznej próżni wyłonił się Adolf Hitler. Wiemy, czym się to skończyło. Dlatego też w roku 1945 Amerykanie zbytnio się nie upierali przy likwidacji cesarstwa w Japonii. Jaki jest rezultat? Od pięćdziesięciu lat istnieje w Japonii najbardziej stabilna demokracja azjatycka, antykomunistyczna i utrzymująca przyjazne stosunki ze Stanami Zjednoczonymi. Moim zdaniem Waszyngton przyjąłby stanowisko, że skoro Rosjanie decydują się odbudować monarchię, to ich sprawa.

– Ale musiałaby to być decyzja większości społeczeństwa, ustalona drogą referendum narodowego?

Sir Nigel przytaknął ruchem głowy.

– Tak, raczej tak. W tym wypadku decyzja Dumy by nie wystarczyła, parlamentarzyści są skorumpowani i uzależnieni od wielu różnych grup nacisku. Zatem potrzebna by była decyzja większości społeczeństwa.

– A kto mógłby pretendować do tronu?

– W tym właśnie tkwi problem, doktorze Probyn, że nie mamy dobrego kandydata. Z tego, co pan powiedział, należałoby w ogóle nie brać pod uwagę ani postarzałego playboya, ani też pozbawionego praw uzurpatora. Zaraz, a może rozważylibyśmy wspólnie, jakimi cechami powinien się odznaczać kandydat do korony? Co pan na to?

Genealog uśmiechnął się lekko.

– To może być o wiele bardziej interesujące od moich zwykłych zajęć. Zacznijmy od jego wieku.

– Między czterdziestką a sześćdziesiątką, zgadza się pan? To nie jest funkcja ani dla młodzieniaszka, ani dla geriatryka. Potrzebny jest człowiek dojrzały, lecz nie za stary. Co dalej?

– Domyślam się, że powinien być księciem z panującej dynastii, mieć odpowiedni wygląd oraz wykształcenie.

– Ma pan na myśli którąś z panujących rodzin europejskich?

– Tak, oczywiście. Nie sądzę, aby Rosjanie chcieli osadzić na tronie jakiegoś Afrykańczyka, Araba czy Azjatę.

– Nie. Musi to być przedstawiciel rasy białej.

– Powinien także mieć prawowitego syna i należeć do kościoła prawosławnego.

– To chyba nie jest konieczne.

– Wymaga się jednak – rzekł z naciskiem Probyn – aby jego matka w chwili narodzin pretendenta należała do kościoła prawosławnego.

- Rozumiem. Coś jeszcze?
- Królewska krew obojga rodziców, przy czym dobrze by było, gdyby choć jedno z nich pochodziło z Rosji...
- A także doświadczenia służby wojskowej. Niezwykle ważne będzie stanowisko rosyjskiego korpusu oficerskiego, a nie potrafię przewidzieć, jak armia zareaguje na kandydata z zagranicy.
- Zapomniał pan o jeszcze jednej rzeczy – wtrącił Probyn. – Pretendent powinien dobrze znać rosyjski. Jerzy Pierwszy, wkładając koronę, znał tylko niemiecki, a Bernadotte, obejmując tron szwedzki, mówił wyłącznie po francusku. Ale czasy się zmieniły. Teraz monarcha musi przemawiać do obywateli. A nie sądzę, by Rosjanie dobrze przyjęli jakąkolwiek mowę, na przykład, po włosku.

Nigel Irvine wstał z krzesła i wyjął z kieszonki na piersi kawałek papieru, który po rozłożeniu okazał się czekiem opiewającym na niebagatelną sumę.
- To dowód niezwykłej hojności – rzekł heraldyk.
- Jestem pewien, drogi doktorze, iż władze college'u borykają się z kłopotami finansowymi. Czy zechciałby mi pan wyrządzić jeszcze jedną przysługę?
- Jeśli tylko będę mógł.
- Proszę mieć tę sprawę na uwadze, przejrzeć genealogie koronowanych rodzin europejskich i poszukać kandydatów, którzy by odpowiadali omawianym przez nas warunkom.

Osiem kilometrów na północ od Kremla, u wylotu wiodącej na przedmieścia ulicy o nazwie Kaszenkin Ług, znajduje się rozległy kompleks telewizyjny, skąd nadawane są wszystkie programy o zasięgu ogólnokrajowym.

Po jednej stronie ulicy Akademika Koroliowa mieści się Krajowe Centrum Telewizyjne, po drugiej zaś Centrum Międzynarodowe. Trzysta metrów od zabudowań strzela w niebo iglica wieży transmisyjnej Ostankino, stanowiącej najwyższą budowlę miasta.

Stąd nadawane są nie tylko programy telewizji państwowej, w znacznym stopniu pozostającej pod kontrolą rządu, lecz również dwóch niezależnych stacji komercyjnych, czerpiących fundusze głównie z emisji reklam. Studia i pomieszczenia redakcyjne użytkowane są wspólnie, choć wcale nie na zasadzie równości.

Borys Kuzniecow wysiadł ze służbowego mercedesa USP. Miał przy sobie kasetę wideo z reportażem z gigantycznego wiecu, jaki poprzedniego dnia Igor Komarow zorganizował we Władimirze.

Materiał odpowiednio zmontowany przez genialnego młodego reżysera, Litwinowa, ukazywał przebieg wiecu jako przedwyborczy triumf lidera koalicji. Przed wiwatującym owacyjnie tłumem Komarow ostro skrytykował wystąpienia wędrownego kaznodziei nawołującego wiernych, by wrócili do Boga i cara, oraz z umiejętnie maskowanym sarkazmem, pozornie przypominającym głębokie rozczarowanie, odpowiedział na zarzuty wysunięte przez starego generała.

– To wczorajszy człowiek z wczorajszymi nadziejami! – wykrzykiwał do swoich zwolenników. – Ale my, przyjaciele, wy i ja, musimy myśleć o jutrze, bo to jutro będzie należało do nas.

Wiec przyciągnął pięć tysięcy osób, lecz umiejętnie wykonane przez Litwinowa zdjęcia ukazywały tłum po wielokroć liczniejszy. Teraz zaś, po emisji zmontowanego materiału – choć na wykupienie pełnej godziny czasu antenowego według stawek komercyjnych potrzebne były ogromne fundusze – słowa Komarowa miały dotrzeć nie do pięciu tysięcy słuchaczy, lecz do pięćdziesięciu milionów Rosjan, czyli do trzeciej części społeczeństwa.

Kuzniecow został od razu poproszony do gabinetu dyrektora programowego większej z dwóch niezależnych stacji – człowieka, którego uważał za swego przyjaciela, a który także był gorącym zwolennikiem Igora Komarowa i USP. Szybko położył kasetę wideo na biurku Antona Gurowa.

– To naprawdę wspaniały reportaż – rzekł z entuzjazmem. – Gdybyś uczestniczył w wiecu, z pewnością byłbyś zachwycony.

Gurow w zamyśleniu obracał długopis w palcach.

– Przynoszę też dobre nowiny. Chcemy podpisać duży kontrakt, płatny gotówką. Prezydent Komarow zamierza od dziś aż do końca kampanii wyborczej wygłaszać codzienne przemówienia telewizyjne do narodu. Tylko pomyśl, Antonie, to największy komercyjny kontrakt, jaki wasza stacja kiedykolwiek podpisała. Pewnie i tobie dostanie się jakaś premia, no nie?

– Cieszę się, że przyjechałeś osobiście, Borysie. Niestety, mamy pewne kłopoty.

– Tylko mi nie mów o sprawach technicznych. Naprawdę nie możecie sobie poradzić z aparaturą?

– To nie są kłopoty natury technicznej. Posłuchaj... Dobrze wiesz, że popieram prezydenta Komarowa, prawda?

Jako doświadczony pracownik redakcji programowych, Gurow doskonale wiedział, jak olbrzymią rolę odgrywa telewizja – ów najbardziej perswazyjnie oddziałujący środek przekazu w każdym nowoczesnym społeczeństwie – podczas kampanii wyborczej.

Jedynie w Wielkiej Brytanii BBC, będące wszak instytucją finansowaną z budżetu państwa, zdołało zachować pozycję czynnika niezależnego od nacisków politycznych. We wszystkich pozostałych krajach, tak na zachodzie jak i wschodzie Europy, sfery rządowe wykorzystywały telewizję publiczną do zyskiwania poparcia dla prowadzonej przez siebie polityki, i postępowały tak samo od lat.

W Rosji było podobnie. Telewizja państwowa czynnie uczestniczyła w kampanii pełniącego obecnie obowiązki prezydenta Iwana Markowa, a o pozostałych kandydatach wspominano jedynie okazyjnie, najczęściej w krótkich przebitkach podczas serwisów informacyjnych. Tymi dwoma pozostałymi kandydatami na urząd prezydenta – jako że pozostali w ogóle się nie liczyli według wyników sondaży – byli: Giennadij Ziuganow, przywódca neokomunistycznego Związku Socjalistycznego, oraz Igor Komarow, lider Unii Sił Patriotycznych.

Pierwszy z nich borykał się z wieloma kłopotami w gromadzeniu pieniędzy na swą kampanię, drugi zaś przeciwnie, dysponował z pozoru nieograniczonymi funduszami. A mając takie środki, Komarow mógł na wzór kampanii amerykańskich niemal do woli kupować czas antenowy w telewizji komercyjnej.

Podpisanie wspomnianej umowy gwarantowałoby mu także, iż emitowane materiały nie będą montowane czy skracane. Gurow już wcześniej sugerował, że chętnie nada w swoim programie różnego rodzaju reportaże z wystąpień i wieców organizowanych przez Komarowa. Nie był bowiem głupcem i doskonale zdawał sobie sprawę, że po dojściu tego człowieka do władzy wiele zmian nastąpi również wśród personelu stacji telewizyjnych. Komarow zatroszczyłby się o to, aby wielu nieprzychylnych mu ludzi znalazło się na bruku. Ci natomiast, którzy jego zdaniem „mieli serce we właściwym miejscu", mogli liczyć na nominacje i awanse.

Kuzniecow przez chwilę spoglądał w zdumieniu na Gurowa, jakby się domyślał, że coś jest nie w porządku.

– Mówiąc szczerze, Borysie, kierownictwo naszej stacji postanowiło nieco zmienić linię programową. Zrozum, że ja nie mam w tym wypadku nic do gadania, muszę wykonywać polecenia. Decyzje zapadają nade mną, wysoko, gdzieś w stratosferze...

– Jakie zmiany linii programowej? O czym ty mówisz, Antonie?

Gurow poruszył się niespokojnie. W duchu przeklinał dyrektora zarządu, który zwalił mu na barki tę trudną sprawę.

– Chyba wiesz o tym, Borysie, że jak każde duże przedsiębiorstwo jesteśmy w dużym stopniu uzależnieni od kredytów bankowych. Kiedy tylko coś zaczyna zgrzytać, finansiści ograniczają fundusze. To oni wszystkim rządzą. Na co dzień zostawiają nam wolną rękę, bo czerpią z tego wysokie dochody, lecz... w gruncie rzeczy trzymają nas na smyczy.

Kuzniecowa ogarnęła złość.

– Do diabła, Antonie, okropnie mi przykro. To musi być dla ciebie straszne.

– Nie odczuwam tego osobiście, Borysie.

– Domyślam się jednak, że gdy wyniki finansowe stacji lecą w dół, dochody gwałtownie maleją...

– No cóż, jeśli mam być szczery, sytuacja wcale nie jest taka zła. Firma jakoś da sobie radę, ale musimy zapłacić za to pewną cenę.

- Jaką cenę?
- Posłuchaj, przyjacielu, ja nie mam z tym wszystkim nic wspólnego. Gdyby to ode mnie zależało, emitowałbym materiały z kampanii Igora Komarowa przez dwadzieścia cztery godziny na dobę. Ale...
- Jakie ale? Wyduś z siebie wreszcie!
- No, dobra. Nasza stacja nie będzie więcej transmitowała wystąpień i nadawała reportaży z wieców Komarowa. Takie otrzymałem polecenie.

Kuzniecow poderwał się z miejsca, jego twarz wykrzywił grymas wściekłości.
- Chyba wam się we łbach poprzewracało! Nie zapominaj, że kupujemy wasz czas antenowy i słono za niego płacimy. To jest stacja komercyjna, nie możecie tak po prostu zerwać z nami umowy!
- Wygląda na to, że jednak możemy.
- Ale ten reportaż jest już opłacony.
- Odniosłem wrażenie, że pieniądze zostały zwrócone.
- W takim razie pójdę do sąsiadów. Nie jesteście jedyną komercyjną stacją telewizyjną w tym mieście. Zawsze was faworyzowałem, Antonie. Ale teraz to już koniec!
- Wszyscy jesteśmy finansowani przez te same banki, Borysie.

Kuzniecow ciężko opadł z powrotem na krzesło, jakby nogi się pod nim ugięły.
- Co się dzieje, do jasnej cholery?
- Mogę powiedzieć tylko tyle, Borysie, że komuś się ta sytuacja sprzykrzyła. Wiem niewiele więcej niż ty. Ale wczoraj rada zarządu została postawiona w sytuacji bez wyjścia: albo zaprzestaniemy udziału w kampanii wyborczej Komarowa przez cały najbliższy miesiąc, albo bank cofnie nam wszelkie kredyty.

Kuzniecow przez chwilę patrzył na niego rozszerzonymi oczyma.
- W ten sposób tracicie mnóstwo płatnego czasu antenowego. Czym chcecie go zapełnić? Tańcami kozackimi?
- Nie. Sam jestem zdumiony, lecz zarząd chce przeznaczyć dużo więcej miejsca na transmisje kazań tego wędrownego kaznodziei.
- Jakiego znów kaznodziei?
- No wiesz, tego ojca, który z zapałem namawia wiernych do powrotu na łono kościoła.
- „Powrót do Boga i cara" – mruknął oszołomiony Kuzniecow.
- Dokładnie tak.
- To ojciec Gregor.
- Zgadza się. Nic z tego nie rozumiem, lecz...
- Naprawdę powariowaliście. Przecież ten ojczulek nie ma grosza przy duszy.
- Właśnie do tego zmierzam. Wygląda na to, że ktoś będzie finansował jego wystąpienia. Dostaliśmy polecenie, żeby go pokazywać nie

tylko w wiadomościach, lecz także w programach specjalnych. Otrzymałem z góry przygotowany harmonogram emisji. Chcesz go zobaczyć?
– Nic mnie nie obchodzą jakieś zafajdane harmonogramy.

To rzekłszy, Kuzniecow wyszedł, trzasnąwszy za sobą drzwiami. Nie umiał sobie wyobrazić, w jaki sposób przedstawi te wieści swojemu szefowi. Ale podejrzenia, które stopniowo rodziły się w jego głowie już od trzech tygodni, wprawiały go w coraz większe zdumienie w miarę przybierania realnych kształtów. Nie mógł zapomnieć tych porozumiewawczych spojrzeń wymienianych przez Komarowa i Griszyna, kiedy najpierw przyniósł informację o zamachu bombowym na drukarnię, a później o demaskatorskim wystąpieniu generała Nikołajewa. Tamci dwaj mieli jakąś wspólną tajemnicę. Jedno natomiast było dla niego całkiem jasne: sytuacja stawała się wręcz katastroficzna.

Tego samego popołudnia na drugim końcu Europy sir Nigelowi Irvine'owi przerwano obiad. Kelner klubu przyniósł mu do stolika aparat telefoniczny.
– Dzwoni doktor Probyn do pana.

Jeszcze zanim w słuchawce rozległ się skrzekliwy głos heraldyka, Irvine pomyślał, że tamten musiał zostać po godzinach pracy w swoim gabinecie.
– Chyba znalazłem dla pana odpowiedniego człowieka.
– Czy możemy się spotkać w pańskim biurze jutro o dziesiątej? Tak? Znakomicie.

Sir Nigel szybko oddał słuchawkę kelnerowi.
– To chyba wyśmienita okazja, żeby wychylić lampkę porto, Trubshaw. Przynieś mi butelkę jakiegoś klubowego specjału, jeśli łaska.

ROZDZIAŁ 16

Rosyjska milicja podlega całkowicie ministerstwu spraw wewnętrznych. Podobnie jak siły porządkowe większości krajów świata, dzieli się na dwie zasadnicze części: federalną, działającą na obszarze całego kraju, oraz lokalną czy też regionalną.

Jednostki podziału administracyjnego noszą nazwę *obłasti*, a największą wśród nich jest okręg moskiewski, obejmujący całą stolicę Federacji Rosyjskiej wraz z przyległymi terenami. Formalnie odpowiada on amerykańskiemu dystryktowi Kolumbii, lecz zajmuje taki obszar, jak dystrykt wraz ze stanem Maryland oraz trzecią częścią stanu Wirginia.

W Moskwie mieszczą się centralne siedziby zarówno milicji federalnej jak i okręgowej, choć ich dowództwa zajmują oddzielne budynki. A w odróżnieniu od zachodnich służb porządkowych, rosyjskie ministerstwo spraw wewnętrznych dysponuje ponadto specjalnymi siłami zbrojnymi, dobrze wyposażonymi, liczącymi sto trzydzieści tysięcy żołnierzy, a więc mogącymi się niemal równać z wojskami podległymi ministerstwu obrony.

Krótko po upadku komunizmu nastąpił tak gwałtowny i bulwersujący wzrost przestępczości zorganizowanej, że Borys Jelcyn był zmuszony powołać do życia niezależną formację do walki z ekspandującą mafią, a w jej skład weszły całe dotychczasowe wydziały zarówno z milicji federalnej jak i okręgowej.

Zadaniem tej jednostki było początkowo zwalczanie grup przestępczych na terenie całego kraju, lecz szybko się okazało, że organizacje mafijne, głównie o charakterze ekonomicznym, działają przede wszystkim w samej stolicy, toteż już wkrótce Moskiewski Wydział do Walki z Przestępczością Zorganizowaną, określany skrótem GUWD, dorównał liczebnością swojemu odpowiednikowi w milicji federalnej.

GUWD do połowy lat dziewięćdziesiątych nie odnosiło większych sukcesów, dopóki na scenie nie pojawił się generał Walentin Pietrowski, który objął stanowisko wiceprzewodniczącego prezydium tejże formacji.

Generał nie był rodowitym moskwianinem, został przeniesiony z okręgowej komendy milicji w Niżnim Nowgorodzie, gdzie zyskał reputację całkowicie nieprzekupnego. Znalazł się w sytuacji legendarnego Elliotta Nessa, przed laty ścigającego Al Capone'a w opanowanym przez gangsterów Chicago. Ale w odróżnieniu od szefa „Nietykalnych" Pietrowski miał do dyspozycji znacznie silniejsze oddziały i nie był skrępowany tyloma przepisami prawa cywilnego.

Rozpoczął swą działalność od dymisji kilkunastu wysokich rangą oficerów, których określił jako „zbytnio powiązanych" ze światem przestępczym. „Zbytnio powiązani!" – wykrzyknął rzecznik prasowy ambasady amerykańskiej, zapoznawszy się z tą informacją. – „Przecież ci ludzie wręcz jawnie byli na usługach mafii!"

Następnie Pietrowski wypróbował wszystkich wyższych oficerów, oferując im wysokie łapówki za pośrednictwem podstawionych osób. Ci, którzy odmówili ich przyjęcia, otrzymali awanse oraz wysokie premie. Wreszcie, otoczywszy się zaufanymi ludźmi, generał wypowiedział prawdziwą wojnę moskiewskim gangom. Utworzona przez niego brygada antyterrorystyczna szybko stała się autentycznym postrachem mafii, on zaś zyskał przydomek *Mołotok*.

Mimo olbrzymiego zaangażowania Pietrowski nie zdołał doszczętnie rozbić mafii, gdyż ta zbyt głęboko zapuściła korzenie w struktury państwowe, przywódcy gangów mieli nadzwyczaj wysoko postawionych przyjaciół. Nic więc dziwnego, że wielu z nich było w sądach uniewinnianych i po zakończeniu procesu mogło opuszczać salę rozpraw z uśmiechem na ustach.

Pietrowski przyjął zatem inną linię postępowania i przestał sobie zawracać głowę aresztowaniami. Znacznie ułatwiał mu takie podejście fakt, że wszystkie jednostki do zwalczania gangów, zarówno te podlegające milicji federalnej, powszechnie określane skrótem OMON, jak i jego własne Oddziały Szybkiego Reagowania, znane jako SOBR, były silnie uzbrojone.

Na początku swej działalności generał osobiście dowodził większymi obławami i zarządzał je niespodziewanie, chcąc uniknąć przecieków. Jeśli bandyci zachowywali się spokojnie, trafiali do aresztu i mogli liczyć na uczciwy proces. Lecz gdy tylko choć jeden z nich sięgał po broń, próbował uciekać bądź niszczyć dowody przestępczego procederu, Pietrowski rzucał krótki rozkaz, a kiedy już było po wszystkim, wzywał grupy dochodzeniowe oraz karetki zaopatrzone w plastikowe worki na zwłoki.

Już w roku 1998 stało się jasne, że najsilniejszą, a zarazem najtrudniejszą do pokonania, jest mafia „Dołgorukiego" – kierowana z terenu Moskwy, lecz działająca na terenie całej Rosji, aż do Uralu, nadzwyczaj bogata, a więc zdolna sobie zapewnić niemal każde poparcie. Zimą 1999 roku wciąż trwała zacięta wojna między gangami „Dołgorukiego" a oddziałami podlegającymi znienawidzonemu przez mafię generałowi Pietrowskiemu.

Umar Gunajew już podczas pierwszego spotkania powiedział Monkowi, że w Rosji nikt nie podrabia żadnych dokumentów, gdyż za twardą walutę można kupić autentyczne. Na początku grudnia Jason ponownie zdecydował się zweryfikować to zdanie.

Konkretnie rzecz biorąc, postanowił po raz czwarty spotkać się z ważną rosyjską osobistością, wykorzystując w tym celu fałszywe dowody tożsamości. Nie miał specjalnych obaw. Ostatecznie list od metropolity Anthony'ego, głowy rosyjskiego kościoła prawosławnego w Londynie, jak też prywatne pismo z domu Rothschildów, zostały sfabrykowane już w Moskwie i oba spełniły swoje zadanie. Generał Nikołajew nie pytał go nawet o żadne dokumenty, jemu wystarczył mundur oficera ze sztabu generalnego. Ale generał Walentin Pietrowski, który żył i pracował w ciągłym zagrożeniu, również znajdował się pod silną ochroną w dzień i w nocy.

Jason nawet nie spytał czeczeńskiego przywódcy, jakim sposobem zdobył on prawdziwą legitymację służbową. W każdym razie wyglądała wiarygodnie. Zdjęcie przedstawiało Monka z krótko przyciętymi, kręconymi blond włosami, plakietka zaś identyfikowała go jako pułkownika milicji z biura wiceprzewodniczącego Wydziału do Walki z Przestępczością Zorganizowaną podlegającego służbom federalnym ministerstwa spraw wewnętrznych. Tą metodą Monk wcielał się w wysokiego oficera siostrzanej instytucji, którego jednak Pietrowski nie musiał znać osobiście.

Jedną z wielu spraw, które wcale nie uległy zmianie po upadku komunizmu, był zwyczaj przydzielania przez władze miejskie całych bloków i osiedli wysokim urzędnikom tej samej profesji. Na zachodzie wszyscy politycy, urzędnicy i ludzie piastujący funkcje państwowe zazwyczaj mieszkają w swoich własnych domach, rozrzuconych w podmiejskich dzielnicach willowych. W Rosji przeważa jednak tendencja do przydzielania tanich lokali służbowych w budynkach pozostających własnością państwa.

Wynika to głównie z faktu, że władze pokomunistyczne odziedziczyły wiele budynków należących poprzednio do komitetu centralnego partii, najprościej więc było przeznaczyć te mieszkania dla pracowników państwowych. Całe osiedle takich bloków stoi po północnej stronie Prospektu Kutuzowskiego, gdzie kiedyś mieszkał Breżniew i większość członków politbiura. Pietrowski zajmował lokal na przedostatnim piętrze pierwszego z tych budynków, przy samym prospekcie, a jego sąsiadami byli również wysocy rangą oficerowie milicji.

Z nagromadzenia tak wielu osób tej samej profesji we wspólnym budynku wynikała co najmniej jedna zaleta: zwykli obywatele byliby z pewnością zdeprymowani obecnością niezwykle silnej ochrony, natomiast generałowie służb porządkowych w pełni rozumieli potrzebę jej utrzymania.

Samochód, którym Monk przyjechał tego wieczoru, został także w niezwykły sposób załatwiony – czy raczej pożyczony – przez Umara

Gunajewa. Była to duża czarna czajka z bazy wozów służbowych milicji federalnej. Kierowca zatrzymał się przed barierką przegradzającą wjazd na dziedziniec budynku. Strażnik z OMON-u gestem nakazał mu opuścić szybę, podczas gdy drugi bez przerwy trzymał wymierzony w auto pistolet maszynowy.

Monk okazał swoją legitymację, przedstawił powód wizyty i wstrzymał oddech. Strażnik dokładnie obejrzał dokumenty, wreszcie skinął głową i wycofał się do swojej budki. Zamienił kilka słów przez telefon i zaraz wyszedł z powrotem.

– Generał Pietrowski pyta, w jakiej sprawie chce się pan z nim widzieć.

– Proszę przekazać generałowi, że przywożę dokumenty od generała Czebotariowa, dotyczące niezwykle ważnego zagadnienia – odparł Monk.

Bez zmrużenia oka wymienił nazwisko oficera, który powinien być jego bezpośrednim przełożonym. Strażnik ponownie sięgnął po słuchawkę. Wreszcie dał znak swojemu koledze i ten uniósł barierkę. Jason polecił kierowcy zaparkować wóz blisko wejścia do budynku.

W holu na parterze kolejny strażnik siedział przy biurku, lecz ten ruchem głowy nakazał mu iść dalej. Dwóch następnych ochroniarzy czekało przy drzwiach windy na siódmym piętrze. Przeszukali go z wprawą, sprawdzili zawartość aktówki i po raz kolejny uważnie obejrzeli legitymację służbową. Wreszcie jeden z nich powiedział coś cicho przez domofon i po paru sekundach drzwi mieszkania się otworzyły. Jason miał świadomość, iż przez cały ten czas był obserwowany przez wizjer.

Do środka wpuścił go kamerdyner w białym stroju, którego wygląd i zwalista sylwetka świadczyły, że w razie konieczności może nie tylko serwować drinki czy kanapki. Lecz już chwilę później Monk znalazł się w ciepłej rodzinnej atmosferze. Z przyległego pokoju niespodziewanie wybiegła kilkuletnia dziewczynka, przystanęła, obrzuciła obcego zaciekawionym wzrokiem i oznajmiła, wyciągając przed siebie rozczochraną lalkę w nocnej koszuli:

– To moja lala.

Monk uśmiechnął się szeroko.

– Jest śliczna. Jak masz na imię?

– Tatiana.

W przejściu stanęła trzydziestoparoletnia kobieta, uśmiechnęła się przepraszająco, po czym zaciągnęła dziewczynkę z powrotem do pokoju. Chwilę później pojawił się mężczyzna w białej koszuli z krótkimi rękawami, który wycierał jeszcze usta; widocznie przerwano mu spóźniony obiad.

– Pułkownik Sorokin?

– Tak jest.

– Dość dziwna pora na odwiedziny.

– Proszę mi wybaczyć, ale wynikła pewna pilna sprawa. Nie mogłem czekać, aż skończy pan obiad.

- Nie było takiej potrzeby, właśnie skończyłem. W dodatku zaczyna się dobranocka w telewizji, więc przez jakiś czas będę miał spokój. Proszę tędy. Generał poprowadził korytarzykiem do swego gabinetu. Dopiero tutaj, w dobrze oświetlonym pokoju, Monk zwrócił uwagę, że słynny postrach moskiewskich gangsterów jest niewiele starszy od niego i nie ustępuje mu szerokością ramion.

Do tej pory trzykrotnie, podczas rozmów z patriarchą, generałem Nikołajewem oraz prezesem banku, zaczynał spotkanie od ujawnienia swojej prawdziwej tożsamości i za każdym razem uchodziło mu to na sucho. Teraz jednak ocenił, że mógłby szybciej stracić życie niż zdążyłby cokolwiek wyjaśnić. Dlatego też szybko otworzył aktówkę. Strażnik na korytarzu zaglądał do środka, ale obejrzał jedynie dwa dokumenty w kartonowych okładkach i nawet nie rzucił okiem na ich tytuły. Monk najpierw sięgnął po szary maszynopis zatytułowany „Weryfikacja".

- To ten dokument, generale. Doszliśmy do wniosku, że jest raczej bulwersujący.
- Czy mogę go przeczytać później?
- Obawiam się, że na tej podstawie może być zarządzona jakaś błyskawiczna akcja.
- Niech to szlag... Napije się pan?
- Nie, dziękuję. Jestem na służbie.
- Czyżby aż tak zaostrzono kontrole w MSW? To może kawy?
- Z przyjemnością. Mam za sobą długi, wyczerpujący dzień.
Pietrowski uśmiechnął się przyjaźnie.
- Jak każdy dzień powszedni.
Wezwał kamerdynera i poprosił o dwie kawy, po czym zagłębił się w lekturze. Po jakimś czasie ochroniarz w białym stroju postawił na brzegu biurka tacę z dwoma filiżankami i wyszedł. Monk sięgnął po jedną z nich. W końcu generał podniósł wzrok.
- Jakim sposobem zdobyliście ten materiał, do diabła?
- Dostaliśmy od brytyjskiego wywiadu.
- Co takiego?
- Ale to nie jest żadna *prowokacija*. Dokładnie sprawdziliśmy przedstawione fakty, pan będzie mógł to zrobić z samego rana. Nikita Akopow, sekretarz, który przez nieuwagę zostawił manifest na swoim biurku, nie żyje. Podobnie jak stary sprzątacz, Zajcew. To samo się tyczy angielskiego dziennikarza, który nawet nie widział na oczy skradzionego maszynopisu.
- Pamiętam tę sprawę - odrzekł szybko Pietrowski. - Z pozoru wyglądało to na porachunki gangsterskie, tylko motywy nie pasowały do osoby zabitego dziennikarza. Podejrzewacie, że mordu dokonała Czarna Gwardia Komarowa?
- Albo ludzie „Dołgorukiego" wynajęci do tej roboty.
- A gdzie się znajduje ów tajemniczy Czarny Manifest?
- Tutaj, generale. - Jason lekko poklepał swoją aktówkę.

- Zdobyliście jego kopię? I przyniósł ją pan ze sobą?
- Tak.
- Lecz jeśli wierzyć temu raportowi, manifest trafił do ambasady brytyjskiej i został wywieziony do Londynu. W jaki sposób dotarł z powrotem do was?
- Dostaliśmy go.
Generał Pietrowski spoglądał na Monka z coraz większą podejrzliwością.
- Tak po prostu ministerstwo otrzymało kopię?... Pan wcale nie jest z MSW. Gdzie pan pracuje? W SWR? A może FSB?
Generał wymienił skróty rosyjskich Zagranicznych Służb Wywiadowczych oraz Federalnej Służby Bezpieczeństwa, będących sukcesorami odpowiednio Pierwszego i Drugiego Wydziału dawnego KGB.
- W żadnej z tych instytucji. Jestem Amerykaninem.
Pietrowski nie okazał nawet cienia strachu. Tylko przez chwilę mierzył gościa twardym spojrzeniem, jakby spodziewał się zauważyć cokolwiek, co wiązałoby się z zagrożeniem dla niego i jego rodziny, bo przecież obcy mógł równie dobrze być wynajętym płatnym mordercą. Szybko musiał jednak dojść do przekonania, że przecież intruz nie zdołałby się tu dostać uzbrojony bądź też przynieść jakiejś bomby.
Monk zaczął pospiesznie wyjaśniać, jakim sposobem Czarny Manifest trafił do ambasady brytyjskiej, skąd powędrował najpierw do Londynu, a potem do Waszyngtonu. Nadmienił wyraźnie, że jego treść poznało w sumie nie więcej, jak sto osób w obu tych krajach. Nie wspomniał nawet słowem o Radzie Lincolna, pomyślał bowiem, że nic złego się nie stanie, jeśli Pietrowski dojdzie do wniosku, iż potajemnie reprezentuje on władze amerykańskie.
- Jak się pan naprawdę nazywa?
- Jason Monk.
- I faktycznie jest pan Amerykaninem?
- Tak.
- Świetnie pan mówi po rosyjsku. No więc cóż zawiera ten przeklęty Czarny Manifest?
- Między innymi wyrok śmierci wydany przez Igora Komarowa na pana i pańskich podwładnych.
W zapadłej nagle ciszy z sąsiedniego pokoju doleciały stłumione odgłosy włączonego telewizora. Jason domyślił się, że emitowany jest odcinek kreskówki „Tom i Jerry". Zaraz też rozbrzmiał perlisty śmiech małej Tatiany. Pietrowski wyciągnął rękę przez biurko.
- Proszę mi go pokazać.
Przez następne trzydzieści minut uważnie zapoznawał się z czterdziestostronicowym programem politycznym, podzielonym na dwadzieścia rozdziałów tematycznych. W końcu z obrzydzeniem odsunął manifest od siebie.
- To stek bzdur.
- Czemu pan tak sądzi?

– Komarow nie odważy się wcielać tych idei w życie.

– Do tej pory to czyni. Utworzył już Czarną Gwardię, doskonale uzbrojoną i dobrze opłacaną, którą uzupełniają o wiele liczniejsze, lecz gorzej wyszkolone oddziały Młodych Bojowników. Dysponuje też prawie nieograniczonymi funduszami. Przed dwoma laty zawarł potajemny pakt z przywódcami mafii „Dołgorukiego". Ci zgodzili się wyłożyć ćwierć miliarda dolarów w zamian za obietnicę przejęcia całkowitej kontroli nad gospodarką rosyjską.

– Nie ma pan na to żadnych dowodów.

– Czarny Manifest jest wystarczającym dowodem, zawiera przecież wzmiankę o należytym uhonorowaniu fundatorów kampanii USP. Pośrednio mówi się w nim też o wyeliminowaniu konkurencyjnych organizacji mafijnych. Gdyby rzeczywiście doszło do eksterminacji Czeczenów i zamknięcia w obozach pracy Ormian, Gruzinów i Ukraińców, równocześnie rozwiązany byłby i ten problem. A nie ulega wątpliwości, że mafia posunie się dalej i będzie dążyła do zemsty na swoich obecnych prześladowcach. Na początek pójdzie całe prezydium milicji i jednostki antyterrorystyczne. Będzie przecież potrzebna siła robocza do tych nowych gułagów, do kopalń złota, soli czy rud ołowiu. A kto się do tego lepiej nadaje, jak nie młodzi i silni ludzie z oddziałów SOBR-u oraz OMON-u? Rzecz jasna, panu nie będzie dane dożyć tej chwili.

– Jeszcze nie jest pewne, czy Komarow wygra wybory.

– To prawda, generale. Jego gwiazda z wolna przygasa. Kilka dni temu generał Nikołajew wysunął publicznie poważne oskarżenie.

– Wiem, czytałem. I muszę przyznać, że bardzo mnie to zdziwiło. Domyślam się, że to była pańska sprawka.

– Niewykluczone.

– Sprytne posunięcie.

– W dodatku komercyjne stacje telewizyjne odmówiły transmitowania jego wystąpień, a czasopisma USP przestały się ukazywać. Według ostatnich sondaży Komarow może już liczyć tylko na sześćdziesiąt procent głosów, podczas gdy miesiąc temu było ich siedemdziesiąt.

– Zatem sam pan przyznaje, panie Monk, że jego popularność maleje. Być może wcale nie wygra wyborów.

– A jeśli mimo wszystko zwycięży?

– Nie sądzi pan chyba, że uczynię coś, by zmienić tok kampanii wyborczej. Owszem, jestem generałem, lecz tylko jednym z wielu oficerów milicji. Powinien pan pójść z tym materiałem do urzędującego prezydenta.

– Którego paraliżuje strach.

– Nic na to nie poradzę.

– Jeśli Komarow się przekona, że traci pewną pozycję, może zorganizować zamach stanu.

– Gdyby do tego doszło, panie Monk, państwo zdołałoby się samo obronić.

– Czy słyszał pan kiedykolwiek określenie *Sippenhaft*, generale?

- Nie znam angielskiego.
- To niemieckie słowo. Pozwoli pan, że zanotuję sobie numer pańskiego telefonu?
Pietrowski ruchem głowy wskazał stojący na biurku aparat. Monk zerknął na tabliczkę i zapamiętał wypisany na niej numer, po czym schował z powrotem oba dokumenty do teczki.
- Nie powie mi pan, co znaczy to niemieckie słowo?
- Kiedy grupa niemieckich oficerów zorganizowała zamach na Hitlera, powieszono ich wszystkich na strunach od fortepianu. Później zaś, właśnie na mocy prawa *Sippenhaftu*, wywieziono ich żony i dzieci do obozów koncentracyjnych.
- Nawet komuniści tak nie postępowali - syknął Pietrowski. - Owszem, odbierali rodzinom mieszkania, wyrzucali dzieci ze szkół. Ale nie zsyłali ich do obozów.
- Lecz Komarow jest nieobliczalny. Poza tą fasadą opanowanego polityka kryje się szaleniec. A co gorsza, Griszyn będzie sumiennie wykonywał wszystkie jego polecenia. Czy pozwoli mi pan teraz odejść?
- Tak, lepiej niech pan już idzie, zanim każę pana aresztować.
Monk przystanął jeszcze przy drzwiach gabinetu i dodał:
- Na pańskim miejscu wolałbym się jednak zabezpieczyć. Jeśli Komarow zwycięży bądź też stanie w obliczu klęski wyborczej, może być pan zmuszony osobiście bronić życia pańskiej żony i córki.
Odwrócił się i szybko wyszedł.

Doktor Probyn przypominał podekscytowanego uczniaka. Z dumą podprowadził sir Nigela do rozpiętego na ścianie dużego schematu, mającego rozmiary metr na metr. Nie ulegało wątpliwości, że sporządził go własnoręcznie.
- I co pan na to? - spytał.
Irvine popatrzył krytycznym okiem na wypisane imiona, połączone wieloma poziomymi i pionowymi liniami.
- Dla mnie to jak papirus z mongolskich wykopalisk bez stosownego tłumaczenia.
Probyn zachichotał.
- I tak nieźle. Ma pan przed sobą schemat wzajemnych koligacji czterech europejskich rodów królewskich, duńskiego, greckiego, brytyjskiego oraz rosyjskiego. Dwie z tych dynastii panują do dzisiaj, jedna została pozbawiona tronu, a jedna wygasła.
- Czy może pan to wyjaśnić szerzej? - spytał błagalnym tonem Irvine.
Doktor Probyn wziął z biurka trzy grube markery, czerwony, niebieski i czarny.
- Zacznijmy od samej góry, od duńskiej rodziny królewskiej. To ona jest kluczem do tej genealogii.

– Duńskiej? Dlaczego właśnie duńskiej?

– Proszę mi pozwolić wyjaśnić wszystko po kolei, sir Nigelu. Otóż sto sześćdziesiąt lat temu król Danii miał kilkoro dzieci. Tutaj wypisałem ich imiona.

Wskazał na sam szczyt schematu, gdzie umieszczone było imię duńskiego władcy, a pod spodem, w jednym rzędzie, połączone linią imiona jego potomków.

– Najstarszy z rodzeństwa został księciem korony i odziedziczył tron po ojcu, zatem możemy o nim zapomnieć. Za to najmłodszy...

– Książę William został koronowany królem Grecji i przybrał imię Jerzego Pierwszego. Wspominał pan o tym podczas naszej poprzedniej rozmowy.

– Doskonale, cóż za pamięć! – pochwalił go Probyn. – Wracamy więc do niego. Wyjechał do Aten i został królem Grecji. Co potem? Ożenił się z rosyjską wielką księżną Olgą, a ze związku tego zrodził się Mikołaj, książę grecki, będący jednak półkrwi Duńczykiem i półkrwi Rosjaninem, członkiem rodziny Romanowów. Zostawmy na razie księcia Mikołaja na boku, jako kawalera.

Zakreślił na schemacie imię księcia na niebiesko i ponownie wskazał widniejące na górze potomstwo króla Danii.

– Nasz król miał także dwie córki i dla obu znalazł znakomite partie. Dagmar wyjechała do Moskwy i została żoną imperatora Wszechrusi. Przybrała imię Marii, przeszła na wiarę prawosławną i urodziła syna, późniejszego cara Mikołaja Drugiego.

– Który został zamordowany wraz z całą rodziną w Jekaterinburgu.

– Dokładnie tak. Ale prześledźmy losy jej siostry. Księżna duńska Aleksandra osiadła w Anglii i wyszła za naszego księcia, późniejszego króla Edwarda Siódmego. Była więc matką króla Jerzego Piątego. Widzi pan?

– Zatem car Mikołaj i król Jerzy byli kuzynami.

– Zgadza się, ich matki były siostrami. Do czasu pierwszej wojny światowej panujące rodziny rosyjską i brytyjską łączyło bliskie pokrewieństwo. Podejrzewam, że w prywatnych rozmowach król Jerzy mógł określać cara Mikołaja mianem ,,kuzyna Nicky'ego''.

– Ale trwało to jedynie do roku tysiąc dziewięćset osiemnastego.

– W rzeczy samej. Przyjrzyjmy się teraz angielskiej gałęzi rodziny.

Doktor Probyn tym razem zakreślił na czerwono imiona króla Edwarda oraz królowej Aleksandry, a następnie przeciągnął linię w dół do ich syna, króla Jerzego Piątego.

– Nasz król miał pięciu synów. Książę Jan zmarł w młodym wieku, a tu mamy imiona czterech pozostałych: Dawid, Albert, Henryk oraz Jerzy. Nas interesuje ten ostatni, książę Jerzy.

Pociągnął czerwoną linię dalej w dół, od króla Jerzego Piątego do jego syna Jerzego, księcia Windsoru.

- Książę zginął w katastrofie lotniczej w czasie drugiej wojny światowej, spłodził jednak dwóch synów i obaj żyją do dziś. Tu wypisałem ich imiona. Nas jednak interesuje młodszy z nich. Jeszcze bardziej wydłużył czerwoną linię, wreszcie imię drugiego księcia angielskiego zostało zakreślone.

- Ponownie cofnijmy się w czasie - rzekł Probyn. - Ojcem naszego księcia był książę Jerzy, dziadkiem król Jerzy, babką natomiast rodzona siostra matki ostatniego cara. Przypominam, że obie gałęzie łączyły duńskie księżniczki, Dagmar i Aleksandra. A zatem nasz książę jest skoligacony z domem Romanowów poprzez małżeństwo siostry swojej babki.

- No cóż, to dość dalekie pokrewieństwo - mruknął sir Nigel.

- To jeszcze nie wszystko. Proszę spojrzeć na to.

Położył na biurku dwie fotografie, obie przedstawiały brodatych mężczyzn o posępnych twarzach, wpatrujących się z powagą w obiektywy aparatów.

- I co pan sądzi?

- Mogliby być braćmi.

- Ale nie są. Te dwa zdjęcia dzieli ponad osiemdziesiąt lat. To car Mikołaj Drugi, to zaś nasz żyjący angielski książę. Proszę się im dobrze przyjrzeć, sir Nigelu. To nie są typowo angielskie rysy twarzy. Wszak car był półkrwi Rosjaninem i półkrwi Duńczykiem. Lecz nie są to również typowe rysy rosyjskie. W wyglądzie obu tych mężczyzn przeważają cechy nordyckie, górę wzięła krew duńska, jaką odziedziczyli po dwóch rodzonych siostrach.

- To wszystko? Pokrewieństwo w trzecim pokoleniu?

- Ależ skąd! Jeszcze nie dotarliśmy do sedna sprawy. Pamięta pan o księciu Mikołaju?

- Tym, którego zostawiliśmy na boku? Księciu Grecji, będącym w połowie Duńczykiem i w połowie Rosjaninem?

- Właśnie o niego mi chodzi. Otóż car Mikołaj Drugi miał kuzynkę, wielką księżnę Helenę. Co się z nią stało? Wyjechała do Aten i wyszła za księcia Mikołaja. Pochodziła z rodziny Romanowów, on zaś był w połowie jej członkiem. Córka zrodzona z tego małżeństwa należała zatem w trzech czwartych do Romanowów i w takim samym stopniu była Rosjanką. Oto ona, księżniczka Marina.

- Która z kolei osiadła w Anglii...

- I wyszła za Jerzego, księcia Windsoru. A stąd w żyłach do dziś żyjących braci, jego synów, płynie trzy ósme krwi Romanowów. To najsilniejsze pokrewieństwo z wygasłą carską dynastią, jakie można dzisiaj odnaleźć. Co nie znaczy, rzecz jasna, że obaj książęta mogą bez przeszkód pretendować do rosyjskiego tronu. W ich genealogii jest zbyt dużo powiązań poprzez linie żeńskie, co wyklucza sukcesję według praw ustanowionych przez cara Pawła. Niemniej gałąź boczna rodziny powstała poprzez małżeństwo w linii męskiej, natomiast więzi krwi są silniejsze w linii żeńskiej.

– I to samo dotyczy obu braci?

– Tak. W dodatku ich matka, księżniczka Marina, w chwili narodzin obu synów należała do kościoła prawosławnego, mamy więc spełniony najważniejszy warunek sukcesji według kanonu wyznaniowego.

– I ten warunek również dotyczy obu braci.

– Tak, oczywiście. Zresztą obaj służyli w brytyjskiej armii i obaj doszli do stopnia majora.

– No dobrze, przyjrzyjmy się tym braciom. Może zacznijmy od starszego.

– Otóż to. W naszej ostatniej rozmowie poruszyliśmy kwestię wieku ewentualnego pretendenta. Starszy z nich ma sześćdziesiąt cztery lata, zatem przekroczył już wyznaczoną przez pana granicę. Ale młodszy kończy w tym roku pięćdziesiąt siedem. Mamy więc spełnione najważniejsze warunki. Pochodzi z rodziny panującej i jest blisko spokrewniony z naszą królową, ożenił się z pewną austriacką księżniczką i ma dwudziestoletniego syna, nie obcy mu jest ceremoniał dworski, ponadto książę ma wojskową przeszłość i nadal jest bardzo energicznym człowiekiem. A teraz prawdziwa bomba: służył w jednostce wywiadu, ukończył pełen kurs języka rosyjskiego i biegle nim włada.

Doktor Probyn odsunął się nieco od swego schematu i dumnie wypreżył pierś, uśmiechając się szeroko. Irvine po raz kolejny spojrzał na leżące przed nim fotografie.

– Gdzie obecnie mieszka?

– W ciągu tygodnia zazwyczaj przebywa w Londynie, a na weekendy wyjeżdża do swojej wiejskiej posiadłości. Znajdzie pan dokładny adres w księdze rodziny królewskiej Debretta.

– Chyba warto by porozmawiać z księciem – mruknął w zamyśleniu sir Nigel. – Jeszcze jedno pytanie, doktorze Probyn. Czy znajdzie się ktoś inny, kto w równym stopniu odpowiada postawionym przeze mnie warunkom?

– Nie ma nikogo takiego na całym świecie – odparł heraldyk.

W najbliższy weekend sir Nigel Irvine, uzyskawszy telefoniczną zgodę na spotkanie, udał się do zachodniej Anglii na rozmowę z młodszym bratem z książęcego rodzeństwa w jego wiejskiej posiadłości. Został przyjęty z honorami i uważnie wysłuchany. Kiedy po zakończeniu wizyty książę odprowadzał go do samochodu, rzekł:

– Gdyby choć połowa z tego, o czym pan mówił, sir Nigelu, okazała się prawdą, znalazłbym się w zupełnie niecodziennej sytuacji. Oczywiście, pilnie śledzę na bieżąco wydarzenia w Rosji. Ale ta ewentualność... Będę musiał dokładnie wszystko rozważyć, skonsultować się z moją rodziną i oczywiście poprosić o prywatną audiencję u Jej Wysokości.

- Być może sprawy przybiorą inny obrót, książę. W ogóle może nie dojść do referendum bądź też Rosjanie zadecydują, że nie chcą powrotu monarchii.
- W takim razie będziemy musieli zaczekać, aż nadejdzie ten dzień. Życzę miłej podróży, sir Nigelu.

Na drugim piętrze hotelu „Metropol" znajduje się jedna z najlepszych tradycyjnych restauracji moskiewskich. „Bojarski Zał" zawdzięcza swą nazwę rosyjskiej arystokracji, która dawniej tworzyła najbliższe otoczenie cara, a w razie jego słabości przejmowała władzę. Obszerna, półkoliście sklepiona sala o ścianach wyłożonych boazerią pełna jest ornamentyki i elementów dekoracyjnych przywodzących na myśl dawno minioną epokę. Do najprzedniejszych win bądź dobrze zmrożonej wódki można tu zamówić łososia, pstrąga lub jesiotra prosto z czystych rosyjskich rzek, czy też potrawę z zająca, sarny lub dzika z rozległych rosyjskich stepów.

Właśnie tutaj wieczorem dwunastego grudnia generał Nikołaj Nikołajew spotkał się z jedynym żyjącym krewnym, aby uczcić swe siedemdziesiąte czwarte urodziny.

Galina, jego młodsza siostra, którą przed laty wyniósł na ramionach z ogarniętego pożarami Smoleńska, została później nauczycielką i w roku 1956, mając dwadzieścia pięć lat, wyszła za kolegę nauczającego w tej samej szkole, Andrejewa. Ich syn, Misza, przyszedł na świat pod koniec tegoż roku.

Siedem lat później oboje małżonkowie zginęli w wypadku samochodowym, jednym z tych nieprzewidywalnych zdarzeń, którego sprawcą był inny, dokumentnie pijany kierowca. Podówczas będący jeszcze pułkownikiem Nikołajew przyleciał na ich pogrzeb z dowództwa dalekowschodniego okręgu wojskowego. Ale jeszcze dwa lata wcześniej otrzymał zadziwiający list od swojej siostry.

„Gdyby cokolwiek przydarzyło się mnie oraz Iwanowi, pisała wówczas, błagam cię, byś się zaopiekował Miszą". I w czasie pogrzebu Nikołajew wciąż miał przed oczyma ten list, kiedy trzymał za rączkę nad wiek poważnego siedmioletniego chłopca, który nad grobem rodziców nie uronił nawet jednej łzy.

A ponieważ oboje zabici byli pracownikami państwowymi – zresztą w czasach komunizmu wszyscy Rosjanie byli pracownikami państwowymi – ich mieszkanie przekazano innej rodzinie. Trzydziestosiedmioletni pułkownik w ogóle nie miał własnego mieszkania, a kiedy zdarzało mu się przyjeżdżać na urlop do Moskwy, wynajmował niewielki pokoik we Frunzeńskim Klubie Oficerskim. Zaprzyjaźniony komendant klubu zgodził się uczynić wyjątek i na krótko dać chłopcu schronienie.

Zaraz po pogrzebie Nikołajew zabrał siostrzeńca do kasyna na obiad, lecz żadnemu z nich nie dopisywał apetyt.

- I co ja mam, do cholery, począć teraz z tobą, Misza? – zapytał cicho pułkownik, choć wiedział doskonale, że na to pytanie nikt mu nie odpowie.

Później ułożył chłopca do snu w swoim łóżku, sobie zaś wymościł kocami głęboki fotel. Dopiero wtedy usłyszał w ciemnym pokoju dobiegający spod kołdry szloch. A gdy chcąc go zagłuszyć, włączył radio, dowiedział się, że w Dallas właśnie zastrzelono prezydenta Kennedy'ego.

Jedną z niewielu zalet, jakie za czasów komunizmu niosło ze sobą posiadanie aż trzech orderów Bohatera Związku Radzieckiego, były pewne szczególne przywileje. W normalnych warunkach do prestiżowej Akademii Wojskowej imienia Nachimowa przyjmowano dziesięcioletnich chłopców, ale dla Nikołajewa władze uczelni zrobiły wyjątek. Dlatego też mały i bezgranicznie przerażony chłopiec został ubrany w mundur kadeta i zakwaterowany w internacie akademii, natomiast jego wuj mógł powrócić do służby na Dalekim Wschodzie.

Przez lata Nikołajew starał się jak mógł, podczas każdego urlopu odwiedzał siostrzeńca, a kiedy został przeniesiony do sztabu generalnego i dostał służbowe mieszkanie w stolicy, mógł w czasie wakacji gościć Miszę w Moskwie.

Osiemnastoletni Andrejew uzyskał dyplom uczelni i w stopniu porucznika rozpoczął służbę, jak należało oczekiwać, w jednostce wojsk pancernych. Po dwudziestu pięciu latach, jako czterdziestotrzyletni major, dowodził elitarnym batalionem czołgów stacjonującym niedaleko Moskwy.

Obaj wojskowi wkroczyli do restauracji parę minut po dwudziestej, czekał na nich zamówiony wcześniej stolik. Wiktor, szef obsługi kelnerskiej, także miał za sobą służbę czołgisty, pospiesznie wyszedł więc na spotkanie gości, wyciągając rękę.

- Miło mi was widzieć, generale. Zapewne mnie nie pamiętacie, byłem w Pradze w sześćdziesiątym ósmym, jako celowniczy w sto trzydziestej pierwszej dywizji z Majkopu. Proszę za mną, zarezerwowałem stolik wprost galerii.

Inni goście – biznesmeni ze Stanów Zjednoczonych, Szwajcarii czy Japonii – spoglądali z zaciekawieniem w ich kierunku, próbując odgadnąć przyczynę drobnego zamieszania. Jedynie wśród obecnych na sali Rosjan rozległy się szepty: „To Kola Nikołajew!"

Wiktor bez pytania przyniósł butelkę silnie schłodzonej *moskowskoj* i napełnił dwa kieliszki. Andrejew uniósł swój w toaście na cześć wuja, który od zawsze, jak tylko sięgał pamięcią, zastępował mu zmarłego ojca.

- Za wasze zdarowje. Za następne siedemdziesiąt cztery lata.
- Nie gadaj bzdur. Za zdarowje.

Obaj mężczyźni wypili wódkę jednym haustem i obaj w podobny sposób mruknęli, kiedy alkohol rozlał im się po żołądkach.

Ponad barem „Bojarskiego Zału" znajduje się galeria, na której znani artyści wykonują stare rosyjskie pieśni. Tego wieczoru występowała posągowa blondynka w stroju księżnej z rodu Romanowów oraz mężczyzna w smokingu odznaczający się głębokim dźwięcznym barytonem. Kiedy dobiegł końca wykonywany wspólnie duet, śpiewak wysunął się do przodu. Orkiestra zajmująca miejsca z tyłu galerii umilkła i po chwili baryton lekko wibrującym głosem zaintonował znaną żołnierską pieśń przeznaczoną dla dziewczyny, która czeka w domu na jego powrót. Przy stolikach natychmiast ucichły rozmowy i salę wypełnił jedynie dźwięczny głos artysty. Obcokrajowcy także pospiesznie zamilkli. Tylko donośny baryton zdawał się docierać do każdego zakątka lokalu...

– *Kalinka, Kalinka, Kalinka maja...*

Kiedy przebrzmiały ostatnie dźwięki pieśni, obecni na sali Rosjanie wstali i wznieśli toast w stronę siwowłosego mężczyzny siedzącego przy jednym ze stolików. Śpiewak skłonił się nisko i zebrał owacyjne brawa. Wiktor stał w tym czasie obok grupy sześciu gości z Japonii.

– Kim jest ten starszy człowiek? – zapytał któryś z nich po angielsku.

– To bohater wojenny z czasów Wielkiej Wojny Ojczyźnianej – odparł przełożony kelnerów.

Japończyk szybko przetłumaczył tę odpowiedź swoim rodakom. Wszyscy energicznie pokiwali głowami i sięgnęli po swoje szklaneczki.

– *Kampei!*

Uśmiechnięty „wujek Kola" wstał, skłonił się wszystkim, uniósł swój kieliszek najpierw w kierunku artysty, później odwzajemnił toast gości lokalu i jednym haustem wypił wódkę.

Uczcili ten wieczór wykwintnym posiłkiem, złożonym z pieczonej kaczki, wędzonego łososia, armeńskiego czerwonego wina oraz kawy. Ceny w „Bojarskim Zale" były na tyle wysokie, że owa kolacja kosztowała całe miesięczne pobory majora, uważał on jednak, że uroczystość jego wuja w pełni na to zasługuje.

Dopiero po ukończeniu trzydziestki – zdążywszy już poznać wielu kiepskich oficerów, nierzadko bardzo wysokich rangą – Andrejew w pełni zrozumiał, dlaczego wuj Nikołaj stał się prawdziwą legendą wśród czołgistów. Odznaczał się on bowiem cechą, której brakowało większości oficerów liniowych: z bezprzykładną pasją dbał o wszystkich żołnierzy pełniących służbę pod jego rozkazami. Kiedy więc major objął dowództwo swojej pierwszej w życiu dywizji i zdobył cenną czerwoną baretkę, patrząc na zgliszcza zrujnowanej Czeczenii, nie mógł się uwolnić od myśli, że rosyjska armia długo jeszcze będzie musiała czekać na swego drugiego „wujka Kolę".

Na zawsze pozostało mu w pamięci to, co się wydarzyło, kiedy miał dziesięć lat. Aż do 1964 roku ani Stalin, ani Chruszczow nie zdobyli się na to, by wznieść w Moskwie cenotaf poświęcony poległym w czasie drugiej wojny światowej. Dla nich o wiele ważniejszy był kult własnej osoby, jakby nie rozumieli, iż żaden z nich nie mógłby zajmować miejsca na trybunie zwieńczającej Mauzoleum Lenina i przyjmować defilad wojskowych w pierwszomajowe święta, gdyby wcześniej miliony Rosjan nie złożyły swego życia w ofierze, walcząc przeciwko hitlerowcom.

Dopiero w roku 1966, po odejściu Chruszczowa, członkowie politbiura zdecydowali się wreszcie uczcić pamięć zabitych wiecznym zniczem płonącym na symbolicznym Grobie Nieznanego Żołnierza.

Nie postawiono go jednak na otwartej przestrzeni, lecz wciśnięto między drzewa Ogrodów Aleksandrowskich, w pobliżu muru kremlowskiego, gdzie nie mógł przyciągać wzroku ludzi czekających w długiej kolejce, by zobaczyć zabalsamowane zwłoki Lenina.

Tego roku, po pierwszomajowym pochodzie, kiedy dziesięcioletni kadet nasycił oczy widokiem defilujących czołgów, haubic i rakiet, maszerujących z donośnym łomotem oddziałów wojska i parad zespołów gimnastycznych, jakie przelewały się przez plac Czerwony, wujek wziął go za rękę i poprowadził aleją Kremlowską, przez ogrody, w kierunku Maneżu.

Stanęli przed spłaszczoną na szczycie bryłą z polerowanego czerwonego granitu, obok której płonął duży, wykonany z brązu znicz. Na płycie widniały wykute słowa: ,,Grób twój nieznany, twe dokonania nieśmiertelne''.

– Chciałbym, żebyś mi coś obiecał, chłopcze – odezwał się pułkownik.

– Słucham, wujku.

– Ten pomnik jest poświęcony milionom poległych w ostatniej wojnie. Nie wiemy dokładnie, gdzie spoczywają, w większości nie wiemy nawet, kim byli. Ale ci ludzie walczyli u mego boku i byli z nich dobrzy żołnierze. Rozumiesz?

– Tak, wujku.

– Niezależnie od tego, co by ci obiecywano, jakie proponowano bogactwa, zaszczyty i honory, nie chciałbym, abyś kiedykolwiek zdradził tych wszystkich ludzi.

– Obiecuję, wujku.

Pułkownik powoli uniósł dłoń do daszka wojskowej czapki, kadet poszedł w jego ślady. Zbliżyła się duża grupa przyjezdnych z prowincji, którzy patrzyli na tę parę z zaciekawieniem, zajadając lody. Przewodnik wycieczki, umiejący jedynie tłumaczyć, jakim to wielkim człowiekiem był Włodzimierz Lenin, z wyraźnym zakłopotaniem jął popędzać grupę do szybszego marszu w stronę znajdującego się za rogiem mauzoleum.

– Parę dni temu czytałem twój wywiad dla ,,Izwiestii'' – odezwał się teraz major Misza Andrejew. – Wygląda na to, że postanowiłeś wstrząsnąć posadami.

Generał Nikołajew uśmiechnął się szeroko.

– Nie podobało ci się?

– Byłem zaskoczony, to wszystko.

– Wiesz dobrze, iż wypowiadałem się szczerze.

– Tak, pod tym względem cię znam. Zawsze mówisz prawdę prosto z mostu.

– To naprawdę kawał łobuza, chłopcze.

- Skoro ty tak twierdzisz, wujku... Mimo wszystko chyba zwycięży w wyborach, więc może byłoby lepiej, gdybyś zachował swe uwagi dla siebie.
- Za stary jestem na to. Mówię to, co myślę.
Nikołajew zamyślił się na krótko ze wzrokiem utkwionym w „carską księżnę", wykonującą na galerii piosenkę „To były piękne dni". Obcokrajowcy słuchali jej z uwagą, choć zapewne nie wiedzieli, że ta rozpropagowana po całym świecie pieśń jest w rzeczywistości starą rosyjską balladą. Niespodziewanie generał sięgnął przez stolik i zacisnął palce na dłoni siostrzeńca.
- Posłuchaj, chłopcze. Gdyby cokolwiek mi się przytrafiło...
- Nie roztkliwiaj się, jeszcze przeżyjesz nas wszystkich.
- Mówię poważnie. Gdyby cokolwiek się stało, chciałbym zostać pochowany na cmentarzu Nowodiewiczym. Dobrze? Nie życzę sobie jakiejś żałosnej cywilnej ceremonii. Chcę mieć pogrzeb cerkiewny, z pełnym orszakiem, celebrowany przez biskupa. Rozumiesz?
- Ty chcesz mieć pogrzeb cerkiewny? Nie przypuszczałem, że cokolwiek łączy cię z wiarą...
- Nie udawaj głupiego. Jeśli sześć metrów od człowieka spada pocisk z niemieckiej osiemdziesiątki ósemki i nie eksploduje, to każdy musi uwierzyć, że ktoś tam w górze czuwa nad jego losem. To jasne, że udawałem ateistę, wszyscy tak postępowali. Członkostwo w partii, ciągłe odczyty polityczne... Tego od nas wymagano, a wszystko okazało się diabła warte. Powiedziałem ci już, czego naprawdę chcę. Kończmy wreszcie tę kawę i chodźmy stąd. Przyjechałeś samochodem służbowym?
- Tak.
- To dobrze, bo obaj jesteśmy trochę wstawieni. Odwieziesz mnie do domu.

Nocny pociąg sypialny z Kijowa, stolicy niepodległej Ukrainy, toczył się przez skute mrozem pola w kierunku Moskwy. W szóstym wagonie, w przedziale 2B, dwaj Anglicy umilali sobie podróż grą w remika. Brian Vincent spojrzał na zegarek.
- Za pół godziny dotrzemy do granicy, sir Nigel. Chyba warto się położyć spać.
- Masz rację – odparł Irvine.
Nie zdjąwszy nawet marynarki, wdrapał się na górną leżankę i przykrył po szyję kocem.
- Może tak być? – spytał.
Były komandos przytaknął ruchem głowy.
- Resztę proszę zostawić mnie.
Pociąg zatrzymał się na przejściu granicznym. Kierownik pociągu, Ukrainiec, już przed odjazdem sprawdził paszporty, ale teraz musiał oprowadzić rosyjskich urzędników kontroli granicznej.

Dziesięć minut później rozległo się pukanie do drzwi. Vincent rozsunął je.
– *Da?*
– *Pasport, pażałsta.*

Wewnątrz przedziału paliło się jedynie słabe, niebieskawe światło, toteż po wejściu z jaskrawo oświetlonego korytarza Rosjanin zamrugał szybko, chcąc przystosować oczy do półmroku.
– Nie ma wizy – oznajmił.
– Oczywiście, że nie. To paszport dyplomatyczny. Wiza nie jest wymagana.

Kierownik pociągu usłużnie wskazał palcem angielski napis widniejący na obwolucie dokumentu.
– *Dipłomat* – wyjaśnił.

Rosjanin pokiwał głową, lekko zmieszany. Przypomniał sobie nagle instrukcje, jakie nadeszły z moskiewskiego dowództwa FSB, nakazujące zwracać baczną uwagę na człowieka o podanym rysopisie i personaliach.
– A ten starzec? – zapytał, otwierając drugi paszport.
– Leży tam, na górze – odparł Anglik. – To bardzo stary i schorowany człowiek. Nie czuje się najlepiej. Czy koniecznie muszę mu zakłócać odpoczynek?
– Kto to jest?
– Ojciec naszego ambasadora w Moskwie. Dlatego towarzyszę mu w tej podróży. Postanowił odwiedzić syna.

Ukrainiec wskazał mężczyznę opatulonego kocem i powtórzył:
– Ojciec ambasadora.
– Dziękuję, ale rozumiem po rosyjsku – burknął Rosjanin.

Znalazł się w kłopotliwej sytuacji. Popatrzył jeszcze raz na zdjęcie w paszporcie przedstawiające całkiem łysego starca o pucołowatej twarzy, który zupełnie nie pasował do rysopisu poszukiwanego szpiega. Nie zgadzało się też nazwisko. Nie był to ani Trubshaw, ani Irvine, ale jakiś Lord Asquith.
– Na zewnątrz musi być strasznie zimno – wtrącił Vincent. – Warto by rozgrzać trochę kości. Proszę, to w imię przyjaźni, ze specjalnych zapasów naszej placówki w Kijowie.

Wyciągnął z torby litrową butelkę wódki najlepszego gatunku, jakiej w Rosji nie można było kupić za żadne pieniądze. Ukrainiec energicznie pokiwał głową, uśmiechnął się szeroko i łokciem dał lekkiego kuksańca rosyjskiemu koledze. Ten tylko mruknął porozumiewawczo, przystawił stempel w obu paszportach i poszedł dalej.
– Tam, na górze, niewiele słyszałem, przykryty po uszy kocem, odniosłem jednak wrażenie, iż rozmowa przebiegała w pogodnym nastroju – odezwał się sir Nigel, kiedy Vincent zamknął za tamtymi drzwi, a po chwili wysunął nogi spod koca i zeskoczył na podłogę.
– Powiedzmy, że im mniej będzie takich spotkań, tym dla nas lepiej – odparł komandos.

Bez zwłoki przystąpił do systematycznego niszczenia obu fałszywych paszportów. Później drobne skrawki papieru miały zostać spuszczone z wodą w klozecie i zniknąć gdzieś w śniegach okrywających południową Rosję. Tak jak poprzednio, na wyjazd z kraju mieli przygotowane inne dokumenty, ze starannie podrobionymi stemplami potwierdzającymi przekroczenie granicy, które obecnie spoczywały na dnie walizki.

Trzydziestotrzyletni Vincent spoglądał na sir Nigela z nie skrywanym podziwem. Zdawał sobie sprawę, że tamten mógłby być nie tylko jego ojcem, ale nawet dziadkiem. Podczas służby w oddziałach specjalnych zdarzało mu się bywać w różnych stresujących sytuacjach, jak choćby wtedy, gdy leżał na piasku zachodnioirackiej pustyni i czekał bezczynnie na okazję „rozsmarowania" na niebie przelatującej rakiety typu Scud. Ale nawet wówczas zawsze miał świadomość, że może liczyć albo na kolegów, albo na pistolet maszynowy czy granaty, umożliwiające mu szybki odwrót.

Lecz ten świat, do którego został wciągnięty przez Irvine'a – pomijając kwestię nadzwyczaj wysokiego honorarium – świat wiecznej ułudy i dezinformacji, nie kończących się zasłon dymnych i luster, coraz częściej wprawiał go w nastrój dający się uleczyć jedynie podwójną wódką bez lodu. Teraz pomyślał, że na szczęście ma w torbie drugą taką samą butelkę ze specjalnych zapasów, nie omieszkał więc po nią sięgnąć.

– Ma pan ochotę na jednego, sir Nigelu?

– Nie, dziękuję – odparł Irvine. – Znów by mi dokuczały wrzody i paliła zgaga. Ale chętnie dotrzymam ci towarzystwa czym innym.

Wyjął z aktówki małą srebrzystą piersiówkę, odkręcił ją i odmierzył sobie porcję trunku do metalowego kieliszka. Uniósł go w toaście w stronę Vincenta i pociągnął niewielki łyk. Delektował się tym samym wybornym porto, którego butelkę przyniósł mu Trubshaw, kelner z klubu Saint James.

– Odnoszę wrażenie, że panu zaczyna się podobać cała ta heca – odezwał się Brian.

– Od wielu lat nie bawiłem się aż tak dobrze, mój chłopcze.

Zaraz po wschodzie słońca wysiedli na stacji w Moskwie. Na zewnątrz panowała temperatura minus piętnaście stopni.

Chociaż zmęczonym podróżnym, spieszącym do ciepła domowych pielesz, każdy dworzec wydaje się zimny i odpychający, to i tak jest w nim cieplej, niż na ulicach. Kiedy tego ranka sir Nigel i Vincent wysiedli z nocnego ekspresu z Kijowa, w przestronnej hali dworca Kurskiego było tłoczno od przemarzniętych i głodnych żebraków. Część z nich starała się złowić choć odrobinę ciepła bijącego od rozgrzanych lokomotyw czy też od czasu do czasu wydostającego się zza otwieranych drzwi kawiarni lub baru, reszta zaś leżała rozciągnięta na betonowej posadzce, usiłując jakoś przetrwać jeszcze tę jedną noc w stolicy.

– Proszę się trzymać blisko mnie – mruknął Vincent, kiedy ruszyli w kierunku przejścia kontroli biletowej, przez które wiodła droga do głównej hali.

Zanim dotarli na postój taksówek, kilkakrotnie musieli omijać łukiem wyciągających ręce żebraków, najczęściej okutanych w stare palta i wełniane szale, nie ogolonych, o zapadłych i podkrążonych oczach.

– Dobry Boże. To jest przerażające – odezwał się Irvine.

– Pod żadnym pozorem proszę nie sięgać do portfela, bo zacznie się straszny rwetes – uprzedził go były komandos.

Mimo podeszłego wieku, sir Nigel sam niósł swoją walizkę oraz aktówkę, zostawiając w ten sposób Vincentowi jedną wolną rękę. Ten zaś przez cały czas trzymał dłoń wsuniętą za połę płaszcza, jakby chciał dać znać włóczęgom, że jest uzbrojony i nie zawaha się wyciągnąć pistoletu, jeśli zajdzie taka potrzeba.

W ten sposób dotarli obaj do końca hali i lawirując w tłumie żebraków wyszli na ulicę, gdzie czekało kilka wolnych taksówek. Kiedy tylko Vincent wysunął dłoń zza poły płaszcza, za plecami Irvine'a rozległ się donośny okrzyk:

– Kapitalista! Przeklęty obcokrajowiec!

– Według nich musimy być bogaci – wyjaśnił półgłosem komandos. – Dla tych żebraków każdy obcokrajowiec jest bogaczem.

Okrzyki rozbrzmiewały jeszcze na ulicy, przed budynkiem dworca.

– Zafajdany kapitalista! Poczekaj, aż prezydentem zostanie Komarow!

Kiedy wreszcie obaj mężczyźni zajęli miejsca w taksówce, Irvine mruknął cicho:

– Nawet nie zdawałem sobie sprawy, że jest aż tak źle. Ostatnim razem bez większych kłopotów udało mi się dojechać taksówką z lotniska do hotelu i z powrotem.

– Bo teraz nastały już mrozy. Zimą włóczędzy zawsze stają się bardziej agresywni.

Kiedy taksówka ruszała z postoju, sprzed dworca odjeżdżała także milicyjna ciężarówka. W szoferce siedzieli dwaj funkcjonariusze w grubych zimowych kurtkach oraz futrzanych czapkach. Samochód wyprzedził ich i taksówka znalazła się za ciężarówką.

W momencie gdy wykręcali na jezdnię, poryw wiatru uniósł na krótko opuszczoną plandekę milicyjnego wozu i zdumionym Anglikom ukazał się rząd ludzkich nóg widocznych na skrzyni. Pojazd był załadowany zamarzniętymi na sopel lodu zwłokami, zrzuconymi na stertę niczym kłody drewna.

– Transport sztywnych – mruknął posępnym tonem Vincent. – Poranna zmiana milicji zbiera swoje żniwo. O tej porze roku każdej nocy w Moskwie, w bramach i zaułkach, zamarza na śmierć pięćset osób.

Mieli zarezerwowany pokój w hotelu „Nacjonal", lecz postanowili odłożyć formalności meldunkowe do popołudnia. Dlatego też cały dzień spędzili w głębokich fotelach sali wypoczynkowej hotelu „Pałacowego".

Dwa dni wcześniej, używając swego przenośnego komputera, Jason Monk wysłał krótką zaszyfrowaną wiadomość. Poinformował, że odbył planowaną rozmowę z generałem Pietrowskim, jego zdaniem zakończoną pomyślnie. Ciągle był przenoszony przez organizację Czeczenów z miejsca na miejsce, często występował w przebraniu duchownego, w mundurze wojskowym lub milicyjnym, a czasami udawał włóczęgę. W meldunku napisał także, iż jego zdaniem patriarcha jest gotów po raz drugi odbyć rozmowę z gościem z zagranicy.

Przekazany drogą satelitarną meldunek został następnie przesłany, wciąż w zaszyfrowanej postaci, z amerykańskiej centrali Intelkoru do Londynu. Tylko sir Nigel dysponował bowiem kopiami stosowanych do szyfrowania matryc znaków przypadkowych i tylko on mógł odczytać wiadomość.

Właśnie ten meldunek sprawił, że Anglik wyruszył w kolejną podróż, samolotem do Kijowa, a stamtąd pociągiem do Moskwy.

Niemniej ów krótki przekaz satelitarny został również przechwycony przez FAPSI, pracujące teraz w pełnym wymiarze godzin na zlecenie Griszyna. Dyrektor agencji powiadomił o tym fakcie pułkownika jeszcze w nocy, kiedy ekspres z Kijowa przemierzał ośnieżone rosyjskie równiny.

– Niewiele już brakuje, żebyśmy go namierzyli – oznajmił. – Wcześniej nadawał z dzielnicy Arbat, lecz ostatni meldunek został wysłany z bezpośredniego sąsiedztwa parku Sokolnickiego. A to oznacza, że zmienił miejsce pobytu.

– Z Arbatu? – warknął rozwścieczony Griszyn, jakby nie mógł uwierzyć, że Amerykanin ukrywał się w samym centrum miasta, nie dalej niż kilometr od Kremla.

– Przy okazji chciałem pana przestrzec przed jedną rzeczą, pułkowniku. Jeśli szpieg faktycznie korzysta z takiego nadajnika, jakiego istnienie podejrzewamy, to wcale nie musi siedzieć przy komputerze w chwili transmisji czy odbierania wiadomości. Może go zaprogramować i zostawić w wybranym miejscu.

– Wystarczy, że zlokalizujecie ten nadajnik – odparł Griszyn. – I tak będzie musiał po niego wrócić, a my już przygotujemy pułapkę.

– Jeszcze dwie transmisje bądź też jedna, trwająca co najmniej pół sekundy, a zdołamy dokładnie określić miejsce nadawania. Podamy panu wówczas konkretny sektor, a może nawet uda się określić budynek, z którego wyemitowano sygnał.

Żaden z mężczyzn nie mógł wiedzieć, że zgodnie z planem ułożonym przez Irvine'a, Monk musiał jeszcze przekazać za granicę co najmniej trzy komunikaty.

– On wrócił, pułkowniku!
W dobiegającym ze słuchawki skrzekliwym głosie ojca Maksyma przebijało napięcie. Była szósta nad ranem, na zewnątrz zalegały

ciemności, panował mróz. Griszyn jednak wciąż siedział przy swoim biurku w siedzibie USP przy bulwarze Kisielnym. Miał już wyjść z gabinetu, kiedy rozległ się dzwonek telefonu. Zgodnie z instrukcjami operator centrali, usłyszawszy imię duchownego, natychmiast przełączył rozmowę do pokoju szefa służb ochrony.

– Uspokój się, ojcze. Kto wrócił?

– Ten Anglik, starszy mężczyzna. Rozmawiał z Jego Świątobliwością przez godzinę.

– Niemożliwe!

Griszyn poświęcił znaczną sumę na łapówki dla urzędników służb paszportowych MSW oraz sekcji kontrwywiadowczej FSB, którzy mieli go powiadomić w wypadku, gdyby Anglik ponownie przekroczył granicę. Ostrzeżenie jednak nie nadeszło.

– Nie wiesz, ojcze, gdzie się zatrzymał?

– Nie, ale przyjechał tą samą limuzyną.

Więc musi być w „Nacjonalu", pomyślał Griszyn. Stary głupiec zamieszkał w tym samym hotelu. Widocznie był przekonany, że całkowicie zatarł za sobą ślady, że tajemniczy pan Trubshaw działał za szybko dla rosyjskiego wywiadu. Tym razem należało zorganizować błyskawiczną, zdecydowaną akcję.

– Skąd dzwonisz, ojcze?

– Z ulicy, z mojego aparatu komórkowego.

– To nie jest zbyt bezpieczne. Idź w nasze ustalone miejsce i zaczekaj tam na mój przyjazd.

– Muszę zaraz wracać, pułkowniku. Moja nieobecność może zostać zauważona.

– Posłuchaj, głupcze! Zadzwoń do rezydencji patriarchy i powiedz, że nie czujesz się najlepiej i musisz po drodze wstąpić do apteki po jakieś lekarstwa. Tymczasem zaczekasz na mnie w umówionym miejscu.

Ze złością odłożył słuchawkę na widełki, ale zaraz podniósł ją z powrotem i rozkazał swemu zastępcy, byłemu majorowi ze służby ochrony granic KGB, aby natychmiast się stawił w jego gabinecie.

– Macie zebrać dziesięciu najlepszych ludzi, w cywilnych ubraniach, i przygotować trzy samochody.

Piętnaście minut później podetknął pod nos zastępcy fotografię sir Nigela Irvine'a.

– To on. Prawdopodobnie towarzyszy mu znacznie młodszy mężczyzna, ciemnowłosy, dobrze zbudowany. Zatrzymali się w „Nacjonalu". Zostawisz dwóch ludzi w holu, żeby obserwowali windy, recepcję oraz wyjścia na ulicę; dwóch następnych w kawiarni na parterze, dwóch na ulicy przed hotelem, a czterech ma czekać w dwóch samochodach. Jeśli zauważycie podejrzanego, macie go śledzić i natychmiast mnie powiadomić. Jeśli zaś jest w swoim pokoju, nie wolno mu wyjść na miasto bez mojej wiedzy.

– A jeśli odjedzie taksówką?

- To pojedziecie za nim, chyba żeby się wybierał na lotnisko. Wtedy musicie zaaranżować wypadek. Za żadną cenę nie wolno dopuścić, żeby odleciał.

- Tak jest, pułkowniku.

Kiedy zastępca wyszedł, żeby przekazać ludziom rozkazy, Griszyn ponownie sięgnął do telefonu i zadzwonił do znanego sobie fachowca, wytrawnego złodzieja hotelowego, który zawsze się przechwalał, iż potrafi otworzyć każdy zamek w drzwiach.

- Zbieraj swoje narzędzia, jedź do hotelu „Inturist" i czekaj w holu na dalsze polecenia. Chciałbym, żebyś dzisiaj włamał się dla mnie do pewnego pokoju hotelowego, jeszcze nie wiem tylko, o której godzinie. Dlatego bądź w pogotowiu i czekaj na mój telefon.

Hotel „Inturist" jest oddalony o dwieście metrów od „Nacjonalu" i znajduje się tuż za rogiem, przy ulicy Twerskiej.

Pół godziny później pułkownik wkroczył do cerkwi Wszystkich Świętych na Kuliszkach. Przestraszony diakon, któremu pot grubymi kroplami spływał po czole, czekał już tam na niego.

- Kiedy ten Anglik przyjechał?

- Zjawił się bez zapowiedzi około czwartej nad ranem. Ale Jego Świątobliwość musiał oczekiwać tej wizyty, gdyż od razu kazał mi wprowadzić go do gabinetu. Jak poprzednio obcy przyjechał z tłumaczem.

- Ile czasu spędzili razem?

- Około godziny. Nastawiłem herbatę w samowarze, lecz wszyscy trzej milczeli, dopóki znajdowałem się w gabinecie.

- Nie podsłuchiwałeś pod drzwiami?

- Próbowałem, pułkowniku, lecz to nie było łatwe. O tej porze po całym budynku kręcą się dwie siostry sprzątające pomieszczenia, był też archidiakon, osobisty sekretarz patriarchy.

- Ile zdołałeś usłyszeć?

- Niewiele. Dyskutowali na temat jakiegoś księcia. Nie wiem po co, lecz Anglik zaproponował patriarsze zagranicznego księcia. Wyłowiłem słowa: „Potomek Romanowów" oraz „nadzwyczaj pasujący". Ten starszy gość mówi bardzo cicho, zresztą to i tak nie ma znaczenia, bo nie znam angielskiego. Na szczęście tłumacz ma trochę donośniejszy głos. I znowu głównie mówił ten Anglik, Jego Świątobliwość słuchał go z uwagą. Kiedy wszedłem do pokoju, oglądał jakiś narysowany schemat. Ale nastawiłem samowar i musiałem zaraz wyjść. Później jeszcze raz zapukałem i zajrzałem do gabinetu, żeby zapytać, czy nie trzeba uzupełnić wody w samowarze. Wtedy panowała zupełna cisza, Jego Świątobliwość pisał jakiś list. Rzucił krótko, że niczego nie potrzebują, musiałem więc wyjść.

Griszyn zamyślił się na chwilę.

- To wszystko? - spytał.

- Tak. Nie, jeszcze jedno. Kiedy zbierali się do wyjścia i uchylili odrobinę drzwi, usłyszałem, jak patriarcha powiedział: „Przy pierwszej sposobności porozmawiam na ten temat z urzędującym prezydentem". To było jedyne zdanie, które słyszałem w całości.

Pułkownik uśmiechnął się i odwrócił w stronę ojca Maksyma.

– Obawiam się, że patriarcha zaczyna potajemnie konspirować z obcymi agentami przeciwko naszemu przyszłemu prezydentowi. To bardzo smutne i niestosowne, ale na szczęście pozbawione szans powodzenia. Jestem pewien, że Jego Świątobliwość ma słuszne zamiary, tylko dał się zwieść kłamstwom. Po wyborach prezydenckich puścimy w niepamięć całą tę aferę. Ale ty, przyjacielu, możesz być pewien, że o tobie nie zapomnimy. Podczas długoletniej służby w KGB nauczyłem się odróżniać zdrajców od prawdziwych patriotów. W pewnych okolicznościach zdrajcom można darować ich winy, dotyczy to również Jego Świątobliwości. Ale prawdziwy patriota powinien być zawsze nagradzany.

– Bardzo dziękuję, pułkowniku.

– Czy masz kiedykolwiek wolne, ojcze?

– Tak, jeden wieczór w tygodniu.

– W takim razie po wyborach zaprosimy cię na uroczysty obiad do któregoś z naszych obozów Młodych Bojowników. Zrzeszamy w tej organizacji młodych, sympatycznych chłopców... no i oczywiście dobrze zbudowanych, od piętnastego do dziewiętnastego roku życia. Później najlepsi z nich podejmują służbę w Czarnej Gwardii.

– To byłoby... bardzo... przyjemne...

– I ma się rozumieć, po wyborach nie omieszkam powiedzieć prezydentowi Komarowowi, że naszym gwardzistom i Młodym Bojownikom przydałby się uczciwy kapelan. Z pewnością do tej funkcji potrzebny byłby ktoś w randze biskupa.

– Jest pan nadzwyczaj uprzejmy, pułkowniku.

– Będziesz miał jeszcze okazję się o tym przekonać, ojcze Maksymie. A teraz wracaj do siedziby patriarchy. I nadal o wszystkim mnie informuj. Weź lepiej to, na pewno będziesz wiedział, co z tym zrobić.

Kiedy duchowny wyszedł z cerkwi, Griszyn wsiadł z powrotem do samochodu i kazał kierowcy jechać do hotelu „Nacjonal". Pomyślał, że najwyższa pora, by wszyscy spiskujący przeciwko nim politycy z Zachodu, a przede wszystkim ten sprawiający ciągle kłopoty Amerykanin, dowiedzieli się wreszcie, jak teraz należy załatwiać pewne sprawy w Moskwie.

ROZDZIAŁ 17

Zgodnie z rozkazem pułkownika kierowca zaparkował wóz na ulicy Ochotnyj Riad, biegnącej północno-zachodnim skrajem placu Maneżowego, sto metrów od „Nacjonalu". Doskonale było stąd widać gwardzistów czuwających w dwóch autach stojących obok kiosku z gazetami, niemal na wprost wejścia do hotelu.

– Zaczekaj tu – polecił Griszyn i wysiadł.

Choć była dopiero dziewiętnasta, temperatura spadła już do minus dwudziestu stopni. Nieliczni przechodnie poruszali się żwawo, wtulając głowy w ramiona.

Griszyn podszedł do pierwszego samochodu gwardzistów i zastukał w szybę od strony kierowcy. Napędzany silniczkiem elektrycznym mechanizm przy wtórze serii trzasków opuścił zmrożoną szybę w dół.

– Słucham, pułkowniku.

– Gdzie on jest?

– Musi przebywać w pokoju, jeśli tylko tam był, gdy przyjechaliśmy. Z hotelu nie wychodził nikt podobny do Anglika.

– Wezwijcie Kuzniecowa. Przekażcie mu, że będę go potrzebował.

Rzecznik prasowy Unii przyjechał po dwudziestu minutach.

– Chciałbym, żebyś znowu odegrał rolę amerykańskiego turysty – oznajmił mu Griszyn, wyjmując z portfela fotografię siwowłosego mężczyzny. – Poszukuję tego człowieka. Niewykluczone, że zameldował się pod nazwiskiem Trubshaw bądź Irvine.

Kuzniecow ruszył bez słowa i wrócił po dziesięciu minutach.

– Jest w hotelu, wynajął pokój na nazwisko Irvine'a. W tej chwili przebywa na górze.

– Który to pokój?

– Dwieście pięćdziesiąt dwa. To wszystko?

– Tak, nie będziesz mi już potrzebny.

Griszyn wrócił do swego samochodu i skontaktował się telefonicznie z włamywaczem i złodziejem hotelowym, który czekał na jego wezwanie w holu mieszczącego się za rogiem „Inturistu".

– Masz wszystko przyszykowane?
– Oczywiście, pułkowniku.
– Pozostań w gotowości. Kiedy dam ci znać, otworzysz drzwi pokoju numer dwieście pięćdziesiąt dwa w „Nacjonalu". Nie wolno ci nic zabierać, trzeba tylko dokładnie przeszukać pokój. Jeden z moich ludzi czeka w holu i pojedzie z tobą na piętro.
– Zrozumiałem.

Dokładnie o dwudziestej jeden z dwóch gwardzistów obserwujących hol „Nacjonalu" pojawił się przed wejściem. Nieznacznym ruchem głowy dał znak kolegom czuwającym w samochodzie, po czym szybko oddalił się ulicą.

Minutę później z hotelu wyłonili się dwaj mężczyźni w grubych paltach i futrzanych czapkach. Griszyn spostrzegł, że jednemu z nich spod czapki wystają końce siwych włosów. Skręcili w lewo i ruszyli w kierunku teatru „Bolszoj".

Pułkownik natychmiast wezwał przez telefon czekającego włamywacza.

Pierwszy samochód gwardzistów ruszył od krawężnika i powoli zawrócił śladem dwóch obcokrajowców. Zaraz za nim odjechał drugi. Jednocześnie na ulicy pojawili się dwaj inni młodzi ludzie, którzy dotąd obserwowali kawiarnię mieszczącą się w głębi budynku hotelowego, i wolnym krokiem podążyli za Anglikami. Griszyn odprowadził wzrokiem oddalających się czterech mężczyzn oraz sunące za nimi dwa samochody z kolejnymi czterema jego ludźmi.

– Czy mamy ich zdjąć, pułkowniku? – spytał cicho kierowca.
– Nie. Chcę się przekonać, dokąd idą.

Griszynowi zaświtała nadzieja, że być może Irvine skontaktuje się osobiście z tym Amerykaninem, Monkiem. Zyskałby wówczas znakomitą okazję do schwytania obu spiskowców równocześnie.

Anglicy dotarli do skrzyżowania w miejscu, gdzie od placu odchodzi ulica Twerska, zaczekali na zielone światło i przeszli na drugą stronę. Chwilę później zza rogu Twerskiej wyłonił się włamywacz niosący teczkę z narzędziami.

Miał duże doświadczenie w przedostawaniu się do najbardziej luksusowych moskiewskich hoteli, toteż zawsze przy takich okazjach ubierał się elegancko, by wyglądać na obcokrajowca. Teraz także miał na sobie garnitur oraz zimowy płaszcz z Londynu, zresztą oba pochodzące z kradzieży, i szedł raźnym krokiem z miną znamionującą wielką pewność siebie, która powinna zrobić wrażenie na obsłudze hotelowej.

Griszyn obserwował uważnie, jak mężczyzna wchodzi przez ciężkie obrotowe drzwi i znika wewnątrz budynku. Wcześniej odnotował z wielką satysfakcją, że Irvine wyszedł z hotelu bez aktówki. Musiał więc zostawić przywiezione materiały w pokoju hotelowym.

– Ruszaj – rzucił kierowcy.

Mercedes wykręcił na pustej jezdni, zaraz jednak zwolnił, utrzymując dystans stu metrów za idącymi bez pośpiechu Anglikami.

– Chyba zdaje pan sobie sprawę, że jesteśmy śledzeni – odezwał się w tym samym momencie Vincent.

– Owszem. Dwóch idzie przed nami, dwóch z tyłu, reszta jedzie samochodem toczącym się z wolna po przeciwnej stronie placu – odparł sir Nigel.

– Przyznaję, że jestem pod wrażeniem.

– To prawda, mój drogi chłopcze, że jestem już stary i siwy, ale musiałbym być w dodatku ślepy, żeby nie zauważyć tak jawnie podążającego za nami ogona.

Były wysoki oficer Drugiego Wydziału KGB tak bardzo się przyzwyczaił do tego, że sprawuje niemal bezgraniczną władzę, iż do głowy mu nie przyszło, by na ulicach Moskwy kryć się przed śledzonymi ludźmi. W przeciwieństwie do agentów FBI czy londyńskiego wydziału MI5, Rosjanie nigdy nie musieli przywiązywać zbytniej wagi do sposobów prowadzenia obserwacji.

Po przejściu przed frontonem jaskrawo oświetlonego teatru „Bolszoj" i minięciu sąsiadującego z nim teatru „Małego", dwaj obcokrajowcy dotarli do wylotu wąskiej bocznej uliczki, Alejki Teatralnej.

Tuż przed rogiem, jakby ożywiona odgłosem ich kroków, poruszyła się leżąca w bramie budynku sterta łachmanów. Sir Nigel przystanął.

Śledzący ich gwardziści również pospiesznie się zatrzymali, udając, że oglądają ciemną i pustą wystawę sklepową.

W bramie, do której prawie nie docierało światło najbliższej latarni, ze sterty łachmanów wyłoniła się głowa człowieka. Bezdomny nie był ani pijany, ani nazbyt stary, ale ciężka fizyczna praca oraz trudy codziennego życia głęboko pobruździły jego twarz, okoloną grubym, postrzępionym wełnianym szalem. Oczom Anglików ukazało się kilka orderów z wielobarwnymi wstążkami przypiętych do klapy szarej wojskowej panterki. Głęboko zapadnięte, silnie błyszczące oczy obróciły się w ich kierunku.

Irvine, przebywając przed laty na placówce w Moskwie, z pasją badał różnorodność rosyjskich odznaczeń wojskowych, toteż teraz nawet z daleka rozpoznał charakterystyczny medal na piersi włóczęgi.

– Stalingrad? – zapytał cicho. – Byliście pod Stalingradem?

Mężczyzna uniósł się na łokciu i z wolna przytaknął ruchem głowy.

– Tak... Stalingrad... – wychrypiał.

Sir Nigel pomyślał, że owej mroźnej zimy 1942 roku, kiedy Armia Czerwona toczyła zacięte boje niemal o każdą stertę cegieł oraz piwnicę z niemiecką Szóstą Armią generała Von Paulusa, ten człowiek musiał mieć zaledwie kilkanaście lat.

Szybko sięgnął do kieszeni spodni i po chwili wysupłał banknot o nominale pięćdziesięciu milionów rubli, mający wartość około trzydziestu dolarów amerykańskich.

– Na jedzenie – rzekł po rosyjsku. – Gorącą zupę i kieliszek wódki. Za Stalingrad.

Wyprostował się szybko i poszedł dalej, usiłując stłumić nagły przypływ goryczy. Vincent ruszył za nim. Ich „ogon" natychmiast oderwał się od szyby wystawowej i podjął nachalną obserwację.

– Dobry Boże – mruknął pod nosem Irvine, skręcając w boczną uliczkę. – Na co im przyszło?

W głośniku krótkofalówki w samochodzie Griszyna rozległ się trzask, kiedy jeden z gwardzistów włączył swój nadajnik.

– Skręcili w alejkę – padł meldunek. – Chyba idą do restauracji.

„Sieriebrianyj Wiek", kolejny znany lokal, gdzie serwowane są tradycyjne rosyjskie dania, mieści się na tyłach obu teatrów, ale do wejścia prowadzi zaśmiecona i ciemna wąska alejka. Wcześniej znajdowała się tu Łaźnia Centralna, toteż ściany sali restauracyjnej nadal pokrywają ułożone z kafelków mozaiki, przedstawiające rustykalne sceny z minionej epoki. Obaj Anglicy z radością powitali falę ciepłego powietrza, która owionęła ich zaraz po otwarciu drzwi prowadzących do restauracji z mroźnej uliczki.

W sali panował gwar, niemal wszystkie stoliki były zajęte. Starszy kelner ruszył pospiesznie w ich stronę.

– Przykro mi, panowie, ale nie mamy wolnych miejsc – oznajmił szybko po rosyjsku. – To prywatne przyjęcie. Naprawdę mi przykro.

– Widzę jeden wolny stolik – odrzekł Vincent. – O, tam, proszę spojrzeć.

Rzeczywiście, pod ścianą stał wolny stolik na cztery osoby. Kelner obejrzał się, zakłopotany. Od razu zwrócił uwagę, że ma do czynienia z cudzoziemcami, a to mogło oznaczać, że rachunek zostanie uregulowany w dolarach.

– Będę musiał zapytać o zgodę gospodarza przyjęcia – rzekł i oddalił się pospiesznie.

Podszedł do starszego, przystojnego mężczyzny o oliwkowej cerze, siedzącego w licznym towarzystwie przy największym stole. Ten po chwili spojrzał w zamyśleniu na dwóch przybyłych stojących w wejściu do sali i skinął głową.

Kelner wrócił do nich energicznym krokiem.

– Gospodarz wyraził zgodę. Proszę za mną.

Sir Nigel i Vincent zajęli miejsca przy stoliku na uboczu. Irvine z zaciekawieniem rozejrzał się po świętującej kompanii i uprzejmym skinieniem głowy wyraził swe podziękowanie gospodarzowi przyjęcia. Tamten odpowiedział takim samym gestem.

Anglicy zamówili pieczoną kaczkę w sosie malinowym i zdali się na gust kelnera w kwestii proponowanego czerwonego krymskiego wina, które – jak się później okazało – bardziej przypominało barwą i konsystencją byczą krew.

Tymczasem na zewnątrz czterej gwardziści poruszający się pieszo obstawili oba wyloty alejki prowadzącej do restauracji. Pułkownik rozkazał kierowcy zatrzymać mercedesa na końcu wąskiej uliczki, wysiadł i zamienił kilka słów z trzymającymi straż mężczyznami. Następnie wrócił do samochodu i sięgnął po słuchawkę telefonu.

– Jak idzie? – zapytał, uzyskawszy połączenie.

– Jeszcze pracuje nad zamkiem – odparł jego podwładny, znajdujący się razem z włamywaczem na drugim piętrze „Nacjonalu".

Z czterech ludzi, jacy początkowo podjęli obserwację holu hotelowego, teraz pozostało tylko dwóch. Jeden z nich zajął stanowisko przy załomie korytarza i pilnował, czy nikt nie wysiądzie z windy i nie ruszy w tę samą stronę, gdzie znajdował się pokój dwieście pięćdziesiąt dwa. Umówił się z kolegą, że gdyby ktoś nadchodził, zacznie cicho gwizdać pod nosem, ostrzegając w ten sposób fachowca próbującego specjalistycznym wytrychem otworzyć drzwi.

Drugi gwardzista stał nad pochylonym włamywaczem, który mimo swoich umiejętności miał pewne kłopoty z pokonaniem przeszkody.

– Zawiadomcie mnie, kiedy wejdziecie do środka – polecił Griszyn.

Dziesięć minut później zamek wreszcie ustąpił z cichym trzaskiem i pułkownik odebrał oczekiwany meldunek.

– Macie każdy dokument, każdy skrawek papieru sfotografować i odłożyć na miejsce – rozkazał.

Dwaj mężczyźni przystąpili do szybkiego, fachowego przeszukania pokoju Irvine'a. Włamywacz spędził aż dziesięć minut w łazience, lecz gdy z niej wyszedł, przecząco pokręcił głową. W szufladach komody, jak należało się spodziewać, znaleźli jedynie starannie ułożone krawaty, spodenki, skarpety oraz chusteczki do nosa. Szuflada w nocnym stoliku była pusta, podobnie jak walizki ustawione na dnie szafy. Niczego też nie znaleźli w kieszeniach ubrań porozwieszanych na wieszakach.

Złodziej hotelowy uklęknął wreszcie przy łóżku, zajrzał pod spód i cicho jęknął z zachwytu.

Aktówka leżała na podłodze, wepchnięta głęboko, pod sam środek dwóch zsuniętych tapczaników, niewidoczna dla niepowołanych osób. Żeby ją stamtąd wyciągnąć, trzeba było użyć wieszaka na ubrania. Cyfrowy zamek eleganckiego nesesera stawiał opór zaledwie przez trzy minuty.

Kiedy w końcu odskoczył, obaj doznali rozczarowania. Wewnątrz znajdowała się jedynie gruba koperta zawierająca czeki podróżne. W normalnych okolicznościach, gdyby nie wyraźne rozkazy, złodziej natychmiast wsunąłby je do swej kieszeni. Dokładnie sprawdzili też portfel, w którym tkwiło kilka kart kredytowych oraz pochodzący sprzed kilku dni rachunek z baru londyńskiego klubu White'a. Srebrzysta piersiówka była do połowy wypełniona jakimś trunkiem o nie znanym im, silnym aromacie.

W kieszeni pokrywy nesesera znajdowały się dwa powrotne bilety lotnicze na przelot z Moskwy do Londynu oraz plan rosyjskiej stolicy. Obejrzeli go dokładnie, mając nadzieję, że znajdą jakieś zaznaczone punkty, ale niczego takiego nie zauważyli.

Pospiesznie sfotografowali wszystkie znalezione w aktówce przedmioty, po czym gwardzista po raz kolejny połączył się telefonicznie z Griszynem i zameldował o tych odkryciach.

– Musi tam gdzieś być list – rozległ się w słuchawce ostry głos czekającego o pięćset metrów od hotelu pułkownika.

Włamywacz zaczął dokładnie oglądać neseser i w końcu spostrzegł, że ma on podwójne dno. W skrytce znalazł dużą białą kopertę, a w niej arkusz kredowego papieru z umieszczonym w nagłówku emblematem patriarchatu Moskwy i Wszechrusi. Dla pewności krótki list został sfotografowany trzykrotnie.

– Odłóżcie wszystko na miejsce i wynoście się stamtąd – rozkazał Griszyn.

Obaj mężczyźni powkładali rzeczy do aktówki dokładnie w ten sam sposób, jak je znaleźli. List na kredowym papierze wsunęli z powrotem do koperty, a tę umieścili w schowku pod fałszywym dnem nesesera. Po jego zamknięciu włamywacz ustawił w zamkach cyfrowych taką samą kombinację, jaką zastał na początku, wreszcie tak samo wepchnął aktówkę głęboko pod łóżko. Po wykonaniu zadania obaj wyszli z pokoju Irvine'a i zamknęli drzwi na klucz, po czym zjechali windą do hotelowego lobby.

Drzwi „Sieriebrianowo Wieka" otworzyły się i zamknęły z cichym szumem. Griszyn i czterej jego ludzie szybko przeszli przez niewielki hol, rozchylili ciężką kotarę i stanęli w progu sali restauracyjnej. Starszy kelner ruszył w ich kierunku.

– Bardzo mi przykro, panowie...
– Z drogi! – syknął pułkownik, nawet nie obejrzawszy się w jego stronę.

Osłupiały kelner obrzucił uważnym spojrzeniem wysokiego mężczyznę w czarnym skórzanym płaszczu i stojących za nim czterech młodszych osiłków. Błyskawicznie ocenił, że mogą z tego wyniknąć poważne kłopoty. Co prawda wszyscy mieli na sobie cywilne ubrania, lecz zwłaszcza po tych czterech młodszych – barczystych, o poznaczonych bliznami twarzach i marsowych minach – od razu można było poznać, że są członkami Czarnej Gwardii. Widywał ich niejednokrotnie w telewizji, gdy całe umundurowane kompanie unosiły dłonie, pozdrawiając stojącego na mównicy przywódcę USP. Nie trzeba mu więc było tłumaczyć, że zwykły kelner nie powinien stawać na drodze gwardzistom.

Ich przywódca powiódł spojrzeniem po sali, aż jego wzrok padł na dwóch obcokrajowców siedzących przy stoliku pod ścianą. Ruchem głowy nakazał jednemu z podwładnych iść za sobą, natomiast trzem pozostałym zająć stanowisko w wejściu do sali. Pułkownik był jednak przekonany, że nie będzie potrzebował ich wsparcia: jedynie ten młodszy Anglik mógł stawiać czynny opór, lecz nawet z nim powinien dać sobie radę w ciągu paru sekund.

– To pańscy przyjaciele? – zapytał cicho Vincent, spoglądając na nowo przybyłych.

Poczuł się nagle całkiem bezbronny i przemknęło mu przez myśl, czy nie najostrzejszy nóż stołowy przyda mu się do obrony. Szybko doszedł jednak do wniosku, że niewiele mógłby nim zwojować.

– Podejrzewam, że to raczej ci dżentelmeni, którym kilka tygodni temu zniszczyłeś drukarnię – odparł Irvine, gdy otarł już usta serwetką i odsunął od siebie talerz z resztkami wybornej pieczeni z kaczki.

Mężczyzna w czarnym płaszczu podszedł do ich stolika i z góry popatrzył na obu Anglików. Potężnie zbudowany młodzieniec stanął tuż za jego plecami.

– Sir Irvine? – odezwał się Griszyn, który nie znał żadnego języka obcego.

– Sir Nigel, jeśli chodzi o ścisłość. A z kim mam przyjemność?

Vincent pospiesznie przetłumaczył jego odpowiedź na rosyjski.

– Proszę nie udawać wariata. Jak się pan dostał do naszego kraju?

– Przyleciałem samolotem.

– To kłamstwo.

– Zapewniam pana, pułkowniku... bo wszak rozmawiam z pułkownikiem Griszynem, prawda?... Otóż zapewniam, że nasze dokumenty są w jak najlepszym porządku. Chętnie bym się panu wylegitymował, gdyby nie to, że musieliśmy zostawić paszporty w recepcji hotelu.

Griszyn poruszył się niespokojnie. Kiedy wydawał rozkazy różnym urzędnikom państwowym, a w dodatku podkreślał ich wagę znaczącymi łapówkami, owe rozkazy były sumiennie wykonywane. Niemniej w tym wypadku ktoś nie dopełnił swoich obowiązków. Należało dopilnować, aby winnego spotkała odpowiednia kara.

– Miesza się pan w wewnętrzne sprawy Rosji, *Angliczanin*. I mnie się to nie podoba. Pański wysłannik z Ameryki, Monk, wkrótce zostanie schwytany i wówczas osobiście wyrównam z nim wszelkie porachunki.

– Czy pan już skończył, pułkowniku? Bo jeśli tak, to pozwolę sobie wykorzystać tę niecodzienną sposobność, gdyż jestem w wyjątkowym nastroju do szczerych wyznań.

Vincent szybko przetłumaczył jego słowa. Griszyn spoglądał na siwowłosego Anglika z rosnącym niedowierzaniem. Nikt dotąd nie rozmawiał z nim takim tonem, a już na pewno nie bezradny starzec. Co więcej, Nigel Irvine uniósł wzrok utkwiony do tej pory w kieliszku z czerwonym winem i bezczelnie popatrzył mu prosto w oczy.

- Jest pan nadzwyczaj odrażającym indywiduum, a człowiek, którego rozkazy pan wykonuje, wydaje mi się, o ile to w ogóle możliwe, jeszcze bardziej godny pogardy.

Vincent otworzył usta, lecz zaraz je zamknął i spytał szeptem:
- Czy to na pewno rozsądne, szefie?
- Przetłumacz słowo w słowo. To bardzo wyrozumiały gość.

Komandos wykonał polecenie. Na skroni pułkownika pojawiła się nabrzmiała, rytmicznie pulsująca żyłka. Natomiast stojący za nim gwardzista sprawiał takie wrażenie, jakby za chwilę jego poczerwieniały byczy kark miał rozerwać na strzępy silnie opięty kołnierzyk koszuli.

- Naród rosyjski - kontynuował tak samo spokojnym, obojętnym tonem Irvine - być może popełnił w przeszłości wiele błędów, lecz z pewnością nie zasługuje na to, podobnie jak każdy inny naród, by panoszyła się wśród niego szumowina pańskiego pokroju.

Vincent zawahał się na krótko, dotarłszy do wyrazu „szumowina", wreszcie przełknął ślinę i wyrzucił z siebie rosyjskie słowo *pizdiuk*. Nabrzmiała żyłka na skroni pułkownika pulsowała coraz szybciej.

- Podsumowując, pułkowniku Griszyn, spore są szanse na to, że pan i pański sutener nigdy nie będziecie rządzić w tym kraju. Ludzie powoli zaczynają dostrzegać poprzez kuszącą fasadę wasze prawdziwe oblicza i już za miesiąc może się okazać, że całkowicie zmienili zdanie. Ciekaw jestem, co zrobicie w tej sytuacji.

- Myślę - zaczął powoli Griszyn, z trudem cedząc słowa - że najlepiej byłoby zacząć od pozbycia się pana. Już teraz może być pan pewien, że nie wyjedzie z Rosji żywy.

Vincent przetłumaczył jego odpowiedź na angielski, po czym dodał od siebie:
- Mówiąc szczerze, ja też tak sądzę.

Żaden z nich nie zwrócił uwagi, że w sali zapanowała martwa cisza, wszyscy wsłuchiwali się z napięciem w tę wymianę zdań, jaka za pośrednictwem Vincenta przebiegała między Irvinem a Griszynem. Pułkownik zdawał się całkowicie to lekceważyć. Był przekonany, że moskwianie zgromadzeni na uroczystym obiedzie w restauracji nie zechcą się wtrącać w cudze sprawy, a później z pewnością szybko zapomną o całym zajściu. Wszak inspektorzy z wydziału zabójstw do dzisiaj bezskutecznie szukali zabójców brytyjskiego dziennikarza.

- Nie byłoby to najmądrzejsze posunięcie z pańskiej strony - odparł śmiało Irvine.

Griszyn prychnął pogardliwie.
- A niby kto mógłby panu tutaj pomóc? Te świnie?

Dopiero poniewczasie zrozumiał, że popełnił błąd. Gdzieś po jego lewej stronie rozległ się głośny stuk. Pułkownik zerknął na sąsiedni stolik, w którego blacie kołysał się wbity głęboko długi ostry nóż. Z pewnością nie mógł on pochodzić z restauracyjnej zastawy, tym bardziej, że siedzący obok mężczyzna trzymał swoje sztućce w rękach. Przy następnym stoliku inny śniadoskóry klient odsunął leżącą przed nim serwetkę, odsłaniając ciężki pistolet typu Steyr kalibru 9 milimetrów.

– Co to za ludzie? – rzucił Griszyn przez ramię do stojącego za nim gwardzisty.

– Czeczeńcy – syknął tamten.

– Wszyscy?

– Obawiam się, że tak – wtrącił Irvine, któremu Vincent półgłosem przetłumaczył tę wymianę zdań na angielski. – I z pewnością nie lubią, kiedy nazywa się ich świniami. Proszę nie zapominać, że to muzułmanie. I mają dobrą pamięć. A już na pewno pamiętają Groznyj.

Na brzmienie nazwy zrujnowanej stolicy Czeczenii z różnych stron sali zapełnionej w przybliżeniu pięćdziesięcioma gośćmi prywatnego przyjęcia doleciały głośniejsze stukoty i metaliczne pobrzękiwania. Niemal w jednej chwili w trzech gwardzistów trzymających straż przy wejściu zostało wymierzonych aż siedem pistoletów. Kierownik sali w panice dał nura za bar i zaczął się modlić, żeby jeszcze kiedykolwiek było mu dane ujrzeć własne wnuki.

Griszyn ponownie spojrzał na siedzącego spokojnie Irvine'a.

– Nie doceniłem cię, *Angliczanin*. Ale to ci się więcej nie uda. Wynoś się z Rosji i trzymaj się od niej z daleka. Nie wtykaj więcej nosa w nie swoje sprawy. I przestań się łudzić, że zdołasz jeszcze kiedyś zobaczyć swego przyjaciela z Ameryki.

Odwrócił się na pięcie i szybko ruszył w stronę wyjścia. Gwardziści zniknęli zaraz za nim.

Vincent zaczerpnął głęboko powietrza.

– Musiał pan wiedzieć, co to za ludzie się dziś tu zebrali, prawda?

– No cóż, miałem nadzieję, że mój komunikat dotarł do adresata. Czy możemy już iść?

Uniósł swój kieliszek z resztką czerwonego wina i wzniósł toast w stronę gości zebranych na sali.

– Panowie, piję za wasze zdrowie, przekazując jednocześnie moje gorące słowa podziękowania.

Vincent szybko przetłumaczył ów toast na rosyjski, po czym wszyscy wyszli na ulicę. Czeczeni obstawili hotel na resztę nocy, a z samego rana odwieźli obu Anglików na lotnisko Szeremietiewo, skąd ci bez dalszych kłopotów wystartowali do Londynu.

Kiedy tylko odrzutowiec British Airways oderwał się od pasa startowego i szerokim łukiem począł wykręcać nad Moskwą na zachód, Vincent rzekł stanowczo:

– Przykro mi, ale muszę zerwać naszą umowę, sir Nigel. Już nigdy więcej, absolutnie nigdy, nie zgodzę się odwiedzić tego miasta.

– To dobrze się składa, ponieważ ja także nie zamierzam już wracać do Moskwy.

– A co z tym Amerykaninem?

– Podejrzewam, że ciągle się ukrywa gdzieś tam, w dole. Na pewno nie jest mu lekko, żyje w ciągłym zagrożeniu, ale to naprawdę całkiem wyjątkowy człowiek.

Umar Gunajew wszedł do pokoju bez pukania. Monk, który siedział przy stole i uważnie się wpatrywał w szczegółowy plan Moskwy, szybko podniósł głowę.

– Musimy porozmawiać – rzucił czeczeński przywódca.

– Widzę, że coś cię trapi – odezwał się Jason. – Przykro mi z tego powodu.

– Twoi przyjaciele odlecieli, cali i zdrowi. Ale to, co się wydarzyło wczoraj w restauracji, nie było zbyt rozsądne. Zgodziłem się na odegranie tego przedstawienia tylko ze względu na stary dług, jaki mam wobec ciebie. Lecz ten dług szybko się wyczerpuje. Poza tym tylko ja osobiście jestem ci coś winien i nie widzę żadnego powodu, abym narażał moich ludzi na niebezpieczeństwo ku zaspokojeniu idiotycznych zachcianek twoich znajomych.

– Przepraszam. Ten starszy człowiek musiał odwiedzić Moskwę, osobiście przeprowadzić nadzwyczaj ważną rozmowę. Nikt nie mógł tego załatwić za niego. Źle się złożyło, że Griszyn odkrył jego obecność w mieście.

– W takim razie twój przyjaciel powinien był zjeść obiad w hotelu. Nie musielibyśmy w ten sposób niepotrzebnie ryzykować.

– Odnoszę jednak wrażenie, że on chciał się również spotkać z Griszynem i zamienić z nim kilka słów.

– Takim tonem? Siedziałem trzy stoliki dalej i wszystko słyszałem. Ten człowiek wręcz się dopraszał, żeby go na miejscu zastrzelić.

– Ja również nie wszystko rozumiem, Umarze. Wypełniałem tylko instrukcje.

– Posłuchaj, Jasonie. W tym kraju działa ponad dwa i pół tysiąca specjalistycznych firm ochroniarskich, z tego osiemset w samej Moskwie. Przecież bez trudu można sobie wynająć pięćdziesięcioosobową obstawę.

Wraz z błyskawicznym wzrostem przestępczości, w Rosji natychmiast nastąpił rozwój agencji oferujących ochronę osobistą. Gunajew doskonale się orientował w tej dziedzinie, ponieważ owe firmy stanowiły dla niego konkurencję, werbowały pracowników z tych samych kręgów, co on: byłych żołnierzy, komandosów, rezerwistów oddziałów specjalnych, członków służb paramilitarnych, funkcjonariuszy milicji czy KGB.

Do roku 1999 w całej Rosji ponad osiemset tysięcy mężczyzn znalazło zatrudnienie w tej dochodowej branży, z czego trzecia część pracowała w samej Moskwie. Pod względem prawnym sytuację firm ochroniarskich nadzorowała milicja, do niej należało wydawanie licencji na tego typu usługi, dokładne sprawdzanie wszystkich rekrutowanych do pracy, kontrolowanie ich przeszłości kryminalnej oraz przydatności do służby, jak również wydawanie pozwoleń na noszenie broni, z dokładnym określeniem jej typu oraz przeznaczenia.

Ale to była tylko teoria. W praktyce wystarczyła dobrze wypchana koperta, aby uzyskać wszelkie niezbędne zezwolenia. A status firm ochroniarskich był na tyle kuszący, że różne grupy przestępcze natychmiast zaczęły tworzyć własne agencje, by nawet największy łajdak mógł paradować po mieście z dokumentami legalnego pracownika służb ochrony i pełnoprawnym zezwoleniem na tę broń, którą nosił w kaburze pod pachą.

– Problem polega na tym, Umarze, że oni wszyscy są przekupni. Gdyby się dowiedzieli, iż mają mnie chronić przed zbirami Griszyna, mogliby potajemnie nawiązać z nim współpracę i w ten sposób podwoić swoje honorarium.

– Zatem wykorzystujesz moich ludzi tylko dlatego, że oni cię nie zdradzą?

– Nie mam wyboru.

– Zdajesz sobie jednak sprawę, że teraz już Griszyn wie dokładnie, kto zapewnia ci ochronę? Jeśli dotąd miał jakiekolwiek wątpliwości, to teraz musiał już zdobyć pewność. A to oznacza, iż życie stanie się dla nas bardzo ciężkie. Na ulicach krążą już plotki, że „Dołgorukij" dostał cynk, by się szykować do wielkiej wojny gangów. To zaś ostatnia rzecz, jakiej mi potrzeba.

– Jeśli Komarow dojdzie do władzy, „Dołgorukij" stanie się najmniej znaczącym z twoich problemów.

– Jasna cholera! Do czego chcesz doprowadzić, kręcąc się po mieście i pokazując różnym osobom ten przeklęty dokument?

– Niezależnie od rezultatów, i tak nie zdołamy już im zapobiec, Umarze.

– My? A jakie ty masz prawo używać liczby mnogiej? Przyszedłeś do mnie z prośbą o pomoc, a ja ci udzieliłem schronienia, bo takie są normy obowiązujące wśród Czeczenów. I teraz z tego powodu staję wobec zagrożenia wojną gangów.

– Postaram się jej zapobiec.

– Jak?

– Porozmawiam z generałem Pietrowskim.

– Z tym czekistą? Czy wiesz, jakie straty wyrządziły moim interesom akcje GUWD? Masz pojęcie, ile przeżyłem nalotów jego ludzi na moje magazyny, kluby i kasyna?

– Niemniej on znacznie bardziej nienawidzi „Dołgorukiego" niż ciebie. Poza tym muszę się jeszcze spotkać z patriarchą, już po raz ostatni.

– Po co?

– Muszę z nim porozmawiać, przekazać pewne ważne rzeczy. Ale tym razem będzie mi potrzebna pomoc, żeby się wydostać z jego rezydencji.

– Nikt go przecież o nic nie podejrzewa. Jeżeli znowu przebierzesz się za diakona, wejdziesz nie zauważony.

– To wcale nie jest takie proste. Podejrzewam, że mój przyjaciel skorzystał z hotelowej limuzyny. Jeśli Griszyn sprawdził rozkład kursów, co zapewne uczynił, wie już, że Anglik odwiedził patriarchę. A zatem dom przy Czistom Pierieułkie może się znajdować pod obserwacją.

Umar z niedowierzaniem pokręcił głową.

– Wiesz co, Jasonie? Ten twój przyjaciel zachował się jak stary głupiec.

Pułkownik Griszyn siedział przy swoim biurku i z satysfakcją spoglądał na powiększoną fotografię. Po chwili wdusił klawisz interkomu.

– Panie prezydencie, chciałbym z panem porozmawiać.

– Dobrze.

Igor Komarow z uwagą obejrzał zdjęcie listu, jaki znaleziono w aktówce w pokoju hotelowym sir Nigela Irvine'a. Został on napisany na kredowym papierze z emblematem moskiewskiego patriarchatu, a zaczynał się słowami: „Wasza Książęca Mość..." Zarówno podpis jak i pieczęć zdradzały, iż jego autorem jest Jego Świątobliwość Aleksiej Drugi.

– Co to ma znaczyć?

– Panie prezydencie, stało się wreszcie jasne, w jakim celu zagraniczni szpiedzy uknuli cały ten spisek. Działają w dwóch kierunkach. Po pierwsze, tutaj, w Rosji, chcą maksymalnie zakłócić pańską kampanię wyborczą, zasiać niepokój i zamieszanie, pokazując różnym osobom kopię pańskiego tajnego manifestu. Temu właśnie miał służyć zamach bombowy na naszą drukarnię, stosowanie presji na bankierów, żeby odmówili transmisji pańskich wystąpień, oraz nakłonienie tego sklerotycznego generała, aby publicznie podważył legalność źródeł finansów USP. Działania te wyrządziły nam wiele szkody, lecz nie zdołały powstrzymać pańskiego zwycięstwa. Ale druga strona tych konspiracyjnych poczynań jest o wiele groźniejsza. Zmierza bowiem do tego, by zlikwidować stanowisko prezydenta i przywrócić rządy Imperatora Wszechrusi. Z oczywistych względów patriarcha osobiście się włączył do tej akcji. Ma pan właśnie przed sobą list patriarchy do pewnego księcia mieszkającego na zachodzie, zawierający poparcie kościoła dla idei restauracji monarchii oraz zaproszenie do przyjazdu tego człowieka, jeśli tylko powrót do caratu zostanie zaakceptowany przez większość społeczeństwa.

– I co pan w związku z tym proponuje, pułkowniku?

– Rozwiązanie jest proste, panie prezydencie. Usunięcie kandydata do korony pokrzyżuje konspiratorom wszystkie plany.

– Czy znasz człowieka, który mógłby... skutecznie zniechęcić tego dżentelmena do objęcia tronu?

- Oczywiście. To najlepszy fachowiec, zaznajomiony ze sposobami działania na zachodzie. Zna kilka obcych języków. Pracuje dla „Dołgorukiego", ostatnio wykonywał kontrakt przeciwko dwóm mafijnym renegatom, którzy otrzymali zadanie zdeponowania w Londynie dwudziestu milionów dolarów, lecz postanowili podzielić te pieniądze między sobą. Dwa tygodnie temu obu znaleziono martwych w wynajętym mieszkaniu w podmiejskiej dzielnicy Londynu, Wimbledonie.

- W takim razie uważam, że będziemy musieli skorzystać z usług tego człowieka, pułkowniku.

- Wszystkie formalności proszę zostawić mnie, panie prezydencie. Najdalej za dziesięć dni nie będzie już pretendenta do rosyjskiej korony.

A kiedy już ten wytypowany przez sir Nigela książę spocznie pod marmurowym nagrobkiem, pomyślał Griszyn po powrocie do swego gabinetu, a namierzony przez FAPSI Jason Monk zawiśnie w jakiejś piwnicy, będziemy mogli wysłać panu Irvine'owi prezent gwiazdkowy w postaci albumu z pamiątkowymi zdjęciami.

Dowódca GUWD skończył właśnie obiad i z córeczką na kolanach zasiadł przed telewizorem, ponieważ zbliżała się pora dobranocki, kiedy niespodziewanie zadzwonił telefon. Odebrała jego żona.

- To do ciebie.

- Kto dzwoni?

- Powiedział tylko: Amerykanin.

Generał milicji zdjął Tatianę z kolan, posadził ją na podłodze i wstał z fotela.

- Porozmawiam z gabinetu - rzekł.

Starannie zamknął za sobą drzwi i podniósł słuchawkę, lecz odezwał się dopiero wtedy, gdy usłyszał trzask odkładanej słuchawki drugiego aparatu.

- Tak?

- Generał Pietrowski?

- Przy telefonie.

- Rozmawialiśmy niedawno.

- Pamiętam.

- Mam dla pana kilka informacji, które mogą się okazać przydatne. Proszę wziąć coś do pisania.

- Skąd pan dzwoni?

- Z budki. Mam niewiele czasu, więc proszę się pospieszyć.

- Słucham.

- Komarow i Griszyn namówili swego przyjaciela, „Dołgorukiego", by wszczął wojnę gangów. Zamierzają zlikwidować w Moskwie mafię Czeczenów. .

- Niech się wzajemnie wystrzelają, nic mnie to nie obchodzi.

- Tyle tylko, że obecnie przebywa w Moskwie delegacja Banku Światowego, która negocjuje warunki kolejnego dużego kredytu na rozwój gospodarki, a jego przyznanie wcale nie jest pewne. Jeśli w tej sytuacji po ulicach zaczną śmigać kule, pełniący obowiązki prezydenta Markow, usiłujący godzić funkcje reprezentacyjne głowy państwa z własną kampanią wyborczą, na pewno nie będzie szczęśliwy. Zacznie się zastanawiać, dlaczego walki uliczne wybuchły dokładnie w takim momencie.
- Proszę mówić dalej.
- Zdobyłem sześć adresów. Proszę je sobie zapisać.
Monk szybko je przedyktował, natomiast generał sumiennie zapisał.
- Co się tam znajduje?
- Pod pierwszymi dwoma znajdzie pan arsenały zapchane bronią mafii „Dołgorukiego". Trzeci to adres kasyna, gdzie w piwnicy są przechowywane księgi przychodów i rozchodów gangu. Pozostałe trzy to adresy magazynów, w których rozmieszczono kontrabandę o łącznej wartości dwudziestu milionów dolarów.
- Skąd pan to wie?
- Mam wielu dobrze poinformowanych przyjaciół. Zna pan tych oficerów? – Tu Monk wymienił szybko dwa nazwiska.
- Oczywiście. Pierwszy to mój zastępca, drugi dowodzi batalionem OMON-u. Dlaczego pan o nich pyta?
- Bo obaj są opłacani przez „Dołgorukiego".
- Lepiej, żeby to była prawda, Amerykaninie.
- Jest. Gdyby zamierzał pan zorganizować błyskawiczne naloty na wymienione przez mnie obiekty, radziłbym to zrobić w ścisłej tajemnicy i wykluczyć z akcji tych dwóch ludzi.
- Wiem, na czym polega moja praca.
Połączenie zostało przerwane. Generał Pietrowski w zamyśleniu odłożył słuchawkę. Jeśli ten szalony zagraniczny agent powiedział prawdę, informacje były wprost bezcenne. Ale teraz on musiał podjąć decyzję: albo dopuścić do wybuchu wojny gangów, albo błyskawicznie zlikwidować owe tak ważne dla gangsterskich syndykatów obiekty i uczynić to w takim momencie, by zaskarbić sobie ogromną wdzięczność urzędującego prezydenta.

Generał miał do swej dyspozycji Oddziały Szybkiego Reagowania, SOBR, liczące trzy tysiące młodych i pełnych zapału funkcjonariuszy. A nie łudził się, że jeśli choć połowa zapisów Czarnego Manifestu zostanie wcielona w życie po dojściu Komarowa do władzy, w „Nowej Rosji" nie będzie już miejsca ani dla niego, ani dla jakichkolwiek oddziałów antyterrorystycznych. Pogrążony w myślach, wrócił do saloniku.

Dobranocka już się skończyła i nie było mu dane się dowiedzieć, czy przebiegły Kojot ostatecznie schrupał strusia Pędziwiatra na kolację, czy jeszcze nie.
- Muszę wracać do biura – oznajmił żonie. – Spędzę tam całą noc.

Mieszkańcy Moskwy doskonale wiedzą, które alejki i place Parku Gorkiego są zimą polewane wodą, by mróz przemienił je w największy kompleks lodowisk w całej Rosji. Tak popularne wśród ludzi w każdym wieku trasy łyżwiarskie ciągną się całymi kilometrami, toteż wszyscy chętnie tu przychodzą, najczęściej zaopatrzeni także w piersiówki, chcąc oderwać się na jakiś czas od codziennych zmartwień oraz kłopotów i skorzystać z owej namiastki wolności, jaką stwarzają rozległe lodowiska. Część alejek – zwłaszcza te, które wychodzą na parkingi – jest jednak starannie odśnieżana. Właśnie na jednej z nich, dziesięć dni przed katolickimi świętami Bożego Narodzenia, spotkali się dwaj mężczyźni ubrani w grube palta i futrzane czapki. Obaj przyjechali własnymi samochodami i pojedynczo dotarli do umówionego miejsca na skraju jednego z lodowisk, po którym śmigało na łyżwach i kręciło piruety kilkadziesiąt osób.

Jednym z tych mężczyzn był pułkownik Griszyn, drugim zaś tajemniczy samotnik, znany w moskiewskim świtku przestępczym jako Mechanik.

Wbrew pozorom o płatnych zabójców w Rosji wcale nie było tak łatwo, toteż różne organizacje gangsterskie, a zwłaszcza mafia ,,Dołgorukiego'', uważały Mechanika za fachowca najwyższej klasy.

Ten zaś był Ukraińcem, do niedawna majorem armii, który przed laty zdobywał szlify najpierw w elitarnych jednostkach Specnazu, a później w GRU, wojskowych służbach wywiadowczych. Po zaliczeniu paru kursów języków obcych dwukrotnie przebywał na placówkach w zachodniej Europie, toteż po odejściu z wojska błyskawicznie zrozumiał, iż może wykorzystać swoją biegłą znajomość angielskiego oraz francuskiego do swobodnego poruszania się w tych społeczeństwach, które większość Rosjan uważała za obce i nieprzyjazne, a brak jakichkolwiek zahamowań przed pozbawieniem życia innego człowieka jako środek do uzyskania olbrzymich przychodów.

– Przekazano mi, że chce się pan ze mną zobaczyć – zaczął.

Doskonale wiedział, kim jest Griszyn i zdawał sobie sprawę, że do działań na terenie Rosji nie byłby w niczym przydatny szefowi służb ochrony Unii Sił Patriotycznych. Dysponując własną Czarną Gwardią, a także siłami zaprzyjaźnionej z USP mafii ,,Dołgorukiego'', pułkownik mógł zrealizować niemal każde przedsięwzięcie. Mechanik domyślał się więc, że chodzi o jakąś robotę za granicą.

Griszyn bez słowa podsunął mu fotografię. Ukrainiec zerknął na nią i szybko odczytał zapisane na odwrocie nazwisko oraz adres luksusowej letniej rezydencji, znajdującej się daleko poza granicami kraju.

– Książę? – mruknął z niedowierzaniem. – Czyżbym wreszcie miał się dostać do wielkiego świata?

– Zachowaj swoje poczucie humoru na lepszą okazję – warknął pułkownik. – To łatwy cel. Nie ma żadnej specjalnej ochrony osobistej. Masz wykonać zadanie dwudziestego piątego grudnia.

Mechanik zmarszczył brwi. Dawano mu niewiele czasu, a musiał się przygotować. Do tej pory udawało mu się zostać przy życiu tylko dlatego, że zawsze zachowywał daleko idące środki ostrożności, te zaś wymagały czasu.

– Nie da rady. Może być Nowy Rok.

– W porządku. Wymień cenę.

Ukrainiec bez wahania przytoczył olbrzymią sumę.

– Zgoda.

Przy każdym oddechu z ich ust wydobywały się obłoczki pary. Mechanik przypomniał sobie nagle, że widział ostatnio w telewizji wystąpienie pewnego młodego duchownego, który nawoływał wszystkich wiernych, by zechcieli wrócić „do Boga i cara". Natychmiast domyślił się więc, że Griszyn zamierza usunąć ewentualnego pretendenta do tronu, i szybko pożałował, iż wymienił tak niską cenę.

– To wszystko? – zapytał.

– Chyba że chcesz wiedzieć coś więcej.

Płatny zabójca wsunął fotografię do wewnętrznej kieszeni palta.

– Nie – odparł. – Żadne inne wiadomości nie są mi potrzebne. Miło się z panem załatwia interesy, pułkowniku.

Griszyn odwrócił się błyskawicznie i chwycił go za rękę. Mechanik z pogardą spojrzał na dłoń w czarnej rękawiczce i pułkownik szybko rozluźnił palce.' Uprzedzono go, że Ukrainiec nie znosi żadnych kontaktów fizycznych.

– Nie może być żadnej pomyłki. Masz zlikwidować obiekt dokładnie ustalonego dnia.

– Ja nigdy nie popełniam błędów, pułkowniku, inaczej wcale by pan ze mną nie rozmawiał. Prześlę panu listownie numer mojego konta w Liechtensteinie. Życzę miłego dnia.

We wczesnych godzinach rannych następnego dnia po owym spotkaniu obok lodowiska w Parku Gorkiego generał Pietrowski zorganizował jednocześnie rajdy swoich oddziałów na sześć mafijnych obiektów.

Poprzedniego wieczoru dwaj opłacani przez „Dołgorukiego" informatorzy zostali zaproszeni na uroczystą kolację w klubie oficerskim przy koszarach SOBR-u, gdzie spito ich do nieprzytomności, a następnie umieszczono w wynajętym pokoju gościnnym, strzeżonym przez uzbrojonego wartownika.

„Ćwiczenia taktyczne", których plan pośpiesznie ułożono w ciągu dnia, zostały zarządzone parę minut przed północą. Po ich zakończeniu milicyjne oddziały zmechanizowane znalazły się w wyznaczonych wcześniej garażach. Dopiero o drugiej w nocy dowódcy kompanii i kierowcy ciężarówek poznali dalsze rozkazy i adresy obiektów, jakie mają zostać otoczone. I po raz pierwszy od paru miesięcy ich akcja okazała się całkowitym zaskoczeniem dla gangsterów.

Najmniej kłopotów mieli z zajęciem trzech magazynów. Czterej stojący na straży bandyci, którzy próbowali stawiać opór, zginęli na miejscu. Ośmiu pozostałych złożyło broń i zostało aresztowanych. W pierwszym baraku odkryto dziesięć tysięcy kartonów importowanej wódki, którą w ciągu ostatnich dwóch miesięcy przemycono z Polski i Finlandii, oczywiście nie płacąc należnego cła. To gwałtowny spadek zbiorów zbóż sprawił, że Rosja – kraj o największym spożyciu alkoholu na świecie – została zmuszona do importu wódki, a organizacje przestępcze natychmiast wykorzystały fakt, że jej cena osiągnęła trzykrotną wartość tej, jakiej żądali zagraniczni producenci.

W dwóch pozostałych składach znaleziono olbrzymie transporty przemyconych z Zachodu luksusowych towarów, zmywarek do naczyń, pralek automatycznych, telewizorów, magnetowidów oraz komputerów.

Z obu arsenałów odzyskano broń wystarczającą do pełnego uzbrojenia batalionu piechoty, niemal w pełnym asortymencie, począwszy od specjalistycznych karabinów snajperskich, a skończywszy na przenośnych wyrzutniach rakiet przeciwpancernych oraz miotaczach ognia.

Pietrowski osobiście dowodził oddziałem dokonującym nalotu na kasyno. Pozwolił wszystkim amatorom hazardu bezpiecznie opuścić budynek, lecz nie zważając na głośne protesty zarządcy domu gry – który wykrzykiwał, że prowadzi legalną działalność i ma wszelkie stosowne licencje – zaciągnął go do jego biura, gdzie nakazał odsunąć biurko i zrolować dywan. Dopiero gdy oczom wszystkich obecnych ukazała się zamaskowana klapa wejścia do piwnicy, dyrektor kasyna zemdlał.

Jeszcze kilka godzin później funkcjonariusze SOBR-u wynosili z tejże piwnicy wielkie kartonowe pudła finansowej dokumentacji mafii, które załadowano do ciężarówki i przewieziono następnie do komendy głównej GUWD przy Szabołowce, gdzie miały zostać poddane gruntownej analizie.

Do południa Pietrowski odebrał telefoniczne gratulacje od dwóch generałów z prezydium stołecznej milicji oraz z oddalonego nie więcej niż o pięćset metrów, mieszczącego się przy placu Żytnim ministerstwa spraw wewnętrznych.

Już w pierwszych porannych wiadomościach radiowych podano informację o wielkim sukcesie milicji, natomiast w południowym dzienniku telewizyjnym przedstawiono na ten temat obszerny reportaż. Spiker nie omieszkał podać, że wskutek obławy śmierć poniosło szesnastu przestępców, natomiast tylko jeden funkcjonariusz Oddziałów Szybkiego Reagowania został poważnie ranny w brzuch, a drugi odniósł powierzchowną ranę ciętą. W sumie aresztowano dwudziestu siedmiu gangsterów, z czego siedmiu przebywa w szpitalu, a dwaj zdążyli już złożyć obszerne zeznania przed oficerami GUWD.

Tylko ta ostatnia wiadomość była nieprawdziwa, lecz Pietrowski specjalnie przedstawił ją reporterom, chcąc spowodować jeszcze większą panikę wśród przywódców organizacji „Dołgorukiego".

Sam szef mafii rzeczywiście zaniemógł na serce w trakcie potajemnego spotkania bossów w silnie strzeżonej willi na przedmieściach, nad samą rzeką Moskwą, około dwóch kilometrów na południe od mostu we wsi Archangielskoje. Wszystkich zebranych ogarnęła wściekłość połączona z autentycznym przerażeniem. W ich powszechnym mniemaniu brak ostrzeżeń ze strony opłacanych wysokich oficerów oraz całkowite zaskoczenie, jakim była dla nich nagła akcja oddziałów SOBR-u, wskazywały jednoznacznie, że w szeregach przywódców mafii musi się znajdować milicyjna wtyczka.

Jeszcze przed zakończeniem tej narady dotarła do nich plotka przekazywana z ust do ust na ulicach miasta, że za przeciek odpowiedzialny jest pewien gadatliwy, wysoki rangą oficer Czarnej Gwardii. Po uwzględnieniu faktu, że „Dołgorukij" poświęcił już wiele milionów dolarów na kampanię prezydencką Igora Komarowa, wiadomość ta wprawiła mafijnych bossów w jeszcze większe przygnębienie.

Nigdy nie mieli się dowiedzieć, że za radą Jasona Monka tę plotkę rozpowszechnili po całej Moskwie członkowie organizacji czeczeńskiej. Bossowie doszli jednak do wniosku, że zanim jakiekolwiek następne fundusze zostaną przekazane do kasy USP, oni będą musieli uzyskać garść szczegółowych wyjaśnień.

Kilka minut po piętnastej Umar Gunajew w otoczeniu silnej obstawy ponownie odwiedził Monka. Tym razem Jason przebywał w skromnym mieszkaniu pewnej czeczeńskiej rodziny, na północ od wielkiego kompleksu wystawowego w Parku Sokolnickim.

– Nie mam pojęcia, jak to zaaranżowałeś, przyjacielu, ale dzisiejszej nocy wybuchła olbrzymia bomba.

– Po prostu wykorzystałem zbieżność interesów – odparł skromnie Monk. – Pietrowskiemu bardzo zależało na tym, aby pochwalić się znaczącym sukcesem przed urzędnikami obecnego prezydenta, ten zaś nie chciał żadnych rozruchów na ulicach podczas wizyty przedstawicieli Banku Światowego. To wszystko.

– Mniejsza z tym. Najważniejsze, że teraz „Dołgorukij" nie może nam wypowiedzieć wojny, nawet gdyby bardzo tego pragnął. Wiele miesięcy zajmie im uzupełnianie poniesionych dzisiaj szkód.

– I szukanie milicyjnego informatora w dowództwie Czarnej Gwardii – dodał Jason.

Umar Gunajew pokazał mu ostatni numer gazety „Siewodnia".

Na pierwszej stronie zamieszczono wyniki cieszącego się uznaniem rosyjskiego centrum badania opinii społecznej, według których poparcie dla lidera USP spadło do pięćdziesięciu pięciu procent i dalej malało.

– Tego typu sondaże przeprowadza się głównie w miastach – rzekł Monk. – Tak jest po prostu łatwiej. Ale Komarow ma znacznie silniejsze poparcie w miastach. Ostateczny wynik głosowania zależy więc w głównej mierze od nie uwzględnionych w badaniach mieszkańców wsi.

– Wygląda na to, że zwycięstwo Komarowa wcale już nie jest takie pewne – powiedział w zamyśleniu Gunajew. – A jeszcze sześć tygodni temu wydawał się niezaprzeczalnym pewniakiem.

– Zobaczymy.

Nie był to odpowiedni moment na to, by powiadamiać czeczeńskiego przywódcę, że przegrana Komarowa w wyborach prezydenckich nie jest ostatecznym celem działań podjętych przez sir Nigela Irvine'a. Ta myśl przywołała z jego wspomnień widok byłego szefa służb wywiadowczych, wciąż żyjącego w zgodzie z regułami „wielkiej gry" i po mistrzowsku potrafiącego stosować wybiegi oparte na szerzeniu dezinformacji, który pewnego wieczoru w bibliotece zamku Forbes, trzymając na kolanach otwartą Biblię, odezwał się niespodziewanie: „Kluczem do wszystkiego jest Gedeon, mój drogi chłopcze. Staraj się naśladować jego tok myślenia".

– Oho! Widzę, że powędrowałeś myślami gdzieś daleko – rzekł Gunajew, odrywając Monka od tych rozważań.

– Przepraszam. Dziś wieczorem chciałbym znowu odwiedzić patriarchę, już po raz ostatni. Będę potrzebował twojej pomocy.

– Żeby się do niego dostać?

– Nie, raczej żeby się wydostać. Jak ci już mówiłem, Griszyn prawdopodobnie kazał obserwować dom. Zapewne czuwa tylko jeden człowiek, lecz zdąży wezwać posiłki, nim zakończę rozmowę.

– W takim razie zaplanujmy wszystko szczegółowo – odparł Czeczen.

Pułkownik Anatolij Griszyn przygotowywał się właśnie do snu w swoim mieszkaniu, kiedy zadzwonił telefon komórkowy. Od razu rozpoznał głos rozmówcy.

– On tu jest! Znowu przyjechał!

– Kto?

– Ten Amerykanin! Wrócił! Rozmawia teraz z Jego Świątobliwością.

– Niczego nie podejrzewa?

– Chyba nie. Zjawił się sam.

– W przebraniu diakona?

– Nie. Ubrany na czarno, ale po cywilnemu. Zdaje się, że patriarcha oczekiwał tej wizyty.

– Skąd dzwonisz?

– Z kuchni, przygotowuję właśnie kawę. Muszę kończyć.

Połączenie zostało przerwane. Griszyn starał się opanować podniecenie. Ten znienawidzony Amerykanin miał mu wreszcie wpaść w ręce. Nie mogło się powtórzyć to samo, co przed laty w Berlinie. Szybko zadzwonił do dowódcy najlepszej jednostki Czarnej Gwardii.

– Potrzebuję trzy samochody i dziesięciu ludzi uzbrojonych w uzi. Natychmiast. Obstawcie oba wyloty uliczki o nazwie Czistyj Pierieułok. Spotkamy się tam za pół godziny.

Było wpół do pierwszej w nocy.

Dziesięć minut po pierwszej Monk wstał z fotela i pożegnał się z patriarchą, życząc mu dobrej nocy.

– Prawdopodobnie nie spotkamy się już nigdy, Wasza Świątobliwość. Wiem jednak, że zrobi eminencja wszystko, co w jego mocy, dla Rosjan i tego kraju, który Wasza Świątobliwość tak bardzo miłuje.

Aleksiej Drugi odprowadził go do drzwi.

– Z bożą pomocą postaram się czynić jak najlepiej. Żegnaj, mój synu. Niech Bóg cię prowadzi.

W tej chwili, pomyślał Monk, idąc w kierunku wyjścia z budynku, bardziej przydałoby mi się kilku dobrze uzbrojonych bojowników z północnego Kaukazu.

Pulchny kamerdyner, jak zawsze, czekał na posterunku. Rozpostarł w rękach jego płaszcz.

– Dziękuję, ojcze. Nie będę go wkładał.

Nie chciał, by cokolwiek mu przeszkadzało w trakcie ucieczki. Wyjął z kieszeni przenośny aparat telefoniczny i wystukał numer. Ktoś odebrał już po pierwszym sygnale.

– Mnich – rzucił Jason.

– Piętnaście sekund – padła odpowiedź.

Monk rozpoznał głos Magomeda, szefa eskorty przydzielonej mu przez Gunajewa. Podszedł do drzwi wyjściowych, uchylił je na parę centymetrów i ostrożnie wyjrzał na ulicę.

Kilkadziesiąt metrów dalej, w kręgu rozmytego światła latarni, stał przy krawężniku mercedes. W samochodzie siedziało czterech mężczyzn, a wszyscy oprócz kierowcy byli uzbrojeni w pistolety maszynowe uzi. Ledwie dostrzegalna biała smuga spalin, widoczna w mroźnym powietrzu za tylnym zderzakiem auta, świadczyła wyraźnie, że silnik ciągle pracuje.

Z przeciwnej strony uliczka wychodziła na niewielki placyk. W spowijającym go mroku stały dwa następne pojazdy z gwardzistami. Było jasne, że ktokolwiek usiłujący się wydostać z zaułka, czy to pieszo, czy to samochodem, musi wpaść w pułapkę.

Lecz dalej, za mercedesem, stał jeszcze jeden wóz – taksówka z podświetlonym znakiem na dachu. Gwardziści zwrócili już na nią uwagę podczas zajmowania stanowisk i doszli do wniosku, że kierowca czeka na obcego agenta będącego ich celem. Pomyśleli więc, że taksówkarz nie miał szczęścia, ponieważ będzie musiał także zginąć.

Teraz jednak taksówka niespodziewanie ruszyła i powoli wyjechała na środek jezdni. Z cichym stukiem wypadły z niej dwa ciężkie przedmioty wielkości pomarańczy i ślizgając się po oblodzonej nawierzchni, poleciały w kierunku mijanego mercedesa. Monk, który ciągle wyglądał przez szparę w drzwiach, ledwie złowił ten odgłos. Kiedy zaś taksówka znalazła się przed autem gwardzistów, oba granaty eksplodowały z ogłuszającym hukiem.

Jednocześnie na drugim końcu uliczki pojawiła się duża ciężarówka dostawcza. Zahamowała gwałtownie, całkowicie blokując przejazd, a kierowca wyskoczył z szoferki i pognał wielkimi susami w głąb zaułka. Jason pospiesznie skinął głową roztrzęsionemu diakonowi i wypadł na ulicę. Taksówka była już dokładnie naprzeciwko domu patriarchy, otwarte tylne drzwi kołysały się lekko. Monk dał nura do środka. Ktoś chwycił go za ramię i pociągnął mocno w głąb auta. Tuż za nim wskoczył przez otwarte drzwi kierowca ciężarówki. Taksówkarz wrzucił wsteczny bieg i dodał gazu. Od strony placyku padła seria z pistoletu maszynowego, widocznie któryś z gwardzistów musiał się wczołgać pod spód blokującej drogę ciężarówki. Zaraz jednak eksplodowały dwie bomby umocowane pod podwoziem samochodu i strzały umilkły.

Taksówka powoli nabierała szybkości, jadąc tyłem w głąb uliczki, kiedy z dymiącego mercedesa wygramolił się jeden z gwardzistów i sięgnął po broń. Nie zdążył jej nawet unieść. Trafiony tylnym zderzakiem rozpędzonego auta poleciał kilka metrów w bok.

Na końcu zaułka fałszywy taksówkarz szarpnął kierownicą, zawrócił w poślizgu, błyskawicznie przełączył biegi i wykręcił na skrzyżowaniu. W tej samej chwili eksplodowało paliwo wyciekające z pękniętego zbiornika mercedesa.

Dopiero teraz siedzący z przodu Magomed odwrócił się w stronę Monka i wyszczerzył zęby w szerokim uśmiechu, wyginając ku górze czarne szczeciniaste wąsy w stylu Zapaty.

– Dzięki tobie, *Amierikaniec*, życie nabiera kolorów.

Na pogrążonym w ciemnościach placyku pułkownik Griszyn z wściekłością spoglądał na wrak ciężarówki blokującej wylot ulicy. Na jezdni leżeli dwaj jego gwardziści, zabici wskutek eksplozji niewielkich ładunków rozmieszczonych pod podwoziem i odpalonych drogą radiową, zapewne z taksówki. A przez szczelinę między szoferką a skrzynią ciężarówki widać było płonącego mercedesa w głębi bocznej uliczki.

Sięgnął po swój telefon i wystukał siedmiocyfrowy numer. Wibrujący sygnał, który wydawał się rozchodzić daleko w mroźnym powietrzu, rozbrzmiał aż dwukrotnie, zanim rozmówca odpowiedział napiętym szeptem:

– Słucham.

– Szpieg uciekł. Zrobiłeś to, co ci kazałem?

– Tak.

– Spotkamy się o dziesiątej w zwykłym miejscu.

O tej porze wnętrze cerkwi Wszystkich Świętych na Kuliszkach świeciło pustkami.

Ojciec Maksym stał niczym posąg pod prawą ścianą świątyni, trzymając w ręku świecę modlitewną kupioną w stoisku przed wejściem, kiedy pułkownik zatrzymał się obok niego.

– Amerykanin zdołał uciec – oznajmił cicho.

– Przykro mi. Zrobiłem co było w mojej mocy.

– Jak się domyślił?

– Chyba podejrzewał, że dom patriarchy znajduje się po obserwacją. – Jak zwykle duchowny intensywnie się pocił. – Przy drzwiach wyjął telefon komórkowy i kogoś powiadomił.

– Opowiedz wszystko po kolei.

– Przyjechał dziesięć po dwunastej. Miałem się już kłaść do łóżka. Jego Świątobliwość siedział jeszcze w swoim gabinecie, jak zwykle o tej porze. Nawet nie słyszałem dzwonka, drzwi od mego pokoju były zamknięte. Widocznie stojący na straży kozak musiał go wpuścić do środka, bo nagle rozległy się głosy na korytarzu. Wyszedłem z pokoju i wtedy go ujrzałem. Niespodziewanie Jego Świątobliwość zawołał z góry, żeby zaprowadzić gościa do gabinetu. A później, kiedy mnie ujrzał na schodach, poprosił, abym przygotował dla nich kawę. Poszedłem więc do kuchni i stamtąd zadzwoniłem do pana.

– Ile czasu minęło, zanim wszedłeś do gabinetu?

– Niewiele, najwyżej kilka minut. Starałem się zrobić wszystko jak najprędzej, żeby nie tracić czasu. Nie sprawdzałem, ale nie mogło minąć więcej niż pięć minut.

– I zabrałeś ten dyktafon, który ci dałem?

– Tak. Włączyłem go tuż przed wejściem do gabinetu, gdy niosłem kawę. Umilkli nagle, kiedy zapukałem do drzwi. Stawiając tacę na brzegu biurka, wysypałem kilka kostek cukru na podłogę, zacząłem więc je zbierać na czworakach. Jego Świątobliwość powiedział, żebym się nie trudził, ale zdążyłem wsunąć magnetofon pod biurko, zanim wyszedłem.

– Co było później?

– Amerykanin zszedł na dół sam. Podałem mu jego palto, lecz odparł, że nie będzie go wkładał. Kozak był wtedy w swoim pokoiku tuż przy wejściu. Przybysz sprawiał wrażenie silnie zdenerwowanego. Wyjął z kieszeni przenośny telefon i wystukał numer. Kiedy rozmówca odebrał, powiedział do mikrofonu tylko jedno słowo: „Mnich".

– Nic więcej?

– Nie, pułkowniku. Powiedział jedynie: „Mnich". Musiała paść jakaś odpowiedź, ale jej nie słyszałem, bo trzymał aparat blisko przy uchu. Potem uchylił ostrożnie drzwi i wyjrzał na ulicę. Stałem za jego plecami i wciąż trzymałem palto.

Griszyn rozmyślał gorączkowo. Widocznie tamten stary Anglik musiał jakoś przekazać Monkowi, że został wyśledzony, kiedy korzystał ze służbowej limuzyny hotelu. Chyba tylko to wystarczyło, żeby Amerykanin nabrał podejrzeń, iż dom patriarchy znajduje się pod obserwacją.

– Mów dalej, ojcze.

- Usłyszałem cichy warkot silnika samochodu i zaraz rozległ się huk eksplozji. Amerykanin otworzył drzwi na oścież i wybiegł na ulicę. A kiedy padły strzały z broni maszynowej, odskoczyłem w głąb korytarza. Griszyn w zamyśleniu pokiwał głową. Amerykanin był nadzwyczaj przebiegły, ale tego należało się spodziewać. Wyciągnął prawidłowe wnioski, chociaż jego przypuszczenia były mylne. Dom patriarchy wcale nie znajdował się pod obserwacją. Nikt jeszcze nie podejrzewał, że on ma swego informatora w kręgu najbliższych współpracowników Aleksieja Drugiego.

- A co z kasetą?

- Kiedy na ulicy rozległy się wybuchy, kozak wybiegł ze swego pokoju, trzymając broń w pogotowiu. Amerykanin zostawił otwarte drzwi. Toteż strażnik wyjrzał na zewnątrz, krzyknął: „Bandyci!" i zatrzasnął je pospiesznie. Ja pobiegłem na górę, ponieważ Jego Świątobliwość wyszedł właśnie z gabinetu, stanął przy poręczy schodów i zapytał, co się tam dzieje. Wdał się w rozmowę z kozakiem, ja zaś skorzystałem ze sposobności i zbierając filiżanki po kawie, podniosłem magnetofon spod biurka.

Griszyn bez słowa wyciągnął rękę. Ojciec Maksym sięgnął do kieszeni sutanny i podał mu miniaturową kasetę od dyktafonu – tę samą, którą pułkownik włożył do aparatu, przekazując diakonowi magnetofon.

- Mam nadzieję, że dobrze się spisałem – mruknął diakon nieco roztrzęsionym głosem.

Griszyn zerknął na niego z ukosa. W głębi duszy odczuwał tak silne obrzydzenie, że gotów był gołymi rękoma udusić tłustego duchownego. Miał nadzieję, że kiedyś nadarzy się ku temu okazja.

- Spisałeś się znakomicie, ojcze Maksymie – odparł. – Naprawdę znakomicie.

W samochodzie, podczas drogi powrotnej do biura, pułkownik w zadumie spoglądał na miniaturową kasetę magnetofonową. Nie mógł zapomnieć, że w ciągu nocy stracił sześciu swoich ludzi, a szpieg i tak zdołał mu się wymknąć. Miał jednak w ręku zapis rozmowy między tym przeklętym Amerykaninem a patriarchą. Poprzysiągł sobie, że któregoś dnia obaj słono zapłacą za swój udział w spisku. Na razie jednak musiała mu wystarczyć świadomość, że ten dzień powinien się zakończyć znacznie lepiej, niż się rozpoczął.

ROZDZIAŁ 18

Aż do popołudnia pułkownik Griszyn siedział zamknięty w swoim gabinecie, wsłuchując się w przebieg rozmowy między patriarchą Aleksiejem Drugim a Jasonem Monkiem.

W niewielu miejscach głosy były niewyraźne czy też słowa zagłuszał stukot filiżanek i pobrzękiwanie łyżeczkami, większość rozmowy została zarejestrowana dość wyraźnie.

Na początku kasety utrwalił się cichy trzask otwieranych drzwi gabinetu, kiedy ojciec Maksym wnosił do środka tacę z kawą. Przez pewien czas wszelkie dźwięki były silnie stłumione, dopóki magnetofon znajdował się w kieszeni sutanny duchownego. Dało się jednak rozróżnić odgłos tacy stawianej na brzegu biurka, później zaś patriarcha powiedział:

– Nie kłopocz się, ojcze.

Klęczący na dywanie Maksym wymamrotał coś niezrozumiale.

Chwilę później zapis znacznie się wyostrzył, kiedy diakon wyjął dyktafon z kieszeni i wsunął go pod biurko. Następna wypowiedź patriarchy nagrała się bardzo wyraźnie.

– Dziękujemy, ojcze – zwrócił się do Maksyma. – Nie będziesz nam już potrzebny.

Po krótkiej ciszy rozbrzmiał stuk zamykanych drzwi gabinetu. Pierwszy odezwał się patriarcha:

– Teraz może pan już wyjaśnić powód tej nagłej wizyty.

Monk zaczął mówić jednostajnym tonem. Griszyn wsłuchiwał się z uwagą w jego płynną ruszczyznę z ledwie zauważalnym, nosowym akcentem. Zaczął pospiesznie notować.

Trzykrotnie musiał przesłuchać zapis tej czterdziestominutowej rozmowy, zanim się w końcu upewnił, że utrwalił na papierze każde wypowiedziane słowo. Wolał zrobić to sam, nie ufał bowiem żadnej sekretarce.

Strona po stronie utrwalał dialog swoim starannym, czytelnym charakterem pisma. Czasami musiał wyłączać magnetofon i cofać nieco taśmę, gdy niektóre słowa wypowiadano nieco cichszym tonem. Wreszcie po raz ostatni odtworzył cały zapis, sprawdzając, czy czegoś nie przeoczył.

Na końcu został nagrany szum odsuwanego po dywanie krzesła i po chwili Monk powiedział:

– Prawdopodobnie nie spotkamy się już nigdy, Wasza Świątobliwość. Wiem jednak, że zrobi eminencja wszystko, co w jego mocy, dla Rosjan i tego kraju, który Wasza Świątobliwość tak bardzo miłuje.

Rozbrzmiał cichy odgłos oddalających się kroków, a później doleciała znacznie stłumiona, jakby wymówiona już przy drzwiach gabinetu odpowiedź Aleksieja Drugiego:

– Z bożą pomocą postaram się czynić jak najlepiej. Żegnaj, mój synu. Niech Bóg cię prowadzi.

Rozległ się stuk zamykanych drzwi, Monk wyszedł na korytarz. Ponowne szuranie oznaczało prawdopodobnie, że patriarcha wrócił na swój fotel przy biurku. Dalej panowała już cisza. Kilka minut później magnetofon został wyłączony.

Griszyn odchylił się na oparcie swego fotela i zamyślił nad znaczeniem tego, co usłyszał. A były to dla niego same złe wiadomości. To nie do wiary, powtarzał w duchu, żeby jeden człowiek był w stanie uczynić tyle złego. Rzecz jasna, to wszystko nigdy by się nie zdarzyło, gdyby ten idiota, Akopow, nie zostawił manifestu na swoim biurku. Któż mógł wtedy przypuszczać, że ów jeden błąd, chwila nieuwagi, będzie ich aż tak drogo kosztować.

Przez większość czasu mówił Monk, krótkie wypowiedzi patriarchy Aleksieja służyły jedynie potwierdzaniu, że rozumiał i aprobował relacjonowane zdarzenia. Dopiero pod koniec rozmowy wtrącił coś od siebie.

Natomiast Amerykanin nie marnował czasu. Przede wszystkim zakomunikował, że tuż po Nowym Roku mają zostać podjęte rozliczne działania, zmierzające do drastycznego ograniczenia szans wyborczych Igora Komarowa, polegające głównie na rozpowszechnianiu wśród obywateli informacji dyskredytujących lidera USP.

Należało zatem wnioskować, że generał Nikołajew udzieli jednak dalszych wywiadów dla prasy, radia i telewizji, w których będzie przekonywał wszystkich odbywających jeszcze służbę oraz emerytowanych żołnierzy, aby oddawali swe głosy na innego kandydata. A wśród stu dziesięciu milionów obywateli uprawnionych do głosowania było aż dwadzieścia milionów weteranów. Zatem generał mógł w znaczący sposób zaszkodzić kampanii wyborczej Komarowa.

Odmowa emisji materiałów propagandowych USP przez obie prywatne stacje telewizyjne stanowiła wynik nacisków czterech bankierów, z których trzej byli pochodzenia żydowskiego, co dotyczyło również najważniejszego z nich, Leonida Bernsteina, prezesa Moskiewskiego Banku Federalnego. Ale ta szkoda wydawała się stosunkowo łatwa do naprawienia.

Trzecim osiągnięciem Monka była akcja wymierzona przeciwko mafii „Dołgorukiego". Griszyn od początku uważał całą tę organizację za jedną wielką bandę łajdaków, która bez dwóch zdań powinna się w przyszłości znaleźć w obozie koncentracyjnym. Lecz na razie pomoc finansowa mafii była dla nich niezbędna.

Żaden polityk rosyjski nie mógł marzyć o powodzeniu w wyborach, jeśli nie zorganizował odpowiedniej kampanii, ta zaś musiała kosztować biliony rubli. Potajemna umowa między liderem USP a najpotężniejszą i najbogatszą mafią na zachód od Uralu zapewniła Komarowowi fundusze, o jakich nawet nie śnił żaden z pozostałych kandydatów. Zresztą kilku z nich, niezdolnych dotrzymać kroku trzem najważniejszym, już wycofało swoje kandydatury.

Sześć milicyjnych akcji przeprowadzonych jednocześnie wczesnym rankiem poprzedniego dnia przyniosło olbrzymie straty organizacji „Dołgorukiego", z których najdotkliwsza okazała się utrata ksiąg finansowych. GUWD mogło otrzymać informacje o miejscu ich przechowywania z kilku źródeł. Do głównych podejrzanych należało zaliczyć inne konkurencyjne gangi, choć do tej pory nie zdarzyło się jeszcze, by nawet groźny rywal zadenuncjował bratnią organizację znienawidzonym przez wszystkich służbom bezpieczeństwa. Niemniej, według relacji Monka, milicja uzyskała bezcenne wiadomości od jakiegoś poniżonego i nie docenionego wysokiego oficera Czarnej Gwardii.

Gdyby bossom „Dołgorukiego" udało się znaleźć potwierdzenie tej informacji – na której temat w moskiewskim światku przestępczym krążyło coraz więcej plotek – umowa mafii z USP zostałaby natychmiast zerwana.

Co gorsza, według zapisu rozmowy Amerykanina z patriarchą, specjalnie do tego celu powołana komisja rozpoczęła już gruntowną analizę dokumentów znalezionych w piwnicach kasyna i wszystko wskazywało na to, że tuż po Nowym Roku ujawnione zostaną powiązania finansowe USP z mafią. Dowody na ich istnienie miały trafić bezpośrednio do gabinetu urzędującego prezydenta. Można też było oczekiwać, że do tego czasu generał Pietrowski z GUWD, którego nie dało się ani przekupić, ani zastraszyć, będzie kolejnymi nalotami bez przerwy nękał organizację „Dołgorukiego".

Jeśli rzeczywiście do tego dojdzie, rozważał Griszyn, przywódcy mafii nabiorą coraz silniejszych podejrzeń, iż milicja faktycznie ma swego informatora w szeregach Czarnej Gwardii.

Kiedy wreszcie pod koniec nagranej rozmowy głos zabrał patriarcha, ujawnił rzeczy, które stanowiły potencjalnie największe zagrożenie dla realizacji planów USP.

Pełniący obowiązki prezydenta Iwan Markow planował spędzić Nowy Rok wraz z rodziną, gdzieś poza Moskwą. Ale tuż po powrocie, trzeciego stycznia, miał się spotkać z patriarchą Aleksiejem, ten natomiast zamierzał złożyć formalny wniosek, by na podstawie ujawnionych dowodów centralna komisja wyborcza unieważniła kandydaturę Igora Komarowa jako człowieka nieodpowiedniego do ubiegania się o urząd prezydenta.

Gdyby komisja powołana przez Pietrowskiego faktycznie ujawniła dowody powiązań Komarowa z organizacją przestępczą, taka stanowcza interwencja patriarchy Moskwy i Wszechrusi mogłaby skłonić Markowa do podjęcia tej katastrofalnej decyzji. Wszak pomijając wszelkie inne względy, Markow sam kandydował w wyborach, zatem niezwykle byłoby mu na rękę, gdyby mógł się pozbyć takiego rywala jak Komarow.

A więc w spisku uczestniczyło czterech zdrajców, podsumował pułkownik. Cztery ważne osobistości zamierzały zdradzić Nową Rosję, która powinna powstać po szesnastym stycznia, z nim samym stojącym na czele elitarnej Czarnej Gwardii, mającej wcielać w życie program polityczny lidera USP. Griszyn, który całe dotychczasowe życie poświęcił ściganiu i karaniu zdrajców, doskonale wiedział, jak należy z nimi postępować.

Osobiście przepisał na maszynie przebieg całej rozmowy i na wieczór umówił się telefonicznie na dwugodzinną poufną rozmowę z liderem USP.

Jason Monk został przeniesiony z mieszkania na Sokolnikach i umieszczony w innym lokalu, z którego okien widać było minaret tego samego meczetu, gdzie po raz pierwszy spotkał się z Magomedem. Ten zaś poprzysiągł mu ostatnio, że osobiście będzie go chronił przed każdym, kto by nastawał na jego życie.

Przygotował kolejny meldunek dla sir Nigela – już przedostatni zgodnie ze szczegółowym planem działania. Jak poprzednio, wystukał go na klawiaturze komputera i uruchomił program szyfrujący, po którego zakończeniu tekst zniknął z ekranu urządzenia i przetworzony na pozornie niezrozumiały ciąg znaków przypadkowych został zapisany na dyskietce. Komputer był gotów do wyemitowania sygnału w kierunku satelity sieci Intelkor, kiedy tylko ten ukaże się nad horyzontem.

Nie musiał już czekać przy urządzeniu. Upewnił się wcześniej, że akumulatory są w pełni naładowane i gdy komputer odbierze charakterystyczny sygnał wywoławczy, nawiąże z satelitą łączność typu „uścisk dłoni" i wyśle zakodowany meldunek.

Jason nigdy nie słyszał o Rickym Taylorze z Columbus w stanie Ohio, nigdy go nie spotkał i także nigdy nie miał się dowiedzieć, że ów nastolatek prawdopodobnie uratował mu życie.

Siedemnastoletni Ricky był komputerowym zapaleńcem – jednym z tych oderwanych od życia młodych ludzi poświęconych niemal bez reszty owym elektronicznym zabawkom, którzy cały swój czas spędzają przed luminescencyjnym ekranem monitora.

Dostał swój pierwszy komputer gdy miał siedem lat i stopniowo osiągał coraz wyższe stopnie wtajemniczenia, aż w końcu wyczerpał wszelkie możliwości działań legalnych i tylko sukcesy na polu hackerstwa sprawiały mu satysfakcję, jakby stał się od nich całkowicie uzależniony, niczym narkoman.

Nie robił na nim wrażenia monotonny rytm zmieniających się za oknem pór roku, nie pociągało towarzystwo kolegów, nie kusiły randki z dziewczętami. Ricky miał tylko jeden cel w życiu: włamać się do najlepiej strzeżonych komputerowych banków danych.

A w roku 1999 Intelkor był już nie tylko jednym z głównych konstruktorów ogólnoświatowych sieci komunikacyjnych, dostępnych dla celów dyplomatycznych oraz komercyjnych, ale także liczącym się dystrybutorem i projektodawcą najbardziej skomplikowanych gier komputerowych.

Ricky zgłębił niemal wszystkie tajemnice sieci Internet, aż dostępne w niej bezpłatne i powszechnie znane gry dokumentnie go znudziły. Dlatego też zapragnął wypróbować bardziej zaawansowane programy, jakie Intelkor oferował w specjalnym pakiecie Ultra. Oczywiście największy dla niego problem stanowił fakt, że dostęp do owego pakietu sporo kosztował, a Ricky nie mógł sobie pozwolić na taki wydatek. Stąd przez wiele dni usiłował się dostać do sieci niejako tylnymi drzwiami. Wreszcie, po wielu wysiłkach, jego starania zakończyły się częściowym sukcesem.

Kiedy należący do Intelkoru satelita typu Comsat znajdował się nad Stanami Zjednoczonymi, Ricky Taylor włączył się do sieci, lecz na ekranie jego komputera ukazał się komunikat: „Proszę podać kod dostępu". Chłopak próbował wpisywać wszelkie hasła, jakie przyszły mu na myśl, lecz w odpowiedzi wciąż uzyskiwał napis: „Kod niewłaściwy. Dostęp zabroniony".

Ricky wciąż próbował na oślep trafić we właściwe hasło jeszcze wtedy, gdy Comsat znalazł się ponad górami Anatolii i leciał dalej na północ, w kierunku Moskwy.

Międzynarodowy zespół techników, który projektował znajdujący się w wyposażeniu Monka nadajnik satelitarny, zgodnie z instrukcjami zaprogramował czterocyfrowy kod powodujący wykasowanie pamięci komputerowego środka łączności. Tenże kod miał umożliwić Jasonowi zniszczenie urządzenia w wypadku, gdyby został zdemaskowany przez Rosjan.

Ale szef zespołu, były szyfrant CIA z ośrodka w Warrenton, który w celu wykonania tego zlecenia powrócił z emerytury, doszedł do wniosku, że w razie przechwycenia sprawnego komputera Rosjanie mogliby za jego pomocą przesyłać fałszywe meldunki.

Dlatego też w każdym przekazie Monk musiał umieszczać kilka ustalonych wcześniej słów w określonej kolejności. Gdyby nie pojawiły się one w jakiejś wiadomości, specjalista z CIA natychmiast zyskałby pewność, że dany meldunek nie został wysłany przez Jasona. Stąd też, aby zapobiec możliwości dalszego wykorzystywania nadajnika przez Rosjan, program komputera został tak skonstruowany, by ten sam czterocyfrowy kod przesłany drogą satelitarną również powodował wykasowanie pamięci i unieszkodliwienie nadajnika szyfrującego.

I właśnie Ricky Taylor, próbując znaleźć hasło dostępu do upragnionych gier, przypadkiem wystukał ów czterocyfrowy kod. Kiedy satelita znalazł się nad horyzontem względem Moskwy i przesłał drogą radiową swe pytanie: „Czy jesteś tam, dziecino?", nadajnik Monka wyemitował sygnał oznaczający: „Tak, jestem", po czym z sieci Intelkoru popłynął przez satelitę zabójczy czterocyfrowy kod, nakazujący komputerowi dokonać aktu samozniszczenia.

Kiedy Monk przy najbliższej okazji zerknął na ekran urządzenia, ku swemu osłupieniu ujrzał na nim tekst nie zaszyfrowanego meldunku. Domyślił się, że wiadomość nie została wysłana. Wykasował ją zatem ręcznie, zachodząc jednocześnie w głowę, z jakich to powodów dotąd spisujący się bez zarzutu komputer odmówił nawiązania łączności.

Przypomniał sobie jednak, że tuż przed wyjazdem z Londynu dostał od sir Nigela adres łącznika awaryjnego. Nie wiedział ani kim jest ów człowiek, ani jak utrzymuje kontakt z Irvinem. Ale podsuwał mu ostatnią szansę przekazania meldunku na zachód.

Pomyślał też, że nic złego się nie stanie, jeśli połączy dwa ostatnie planowane komunikaty w jeden meldunek. Wierzył bowiem, że Irvine domyśli się przyczyn takiego postępowania. Bardziej go martwiło to, że nie będzie już w stanie odebrać żadnej wiadomości. Został więc zdany wyłącznie na siebie. Nie tylko nie mógł informować zwierzchnika o swoich poczynaniach, lecz także odbierać jego instrukcji.

Po stracie bezcennego produktu nowoczesnej elektroniki Jason mógł już liczyć jedynie na tych najstarszych sprzymierzeńców w „wielkiej grze": instynkt, zimną krew oraz łut szczęścia. Pozostało mu się tylko modlić, aby i oni go teraz nie zawiedli.

Igor Komarow odłożył ostatnią stronę spisanej rozmowy i odchylił się do tyłu w swoim fotelu. Griszyn od razu zwrócił uwagę, że mający jasną, wodnistą cerę lider USP teraz wydaje się wręcz blady jak ściana.

– Fatalnie – mruknął Komarow.

– Owszem. Wygląda to bardzo źle, panie prezydencie.

– Już dawno powinieneś był schwytać tego szpiega.

– Ukrywa się wśród czeczeńskiej mafii, to wiemy na pewno. Te nędzne szczury muszą go trzymać gdzieś w swoich piwnicach.

– Szczury należy bezwzględnie tępić.

– Zgadzam się, panie prezydencie. I tak też się stanie, kiedy obejmie pan stanowisko nie kwestionowanego przywódcy całego narodu rosyjskiego.

– Będą musieli za to słono zapłacić.

– I zapłacą. Wszyscy, co do jednego.

Komarow ciągle wpatrywał się w niego nieruchomym wzrokiem, Griszyn jednak odniósł wrażenie, że tamten pogrążył się w myślach, powędrował w tę niezbyt już odległą przyszłość, kiedy będzie można wystawić rachunki wszystkim przeciwnikom politycznym. Na jego policzkach czerwieniały dwa silne rumieńce.

– Pożałują tego. Odpłacę im się z nawiązką za ten atak na mnie, na całą Rosję, naszą ojczyznę. Nie będzie litości dla takich łajdaków...

Stopniowo podnosił głos, a dłonie zaczynały mu się coraz silniej trząść, jakby zaraz miał stracić panowanie nad sobą. Griszyn zdawał sobie sprawę, że jeśli tylko umiejętnie uzasadni swoje argumenty, zyska aprobatę dla planowanych działań. Toteż pochylił się w stronę biurka, zmuszając tym samym Komarowa, aby spojrzał mu prosto w twarz. Ten jakimś cudem zdołał pohamować narastającą wściekłość i wytężył uwagę.

– Proszę posłuchać, panie prezydencie. Zdobyte przeze mnie informacje pozwalają nam już teraz wyłożyć karty na stół. Tylko w ten sposób zyska pan sposobność do rewanżu. Potrzebna mi jedynie pańska zgoda.

– O czym ty mówisz?

– W akcjach kontrwywiadowczych, panie prezydencie, kluczem do sukcesu jest poznanie zamiarów przeciwnika. A te przecież już znamy. Możemy przedsięwziąć kroki zaradcze. Pewne działania podjąłem już wcześniej. Za kilka dni nie będzie wybranego kandydata do objęcia tronu Wszechrusi. Teraz zaś, gdy poznaliśmy dalsze zamierzenia spiskowców, po raz kolejny muszę zaproponować akcję prewencyjną, będącą zarazem formą rewanżu.

– Mówisz o tych czterech zdrajcach?

– Tak. Nie mamy wyboru.

– Ale nikt nie może nas łączyć z tymi działaniami. Jest jeszcze za wcześnie na takie otwarte wystąpienia.

– Nikt się niczego nie domyśli. Ilu bankierów zginęło w ciągu ostatnich dwóch lat? Co najmniej pięćdziesięciu. Uzbrojeni ludzie będą zamaskowani i wszystko zorganizujemy tak, by wyglądało to na zemstę gangsterów. O generała milicji również nie ma się co martwić. Banda „Dołgorukiego" będzie szczęśliwa, mogąc wykonać na nim wyrok. Wielu gliniarzy ginie w różnych akcjach, takie rzeczy ciągle się zdarzają. A wobec starego Nikołajewa można zaplanować nieudane włamanie. Tu także sprawa będzie wyglądała na pospolite przestępstwo. Co się zaś tyczy patriarchy, urządzimy wszystko tak, żeby zginął z ręki osobistego sekretarza, który przyłapany w trakcie szperania w prywatnym gabinecie Aleksieja sięgnie po broń i także zostanie zabity przez kozaka ze straży.

– Czy ktoś uwierzy w coś podobnego?

– Mam swojego człowieka w służbie patriarchy, gotowego przysiąc, że był naocznym świadkiem strzelaniny.

Komarow jeszcze raz spojrzał na biurko, gdzie obok przepisanej na maszynie treści rozmowy leżała kaseta z dyktafonu. Z wolna na jego ustach pojawił się chytry uśmieszek.

- Tak, oczywiście. Ale ja nie chcę nic więcej wiedzieć na ten temat. Zostawiam wszystko w twoich rękach.
- Życzy pan sobie jednak, żeby ci wszyscy czterej ludzie ponieśli zasłużoną karę za swoją zdradę?
- Ma się rozumieć.
- Dziękuję, panie prezydencie. Tylko tyle było mi potrzeba.

Pokój w „Spartaku" został wynajęty na nazwisko Kuziczkina i mężczyzna o tym nazwisku rzeczywiście się do niego wprowadził. Nikt jednak nie podejrzewał, że już po paru minutach wyszedł z hotelu i przekazał klucze Monkowi. Lecz zanim ten pojechał na górę, Czeczeni obstawili hol, klatkę schodową oraz korytarz na piętrze. Nic im specjalnie nie groziło, gdyż Jason potrzebował jedynie dwudziestominutowego dostępu do telefonu. Dobrze wiedział, że gdyby nawet któraś z jego rozmów została podsłuchana, prześladowcy trafiliby najwyżej do podrzędnego hotelu, pozostającego poza kontrolą organizacji czeczeńskiej i znajdującego się dość daleko od centrum miasta.
- Generał Pietrowski?
- To znowu pan?
- Wygląda na to, że dobraliście się do prawdziwego rogu obfitości.
- Nie mam pojęcia, skąd pan zdobył te informacje, ale okazały się nadzwyczaj cenne.
- Dziękuję. Może pan być jednak pewien, że Komarow i Griszyn nie zostawią tak tej sprawy.
- A co z „Dołgorukim"?
- To gracze jednej drużyny, w której najgroźniejsza jest Czarna Gwardia Griszyna.
- Oho! Czy to nie pan rozpuścił plotki, że mamy swego informatora wśród wysokich oficerów tej gwardii?
- Powiedzmy, że zrobili to moi przyjaciele.
- Sprytne posunięcie, lecz niebezpieczne.
- Piętą achillesową Griszyna są te przechwycone przez was dokumenty rozrachunkowe. Moim zdaniem powinien się w nich znaleźć dowód na finansowanie przez mafię kampanii wyborczej Komarowa.
- Specjaliści wciąż nad nimi pracują.
- A inni specjaliści rozpracowują pana, generale.
- Jak mam to rozumieć?
- Czy pańska żona i Tatiana wciąż przebywają w Moskwie?
- Tak.
- Więc proszę je wywieźć z miasta. I to jak najszybciej, jeszcze dzisiaj. Niech je pan umieści w jakimś bezpiecznym miejscu. I pan też niech wyjedzie z miasta. Proszę na jakiś czas przenieść się chociażby do koszar SOBR-u.

Przez chwilę w słuchawce panowała cisza.

– Czyżbyś zdobył jakieś dalsze wiadomości, Amerykaninie?

– Niech mi pan zaufa, generale. Proszę wyjechać z miasta, dopóki jeszcze nie jest za późno.

Monk przerwał połączenie, lecz zaraz nakręcił inny numer. Tym razem zadzwonił telefon w gabinecie Leonida Bernsteina, prezesa Moskiewskiego Banku Federalnego. O tak późnej porze nikogo już nie było w biurze i po kilku sygnałach włączyła się automatyczna sekretarka. Nie dysponując domowym numerem telefonu bankiera, Jason mógł jedynie liczyć na to, że Bernstein w ciągu kilku najbliższych godzin przesłucha nagrane na taśmie wiadomości.

– Panie Bernstein, mówi człowiek, który przypomniał panu Babi Jar. Proszę unikać swego biura, nawet gdyby miał pan bardzo pilne zajęcia. Jestem pewien, że Komarow i Griszyn zdążyli się już przekonać, kto stoi za akcją odmowy emisji ich materiałów propagandowych w obu prywatnych stacjach telewizyjnych. I proszę zatrzymać swą najbliższą rodzinę poza granicami kraju. Najlepiej by było, gdyby pan również wyjechał i wrócił dopiero wtedy, kiedy sytuacja się unormuje.

Znowu przerwał połączenie. Nie wiedział nawet o tym, że równocześnie z uruchomieniem automatycznej sekretarki w gabinecie prezesa banku, w pewnej silnie strzeżonej rezydencji oddalonej o wiele kilometrów od Moskwy na obudowie innego aparatu telefonicznego zaczęła mrugać czerwona lampka i Leonid Bernstein już po kilku sekundach wysłuchał w skupieniu nagranej przez niego wiadomości.

Tymczasem Monk wybrał kolejny numer.

– Słucham.

– Wasza Świątobliwość?

– Tak.

– Poznaje mnie eminencja po głosie?

– Oczywiście.

– Proszę wyjechać do monastyru w Zagorsku i pozostać tam przez pewien czas.

– Dlaczego?

– Lękam się o życie Waszej Świątobliwości. Zdarzenia ostatniej nocy świadczą wyraźnie, iż sytuacja zaczyna przybierać bardzo niebezpieczny obrót.

– Jutro powinienem odprawić mszę w soborze Daniłowskim.

– Miejsce eminencji może zająć metropolita.

– Zastanowię się nad tym.

Monk na krótko odłożył słuchawkę, a następnie nakręcił kolejny numer. Rozmówca zgłosił się dopiero po dziesiątym sygnale, burknął lekko zachrypniętym głosem:

– Tak?

– Generał Nikołajew?

– Kto... Chwileczkę, znam ten głos. To znowu ty, przeklęty Jankesie...
– Owszem, zgadza się.
– I tak nie udzielę już więcej żadnego wywiadu. Powinieneś się cieszyć, bo uczyniłem to, czego chciałeś. Ale na tym koniec. Jasne?
– Powiem krótko. Powinien pan wyjechać z miasta i na pewien czas zatrzymać się w pokoju gościnnym w koszarach pańskiego siostrzeńca.
– Dlaczego?
– Ponieważ niektórym bandytom nie spodobał się ton pańskiej wypowiedzi. Podejrzewam, że będą chcieli złożyć panu wizytę.
– I miałbym się ich bać? Dobre sobie! Mam ich wszystkich gdzieś! Nigdy w życiu przed nikim nie uciekałem, chłopcze. Za stary jestem, żeby to robić teraz.

Tym razem to jego rozmówca przerwał połączenie. Monk westchnął ciężko i odłożył słuchawkę, po czym spojrzał na zegarek. Minęło dwadzieścia pięć minut. Była najwyższa pora, żeby się wynosić z hotelu. I wrócić do tych mysich dziur, tworzących zamknięty świat czeczeńskiego podziemia.

Dwa dni później, nocą dwudziestego pierwszego grudnia, jednocześnie wyruszyły na miasto cztery grupy zabójców.

Największa i najlepiej uzbrojona wdarła się do prywatnej rezydencji Leonida Bernsteina. Domu strzegło kilkunastu mężczyzn i podczas krótkiej wymiany ognia czterech spośród nich zginęło. Ale gwardziści również ponieśli straty, zanim ostatecznie zdołali wysadzić w powietrze masywne drzwi wejściowe i wpaść do środka. Wszyscy byli ubrani w czarne wojskowe kombinezony, a na głowach mieli także czarne kominiarki zakrywające im twarze.

Pozostałych przy życiu strażników oraz całą służbę pospiesznie spędzili do kuchni. Próbowali siłą wymusić zeznania, lecz dowódca straży, chociaż mocno bity, powtarzał jedynie w kółko, że gospodarz dwa dni wcześniej odleciał do swojej rodziny mieszkającej w Paryżu. A reszta służby, przekrzykując histeryczne wrzaski kobiet, zgodnie potwierdziła te informacje. Toteż po paru minutach napastnicy wycofali się do samochodów, zabierając po drodze ciała dwóch zabitych kolegów.

Druga grupa zajechała przed budynek mieszkalny przy prospekcie Kutuzowskim. Wielki czarny mercedes skręcił z ulicy w bramę i zatrzymał się przed opuszczoną barierką. Kiedy jeden ze strażników z OMON-u wyszedł z budki, żeby wylegitymować przyjezdnych, zza auta wyskoczyli dwaj zamaskowani bandyci uzbrojeni w automatyczne pistolety z tłumikami. Strażnik osunął się na ziemię, trafiony w kark, tuż nad górną krawędzią kamizelki kuloodpornej. Drugi również zginął na miejscu, nie zdążył się nawet wychylić z budki.

Strażnika czuwającego przy biurku w holu na parterze budynku spotkał taki sam los. Czterej gwardziści, którzy przedostali się z ulicy przez bramę, zajęli posterunki przy wejściu, a sześciu innych pojechało windą na górę. Tym razem jednak w korytarzu na piętrze nie było żadnej ochrony, chociaż napastnicy nie znali jeszcze powodu jej wycofania.

Drzwi mieszkania, mimo że były wzmocnione stalowymi listwami, ustąpiły pod działaniem ćwierćkilowego ładunku plastiku i cała szóstka wpadła do środka. Ubrany na biało kamerdyner zdołał postrzelić jednego z gwardzistów w ramię, zanim padł od kul. Pospieszne przeszukanie ujawniło, że poza nim w mieszkaniu nie ma żywej duszy. Toteż oddział ubranych na czarno zabójców wycofał się szybko, dosłownie kipiąc z wściekłości.

Po wyjściu z windy na parterze sześcioosobowa grupa zmuszona została do pójścia w rozsypkę pod ogniem dwóch dalszych strażników z OMON-u, którzy nadciągnęli gdzieś z głębi budynku. Zdołała się jednak, pod gradem kul, przedostać do wyjścia i już bezpiecznie odjechać trzema wojskowymi łazikami.

Napad na rezydencję patriarchy został zorganizowany o wiele subtelniej. Samotny mężczyzna zapukał do drzwi wejściowych, podczas gdy sześciu uzbrojonych bandytów przyczaiło się pod ścianami, poza zasięgiem wizjera.

Trzymający straż kozak najpierw wyjrzał na zewnątrz, a następnie zapytał przez domofon o powód wizyty. Mężczyzna stojący na schodkach podetknął pod wizjer autentyczną legitymację służbową i rzucił krótko do mikrofonu:

– Milicja.

Zmylony pozorami kozak otworzył drzwi. Zginął od pierwszej kuli, a jego zwłoki napastnicy wciągnęli do wnętrza domu.

Zgodnie z planem prywatny sekretarz patriarchy miał zostać zabity z pistoletu kozaka, natomiast Aleksiej Drugi powinien zginąć od kuli z tej samej broni, z której zastrzelono strażnika, tę zaś należało potem wetknąć w dłoń martwego sekretarza leżącego przy biurku w gabinecie patriarchy.

Później wystarczyło już tylko nakłonić ojca Maksyma, aby zeznał, że kozak wraz z patriarchą zaskoczyli sekretarza myszkującego w biurku Jego Świątobliwości, przez co wybuchła gwałtowna chaotyczna strzelanina i wskutek niej wszyscy trzej mężczyźni ponieśli śmierć. Głośny skandal w środowisku duchowieństwa powinien szybko zmusić moskiewską milicję do zamknięcia dochodzenia w tej sprawie.

Ale w rezydencji napastnicy zastali jedynie pulchnego diakona, który wybiegł w nocnym stroju na schody i wrzasnął:

– Co wy robicie?!

– Gdzie jest Aleksiej? – warknął jeden z ubranych na czarno mężczyzn.

– Wyjechał... – wymamrotał osłupiały duchowny – do Ławry Troicko-Siergiejewskiej w Zagorsku.

Szybkie sprawdzenie ujawniło, że faktycznie w rezydencji nie ma nikogo poza samotnym diakonem. Toteż cała grupa zabójców pospiesznie się wycofała, zostawiwszy w korytarzu ciało zabitego kozaka.

Do samotnego domku na przedmieściach przy szosie mińskiej wysłano tylko czterech gwardzistów. Podjechali blisko furgonetką, po czym jeden z nich ruszył w stronę wejścia, natomiast trzej pozostali ukryli się w cieniu pobliskich drzew.

Stary Wołodia, który otworzył drzwi, zginął na miejscu od kuli w serce. Czterej bandyci wdarli się do domu. Ale w przejściu rzucił się na nich wielki seter irlandzki i skoczył pierwszemu do gardła. Ten zasłonił się ramieniem, lecz pies zdążył wbić mu kły głęboko w rękę, zanim drugi gwardzista zabił go strzałem w łeb.

Siwowłosy generał siedział w fotelu przy kominku, w którym trzaskały smolne szczapy. Szybko wymierzył ciężki pistolet Makarowa w kierunku napastników, jacy pojawili się w drzwiach. Oddał dwa strzały. Pierwszy pocisk utkwił w futrynie, drugi zaś trafił tego gwardzistę, który zabił psa.

Bandyci odpowiedzieli ogniem. Trzy wystrzelone szybko po sobie kule trafiły w sam środek piersi generała.

Umar Gunajew zadzwonił parę minut po dziesiątej następnego dnia.

– Właśnie przyjechałem do mojego biura – oznajmił. – W Moskwie rozpętało się istne piekło.

– A co się stało?

– Prospekt Kutuzowski został zablokowany, wszędzie kręci się mnóstwo milicji.

– Nie wiesz, z jakiego powodu?

– Podobno w nocy dokonano zbrojnej napaści na jeden z budynków zamieszkanych przez wysokich rangą oficerów milicji.

– Zadziałali błyskawicznie. Będzie mi potrzebny dostęp do bezpiecznego telefonu.

– Może być ten sam, z którego korzystałeś poprzednio?

– Obawiam się, że został już namierzony.

– Daj mi pół godziny, przyślę po ciebie paru ludzi.

O jedenastej Monk znalazł się w maleńkiej służbówce wielkiego magazynu zastawionego kartonami wódki pochodzącej z przemytu. Technik kończył jeszcze montować ostatnie połączenia.

– W dwóch miejscach sprzęgłem linie – rzekł, wskazując stojący na biurku telefon. – Jeśli ktoś spróbuje wyśledzić ten aparat, trafi do kawiarenki znajdującej się o pięć kilometrów stąd. Tam czekają już nasi ludzie. A gdyby nawet specjaliści zdołali wykryć sprzężenie z inną linią, doprowadzi ich to najwyżej do budki telefonicznej na końcu tej ulicy. Ale do tego czasu z pewnością zostaniemy już ostrzeżeni.

Na początek Jason wybrał numer generała Nikołajewa. W słuchawce odezwał się głos nie znanego mu mężczyzny.

– Chciałem rozmawiać z generałem Nikołajewem – powiedział Monk.

– A kto mówi?

– Mógłbym zadać to samo pytanie.

– Nie można teraz rozmawiać z generałem. Skąd pan dzwoni?

– Mówi generał Malenkow z ministerstwa obrony. Co tam się dzieje?

– Przykro mi, generale. Tu śledczy Nowikow z wydziału zabójstw komendy stołecznej. Generał Nikołajew nie żyje.

– Co takiego? Jak to możliwe?

– Wczoraj w nocy miał miejsce zbrojny napad, prawdopodobnie bandy włamywaczy. Zabili generała i jego ordynansa, jak również psa. Kobieta, która przychodzi sprzątać, znalazła ciała parę minut po ósmej rano.

– Nie wiem, co powiedzieć. Nikołajew był moim przyjacielem...

– Bardzo mi przykro, generale Malenkow. Żyjemy w takich czasach...

– Wracajcie do roboty, inspektorze. Zawiadomię ministra.

Monk odłożył słuchawkę. A więc jednak Griszyn stracił głowę, pomyślał, należało się tego spodziewać. Lecz w głębi serca miał ochotę przeklinać upartego generała, który nie zgodził się wyjechać z Moskwy. Po chwili zadzwonił do dowództwa GUWD przy Szabołowce.

– Połączcie mnie z generałem Pietrowskim.

– Jest zajęty. Kto mówi? – zapytał operator centrali.

– Proszę mu przerwać. Przekażcie, że chodzi o Tatianę.

Już po dziesięciu sekundach w słuchawce rozbrzmiał głos Pietrowskiego, w którym wyczuwało się źle maskowane napięcie.

– Słucham, Pietrowski.

– To ja, nocny gość.

– Cholera! Myślałem już, że naprawdę coś się stało mojej córce.

– Czy obie, pańska żona i córka, znajdują się poza miastem?

– Tak, wywiozłem je daleko od Moskwy.

– Słyszałem, że dokonano zbrojnej napaści.

– Owszem. Przyjechało ich dziesięciu, zamaskowanych i uzbrojonych po zęby. Zabili czterech strażników z OMON-u i mojego ochroniarza.

– Ale szukali pana.

– To jasne. Poszedłem za pańską radą i przeniosłem się do koszar. Kim byli ci oprawcy, do cholery?

– Wbrew pozorom to nie byli gangsterzy, lecz żołnierze Czarnej Gwardii.

– Bandyci Griszyna? Po co mieliby to robić?

– Chodzi o te przechwycone przez was dokumenty. Musieli nabrać podejrzeń, że znajdziecie w nich dowód powiązań finansowych mafii „Dołgorukiego" z USP.

– Jeśli mam być szczery, niczego tam nie ma. To głównie śmieci, pokwitowania i weksle z kasyna.

- Ale Griszyn o tym nie wie, generale. Obawia się najgorszego. Czy słyszał pan o „wujku Koli"?
- Tym starym czołgiście? A co on ma z tym wspólnego?
- Dopadli go wczoraj w nocy. Podobna silnie uzbrojona grupa.
- Cholera.
- To on w wywiadzie oskarżył Komarowa o powiązania z przestępcami. Pamięta pan?
- Oczywiście. Nie sądziłem jednak, że te łajdaki mogą się posunąć aż tak daleko. Dzięki Bogu nie zajmuję się polityką, a jedynie ścigam gangsterów.
- To już nie jest prawdą. Czy ma pan znajomych w prezydium milicji?
- Ma się rozumieć.
- To czemu nie ujawni im pan prawdy? Może pan powiedzieć, że otrzymał poufne wiadomości od swego informatora z mafii.

Jason szybko przerwał połączenie i zaraz zadzwonił do siedziby Moskiewskiego Banku Federalnego.

- Chciałem rozmawiać z Ilją, asystentem prezesa Bernsteina. Czy jest tam gdzieś?
- Proszę chwilę zaczekać.

Wkrótce w słuchawce rozległ się głos szefa osobistej ochrony bankiera.

- Kto mówi?
- Ten sam człowiek, któremu kilka dni temu omal nie wpakował pan kulki w tył głowy – odparł Monk po angielsku.

Odpowiedział mu stłumiony chichot.

- Tak, pamiętam.
- Czy pański szef jest bezpieczny?
- Przebywa setki kilometrów stąd.
- Proszę mu przekazać, żeby tam pozostał.
- Nie ma sprawy. Dzisiejszej nocy zorganizowano napad na jego prywatną posiadłość.
- Są jakieś ofiary?
- Zginęło czterech ludzi z ochrony i prawdopodobnie dwóch napastników. Siłą wdarli się do domu.
- Wie pan, co to byli za ludzie?
- Mogę się jedynie domyślać.
- Czarna Gwardia Griszyna. A ten napad zapewne miał być zemstą za wymuszenie odmowy emisji telewizyjnych materiałów propagandowych Komarowa.
- Słono za to zapłacą. Szef ma ogromne wpływy.
- Ale nadal kluczem do sprawy pozostają prywatne stacje telewizyjne. Ich reporterzy powinni się teraz zacząć dobijać do kilku generałów z prezydium stołecznej milicji. Jeśli pan może, proszę szepnąć słówko, by spróbowali też przeprowadzić wywiad z pułkownikiem Griszynem na temat krążących plotek... Reszty chyba nie muszę mówić?

27 – Ikona

– Lepiej byłoby mieć jakikolwiek dowód.

– Zostawmy to w rękach specjalistów. Niezależni reporterzy już potrafią wywęszyć sensację. Ma pan jakiś kontakt z szefem?

– Mogę mieć, jeśli zajdzie konieczność.

– Więc proszę jemu przekazać tę sprawę. Do usłyszenia.

W następnej kolejności wybrał numer redakcji „Izwiestii".

– Słucham, centrala.

– Połączcie mnie z Repinem – rzucił szorstkim tonem Monk.

– Przepraszam, a kto mówi?

– Proszę mu powiedzieć, że generał Nikołajew chce z nim mówić w bardzo pilnej sprawie.

To właśnie Repin we frunzeńskim klubie oficerskim przeprowadzał wywiad ze starym czołgistą.

– Słucham, generale. Tu Repin.

– Proszę wybaczyć podstęp, ale nie jestem Nikołajewem – wyjaśnił Monk. – Generał nie żyje. Został zamordowany dzisiejszej nocy.

– Co takiego? Kim pan jest?

– Po prostu jednym z jego dawnych żołnierzy.

– A skąd pan wie, że generał nie żyje?

– Mniejsza z tym. Czy wie pan, gdzie mieszkał Nikołajew?

– Nie.

– W niewielkim domku przy szosie mińskiej, na skraju wsi Kobiakowo. Niech pan zabierze ze sobą fotoreportera i sprawdzi na miejscu. Proszę pytać o śledczego Nowikowa.

Jason odłożył słuchawkę. Drugim największym rosyjskim dziennikiem była „Prawda", do niedawna organ KPZR, obecnie wspierający odrodzoną neokomunistyczną koalicję, Związek Socjalistyczny. Pragnąc jednak zerwać z poprzednią doktrynalną linią gazety, jej redaktor naczelny wyraźnie przypochlebiał się ostatnio kościołowi prawosławnemu. Monk dokładnie wbił sobie w pamięć nazwisko głównego dziennikarza pisującego reportaże kryminalne do „Prawdy".

– Proszę mnie połączyć z Pamfiłowem – rzucił teraz, uzyskawszy połączenie.

– W tej chwili nie ma go w redakcji.

To zrozumiałe, pomyślał. Tamten zapewne kręcił się teraz w tłumie innych dziennikarzy przy milicyjnej blokadzie na prospekcie Kutuzowskim, próbując poznać szczegóły napadu na mieszkanie Pietrowskiego.

– Czy ma przenośny telefon w samochodzie?

– Oczywiście, ale nie mogę panu podać jego numeru. Jeśli zostawi pan swoje nazwisko, przekażę wiadomość i Pamfiłow się z panem skontaktuje.

– Nie. Proszę się z nim połączyć i powiedzieć, że jeden z jego milicyjnych informatorów chce z nim pilnie rozmawiać. To nadzwyczaj ważna sprawa. Potrzebny mi numer jego telefonu komórkowego. Zadzwonię po raz drugi za pięć minut.

Kiedy to uczynił, operator bez pytania przedyktował mu numer. Pamfiłow czekał już na tę rozmowę w swoim samochodzie zaparkowanym przy milicyjnym osiedlu w południowo-zachodniej części Moskwy.

– Pamfiłow?

– Tak. Kto mówi?

– Musiałem skłamać, żeby poznać numer pańskiego telefonu. Nie znamy się, ale mam dla pana ciekawą wiadomość. Ostatniej nocy zorganizowano również drugi napad, na rezydencję patriarchy. Próbowano dokonać zamachu na jego życie.

– Pan chyba zwariował! Zamach na patriarchę?! Niemożliwe! Mafia niczego by na tym nie zyskała.

– A kto mówi, że była to robota mafii? Niech pan tam pojedzie i sam się przekona.

– Mam jechać do monastyru Daniłowskiego?

– Przecież patriarcha wcale tam nie mieszka. Ma rezydencję przy Czistom Pierieułkie, pod numerem piątym.

Pamfiłow jeszcze przez jakiś czas siedział bez ruchu, wsłuchując się w przerywany sygnał dobiegający ze słuchawki. Nie mógł wyjść z osłupienia. W całej swej dotychczasowej karierze nie zetknął się jeszcze z podobną sprawą. Jeśli zasłyszana przed chwilą informacja była choć w połowie prawdziwa, to mógł właśnie zyskać dostęp do największej rewelacji ostatnich lat.

Kiedy dojechał na miejsce, wcale go nie zdziwiła milicyjna blokada u wylotu wąskiej uliczki. Spróbował jak zwykle przedostać się przez kordon, okazując legitymację służbową, ale i tutaj nic to nie dało. Na swoje szczęście dostrzegł na ulicy jednego ze znanych mu oficerów śledczych z komendy stołecznej. Przywołał go i milicjant z ociąganiem przeszedł na tę stronę blokady.

– Co tu się dzieje? – spytał Pamfiłow.

– Włamywacze.

– Przecież pan pracuje w wydziale zabójstw.

– Zastrzelili nocnego stróża.

– A co z patriarchą, Aleksiejem Drugim? Nic mu się nie stało?

– Skąd pan wie, do cholery, że patriarcha ma tutaj swoją rezydencję?

– Wiem i już. Nic mu się nie stało?

– Nie, wcześniej wyjechał do Zagorska. Proszę posłuchać. To był zwykły napad rabunkowy, tyle tylko, że strażnik zaskoczył bandytów...

– A ja dostałem cynk, że zorganizowano zamach na życie patriarchy.

– Stek bzdur. To był zwykły napad rabunkowy.

– A niby co chcieli zrabować z rezydencji?

Zakłopotany oficer nerwowo rozejrzał się na boki.

– Kto panu przekazał taką informację?

– Znajomy. Czy to możliwe? Może jednak coś zrabowano?

– Nie. Bandyci zastrzelili tylko kozaka ze straży, spenetrowali dom i uciekli.

– Zatem kogoś szukali, ale nie znaleźli. Rety, to dopiero...

– Proszę lepiej zachować ostrożność – ostrzegł go milicjant. – Nie ma żadnych dowodów, że był to nieudany zamach.

Ale ta krótka wymiana zdań wystarczyła, by oficer śledczy zdążył nabrać podejrzeń, tym bardziej zasadnych, że już chwilę później został przywołany do radiowozu i musiał się tłumaczyć przed generałem z prezydium milicji, który dziwnym trafem był tego samego zdania, co dziennikarz „Prawdy".

Dwudziestego trzeciego grudnia w prasie wybuchła wrzawa. Poranne wydania gazet przyniosły szczegółowe relacje z wydarzeń, na które naprowadziły reporterów uwagi przekazane przez tajemniczego informatora. Później wystarczyło już tylko zapoznać się z materiałami kolegów, by szybko wysnuć wniosek, że cztery zbrojne napady musiały mieć ze sobą coś wspólnego.

W porannym dzienniku telewizyjnym już wprost podano obok siebie wiadomości o czterech zamachach, z których jeden zakończył się śmiercią ofiary, a trzy inne osoby tylko wyjątkowym zbiegiem okoliczności uniknęły najgorszego losu.

Nikt już nie chciał dawać wiary, że były to nieudane napady rabunkowe. Dziennikarze bez trudu dowodzili, że bandyci nie mieli czego rabować z domu emerytowanego generała, z rezydencji patriarchy ani też z mieszkania wysokiego oficera milicji, tym bardziej, że nawet nie próbowali się włamywać do innych lokali w opanowanym przez nich budynku.

Próbą dokonania rabunku można było jedynie tłumaczyć zbrojny napad na posiadłość niezwykle zamożnego bankiera, Leonida Bernsteina, ale i w tym wypadku strażnicy, którzy uszli z życiem, potwierdzali, że napad nosił wszelkie znamiona precyzyjnie zaplanowanych działań wojskowych. Przyznali ponadto, że zamaskowanym bandytom chodziło tylko i wyłącznie o ich pracodawcę. W rachubę wchodził więc jedynie zamach na życie bądź próba porwania. Nie ulegało jednak wątpliwości, że w dwóch pozostałych wypadkach porwanie dla okupu byłoby bezcelowe, a napastnicy, którzy wdarli się do domu generała Nikołajewa, nawet nie próbowali go porwać.

Na razie jednak większość dziennikarzy skłaniała się ku twierdzeniu, że cztery napady musiały zostać zorganizowane przez coraz bardziej zuchwałych gangsterów, mających już na sumieniu setki zabójstw oraz porwań.

Tylko dwaj posunęli się dalej, wykazując jednoznacznie, że nawet jeśli mafijnym bossom mogło zależeć na śmierci generała Pietrowskiego, dowódcy oddziałów antyterrorystycznych w GUWD, jak też na próbie uregulowania jakiś porachunków z prezesem banku, Bernsteinem, to przecież nie istniał żaden powód do zorganizowania zamachu na starego generała, trzykrotnie odznaczonego orderem bohatera wojennego, ani też na patriarchę Moskwy i Wszechrusi.

Nieco później, w obszerniejszych komentarzach, po raz nie wiadomo który pojawiły się utyskiwania na niesłychany poziom przestępczości w kraju. Nawoływano pełniącego obowiązki prezydenta, by natychmiast podjął stanowcze działania, mające przeciwdziałać całkowitemu łamaniu prawa i porządku wobec mających się odbyć za dwadzieścia cztery dni wyborów.

Jeszcze tego samego dnia przed południem Monk ponownie zasiadł przy telefonie. Nawet nie próbował niczego zdziałać wcześniej rano, podejrzewał bowiem, że dziennikarze, wyczerpani nocną pracą, tego dnia później zasiądą przy swoich biurkach.

Głęboko w policzki wepchnął sobie dwa grube zwitki materiału, przez co osiągnął na tyle zmienione brzmienie głosu, by żaden z jego rozmówców nie rozpoznał tej samej osoby, która przekazała mu informacje poprzedniego dnia. Wszystkim siedmiu autorom reportaży, jakie ukazały się w najważniejszych porannych i popołudniowych rosyjskich dziennikach, powiedział dokładnie to samo. A zaczął od Pamfiłowa z „Prawdy" oraz Repina z „Izwiestii".

– Pan mnie nie zna, a ja nie mogę wymienić swego nazwiska, bo kosztowałoby mnie to utratę życia. Mogę tylko prosić jak Rosjanin Rosjanina, aby mi pan uwierzył. Jako wysoki rangą oficer pełnię służbę w Czarnej Gwardii, ale jestem także praktykującym chrześcijaninem. Już od wielu miesięcy coraz większym obrzydzeniem napawają mnie antykościelne i antychrześcijańskie hasła głoszone w kręgu przywódców USP, zwłaszcza przez Komarowa i Griszyna. W przeciwieństwie do tego, co mówią w publicznych wystąpieniach, obaj głęboko nienawidzą naszego kościoła i ustroju demokratycznego, zamierzają bowiem przywrócić w naszym kraju rządy jednopartyjne wzorowane na reżimie faszystowskim. Mam już tego dość, muszę komuś wyjawić prawdę. To właśnie pułkownik Griszyn wydał wyrok śmierci na starego generała, ponieważ „wujek Kola" w wywiadzie prasowym ujawnił powiązania Komarowa z mafią. Zorganizował też zamach na tego bankiera, bo może pan tego nie wie, ale to właśnie Bernstein wydał polecenie wstrzymania telewizyjnych emisji propagandowych filmów USP. Generał GUWD miał zginąć za to, że dowodził milicyjnymi obławami na arsenały i magazyny mafii „Dołgorukiego", która finansuje całą działalność Unii Sił Patriotycznych. Jeśli mi pan nie wierzy, proszę sprawdzić podane przez mnie fakty. To Czarna Gwardia wykonała owe cztery równoczesne zbrojne zamachy wczorajszej nocy.

Po tych słowach szybko odkładał słuchawkę, pozostawiając kolejnego dziennikarza w stanie skrajnego osłupienia. Wszyscy z nich zaczęli gorączkowo sprawdzać podane informacje.

Leonid Bernstein przebywał za granicą, lecz pracownicy obu prywatnych stacji telewizyjnych przyznawali w tajemnicy, iż zwrot w nastawieniu politycznym redaktorów był wynikiem nacisków konsorcjum finansowego, kredytującego działalność tychże stacji.

Nikołajew został zabity, lecz „Izwiestia" przypomniały obszerne fragmenty udzielonego przez generała wywiadu, drukując go pod krzykliwym tytułem: „Czy z tego powodu musiał zginąć?"

Sześć przeprowadzonych równocześnie milicyjnych akcji na magazyny, arsenały oraz kasyno mafii „Dołgorukiego" nie było dla dziennikarzy żadną tajemnicą. Zagadką pozostał jedynie patriarcha przebywający w Ławrze Troicko-Siergiejewskiej, nieosiągalny dla wścibskich dziennikarzy. Nikt nie zdołał uzyskać potwierdzenia, że powodem nieudanego zamachu na jego życie mogły być jakiekolwiek wystąpienia przeciwko polityce USP.

Wczesnym popołudniem biura Igora Komarowa przy bulwarze Kisielnym stały się obiektem istnego oblężenia, atmosfera wśród pracowników niebezpiecznie zbliżyła się do granicy paniki.

Rzecznik prasowy koalicji, Borys Kuzniecow – ubrany w koszulę z krótkimi rękawami, która i tak lepiła mu się do pleców – miotał się w swoim gabinecie przed długim szeregiem dzwoniących niemal bez przerwy aparatów telefonicznych.

– Nie, to nieprawda! – wrzeszczał do słuchawki, usłyszawszy po raz kolejny to samo pytanie. – To ohydne kłamstwo! Potwarz i oszczerstwo! Wystąpimy na drogę sądową przeciwko wszystkim, którzy odważą się opublikować te kalumnie! Nie istnieją żadne powiązania między naszą partią a mafijnymi gangsterami, ani finansowe, ani jakiekolwiek inne! To zrozumiałe, że Igor Komarow, który publicznie wypowiada się na temat konieczności zahamowania fali przestępstw, po raz kolejny stał się obiektem ataków... Co?! Nic nie wiem o żadnych dokumentach przechwyconych przez GUWD!... Nie mamy się czego obawiać... Tak, to prawda, że generał Nikołajew wyrażał się krytycznie o założeniach naszej polityki, ale to był już stary człowiek. Z głębokim smutkiem przyjęliśmy wiadomość o jego śmierci, nie miała ona jednak nic wspólnego... Nie ma pan prawa mówić w ten sposób!... Jakiekolwiek porównania Komarowa z Hitlerem zostaną natychmiast zgłoszone w sądzie jako publiczne oszczerstwa!... Jaki znów wysoki rangą oficer Czarnej Gwardii?!

Zamknięty w swoim gabinecie pułkownik Anatolij Griszyn borykał się z własnymi problemami. Jako wieloletni oficer Wydziału Drugiego KGB specjalizował się w tropieniu i chwytaniu szpiegów. Tymczasem ów Amerykanin, Monk, przysparzał mu nadal kłopotów, i to bardzo poważnych. Ale najgorsze były chyba coraz częściej powtarzane plotki, że to jeden z oficerów jego elitarnej, bezgranicznie oddanej, wręcz fanatycznej gwardii okazał się zdrajcą. Griszyn osobiście dobrał starannie owych sześć tysięcy najwyższych rangą oficerów, każdy z nich musiał zdobyć jego aprobatę. I oto wychodziło na jaw, iż jeden z nich był praktykującym chrześcijaninem, w dodatku człowiekiem o zmiennych poglądach, którego wątpliwości dały znać o sobie właśnie teraz, kiedy tak blisko już było do zdobycia nieograniczonej władzy? Pułkownik nie mógł w to uwierzyć.

Pamiętał jednak przeczytane niegdyś stare powiedzenie Jezuitów: „Dajcie nam chłopca, najwyżej siedmioletniego, a my oddamy wam mężczyznę". Czyżby któryś z jego podkomendnych mógł być w młodości ministrantem? Należało to sprawdzić. Trzeba było przejrzeć dokładnie akta personalne wszystkich wysokich rangą oficerów gwardii.

Tylko ilu z nich należało poddać kontroli? Gdyby wziąć pod uwagę dwie najstarsze szarże, byłoby ich dziesięciu. Trzy obejmowały już czterdziestu, a cztery niemal stu. Drobiazgowe sprawdzanie musiało więc zająć sporo czasu, a tego właśnie mu brakowało. Griszyn nie wykluczał ewentualności, że przyjdzie mu odizolować w jakimś bezpiecznym miejscu całą kadrę oficerską, nawet kosztem utraty swoich najbardziej doświadczonych podwładnych. Tym bardziej więc poprzysięgał sobie w duchu, że któregoś dnia winni owej katastrofy będą musieli słono zapłacić za swe uczynki. A na pierwszy ogień musiał pójść Jason Monk. Już na samo wspomnienie nazwiska amerykańskiego szpiega pułkownik odruchowo zaciskał silnie palce na krawędzi biurka.

Kilka minut przed piątą Borys Kuzniecow zdołał się w końcu wprosić na poufną rozmowę z Komarowem. Dopominał się o nią od dwóch godzin, gorąco pragnął bowiem doradzić podziwianemu przez siebie politykowi sposób wyjścia z zagmatwanej sytuacji.

Podczas studiów w Stanach Zjednoczonych Kuzniecow poznał dokładnie sposoby działania rzeczników prasowych, którzy nadzwyczaj przebiegłymi metodami potrafili zdobyć olbrzymie poparcie społeczne nawet dla skrajnie bezsensownych pomysłów. Oprócz swego politycznego idola, Komarowa, olbrzymim podziwem darzył magię słowa, potrafiącą doprowadzić od perswazji poprzez zwodzenie aż do przekonania i ostatecznego przeciągnięcia na swoją stronę niemal każdego oponenta. A wtedy nie miało już żadnego znaczenia, że pierwotne argumenty były fałszywe.

Wzorem wielu polityków czy prawników zapragnął zostać właśnie takim szermierzem słowa, nie bacząc na to, że słowami nie da się rozwiązać żadnych problemów. Nie dopuszczał do siebie myśli, że pewnego dnia wyświechtane frazesy mogą się okazać nieprzekonujące, a zamiast nich inne, bardziej pożądane w jakichś okolicznościach słowa zaczną przyciągać ludzi, że nikt już nie zechce dawać wiary ani jemu, ani też jego zwierzchnikowi. Taka sytuacja była dla Kuzniecowa wręcz nie do wyobrażenia.

„Public relations", jak nazywano w Stanach ten przynoszący wielomiliardowe dochody swoisty przemysł, potrafiły uczynić z pozbawionego talentu bałwana bożyszcze tłumów, zmienić głupca w mędrca, a zwykłego oportunistę w męża stanu. W Rosji ta sama sztuka znana była od dawna pod mianem propagandy, dotyczyła jednak tego samego.

Właśnie dzięki niej, z wykorzystaniem reżyserskich zdolności Litwinowa oraz umiejętnego montażu filmów, udało się zrobić ze zwykłego inżyniera obdarzonego talentem oratorskim istnego tytana, człowieka stającego obecnie przed możliwością objęcia najważniejszego w Rosji stanowiska państwowego, urzędu prezydenta.

Rosyjskie środki przekazu, wychowane na prymitywnej, tandetnej propagandzie komunistycznej, dotąd nie miały szans na dotrzymanie kroku owej niezwykle sprytnej, wiarygodnej kampanii wyborczej, jaką Kuzniecow przygotowywał dla Igora Komarowa. I oto teraz wszystkie jego starania miały się okazać nadaremne.

Nie dawał mu spokoju natrętny głos przemawiającego z niezwykłą pasją diakona, który za pośrednictwem radia i telewizji – mediów traktowanych przez Kuzniecowa jako własne wyłączne pole działania – docierał do najdalszych zakątków kraju, nawołując ku powrotowi do wiary chrześcijańskiej i wzywając do odbudowy innego nieśmiertelnego symbolu dawnej Rosji.

A oprócz duchownego był jeszcze ów tajemniczy informator, kontynuujący swą gigantyczną akcję rozpowiadania przez telefon nadzwyczaj przekonujących kłamstw, coraz silniej oddziałujących na wszystkich dziennikarzy i reporterów, których Kuzniecow uważał do tej pory za swoich sprzymierzeńców.

Niemniej uważał nadal, że jedyną metodą wyjścia z tej sytuacji są dalsze publiczne wystąpienia Igora Komarowa, zawierające te same magiczne słowa, które muszą wywrzeć odpowiednie wrażenie na słuchaczach.

Kiedy wkroczył do gabinetu lidera partii, zaskoczyła go widoczna już na pierwszy rzut oka przemiana. Komarow siedział za biurkiem wyraźnie przybity. Na podłodze poniewierały się rozmaite gazety, a ich krzykliwe nagłówki zdawały się wciąż ciskać oskarżenia w stronę sufitu tego pokoju. Kuzniecow znał niemal na pamięć wszystkie te publikacje: insynuacje dotyczące zbrojnych napadów, zemsty na generale Nikołajewie, powiązań z gangsterami i funduszy mafijnych. Dotychczas nikt się jeszcze nie odważył pisać o Igorze Komarowie w tak ostrym tonie.

Na szczęście Kuzniecow doskonale wiedział, jak temu zaradzić. Lider musiał po raz kolejny wystąpić publicznie, a wówczas wszystko powinno wrócić do normy.

– Panie prezydencie, naprawdę stanowczo nalegam, by zgodził się pan wziąć jutro udział w wielkiej konferencji prasowej.

Komarow przez dłuższy czas spoglądał na niego tępym wzrokiem, jakby nie mógł pojąć znaczenia usłyszanych słów. Do tej pory, również za namową Kuzniecowa, starał się unikać spotkań z przedstawicielami prasy. Dla niego były to rzeczy nieprzewidywalne. Zdecydowanie bardziej wolał starannie przygotowane wywiady, w których padały dobrze mu znane pytania, ułożone zawczasu przemówienia czy choćby mowy wygłaszane na wiecach gromadzących przychylnie do niego nastawionych ludzi.

– Nie biorę udziału w konferencjach prasowych – burknął w odpowiedzi.

– Ale teraz to jedyny sposób, by wyciszyć te fatalne dla nas plotki, panie prezydencie. Dziennikarze w swoich spekulacjach posuwają się coraz dalej, nie jestem już w stanie nad tym zapanować. Nikt sobie z tym nie poradzi. Ta gigantyczna fala się samoistnie nakręca.

– Nie znoszę konferencji prasowych, Kuzniecow. Doskonale o tym wiesz.

– Świetnie pan sobie radzi z przedstawicielami prasy, panie prezydencie. Należy tylko zachować spokój i cierpliwie wszystko tłumaczyć. Wysłuchają pana. A jedynie pan może wyciszyć te plotki i oszczerstwa.

– Jak się przedstawiają wyniki sondaży przedwyborczych?

– Nadal ma pan znaczące czterdziestopięcioprocentowe poparcie, lecz ono wyraźnie spada. Jeszcze dwa miesiące temu mogliśmy liczyć na siedemdziesiąt procent. Ziuganow ze Związku Socjalistycznego ma obecnie dwadzieścia osiem procent, a pełniący obowiązki prezydenta Markow z Unii Demokratycznej dziewiętnaście. Ich notowania powoli idą w górę. Ale jest jeszcze spory odsetek niezdecydowanych. Muszę to powiedzieć, panie prezydencie, iż wydarzenia ostatnich dwóch dni mogą nas kosztować utratę kolejnych dziesięciu procent elektoratu, może nawet więcej, kiedy tylko dziennikarskie oszczerstwa dotrą do szerokiej rzeszy społeczeństwa.

– Co bym zyskał przez udział w konferencji prasowej?

– Pańskie wypowiedzi znalazłyby się w środkach przekazu, panie prezydencie. W tej sytuacji każda licząca się stacja telewizyjna nadałaby reportaż z konferencji. A przecież zdaje pan sobie sprawę, że pańskiej sile perswazji niewiele osób może się oprzeć.

Po dłuższym namyśle Komarow wreszcie skinął głową.

– Dobrze, zorganizuj spotkanie. Wezmę w nim udział.

Konferencja została zwołana w wielkiej sali balowej hotelu „Metropol" o godzinie jedenastej następnego dnia. Kuzniecow uprzejmie powitał zebranych przedstawicieli krajowej i zagranicznej prasy i w paru słowach wyraził swoje ubolewanie z powodu nasilających się od dwóch dni niewybrednych ataków dziennikarzy, skierowanych przeciwko polityce oraz całej działalności Unii Sił Patriotycznych. Podkreślił też, iż uważa za swój zaszczyt powitać za stołem konferencyjnym „przyszłego prezydenta Rosji, Igora Wiktorowicza Komarowa, który z pewnością w stanowczy i przekonujący sposób odpowie na wszelkie oszczercze zarzuty".

Lider USP wyłonił się zza kotary przesłaniającej tył sali, energicznym krokiem podszedł do stołu i zajął miejsce. Rozpoczął przemowę jak zwykle, kiedy zwracał się do tłumów swoich zwolenników. Zaczął roztaczać przed dziennikarzami wizję „Wielkiej Rusi", którą będzie chciał stworzyć, jeśli naród wybierze go na prezydenta. Ale już po pięciu minutach uderzyła go panująca na sali martwa cisza. Nie było żadnych oklasków, okrzyków aprobaty, skandowania jego nazwiska.

Uniósł więc wzrok, zapatrzył się w jakiś odległy punkt na ścianie i zaczął mówić o minionej chwale bohaterskiego narodu rosyjskiego, uciskanego teraz przez zagranicznych bankierów, wyzyskiwaczy i kryminalistów. Jego słowa coraz silniejszym echem rozbrzmiewały w zamkniętym pomieszczeniu, lecz mimo to nadal nikt się nie podrywał z krzesła, ani jedna ręka się nie uniosła w charakterystycznym pozdrowieniu zwolenników USP. Kiedy Komarow niespodziewanie zakończył wystąpienie, w olbrzymiej sali ciągle panowała napięta cisza.

– Czy są jakieś pytania? – odezwał się Kuzniecow.

Popełnił jednak wielki błąd. Co najmniej trzecią część zgromadzonych dziennikarzy stanowili korespondenci prasy zagranicznej, a większość z nich dobrze znała rosyjski. Dotyczyło to zarówno przedstawiciela „The New York Times", jak i reporterów londyńskiego „Timesa", „Daily Telegraph", „Washington Post", komentatora CNN oraz wielu innych.

– Panie Komarow – zaczął jako pierwszy korespondent „Los Angeles Times" – według prowizorycznych obliczeń wydał pan dotychczas na swą kampanię prezydencką około dwustu milionów dolarów. To chyba rekordowa suma w historii światowej polityki. Czy może pan ujawnić, skąd pochodzą pańskie fundusze?

Komarow utkwił nieruchome spojrzenie w dziennikarzu, a tymczasem Kuzniecow pospiesznie szeptał mu do ucha.

– Przede wszystkim z darowizn hojnych przedstawicieli narodu rosyjskiego – odparł po chwili dumnym tonem.

– Mówimy jednak w przybliżeniu o rocznych dochodach wszystkich obywateli tego kraju. Chyba nie chce pan nam wmówić, że każdy Rosjanin oddaje całą swoją pensję na działalność USP. Skąd naprawdę pochodzą te fundusze?

Jakby ośmieleni tą wypowiedzią dziennikarze zaczęli jeden za drugim rzucać kolejne pytania.

– Czy to prawda, że zamierza pan zniszczyć całą opozycję i przywrócić jednopartyjne dyktatorskie rządy?

– Czy wie pan, dlaczego generał Nikołajew został zamordowany trzy tygodnie po tym, jak wystąpił przeciwko panu w udzielonym wywiadzie?

Dziennikarze zaczynali się wzajemnie przekrzykiwać.

– Czy zaprzeczy pan pogłoskom, że to pańska Czarna Gwardia zorganizowała wszystkie zamachy, jakie miały miejsce dwa dni temu?

Zarówno przedstawiciele telewizji państwowej jak i dwóch moskiewskich stacji komercyjnych gorączkowo nakierowywali obiektywy kamer i mikrofony w stronę zadających coraz bardziej natarczywe pytania zagranicznych dziennikarzy.

Wreszcie wstał z miejsca korespondent „Daily Telegraph", kolega zastrzelonego w lipcu Marka Jeffersona, który także poprzedniego dnia odebrał anonimowy telefon. Kamery natychmiast skierowały się na niego.

– Panie Komarow, czy słyszał pan kiedykolwiek o ściśle tajnym dokumencie, zwanym Czarnym Manifestem?

Na sali zapadła nagle cisza. Ani reporterzy mediów rosyjskich, ani dziennikarze z zagranicy nie mieli pojęcia, o co mu chodzi. W gruncie rzeczy on sam nawet nie znał wielu szczegółów. Nie uszło jednak niczyjej uwagi, że starający się panować nad sobą Igor Komarow wyraźnie pobladł.

– O jakim manifeście pan mówi?

To był kolejny wielki błąd.

– Zgodnie z moimi informacjami jest to utrzymywany dotychczas w tajemnicy pański program polityczny, obejmujący przywrócenie rządów jednopartyjnych, odbudowę sieci gułagów przeznaczonych dla pańskich przeciwników, nasilenie terroru ze strony liczącej dwieście tysięcy żołnierzy Czarnej Gwardii oraz powtórny podbój sąsiednich, niezawisłych republik.

Cisza wydawała się przytłaczająca. Na sali znajdowało się aż czterdziestu dziennikarzy z Ukrainy, Białorusi, Litwy, Łotwy, Estonii, Gruzji oraz Armenii. Co najmniej połowa rosyjskich reporterów popierała inne ugrupowania polityczne i nie trzeba było im tłumaczyć, że jeśli przywódcy zdelegalizowanych partii zostaną zamknięci w obozach, znajdą się tam również wierni im dziennikarze. Nikt jednak nie wiedział, skąd Anglik zdobył swoje informacje, toteż wszyscy w skupieniu zapatrzyli się na Komarowa.

Ten zaś popełnił kolejny swój błąd. Stracił panowanie nad sobą.

– Nie mam zamiaru dalej tu siedzieć i wysłuchiwać tych bzdur! – wrzasnął, po czym wybiegł z sali, a za nim podążył przybity Kuzniecow.

Stojący przy wyjściu pułkownik Griszyn, zerkający na przedstawicieli prasy zza ciężkiej kurtyny, powiódł pełnym nienawiści spojrzeniem po zgromadzonym tłumie. No, poczekajcie, powtarzał w myślach, już niedługo.

ROZDZIAŁ 19

W południowo-zachodnim krańcu centralnej części rosyjskiej stolicy, na wąskim skrawku ziemi w długim zakolu rzeki Moskwy, stoi średniowieczny kompleks monastyru Nowodiewiczego, a tuż za jego murami rozpościera się olbrzymi cmentarz.

Na przestrzeni dziesięciu hektarów, w cieniu licznych sosen, brzóz, wierzb oraz lip, pośród dwudziestu dwu tysięcy grobów spoczywają tu prochy najważniejszych rosyjskich osobistości z ostatnich dwóch stuleci.

Cmentarz podzielony jest na jedenaście sektorów, przy czym cztery pierwsze – tworzące najstarszą jego część, położoną wzdłuż terenów monastyru i oddzieloną murem od reszty cmentarza – zawierają wyłącznie groby z dziewiętnastego wieku.

Sektory od piątego do ósmego, usytuowane wzdłuż szerokiej przelotowej ulicy Chamowniczeskij Wał, po której niemal bez przerwy z jazgotem przejeżdżają wielkie dostawcze ciężarówki, mieszczą groby zarówno tych wielkich, jak i niechlubnych postaci ery komunizmu: marszałków, polityków, naukowców, pisarzy czy astronautów. Na prostych z reguły nagrobkach, ciągnących się długimi szeregami wzdłuż alejek i ścieżek cmentarza, widnieją wykute nazwiska znanych niegdyś ludzi.

Spoczywa tu Gagarin, pierwszy astronauta, który zginął podczas oblatywania prototypowego samolotu po większej dawce wódki. Zaledwie kilka metrów dalej wznosi się obło zakończony kamień nagrobny Nikity Chruszczowa. Niektóre pomniki zdobią kamienne modele samolotów, rakiet bądź karabinów, stanowiące jednoznaczny dowód, czym pogrzebani tu ludzie zajmowali się za życia. Gdzieniegdzie zaś stoją całe pomniki, przedstawiające postacie w heroicznych pozach, z wykutymi na piersi z granitu szeregami medali i orderów.

Główna alejka cmentarza prowadzi do kolejnego muru, przez który wąską furtką można się dostać na najnowsze i najmniejsze sektory, noszące numery od dziewiątego do jedenastego. Zimą roku 1999 w tej części pozostały już tylko nieliczne wolne kwatery, lecz jedna z nich została zarezerwowana dla generała armii Nikołaja Nikołajewa. Tu właśnie, dwudziestego szóstego grudnia, siostrzeniec generała, Misza Andrejew, pochował słynnego „wujka Kolę".

Uczynił wszystko, by zorganizować dokładnie taki pogrzeb, jakiego wuj sobie zażyczył w trakcie tej ostatniej wspólnej kolacji. Zebrało się dwudziestu generałów, nie wyłączając ministra obrony, a uroczystość celebrował jeden z dwóch metropolitarnych biskupów moskiewskich.

Siwowłosy czołgista zażądał pełnego orszaku, za jego trumną podążała więc przez cmentarz procesja akolitów z kadzielnicami, a wonne dymy leniwie unosiły się w mroźnym powietrzu.

Zawczasu przygotowano nagrobek w kształcie wykutego z granitu krzyża, nie zawierający jednak żadnej podobizny zmarłego, a jedynie wyryty poniżej nazwiska napis: *Russkij sołdat*.

Major Andrejew wygłosił nad grobem krótką mowę. Doskonale wiedział, że nawet jeśli „wujek Kola" zmienił na starość poglądy i zażądał kościelnej ceremonii pogrzebowej, to z pewnością nadal gardził czczą gadaniną.

Po zakończeniu ostatniej pożegnalnej modlitwy, kiedy biskup zaintonował żałobną pieśń, major starannie ułożył na wieku trzy złociste ordery bohatera Związku Radzieckiego przytwierdzone do jaskrawoczerwonych wstążek, po czym ośmiu oficerów z dowodzonej przez niego dywizji Tamańskiej spuściło trumnę do grobu. Andrejew odsunął się o krok i zasalutował, a dwaj ministrowie i osiemnastu generałów poszło w jego ślady.

Kiedy cała procesja ruszyła z powrotem główną alejką cmentarza w stronę czekającego przed bramą szeregu służbowych limuzyn, do majora podszedł wiceminister obrony, generał Butow, i położył mu dłoń na ramieniu.

– To przerażające – rzekł cicho – zginąć w taki sposób.

– Któregoś dnia – odparł Andrejew – odnajdę zabójców i się z nimi policzę.

Zdumiony Butow zerknął na niego z ukosa. Był typowym oficerem sztabowym, nigdy nie brał udziału w jakiejkolwiek walce.

– Tak, rozumiem... Jestem jednak pewien, że nasza milicja robi co w jej mocy, aby odnaleźć bandytów.

Przed bramą cmentarza posępni generałowie kolejno w milczeniu ściskali dłoń majora, po czym zajmowali miejsca w samochodach i odjeżdżali. Andrejew jako ostatni wsiadł do swego auta i w smutnym nastroju ruszył w kierunku koszar.

Osiem kilometrów od cmentarza, w zapadającym wcześnie zimowym zmierzchu, niski i przysadzisty diakon w czarnej sutannie przemierzył szybko plac Słowiański i skierował się w stronę wejścia do cerkwi. Pięć minut później u jego boku stanął pułkownik Anatolij Griszyn.

– Sprawiasz wrażenie zaniepokojonego, ojcze – odezwał się cicho.

– Jestem wręcz przerażony – odparł tamten.

– Nie masz się czego bać, ojcze Maksymie. Sprawy trochę wymknęły nam się z rąk, ale nie zaszło jeszcze nic, czego nie zdołałbym naprawić. Powiedz mi wreszcie, dlaczego patriarcha w takim pośpiechu wyjechał z Moskwy.

– Nie wiem. Dwudziestego pierwszego rano jego prywatny sekretarz odebrał telefon z Ławry Troicko-Siergiejewskiej. Nie zdradził mi, o co chodziło. Zaraz potem otrzymałem polecenie spakowania walizek Jego Świątobliwości.

– Czemu jednak pojechał do Zagorska?

– Przyczynę poznałem dopiero niedawno. Do monastyru zawitał ojciec Gregor, miał tam odprawić uroczyste nabożeństwo. Widocznie patriarcha zdecydował się nagle, że powinien w nim uczestniczyć.

– I w ten sposób poprzeć swoim autorytetem tezy głoszone przez ojca Gregora – warknął Griszyn. – Nie musiał się nawet wypowiadać na ten temat, wystarczyła jego obecność podczas nabożeństwa.

– W każdym razie zapytałem, czy mogę jechać razem z nimi, ale sekretarz się sprzeciwił. Jego Świątobliwość wyruszył tylko z nim, w towarzystwie kierowcy i jednego kozaka z ochrony. Obie siostry dostały dzień wolny i wyjechały do swoich rodzin.

– Dlaczego mnie o tym nie poinformowałeś, ojcze?

– A skąd mogłem wiedzieć, że ktoś się zjawi wieczorem tego samego dnia? – odpowiedział pytaniem rozzłoszczony duchowny.

– Nieważne, mów dalej.

– No cóż, po napadzie musiałem zawiadomić milicję. Ciało zabitego kozaka leżało w korytarzu na dole. A z samego rana zadzwoniłem do monastyru i przekazałem sekretarzowi złe wieści. Powiedziałem mu tylko, że napadnięto na rezydencję, była strzelanina i zginął kozak, nic więcej. Ale później milicja podała oficjalnie, że był to nieudany zamach na życie Jego Świątobliwości.

– I co potem?

– Zadzwonił do mnie sekretarz. Przekazał, że Jego Świątobliwość jest bardzo przygnębiony... zdruzgotany, bo chyba użył tego właśnie słowa, głównie z powodu śmierci jednego ze strażników. W każdym razie postanowił zatrzymać się na dłużej w Zagorsku. Wrócił dopiero wczoraj, przede wszystkim po to, by odprawić ceremonię pogrzebową zastrzelonego kozaka, zanim jego zwłoki zostaną odesłane do rodziny na Ukrainie.

– A więc wrócił... Dzwoniłeś do mnie, żeby przekazać tę właśnie wiadomość?

– Oczywiście, że nie. Chodzi o wybory.

– Chyba nie musisz się martwić wyborami, ojcze Maksymie. Mimo ostatnich niepowodzeń nadal możemy wyeliminować urzędującego prezydenta, Markowa, już w pierwszej rundzie. A w drugiej Igor Komarow bez wątpienia zwycięży kandydata komunistów, Ziuganowa.

– Wcale nie jestem tego pewien, pułkowniku. Dziś rano Jego Świątobliwość udał się na plac Stary, na poufne spotkanie z Markowem, zorganizowane właśnie z jego inicjatywy. O ile mi wiadomo, uczestniczyło w nim także kilka innych osobistości, w tym dwóch generałów z prezydium milicji.

– Jak się o tym dowiedziałeś?

– Patriarcha wrócił w porze obiadowej i poprosił, by przyszykować dwa nakrycia w jego gabinecie, dla niego i sekretarza. Podawałem im obiad, lecz żaden z nich nie zwracał na mnie większej uwagi, tak byli pochłonięci dyskusją na temat ostatecznej decyzji prezydenta Markowa.

– Jakiej decyzji?

Ojciec Maksym Klimowski dygotał niczym liść na wietrze. Płomień trzymanej przez niego świecy filował tak silnie, że jej wątły blask tańczył po ścianach, jak gdyby ożywiając postać Matki Boskiej z dzieciątkiem widniejącej obok nich na fresku.

– Uspokój się, ojcze. ·

– Nie mogę. Musi pan zrozumieć moją sytuację, pułkowniku. Ze wszystkich sił starałem się panu pomóc, ponieważ głęboko wierzę w propagowaną przez Igora Komarowa wizję Nowej Rosji. Ale nie mogę tego ciągnąć dłużej. Atak na rezydencję, dzisiejsze spotkanie... To wszystko staje się bardzo niebezpieczne.

Skrzywił się boleśnie, kiedy Griszyn zwarł palce w stalowym uścisku na jego ramieniu.

– Za bardzo się zaangażowałeś, żeby teraz się wycofać, ojcze Maksymie. Dla ciebie nie ma już drogi odwrotu. Ostatecznie niczym się nie różnisz od kelnera obsługującego gości w restauracji, tyle tylko, że nosisz sutannę i regularnie odmawiasz modlitwy. Jeśli wytrwasz, już za trzy tygodnie możesz się stać uczestnikiem triumfu, jaki odniesiemy u boku Komarowa, i wówczas liczyć na niebywałe zaszczyty. A teraz powiedz wreszcie, o czym rozmawiano podczas tego spotkania z Markowem.

– Nie będzie żadnych wyborów.

– Co takiego?!

– To znaczy... będą, ale bez udziału Komarowa.

– Nie odważą się! – syknął przez zęby Griszyn. – Nie wierzę, żeby teraz nie dopuścili Komarowa do wyborów, uznając jego kandydaturę za nieodpowiednią. Popiera nas ponad połowa uprawnionych do głosowania.

– To już się stało, pułkowniku. Wygląda na to, że szalę przeważyły opinie generałów milicji. Zabójstwo tego starego czołgisty, nieudane zamachy na prezesa banku, dowódcę milicyjnych oddziałów specjalnych i na Jego Świątobliwość prawdopodobnie sprowokowały ich do podjęcia działań.

– Jakich?

– Pierwszego stycznia, w Nowy Rok, kiedy wszyscy po sylwestrze będą zmęczeni do tego stopnia, że nie zdołają zorganizować żadnej skutecznej przeciwakcji.

– Jakiej znów akcji? Mówże jaśniej, człowieku.

– Chodzi o was, o ludzi, którymi pan dowodzi, i o skuteczne pozbawienie Czarnej Gwardii możliwości obrony. Zaczęli już gromadzić wspólne czterdziestotysięczne siły, ze straży prezydenckiej, oddziałów szybkiego reagowania SOBR-u, brygad antyterrorystycznych OMON-u, wybranych jednostek Specnazu... Stawiają w gotowości najbardziej elitarne oddziały znajdujące się pod dowództwem ministra spraw wewnętrznych i stacjonujące w rejonie Moskwy.

– Po co?

– Chcą was wszystkich aresztować i oskarżyć o spisek przeciwko władzom państwowym, a ponadto zlikwidować Czarną Gwardię, rozbroić ją bądź też zniszczyć w koszarach...

– To bzdura. Nie mają przeciwko nam żadnych dowodów.

– Wygląda na to, że któryś z oficerów gwardii zgodził się zeznawać przed sądem. Słyszałem, jak sekretarz zadał takie samo pytanie o dowody i patriarcha w odpowiedzi wspomniał o tym człowieku.

Pułkownik Griszyn stał jak sparaliżowany, choć każdy jego nerw dygotał, niczym porażony prądem elektrycznym. Wewnętrzny głos mu podpowiadał, że niezdolny do energicznych działań Markow nie mógł się zdecydować na tak drastyczny rok. Ale zdrowy rozsądek nakazywał uwierzyć w informacje duchownego. Igor Komarow nigdy się nie zniżył do tego poziomu, by zasiąść w skłóconej Dumie, był jedynie pozostającym w cieniu przywódcą głównego ugrupowania parlamentarnego, zatem nie chronił go immunitet parlamentarzysty. W podobnej sytuacji znajdował się również Griszyn.

Jeśli faktycznie zdrajca Czarnej Gwardii zgodził się zeznawać przed sądem, prokurator generalny już na podstawie wstępnego oświadczenia mógł wydać nakaz aresztowania albo przynajmniej zatrzymania ich obu w areszcie domowym do czasu wyborów prezydenckich.

A jako specjalista od wymuszania zeznań, Griszyn aż za dobrze wiedział, do czego mogą się posunąć ludzie ogarnięci paniką – właśnie tacy wyskakiwali z okien wieżowców, rzucali się pod pociągi czy też skakali na ogrodzenia z drutów kolczastych znajdujących się pod napięciem.

Wierzył też, że gdyby pełniący obowiązki prezydenta Markow i ludzie z jego otoczenia, dowódcy gwardii pretoriańskiej, generałowie nadzorujący oddziały antyterrorystyczne czy zasiadający w prezydium milicji, dowiedzieli się, jaki los ich czeka w wypadku zwycięstwa Komarowa, z pewnością popadliby w panikę.

– Wracaj do rezydencji, ojcze Maksymie – odezwał się w końcu. – I pamiętaj, co ci powiedziałem. Posunąłeś się zbyt daleko, by oczekiwać jeszcze łaski ze strony panującego reżimu. Dla ciebie istnieje już tylko jedna przyszłość, zwycięstwo USP. Chcę wiedzieć o wszystkim, co się wydarzy i co zdołasz podsłuchać. Melduj mi o każdym spotkaniu czy rozmowie patriarchy. Od dziś aż do Nowego Roku.

Przerażony diakon oddalił się pospiesznie. Sześć godzin później otrzymał wiadomość, że jego matka zachorowała na groźne zapalenie płuc. Przekazał tę informację patriarsze i uzyskał zwolnienie ze swych obowiązków do czasu wyzdrowienia staruszki. Wieczorem zajął miejsce w pociągu odjeżdżającym do Żytomierza. Doskonale wiedział, że może być z siebie dumny, ponieważ uczynił więcej niż powinien. Lecz nawet sam święty Michał z całym zastępem aniołów nie byłby w stanie zatrzymać go w Moskwie ani minuty dłużej.

Tego samego wieczoru Jason Monk spisał swój ostatni meldunek, który miał być przekazany na zachód. Pozbawiony komputera, starannie wykaligrafował cały tekst, ale ten i tak zajął dwie kartki papieru formatu maszynowego. Wykorzystując następnie miniaturowy aparat fotograficzny, dostarczony mu przez Umara Gunajewa, w świetle zwykłej biurowej lampki wykonał po kilka zdjęć zapisanych stronic, po czym dokładnie spalił papier i popiół spuścił z wodą w ubikacji.

W ciemnościach wyjął film z aparatu i włożył z powrotem do plastikowego pojemnika, w którym był on pierwotnie zapakowany – niewiele większego od paznokcia.

O wpół do dziesiątej wieczorem Magomed wraz z dwoma pozostałymi członkami ochrony zawieźli go pod wskazany adres. Na odległych południowo-wschodnich przedmieściach Moskwy, w dzielnicy zwanej Nogatino, znaleźli pod nim chylącą się ku ruinie drewnianą chatkę.

Drzwi otworzył im nie ogolony chudy staruszek, zakutany w długi, znoszony, wełniany sweter. Monk nawet nie wiedział, że ów mężczyzna przed laty wykładał na uniwersytecie moskiewskim, dopóki nie sprzeciwił się wytycznym komunistycznych władz uczelni i nie zaczął rozprowadzać wśród studentów napisanej przez siebie broszurki, w której nawoływał do powołania rządów demokratycznych.

Było to na długo przed zainicjowaniem reform, kiedy więc profesora rehabilitowano, dla niego było już za późno na cokolwiek. Otrzymał jedynie skromną państwową emeryturę. Mógł się tylko pocieszać, że jakimś cudem uniknął zesłania do obozu. Stracił jednak pracę oraz swoje służbowe mieszkanie w stolicy, w zasadzie stał się bezdomnym włóczęgą.

Za rządów komunistów nagminnie stosowano tę metodę. Jeżeli któregokolwiek „wywrotowca" omijał los zesłańca, władze niemal całkowicie pozbawiały go normalnych warunków życia. Zgodnie z tą zasadą premier Czechosłowacji, Aleksander Dubček, musiał objąć posadę drwala.

Profesorowi udało się przetrwać wyłącznie dzięki człowiekowi będącemu w jego wieku, który pewnego dnia stanął przed nim na ulicy i zaczął logicznie przekonywać, mówiąc z silnym obcym akcentem. Rosjanin nigdy nie poznał nazwiska Nigela Irvine'a, od początku określał go mianem „Lisa". Zresztą pracownik ambasady nie żądał od niego jakichś specjalnych działań, prosił jedynie o drobną, okresową pomoc, nie związaną z większym ryzykiem. Dlatego też były uniwersytecki wykładowca z chęcią przystał na podjęcie dość nietypowego hobby, tym bardziej, że studolarowy dodatek do skromnej emerytury znacznie ułatwiał mu życie.

Tej zimowej nocy, dwadzieścia lat później, starzec zmierzył uważnym wzrokiem stojącego przed jego domkiem człowieka i burknął:

– *Da?*

– Mam niewielką paczuszkę dla Lisa – odparł Monk.

Rosjanin bez słowa wyciągnął rękę i Jason przekazał mu naświetlony negatyw. Starzec cofnął się pospiesznie i zamknął drzwi, Monk zaś wrócił do samochodu.

Dokładnie o północy drobny Martti, z plastikowym pojemnikiem przytwierdzonym do jednej nóżki, został wypuszczony na wolność. Kilka tygodni wcześniej Ciaran i Mitch przywieźli go do Moskwy z Finlandii, a profesorowi dostarczył go Brian Vincent, gdyż tylko on znał rosyjski i potrafił odnaleźć nędzny domek na przedmieściach.

Martti jeszcze na chwilę przysiadł na dachu gołębnika, po czym rozpostarł skrzydła i wzbił się w mroźne powietrze nad miastem. Szybko osiągnął wysokość trzystu metrów, gdzie panował już tak silny mróz, że każdy człowiek bez ocieplanego kombinezonu w jednej chwili zamarzłby na sopel lodu.

Przypadkiem właśnie w tej samej chwili nad horyzontem pojawił się satelita Intelkoru, przelatujący znacznie wyżej ponad ośnieżonymi stepami środkowej Rosji, i zgodnie ze swoim programem, całkowicie nieświadom dokonanego podczas poprzedniego okrążenia zniszczenia nadajnika satelitarnego, wysłał w kierunku Ziemi zaszyfrowany impuls, odpowiadający pytaniu: „Czy jesteś tam, dziecino?ć

Anteny kilku ośrodków rozmieszczonych wokół Moskwy uważnie przeczesywały przestrzeń w oczekiwaniu na ten krótkotrwały sygnał, który technikom FAPSI dałby znać, że poszukiwany przez pułkownika Griszyna obcy agent po raz kolejny wysłał meldunek. Tym razem urządzenia triangulacyjne zostały tak ustawione, by na podstawie dokładnych pomiarów można było określić budynek będący źródłem wyemitowanego sygnału.

Ale satelita jednostajnie zmierzał w stronę zenitu, a oczekiwany meldunek nie nadchodził.

Tymczasem jakiś niezwykły zmysł magnetyczny podpowiadał Marttiemu, że jego rodzinny dom – to znaczy ciepły gołębnik, w którym przed trzema laty wykluł się z jaja jako ślepe i nieporadne pisklę – znajduje się daleko na północnym zachodzie. Skręcił w tym kierunku i mimo przeciwnego wiatru, całkowitych ciemności oraz przejmującego chłodu podjął swą wielogodzinną wędrówkę, gnany przemożnym pragnieniem powrotu do macierzystego siedliska.

Leciał przez nikogo nie zauważony. Nikt nie spostrzegł samotnego gołębia przemykającego ponad miastami, omijającego łukiem jasną łunę wiszącą nad Sankt Petersburgiem czy też wydostającego się nad otwarte morze. Bezpiecznie wracał do swego gołębnika, niosąc jednocześnie utrwalony na filmie meldunek. Szesnaście godzin po starcie z Moskwy, przemarznięty i wycieńczony, Martti dotarł do znanych mu zabudowań na przedmieściu Helsinek. Ciepłe dłonie człowieka uwolniły go od drobnego ciężaru przesyłki i już trzy godziny później zdjęcia wykonane z negatywu znalazły się przed sir Nigelem Irvinem.

Uśmiechnął się, przeczytawszy tekst meldunku. Sprawy toczyły się dokładnie tak, jak to przewidział. Przed Jasonem Monkiem pozostało już ostatnie zadanie, później musiał jedynie przyczaić się w jakimś bezpiecznym miejscu i zaczekać na dogodną chwilę, kiedy będzie mógł wyjechać z Rosji. Lecz nawet Irvine nie umiał sobie wyobrazić, jak w rzeczywistości postąpi dumny samotnik z Wirginii.

Mniej więcej w tym samym czasie, kiedy Martti przelatywał nad siedzibą USP, w prywatnym gabinecie lidera partii trwało poufne spotkanie Igora Komarowa z pułkownikiem Griszynem. Dworek przy bulwarze Kisielnym był wyludniony, tylko w swoim pokoiku na parterze czuwali strażnicy z nocnej zmiany. A terenu wokół budynku strzegła sfora specjalnie wytresowanych psów.

Komarow siedział przy swoim biurku, a w słabym świetle lampki wydawał się jeszcze bledszy niż zazwyczaj. Griszyn właśnie skończył długą mowę, w której przekazał złe wieści dostarczone ostatnio przez kamerdynera patriarchy.

W miarę, jak wyrzucał z siebie kolejne słowa, Komarow zdawał się coraz silniej garbić pod ich ciężarem. Nagle zniknął gdzieś bijący od niego lodowaty chłód oraz znamionująca go stanowczość. Griszyn doskonale rozumiał przyczyny takiego stanu rzeczy.

Dokładnie to samo musieli odczuwać nawet najokrutniejsi dyktatorzy pozbawiani władzy – chociażby Mussolini, pompatyczny Duce, który w 1944 roku niemal w jednej chwili stał się bezbronnym, przerażonym człowiekiem umykającym przed własnym cieniem. Najczęściej przytrafiało się to przemysłowym magnatom, kiedy banki nagle zamykały przed nimi swe podwoje, prywatne odrzutowce były konfiskowane, limuzyny sekwestrowane, karty kredytowe traciły wszelką wartość, a cała służba wymawiała posady. Ich imperia przemieniały się w rozsypane domki z kart, pośród których można było jedynie wspominać dawną świetność.

Griszyn świetnie to rozumiał, gdyż wielokrotnie miał do czynienia z generałami czy ministrami niespodziewanie zamykanymi w celach więziennych, z niemal wszechmocnymi do niedawna przedstawicielami aparatu władzy, przemienionymi w żałosnych nędzników oczekujących jedynie litości ze strony swoich niedawnych kolegów.

Teraz, kiedy wszystko dokoła się waliło, a słowa utraciły swoją moc, wybiła jego godzina. Zawsze pogardzał Kuzniecowem, dla którego liczył się wyłącznie świat sloganów i kuszących wizji, jakby oficjalnymi komunikatami można było kiedykolwiek zdobyć władzę. W Rosji zdobywało się ją tylko lufami karabinów, tak było od niepamiętnych czasów. Ale jak na ironię, właśnie słowami doprowadził do obecnej sytuacji najbardziej znienawidzony przez niego człowiek, ów ohydny pomiot amerykański. Pułkownik mógł obecnie liczyć tylko na to, że podupadły na duchu prezydent USP zgodzi się pójść za jego radą.

Anatolij Griszyn nie zamierzał bowiem czekać, aż milicja i oddziały pełniącego obowiązki prezydenta, Markowa, zadadzą im ostateczną klęskę. Nie mógł jednak niczego zdziałać bez aprobaty Igora Komarowa, bo wszak to jego zamierzał ratować z opresji i jemu torować drogę do najwyższych zaszczytów.

Tymczasem Komarow snuł posępne rozważania w stylu szekspirowskiego Ryszarda Drugiego, którego niespodziewana katastrofa pchała w bezdenne otchłanie rozpaczy. W żaden sposób nie potrafił zrozumieć, jak – w tak krótkim czasie – mógł się dokonać ów olbrzymi zwrot, chociaż pojmował logikę następujących po sobie wydarzeń, jakie doprowadziły do obecnej sytuacji.

Na początku listopada wydawało się, że nic nie może mu stanąć na drodze do zwycięstwa w styczniowych wyborach. Unia była dwukrotnie potężniejsza od każdego innego ugrupowania politycznego, a jego publiczne wystąpienia budziły entuzjazm tłumów. Według sondaży opinii publicznej mógł liczyć na siedemdziesiąt procent głosów rosyjskiego elektoratu, co pozwoliłoby mu zwyciężyć już w pierwszej rundzie wyborów.

Nie musiał się martwić przeciwnikami politycznymi; część z nich po wyczerpaniu funduszy na kampanię wyborczą wycofywała swoje kandydatury, inni wciąż jeszcze desperacko acz nieskutecznie usiłowali wpłynąć na zmianę układu sił. Wielu polityków, którzy liczyli na jakieś zaszczyty po jego dojściu do władzy, szukało dla siebie miejsca w szeregach USP. Tak więc w listopadzie jego sukces wydawał się pewny.

Kradzież jednego egzemplarza manifestu bardzo go zaniepokoiła, lecz niemal całkowicie zapomniał o tym zdarzeniu, kiedy nie wystąpiły żadne konsekwencje. Osoby odpowiedzialne za zniknięcie dokumentu poniosły zasłużoną karę, a przebiegły angielski dziennikarz został skutecznie uciszony. Przez kilka miesięcy nic się nie działo, przynajmniej w Rosji, gdzie trwał jego triumfalny marsz po władzę.

I oto samotny agent, którego twarz miał okazję ujrzeć na dostarczonych fotografiach, przysporzył mu tak ogromnych strat, że aż trudno było w to uwierzyć. Najpierw zniszczenie pras drukarskich, które uniemożliwiło mu wydawanie własnych pism, doprowadziło go do szału, chociaż wcale nie wydawało się takie groźne. Sabotaż i przemoc stały się nieodłącznymi elementami życia w Rosji, tyle że dotąd nikt nie ośmielił się ich stosować przeciwko Unii ochranianej przez pułkownika Griszyna i jego gwardzistów. Ale zaraz potem nastąpiło odcięcie dostępu do stacji telewizyjnych, co zapoczątkowało prawdziwą lawinę zaskakujących zdarzeń.

Komarow darzył głęboką pogardą kościół i całe duchowieństwo, nie był nawet w stanie poważnie traktować pogłosek, że patriarcha zamierza dojść do porozumienia z przedstawicielami najwyższych władz państwowych w kwestii przywrócenia monarchii. Nie wierzył też, że Aleksiej Drugi może mieć jakikolwiek znaczący wpływ na zapatrywania szerokiej rzeszy Rosjan.

Bo czyż ludzie nie podrywali się z miejsc podczas jego wystąpień? Czyż to nie w nim upatrywali swego wybawiciela, twórcę nowego ładu, inicjatora akcji czyszczenia Rosji z wszelkiego zła? Po cóż byłby im teraz Bóg, skoro mieli jego, Igora Wiktorowicza Komarowa?

Mógł zrozumieć powody, dla których ten Żyd, Bernstein, zwrócił się przeciwko niemu. Jeśli faktycznie Amerykanin pokazał bankierowi manifest, jego reakcja była całkowicie uzasadniona. Ale dlaczego tak samo postąpił generał Nikołajew? Czemu przytoczył w swoim wywiadzie jawne oskarżenia? Czyżby nie rozumiał, że w programie politycznym USP jest również miejsce na odzyskaną chwałę Armii Czerwonej? Czyżby ten stary bohater spod Kurska i Berlina naprawdę się przeraził losem szykowanym dla Żydów i Czeczenów?

Właśnie te dwa, niemal równoczesne zdarzenia – opublikowany w ,,Izwiestiach'' wywiad generała i odmowa emisji materiałów propagandowych USP w komercyjnych stacjach telewizyjnych – uzmysłowiły mu dopiero siłę i zakres tej spiskowej akcji.

Później obróciła się przeciwko niemu mafia ,,Dołgorukiego'' rozwścieczona milicyjnymi obławami, a wreszcie przedstawiciele prasy. Zresztą oni wszyscy i tak mieli zostać zdławieni w nowej rzeczywistości. Duchowieństwo, gangsterzy, dziennikarze, Żydzi, Czeczeni i zagraniczni szpiedzy musieli słono zapłacić za swoje uczynki.

– Te cztery równoczesne zamachy na naszych przeciwników okazały się wielkim błędem – rzekł w końcu Komarow.

– Z całym szacunkiem, panie prezydencie, było to jedyne rozsądne wyjście. Tylko niezwykły zbieg okoliczności sprawił, że trzech spośród tych osób nie zastaliśmy wówczas w ich mieszkaniach.

Komarow mruknął w zamyśleniu. Możliwe, że sprawił to zwykły zbieg okoliczności, ale jego następstwa okazały się fatalne. Bo i skąd dziennikarze wpadli na pomysł, że to właśnie on stoi za ową serią nieudanych zamachów? Kto ich o tym powiadomił? Do tej pory przedstawiciele prasy z uwagą łowili każde jego słowo, a teraz zaczęli masowo wytaczać oskarżenia. Ostatnia konferencja prasowa okazała się niewypałem, głównie z powodu korespondentów zagranicznych, którzy zasypali go bezczelnymi pytaniami. Nigdy dotąd nie zetknął się z takim zuchwalstwem, Kuzniecow starannie o to dbał. Wszyscy odnosili się do niego z respektem, z uwagą wysłuchiwali odpowiedzi, kiwali głowami ze zrozumieniem. Dlaczego więc ten młody głupiec zaproponował w takiej sytuacji zwołanie konferencji prasowej?...

– Czy pański informator jest wiarygodny, pułkowniku?
– Oczywiście, panie prezydencie.
– Ufa mu pan?
– Ależ skąd. Wierzę tylko w jego chciwość. To sprzedajny, godny pogardy nędznik, żądny jednak zaszczytów i wyszukanych doznań zmysłowych, co zresztą hojnie mu obiecałem. Szczegółowo poinformował mnie o obu rozmowach patriarchy z angielskim szpiegiem i dwóch wizytach amerykańskiego agenta. Zapoznał się pan ze stenogramem tej drugiej rozmowy z Monkiem, a właśnie na podstawie padających tam pogróżek zdecydowałem się ostatecznie uciszyć naszych przeciwników.
– Ale teraz... Czy to możliwe, żeby Markow naprawdę się ośmielił na użycie siły wobec nas?
– W każdym razie jestem przekonany, że nie wolno nam go lekceważyć. Stosując terminologię bokserską, można powiedzieć, że zawodnicy wyszli na ring. Ten głupiec pełniący obowiązki prezydenta doskonale sobie zdaje sprawę, że nie ma szans wygrać z panem, ale może zwyciężyć Ziuganowa. A generałowie z prezydium milicji także musieli już zrozumieć, że w wypadku pańskiego zwycięstwa utracą swoje przywileje. Jeśli wykorzystają coraz głośniej padające oskarżenia o finansowe powiązania USP z mafią, mogą postawić pana w stan oskarżenia. Uważam zatem, że jest wielce prawdopodobne, iż rzeczywiście w tajemnicy przygotowują akcję przeciwko nam.
– A co pan, jak wytrawny taktyk, uczyniłby na ich miejscu, pułkowniku?
– Dokładnie to samo. Kiedy tylko usłyszałem, o czym patriarcha rozmawiał ze swoim sekretarzem w trakcie obiadu, także pomyślałem, że to niemożliwe. Ale im dłużej się nad tym zastanawiałem, tym bardziej sensowne wydawało mi się takie rozwiązanie. Wczesne godziny poranne pierwszego stycznia to wręcz wymarzona pora na tę akcję. Prawie wszyscy śpią po hucznie spędzonej nocy. Jeśli nawet czuwają nieliczne straże, to kto zdoła zorganizować szybkie i skuteczne przeciwdziałania? A większość Rosjan pierwszego stycznia z trudem może cokolwiek dostrzec wokół siebie, chyba że wcześniej zamknie się ich w koszarach i pozbawi dostępu do wódki. Uważam więc, że planowana akcja jest wielce prawdopodobna.
– I co stąd wynika? Że jesteśmy skończeni? Że wszystkie nasze osiągnięcia pójdą na marne i wspaniała wizja Nowej Rosji nigdy się nie urzeczywistni z powodu kilku spanikowanych i zbyt ambitnych poli-

tyków, fanatycznego klechy i paru przerażonych, bojących się o swoje stanowiska oficerów milicji?

Griszyn podszedł bliżej i pochylił się nad biurkiem.

– Mielibyśmy się poddać, kiedy zaszliśmy już tak daleko? Nie, panie prezydencie. Kluczem do sukcesu jest dokładna znajomość zamierzeń naszych przeciwników. To oni stawiają nas w sytuacji bez wyjścia. Możemy uczynić tylko jedno, zaatakować pierwsi.

– Zaatakować? Kogo?

– Opanować Moskwę, panie prezydencie, a tym samym przejąć władzę w Rosji. Wystarczy do tego zaledwie parę godzin. W sylwestrowy wieczór nasi przeciwnicy będą świętowali, ich oddziały także nie wyjdą z koszar przed świtem. Mogę błyskawicznie zebrać osiemdziesiąt tysięcy gwardzistów i w ciągu jednej nocy opanować Moskwę. A to nam wystarczy.

– Mówisz o zamachu stanu?

– Przecież to nic wielkiego, panie prezydencie. Historia Rosji i całej Europy zna wielu takich ludzi, zdeterminowanych i gotowych wprowadzać w życie swoje ideały, którzy we właściwym momencie przejmowali władzę. W ten właśnie sposób Mussolini podbił Rzym, a potem całe Włochy, natomiast grupa pułkowników zajęła Ateny i opanowała Grecję. Nie potrzeba do tego wojny domowej, wystarczy jedno szybkie uderzenie. Pokonani wycofują się w popłochu, tracą głowę, nadaremnie szukają wsparcia. Zaręczam, że już w noc sylwestrową cała Rosja może się znaleźć w pańskich rękach.

Komarow pogrążył się w zadumie. Wystarczyło przejąć kontrolę nad telewizją i wygłosić orędzie do narodu. Mógłby oświadczyć, że celem jego działania była chęć ujawnienia knowań spiskowców, którzy zamierzali nie dopuścić do styczniowych wyborów prezydenckich. Ludzie by mu uwierzyli. Potem zaś należało aresztować wszystkich generałów, a żądni zajęcia ich miejsc pułkownicy stanęliby u jego boku.

– Naprawdę mógłbyś tego dokonać?

– Panie prezydencie, wszystko w tym doszczętnie skorumpowanym kraju jest na sprzedaż. Właśnie dlatego nasza ojczyzna potrzebuje Igora Komarowa, który zamierza oczyścić ten chlew. Mając odpowiednie fundusze, zdołam należycie wyposażyć i przygotować potrzebne oddziały. Wystarczy tylko jedno pańskie słowo, a wprowadzę pana do apartamentów prezydenckich na Kremlu dokładnie z wybiciem północy ostatniego dnia roku.

Komarow oparł brodę na splecionych dłoniach i zapatrzył się w gładką powierzchnię biurka. Dopiero po kilku minutach uniósł wzrok i spojrzał na pułkownika.

– A więc zrób to – rzekł.

Gdyby Griszyn musiał teraz gromadzić oddziały specjalnie w celu opanowania Moskwy, w ciągu czterech dni zebrać odpowiednie do tego zadania siły, z pewnością nigdy by mu się to nie udało.

Ale on nie musiał zaczynać od początku. Od miesięcy przygotowywał się na to, że natychmiast po zwycięstwie wyborczym Komarowa przystąpi do podporządkowywania wszystkich organów państwowych rządzącej USP.

Kwestie polityczne, choćby takie jak formalna likwidacja partii opozycyjnych, zostawiał w gestii Komarowa. Na siebie brał najważniejszą sprawę ujarzmienia czy też rozbrojenia i likwidacji wszelkich podległych państwu formacji zbrojnych.

Przygotowując się do tego zadania, zadecydował już wcześniej, które z tych jednostek należy uznać za swych sprzymierzeńców, a w których upatrywać wrogów. Wśród tych drugich znalazła się licząca ponad trzydzieści tysięcy ludzi gwardia prezydencka, z czego sześć tysięcy stacjonowało w Moskwie, a tysiąc na samym Kremlu.

Dowodził nią generał Siergiej Korin, następca jelcynowskiego pupilka, Aleksandra Korżakowa, a wszyscy wyżsi oficerowie gwardii uzyskali nominacje z rąk ostatniego prezydenta, Czerkasowa. Griszyn nie miał żadnych wątpliwości, że cała ta formacja stanie w obronie instytucji państwowych przeciwko organizatorom puczu.

W dalszej kolejności należało się zająć wojskami podległymi ministerstwu spraw wewnętrznych, liczącymi sto pięćdziesiąt tysięcy żołnierzy. Na szczęście dla Griszyna olbrzymia większość z nich była rozrzucona po całym kraju, w bezpośrednim sąsiedztwie Moskwy stacjonowało jedynie pięć tysięcy ludzi. Generałowie dowodzący tymi wojskami musieliby szybko dojść do przekonania, że znajdą się wśród pierwszych skazanych wywożonych do obozów, a dla ich oddziałów, podobnie jak dla straży prezydenckiej, nie będzie miejsca u boku Czarnej Gwardii w Nowej Rosji.

Trzecie miejsce na jego liście, głównie z powodu nacisków przywódców mafii „Dołgorukiego", zajmowały wszelkiego rodzaju oddziały antyterrorystyczne, zarówno federalne, których dowództwo mieściło się w siedzibie MSW przy placu Żytnim, jak i podlegające władzom miasta oraz GUWD, dowodzone przez generała Pietrowskiego z centrali przy Szabołowce. Jak w poprzednim wypadku, oficerowie Sił Szybkiego Reagowania OMON-u oraz SOBR-u musieli zdawać sobie sprawę, że w podległej Griszynowi Rosji czeka ich albo katorżnicza praca w gułagach, albo śmierć na dziedzińcu więzienia w Lefortowie.

Lecz zarazem Griszyn mógł szukać naturalnych sprzymierzeńców wśród rozlicznych prywatnych armii i dobrze zorganizowanych oddziałów ochrony, których było niemal bez liku w ogarniętej niespotykaną przestępczością Rosji. O jakichkolwiek układach z nimi można byłoby myśleć jedynie wówczas, gdyby z zaskoczenia opanować tego typu formacje niezdolne do stawienia zorganizowanego oporu.

Teraz jednak miał do swej dyspozycji tylko liczącą sześć tysięcy żołnierzy Czarną Gwardię oraz dwadzieścia tysięcy nieletnich Młodych Bojowników.

Ta pierwsza była organizacją elitarną, starannie tworzoną przez niego od kilku lat. Korpus oficerski w całości tworzyli dawni specjaliści z oddziałów specjalnych, jednostek spadochronowych, komandosów i wojsk MSW, którzy w trakcie barbarzyńskiej ceremonii inicjacyjnej musieli się wykazać zarówno kunsztem wojskowym, jak i całkowitym oddaniem ultraprawicowym ideałom.

A mimo to wśród czterdziestu najwyższych rangą oficerów znalazł się zdrajca. Widocznie któryś z nich nawiązał kontakty, tak z przedstawicielami prasy, jak i z czynnikami oficjalnymi, i zdążył przekazać, że cztery równoczesne akcje zbrojne z dwudziestego pierwszego grudnia były dziełem Czarnej Gwardii. Wszystkie fakty wskazywały jednoznacznie, że nikt nie mógł dojść do takiego wniosku drogą dedukcji.

Griszyn nie miał innego wyjścia, jak odizolować owych czterdziestu oficerów, co też uczynił dwudziestego ósmego grudnia. Musiał niestety odłożyć na później przesłuchania mające na celu zdemaskowanie zdrajcy. Aby jednak utrzymać wysokie morale w oddziałach, pospiesznie promował młodszych oficerów na wakujące stanowiska, informując zainteresowanych, że wyższa kadra oficerska wyjechała na zasłużone urlopy.

Posługując się szczegółową mapą całej moskiewskiej *obłasti*, pułkownik dokładnie przygotował swój plan bitewny na noc sylwestrową. Wielkim atutem działającym na jego korzyść był fakt, że tej nocy ulice miasta powinny być całkowicie wyludnione.

Prawosławne Boże Narodzenie obchodzone jest dopiero w styczniu, toteż najpierw Rosjanie świętują hucznie Nowy Rok. Trzydziestego pierwszego grudnia już wczesnym popołudniem pustoszeją zakłady pracy, a moskwianie, najczęściej z pokaźnymi zapasami wódki, spieszą do swych domów bądź mieszkań przyjaciół, gdzie będą się bawić przez całą noc. Zmrok w mieście zapada już o wpół do czwartej po południu i po tej godzinie na ulicach można spotkać jedynie spóźnialskich lub też roztargnionych, którzy poczynili zbyt małe zapasy alkoholu na ów mroźny wieczór.

A świętują absolutnie wszyscy, nawet pechowi nocni stróże oraz ci, którzy ze względu na ciągłość produkcji muszą tę noc spędzić w zakładach pracy. Tu zresztą także się zjawiają odpowiednio zaopatrzeni.

Około szóstej wieczorem, kalkulował Griszyn, na ulicach nie powinno już być nikogo. A już na pewno o tej porze musiały być puste wszelkie ministerstwa i instytucje państwowe, pomijając, rzecz jasna, nieliczne nocne straże. Natomiast o dwudziestej drugiej zarówno ci strażnicy, jak i warty w koszarach nie powinny być nawet zdolne do podjęcia zorganizowanej obrony.

Najważniejszą sprawą po wkroczeniu Czarnej Gwardii do miasta wydawała się konieczność zablokowania wszystkich dróg wylotowych. Tym zadaniem powinny się zająć oddziały Młodych Bojowników. Ze stolicy wychodziły pięćdziesiąt dwie główne i drugorzędne trasy, zatem do ich zablokowania należało odesłać sto cztery duże ciężarówki załadowane betonowymi blokami.

Griszyn zawczasu wyznaczył sto cztery grupy Młodych Bojowników, a na czele każdej z nich postawił doświadczonego gwardzistę. Duże ciężarówki z naczepami postanowił wydzierżawić z kilku firm przewozowych, czy też po prostu zabrać pod groźbą użycia broni z samego rana w sylwestra. O określonej godzinie wystarczyło tylko przy skrzyżowaniach z biegnącą wokół miasta obwodnicą poustawiać po dwie ciężarówki maska w maskę i unieruchomić je, blokując w ten sposób wszystkie drogi wylotowe.

Na każdej ważniejszej szosie wychodzącej z Moskwy, w miejscu, gdzie przekracza ona granicę miasta stołecznego, znajdują się milicyjne posterunki kontrolne. Załogę każdej z tych rogatek stanowi kilku zazwyczaj dogłębnie znudzonych funkcjonariuszy, mających do dyspozycji przeszkloną budkę z telefonem i łazika. Ale w wieczór sylwestrowy milicjanci na posterunkach także powinni świętować. Griszynowi potrzebna była tylko jedna otwarta droga, którą mogłyby się przedostać do miasta oddziały Czarnej Gwardii, w tym miejscu należało zatem po cichu zdjąć załogę posterunku. W pozostałych obwodnica biegła co najmniej kilkaset metrów od rogatek w kierunku Moskwy, zatem Młodzi Bojownicy mogli bez przeszkód zorganizować tam blokady, pozostawiając pijanych milicjantów na zewnątrz kordonu. Po unieruchomieniu ciężarówek liczące po dwustu nastolatków grupy miały zorganizować zasadzki na wypadek, gdyby strzeżoną przez nich szosą usiłował się przedostać do miasta jakiś idący z odsieczą oddział.

Na terenie Moskwy wyznaczył natomiast siedem obiektów, dwa główne i pięć drugorzędnych. Czarna Gwardia stacjonowała w pięciu dużych obozach wokół miasta, w samej Moskwie miała do dyspozycji tylko jeden budynek, gdzie koszarowali strażnicy zapewniający ochronę siedziby Igora Komarowa. Najprościej więc byłoby wkroczyć równocześnie do stolicy z pięciu stron, lecz koordynacja takiego uderzenia wiązałaby się z koniecznością utrzymywania stałej łączności radiowej. Griszyn wolał jednak opanować stolicę, zachowując absolutną ciszę w eterze. Potrzebny był mu zatem jeden wielki konwój ciężarówek.

Główna baza oraz naczelne dowództwo Czarnej Gwardii znajdowało się na północny wschód od miasta, toteż pułkownik postanowił trzydziestego grudnia zgromadzić w tamtym obozie wszystkich sześć tysięcy gwardzistów, w pełni uzbrojonych i gotowych do akcji. Oznaczało to, że gigantyczna kolumna ciężarówek wjedzie do miasta szosą jarosławską i skieruje się dalej do centrum Prospektem Mira.

Jeden z dwóch głównych jego celów, olbrzymi kompleks telewizyjny Ostankino, znajdował się zaledwie półtora kilometra w bok od tejże trasy. Do opanowania tegoż obiektu pułkownik postanowił odesłać aż dwa tysiące gwardzistów.

Pozostałe cztery tysiące, pod jego osobistym dowództwem, miały pojechać dalej na południe, obok stadionu olimpijskiego, minąć wewnętrzną obwodnicę i skierować się do samego serca rosyjskiej stolicy, dumnego Kremla.

Nazwa ta oznacza po prostu fortecę, a niemal każde stare miasto rosyjskie wyrosło wokół fortecy, czyli najstarszej jego części okolonej murami obronnymi. Ale Kreml moskiewski już przed stuleciami stał się symbolem caratu, a jego wyniosłe mury niemal utożsamiały ogrom władzy pozostającej w rękach mieszkającego tu przywódcy. Dlatego też Griszyn obiecał sobie stanowczo, że jeszcze przed świtem pierwszego stycznia Kreml musi się znaleźć w jego rękach. Należało koniecznie opanować stacjonujący tam garnizon i przejąć centralę łączności, by nikt nie zdołał wysłać przez radio wezwania o pomoc, bo w przeciwnym razie szybkie zwycięstwo byłoby wielce wątpliwe.

Natomiast do opanowania pięciu celów drugorzędnych pułkownik postanowił wyznaczyć oddziały czterech różnych formacji zbrojnych, z którymi miał nadzieję zawrzeć przymierze, choć do wyznaczonej daty ataku pozostało już bardzo mało czasu.

Tymi celami były: siedziba mera Moskwy przy ulicy Twerskiej, gdzie również znajdowała się radiowa centrala, skąd można było wysłać wezwanie o pomoc; ministerstwo spraw wewnętrznych przy placu Żytnim, także pozostające w stałej łączności ze swymi siłami zbrojnymi rozsianymi po całym kraju, oraz sąsiadujące z nim koszary jednostki specjalnej OMON-u; kompleks budynków wokół placu Starego, mieszczących urzędy prezydenckie oraz różne ministerstwa; lotnisko w Godince i znajdujące się nie opodal koszary GRU, najdogodniejsze miejsce lądowania wojsk desantowych, gdyby takowe wyruszyły na odsiecz instytucjom państwowym; wreszcie gmach Dumy.

W roku 1993, kiedy Borys Jelcyn rozkazał otworzyć ogień z dział czołgowych przeciwko zbuntowanym parlamentarzystom okupującym moskiewski Biały Dom, budynek został poważnie uszkodzony. Na cztery lata obrady Dumy trzeba było przenieść do pomieszczeń Gosplanu przy placu Maneżowym, ostatecznie jednak siedzibę odremontowano i parlament powrócił do swego gmachu nad rzeką Moskwą, u wylotu Nowego Arbatu.

Zarówno merostwo, jak i siedziba Dumy oraz ministerstwa przy placu Starym powinny być w sylwestrowy wieczór całkiem wyludnione, toteż po wysadzeniu drzwi wejściowych ładunkami wybuchowymi zajęcie tych budynków nie powinno nastręczać większych problemów. Zbrojne starcia mogły jedynie wybuchnąć w koszarach OMON-u oraz w bazie lotniczej Godinka, gdyby akurat znajdowały się tam jakieś brygady antyterrorystyczne, wojska desantowe czy też oddziały wojskowych służb wewnętrznych. Zatem do opanowania tych dwóch obiektów Griszyn postanowił skierować grupy specjalne, wynajęte do tego celu.

Ósmym i chyba najbardziej oczywistym celem dla wszystkich planujących wojskowy pucz było ministerstwo obrony. Olbrzymi gmach z szarego piaskowca przy placu Arbatskim również nie powinien być silnie strzeżony w noc sylwestrową. A przecież w głębi tego kompleksu znajdowało się najważniejsze moskiewskie centrum radiowe, pozwalające w jednej chwili nawiązać łączność z każdą jednostką wojsk lądowych, lotnictwa czy też marynarki wojennej. Ale Griszyn wcale nie zamierzał zdobywać tego budynku, w stosunku do ministerstwa obrony miał bowiem przygotowane specjalne plany.

O naturalnych sprzymierzeńców do przeprowadzenia zamachu stanu przez siły ultraprawicowe wcale nie było w Rosji tak trudno. Pułkownik liczył przede wszystkim na FSB, czyli Federalną Służbę Bezpieczeństwa. Instytucja ta była spadkobierczynią jego macierzystego Drugiego Wydziału KGB, owej gigantycznej machiny represji utrzymującej naród rosyjski w stanie takiego zastraszenia, jaki w danej chwili najbardziej odpowiadał członkom politbiura. Ale z chwilą powrotu władz moskiewskich do wyświechtanych ideałów demokracji cała ta olbrzymia potęga legła w gruzach.

Dowództwo FSB, które pozostało w dawnej osławionej centrali KGB przy placu Dzierżyńskiego, chociaż przemianowanym na plac Łubiański, i sąsiadującej z równie osławionym i przerażającym więzieniem na Łubiance, przejęło kontrolę nad rozlicznymi instytucjami kontrwywiadowczymi, a ponadto powołało do życia własne oddziały do walki z przestępczością zorganizowaną. Te jednak nie były zbyt liczne i zdecydowanie mniej efektywne w działaniu od jednostki generała Pietrowskiego, toteż nie budziły tak silnej nienawiści ze strony przywódców mafii „Dołgorukiego".

FSB miało też do swej dyspozycji dwie jednostki sił szybkiego reagowania, osławioną Grupę Alfa oraz brygadę „Wympieł", czyli „Proporzec".

Przed laty obie te elitarne formacje budziły największe przerażenie spośród wszystkich radzieckich oddziałów specjalnych. Niekiedy porównywano je nawet z brytyjskimi oddziałami SAS, ale od nich różniły się głównie poziomem lojalności.

W roku 1991 minister obrony, Jazow, oraz przewodniczący KGB, Kriuczkow, zorganizowali pucz przeciwko Gorbaczowowi. Przewrót się nie udał, doprowadził jednak do klęski Gorbaczowa, a do rangi prezydenta wyniósł Jelcyna. Według planów Grupa Alfa miała odegrać w zamachu ważną rolę, ale jej dowódcy podczas akcji zmienili zdanie, pozwolili Jelcynowi wyjść z otoczonego gmachu Dumy, wskoczyć na pancerz czołgu i stać się bohaterem w oczach opinii światowej. Zanim poranionego Gorbaczowa uwolniono z aresztu domowego na Krymie i przywieziono samolotem do stolicy, Jelcyn przewodził już tłumom moskwian. Bez odpowiedzi pozostały jedynie pytania o rzeczywistą rolę w zamachu Grupy Alfa, jak też brygady „Wympieł".

W roku 1999 obie te formacje, nadal silnie uzbrojone i doskonale wyszkolone, nie cieszyły się zaufaniem władz. Ale z punktu widzenia Griszyna owa sytuacja miała dwie zalety. Jak w większości oddziałów specjalnych, tak i w tych jednostkach kadrę oficerską tworzyli głównie doświadczeni oficerowie, niewielu było żółtodziobów, a tym samym pod względem politycznym kadra ta skłaniała się ku poglądom skrajnie prawicowym, odznaczała się antysemityzmem, pogardą dla przedstawicieli mniejszości narodowych i niechęcią do ustroju demokratycznego. Po drugie zaś nie otrzymywała żołdu już od sześciu miesięcy.

W tej sytuacji namowy pułkownika mogły dla oficerów zabrzmieć jedynie jak syreni śpiew: odtworzenie dawnej potęgi KGB, warunki życia godne prawdziwej wojskowej elity oraz natychmiastowe podwojenie dochodów.

W sylwestrowy wieczór brygada „Wympieł" miała pobrać broń, wyjść z koszar, po czym otoczyć lotnisko Godinka oraz sąsiadującą z nim jednostkę wojskową. Grupa Alfa z kolei powinna zająć ministerstwo spraw wewnętrznych wraz z przyległymi koszarami OMON-u, wysyłając jednocześnie silnie uzbrojoną kompanię do przejęcia zabudowań SOBR-u przy Szabołówce.

Dwudziestego dziewiątego grudnia pułkownik Griszyn udał się na potajemne spotkanie do pewnej eleganckiej willi na przedmieściach Moskwy, należącej do mafii „Dołgorukiego". Tutaj, wobec zgromadzonego *schodu*, czyli rady skupiającej najważniejszych przywódców klanów, wygłosił długą mowę. Wyniki tej konferencji mogły mieć zasadnicze znaczenie dla realizacji jego planów.

Z punktu widzenia mafijnych bossów Griszyn powinien w pierwszej kolejności udzielić stosownych wyjaśnień. Wciąż nie było wiadomo, kto dostarczył generałowi Pietrowskiemu poufnych informacji umożliwiających zorganizowanie sześciu równoczesnych obław. Toteż przywódcy mafii, finansujący działalność USP, oczekiwali wytłumaczenia.

Ale już po pierwszych zdaniach pułkownika nastrój spotkania uległ gwałtownej odmianie. Ujawnienie, że planowana jest akcja zmierzająca do wykluczenia Igora Komarowa z nadchodzących wyborów jako nieodpowiedniego kandydata, wywołała niemalże panikę. Przywódcom gangu bardzo zależało bowiem na wyborczym sukcesie USP.

Rewelacją okazała się wiadomość, że w ślad za aresztowaniem Komarowa ma iść rozbrojenie i likwidacja Czarnej Gwardii. W niespełna godzinę od rozpoczęcia konferencji mafijni bossowie poczuli się zapędzeni w kozi róg. Kiedy zaś pułkownik ujawnił im swoje plany, nastąpiła konsternacja. Bandyckie napady, defraudacje, handel na czarnym rynku, wymuszenia, narkotyki, prostytucja, morderstwa – to wszystko było ich specjalnością, ale zamach stanu przerastał ich zdolności pojmowania.

– To przecież tylko największy ze wszystkich możliwych napad rabunkowy, napad na instytucje państwowe – tłumaczył Griszyn. – Jeśli nas nie poprzecie, nadal będziecie ścigani przez oddziały MSW, FSB i milicję. Jeśli zaś udzielicie swej pomocy, cały kraj będzie należał do was.

U szczytu długiego stołu siedział najstarszy ze wszystkich bossów, prawdziwy *wor w zakonie*, czyli bandyta statutowy, od wczesnej młodości, podobnie jak jego ojciec, szkolony do kierowania działalnością licznego klanu i teraz uważany przez mafię „Dołgorukiego" za odpowiednika sycylijskiego „dona nad donami". Mężczyzna przez dłuższy czas wpatrywał się z uwagą w Griszyna. Reszta gangsterów w milczeniu czekała na jego reakcję. Ten wreszcie skinął głową i zaczął nią rytmicznie kiwać niczym stara jaszczurka przed upatrzonym celem. Choć nadal miał marsową minę i siedział z głęboko zmarszczonym czołem, ów gest oznaczał aprobatę, a jednocześnie zatwierdzenie funduszy potrzebnych na przeprowadzenie gigantycznej akcji.

Zatem Griszyn zdobył również ten trzeci potrzebny mu oddział. Ponad dwieście spośród ośmiuset zarejestrowanych w Moskwie firm ochroniarskich należało do mafii „Dołgorukiego". Zatem uzgodniono szybko, że organizacja oddeleguje dwa tysiące uzbrojonych ludzi, wyłącznie byłych żołnierzy oraz funkcjonariuszy KGB, z których ośmiuset miało przypuścić szturm i opanować Biały Dom, siedzibę rosyjskiej Dumy, natomiast reszta została wyznaczona do zdobycia urzędu prezydenckiego oraz przyległych ministerstw przy placu Starym.

Tego samego dnia Monk zadzwonił do generała Pietrowskiego, który przez cały czas mieszkał w koszarach SOBR-u.

– Słucham.

– To znowu ja. Co pan porabia?

– A co to pana obchodzi?

– Szykuje się pan do wyjazdu?

– Cóż w tym dziwnego?

– Nic. Dobrze wiem, że każdy Rosjanin chciałby spędzić noc sylwestrową w gronie najbliższej rodziny.

– Proszę posłuchać, za godzinę odlatuje mój samolot...

– Moim zdaniem powinien pan odwołać rezerwację. Przeżyje pan jeszcze niejednego hucznego sylwestra.

– O co panu chodzi?

– Czytał pan poranne gazety?

– Owszem.

– Zwrócił pan uwagę na ostatnie wyniki sondaży? Wyraźnie widać już efekt demaskatorskich publikacji i przedwczorajszej nieudanej konferencji prasowej Komarowa. Jego notowania spadły do czterdziestu procent i dalej maleją.

– W takim razie Komarow przegra wybory. Zamiast niego zostanie wybrany Ziuganow, neokomunista. Naprawdę nic nie mogę na to poradzić.

- I sądzi pan, że Komarow pogodzi się ze swoją porażką? Już panu mówiłem, że on jest szalony.
- Będzie musiał się z nią pogodzić. Jeśli przez najbliższe dwa tygodnie nie zdarzy się jakiś cud, wówczas na pewno przegra. To wszystko.
- Podczas naszej poprzedniej rozmowy powiedział mi pan coś znamiennego.
- Co?
- Że jeśli ktoś zorganizuje zamach stanu, państwo zdoła się samo obronić.
- Czyżby znowu miał pan dla mnie jakieś szokujące informacje?
- Nie, na razie tylko podejrzenia. A nie wiem, czy panu wiadomo, że podejrzliwość to charakterystyczna cecha Rosjan.

Pietrowski pochylił nisko głowę i z ukosa spojrzał na swoją częściowo spakowaną walizkę leżącą na wojskowym łóżku.
- Nie odważy się – mruknął po chwili. – Nikt się na to nie odważy.
- A jednak Jazow i Kriuczkow to zrobili.
- Ale to było w roku dziewięćdziesiątym pierwszym, w zupełnie innych okolicznościach.
- Bo oni sami sprokurowali wcześniej takie okoliczności. A może jednak pozostałby pan w mieście przez te dni wolne? Tak na wszelki wypadek.

Generał Pietrowski odłożył słuchawkę i po chwili zaczął się z powrotem rozpakowywać.

Griszyn znalazł swego ostatniego sprzymierzeńca w pewnej podrzędnej piwiarni po południu trzydziestego grudnia. Uważał swego rozmówcę za pijaka i kretyna, wiedział jednak, że jest on jednym z przywódców nacjonalistycznych gangów młodzieżowych, mianujących się Ruchem Nowej Rosji.

Za tą pompatyczną nazwą kryły się bandy zwykłych wytatuowanych rozrabiaków o wygolonych głowach, czerpiących przyjemność z wypisywania na murach antysemickich haseł i organizowania różnych zamieszek jakoby w imię dobra samych Rosjan.

Gruby plik amerykańskich banknotów, jaki Griszyn wyjął z kieszeni, leżał między nimi na stoliku, a lider RNR zerkał na niego chciwym wzrokiem.
- Mogę w każdej chwili zebrać pięciuset moich najlepszych chłopaków – oznajmił. – O co chodzi?
- Przydzielę wam pięciu moich gwardzistów. Jeśli zgodzicie się posłusznie wykonywać ich rozkazy, dobijemy targu.

Na młodym neonaziście zrobiło wrażenie to, że miałby wykonywać rozkazy, gdyż musiało się to wiązać z jakąś akcją militarną. Członkowie jego ruchu z dumą nazywali siebie żołnierzami Nowej Rosji, chociaż nigdy nie chcieli mieć nic wspólnego z USP, ponieważ musieliby się podporządkować partyjnej dyscyplinie.

– Zgoda. Co mamy zrobić?

– W sylwestra, między dziesiątą wieczorem a północą, wziąć szturmem i opanować budynek merostwa. I jeszcze jeden warunek: ani kropli wódki aż do świtu.

Przywódca RNR pogrążył się w zadumie. Może faktycznie nie był specjalnie bystry, ale nie potrzebował też wyjaśnień, aby pojąć, że USP rozpoczyna grę o bardzo wysoką stawkę. Toteż pochylił się nad stolikiem i położył dłoń na pliku banknotów.

– Dobra. Jak będzie po wszystkim, poużywamy sobie na Żydkach.

Griszyn uśmiechnął się szeroko.

– Dostaniecie ich ode mnie w prezencie.

– Umowa stoi.

Przeszli następnie do szczegółów. Grupa RNR miała się zebrać na skwerze na placu Puszkina, trzysta metrów od siedziby *Mossowietu*. Nie powinni tam budzić niczyich podejrzeń, gdyż przy tym placu mieścił się bar MacDonalda.

Wygląda na to, rozmyślał Griszyn w czasie drogi powrotnej do swego biura, że zyskałem zarazem sprzymierzeńców do rozprawy z moskiewskimi Żydami, ale trzeba się również zastanowić, co później począć z tymi szumowinami z RNR. Byłoby zabawne, gdyby wsadzić ich z Żydami do tego samego transportu i wysłać gdzieś na wschód, chociażby do Workuty.

Rankiem trzydziestego pierwszego grudnia Jason ponownie zadzwonił do generała Pietrowskiego. Tym razem zastał go w jego gabinecie, w niemal całkowicie wyludnionym gmachu GUWD przy Szabołowce.

– Wciąż na posterunku?

– Tak, i to przez pana.

– Czy GUWD ma do swej dyspozycji helikopter?

– Oczywiście.

– A pilot da radę wystartować przy tej pogodzie?

Pietrowski spojrzał przez solidnie zakratowane okno na nisko wiszące, ciemne chmury.

– Na pewno nie wzniesie maszyny na wysoki pułap, ale chyba zdoła polecieć poniżej warstwy chmur.

– Czy zna pan rozmieszczenie wszystkich obozów Czarnej Gwardii Griszyna wokół miasta?

– Nie, ale mogę szybko zdobyć potrzebne informacje. O co chodzi?

– Proponuję, żeby zrobił pan lot rekonesansowy nad tymi obozami.

– Po co?

– Jeśli faktycznie są to miłujący prawo i porządek obywatele, to z pewnością siedzą teraz w ogrzewanych barakach, przy włączonym świetle, i szykują się do całonocnej niegroźnej zabawy sylwestrowej. Proszę to sobie obejrzeć. Zadzwonię za cztery godziny.

Kiedy po raz drugi uzyskał połączenie, Pietrowski był rozgorączkowany.

– Cztery obozy świecą pustkami, tylko w tym największym, na północny wschód od miasta, jest rojno jak w ulu. Stoją setki ciężarówek przygotowanych do drogi. Wygląda na to, że pułkownik zgromadził wszystkie podległe mu oddziały gwardii w jednym obozowisku.

– I nie wie pan, generale, po co to zrobił?

– Może pan mnie oświeci?

– Ja również tego nie wiem, ale niezbyt mi się to podoba. Mam przeczucie, że szykuje się ciężka noc.

– W wieczór sylwestrowy? Proszę nie gadać bzdur! Każdy Rosjanin myśli tylko o tym, żeby się upić na powitanie Nowego Roku.

– Właśnie do tego zmierzam. Do północy każdy żołnierz stacjonujący w Moskwie będzie już nieźle wstawiony, chyba że otrzyma wyraźny rozkaz, żeby nie pić ani kropli. Nie byłby to zbyt mile widziany rozkaz, lecz jak już powiedziałem, przed nami jeszcze wiele podobnych nocy sylwestrowych. Czy zna pan dowódcę stołecznej jednostki OMON-u?

– Generała Kozłowskiego? Tak, oczywiście.

– A dowódcę straży prezydenckiej?

– Również. Jest nim generał Korin.

– I obaj przebywają teraz w rodzinnym gronie?

– Zapewne tak.

– Więc powiedzmy to sobie jeszcze raz całkiem szczerze. Jeśli wydarzy się to najgorsze, jeśli jakimś cudem Komarow zdobędzie władzę, co wówczas czeka pana, pańską żonę i Tatianę? Czy warto zatem odłożyć świętowanie na później? Warto przeprowadzić kilka rozmów telefonicznych?

Kiedy Monk odłożył słuchawkę, rozpostarł przed sobą na stole szczegółowy plan Moskwy. Zaczął od przyjrzenia się północno-wschodnim przedmieściom miasta, gdzie według informacji Pietrowskiego znajdował się główny obóz gwardzistów USP, w którym obecnie zgromadzono wszystkie oddziały.

Stwierdził, że główną drogą prowadzącą z tamtego kierunku jest szosa jarosławska, przechodząca następnie w Prospekt Mira. Ta główna arteria komunikacyjna przebiegała nie opodal kompleksu telewizyjnego Ostankino. Ustaliwszy te fakty, ponownie sięgnął po telefon.

– Umar, przyjacielu, po raz ostatni potrzebuję twojej pomocy. Tak, przysięgam, że to już ostatni raz. Chciałbym mieć samochód z przenośnym telefonem... i numer, pod którym będę mógł cię zastać dzisiejszej nocy... Nie, nie będzie mi potrzebny Magomed i jego chłopcy. Nie chcę im psuć zabawy sylwestrowej. Wystarczy mi samochód z telefonem. Aha, i jeszcze pistolet, jeśli nie będzie to dla ciebie zbyt wielkim problemem...

Spokojnie zaczekał, aż umilknie gromki śmiech na drugim końcu linii.

– Jakiś konkretny model? No cóż... – Wrócił myślami do treningu strzeleckiego w zamku Forbes. – Podejrzewam, że nie będzie ci łatwo znaleźć dla mnie szwajcarskiego sig sauera, prawda?

ROZDZIAŁ 20

Na zachodzie Europy, o dwie strefy czasowe od Moskwy, panowały zdecydowanie odmienne warunki atmosferyczne. Niebo było pogodne, a temperatura wynosiła zaledwie dwa stopnie poniżej zera. Znacznie ułatwiło to Mechanikowi podkradnięcie się przez las otaczający rozległą wiejską posiadłość.

Jak zawsze starannie się przygotował do tej podróży, toteż upłynęła ona bez żadnych kłopotów. Podróżował autem. Trudno było przemycić broń na pokład samolotu, za to w samochodzie istniało wiele dogodnych kryjówek.

Poprzez Białoruś i Polskę przejechał nie zauważony swoim volvo z moskiewską rejestracją, miał bowiem dokumenty rosyjskiego biznesmena zaproszonego do wzięcia udziału w międzynarodowej konferencji na terenie Niemiec. Zresztą nawet drobiazgowa kontrola celna jego auta nie mogła niczego ujawnić.

Ale po przekroczeniu granicy niemieckiej, na obszarze, gdzie rosyjska mafia była już doskonale zorganizowana, zamienił volvo na mercedesa z niemieckimi numerami rejestracyjnymi. Tutaj też zaopatrzył się w drogi sztucer ze specjalną amunicją na grubego zwierza i celownikiem optycznym, zanim wyruszył w dalszą drogę na zachód.

W ramach postępującej integracji krajów Unii Europejskiej niemal całkowicie zlikwidowano przejścia graniczne, mógł więc przedostać się na teren Francji w kolumnie innych pojazdów, które znudzony celnik przepuszczał przez granicę, rzucając ledwie spojrzeniem na tablice rejestracyjne.

W najbliższym miasteczku zaopatrzył się w szczegółową mapę obszaru, który go interesował, szybko znalazł na niej poszukiwaną wioskę oraz stojący nieco na uboczu dworek. Po dotarciu do wioski skręcił w boczną drogę, kiedy zaś mijał odchodzącą od niej alejkę dojazdową, upewnił się, że na tablicy informacyjnej widnieje ta sama nazwa, co w podanym adresie. Pojechał jednak dalej.

Spędził noc w motelu oddalonym o pięćdziesiąt kilometrów i wrócił o świcie, ale tym razem zaparkował samochód trzy kilometry od rezydencji i resztę drogi przeszedł pieszo, przedzierając się na przełaj przez las, aż w końcu stanął na jego skraju, skąd roztaczał się widok na tylne podwórze dworku. Zanim słabe zimowe słońce pojawiło się nad horyzontem, znalazł sobie wygodne stanowisko w zagłębieniu gruntu u stóp rozłożystego buku. W odległości trzystu metrów miał przed sobą jak na dłoni rozległą posiadłość, podczas gdy on sam nie mógł być widoczny na tle gęstego lasu.

Przyroda powoli budziła się ze snu. Najpierw kilka metrów przed nim przedefilował dumnie bażant, kiedy zaś spostrzegł ukrytego człowieka, oddalił się pospiesznie. Później w koronie buku nad jego głową zaczęły biegać dwie szare wiewiórki.

O dziewiątej na podwórzu za domem pojawił się jakiś mężczyzna. Mechanik przyjrzał mu się przez lunetę, ustawił ostrość, stwierdził jednak, że nie jest to jego obiekt. Służący wziął tylko naręcze drew z szopy i zaraz ponownie zniknął we wnętrzu domu.

Wzdłuż boku podwórza ciągnęła się długa stajnia, dwa otwarte boksy były zajęte. Ponad zamkniętymi dolnymi połówkami drzwi widoczne były łby dwóch dużych, wyglądających na zewnątrz koni, gniadosza i kasztanka. Ich cierpliwość została nagrodzona o dziesiątej, kiedy to na podwórze wyszła młoda dziewczyna, podrzuciła obu koniom świeżego siana i po paru minutach wróciła do domu.

Tuż przed południem z rezydencji wyszedł starszy mężczyzna, energicznym krokiem przeciął podwórze, zatrzymał się przy boksach i zaczął gładzić dłonią pyski koni. Mechanik popatrzył przez lunetę i zaraz porównał rysy tego człowieka ze zdjęciem leżącym przed jego twarzą w kępie pożółkłej trawy. Miał przed sobą swój cel, nie mogło być mowy o żadnej pomyłce.

Powoli uniósł sztucer i jeszcze raz popatrzył przez lunetę, przez którą wyraźnie dostrzegał prążki tweedowej marynarki tamtego. Mężczyzna stał zwrócony twarzą do koni, tyłem do lasu. Cicho szczęknął bezpiecznik. Mechanik wyrównał oddech, wycelował i zaczął powoli naciskać spust.

Huk wystrzału przetoczył się echem po całej dolince. Starszy człowiek poleciał do przodu, jakby pchnięty silnie na drzwi stajni. Pośrodku jego pleców, na wysokości serca, zaczęła się rozszerzać na grubym materiale ciemna plama. Z pewnością w jego piersi musiała się otworzyć znacznie większa rana po wylocie pocisku. Po chwili kolana ugięły się pod mężczyzną i ten osunął się na ziemię, pozostawiając na deskach szeroką smugę rozmazanej krwi. Drugi pocisk roztrzaskał leżącemu już człowiekowi niemal pół głowy.

Mechanik wstał szybko, schował sztucer do obszytego owczą skórą pokrowca, zarzucił go na ramię i truchtem ruszył z powrotem przez las. Teraz poruszał się znacznie szybciej, gdyż dokładnie zapamiętał drogę, jaką pokonał sześć godzin wcześniej.

Odgłos dwóch strzałów, które rozbrzmiały głośno w mroźnym powietrzu, nikogo w tej okolicy nie zdziwił. Farmerzy często polowali na zające lub wrony. Dopiero po jakimś czasie ktoś ze służby wyjrzał przez okno na podwórze i zaraz wybiegł na zewnątrz. Rozległy się okrzyki przerażenia, podjęto próby ratowania człowieka, ale te były z góry skazane na niepowodzenie. Po krótkim zamieszaniu wezwano policję, udzielając niezbyt precyzyjnych wyjaśnień osłupiałemu konstablowi. Dopiero po dłuższym czasie pod rezydencję zajechał samochód policyjny, w końcu zorganizowano blokadę okolicznych dróg.

Lecz było już za późno. Mechanik w ciągu piętnastu minut dotarł do swego samochodu, a pięć minut później wyruszył w podróż powrotną. Trzydzieści pięć minut po oddaniu dwóch strzałów wjechał na autostradę i włączył się w długi sznur pojazdów. W tym czasie policjant z wiejskiego posterunku pospiesznie wzywał dopiero ekipę śledczą z najbliższego miasta.

Po godzinie jazdy Mechanik zatrzymał auto pośrodku mostu, w wybranym wcześniej miejscu, i wyrzucił broń przez balustradkę, spoglądając z żalem, jak sztucer znika w ciemnych nurtach rzeki. Szybko usiadł z powrotem za kierownicą i pojechał dalej, czekała go bowiem długa droga powrotna.

Pierwsze światła reflektorów wyłoniły się z mroku parę minut po dziewiętnastej i popełzły wolno w kierunku jaskrawo oświetlonego kompleksu budynków centrum telewizyjnego Ostankino. Jason Monk obserwował to zza kierownicy auta. Utrzymywał silnik pracujący na jałowym biegu, by do wnętrza wpadało choć trochę ciepła.

Zaparkował wóz w wąskiej bocznej uliczce, tuż przed skrzyżowaniem z bulwarem Akademika Koroliowa, skąd miał doskonały widok na główny gmach mieszczący telewizyjne redakcje oraz wznoszącą się za nim strzelistą wieżę nadajnika. Kiedy tylko zauważył, że nie są to światła pojedynczego samochodu, a całej kolumny zmierzającej w jego kierunku, pospiesznie wyłączył silnik, aby nie było widać pary wydobywającej się z rury wydechowej.

Nadjechało około trzydziestu ciężarówek, ale tylko trzy pierwsze skręciły na parking przed budynkiem. Był to olbrzymi gmach, u podstawy pięciopiętrowy, mający jakieś trzysta metrów długości, z dwoma szerokimi wejściami, a dopiero z niego wyrastała główna bryła osiemnastopiętrowego wieżowca, mającego około stu metrów szerokości. Wewnątrz mogło pracować osiem tysięcy osób, ale w wieczór sylwestrowy przebywało w nim nie więcej niż pięciuset pracowników, mających za zadanie nadzór nad emitowanym przez całą noc programem.

Z owych trzech ciężarówek wysypał się oddział ubranych w czarne kombinezony żołnierzy, którzy podzieleni na dwie grupy pobiegli w kierunku obu wejść. Ze swego stanowiska Monk widział doskonale, jak w ciągu zaledwie kilku sekund sterroryzowany bronią personel recepcji został ustawiony pod ścianą, później zaś poprowadzony gdzieś w głąb budynku.

Jason nie mógł już zobaczyć, jak przerażony portier prowadzi grupę terrorystów prosto do reżyserki, gdzie ci pod groźbą użycia broni wyganiają zza pulpitów dyżurujących tam techników, podczas gdy dwaj bandyci, byli żołnierze wojsk łączności, pospiesznie blokują wszystkie połączenia telefoniczne stacji z miastem.

Po kilku minutach jeden z gwardzistów pojawił się z powrotem w wejściu budynku i błyskaniem latarki dał znak czekającej na ulicy reszcie oddziału, po czym wszystkie ciężarówki wtoczyły się kolejno na teren centrum i otoczyły gmach szczelnym pierścieniem. Z samochodów poczęły się wysypywać setki żołnierzy, których dowódcy pospiesznie zapędzali do środka.

Przez pewien czas Jason mógł widzieć jedynie ciemne sylwetki gwardzistów migające w oknach coraz to wyższych pięter, domyślał się jednak, że systematycznie zajmują oni wszystkie pomieszczenia, konfiskując oszołomionej dyżurującej załodze wszelkie przenośne aparaty telefoniczne i spędzając pracowników do jakiejś zabezpieczonej wcześniej sali.

Drugi budynek, także będący częścią rozległego centrum telewizyjnego, stojący trochę dalej po lewej stronie, nadal tonął w ciemnościach. Mieściły się tam wszelkiego typu biura, a ich pracownicy o tej porze świętowali wraz ze swymi rodzinami.

Monk sięgnął po telefon i wybrał numer, który znał już na pamięć.

– Pietrowski.

– To ja.

– Gdzie pan jest?

– Siedzę w zimnym samochodzie na wprost centrum w Ostankino.

– Ja za to czekam w dość nieźle ogrzewanych koszarach, ale mam wokół siebie tysiąc młodych ludzi, gotowych w każdej chwili podnieść bunt.

– Może ich pan uspokoić. Obserwuję właśnie, jak Czarna Gwardia opanowuje cały tutejszy kompleks telewizyjny.

Przez chwilę w słuchawce panowała cisza.

– Proszę nie robić ze mnie wariata! Musiał się pan pomylić.

– W porządku, już prostuję. Na moich oczach około tysiąca uzbrojonych ludzi w czarnych kombinezonach, którzy przyjechali w wojskowych ciężarówkach z przesłoniętymi niemal całkowicie reflektorami, wdarło się do gmachu telewizji w Ostankino i sterroryzowało załogę stacji bronią. Mój samochód stoi zaparkowany jakieś dwieście metrów od budynku i zza kierownicy mogłem obserwować całą tę akcję.

– Dobry Boże! Więc jednak się zaczęło?!

– Przecież uprzedzałem, że Komarow jest szalony. A może to wcale nie szaleństwo, skoro w takim momencie sięgnął po władzę? Czy jest teraz w Moskwie ktoś na tyle trzeźwy, żeby pomóc waszemu państwu obronić się przed zamachowcami?

– Podaj mi swój numer, Amerykaninie, i zostań przy aparacie.

Monk przedyktował numer telefonu komórkowego. Nie musiał się niczego obawiać, rosyjskie siły porządkowe miały teraz co innego do roboty, niż ścigać działającego samotnie szpiega.

– Jeszcze jedno, generale. Oni wcale nie zamierzają przerywać nadawanego programu. Jeszcze nie teraz. Będą emitowali przygotowane taśmy zgodnie z planem, dopóki nie nadejdzie dogodna dla nich chwila.

– To widzę, mam przed sobą włączony telewizor. Właśnie nadają jakieś tańce kozackie.

– Program idzie z magnetowidu. Chyba dopiero poranne wydanie dziennika będzie emitowane na żywo. Sądzę jednak, że powinien pan teraz na dłużej zasiąść przy telefonie.

Ale generał Pietrowski już go nie słuchał, wcześniej przerwał połączenie. Nie mógł wiedzieć, że koszary, w których się znajdował, zostaną zaatakowane godzinę później.

W Ostankino ciągle zalegała cisza. Projektodawcy tej błyskawicznej akcji musieli ją zaplanować w najdrobniejszych szczegółach. Po tej stronie bulwaru, po której Monk siedział w samochodzie, ciągnęły się bloki mieszkalne, większość okien rozjaśniały zapalone światła – prawdopodobnie lokatorzy, przebrani w koszule z krótkimi rękawami, z kieliszkami w dłoniach, wznosili toasty przy włączonych telewizorach, oglądając zapewne program tejże stacji, która, oddalona zaledwie o kilkaset metrów, przeszła właśnie w ręce zamachowców.

Monk wcześniej dokładnie wbił sobie w pamięć rozkład ulic w tej dzielnicy. Gdyby wyjechał teraz na środek bulwaru, mógłby sobie napytać tylko biedy. Wiedział jednak, którędy może okrążyć centrum i pojechać na południe, w kierunku śródmieścia.

Najprościej byłoby się skierować na wschód i dotrzeć do Prospektu Mira, głównej magistrali wiodącej w stronę Kremla. Domyślał się jednak, że w obecnej sytuacji Prospekt Mira także nie jest najlepszym miejscem dla Jasona Monka. Dlatego też uruchomił silnik i nie włączając świateł zawrócił wóz, po czym wysiadł. Kucnął przy narożniku pobliskiego budynku i wystrzelał cały magazynek nabojów w kierunku ciężarówek tworzących kordon wokół telewizyjnego centrum.

Strzały pistoletowe z odległości dwustu metrów są niewiele głośniejsze od trzaskania biczem, lecz kule bez trudu pokonują taki dystans. Jego pociski wytłukły szyby w trzech oknach budynku, roztrzaskały przednią szybę ciężarówki i szczęśliwie drasnęły jednego z pozostawionych na straży gwardzistów w ucho, a kolega zranionego stracił zimną krew i opróżnił cały magazynek swego kałasznikowa mniej więcej w tym kierunku, z którego padły strzały.

Rosyjski klimat zmusza budowniczych do zakładania w domach podwójnych okien. Z tego też powodu, jak i z uwagi na grające głośno telewizory, większość mieszkańców w ogóle nie usłyszała strzelaniny. Lecz kule z kałasznikowa trafiły w trzy okna pobliskiego budynku i już po chwili zaczęły się w nich pojawiać twarze przerażonych lokatorów. Nie ulegało wątpliwości, że teraz ktoś musi pobiec do telefonu i zawiadomić milicję.

Tymczasem oddział gwardzistów ruszył spod gmachu w stronę ulicy. Monk wycofał się więc do samochodu i pospiesznie odjechał. Wciąż nie włączał świateł, ale zamachowcy usłyszeli warkot oddalającego się auta i posłali jego śladem kilka serii z pistoletów maszynowych.

W budynku MSW przy placu Żytnim najstarszym rangą oficerem był dowódca jednostki OMON-u, generał Iwan Kozłowski, który przebywał w swoim gabinecie w sąsiadujących z gmachem ministerstwa koszarach. Wcześniej anulował przepustki i urlopy trzech tysięcy czekających teraz w ponurych nastrojach żołnierzy, wychodząc z założenia, że istnieją ku temu ważne powody. Ale kiedy człowiek, który go do tego namówił, zadzwonił po raz kolejny z oddalonej zaledwie o czterysta metrów komendy przy Szabołowce, Kozłowski zareagował na jego niezwykłe wiadomości wrzaskiem:

– To wierutna bzdura! Właśnie siedzę w tej chwili i oglądam tę przeklętą telewizję! Kto ci o tym powiedział?... Co to znaczy, że zostałeś poinformowany? Zaczekaj chwileczkę...

Mrugała lampka drugiego aparatu stojącego na biurku. Generał sięgnął po słuchawkę i krzyknął:

– O co chodzi?!

Odpowiedział mu głos zdenerwowanego operatora z centrali.

– Przepraszam, że panu przeszkadzam, generale, ale w całym ministerstwie nie ma o tej porze nikogo dorównującego panu rangą. Mam na drugiej linii rozmowę z miasta, jakiś człowiek mieszkający naprzeciwko centrum telewizyjnego Ostankino twierdzi, że na ulicy słychać strzały. Podobno pociski wybiły mu szyby w oknie.

Generał Kozłowski błyskawicznie się opanował i rozkazał rzeczowo:

– Zanotujcie jego dane personalne i przekażcie mi je później.

A do drugiej słuchawki rzekł:

– Chyba miałeś rację, Walentin. Właśnie dzwonił do nas ktoś z Ostankino, twierdząc, że na ulicach słychać strzały. Zamierzam ogłosić alarm.

– Ja również. Wcześniej rozmawiałem z generałem Korinem i on także się zgodził utrzymać część swojej gwardii prezydenckiej w gotowości.

– Niezły pomysł. Zaraz do niego zadzwonię.

W ciągu kilku następnych minut napłynęło jeszcze osiem podobnych zgłoszeń od mieszkańców Ostankino, wreszcie zadzwonił przejęty inżynier pracujący w telewizji, który mieszkał na ostatnim piętrze budynku przy bulwarze Akademika Koroliowa. Operator połączył go bezpośrednio z generałem Kozłowskim.

– Tu, z góry, wszystko widać jak na dłoni, generale – meldował inżynier, który stosunkowo niedawno ukończył służbę wojskową. – Zamachowców jest około tysiąca, wszyscy uzbrojeni w pistolety maszynowe, przyjechali konwojem ponad dwudziestu ciężarówek i ustawili je w kordon wokół centrum telewizyjnego. Za nimi widać dwa wozy opancerzone, jeśli mnie wzrok nie myli, typu BTR 80.

Dzięki Bogu, że ten człowiek choć trochę pamięta ze szkolenia wojskowego, pomyślał generał Kozłowski. W każdym razie ta wiadomość rozwiała do reszty jego wątpliwości. Ale zmartwiło go, że bandyci dysponują wozami pancernymi – BTR 80 był bowiem ośmiokołowym pojazdem opancerzonym, uzbrojonym w działko kalibru trzydziestu milimetrów i mieszczącym oprócz dowódcy, mechanika oraz strzelca pokładowego sześcioosobowy pluton piechoty.

Jeśli zamachowcy noszą czarne kombinezony, nie mogą służyć w armii, rozważał gorączkowo. Podobne mundury nosiły tylko jego oddziały OMON-u, a te przecież znajdowały się w koszarach. Generał pospiesznie zwołał odprawę dowódców pododdziałów.

– Wydać broń i załadować ludzi na ciężarówki – rozkazał. – Dwa tysiące żołnierzy wychodzi z koszar, tysiąc pozostaje na miejscu i organizuje obronę.

Generał zdawał sobie sprawę, że jeśli rzeczywiście jest to zamach stanu, spiskowcy zechcą opanować ministerstwo spraw wewnętrznych i przylegające doń koszary. Na szczęście te przypominały samodzielną fortecę.

Tymczasem na ulicach miasta przemieszczała się szybko jednostka żołnierzy w czarnych kombinezonach, ale nie byli to podwładni Kozłowskiego. Grupa Alfa szykowała się właśnie do szturmu na gmach ministerstwa.

Największy kłopot sprawiło Griszynowi odpowiednie zgranie wszystkich działań w czasie. Chciał opanować wyznaczone cele niemal równocześnie, nie zakłócając przy tym ciszy w eterze. Zbyt wczesne natarcie mogło trafić na zorganizowaną obronę nie będących jeszcze pod wpływem alkoholu strażników, zbyt późne natomiast mogło doprowadzić do niepotrzebnego przeciągnięcia akcji. Po uwzględnieniu różnych czynników rozkazał Grupie Alfa uderzyć o dwudziestej pierwszej.

Ale o wpół do dziewiątej dwutysięczna grupa komandosów z OMON-u wyjechała na ulice miasta w ciężarówkach i wozach opancerzonych, a pozostałe w koszarach oddziały błyskawicznie zaczęły się przygotowywać do obrony. Kiedy więc pół godziny później padły pierwsze strzały, zamachowcy trafili na zmasowany opór, element zaskoczenia przestał istnieć.

Gdy pierwsze serie z broni maszynowej rozbrzmiały na ulicach wokół gmachu MSW, a pociski zaczęły ze świstem przecinać plac Żytni, dowódcy Grupy Alfa nakazali odwrót i przegrupowanie. Gorzko żałowali, że nie mają żadnej cięższej broni.

– To pan, Amerykaninie?
– Tak.
– Gdzie pan jest?

– Próbuję ujść z życiem. Przebijam się bocznymi uliczkami na południe od centrum telewizyjnego, chcę bowiem uniknąć wyjazdu na Prospekt Mira.

– Więc może się pan po drodze natknąć na żołnierzy, tysiąc moich i dwa tysiące komandosów OMON-u.

– Czy wolno mi coś zaproponować?

– Słucham.

– Ostankino nie jest jedynym celem zamachowców. Jakie obiekty postanowiłby pan zająć, gdyby był na miejscu Griszyna?

– Gmach MSW, Łubiankę.

– MSW tak, ale nie Łubiankę. Nie sądzę, żeby napotkał jakikolwiek opór ze strony swoich dawnych kolegów z Wydziału Drugiego KGB.

– Może i racja. Co jeszcze?

– Na pewno budynki rządowe przy placu Starym i siedzibę Dumy, choćby tylko dla formalności. No i wszystkie obiekty, skąd może wyruszyć odsiecz. A więc GUWD, bazę wojsk desantowych przy lotnisku Godinka, ministerstwo obrony. No i przede wszystkim Kreml. Zamachowcy muszą opanować Kreml.

– Jest dobrze broniony, uprzedziliśmy generała Korina, który powinien już ogłosić alarm. Nie wiemy jeszcze, jakimi siłami dysponuje Griszyn.

– W sumie trzydziestoma, może czterdziestoma tysiącami.

– Jezu, my nie mamy nawet połowy tego!

– Ale wasi ludzie są znacznie lepiej wyszkoleni, poza tym on utracił już pięćdziesiąt procent swojej przewagi.

– Jakie pięćdziesiąt procent?

– Element zaskoczenia. A co z odsieczą?

– Podejrzewam, że generał Korin skontaktował się już ze zwierzchnikami z ministerstwa obrony.

Tymczasem generał Sergiej Korin, naczelny dowódca straży prezydenckiej, zdążył na czas dotrzeć do koszar położonych wewnątrz kremlowskich murów i zorganizować obronę wysuniętej przed Ogrody Aleksandrowskie baszty Kutafja, zanim pierwsze oddziały Griszyna pojawiły się na placu Manieżowym. Niespełna dwieście metrów za Kutafją stoi znacznie potężniejsza baszta Troicka, a u jej podnóża, wzdłuż biegnącego na południe muru, znajdują się koszary gwardii. Zgodnie z przypuszczeniami Pietrowskiego, Korin zaraz po wejściu do swego gabinetu zadzwonił do ministerstwa obrony.

– Połączcie mnie z oficerem dyżurnym! – krzyknął do słuchawki.

Dopiero po dłuższej chwili usłyszał czyjś niezbyt wyraźny głos.

– Wiceminister obrony Butow przy aparacie.

– Dzięki Bogu, że tam jesteście. Mamy sytuację kryzysową. Zbliżają się jakieś nie zidentyfikowane grupy zbrojne. Ostankino zostało już zajęte, gmach MSW jest oblegany. W tej chwili wzdłuż murów Kremla posuwa się kolumna ciężarówek i wozów pancernych. Potrzebujemy pomocy!

– Otrzymacie ją. Kogo mam zaalarmować?

– Wszystko jedno. Może „Dzierżyńskiego"?

Generał miał na myśli przeznaczoną do zadań specjalnych dywizję zmechanizowaną, powołaną do życia po nieudanym puczu wojskowym w roku 1991.

– Przecież oni stacjonują w Riazaniu. Jeśli w ciągu godziny wyjdą z koszar, u was będą najwcześniej za trzy.

– To za długo. A może WDW?

Generał w porę sobie przypomniał o tej doborowej dywizji wojsk desantowych, stacjonującej zaledwie o godzinę lotu od stolicy, która mogła wylądować na lotnisku wojskowym w Godince, gdyby zawczasu odpowiednio przygotowano im rejon zrzutu.

– Dobra, zaraz postawię ich w stan gotowości. Na razie musicie sobie radzić sami.

Tymczasem pod osłoną ciężkich karabinów maszynowych wozów pancernych piesze oddziały Czarnej Gwardii przedarły się do wysuniętej najdalej na południe baszty Borowickiej. Pospiesznie rozmieszczono ładunki wybuchowe na czterech potężnych zawiasach bramy. Podczas wycofywania się pod osłonę muru dwaj gwardziści zginęli od kul czuwających na jego szczycie żołnierzy. Chwilę później ładunki odpalono. Ważące dwadzieścia ton ciężkie dębowe wrota zostały rozszarpane na kawałki, a wejście na teren Kremla stanęło przed zamachowcami otworem.

W cień olbrzymiej bramy wtoczył się pierwszy wóz pancerny i zajął stanowisko przed wyjątkowo zamkniętą, masywną żelazną kratą. W polu jego ostrzału znalazł się rozległy parking, po którym zazwyczaj spacerowały tłumy turystów, a gdzie teraz żołnierze ze straży prezydenckiej gorączkowo usiłowali zmontować obronę. Wytoczyli lekką haubicę przeciwpancerną, lecz zanim jeszcze została ustawiona, pociski z działka wozu niemal całkowicie ją zniszczyły.

Dalsi napastnicy, kryjąc się za swym opancerzonym pojazdem, szybko rozmieścili kolejne ładunki wybuchowe na mocowaniach kraty. Czarna Gwardia wycofała się po raz drugi, wóz pancerny odjechał do tyłu i z kolei te ładunki zostały odpalone. Jedno skrzydło kraty zostało rozerwane, drugie zawisło krzywo na jednym zawiasie, zakołysało się parokrotnie i wreszcie z hukiem runęło na ziemię.

Nie bacząc na ogień z pistoletów maszynowych, gwardziści zaczęli się wsypywać na teren Kremla. Liczebnie górowali nad strażą prezydencką w stosunku czterech do jednego. Obrońcy pospiesznie wycofywali się do rozmaitych bastionów i redut rozmieszczonych po wewnętrznej stronie kremlowskiego muru, szukali schronienia w rozrzuconych na trzydziestu hektarach pałacach, zbrojowniach, soborach, a nawet pośród ogrodów i skwerów. W wielu miejscach dochodziło do pojedynczych starć.

– Jason? Co się dzieje, do jasnej cholery?

Tym razem w słuchawce rozległ się głos Umara Gunajewa.

– Griszyn usiłuje siłą opanować Moskwę, a tym samym przejąć władzę w Rosji, przyjacielu.

– Nic ci się nie stało?

– Na razie nie.

– Gdzie jesteś?

– Jadę z Ostankino na południe, właśnie mijam wielkim łukiem plac Łubiański.

– Jeden z moich ludzi parę minut temu przejeżdżał Twerską. Mówi, że zebrał się tam tłum tych chłystków z Ruchu Nowej Rosji, którzy szturmują siedzibę mera.

– Pewnie wiesz, jaki jest ich stosunek do ciebie i twoich rodaków?

– Jasne.

– To czemu nie wyślesz swoich ludzi, żeby załatwili z nimi porachunki? Tym razem na pewno nikt wam w tym nie przeszkodzi.

Niespełna godzinę później trzystu uzbrojonych Czeczenów nadjechało ulicą Twerską w pobliże budynku *Mossowietu*, teraz już systematycznie dewastowanego przez gromady awanturników z RNR. Po przeciwnej stronie szerokiej alei, ze swego cokołu, siedzący na koniu założyciel Moskwy, książę Jurij Dołgorukij, zdawał się ze smutkiem spoglądać na dokonywane dzieło zniszczenia. Główne drzwi magistratu były wyważone, ale w wejściu nikt nie stał na straży.

Czeczeni dobyli swych długich kaukaskich szabli, sięgnęli po pistolety maszynowe uzi i wpadli do środka. Nie było wśród nich nikogo, kto by nie pamiętał doszczętnie zrujnowanej w roku 1995 stolicy czeczeńskiej republiki, Groznego, i trwającego przez kolejne dwa lata systematycznego niszczenia ich ojczyzny. Już po dziesięciu minutach w gmachu *Mossowietu* nie został nikt, kto mógłby im stawić opór.

Biały Dom, siedziba Dumy, padł łupem najemników z „firmy ochroniarskiej" niemal bez jednego strzału, ponieważ strzegło go zaledwie kilku strażników z nocnej zmiany. Ale wokół placu Starego rozgorzały zacięte walki, pracownicy dwustu firm należących do mafii „Dołgorukiego" natknęli się tu bowiem na tysiąc żołnierzy SOBR-u, których zdecydowanie lepsze wyszkolenie i uzbrojenie niwelowało przewagę liczebną zamachowców. Toczyły się boje o każdy pokój i korytarz.

Na lotnisku Godinka brygada „Wympieł" także natknęła się na niespodziewanie silny opór, bo choć stacjonujące tu oddziały desantowe i jednostka GRU nie były zbyt liczne, to jednak w porę ostrzeżone zdążyły się zabarykadować wewnątrz koszar.

Tymczasem Monk wyjechał na plac Arbatski i stanął oszołomiony. Wznoszący się po jego wschodniej stronie olbrzymi gmach ministerstwa obrony tonął w ciemnościach, dokoła panowała cisza i spokój. Nie widać było gwardzistów, nie padały wystrzały, nikt nie próbował szturmować budynku. Wydawało się to tym dziwniejsze, że organizatorzy zamachu stanu, w dowolnym kraju czy rejonie świata, powinni w pierwszej kolejności, i to jak najszybciej, starać się opanować właśnie ministerstwo obrony. Z odległości jakichś pięciuset metrów, od strony placu Borowickiego, docierały ulicą Znamienka wyraźne odgłosy strzelaniny, jednoznacznie świadczące o tym, że toczy się zacięty bój o panowanie nad Kremlem. Czemu więc nikt nie próbował zdobywać gmachu ministerstwa obrony? Z gąszczu anten jeżących się na dachu budynku już od dawna powinny płynąć we wszystkich kierunkach naglące wezwania o pomoc regularnych oddziałów wojska. Jason pospiesznie sprawdził w notesie numer telefonu i sięgnął po aparat komórkowy.

W swojej kwaterze, odległej o dwieście metrów od głównej bramy koszar w Kobiakowej, major Misza Andrejew kończył właśnie wiązać krawat, szykując się do wyjścia. Po raz nie wiadomo który zachodził w głowę, po co ma wkładać galowy mundur, skoro zamierza świętować Nowy Rok w tutejszym kasynie. Ilekroć wracał do swojej kwatery po tego typu libacji, mundur był tak silnie przesiąknięty smrodem dymu tytoniowego, że musiał go w całości oddawać do pralni. Nie wypadało mu jednak robić jakichkolwiek uwag, tym bardziej, że czołgiści w wieczór sylwestrowy nie posłuchaliby nawet swego dowódcy.

Niespodziewanie zadzwonił telefon. Andrejew pomyślał, że to zapewne zniecierpliwił się jego zastępca i postanowił pogonić dowódcę, gdyż wszyscy oficerowie już na niego czekają. Jak zwykle zapowiadało się picie wódki, potem suta kolacja, wreszcie szampan na powitanie Nowego Roku.

– Dobra, dobra, już idę – mruknął pod nosem, podchodząc do biurka i sięgając po słuchawkę.

– Major Andrejew? – zapytał głos obcego mężczyzny.

– Tak.

– Pan mnie nie zna. Mogę chyba powiedzieć, że byłem przyjacielem pańskiego zabitego wuja.

– Możliwe.

– To był wspaniały człowiek.

– Zgadzam się.

– Nikogo i niczego się nie bał. W ostatnim swoim wywiadzie przytoczył oskarżenia pod adresem Komarowa.

– O co panu chodzi?

– Igor Komarow dokonuje właśnie w Moskwie zamachu stanu. Oddziałami zbrojnymi dowodzi jego wierny sługa, pułkownik Griszyn. Czarna Gwardia zamierza opanować stolicę, a tym samym przejąć władzę w Rosji.

– Dobra, dość tych żartów. Proszę lepiej wracać do stołu i nie zawracać mi głowy.

– Jeśli pan mi nie wierzy, majorze, proszę zatelefonować do któregokolwiek ze swoich przyjaciół z Moskwy.

– A czego miałbym się od nich dowiedzieć?

– Na ulicach toczą się zacięte walki, pół miasta musi słyszeć odgłosy strzelaniny. I jeszcze jedno. To właśnie Czarna Gwardia zorganizowała zamach na życie pańskiego wuja. Rozkaz wydał nie kto inny, jak pułkownik Griszyn.

Połączenie zostało przerwane, ale Misza Andrejew jeszcze przez jakiś czas spoglądał z niedowierzaniem na słuchawkę, z której dolatywał przerywany sygnał. Ogarnęła go wściekłość. Nie dość, że ten człowiek zakłócił mu spokój, dzwoniąc pod numer prywatnego telefonu, to jeszcze powołał się na imię niedawno zmarłego tragicznie wujka. Gdyby w Moskwie rzeczywiście doszło do strzelaniny, oficerowie dyżurujący w ministerstwie obrony z pewnością postawiliby w stan gotowości wszystkie jednostki wojskowe stacjonujące w promieniu stu kilometrów od miasta.

A stuhektarowa baza w Kobiakowej była położona zaledwie czterdzieści sześć kilometrów od Kremla, któregoś dnia Andrejew zmierzył tę odległość według licznika samochodu. W dodatku stacjonowała tu jednostka, która jako pierwsza powinna być zaalarmowana – uchodząca za elitarną Tamańska Dywizja Pancerna, powód jego dumy i chwały.

Zaledwie odłożył słuchawkę, dzwonek telefonu rozległ się ponownie.

– Co się dzieje, Misza? Wszyscy na ciebie czekamy.

Tym razem to rzeczywiście był jego zastępca.

– Już idę, Konni. Muszę jeszcze przeprowadzić krótką rozmowę telefoniczną.

– Tylko się pospiesz, bo zaczniemy bez ciebie.

Andrejew rozłączył się i szybko nakręcił dobrze mu znany numer.

– Ministerstwo obrony – odezwał się operator z centrali.

– Dajcie mi oficera dyżurnego.

Już po paru sekundach w słuchawce rozbrzmiał inny głos:

– Kto mówi?

– Major Andrejew z dywizji Tamańskiej.

– Tu wiceminister obrony, Butow.

– Ach... Proszę wybaczyć, że przeszkadzam, panie ministrze. Czy w Moskwie wszystko w porządku?

– Tak, oczywiście. A o co chodzi?

– Nic szczególnego, panie ministrze. Po prostu słyszałem... coś dziwnego. Mógłbym w krótkim czasie ogłosić alarm i...

– Zostańcie w koszarach, majorze. To rozkaz. Wszystkie jednostki mają pozostać na miejscu. Najlepiej wracajcie do klubu oficerskiego.

– Tak jest.

Andrejew szybko odłożył słuchawkę. Sam wiceminister? Na dodatek w centrali telefonicznej, o dwudziestej drugiej, w wieczór sylwestrowy? Dlaczego nie siedzi przy stole ze swoją rodziną i przyjaciółmi albo nie zabawia się z kochanką w jakimś domku z dala od Moskwy? Major zaczął gorączkowo wytężać pamięć, przerzucając w myślach kolejne nazwiska kolegów z akademii sztabu generalnego, aż w końcu przypomniał sobie, że jeden z nich był specjalistą od spraw wywiadu i stacjonował w koszarach GRU na przedmieściach Moskwy. Pospiesznie sprawdził numer w tajnej książce telefonicznej sieci wojskowej i wybrał połączenie. Nikt nie odbierał. Andrejew spojrzał na zegarek, była za dziesięć jedenasta. No tak, pomyślał, na pewno wszyscy pijani. Ale w końcu ktoś podniósł słuchawkę w bazie lotniska Godinka. Zanim jednak major zdążył powiedzieć choć słowo, z drugiego końca linii dobiegł okrzyk zachrypniętego człowieka:

– Tak?! Słucham?!

W tle słychać było głośny terkot broni maszynowej.

– Kto mówi? Czy jest tam gdzieś pułkownik Demidow?

– A skąd miałbym wiedzieć, do cholery?! Właśnie leżę pod biurkiem i próbuję ratować własną dupę! Dzwonicie z ministerstwa obrony?

– Nie.

– Posłuchaj, kolego. Zadzwoń do nich i przekaż, żeby się pospieszyli z tą odsieczą. Nie utrzymamy się tu już długo.

– Jaką odsieczą?!

– Minister miał tu przysłać dywizję desantową spoza miasta. Chyba w całej Moskwie rozpętało się istne piekło!

Rozmówca cisnął słuchawkę na widełki i zapewne odczołgał się gdzieś w głąb koszar.

Major Andrejew ponownie zastygł, spoglądając z niedowierzaniem na telefon. Nic z tego, pomyślał, ministerstwo nikogo nie zamierza przysłać wam z odsieczą.

A przecież otrzymał stanowczy rozkaz, wydany formalnie przez generała armii piastującego stanowisko wiceministra: pozostać w koszarach. Gdyby się do niego zastosował, nikt nie mógłby mu niczego zarzucić.

Spojrzał w okno, na ośnieżony dziedziniec, za którym, czterdzieści metrów dalej, paliły się światła we wszystkich oknach kasyna. Dobiegały stamtąd głośne okrzyki i wybuchy gromkiego śmiechu.

Wydawało mu się jednak, że na tym ośnieżonym placu dostrzegł nagle postać wysokiego, wyprężonego jak struna oficera, trzymającego za rękę nieletniego kadeta. I z jego pamięci wypłynęły słowa siwowłosego mężczyzny: „Niezależnie od tego, co by ci obiecywano, jakie proponowano bogactwa, zaszczyty i honory, nie chciałbym, abyś kiedykolwiek zdradził tych wszystkich ludzi".

Szybko sięgnął po słuchawkę aparatu łączności wewnętrznej i nakręcił dwucyfrowy numer. Jego zastępca odebrał niemal natychmiast, w tle słychać było głośne śmiechy.

– Konni, nie obchodzi mnie, ile czołgów T-80 i wozów BTR jest w pełni sprawnych. Rozkazuję, aby każdy zdolny do poruszania się pojazd był gotów do drogi, a każdy żołnierz mogący ustać na własnych nogach stawił się na placu w pełni uzbrojony w ciągu godziny.

W słuchawce przez kilka minut panowała cisza.

– Poważnie, szefie? – spytał zdumiony oficer.
– Całkiem poważnie, Konni. Tamańska rusza na Moskwę.

Dokładnie minutę po północy, czyli już pierwszego dnia oczekiwanego z niecierpliwością roku dwutysięcznego, pierwsze czołgi Tamańskiej Dywizji Gwardyjskiej przetoczyły się przez Kobiakową, wyjechały na szosę mińską i skręciły w stronę Kremla.

Wyboista wiejska droga, którą musiały pokonać trzy kilometry dzielące bazę od szerokiej przelotowej szosy, była tak wąska, że dwadzieścia sześć średnich czołgów T-80 oraz czterdzieści jeden lekkich opancerzonych wozów BTR 80 musiało się poruszać bardzo wolno w jednej kolumnie.

Ale po dotarciu do szosy major Andrejew wydał rozkaz zajęcia obu pasm i rozwinięcia maksymalnej szybkości. Wiatr zdołał nieco rozgonić ciemne chmury, jakie przez cały dzień wisiały nisko nad ziemią, i teraz w przerwach między nimi pobłyskiwały gwiazdy. Pancerna kolumna z rykiem silników pognała przez ścięte mrozem sosnowe lasy.

Od bram Kremla dzieliły ich zaledwie czterdzieści trzy kilometry, a cała dywizja rozwinęła średnią prędkość ponad sześćdziesiąt kilometrów na godzinę. Tylko raz natknęli się na samotny pojazd nadjeżdżający z przeciwka. Kiedy jego kierowca ujrzał gąszcz zapalonych reflektorów i zauważył ścianę pędzącej wprost na niego stali, bez namysłu skierował swój wóz do przydrożnego rowu.

Dziesięć kilometrów przed zabudowaniami Moskwy kolumna dotarła do milicyjnego punktu kontrolnego. Czterej pijani funkcjonariusze zdążyli w ostatnim momencie wyjrzeć przez okno i zaraz padli na podłogę swej budki, zasłaniając głowy rękoma, gdyż szyby w oknach i opróżnione butelki na stole zaczęły głośno dzwonić od wstrząsów spowodowanych przez ciężkie pojazdy.

Andrejew jechał jako dowódca czołgu otwierającego kolumnę, toteż pierwszy ujrzał samochody blokujące drogę. W ciągu nocy tylko nieliczne auta zbliżały się z zachodu, ale po paru bezskutecznych próbach ominięcia unieruchomionych ciężarówek zawracały i odjeżdżały z powrotem. Te pojazdy jednak ani myślały zawracać.

– Strzelać według uznania – rzucił przez radio Andrejew.

Jego celowniczy tylko raz zerknął przez dalmierz i zaraz odpalił pocisk z działa kalibru 125 milimetrów. Ten, wystrzelony z odległości czterystu metrów, rozniósł w strzępy pierwszą ciężarówkę. Chwilę później huknęła armata czołgu pędzącego sąsiednim pasem, dowodzonego przez zastępcę Andrejewa, nie mniej skutecznie likwidując drugą przeszkodę na drodze kolumny pancernej. Zaraz potem rozległy się pierwsze serie pistoletów maszynowych Młodych Bojowników, przyczajonych w skonstruowanych naprędce szałasach po obu stronach szosy.

Major Andrejew, wychylony do połowy zza pokrywy włazu, odprowadził jedynie wzrokiem kilka pierwszych smugowych pocisków z ciężkiego karabinu maszynowego jego czołgu, po których całkowicie umilkły nieśmiałe strzały ukrytych w zasadzce obrońców blokady.

Kiedy zaś kolumna pancerna przetoczyła się z jazgotem, oszołomieni Młodzi Bojownicy popatrzyli w zdumieniu na całkowicie zniszczone ciężarówki, których mieli strzec, po czym zaczęli pojedynczo wymykać się ze swego stanowiska.

Sześć kilometrów dalej Andrejew nakazał zwolnić do trzydziestu kilometrów na godzinę i wyznaczył dwa pododdziały. Pięć czołgów i dziesięć wozów pancernych wysłał drogą odchodzącą w prawo na odsiecz żołnierzom broniącym się w koszarach obok lotniska Godinka, nieco później zaś rozkazał takiej samej grupie odbić w lewo, w kierunku północno-wschodnim, w celu obrony centrum telewizyjnego Ostankino.

Po dotarciu do wewnętrznej moskiewskiej obwodnicy skierował pozostałych szesnaście czołgów oraz dwadzieścia jeden wozów opancerzonych w prawo, a na placu Kudrinskim ponownie skręcił w lewo, w kierunku gmachu ministerstwa obrony.

Pojazdy musiały tu ponownie ustawić się w kolumnę i zredukować prędkość do dwudziestu kilometrów na godzinę. Czołgi, kalecząc gąsienicami zmarzniętą asfaltową nawierzchnię, parły jednak nieustannie w stronę Kremla.

Kiedy tylko do siedzącego w podziemnym centrum łączności ministerstwa obrony generała Butowa doleciał stłumiony huk przetaczających się na zewnątrz ciężkich maszyn, ten pojął natychmiast, co to oznacza – żaden inny rodzaj pojazdu nie mógł powodować tak silnych wibracji gruntu.

Kolumna przecięła plac Arbatski, minęła gmach ministerstwa i skręciła w stronę placu Borowickiego, za którym ciągnęły się już mury Kremla. Żaden z żołnierzy dywizji pancernej nie zwrócił uwagi, że z zaparkowanego na skraju ulicy samochodu wyskoczył samotny człowiek, w lekkiej futrzanej kurtce i pantoflach, po czym truchtem ruszył za opancerzonymi pojazdami.

W pubie „Rosy O'Grady" pracownicy irlandzkiej placówki sumiennie dbali o to, aby Nowy Rok powitać odpowiednio hucznie i uroczyście. Nie przywiązywali większej wagi do stłumionej kanonady dobiegającej od strony pobliskiego Kremla, przekonani, że ponad Moskwą odbywa się właśnie pokaz ogni sztucznych. Ale w pewnej chwili tuż za oknami pubu przetoczył się pierwszy T-80.

Attaché kulturalny ambasady uniósł głowę znad szklanki guinessa, zmarszczył brwi i spytał barmana:

– Jezu, Pat... Czy ja naprawdę widziałem jakiś pieprzony czołg?

W bramie baszty Borowickiej stał opancerzony wóz Czarnej Gwardii, z którego karabinów maszynowych ostrzeliwano szczyty muru, gdzie schroniły się niedobitki straży prezydenckiej. Już od czterech godzin zaciekle bronili terenu Kremla, bezskutecznie oczekując na odsiecz. Nie wiedzieli też, że pozostałe oddziały generała Korina wpadły w zasadzkę zorganizowaną na przedmieściach stolicy.

Około pierwszej w nocy Czarna Gwardia opanowała wreszcie cały teren oprócz szczytów muru mającego w sumie ponad dwa tysiące dwieście metrów długości i szerokiego na tyle, że mogło po nim maszerować pięciu żołnierzy ramię w ramię. Właśnie na murach schroniło się pozostałych przy życiu kilkuset obrońców ze straży prezydenckiej. Zażarcie ostrzeliwali wiodące na górę wąskie schody, uniemożliwiając tym samym gwardzistom ostateczny podbój Kremla.

Po zachodniej stronie placu wyłoniła się kolumna pancerna i jadący w pierwszym czołgu major Andrejew dostrzegł pojazd zamachowców. Z tej odległości cel był widoczny jak na dłoni, toteż już pierwszy pocisk przemienił go w kupę złomu, natomiast reszty zniszczenia dokonały gąsienice wtaczających się przez bramę czołgów.

Wzorem swojego wujka Andrejew nie szukał schronienia pod pancerzem i nie wyglądał na zewnątrz przez wizjery. Klapa włazu była otwarta, on zaś stał na miejscu dowódcy, do połowy wychylony na zewnątrz, w czarnym hełmofonie na głowie i z ciemnymi goglami osłaniającymi oczy.

Jeden po drugim T-80 przejechały obok Wielkiego Pałacu i poznaczonych śladami kul soborów Błagowieszczeńskiego oraz Archangielskiego, minęły olbrzymi Dzwon Carski i znalazły się na placu Iwanowskim, gdzie w dawnych czasach obwoływacz miejski przekazywał mieszczanom teksty carskich dekretów.

Tutaj ich kolumnie usiłowały zagrodzić drogę dwa następne wozy opancerzone Czarnej Gwardii, lecz oba szybko zostały trafione i stanęły w płomieniach. Poza tym czołgowe działa nie były specjalnie wykorzystywane, za to oba karabiny maszynowe, zarówno ten mniejszy, kalibru 7,62, jak i ciężki, kalibru 12,7 milimetra, strzelały niemal bez przerwy, kierując się śladem uciekających w popłochu zamachowców.

Na terenie Kremla znajdowało się jeszcze ponad trzy tysiące dobrze uzbrojonych gwardzistów, toteż Andrejew uznał za bezcelowe, by jego żołnierze wychodzili zza osłony pancerzy i próbowali oczyścić z bojówkarzy cały zamknięty murami obszar. Zresztą dwustu czołgistów z dywizji Tamańskiej nie miało żadnych szans wobec znacznie liczniejszego przeciwnika. Ale pozostając wewnątrz opancerzonych pojazdów byli nie do pokonania.

Griszyn nie przewidział takiego obrotu spraw, jego ludzie nie dysponowali żadną cięższą bronią. Dlatego wojsko obrało jedyną możliwą taktykę. Lżejsze i zwrotniejsze wozy pancerne dywizji Tamańskiej zostały rozesłane po licznych wąskich alejkach Kremla, gdzie czołgi nie zdołałyby wjechać, te zaś czekały na otwartych przestrzeniach, ogniem z karabinów maszynowych witając uciekających zamachowców.

Ale chyba najważniejszy był efekt psychologiczny. Dla każdego żołnierza piechoty czołg jest prawdziwym niezdobytym monstrum, którego załoga może obserwować pole ostrzału poprzez wizjery peryskopowe i bez trudu z karabinów maszynowych niszczyć bezsilne wobec niej cele.

W ciągu pięćdziesięciu minut opór Czarnej Gwardii został przełamany, a jej żołnierze zaczęli w panice szukać schronienia w murach rozlicznych cerkwi, soborów i pałaców. Część z nich zdołała przeżyć, lecz wielu na otwartym terenie dosięgnęły kule z karabinów maszynowych czołgów oraz wozów opancerzonych.

Toczone w innych rejonach miasta bitwy znajdowały się wówczas w różnych stadiach. Grupa Alfa zamierzała właśnie przypuścić frontalny szturm na koszary OMON-u w sąsiedztwie gmachu MSW, kiedy przez radio dotarły rozpaczliwe wołania o pomoc gwardzistów oblężonych na Kremlu. Wbrew rozkazowi pułkownika któryś z jego podwładnych zdecydował się przerwać ciszę w eterze, popełnił jednak błąd, mówiąc otwarcie, że zostali zaatakowani przez dywizję pancerną. Na samo wspomnienie o wkroczeniu do akcji czołgów T-80 dowódcy Grupy Alfa doszli do wniosku, że mają tego dość. Wszak Griszyn obiecywał im coś zupełnie innego: ich atak miał być kompletnym zaskoczeniem, a wobec przeważających liczebnie zamachowców bezradni obrońcy powinni szybko skapitulować. Tymczasem stało się całkiem inaczej. Dlatego też padł rozkaz wycofania i szukania na własną rękę ratunku.

W ratuszu panowała cisza i spokój, Czeczeni dużo wcześniej zdążyli się rozprawić z gangami nazistowskich awanturników.

Na placu Starym oddziały OMON-u, wspierane przez jednostkę SOBR-u generała Pietrowskiego, systematycznie oczyszczały budynki rządowe z grup najemnych „ochroniarzy" z firm kierowanych przez mafię „Dołgorukiego".

Wokół lotniska w Godince także role się odwróciły. Przybyłych z odsieczą pięć czołgów oraz dziesięć wozów pancernych zaskoczyło brygadę „Wympieł" z flanki, zmuszając lekko uzbrojonych komandosów do pójścia w rozsypkę i szukania kryjówek w prawdziwym labiryncie zabudowań, baraków, hangarów i magazynów.

Gmach Dumy wciąż był okupowany przez niezbyt liczną gromadę cywilów z firm ochroniarskich, ci jednak, przez nikogo nie nękani, nie mieli nic innego do roboty, jak wysłuchiwać podawanych przez radio komunikatów o walkach toczonych w innych częściach miasta. Oni również odebrali nawoływania o pomoc gwardzistów otoczonych na Kremlu, błyskawicznie ocenili, że nie zdołają dotrzymać pola dywizjom pancernym, i zaczęli się stopniowo wymykać z budynku, licząc na to, że ich udział w zamachu pozostanie na zawsze tajemnicą.

Tylko Ostankino wciąż znajdowało się w rękach ludzi Griszyna, ale triumfalna wieść o przejęciu władzy przez USP miała zostać wysłana w eter dopiero w porannych wiadomościach. Nigdy do tego nie doszło, ponieważ dwa tysiące gwardzistów zgromadzonych w oknach centrum wcześniej ujrzało ze zgrozą, jak szerokim bulwarem nadciągają czołgi i wozy pancerne, a ich ciężarówki tworzące kordon wokół budynku jedna po drugiej stają w płomieniach.

Kreml wznosi się na wzgórzu górującym nad zakolem rzeki Moskwy, a łagodne stoki tego wzniesienia porastają drzewa i krzewy, z których większość to rośliny wiecznozielone. Wzdłuż zachodniej części muru ciągną się Ogrody Aleksandrowskie, a główne alejki tego rozległego skweru zbiegają się ku baszcie Borowickiej. Żaden z walczących wewnątrz murów żołnierzy nie zwrócił uwagi na samotnego mężczyznę, który wybiegł spomiędzy drzew i zanurkował w cień bramy, przeskoczył przez zniszczoną żelazną kratę oraz szczątki wozu pancernego, po czym wyłonił się po drugiej stronie.

U wylotu bramy przesunął się po nim promień światła z reflektora któregoś czołgu dywizji majora Andrejewa, ale nie padły strzały. Widocznie pancerniacy wzięli go za jednego ze swoich. Jego krótka kurtka w niczym nie przypominała czarnego bojowego kombinezonu zamachowców, a płytka futrzana czapka z daleka bardziej przypominała hełmofon czołgisty niż czarny błyszczący hełm, jakie nosili gwardziści Griszyna. W każdym razie najważniejsze było to, że celowniczy z czołgu wziął go za jednego ze swych kolegów, który prawdopodobnie wyskoczył z opancerzonego wozu i teraz szukał schronienia w mroku bramy.

Kiedy promień światła z reflektora przesunął się dalej, Jason Monk wybiegł z bramy, skręcił w lewo i przystanął za pniem olbrzymiej sosny, kilka metrów od muru. Z tego stanowiska zaczął uważnie obserwować najbliższą okolicę.

W kremlowskim murze jest usytuowanych aż dziewiętnaście bram znajdujących się pod różnymi basztami i wieżyczkami, ale tylko trzy z nich są do dziś używane. Turystom udostępnia się bramy od zachodu, pod basztą Borowicką oraz Troicką, natomiast wielka wschodnia brama w baszcie Spasskiej jest przeznaczona dla pojazdów i oddziałów wojskowych. Teraz tylko jedna z nich była otwarta i Monk wybrał swój posterunek właśnie obok niej.

Każdy pragnący ujść z życiem musiał się wydostać poza mury Kremla. Uczestnicy nieudanego zamachu świetnie zdawali sobie sprawę, że wraz z pierwszym brzaskiem cały teren otoczą znacznie liczniejsze siły zbrojne, które zaczną systematycznie przeszukiwać budynki i wywlekać wszystkich ukrywających się w pomieszczeniach, w szafach czy za regałami, nie wyłączając nawet podziemnej centrali dowodzenia znajdującej się pod Ogrodami Spasskimi. Jeśli więc marzyli jeszcze o uniknięciu aresztowania, musieli jak najszybciej spróbować ucieczki poprzez jedyną otwartą bramę.

Ze swego stanowiska Monk doskonale widział drzwi *Orużejnoj Pałaty*, muzeum mieszczącego skarby z tysiącletniej historii Rosji, teraz roztrzaskane, gdyż zahaczył o nie skrajem pancerza któryś z przejeżdżających czołgów. Blask z płonącego nie opodal wozu pancernego Czarnej Gwardii padał na podziurawioną kulami fasadę budowli.

Fala sporadycznych potyczek przesunęła się w północno-wschodnią część terenu Kremla, w okolice Senatu oraz Arsenału, toteż w pobliżu bramy panował spokój, przerywany jedynie trzaskami płonącego wraka.

Kilka minut po drugiej w nocy Jason złowił jakiś ruch w cieniu Wielkiego Pałacu, a chwilę później ujrzał sylwetkę ubranego w czarny kombinezon człowieka, przebiegającego z nisko pochyloną głową ku dawnej Zbrojowni. Zamachowiec co jakiś czas zerkał przez ramię, wypatrując pościgu. Kiedy ogień strawił oponę płonącego wozu pancernego i koło pękło z hukiem, przerażony mężczyzna przystanął i zaczął się rozglądać, a Monk ujrzał w blasku płomieni jego twarz. Dotychczas widział ją tylko raz – na fotografii, której miał okazję dobrze się przyjrzeć jeszcze nad zatoką Saponilla, na wyspach Turks i Caicos. Toteż szybko wychylił się zza drzewa.

– Griszyn!

Tamten odwrócił się w jego kierunku, lecz między sosnami zalegały ciemności. Musiał jednak zauważyć kryjącego się tu człowieka, gdyż szybko uniósł trzymany w rękach pistolet maszynowy AK-74, nieco ulepszoną wersję znanego kałasznikowa. Monk pospiesznie ukrył się z powrotem za pniem. Ciszę rozdarła seria wystrzałów, pociski odłupywały duże kawałki sosnowej kory. Zaraz jednak ponownie nastała cisza.

Jason wyjrzał ostrożnie zza drzewa. Griszyna nie było nigdzie w zasięgu wzroku. Rosjanin miał do pokonania pięćdziesiąt metrów dzielące go od bramy, natomiast Monk znajdował się dziesięć metrów od niej. Tamten więc nie mógł przedostać się za mury.

Po chwili zauważył lufę pistoletu wyłaniającą się zza roztrzaskanych drzwi Zbrojowni i znów wyprostował się za osłoną grubego pnia. Druga seria pocisków przeczesała teren wokół drzewa. Kiedy umilkły strzały, Jason szybko ocenił, że pułkownik w dwóch seriach musiał opróżnić magazynek pistoletu. Toteż wyskoczył zza pnia, w kilku susach dopadł pomalowanej na ochrowo ściany Zbrojowni i przywarł do niej plecami. Palce zaciskał na kolbie pistoletu, który trzymał na wysokości piersi.

Po raz kolejny zauważył lufę wysuwającą się zza rozbitych drzwi i niepewnie kołyszącą się na boki, gdy zdezorientowany przeciwnik wypatrywał swego celu. Chwilę później Griszyn zrobił krok do przodu.

Pocisk z pistoletu Monka trafił w zamek AK-47, a siła uderzenia była tak wielka, że broń wyleciała Rosjaninowi z rąk, z łomotem stoczyła się po schodach i legła na chodniku, poza zasięgiem rąk pułkownika. Ze środka budynku doleciał tupot szybkich, oddalających się kroków. Jason wyskoczył z kręgu światła rzucanego przez płomienie trawiące szczątki wozu i dał nura w ciemności zalegające sale Zbrojowni.

Wiedział, że muzealne zbiory są rozmieszczone na dwóch kondygnacjach, w dziewięciu olbrzymich salach mieszczących łącznie pięćdziesiąt pięć gablot. Wystawione w nich drogocenne zabytkowe przedmioty warte są w sumie wiele miliardów dolarów, gdyż w minionych wiekach potężna

Rosja dysponowała tak niezmierzonym bogactwem, że wszelkie rzeczy używane na carskim dworze, poczynając od korony i tronu, poprzez broń i ubrania, aż do końskich uzd, wykonywane były z metali szlachetnych, srebra czy złota, oraz wysadzane diamentami, szmaragdami, rubinami, szafirami bądź perłami.

Kiedy jego wzrok oswoił się z ciemnością, Monk dostrzegł przed sobą niewyraźny zarys szerokich schodów prowadzących na piętro. Po lewej miał łukowato sklepione przejście do czterech sal wystawowych na parterze. Właśnie stamtąd doleciały stłumione łoskoty, jakby ktoś usiłował stłuc szybę zabezpieczającą wyłożone w gablocie przedmioty.

Zaczerpnąwszy głęboko powietrza, Jason skoczył w tamtą stronę, rzucił się na posadzkę i zaczął systematycznie przetaczać, aż dotarł do końca pierwszej sali. Kiedy ostrożnie wychylił głowę zza krawędzi ściany, oślepił go niebieskawy błysk wystrzału, a na głowę posypały się okruchy szkła z pobliskiej gabloty roztrzaskanej przez pocisk.

Monk nie mógł tego widzieć, ale za przejściem znajdowała się długa i wąska sala z regałami rozstawionymi wzdłuż ścian oraz wielką przeszkloną ekspozycją pośrodku. Za jej szybami, zazwyczaj omywanymi jaskrawym światłem palących się lamp, turyści mogli podziwiać bezcenne, rosyjskie, tureckie i perskie szaty koronacyjne wszystkich książąt Rurykowiczów oraz carów z dynastii Romanowów. Wystarczyłby zaledwie drobny skrawek jednej z nich, bogato zdobionej szlachetnymi kamieniami, by źle opłacany robotnik mógł przeżyć za uzyskane ze sprzedaży pieniądze nawet parę lat.

Kiedy ostatnie okruchy szkła legły na posadzce, Monk wytężył słuch i złowił cichy świst oddechów człowieka, starającego się opanować przyspieszone bicie serca. Wymacał większy odłamek szkła i rzucił nim w kierunku, skąd dobiegał ten odgłos.

Kiedy fragment szyby brzęknął o wznoszącą się pośrodku sali ekspozycję, huknął kolejny strzał i zaraz rozległy się szybkie kroki uciekiniera. Jason skoczył przed siebie i przykucnął za rogiem konstrukcji chroniącej królewskie szaty, szybko jednak zrozumiał, że Griszyn ukrył się w następnej sali i teraz tam czeka na niego.

Podkradł się do kolejnego łukowato sklepionego przejścia, trzymając w dłoni kolejny odłamek szkła. Odczekał chwilę, po czym cisnął go w głąb sali i natychmiast dał nura za pobliską gablotę. Ale tym razem pułkownik nie strzelił.

Monk rozejrzał się dokoła, pojmując szybko, że jest w sali prezentującej trony wykładane klejnotami oraz kością słoniową. Nie mógł tego wiedzieć, że tuż obok niego stoi tron koronacyjny Iwana Groźnego, a kilka metrów dalej po lewej stronie tron Borysa Godunowa.

Ponownie złowił odgłos lekko świszczącego i chrapliwego oddechu zmęczonego długotrwałym biegiem Griszyna. On sam przeczekał dłuższy czas przed wejściem do Zbrojowni, teraz więc oddychał miarowo, niemal bezgłośnie.

Szybko skoczył na nogi, uniósł rękę i kolbą pistoletu uderzył lekko w szybę gabloty, po czym kucnął z powrotem. Dostrzegł jednak drobny odblask światła na muszce unoszonej broni i wypalił w tamtym kierunku. Ponad nim znowu brzęknęło rozbite szkło, dokoła posypały się diamenty z bogato zdobionego tronu cara Aleksieja, w którym zarył się pocisk Griszyna.

Kula Monka musiała chyba świsnąć Rosjaninowi obok głowy, gdyż wyskoczył ze swej kryjówki i pobiegł do następnej sali. Jason o tym nie wiedział, a Griszyn widocznie zapomniał, że jest to już ostatnia udostępniona zwiedzającym sala, pozbawiona drugiego wejścia powozownia wypełniona antycznymi bryczkami.

Słysząc tupot uciekającego pułkownika, Jason skoczył za nim, chcąc wykorzystać to, że Rosjanin jest odwrócony do niego plecami.

Wpadł do sali i skrył się za bogato rzeźbionym, siedemnastowiecznym czterokołowym powozem, zdobionym pozłacanymi wizerunkami owoców. Znalazł dość solidną osłonę, nie wątpił jednak, że za podobną ukrył się Griszyn. Powozy były ustawione na niewysokich postumentach, a przed ciekawskimi turystami zabezpieczały je nie tafle szkła, lecz aksamitne sznury rozciągnięte między ciężkimi stojakami.

Jason wyjrzał na prezentowany w końcu sali olbrzymi powóz królewski, przekazany w roku 1600 Borysowi Godunowowi jako prezent od królowej brytyjskiej Elżbiety Pierwszej, usiłując wypatrzyć przyczajonego prawdopodobnie za nim przeciwnika. Ale w sali zalegał mrok, z którego ledwie wyłaniały się niewyraźne zarysy eksponowanych pojazdów.

W tej samej chwili chmury na niebie musiały się nieco rozstąpić, gdyż przez wąskie okna powozowni wpadła do środka wąska smuga księżycowego blasku. W solidnie zakratowanych oknach, w celu ochrony przed złodziejami, umieszczono po kilka tafli grubego szkła, toteż do sali przedostawało się bardzo mało światła.

Ale Monk zauważył drobny odblask, ledwie widoczną iskierkę za toczonymi szprychami wielkiego, ściśniętego żelazną obręczą koła karety używanej przez carycę Elżbietę.

Wrócił myślami do instruktażu strzeleckiego, jakiego udzielał mu George Sims na zamku Forbes. „Trzymaj kolbę oburącz, chłopcze, lekko zaciśnij na niej palce. I zapomnij o dokładnym celowaniu, to czysta fikcja".

Uniósł trzymanego oburącz ciężkiego sig sauera, prowizorycznie wymierzył o dziesięć centymetrów powyżej ledwie dostrzegalnego odblasku światła, uregulował oddech i powoli nacisnął spust.

Pocisk przeleciał między szprychami koła i utkwił w czymś znajdującym się za karetą. Kiedy tylko przebrzmiało echo wystrzału i Jasonowi przestało dzwonić w uszach, dotarł do niego odgłos ludzkiego ciała osuwającego się na posadzkę.

Przyszło mu jednak do głowy, że to podstęp. Odczekał pięć minut, aż w końcu zauważył, iż ciemny kształt ledwie widoczny na tle posadzki w ogóle się nie porusza. Przeskakując od jednego powozu do drugiego, kryjąc się za historycznymi pojazdami z drewna, zbliżył się do końca sali, aż wreszcie zdołał rozróżnić zarys głowy i ramion człowieka leżącego twarzą do ziemi. Dopiero wtedy wyprostował się, podszedł jeszcze bliżej, trzymając broń w pogotowiu, w końcu odwrócił zabitego na wznak.

Pocisk trafił pułkownika Griszyna w czoło nad lewym okiem. Więc to jednak go trochę zahamowało, pomyślał Monk, przypomniawszy sobie zwrot usłyszany od Simsa. Obrzucił uważnym spojrzeniem leżącego u jego stóp znienawidzonego oprawcę, ale ten widok nie obudził w nim żadnych uczuć. Zrobił to, co powinno zostać zrobione, nic więcej.

Wsunął pistolet do kieszeni i przykucnął, a po chwili zsunął z palca Griszyna niewielki błyszczący przedmiot.

Podniósł go do oczu na otwartej dłoni i w mętnym blasku księżyca popatrzył na połyskujący szarawo sygnet z surowego amerykańskiego srebra oraz duży turkus, wykopany gdzieś w górzystej krainie Indian z plemienia Ute lub Navajo. To on przed laty przywiózł ten sygnet zza Atlantyku i przekazał na ławce jałtańskiego ogrodu botanicznego pewnemu dzielnemu Rosjaninowi, Griszyn zaś musiał go ściągnąć z palca bestialsko zamordowanego agenta na dziedzińcu więzienia w Lefortowie.

Monk wsunął sygnet do kieszeni, odwrócił się i ruszył z powrotem. Bez przeszkód dotarł do samochodu, bitwa o panowanie nad Moskwą dobiegła końca.

EPILOG

Rankiem pierwszego stycznia, kiedy mieszkańcy Moskwy i całej Rosji kolejno budzili się ze snu, ze zgrozą przyjmowali wieści o zdarzeniach, jakie nocą rozegrały się w stolicy. Stacje telewizyjne przekazywały posępne obrazy do najdalszych zakątków kraju. Nie było chyba nikogo, kto przyjąłby je z obojętnością.

Wewnątrz kremlowskich murów rozpościerał się obraz dojmujących zniszczeń. Fasady soborów Uspieńskiego, Błagowieszczeńskiego i Archangielskiego były podziurawione i popękane od kul. Na śniegu wokół nich walały się odłamki szkła.

Na dziedzińcach pałaców Potiesznego i Tieremnego stały okopcone wraki spalonych wozów pancernych, a mury Senatu oraz Wielkiego Pałacu Kremlowskiego znaczyły długie szramy po seriach z broni maszynowej.

U stóp Carskiej Armaty zgromadzono ponad dwieście ciał zabitych, ale oddziały sanitarne wynosiły następne zwłoki z budynków Arsenału i Pałacu Zjazdów, w którym pod koniec walk niedobitki oddziału zamachowców zorganizowały ostatni punkt oporu.

Cała sceneria tonęła w smugach gęstego dymu wydobywającego się ciągle z płonących ciężarówek oraz wozów pancernych Czarnej Gwardii. Wielkie połacie stopionego od żaru asfaltu pozastygały na mrozie niczym fale wzburzonego czarnego morza.

Pełniący obowiązki prezydenta Iwan Markow natychmiast przerwał swój urlop i wczesnym popołudniem wrócił do stolicy. Kilka godzin później przyjął na prywatnej audiencji patriarchę Moskwy i Wszechrusi.

Aleksiej Drugi po raz pierwszy i ostatni wypowiedział się publicznie na temat rosyjskiej sceny politycznej. Wyraził też przekonanie, że w zaistniałej sytuacji termin wyborów prezydenckich zaplanowanych na szesnastego stycznia powinien zostać przesunięty, przy czym należałoby wziąć pod uwagę ewentualność wcześniejszego przeprowadzenia referendum w sprawie restauracji monarchii.

Ku powszechnemu zaskoczeniu Markow przychylnie odniósł się do tej propozycji. Nie był wszak głupcem. Cztery lata wcześniej, jako niezbyt znany ekonomista z branży petrochemicznej, uznawany jednak za zdolnego administratora, został wybrany przez nie żyjącego już prezydenta Czerkasowa na stanowisko premiera. I wraz z upływem czasu przywykł do pewnych przywilejów i rozsmakował się w sprawowaniu władzy, choć wiedział doskonale, iż jej zakres w porównaniu z władzą prezydenta jest nieporównanie mniejszy. A w ciągu owych sześciu miesięcy, jakie upłynęły od śmiertelnego ataku serca Czerkasowa, jeszcze bardziej przywiązał się do korzyści płynących z piastowania najwyższych stanowisk w państwie.

Ale teraz, kiedy Unia Sił Patriotycznych została wyeliminowana z nadchodzących wyborów, walka o urząd prezydenta miała się rozegrać między nim a kandydatem neokomunistycznego Związku Socjalistycznego, a według wszelkich sondaży opinii publicznej mógł tę walkę przegrać.

Gdyby natomiast powołana została do życia monarchia konstytucyjna, prawdopodobnie pierwszym aktem nowo wybranego władcy byłoby powierzenie jakiemuś doświadczonemu politykowi i zdolnemu organizatorowi misji utworzenia rządu jedności narodowej. A któż lepiej się do tego nadawał, jak nie on?

Dlatego też jeszcze tego samego wieczoru Iwan Markow wydał dekret prezydencki, w którym wzywał wszystkich parlamentarzystów do natychmiastowego powrotu do Moskwy i zarządzał nadzwyczajne posiedzenie Dumy.

Począwszy od trzeciego stycznia deputowani rosyjscy zaczęli napływać z całego kraju, od najdalszych krańców Syberii po mroźne bezdroża półwyspu Kolskiego.

Nadzwyczajne posiedzenie parlamentu mogło się rozpocząć już czwartego stycznia, ponieważ Biały Dom nie ucierpiał specjalnie w trakcie nieudanego zamachu stanu. Obrady przebiegały w ponurym nastroju, grobowa atmosfera panowała zwłaszcza wśród przedstawicieli Unii Sił Patriotycznych, którzy z niezwykłym zapałem śpieszyli obwieścić wszystkim, że oni razem i każdy z nich z osobna nie mają nic wspólnego z owym szaleńczym postępkiem Igora Komarowa w noc sylwestrową.

Posiedzenie rozpoczął pełniący obowiązki prezydenta Iwan Markow, który w swojej przemowie zaproponował, aby szesnastego stycznia, zamiast planowanych wyborów, odbyło się ogólnonarodowe referendum dotyczące kwestii restauracji monarchii. A ponieważ Markow nie był członkiem Dumy i nie mógł złożyć w tej sprawie oficjalnego wniosku, uczynił to za niego marszałek izby, należący do kierowanej przez Markowa koalicyjnej Unii Demokratycznej.

Jak należało się spodziewać, neokomuniści, postawieni wobec perspektywy wymykającej im się z rąk niemal pewnej prezydentury, jednogłośnie sprzeciwili się tej propozycji. Ale Markow wcześniej dobrze się przygotował do głosowania.

Wczesnym rankiem przeprowadził szereg poufnych rozmów ze wszystkimi parlamentarzystami USP, lękającymi się teraz o własne bezpieczeństwo. Niedwuznacznie dawał każdemu z nich do zrozumienia, że jeśli poprą w Dumie jego projekt, on zapomni o możliwości uchylenia ich immunitetów i nie będzie się domagał aresztowania. A to oznaczało wprost, że nadal będą mogli zasiadać w parlamencie.

W ten oto sposób doszło do uchwalenia referendum, bowiem wspólne głosy przedstawicieli Unii Demokratycznej oraz Unii Sił Patriotycznych przeważyły stanowisko neokomunistycznej opozycji.

Od strony technicznej przeprowadzenie referendum nie stwarzało większych problemów. Komisje wyborcze były już powołane, a urny przygotowane. Wystarczyło tylko zamiast kart do głosowania na prezydenta wydrukować sto pięć milionów innych kart, zawierających jedno krótkie pytanie oraz dwie rubryki z odpowiedziami „tak" lub „nie".

Piątego stycznia wpisał się do annałów historii Piotr Gromow, milicjant strzegący nabrzeża w niewielkim zachodniorosyjskim porcie Wyborg. Tego dnia bowiem, wczesnym rankiem, obserwował ostatnie przygotowania do wyjścia w morze szwedzkiego frachtowca „Ingrid B", odpływającego do Göteborga.

Kiedy miał już zejść z nabrzeża i wracać do swojej służbówki na śniadanie, zauważył dwóch podejrzanych mężczyzn w granatowych roboczych kurtkach marynarskich, którzy wyłonili się zza szeregów kontenerów i ruszyli w stronę opuszczonego jeszcze trapu. Tknięty jakimś przeczuciem, nakazał im się zatrzymać.

Ale tamci wymienili między sobą kilka słów i nagle rzucili się biegiem. Gromow bez namysłu sięgnął po pistolet i wypalił w powietrze. Pracował w porcie już od trzech lat, a dopiero po raz pierwszy miał okazję skorzystać z broni. Strzał ostrzegawczy zatrzymał obu mężczyzn na miejscu.

Okazało się, że mieli szwedzkie paszporty. Młodszy z nich zagadał coś do Gromowa po angielsku, lecz milicjant znał zaledwie parę wyrazów w tym języku. Pracował jednak nad Bałtykiem wystarczająco długo, by poznać odrobinę szwedzki. I właśnie po szwedzku zwrócił się do starszego obcokrajowca:

– I dokąd się tak spieszycie?

Ale tamten nie odpowiedział. Po minach obu mężczyzn można się było domyślać, że go nie zrozumieli. Toteż Gromow szybko ściągnął kaptur z głowy starszego i spojrzał mu w twarz. Zmarszczył brwi na widok znajomych rysów. Gdzieś go już widział. Przez parę sekund milicjant i próbujący się wymknąć z kraju Rosjanin patrzyli sobie prosto w oczy. Wreszcie Gromow skojarzył, widział tego człowieka na mównicy, przemawiającego do wiwatujących tłumów.

– Już wiem, skąd pana znam – powiedział. – Widziałem w telewizji.

Komarow i Kuzniecow zostali aresztowani i przewiezieni do Moskwy. Były przywódca USP został natychmiast oskarżony o zdradę stanu i do czasu procesu osadzony w areszcie. Jak na ironię, znalazł się w więzieniu w Lefortowie.

Przez dziesięć dni burzliwe debaty zajmowały wiele miejsca w prasie, radiu i telewizji. Niemal każdy polityk chciał wypowiedzieć swoje zdanie na temat restauracji monarchii.

Po południu w piątek, czternastego stycznia, ojciec Gregor Rusakow zorganizował olbrzymi wiec zwolenników caratu na moskiewskim stadionie olimpijskim. Kilka miesięcy wcześniej przemawiał tu Komarow i tak jak wówczas, mowę ojca Gregora transmitowała na żywo telewizja, później zaś sondaże wykazały, że jego słowa dotarły do osiemdziesięciu milionów obywateli Rosji.

Rusakow mówił prosto. Przypomniał, że przez siedemdziesiąt lat Rosjanie oddawali cześć dwóm bóstwom, dialektycznemu materializmowi oraz komunizmowi, i zostali przez nie zdradzeni. Później przez piętnaście lat wznosili świątynie kapitalistycznego republikanizmu i także zostali odarci z wszelkich nadziei. Dlatego też prosił swoich słuchaczy, by przed nadchodzącym referendum zwrócili się o radę do Boga ich ojców, poszli do cerkwi i w modlitwie szukali pomocy w podjęciu decyzji.

W powszechnym mniemaniu zagranicznych obserwatorów siedemdziesiąt lat komunistycznej industrializacji upodobniło Rosję do krajów zachodnich i większość jej mieszkańców przeniosła się do dużych aglomeracji. Ale pogląd ten był mylny. Jeszcze owej zimy 1999 roku ponad pięćdziesiąt procent obywateli federacji mieszkało w miasteczkach i osadach, wioskach i siołach rozrzuconych po całym gigantycznym obszarze od granic Białorusi po Władywostok, liczącym dziesięć tysięcy kilometrów długości i obejmującym dziewięć stref czasowych.

Ten olbrzymi kraj jest podzielony na sto tysięcy parafii rosyjskiego kościoła prawosławnego, zebranych w stu diecezjach. I w każdej parafii znajduje się mniejsza czy większa cerkiew parafialna. W tych właśnie świątyniach mroźnym rankiem w niedzielę, szesnastego stycznia, zgromadziło się łącznie ponad pięćdziesiąt procent rosyjskiego społeczeństwa, a w każdej z nich kapłani odczytali list patriarchy.

List ten, nazwany później Wielką Encykliką, był zapewne dowodem najodważniejszego posunięcia, na jakie kiedykolwiek zdobył się Aleksiej Drugi. Tydzień wcześniej został on przedstawiony na zwołanym pospiesznie zgromadzeniu arcybiskupów oraz metropolitów, a wynik głosowania, choć nie dowodzący jednomyślności, upoważnił patriarchę do jego rozpowszechnienia.

Po zakończeniu porannych nabożeństw większość Rosjan poszła bezpośrednio do lokali wyborczych. Z uwagi na ogrom terytorium oraz brak rozbudowanych sieci elektronicznego przesyłania danych z okręgów rolniczych, wyniki głosowania zostały opublikowane dopiero dwa dni później. W ogólnonarodowym referendum sześćdziesiąt pięć procent obywateli wypowiedziało się za restauracją monarchii.

Dwudziestego stycznia Duma zatwierdziła ten wynik i uchwaliła dwie ważne ustawy. Pierwsza przedłużała okres tymczasowego sprawowania władzy przez Markowa o dalsze dwa i pół miesiąca, do końca marca. Druga zaś powoływała parlamentarną komisję konstytucyjną mającą przygotować normy prawne, niezbędne dla przywrócenia monarchii.

Dwudziestego lutego pełniący obowiązki prezydenta oraz deputowani rosyjscy wystosowali wspólnie petycję do mieszkającego poza granicami Rosji księcia, w której zwracali się z prośbą, aby w ramach ustawy powołującej monarchię konstytucyjną zechciał przyjąć tytuł oraz funkcję Cara Wszechrosji.

Dziesięć dni później na moskiewskim lotnisku Wnukowo wylądował specjalny samolot rosyjskich linii lotniczych.

Zima powoli ustępowała. Temperatura wzrosła do kilku stopni powyżej zera i na rozpogodzonym niebie świeciło słońce. Od strony brzóz i sosen otaczających to niewielkie lotnisko przeznaczone do celów reprezentacyjnych dolatywała intensywna woń wilgotnej ziemi i przyrody budzącej się do życia wczesną wiosną.

Przed budynkiem terminalu Iwan Markow stał na czele licznej delegacji, gromadzącej marszałków Dumy, przywódców głównych ugrupowań parlamentarnych, przedstawicieli sztabu generalnego oraz patriarchę Aleksieja Drugiego.

Z samolotu wysiadł mężczyzna, do którego Duma skierowała swą petycję – pięćdziesięciosiedmioletni Anglik, książę z królewskiego rodu Windsorów.

Prawie na drugim krańcu Europy, w niewielkim domku na skraju wioski Langton Matravers, sir Nigel Irvine oglądał w telewizji bezpośrednią relację z tej uroczystości.

Jego żona zmywała w kuchni naczynia po śniadaniu, co starała się zawsze czynić przed przybyciem najmowanej „łowczyni kurzu", pani Moir.

– Co ty oglądasz, Nigelu? – zawołała, spuszczając ze zlewu spienioną wodę. – Nigdy dotąd nie włączałeś telewizora przed południem.

– Bardzo ważne rzeczy dzieją się w Rosji, moja droga.

Była to jednak szczególnie ryzykowna operacja, pomyślał. Bo przecież zgodnie z zasadami sztuki wywiadowczej podjął się zniszczenia znacznie potężniejszego, liczniejszego i dysponującego ogromnymi funduszami wroga, wykorzystując do tego minimalne środki, ponieważ mógł osiągnąć swój cel wyłącznie metodami zwodzenia i oszukiwania przeciwnika.

W pierwszym etapie wykonujący jego instrukcje Jason Monk stworzył dość luźną koalicję ludzi, mających się czego obawiać po zapoznaniu z programem politycznym Igora Komarowa zawartym w Czarnym Manifeście. Do takich osób zaliczył przede wszystkim tych, którzy mieli być poddani eksterminacji przez rosyjskich nazistów, a więc Czeczenów i Żydów oraz wysokich oficerów milicji nękających sprzymierzeńca Komarowa, moskiewską mafię. W dalszej kolejności uwzględnił dostojników kościoła oraz autorytety wojskowe, reprezentowane przez samego patriarchę i cieszącego się największym uznaniem spośród emerytowanych generałów Nikołaja Nikołajewa.

Drugim ważnym zadaniem stało się umieszczenie swego agenta w szeregach przeciwników, którego zadaniem nie było dostarczanie szczegółowych informacji, lecz szerzenie dezinformacji.

Kiedy Monk przechodził jeszcze szkolenie w zamku Forbes, Irvine potajemnie odwiedził po raz pierwszy Moskwę, aby odnowić kontakt ze swoim dawnym drugorzędnym informatorem, zwerbowanym przed wielu laty. Był nim ów poniżony profesor, wykładowca uniwersytetu moskiewskiego, a jego pasja hodowania gołębi pocztowych okazała się tak pomocna w końcowym stadium operacji.

Kiedy tenże profesor został wyrzucony z pracy za szerzenie idei demokracji w czasach reżimu komunistycznego, równocześnie jego syna wydalono ze szkoły średniej i pozbawiono możliwości kontynuowania nauki na wyższej uczelni. Kilkunastoletni chłopak zwrócił się w stronę kościoła i po wielu przykrych doświadczeniach w różnych parafiach ostatecznie znalazł sobie miejsce w roli kamerdynera patriarchy Aleksieja Drugiego.

Ojciec Maksym Klimowski otrzymał niezwykłe zadanie czterokrotnego poinformowania pułkownika Griszyna o spotkaniach Monka oraz Irvine'a z patriarchą. Miało mu to zapewnić pozycję wiarygodnego szpiega Czarnej Gwardii, znajdującego się niemal w samym centrum tworzonej spiskowej koalicji.

Obaj przybysze z Zachodu po pierwszej rozmowie z patriarchą zdołali się wymknąć niepostrzeżenie, ale przy dwóch następnych okazjach, gdy było to już niemożliwe, musieli się uciekać do podstępu, żeby uniknąć zastawionych na nich pułapek.

Trzecim ważnym posunięciem Irvine'a była całkowita rezygnacja z prób przekonywania rywali, że nie są podejmowane przeciwko nim żadne działania, uznał bowiem takie posunięcie za mało wiarygodne. Zamiast tego skutecznie zaszczepił wrogom przeświadczenie, że zagrożenie dla nich spoczywa zupełnie gdzie indziej, ci zaś, uporawszy się z nim, poczuli się całkowicie bezpieczni.

Po zakończeniu swej drugiej wizyty w rezydencji patriarchy Irvine był zmuszony pozostać dłużej w Moskwie, aby dać Griszynowi czas na włamanie się do pokoju hotelowego, znalezienie jego aktówki i sfotografowanie kompromitującego listu.

Ten jednak został wcześniej podrobiony, sfałszowany jeszcze w Londynie i napisany na autentycznym papierze firmowym patriarchatu przez kaligrafa wzorującego się na oryginalnych próbkach odręcznego pisma Aleksieja Drugiego, jakie ojciec Maksym dostarczył Irvine'owi podczas jego pierwszej wizyty.

Według zamieszczonego tam tekstu patriarcha informował adresata, iż gorąco popiera ideę przywrócenia monarchii w Rosji (co nie było prawdą, gdyż Aleksiej Drugi jedynie rozpatrywał taką ewentualność) i nalegał, by ten zgodził się przyjąć oferowany mu tron i carskie zaszczyty.

Ów podrobiony list został jednakże zaadresowany do niewłaściwej osoby, a mianowicie do księcia Siemiona mieszkającego w swoim dworku w Normandii, wielkiego miłośnika koni oraz romansów z kuchennymi dziewkami. Wobec zaistniałej konieczności trzeba było poświęcić tego człowieka dla dobra sprawy.

Druga wizyta Monka w rezydencji patriarchy rozpoczęła czwarty etap całej operacji, polegający na zachęceniu przeciwników do przedwczesnych działań, mających jakoby zlikwidować nie istniejące zagrożenie. Kluczową rolę w tym wypadku odegrało nagranie rozmowy między Amerykaninem a patriarchą.

Podczas swego pierwszego pobytu w Rosji Irvine zdobył także próbki autentycznych nagrań głosu Aleksieja Drugiego, ponieważ jego tłumacz, Brian Vincent, zarejestrował przebieg rozmowy. Natomiast Monk jeszcze w trakcie szkolenia w zamku Forbes zostawił wiele godzin nagrań swojego głosu.

W Londynie pewien zdolny imitator pochodzenia rosyjskiego szybko nauczył się perfekcyjnie naśladować sposób mówienia patriarchy. Zastosowanie technik komputerowych umożliwiło precyzyjne sfabrykowanie całej rozmowy, włącznie z efektami dodatkowymi, takimi jak brzęk łyżeczek i stukanie filiżankami. Ojciec Maksym, któremu podczas drugiej wizyty Irvine niepostrzeżenie przekazał taśmę, musiał jedynie skopiować nagranie na dyktafon dostarczony mu przez pułkownika Griszyna.

A „fakty" ujawnione podczas tej rozmowy nie były prawdziwe. Generał Pietrowski nie mógł kontynuować swoich obław na dalsze obiekty mafii „Dołgorukiego", ponieważ Monk już za pierwszym razem udostępnił mu wszystkie informacje, jakie zdołał uzyskać od przywódców konkurencyjnej mafii czeczeńskiej. Ponadto dokumenty znalezione w piwnicy pod kasynem nie zawierały żadnego dowodu na to, że kampania wyborcza Komarowa jest finansowana przez organizację „Dołgorukiego".

Również generał Nikołajew nie zamierzał się więcej wypowiadać na temat programu politycznego USP w jakimkolwiek wywiadzie, którego miał jakoby udzielić zaraz po Nowym Roku. Raz już powiedział, co myśli na ten temat, i jemu to wystarczyło.

A co najważniejsze, Aleksiej Drugi nie miał najmniejszego zamiaru prosić o spotkanie z pełniącym obowiązki prezydenta Markowem, w trakcie którego chciał jakoby nalegać na skreślenie nazwiska Komarowa z list wyborczych po uznaniu go za nieodpowiedniego kandydata. Od początku patriarcha dawał do zrozumienia, że nie będzie się mieszał do polityki.

Ale Griszyn i Komarow o tym nie wiedzieli. Przekonani, że dobrze znają zamiary swoich przeciwników, poczuli się śmiertelnie zagrożeni i podjęli pochopną decyzję o konieczności usunięcia spiskujących przeciwko nim osób. Domyślając się takiej reakcji, Monk zdążył uprzedzić czterech ludzi. Śmierć Nikołajewa wynikała tylko stąd, że generał zlekceważył ostrzeżenie. W gruncie rzeczy przed dwudziestym pierwszym grudnia Komarow wciąż cieszył się tak dużym poparciem społeczeństwa, że mógł zwyciężyć w wyborach ze znaczną przewagą nad innymi kandydatami.

Zamachy z dwudziestego pierwszego grudnia rozpoczęły piąty etap operacji. Brutalna akcja przywódców USP umożliwiła Monkowi poszerzenie grona „spiskowców" z kilku osób, które zapoznały się z Czarnym Manifestem, do szerokiej koalicji dziennikarzy jawnie krytykujących Komarowa. W celu uwiarygodnienia propagowanych przez siebie wiadomości Amerykanin podawał, że źródłem dyskredytującym głównego kandydata na prezydenta jest nikomu nie znany starszy rangą oficer Czarnej Gwardii.

W polityce, podobnie jak w wielu innych domenach ludzkiej działalności, jeden sukces często pociąga za sobą następny, a niepowodzenie rodzi kolejne porażki. W miarę narastającej fali krytyki zaczęła się także nasilać paranoja będąca nieodzowną cechą wszelkich zwolenników tyranii. Końcowy sukces planu Nigela Irvine'a w znacznym stopniu zależał od umiejętności wykorzystania owego paranoicznego strachu Rosjanina oraz od niezbyt pewnych posunięć ojca Maksyma Klimowskiego.

Kiedy patriarcha powrócił z Ławry Troicko-Siergiejewskiej do Moskwy, w ogóle nie zamierzał rozmawiać z urzędującym prezydentem. Na cztery dni przed Nowym Rokiem nikomu z najwyższych władz rosyjskich nawet nie przychodziło do głowy, żeby rozbroić i zlikwidować Czarną Gwardię oraz aresztować Komarowa.

Właśnie za pośrednictwem ojca Maksyma Irvine zastosował stary jak świat wybieg, polegający na wmówieniu przeciwnikom, że ich wrogowie są o wiele liczniejsi, potężniejsi i bardziej zdeterminowani, niż miało to miejsce w rzeczywistości. Komarow dał się na to nabrać i podjął decyzję przejęcia siłą władzy w Moskwie. Ale i tym razem, uprzedzone przez Monka, instytucje państwowe zdołały się same obronić.

Nigel Irvine, choć niezbyt często chadzał do kościoła, od wielu lat z lubością czytywał wybrane fragmenty z Biblii. A jedną z jego ulubionych postaci był hebrajski przywódca, późniejszy sędzia, Gedeon.

Jak wyjaśniał to Jasonowi Monkowi któregoś wieczoru w górach Szkocji, jego zdaniem biblijny Gedeon był pierwszym w historii dowódcą oddziałów specjalnych i projektodawcą niespodziewanych nocnych ataków. Mając do dyspozycji dziesięć tysięcy ochotników, Gedeon wybrał zaledwie trzystu z nich, najsilniejszych i najsprawniejszych. Prowadząc nocny atak na obóz Madianitów w dolinie Jizreel, trzykrotnie zastosował podstęp z niespodziewanym budzeniem wrogów, a jaskrawe światła pochodni i trzaski tłuczonych dzbanów przekonały zdezorientowanych najeźdźców, że nadciągnęła liczna armia obrońców.

– Jego wybieg, mój drogi przyjacielu, sprowadzał się do przekonania zaspanych bojowników madianickich, iż zostali zaatakowani przez niezwykle liczne i silnie uzbrojone oddziały. W efekcie potracili głowy. Nie tylko rzucili się do panicznej ucieczki, lecz w ciemnościach zaczęli walczyć między sobą. Wiele wieków później w podobny sposób Griszyn został zmuszony do tego, by zaaresztować całą swoją kadrę oficerską.

Pani Irvine wkroczyła do pokoju i wyłączyła telewizor.

– Rusz się, Nigelu. Mamy piękną pogodę, najwyższa pora zasadzić wczesne ziemniaki.

Specjalista od spraw wywiadu ciężko dźwignął się z fotela.

– Masz rację – mruknął. – Wcześnie przyszła wiosna. Włożę tylko buty.

Nie cierpiał kopania w ogródku, lecz o wiele bardziej kochał Penny Irvine.

Było już parę minut po dwunastej, kiedy „Lisica" wyszła z przystani Turtle Cove i skierowała się w stronę przejścia w rafie.

W połowie długości laguny Monka dogonił Arthur Dean w swojej „Srebrzystej Głębinie". Na rufie jego łodzi siedziało dwóch turystów w kombinezonach płetwonurków.

– Cześć, Jasonie! Wyjeżdżałeś dokądś?

– Owszem. Musiałem na krótko odwiedzić Europę.

– I jak tam było?

Monk zamyślił się przez chwilę.

– Ciekawie – odparł.

– Cieszę się, że wróciłeś. – Dean podejrzliwie zerknął na pustą rufę „Lisicy". – Nie masz klientów?

– Nie. Słyszałem, że dziesięć mil od przylądka pojawiła się ławica wahoo. Tym razem zamierzam sam połowić dla przyjemności.

Tamten uśmiechnął się szeroko, gdyż doskonale rozumiał pasję wędkarstwa morskiego.

– W takim razie życzę udanych połowów.

Pchnął dźwignię gazu i „Srebrzysta Głębina" skoczyła do przodu. „Lisica" przeszła za nią ponad rafą i Monk z radością powitał nieco wyższe fale otwartego morza, z hukiem rozbijające się o burty, oraz wspaniałe powiewy słonawej bryzy uderzające go po twarzy.

Również pchnął dźwignię gazu i obrócił kołem sterowym, naprowadzając dziób „Lisicy" na tę wielką pustkę, gdzie z dala od lądu istnieje tylko samotność morza stykającego się z niebem.